o caminho de guermantes

marcel proust
em busca do tempo perdido
volume 3
o caminho de guermantes
tradução mario quintana

revisão técnica olgária chain féres matos
prefácio, notas e resumo guilherme ignácio da silva
posfácio philippe willemart

BIBLIOTECA AZUL

Copyright da tradução © 2007 by Elena Quintana

Todos os direitos reservados. Nenhuma parte
desta edição pode ser utilizada ou reproduzida —
em qualquer meio ou forma, seja mecânico
ou eletrônico, fotocópia, gravação etc. —
nem apropriada ou estocada em sistema de bancos
de dados, sem a expressa autorização da editora.

Texto fixado conforme as regras do novo Acordo Ortográfico
da Língua Portuguesa (Decreto Legislativo nº 54, de 1995).

CAPA E PROJETO GRÁFICO
warrakloureiro

REVISÃO
Beatriz de Freitas Moreira
e Maria Sylvia Corrêa

IMAGENS DE CAPA, CONTRACAPA E GUARDAS
Getty Images/ Bridgeman

Dados Internacionais de Catalogação na Publicação [cip]
Câmara Brasileira do Livro, sp, Brasil

Proust, Marcel, 1871-1922
O caminho de Guermantes / Marcel Proust ; tradução
Mario Quintana ; revisão técnica Olgária Chain Féres
Matos ; prefácio, notas e resumo Guilherme Ignácio
da Silva ; posfácio Philippe Willemart. — 3. ed. —
São Paulo : Globo, 2007. — (Em busca do tempo
perdido ; 3)

Título original: Lé côté de Guermantes
ISBN 978-85-250-4227-9

1. Romance francês 2. Quintana, Mario, 1906-1994
I. Título. II. Série.

07-7067   CDD-843

Índices para catálogo sistemático:
1. Romances: Literatura francesa 843

1ª edição, 1953 [várias reimpressões]
2ª edição, revista, 1988 [13 reimpressões]
3ª edição, revista, 2007 [2ª reimpressão, 2024]

Direitos de edição em língua portuguesa
adquiridos por Editora Globo s/a
Rua Marquês de Pombal, 25
20.230-240, Rio de Janeiro, RJ
www.globolivros.com.br

prefácio 9

primeira parte 13
segunda parte 343

resumo 651
posfácio 673

sumário

A Léon Daudet
Ao autor
Da viagem de Shakespeare
Da partida do filho
Do astro negro
De fantasmas e vivos
Do mundo das imagens
De tantas obras-primas

Ao incomparável amigo
Em testemunho
de gratidão e de admiração
M P*

---

* Proust agradece ao amigo Léon Daudet, que, em 1919, conseguira que o maior prêmio literário francês, o "Prix Goncourt", fosse para o segundo volume de *Em busca do tempo perdido*. Devemos parte das notas histórico-literárias à edição do texto em francês pelas editoras Gallimard e Garnier-Flammarion. (N. E.)

prefácio

O terceiro volume de *Em busca do tempo perdido* começa com a mudança de casa da família do herói. Com vistas à melhora na saúde da avó, eles saem de um agitado bulevar parisiense para um apartamento em um bairro mais tranquilo, tão tranquilo que, nos primeiros dias, Françoise sente-se exasperada. Na verdade, logo saberemos, a mudança de apartamento acaba coincidindo com a aproximação espacial de um dos maiores sonhos do herói: sua família aluga um apartamento "pertencente ao palácio dos Guermantes".

O deslocamento espacial do herói e de sua família marca metaforicamente uma nova fase na vida dele e em sua relação com os nomes. Ele que, antes mesmo de aprender a falar, já ouvia de sua ama uma velha canção evocando o nome dos Guermantes, atravessa um longo período de sua vida e uma longa cadeia de associações imagéticas até chegar a esse novo apartamento e poder acompanhar, em companhia de Françoise, os movimentos do duque e da duquesa de Guermantes no seu dia a dia.

Essa aproximação ainda não significa, entretanto, o contato direto com eles e as verdadeiras "divindades" que frequentam seu salão. Como tudo na obra de Proust, a entrada do herói na alta-roda dos salões do Faubourg Saint-Germain será precedida de várias cenas preparatórias. Cenas como a ida ao teatro e a contemplação da dança misteriosa das divindades aquáticas dentro do camarote da princesa de Guermantes; ou as cenas de perseguição apaixonada da duquesa de Guermantes em seus passeios matinais pelas ruas de Paris; ou ainda a convivência a distância com ela no salão decadente da sra. de Villeparisis.

No primeiro volume há a imagem concreta dos dois caminhos que se oferecem ao caminhante na cidadezinha de Combray: seja o caminho da propriedade de Charles Swann, ou o outro, mais longo, acompanhando o curso do rio, que vai dar na propriedade dos Guermantes.

No primeiro e no segundo volume, merece destaque o mundo do refinado colecionador de arte, Swann: antecipando a própria trajetória do herói, acompanhamos a carreira mundana de Swann nos salões da aristocracia e sua paixão e ciúme pela cortesã de luxo, Odette de Crécy. Swann influi nas leituras e interesses artísticos do herói: ele lhe fala de seu escritor preferido, Bergotte, lhe presenteia com reproduções de pintura italiana e lhe indica como destino de viagem a praia de Balbec, onde, segundo ele, convivem uma natureza esplendorosa e a arte gótica da igreja da cidade.

Não é por acaso que o final de *O caminho de Guermantes* coincide com a doença grave e o anúncio da morte próxima de Swann: tendo tomado primeiramente o "caminho de Swann", agora o herói começa a se deslocar para o outro lado, o caminho que passa pela família aristocrata dos Guermantes. A influência e a presença de Swann vão, então, diminuindo, e emergem com toda a força membros dos Guermantes: a sra. de Villeparisis, seus sobrinhos, a duquesa e o duque e os irmãos deste, o barão de Charlus e a sra. de Marsantes, mãe de um grande amigo do herói, o jovem recruta Robert de Saint-Loup.

Estamos praticamente a meio caminho do final do livro. Poderíamos talvez dizer que metade dele enfoca o mundo de Swann, e a outra metade, o mundo dos Guermantes. Como uma orquestração perfeita, o final do livro retomará esses dois eixos ficcionais e os colocará novamente em contato, sintetizando de maneira surpreendente todo o longo percurso de vida do herói junto àquelas personagens. As referências espacias do "caminho de Swann" e do "caminho de Guermantes" servem, desse modo, para nos situar com relação ao estágio da caminhada do herói.

*

No presente volume também se desenvolve uma nova configuração mundana: com a eclosão do "Caso Dreyfus" e suas implicações antissemitas, certas pessoas passam a ser aceitas e outras rejeitadas em alguns salões, dependendo de sua posição diante da condenação do general judeu. É o caso de Odette Swann, que, apesar de mulher de um judeu, tenta tirar proveito do clima racista e nacionalista dos salões aristocráticos, declarando-se contra o coronel Dreyfus e passando a ser recebida tanto pela sra. de Villeparisis como pela sra. de Marsantes, as duas da casa de Guermantes.

Se a descrição de uma espécie de movimento vital das personagens aparece, por um lado, na reação de cada um diante dos novos fatos que vão surgindo, como o já referido "Caso Dreyfus", por outro, esse movimento vai ganhando forma na descrição detalhada de um processo irrevogável que conduz à morte e cujo exemplo mais notável é o da percepção súbita da degeneração da avó, logo que o herói volta de viagem e a surpreende sentada à mesa. A partir daí, acompanharemos até mesmo os movimentos evanescentes de vida impressos nas oscilações dos músculos do rosto daquela que morre.

Efervescência mundana e processo de morte se confundem na cena final do livro, quando o duque de Guermantes, seduzido pelo projeto de um jantar, uma festa e ainda um baile a fantasia, faz de tudo para se desvencilhar do incômodo da morte certa de um primo e procura evitar a notícia da morte próxima de Swann, anunciada diante dele pelo próprio moribundo.

Neste livro, vida e morte não se dissociam. E é somente ao morrer que a avó do herói consegue recuperar os traços genuínos de vida, apagados progressivamente de seu rosto pelas frustrações que a própria vida, como uma espécie de máscara mortuária, havia lhe imposto.

Em busca do tempo perdido é a descrição de uma longa caminhada pelo reino dos mortos-vivos, sinalizando em surdina que a vida foi esquecida ou se encontra, talvez, em algum outro lugar.

primeira parte

O cortejo matinal dos pássaros parecia insípido a Françoise. Cada palavra das *criadinhas* lhe dava um sobressalto; incomodada com todos os seus passos, interrogava-se a respeito deles; é que havíamos mudado de residência. Por certo, os criados não eram menos bulhentos no sexto andar da nossa antiga moradia; mas Françoise os conhecia; fizera das suas idas e vindas coisas amigas. Agora prestava até ao silêncio uma atenção dolorosa. E como o nosso novo bairro parecia tão calmo quão ruidoso o bulevar para o qual haviam dado até então as nossas janelas, a cantiga (distinta de longe, quando débil, como um motivo de orquestra) de um homem que passava enchia de lágrimas os olhos da exilada Françoise. Assim, se havia zombado de Françoise, desolada por ter de deixar um imóvel, onde a gente era *tão estimada por todos* e em que preparara as malas chorando, segundo os ritos de Combray, e declarando superior a todas as casas possíveis aquela que fora nossa, em compensação, eu que assimilava tão dificilmente as novas coisas como facilmente abandonava as antigas, voltei às boas com a nossa velha criada ao ver que a instalação numa casa onde ela não recebera do porteiro, que ainda não nos conhecia, as mostras de consideração necessárias para a sua boa nutrição moral, a deixara num estado de quase definhamento. Só ela podia compreender-me; não havia de ser o seu pequeno lacaio quem o fizesse; para ele, que era tão pouco de Combray quanto possível, mudar-se, morar em outro bairro era como tomar férias, em que a novidade das coisas dava o mesmo descanso que se tivéssemos viajado; julgava-se no campo; e uma coriza lhe trouxe, como um golpe de ar apanhado num vagão onde a vidraça fecha mal, a deliciosa impressão de que tinha visto o campo; a cada espirro, congratulava-se por haver encontrado colocação tão distinta, pois sempre desejara patrões que viajassem muito. De modo que, sem pensar nele, me fui direito a Françoise; como tivesse escarnecido de suas lágrimas numa partida que me deixara indiferente, ela mostrou-se glacial ante a minha tristeza, porque a compartilhava. A par da sua pretensa "sensibilidade", cresce o egoísmo dos nervosos; não podem suportar da parte dos outros a exibição dos aborrecimentos que cada vez mais os preocupam em si mesmos. Françoise, que não deixava passar o mais leve dos pesares que sentia, virava o rosto se era eu o padecente, para não me dar o gosto de ver o meu sofrimento lamentado, e nem sequer notado. Assim fez, logo que pretendi falar-lhe de nossa nova residência. Aliás, tendo de ir dali a dois dias buscar umas roupas esquecidas na casa que acabávamos de deixar, enquanto eu, em consequência da mudança, ainda tinha *temperatura* e, semelhante a uma boa que acabava de engolir um boi, sentia-me penosamente empanturrado por um longo baú que minha vista tinha de *digerir*, Françoise, com a infidelidade das mulheres, voltou dizendo que julgara sufocar-se em nosso antigo bulevar, que para ir até lá se sentira *perdida*, que nunca vira escadas tão incômodas, que lá não voltaria a residir *nem por um império*; podiam dar-lhe milhões — hipótese gratuita —, mas sempre diria que tudo (isto é, o que concernia à cozinha e aos corredores) estava muito mais *bem agenciado* em nossa nova casa. Ora, é tempo de dizer que esta — e nela tínhamos vindo morar porque, como minha avó não estivesse passando muito bem, razão que nos guardamos de comunicar-lhe, era recomendável um ar mais puro — consistia num apartamento pertencente ao palácio de Guermantes.

Na idade em que os nomes, oferecendo-nos a imagem do incognoscível que neles vertemos, no mesmo instante em que também designam para nós um lugar real, obrigam-nos assim a identificar a ambos, a ponto de irmos procurar numa cidade uma alma que ela não pode conter, mas que já não temos o poder de expulsar do seu nome, não é apenas às cidades e aos rios que eles dão uma individualidade, como o fazem as pinturas alegóricas, não é apenas ao universo físico que matizam de diferenças, que povoam de maravilhoso, é também ao universo social: então cada castelo, cada mansão ou palácio famoso tem a sua dama, ou a sua fada, como as florestas seus gênios, e suas divindades as águas. Às vezes, oculta no fundo de seu nome, a fada se transforma ao capricho da vida de nossa imaginação que a sustenta; é assim que a atmosfera em que a sra. de Guermantes existia em mim, depois de não ter sido durante anos mais que o reflexo de um vidro de lanterna mágica e de um vitral de igreja, começava a descolorir-se quando sonhos muito outros a impregnaram da umidade espumejante das correntezas.

No entanto, a fada se esfuma se nos aproximamos da pessoa real a quem corresponde o seu nome, pois o nome começa então a refletir essa pessoa, e ela não contém coisa alguma da fada; pode a fada renascer se nos afastamos da pessoa; mas, se ficamos junto dela, a fada morre definitivamente, e com ela o nome, como aquela família de Lusignan que devia extinguir-se no dia em que desaparecesse a fada Melusina. Então o nome, sob cujos sucessivos retoques poderíamos acabar encontrando o belo retrato de uma estranha que jamais tenhamos conhecido, não é mais que a simples fotografia de identidade a que nos reportamos para saber se conhecemos, se devemos ou não saudar a uma pessoa que passa. Mas que uma sensação de um ano antigo — como esses instrumentos de música registradores que conservam o som e o estilo dos diferentes artistas que os tocaram — permita à nossa memória fazer-nos ouvir esse nome com o timbre particular que tinha então para o nosso ouvido e, nesse nome na aparência não mudado, sentimos a distância que separa uns dos outros os sonhos que sucessivamente significaram para nós as suas sílabas idênticas. Por um momento do gorjeio novamente ouvido que tinha ele em certa primavera antiga, podemos tirar, como de pequenos tubos de pintura, a nuança justa, esquecida, misteriosa e fresca dos dias que julgáramos recordar, quando, como os maus pintores, dávamos a todo o nosso passado estendido sobre a mesma tela os tons convencionais e idênticos da memória voluntária. Ora, pelo contrário, cada um desses momentos que o compuseram, empregava, para uma criação original, numa harmonia única, as cores de então, que lá não conhecemos e que, por exemplo, ainda me arrebatam de súbito se, graças a algum acaso, tendo o nome Guermantes readquirido por um instante, depois de tantos anos, o som, tão diferente do de hoje, que tinha para mim no dia do casamento da srta. Percepied, me traz ele de novo esse malva tão suave, demasiado brilhante, demasiado novo, com que se aveludava a tufada gravata da jovem duquesa, e, como uma pervinca inapreensível e reflorida, seus olhos ensolarados de um sorriso azul. E o nome Guermantes de então é como um desses balõezinhos em que se encerrou oxigênio ou algum outro gás: quando chego a rebentá-lo, fazendo sair dele o que contém, respiro o ar de Combray daquele ano, daquele dia, mesclado de um odor de espinheiros agitado pelo vento da esquina da praça, precursor da chuva, que alternadamente escorraçava o sol e deixava-o estender-se pelo tapete de lã vermelha da sacristia e revesti-lo de uma carnação brilhante, quase rósea, de gerânio, e dessa doçura, por assim dizer wagneriana, na alegria, que tanta nobreza empresta à festividade. Mas mesmo fora dos raros minutos como esses, em que bruscamente sentimos a entidade original estremecer e retomar sua forma e cinzeladura no seio das sílabas hoje mortas, se, no vertiginoso turbilhão da vida corrente, onde eles não têm mais que um uso inteiramente prático, os nomes perderam todo o colorido, como um pião prismático que gira demasiado depressa e se nos afigura cinzento, em compensação quando, num devaneio, refletimos, procuramos, para voltar ao passado, moderar, suspender o movimento perpétuo a que somos arrastados, pouco a pouco vemos de novo aparecerem, justapostos, mas inteiramente diversos uns dos outros, os matizes que no curso de nossa existência sucessivamente nos apresentou um mesmo nome.

Que forma se desenhava a meus olhos ante esse nome Guermantes, quando minha ama — que decerto ignorava, tanto como agora eu próprio, em honra de quem fora composta — me embalava com esta velha canção: "Glória à marquesa de Guermantes", ou quando, alguns anos mais tarde, o velho marechal de Guermantes, enchendo de orgulho a minha aia, parava nos Campos Elísios e dizia: "Que belo menino!", enquanto tirava uma pastilha de chocolate de uma bomboneira de bolso, isto é coisa que eu não sei. Esses anos da minha primeira infância não mais estão em mim, são exteriores, deles nada posso tirar a não ser pelo que contam os outros, como se dá com as coisas que sucederam antes de nascermos. Mais tarde, porém, encontro sucessivamente na duração em mim desse mesmo nome sete ou oito figuras diferentes; as primeiras eram as mais belas: pouco a pouco meu sonho, forçado pela realidade a abandonar uma posição insustentável, entrincheirava-se de novo um tanto aquém, até que se visse obrigado a recuar mais ainda. E, ao mesmo tempo que a sra. de Guermantes, também se ia transformando a sua casa, igualmente oriunda desse nome Guermantes, fecundada de ano para ano por uma ou outra palavra ouvida que modificava os meus sonhos, e essa casa os refletia em suas próprias pedras que se tornavam reverberantes como a superfície de uma nuvem ou de um lago. Um torreão sem espessura, que não era mais que uma faixa de luz alaranjada e do alto do qual o senhor e a sua dama decidiam da vida e da morte de seus vassalos, cedera lugar — lá no extremo daquele "lado de Guermantes", onde por tantas e tão belas tardes eu seguia com meus pais o curso do Vivonne — àquela terra torrentosa onde a duquesa me ensinava a pescar truta e a conhecer o nome das flores de racimos roxos e avermelhados que decoravam os muros baixos dos cercados do entorno; depois fora a terra hereditária, o poético domínio, onde aquela raça altiva de Guermantes, como uma torre amarelecente e florida que atravessa as idades, já se elevava sobre a França, quando o céu ainda estava vazio ali onde deviam surgir mais tarde Nossa Senhora de Paris e Nossa Senhora de Chartres, quando no alto da colina de Laon ainda não havia pousado a nave da catedral como a arca do dilúvio no alto do monte Ararat, cheia de Patriarcas e de Justos ansiosamente debruçados às janelas, para ver se a cólera de Deus já se havia aplacado, e atestada com os tipos de vegetais que se multiplicarão sobre a terra, transbordante de animais que se escapam até pelas torres em cujo telhado passeiam tranquilamente os bois, contemplando do alto as planícies de Champagne;[1] quando o viajante que deixava Beauvais ao entardecer ainda não

---

1 Lenda dos bois de Laon, citada em outros textos de Proust, à qual ele adiciona o motivo da arca de Noé. (N. E.)

via seguirem-no girando, desdobradas sobre a tela de ouro do poente, as alas negras e ramificadas da catedral. Estava aquele Guermantes, cenário de romance, paisagem imaginária que eu tinha dificuldade de figurar e tanto maior desejo de descobrir, encravado no meio de terras e estradas verdadeiras que de repente se impregnariam de particularidades heráldicas, a duas léguas de uma estação; eu recordava os nomes das localidades vizinhas como se estivessem situadas ao pé do Parnaso ou do Hélicon, e pareciam-me preciosas como as condições materiais — em ciência topográfica — da produção de um fenômeno misterioso. Revia os brasões que estão pintados nos envasamentos dos vitrais da sra. de Guermantes, suserana do lugar e dama do lago, como se Combray e cujos quartéis se haviam enchido, século após século, com todos os senhorios que, por aliança ou aquisição, aquela ilustre casa tinha feito voarem a si, de todos os pontos da Alemanha, da Itália e da França: terras imensas do Norte, cidades poderosas do Sul, vindas todas a reunir-se e ajustar em Guermantes e, perdendo a materialidade, inscrever alegoricamente o torreão de sinopla ou o castelo de prata em seu campo de azul. Tinha ouvido falar nas famosas tapeçarias de Guermantes e as via, medievais e azuis, um pouco espessas, destacarem-se como uma nuvem sobre o nome amarantino e legendário, ao pé da antiga floresta onde Childeberto tantas vezes caçou;[2] e aquele misterioso fundo de terras, aquela distância de séculos, parecia-me que eu lhes havia de penetrar os segredos, como por uma viagem, nada mais que me aproximando por um instante em Paris da sra. de Guermantes, suserana do lugar e dama do lago,[3] como se a sua face e as suas palavras devessem possuir o encanto local dos bosques e das ribas e as mesmas particularidades seculares da velha coletânea de leis consuetudinárias de seus arquivos. Mas então conhecera eu a Saint-Loup; este me fez saber que o castelo não se chamava de

---

2 Childeberto i (495-598). (N. E.)

3 A "dama do lago", Viviane, aparece nos romances de cavalaria como amante do rei Merlin e depois como aquela que cria Lancelot. (N. E.)

Guermantes senão desde o século XVII, quando sua família o adquirira. Residira ela então nas vizinhanças, e seu título não provinha dessa região. A aldeia de Guermantes recebera o nome do castelo junto ao qual fora construída e, para que ela não lhe destruísse as perspectivas, uma servidão, ainda em vigor, regulava o traçado das ruas e limitava a altura das casas. Quanto às tapeçarias, eram de Boucher,[4] compradas no século XIX por um Guermantes amador e achavam-se colocadas ao lado de medíocres quadros de caça que ele próprio pintara, num mísero salão forrado de andrinopla e pelúcia. Com essas revelações, introduzira Saint-Loup no castelo elementos que não mais me permitiriam continuar a extrair a alvenaria das construções unicamente da sonoridade das sílabas. Então, no fundo daquele nome se apagara o castelo refletido em seu lago, e o que me apareceu em redor da sra. de Guermantes como sua moradia foi o seu palácio de Paris, o palácio de Guermantes límpido como o seu nome, pois nenhum elemento material e opaco lhe vinha interromper e ofuscar a transparência. Como a igreja não significa apenas o templo, mas também a assembleia dos fiéis, aquele palácio de Guermantes compreendia todas as pessoas que compartilhavam da vida da duquesa; mas essas pessoas, a quem jamais vira, não me eram mais que nomes célebres e poéticos e, conhecendo unicamente pessoas que também não eram mais que nomes, outra coisa não faziam senão aumentar e proteger o mistério da duquesa, estendendo em torno dela um vasto halo que se ia quando muito rarefazendo.

Nas festas que ela oferecia, como eu não imaginasse para os convidados nenhum corpo, nenhum bigode, nenhuma botina, nenhuma frase pronunciada que fosse vulgar, nem mesmo original de um modo humano e racional, aquele turbilhão de nomes, introduzindo menos matéria do que o faria um banquete de fantasmas ou um baile de espectros, em torno àquela estatueta de porcelana de Saxe que era a sra. de Guermantes, conservava uma transparência

---

4 Boucher (1703-1770), pintor, desenhista e decorador que realizou várias tapeçarias por volta de 1734. (N. E.)

de vitrina ao seu palácio de vidro. Depois, quando Saint-Loup me contou anedotas relativas ao capelão, aos jardinheiros de sua prima, o palácio de Guermantes se tornara — como podia ter sido outrora algum Louvre — uma espécie de castelo cercado, no centro da própria Paris, de suas terras, possuído hereditariamente, em virtude de um direito antigo bizarramente redivivo e sobre as quais a sra. de Guermantes ainda exercia privilégios feudais. Mas essa última mansão se havia por sua vez dissipado quando viéramos habitar, perto da sra. de Villeparisis, um dos apartamentos próximos ao da sra. de Guermantes, em uma ala de seu palácio. Era uma dessas velhas mansões como talvez ainda existam e nas quais o pátio de honra ou por aluviões trazidos pela maré montante da democracia, ou por um legado de tempos mais antigos, em que os diversos ofícios se vinham agrupar em torno do senhor — tinha muitas vezes aos lados balcões, oficinas, até alguma loja de sapateiro ou alfaiate, como as que se veem apoiadas aos flancos das catedrais que a estética dos engenheiros não arejou ou um porteiro remendão, que criava galinhas e cultivava flores — e ao fundo, no alojamento "que fazia de palácio", uma "condessa" que, quando saía na velha caleça de dois cavalos, ostentando no chapéu algumas capuchinhas que pareciam escapadas ao jardinzinho da portaria (tendo ao lado do cocheiro um lacaio que descia a entregar cartões de ponta dobrada em cada residência aristocrática do bairro), enviava indistintamente sorrisos e adeusinhos aos filhos do porteiro e aos locatários burgueses que passavam naquele momento e a que ela confundia uns com os outros na sua desdenhosa afabilidade e sobranceria igualitária.

Na casa em que fôramos residir, a grande dama do fundo do pátio era uma duquesa, elegante e ainda jovem. Era a sra. de Guermantes, e, graças a Françoise, logo obtive informações sobre o palácio. Pois os Guermantes (que Françoise muitas vezes designava pelas expressões *lá embaixo, os de baixo*) eram a sua constante preocupação desde a manhã, quando, lançando para o pátio, enquanto penteava mamãe, um olhar proibido, irresistível e furtivo, dizia: "Veja só!, duas freiras. Com certeza vão lá embaixo" ou "Oh!, que belos faisões na janela da cozinha, nem é preciso perguntar de onde vêm, decerto o duque andou caçando", até de noite, quando, ao alcançar-me a roupa de dormir, se ouvia um som de piano, um eco de cançoneta, logo deduzia: "Os de baixo têm convidados, estão festejando", e no seu rosto regular, sob os seus cabelos agora brancos, um sorriso de mocidade, animado e discreto, colocava por um instante cada um de seus traços no devido lugar, harmonizando-os numa ordem alerta e sutil, como antes de uma contradança.

Mas o momento da vida dos Guermantes que mais vivamente excitava o interesse de Françoise, que lhe causava mais satisfação e lhe fazia mais dano era precisamente aquele em que, abrindo-se largamente os dois batentes do portão, subia a duquesa à sua caleça. Era em geral pouco depois que nossos criados terminavam de celebrar essa espécie de páscoa solene que ninguém devia interromper, chamada o seu almoço, e durante a qual eram de tal modo *tabus* que nem mesmo meu pai se permitiria chamá-los, sabendo aliás que nenhum se teria mexido tanto ao quinto toque como ao primeiro, e que assim teria ele cometido essa inconveniência em pura perda, mas não sem desprestígio próprio. Pois Françoise (que desde que se tornara velha fazia a propósito de tudo o que se chama uma cara de circunstância) não teria deixado de apresentar todo dia um rosto coberto de pequenos traços cuneiformes e vermelhos que mostravam no exterior, mas de modo pouco decifrável, o longo memorial de suas queixas e as razões profundas de seu descontentamento. Explanava-o, aliás, para os bastidores, mas sem que pudéssemos distinguir perfeitamente as palavras. Chamava a isso — que ela julgava desesperante para nós, *mortificante, vexante* — dizer todo o santo dia missa calada.

Findos os últimos ritos, Françoise, que era ao mesmo tempo, como na igreja primitiva, o celebrante e um dos fiéis, servia-se de um último copo de vinho, desatava o guardanapo do pescoço, dobrava-o, enxugando nos lábios um resto de vinho batizado e de café, enfiava-o numa argola, agradecia com um olhar dolente ao *seu* jovem lacaio que, para fazer de zeloso, dizia: "Vamos, senhora, mais um pouco de uvas; estão esplêndidas", e ia em seguida abrir a janela, sob o pretexto de que fazia muito calor "naquela miserável cozinha", lançando habilmente, ao mesmo tempo que abria o postigo e tomava ar, um olhar desinteressado ao fundo do pátio, escamoteava furtivamente a certeza de que a duquesa ainda não estava pronta, chocava por um instante o carro atrelado com os seus olhares apaixonados e desdenhosos e, uma vez dado esse momento de atenção às coisas da terra, erguia os olhos para o céu, cuja pureza já adivinhara, sentindo a suavidade do ar e o calor do sol; e contemplava no canto do telhado o lugar aonde, cada primavera, vinham fazer ninho, exatamente acima da lareira de meu quarto, uns pombos semelhantes aos que arrulhavam na sua cozinha, em Combray.

— Ah!, Combray, Combray — exclamava ela. (E o tom quase cantado com que declamava essa invocação poderia, em Françoise, tanto quanto a arlesiana pureza de seu rosto, fazer suspeitar uma origem meridional e que a pátria perdida que ela chorava não passava de uma pátria de adoção. Mas talvez a gente se enganasse, pois parece que não há província que não tenha o seu *sul*, e com quantos saboianos e bretões não topamos nós, em quem se encontram todas as doces transposições de longas e breves que caracterizam o meridional!) — Ah!, Combray, quando poderei te rever, pobre terra! Quando é que poderei passar todo o santo dia sob os teus espinheiros e os nossos pobres lilases, escutando os tentilhões e o Vivonne, que faz como o murmúrio de alguém que segredasse, em vez de ouvir essa miserável campainha de nosso patrãozinho que não passa meia hora sem me fazer correr ao longo desse maldito corredor? E ainda acha que não vou bastante depressa, seria preciso ouvir antes que houvesse chamado, e se a gente chega um minuto atrasada, ele entra em cóleras terríveis. Ai!, pobre Combray!, talvez eu só te veja morta, quando me lançarem como uma pedra no buraco da cova. Então não mais sentirei o perfume de teus lindos espinheiros todos brancos. Mas no sono da morte creio que ainda hei de ouvir esses três toques de campainha, que já me terão danado em vida.

Mas interrompiam-na os chamados do coleteiro do pátio, aquele que tanto havia agradado outrora a minha avó, no dia em que esta fora visitar a sra. de Villeparisis e que não ocupava lugar menos elevado na simpatia de Françoise. Tendo erguido a cabeça ao ouvir nossa janela abrir-se, procurava desde um momento atrair a atenção de sua vizinha para cumprimentá-la. A faceirice da moça que fora um dia Françoise alertava então, para o sr. Jupien, o rosto fechado da nossa velha cozinheira entorpecida pela idade, o mau humor e o calor do fogão, e era com uma encantadora mescla de reserva, familiaridade e pudor que dirigia ao fabricante de coletes uma graciosa saudação, mas sem responder com a voz, porque, se na verdade infringia as recomendações de mamãe, olhando para o pátio, não ousaria desafiá-las a ponto de conversar pela janela, o que tinha o dom, segundo Françoise, de lhe valer da senhora *um sermão completo*. Ela mostrava-lhe a caleça atrelada, com o ar de quem dizia: "Belos cavalos, hem?", mas enquanto isto murmurando: "Que velho traste!", e principalmente porque sabia que ele ia responder-lhe, levando a mão à boca para ser ouvido a meia-voz:

— *Vocês* também podiam ter uma parelha, se quisessem, e mais até; mas não gostam dessas coisas.

E Françoise, após uma senha modesta, evasiva e encantada, cuja significação era pouco mais ou menos: "Cada qual no seu gênero; aqui conosco é a simplicidade", fechava a janela, de medo que mamãe chegasse. Esses *vocês*, que poderiam possuir mais cavalos que os Guermantes, éramos nós, mas Jupien tinha razão em dizer *vocês*, porque, exceto para alguns prazeres de amor-próprio puramente pessoais — como, quando ela tossia sem parar e toda a casa tinha medo de contagiar-se, pretender com irritante risinho de superioridade que não estava constipada — semelhante a esses parasitas a que um animal a que estão completamente unidos sustenta com os alimentos que ele apanha, come, digere e lhes oferece em seu último e assimilável resíduo —, Françoise vivia conosco em perfeita simbiose; éramos nós que, com nossas virtudes, nossa fortuna, nosso trem de vida, nossa situação, devíamos elaborar as pequenas satisfações de amor-próprio de que era formada — acrescentando-lhe o direito reconhecido de exercer livremente o culto do almoço segundo o costume antigo, comportando a subsequente tomada de ar na janela, mais algum passeio pela rua, quando ia a compras, e uma saída aos domingos para visitar a sobrinha — a parte de contentamento indispensável à sua vida. Assim se compreende que Françoise tenha ficado abatida, nos primeiros dias, numa casa em que nenhum dos títulos honoríficos de meu pai era ainda reconhecido, presa de um mal que ela própria chamava de aborrecimento, aborrecimento nesse sentido enérgico que tem em Corneille ou nas cartas dos soldados que acabam por suicidar-se porque *se aborrecem* demasiado longe da noiva, da sua aldeia. O aborrecimento de Françoise fora logo curado precisamente por Jupien, pois este lhe causou em seguida um prazer tão vivo e mais refinado do que o prazer que ela teria se nos resolvêssemos a adquirir uma carruagem. "Boa gente, esses Jupien (Françoise assimilando de bom grado palavras novas àquelas que já conhecia), muito boa gente, sua cara o está dizendo." Jupien soube com efeito compreender, e dar a entender a todos, que, se não tínhamos equipagem, era porque não queríamos. Esse amigo de Françoise vivia pouco em casa, pois obtivera um lugar de funcionário num ministério. A princípio fabricante de coletes junto com a *garota* que minha avó tomara como filha sua, perdera toda vantagem em exercer o ofício depois que a pequena (a qual, sabia muito bem, quase ainda criança, remendar uma saia nos tempos em que vovó fora visitar a sra. de Villeparisis) se dedicara à costura para senhoras e se tornara "saieira". Auxiliar primeiro de uma modista, que a empregava para dar um ponto, costurar um volante, pregar um botão, ou um colchete, prender uma prova com alfinetes, logo passara a segunda e primeira oficial, e, tendo conseguido uma freguesia de senhoras da melhor sociedade, trabalhava em casa, isto é, no nosso pátio, o mais das vezes com uma ou duas das suas pequenas camaradas do ateliê, a quem empregava como aprendizes. Desde então se tornara menos necessária a presença de Jupien. Por certo a pequena, depois de crescida, tinha ainda muitas vezes de fazer coletes. Mas, com o auxílio das amigas, não tinha necessidade de mais ninguém. De modo que Jupien, seu tio, havia solicitado um emprego. No princípio lhe era possível voltar para casa ao meio-dia, mas depois, tendo substituído definitivamente o empregado a quem apenas secundava, só podia vir à hora da janta. Felizmente a sua *titularização* só se efetivou algumas semanas após a nossa mudança, de sorte que a gentileza de Jupien pôde exercer-se o tempo suficiente para ajudar Françoise a passar sem muito sofrimento os primeiros tempos difíceis. Aliás, sem negar a utilidade que teve para Françoise a título de *medicamento de emergência*, devo reconhecer que Jupien não me agradara muito à primeira vista. A alguns passos de distância, destruindo completamente o efeito que a não ser isso causariam suas faces rechonchudas e sua bela cor, os seus olhos transbordantes de um olhar condoído, desolado e cismarento, faziam pensar que ele estivesse muito doente ou que acabava de sofrer um doloroso golpe. Não só não havia nada disso, mas, logo que começava a falar, aliás perfeitamente bem, mostrava-se antes frio e sarcástico. Resultava desse desacordo entre o olhar e a palavra algo de falso que não era simpático e com que ele próprio parecia sentir-se tão constrangido como um convidado em traje de passeio numa reunião em que todos estão de casaca ou como alguém que, tendo de responder a uma Alteza, não sabe ao certo como deve expressar-se e contorna a dificuldade reduzindo as frases a quase nada. As de Jupien — pois é mera comparação — eram, pelo contrário, encantadoras. Correspondendo talvez àquela inundação do rosto pelos olhos (a que a gente não mais prestava atenção depois que o conhecia), logo lhe descobri com efeito uma inteligência rara e uma das mais naturalmente literárias que já me foi dado conhecer, no sentido de que, provavelmente sem cultura, possuía, ou assimilara, apenas com o auxílio de alguns livros apressadamente percorridos, as mais engenhosas expressões da língua. As pessoas mais bem-dotadas que eu conhecera tinham morrido muito jovens. Estava assim persuadido de que a vida de Jupien acabaria depressa. Possuía bondade, piedade, os sentimentos mais delicados, mais generosos. Seu papel na vida de Françoise logo deixara de ser indispensável. Ela aprendera a substituí-lo.

Mesmo quando algum fornecedor ou algum criado nos vinha trazer algum pacote, Françoise, parecendo que não se preocupava com ele, e limitando-se a apontar-lhe uma cadeira com ar indiferente, enquanto continuava o trabalho, tão habilmente aproveitava os poucos instantes que o outro passava na cozinha, à espera da resposta de mamãe, que era raro o homem partir sem levar consigo indestrutivelmente gravada a certeza de que "se não tínhamos era porque não queríamos". Se aliás tanto se empenhava em que soubessem que tínhamos "dinheiro" (pois ignorava o uso do que Saint-Loup chamava artigos partitivos e dizia "ter dinheiro", "trazer água"[5]), em que nos soubessem ricos, não era porque a riqueza sem mais nada, a riqueza sem a virtude, fosse para ela o bem supremo, mas a virtude sem riqueza tampouco era o seu ideal. A riqueza era para Françoise como uma condição necessária da virtude, e na falta da qual não teria a virtude nem mérito nem encanto. Discriminava-as tão pouco que acabara por emprestar a cada uma as qualidades da outra, por exigir algo de confortável na virtude e reconhecer algo de edificante na riqueza.

Uma vez fechada a janela, assaz rapidamente — senão mamãe, pelo visto, "lhe soltaria todas as injúrias imagináveis" —, Françoise começava, suspirando, a pôr em ordem a mesa da cozinha.

— Há uns Guermantes que continuam na rua de la Chaise — dizia o camareiro. — Eu tinha um amigo que trabalhou com eles de segundo cocheiro. E conheço alguém, não meu camarada, mas sim um cunhado seu que serviu no Exército com um picador do barão de Guermantes. "Pois vá batendo, afinal de contas não é meu pai!", acrescentava o criado que tinha o hábito, pois trauteava as canções em moda, de semear suas frases com as últimas piadas.[6]

Françoise, com a fadiga de seus olhos de mulher já idosa e que aliás via tudo quanto se referia a Combray numa vaga lonjura, percebeu não a graça que havia em tais palavras, mas sim que deviam ter alguma, pois não tinham relação com o resto da palestra

---

5 A observação só tem cabimento em francês, em que se diz "avoir de l'argent, apporter de l'eau". Françoise dizia "avoir d'argent, apporter d'eau", ou seja, sem utilizar o artigo partitivo. (N. E.)

6 "Pois vá batendo, afinal de contas não é meu pai!" era uma fala célebre da peça *La dame de chez Maxim's*, de Georges Feydeau, criada em 1899. (N. E.)

e haviam sido lançadas com ênfase por uma pessoa a quem tinha como bom trocista. De modo que sorriu com um ar benévolo e deslumbrado, como se dissesse: "Sempre o mesmo, esse Victor!". De resto, sentia-se feliz, pois sabia que ouvir coisas desse gênero se aparenta de longe com essas honestas distrações de sociedade para as quais, em todas as esferas, a gente se apressa a preparar-se e por elas se arrisca a apanhar um resfriado. Supunha enfim que o criado era um amigo para ela, porque não cessava de lhe denunciar com indignação as terríveis medidas que a República ia tomar contra o clero. Françoise ainda não compreendera que os mais cruéis de nossos adversários não são os que nos contradizem e tentam nos persuadir, mas os que exageram ou inventam as notícias que nos podem mortificar, abstendo-se de lhes apresentar qualquer justificativa que abrande a nossa pena e talvez nos inspire uma ligeira estima por um partido que eles timbram em mostrar-nos, para nosso completo suplício, ao mesmo tempo atroz e triunfante.

— A duquesa deve ser aparentada com tudo isso — disse Françoise, retomando a conversação sobre os Guermantes da rua de la Chaise, como se recomeça um trecho musical em andante. — Não recordo mais quem me disse que um desses tinha casado uma prima com o duque. Em todo caso, são os mesmos *parênteses*. Uma grande família, os Guermantes! — acrescentava com respeito, assentando a grandeza dessa família ao mesmo tempo sobre o número de seus membros e o fulgor da sua ilustração, como Pascal a verdade da Religião sobre a Razão e a autoridade das Escrituras.[7] Pois como tinha apenas o qualificativo de "grande" para as duas coisas, parecia-lhe que ambas formavam uma só, apresentando assim o seu vocabulário um defeito em determinado ponto, como certas pedras, o que projetava obscuridade em seu pensamento. — Pergunto eu se não serão esses que têm o seu castelo de Guermantes, a dez léguas de Combray; então devem também ser parentes da sua prima de Argel. — Por muito tempo nos perguntamos, minha

---

7 Comparação tipicamente proustiana entre o raciocínio da criada, Françoise, e uma obra como *Les pensées*, de Pascal, cujo fragmento 381 discute as "Provas da Religião". (N. E.)

mãe e eu, quem poderia ser essa prima de Argel, mas afinal compreendemos que Françoise queria significar com o nome Argel a cidade de Angers. O que está longe nos pode ser mais conhecido do que o que se acha próximo. Françoise, que sabia o nome Argel por causa de horríveis tâmaras que recebíamos pelo Ano-Novo, ignorava o de Angers. Sua linguagem, como a própria língua francesa, e principalmente a toponímia, era semeada de erros. — Eu desejava falar sobre isso com o mordomo dos Guermantes. Como é mesmo que se diz? — interrompeu-se, como levantando uma questão de protocolo; e respondeu a si mesma: "Ah, sim!, é Antoine que se diz", como se Antoine fosse um título. — Ele é quem poderia informar, mas é um verdadeiro senhor, um grande pedante, parece que lhe cortaram a língua ou que se esqueceu de aprender a falar. Nem ao menos faz resposta quando lhe falam — acrescentava Françoise, que dizia *jazer resposta*, como madame de Sévigné. — Mas — ajuntou, sem sinceridade —, uma vez que eu saiba o que está cozinhando na minha marmita, não me importa a dos outros. Seja como for, isso não é lá muito católico. E depois, não é um homem corajoso (esse julgamento poderia dar a entender que Françoise mudara de opinião sobre a bravura que, a seu ver, em Combray, rebaixava os homens ao nível dos animais ferozes. Mas nada disso, corajoso significava apenas trabalhador). Também dizem que é ladrão como uma pega, mas nem sempre se deve dar ouvido a diz que diz que. Aqui todos se vão por causa da portaria: os porteiros são invejosos e metem coisas na cabeça da duquesa. Mas bem se pode dizer que é um verdadeiro sonso esse Antoine, e a sua *Antoinesse* não vale mais do que ele — acrescentava Françoise que, para encontrar um nome de Antoine no feminino que designasse a mulher do mordomo, tinha decerto na sua criação gramatical uma inconsciente lembrança de cônego e canonisa. E nesse ponto não falava mal. Ainda existe perto de Notre-Dame uma rua chamada Chanoinesse, nome que lhe fora dado (porque só a habitavam cônegos) por esses franceses de outrora de que Françoise era, na realidade, contemporânea. Tinha-se aliás, imediatamente depois, um novo exemplo dessa maneira de formar os femininos, pois Françoise acrescentava: "Mas é certo e recerto que o castelo de Guermantes pertence à duquesa. E lá na terra ela é que é a senhora *mairesse*. O que não é pouca coisa".

— Compreendo que é alguma coisa — dizia convictamente o lacaio, sem notar a ironia.

— Julgas que seja alguma coisa, meu filho? Mas para gente como *aquela*, ser *maire* e *mairesse* é três vezes nada. Ah!, se fosse meu o castelo de Guermantes, não me veriam muitas vezes em Paris. É preciso mesmo que uns senhores, pessoas que têm com que, como o patrão e a patroa, tenham coisas na cabeça para ficar nesta miserável cidade, em vez de ir para Combray, já que podem fazer o que bem quiserem e ninguém os impede. Que esperam eles para retirar-se, visto que nada lhes falta: a morte? Ah!, se eu ao menos tivesse pão seco para comer e lenha para aquecer-me no inverno, há muito que estaria em casa, na pobre residência de meu irmão em Combray. Lá ao menos nos sentimos viver, não há esse mundo de casas adiante da gente, e faz tão pouco ruído que de noite a gente ouve as rãs cantarem a mais de duas léguas.

— Deve ser mesmo muito lindo, senhora — exclamava o lacaio com entusiasmo, como se esta última característica fosse tão peculiar a Combray como andar de gôndola em Veneza.

Aliás, mais recente na casa do que o camareiro, o pequeno lacaio falava a Françoise de assuntos que podiam interessar, não a si mesmo, mas a ela. E Françoise, que fazia uma careta quando a tratavam de cozinheira, tinha para com o lacaio, que dizia, referindo-se a ela, *a governanta*, a benevolência especial que experimentam certos príncipes de segunda ordem com respeito aos jovens bem-intencionados que os tratam de Alteza.

— Ao menos a gente sabe o que faz e em que estação está. Não é como aqui, onde não há um mísero *botão de ouro* tanto na Páscoa como no Natal, e nem sequer escuto um *angelusinho* quando levanto a minha velha carcaça. Lá, ouve-se cada hora; não passa de um pobre sino, mas dizes contigo "Aí vem o meu irmão de volta do campo", vês que o dia vai baixando, tocam pelos bens da terra,[8] e tens tempo de voltar antes de acenderes teu lampião. Aqui, é dia, é noite, e vai a gente deitar-se sem que possa dizer ao menos o que fez, tal qual os animais.

— Parece que Méséglise é também muito bonito — interrompeu o lacaio, para cujo gosto a conversação ia tomando feição um tanto abstrata e que se lembrava por acaso de nos ter ouvido falar de Méséglise à mesa.

— Oh!, Méséglise — dizia Françoise, com o amplo sorriso que lhe faziam acudir aos lábios, quando pronunciavam na sua presença aqueles nomes de Méséglise, de Combray, de Tansonville. De tal modo formavam parte da sua própria existência que, ao depará-los no exterior, ao ouvi-los numa conversação, ela experimentava uma alegria bastante próxima da que um professor provoca em aula quando faz alusão a determinada personagem contemporânea cujo nome os seus alunos jamais acreditariam pudesse tombar do alto da cátedra. Seu prazer provinha também de sentir que aqueles lugares eram para ela qualquer coisa que não era para os outros, velhos camaradas com quem se passaram bons momentos; e sorria-lhes como se lhes achasse espírito, pois encontrava neles muito de si mesma.

— Sim, podes dizer, meu filho, que é muito bonito Méséglise — tornava ela, rindo sutilmente. — Mas como foi que ouviste falar de Méséglise?

— Como foi que eu ouvi falar de Méséglise? Mas é muito conhecido. Falaram-me até uma porção de vezes — respondia ele com essa criminosa inexatidão dos informantes que, de cada vez que procuramos nos certificar objetivamente da importância que pode ter para os outros alguma coisa que nos toque, colocam-nos na impossibilidade de o conseguir.

— Ah!, garanto que se está melhor ali debaixo das cerejeiras que perto do fogão.

---

8 Alusão de Françoise aos sinos que soam no período durante as cerimônias das "Rogations", nos três dias antes da Ascensão, pedindo a proteção de Deus à colheita que se aproxima. (N. E.)

E falava-lhe até de Eulalie como de uma boa pessoa. Pois desde que Eulalie morrera, Françoise havia completamente esquecido que a estimara pouco durante a sua vida, como desestimava qualquer pessoa que nada tinha para comer em casa, que *arrebentava de fome*, e depois ainda vinha "pousar de fina", graças à bondade dos ricos. Não mais se arrepelava pelo fato de ter Eulalie tão bem sabido *receber o seu*, todas as semanas, da parte de minha tia. Quanto a esta, Françoise não cansava de lhe entoar louvores.

— Mas era em Combray mesmo, com uma prima da patroa, que a senhora estava? — indagava o lacaio.

— Sim, em casa da sra. Octave, ah!, uma santa mulher, meus filhos. E lá havia sempre de tudo, do bom e do melhor; uma boa mulher, pode-se dizer, que não lamentava as perdizes, nem os faisões, nem nada; e podia-se chegar para o jantar às cinco, às seis, que não era carne que havia de faltar, e ainda de primeira, e vinho branco, e vinho tinto, tudo o que fosse preciso. (Françoise empregava o verbo *lamentar* no mesmo sentido que La Bruyère.) E tudo sempre à sua custa, mesmo que a família ficasse meses ou *anos*. (Esta reflexão nada tinha de descortês para nós, pois Françoise era de uma época em que *custas* não era reservado para o estilo judiciário e significava simplesmente gastos.) Oh!, de lá não se saía com fome. Como o senhor cura nos disse muitas vezes, se há mulher que vai direitinho para o céu, é ela. Pobre senhora, parece que ainda a estou ouvindo dizer-me com a sua vozinha: "Françoise, bem sabes que eu não como, mas quero que seja bom para todos como se eu comesse". Claro que não era para ela. Se vocês a tivessem visto... Não pesava mais que um cestinho de cerejas. Não tinha mais peso algum. Não me dava ouvidos, nunca quis ir ao médico. Ah!, não era lá que se comia correndo. Ela queria que os criados estivessem bem alimentados. Aqui, ainda esta manhã, mal tivemos tempo de roer um pedaço de pão. Tudo se faz em disparada.

Arrepelava-se principalmente com as torradas que meu pai costumava comer. Estava persuadida de que ele assim fazia por afetação e para obrigá-la a *dançar*. "Posso garantir", secundava o lacaio, "que nunca vi uma coisa dessas". Dizia-o como se tivesse visto tudo e os conhecimentos de uma experiência milenária se estendessem a todas as terras e seus usos, entre os quais não figurava em parte alguma o de comer torradas. "Sim, sim", resmungava o mordomo, "mas tudo isso bem poderia mudar, os operários vão fazer uma greve no Canadá, e ainda no outro dia o ministro disse ao patrão que ganhou para isso duzentos mil francos". O mordomo estava longe de o censurar, não que não fosse ele próprio perfeitamente honesto, mas, como julgava venais a todos os políticos, o crime de concussão lhe parecia menos grave que o mais leve delito de roubo. Nem indagava se compreendera bem aquela frase histórica, e não o impressionava a inverossimilhança de que pudesse ser dita pelo próprio culpado a meu pai, sem que esse o pusesse no olho da rua. Mas a filosofia de Combray impedia que Françoise pudesse alimentar esperanças de que as greves do Canadá influíssem no uso das torradas: "Enquanto o mundo for mundo", dizia ela, "haverá patrões para fazer-nos galopar e criados que se prestem a seus caprichos". A despeito da teoria desse perpétuo galope, já há um quarto de hora minha mãe, que provavelmente não usava das mesmas medidas de Françoise para avaliar a duração de seu almoço, dizia:

— Mas que poderão eles estar fazendo? Há mais de duas horas que estão almoçando.

E chamava timidamente três ou quatro vezes. Françoise, o seu lacaio, o mordomo, ouviam os toques de campainha como um simples aviso e sem pensar em atender, mas antes como os primeiros sons dos instrumentos que estão sendo afinados, quando um concerto vai em breve recomeçar e vê-se que não haverá mais que alguns minutos de intervalo. Assim, quando as chamadas começavam a repetir-se e a tornar-se mais insistentes, começavam os nossos criados a prestar-lhes atenção e, considerando que não dispunham de muito mais tempo e que estava próximo o reinício do trabalho, a um tilintar um pouco mais sonoro que os outros, lançavam um suspiro e, tomando todos o seu partido, descia o lacaio para fumar um cigarro ante a porta. Françoise, depois de algumas reflexões a nosso respeito, tais como "parece que foram mordidos de cobra", subia a arranjar suas coisas no sexto andar, e o mordomo, depois de ir buscar papel de carta no meu quarto, expedia rapidamente a sua correspondência particular.

Apesar do ar importante do mordomo dos Guermantes, Françoise, logo nos primeiros dias, pudera informar-me que eles não moravam no seu palácio em virtude de um direito imemorial, e sim de uma locação assaz recente e que o jardim para onde dava, do lado que eu não conhecia, era bastante pequeno e semelhante a todos os jardins contíguos; e soube enfim que não se viam ali nem força senhorial, nem moinho fortificado, nem *sauvoir*, nem pombal de pilastras, nem forno banal, nem celeiro de nave, nem castelete, nem pontes fixas ou levadiças, nem mesmo volantes, como tampouco portagens, agulhas, diplomas, murais ou marcos. Mas como Elstir, depois que a baía de Balbec perdera o mistério e se tornara para mim uma coisa equivalente a qualquer uma das outras porções de água salgada existentes na superfície do globo, lhe restituíra instantaneamente uma individualidade, dizendo-me que era o golfo de opala de Whistler em suas harmonias em azul e prata,[9] assim o nome Guermantes tinha visto morrer, aos golpes de Françoise, a última mansão que dele saíra, quando um velho amigo de meu pai nos disse um dia, referindo-se à duquesa: "Ela ocupa o primeiro lugar no Faubourg Saint-Germain, tem a primeira casa do Faubourg Saint-Germain". Por certo que o primeiro salão, a primeira casa do Faubourg Saint-Germain era bem pouca coisa em relação às outras moradas que eu sucessivamente sonhara. Contudo ainda esta, e devia ser a última, devia ter alguma coisa, por humilde que fosse, além da sua própria matéria, alguma secreta diferenciação.

E tanto me era mais necessário buscar no *salão* da sra. de Guermantes, nos seus amigos, o mistério de seu nome, quanto não o encontrava na sua pessoa, quando a via sair pela manhã a pé, ou à tarde de carro. É verdade que na igreja de Combray me aparecera ela, no esplendor de uma metamorfose, com faces irredutí-

---

9 Alusão ao quadro do pintor norte-americano James McNeil Whistler (1843-1903) de 1865, em que ele representa o pintor Courbet na cidade de Trouville. O diálogo com o pintor Elstir acontece no segundo volume da obra. (N. E.)

veis, impenetráveis ao colorido do nome Guermantes e das tardes à margem do Vivonne, no lugar de meu sonho fulminado, como um cisne ou um salgueiro em que foi transformado um deus ou uma ninfa e que, submetido desde então às leis da natureza, deslizará sobre as águas ou será agitado pelo vento. Todavia, esses reflexos desaparecidos, mal os havia eu relegado, logo tornavam a formar-se, como os reflexos róseos e verdes do sol poente por trás do remo que os quebrou, e, na solidão de meu pensamento, o nome imediatamente absorvia a recordação da face. Mas agora eu a via seguidamente à sua janela, no pátio, na rua; e se não conseguia integrar nela o nome Guermantes, pensar que ela era a sra. de Guermantes, acusava somente a impotência de meu espírito em ir até o fim do ato que eu lhe pedia; ela, porém, a nossa vizinha, parecia cometer o mesmo erro, e ainda mais, cometê-lo sem inquietação, sem nenhum dos meus escrúpulos, sem ao menos suspeitar de que se tratava de um erro. Assim mostrava a sra. de Guermantes na sua indumentária a mesma preocupação de seguir a moda, como se, julgando-se uma mulher como as outras, aspirasse a essa elegância de vestuário em que qualquer uma a podia igualar, e talvez ultrapassar; vira-a na rua olhar com admiração uma atriz bem-vestida; e de manhã, quando ia sair a pé, como se a opinião dos passantes, cuja vulgaridade fazia ressaltar, passeando no meio deles a sua vida inacessível, pudesse constituir um tribunal para ela, eu podia avistá-la diante do espelho, desempenhando, com uma convicção isenta de desdobramento e de ironia, com paixão, com acrimônia, como uma rainha que consentiu em representar de criadinha numa comédia da corte, esse papel, tão inferior a ela, de mulher elegante; e no olvido mitológico da sua grandeza nativa, ela reparava se o véu estava bem-posto, alisava as mangas, ajustava a capa, como o cisne divino faz todos os movimentos da sua espécie animal, conserva seus olhos pintados a cada lado do bico sem pôr neles uma sombra de olhar e arremessa-se de súbito sobre um botão ou um guarda-chuva, na qualidade de cisne, sem se lembrar que é um deus. Mas como o viajante, decepcionado ante o aspecto de uma cidade, diz consigo que lhe penetrará talvez o encanto visitando os museus, entrando em relações com o povo, estudando nas bibliotecas, pensava eu que, se fosse recebido pela sra. de Guermantes, se entrasse para o número de seus amigos, se penetrasse na sua existência, haveria de conhecer aquilo que, sob o seu invólucro alaranjado e brilhante, o seu nome encerrava realmente, objetivamente, para os outros, já que enfim o amigo de meu pai dissera que o círculo dos Guermantes era algo à parte no Faubourg Saint-Germain.

A vida que eu supunha levassem naquele meio derivava de uma fonte tão diversa da experiência, e parecia-me que havia de ser tão peculiar, que não podia imaginar nas reuniões da duquesa a presença de pessoas que eu houvesse outrora frequentado, de pessoas reais. Pois não podendo mudar subitamente de natureza, diriam ali coisas análogas às que eu já lhes ouvira; seus interlocutores talvez se rebaixassem a responder-lhes na mesma linguagem humana; e durante um sarau no primeiro salão do Faubourg Saint-Germain haveria instantes idênticos a instantes que eu já tinha vivido: o que era impossível. É verdade que meu espírito se via embaraçado com certas dificuldades, e a presença do corpo de Jesus Cristo na hóstia não me parecia um mistério mais obscuro do que aquele primeiro salão de Saint-Germain, situado à margem direita e cujos móveis eu podia ouvir espanar pela manhã, de meu quarto. Mas a linha de demarcação que me separava do Faubourg Saint-Germain, por ser puramente ideal, tanto mais real me parecia; bem sentia que era já Saint-Germain a esteira dos Guermantes estendida do outro lado daquele equador e da qual minha mãe se atrevera a dizer, tendo-a visto como eu, no dia em que se achava aberta a porta dos Guermantes, que se achava em péssimo estado. De resto, como é que a sua sala de jantar, sua galeria escura, de móveis forrados de pelúcia vermelha, que eu às vezes podia avistar da janela de nossa cozinha, não se me afigurariam possuir o misterioso encanto do Faubourg SaintGermain, pertencer-lhe de modo essencial, ali estar geograficamente situados, se o ser recebido naquela sala de jantar era ter ido ao Faubourg Saint-Germain, ter respirado a sua atmosfera, visto que todos aqueles que, antes de ir para a mesa, sentavam ao lado da sra. de Guermantes no canapé de couro da galeria, eram do Faubourg Saint-Germain? Sem dúvida, em outros lugares que não Saint-Germain, em certas reuniões, podia-se ver às vezes, imperando majestosamente em meio do povo banal dos elegantes, um desses homens que não são mais que nomes e que assumem alternadamente, quando procuramos figurá-los, o aspecto de um torneio ou de uma floresta patrimonial. Mas ali, no primeiro salão do Faubourg Saint-Germain, na galeria escura, não havia senão eles. Eles eram, de preciosa matéria, as colunas que sustentavam o templo. Mesmo para as reuniões familiares, era somente entre eles que a sra. de Guermantes podia escolher os seus convivas, e nos jantares de doze pessoas, reunidos em torno da mesa servida, eram como as estátuas de ouro dos apóstolos da Santa Capela, pilares históricos e consagradores, diante da Mesa Sagrada.[10] Quanto ao pequeno espaço ajardinado que se estendia entre altas muralhas e onde no verão a sra. de Guermantes mandava servir bebidas e laranjadas após o jantar, como não pensaria eu que sentar entre as nove e as onze da noite, em suas cadeiras de ferro — dotadas de tão grande poder como o canapé de couro —, sem respirar as brisas peculiares ao Faubourg Saint--Germain, era tão impossível como sestear no oásis de Figuig sem estar por isso mesmo na África?[11] E só a imaginação e a crença é que podem diferenciar dos outros certos objetos, certos seres, e criar uma atmosfera. Mas, ai!, aqueles sítios pitorescos, aqueles acidentes naturais, aquelas curiosidades locais, aquelas obras de arte do Faubourg Saint-Germain, decerto nunca me seria dado pousar meus passos entre eles. E contentava-me em estremecer quando avistava do alto-mar (e sem esperanças de jamais abordá-la) como um minarete avançado, como uma primeira palma, como o início da indústria ou da vegetação exóticas, a esteira gasta da margem.

10 Nova comparação proustiana, associando os doze convidados dos jantares da sra. de Guermantes à imagem dos doze pilares da Santa Capela como símbolo dos doze apóstolos que sustentam o templo. Tal imagem encontra-se também no livro de seu amigo, o pintor Émile Male, intitulado *L'art religieux du XIIIe siècle en France*. (N. E.)
11 O oásis de Figuig situa-se na parte marroquina do Saara. (N. E.)

Mas se o palácio de Guermantes começava para mim na porta do seu vestíbulo, suas dependências deviam estender-se muito mais além a juízo do duque que, tendo todos os locatários como rendeiros, rústicos, compradores de bens nacionais, cuja opinião não conta, fazia a barba pela manhã, em camisa de dormir, diante da sua janela, descia ao pátio, conforme sentia mais ou menos calor, em mangas de camisa, de pijama, com uma jaqueta escocesa felpuda e de cor estranha, com capas claras, mais curtas que o paletó, e fazia com que algum de seus picadores pusesse a trote diante dele, segurando-o pelo cabresto, algum novo cavalo que havia comprado. Até por mais de uma vez o cavalo pôs abaixo o mostruário de Jupien, o qual indignou o duque, pedindo-lhe indenização. "Quando mais não fosse, em consideração a todo o bem que a senhora duquesa faz na casa e na paróquia", dizia o sr. de Guermantes, "é uma infâmia da parte desse sujeito reclamar-nos o que quer que seja". Mas Jupien sustentara a nota, parecendo ignorar absolutamente que *bem* jamais houvera feito a duquesa. No entanto, ela o fazia, mas, como não se pode estendê-lo a todo mundo, a lembrança de haver cumulado a um é motivo para abster-se em relação a outro, em quem se provoca tanto maior descontentamento. Aliás, sob outros pontos de vista que não o da beneficência, o bairro não parecia ao duque — e isso até grande distância — senão um prolongamento de seu pátio, uma pista mais extensa para os seus cavalos. Depois de verificar como um novo cavalo trotava sozinho, mandava-o atrelar, atravessar todas as ruas vizinhas, o picador a correr ao lado do carro, segurando as rédeas, fazendo-o passar e repassar diante do duque parado na calçada, ereto, gigantesco, enorme, vestido de claro, charuto entre os dentes, a cabeça erguida, o monóculo curioso, até o momento em que saltava para a boleia, conduzia ele próprio o cavalo para experimentá-lo, e partia com a nova atrelagem ao encontro de sua amante, nos Campos Elísios. O sr. de Guermantes cumprimentava no pátio a dois casais mais ou menos ligados ao seu mundo: um casal de primos seus que, como pais operários, nunca estavam em casa para cuidar dos filhos, pois desde a manhã a mulher partia para a *Schola* a aprender fuga e contraponto e o marido para o seu ateliê, onde fazia esculturas em madeira e trabalhos em couro;[12] e mais o barão e a baronesa de Norpois, sempre de preto, a mulher como alugadora de cadeiras e o marido como gato-pingado que saíam várias vezes por dia para ir à igreja. Eram sobrinhos do antigo embaixador que nós conhecíamos e que meu pai encontrara justamente debaixo da abóbada da escadaria, mas sem compreender de onde ele vinha; pois pensava meu pai que uma personagem tão considerável, que estivera em relações com os homens mais eminentes da Europa e era decerto indiferente a vãs distinções aristocráticas, não devia frequentar aqueles nobres obscuros, clericais e limitados. Moravam havia pouco na casa; Jupien, que viera dizer qualquer coisa no pátio ao marido, que estava cumprimentando ao sr. de Guermantes, chamou-o de sr. Norpois, pois não lhe sabia exatamente o nome.

— Ah!, "senhor Norpois", ah!, essa é mesmo muito boa! Paciência! Em breve esse particular o chamará de cidadão Norpois! — exclamou, voltando-se para o barão, o sr. de Guermantes. Podia enfim extravasar seu mau humor contra Jupien, que lhe dizia "senhor" e não "senhor duque".

Um dia em que o sr. de Guermantes tinha necessidade de um informe referente à profissão de meu pai, apresentara-se a si mesmo com muita afabilidade. Desde então, tinha seguidamente um que outro favor a pedir-lhe como vizinho, e logo que via meu pai descendo a escada, a pensar nalgum trabalho e desejoso de evitar todo e qualquer encontro, o duque deixava os seus tratadores de cavalos, vinha ao encontro de meu pai no pátio, arranjava-lhe a gola do sobretudo com a prestimosidade herdada dos antigos camareiros do rei, tomava-lhe a mão e retinha-a na sua, acariciando-a até, para lhe provar, com um impudor de cortesã, que não lhe regateava o contato da sua preciosa carne, e o levava assim, muito constrangido e só pensando em escapar-se, até além

12 Fundado em 1894, a Schola era um conservatório extremamente rigoroso e de alto grau de ensino, que se situava na rua Saint-Jacques, em Paris. (N. E.)

da porta da rua. Fizera-nos grandes cumprimentos num dia em que cruzara conosco, quando saía de carro com a mulher; devia ter-lhe dito o meu nome, mas que probabilidade haveria de que ela o fosse recordar, nem tampouco à minha fisionomia? E depois, que pífia recomendação o ser designado tão somente como um de seus locatários! Recomendação mais importante seria encontrar a duquesa em casa da sra. de Villeparisis, que precisamente mandara pedir-me por minha avó que a fosse visitar, e, sabendo que eu tinha intenção de fazer literatura, acrescentara que eu encontraria escritores nos seus salões. Mas meu pai achava que eu era ainda muito jovem para frequentar a sociedade e, como não deixava de inquietá-lo o meu estado de saúde, não queria proporcionar-me ocasiões inúteis de novas saídas.

Como um dos lacaios da sra. de Guermantes conversava muito com Françoise, ouvi nomear alguns dos salões que ela frequentava, mas não podia imaginá-los; uma vez que eram uma parte da sua vida, da sua vida que eu só via através do seu nome, não eram eles inconcebíveis?

— Há esta noite uma grande festa de sombras chinesas em casa da princesa de Parma — dizia o lacaio —, mas nós não iremos, porque às cinco horas a senhora toma o trem de Chantilly, para ir passar dois dias em casa do duque d'Aumale,[13] mas quem vai é a criada de quarto e o camareiro. Eu fico aqui. A princesa de Parma é que não há de ficar muito contente, ela escreveu mais de quatro vezes à senhora duquesa.

— Então já não vão mais ao castelo de Guermantes este ano?

— É a primeira vez que não iremos: devido ao reumatismo do senhor duque, o doutor proibiu que se volte antes de instalar um calorífero, mas antes disso, todos os anos nos demorávamos por lá até janeiro. Se o calorífero não ficar pronto, talvez a senhora vá

---

13 O duque d'Aumale, quarto filho de Luís Filipe, era proprietário do castelo de Chantilly, onde, por volta de 1890, aconteciam célebres almoços de domingo. A escapadela da duquesa até Chantilly durante uma "grande festa" antecipa um traço forte de seu caráter: o de se considerar superior e independente diante das mais prestigiosas recepções mundanas. (N. E.)

passar alguns dias em Cannes, em casa da duquesa de Guise, mas ainda não é certo.

— E ao teatro, vocês vão?

— Vamos algumas vezes à Ópera, outras às *soirées* de assinatura da princesa de Parma, que são de oito em oito dias; parece que é muito chique o que se vê: há peças, ópera, tudo. A senhora duquesa não quis tomar assinatura, mas assim mesmo nós vamos, uma vez num camarote de uma amiga da senhora, outra vez num outro, muitas vezes na frisa da princesa de Guermantes, a mulher do primo do senhor duque. É irmã do duque de Baviera. — Quer dizer que a senhora já se retira? — dizia o lacaio que, embora identificado aos Guermantes, tinha no entanto, dos *senhores* em geral, uma noção política que lhe permitia tratar Françoise com tanto respeito como se estivesse colocada em casa de uma duquesa. — A senhora tem uma excelente saúde.

— Ah!, se não fossem estas malditas pernas! No plano ainda vai bem (no plano queria dizer no pátio, nas ruas onde Françoise não desgostava de passear; em suma, em terreno plano), mas há estas excomungadas escadarias. Até a vista, senhor, decerto ainda nos veremos hoje à tarde. E tanto mais desejava continuar a conversa com o lacaio por lhe haver ele revelado que os filhos dos duques usam muitas vezes um título de príncipe que conservam até a morte do pai. Por certo o culto da nobreza, mesclado e acomodado a certo espírito de revolta, hereditariamente haurido nas glebas da França, deve ser muito forte entre o seu povo. Françoise, a quem se podia falar do gênio de Napoleão ou da telegrafia sem fio sem conseguir atrair-lhe a atenção ou retardar-lhe por um instante os movimentos com que retirava as cinzas da lareira ou punha a mesa, bastava que soubesse daquelas particularidades e que o filho mais moço do duque de Guermantes se chamava geralmente príncipe de Oléron, para exclamar: "Como é bonito isso!", e ficava deslumbrada como diante de um vitral.

Françoise soube também pelo lacaio do príncipe de Agrigent, que travara relações com ela ao vir seguidamente trazer cartas para a duquesa, que ele com efeito muito ouvira falar, na sociedade, do casamento do marquês de Saint-Loup com a srta. de Ambresac, e que era coisa quase decidida.

Aquela vila, aquele camarote, para os quais a sra. de Guermantes transvasava a sua vida, não me pareciam lugares menos mágicos do que os seus apartamentos. Os nomes de Guise, de Parma, de Guermantes-Baviera diferenciavam de todos os outros lugares de veraneio a que se transportava a duquesa e as festas cotidianas que o rastro da sua carruagem ligava ao palacete. Se me diziam eles que nessas festas e nessas vilegiaturas consistia sucessivamente a vida da sra. de Guermantes, não me traziam nenhum esclarecimento a seu respeito. Davam cada uma à vida da duquesa uma determinação diferente, mas não a faziam senão mudar de mistério, sem que nada deixasse vaporar do seu, que se deslocava apenas, protegido por uma divisão, encerrado num vaso, em meio às ondas da vida de todos. A duquesa podia almoçar em frente ao Mediterrâneo, na temporada de carnaval, mas fazia-o na vila da sra. de Guise, onde a rainha da sociedade parisiense, com seu vestido de piquê branco, no meio de numerosas princesas, não era mais que uma convidada igual às outras, e por isso mesmo mais emocionante ainda para mim, mais ela própria, ao renovar-se como uma estrela da dança que, na fantasia de um passo, vem tomar sucessivamente o lugar de cada uma das bailarinas suas irmãs; ela podia olhar sombras chinesas, mas num sarau da princesa de Parma; podia ouvir tragédia ou ópera, mas num camarote da princesa de Guermantes.

Como localizamos no corpo de uma pessoa todas as possibilidades da sua vida, a lembrança das criaturas que conhece e acaba de deixar ou com quem vai encontrar-se, quando eu sabia por Françoise que a sra. de Guermantes ia sair a pé para almoçar em casa da princesa de Parma, quando a via descer pelo meio-dia, com o seu vestido de cetim claro, acima do qual o seu rosto era da mesma nuança, como uma nuvem ao sol poente, eram todos os prazeres do Faubourg Saint-Germain que eu via ali diante de mim, naquele pequeno volume, como em uma concha, entre aquelas brunidas valvas de rosado nácar.

Meu pai tinha no Ministério um amigo, um certo A. J. Moreau, que, para se distinguir dos outros Moreau, tinha sempre o cuidado de anteceder seu nome com essas duas iniciais, de sorte que o chamavam, para abreviar, A. J. Ora, não sei como esse A. J. veio a ficar com uma poltrona para um sarau de gala na Ópera; mandou-a a meu pai e, como a Berma, que eu não mais vira desde a minha primeira decepção, devia representar um ato de *Fedra*, minha avó conseguiu que meu pai me cedesse a entrada.

A falar verdade, não ligava eu importância alguma a essa oportunidade de ouvir a Berma que, alguns anos antes, me causara tamanha agitação. E não foi sem melancolia que verifiquei a minha indiferença em face do que outrora preferira à saúde e ao repouso. Não porque fosse menos apaixonado do que então o meu desejo de contemplar de perto as preciosas parcelas de realidade que a minha imaginação entrevia. Mas esta já não as situava agora na dicção de uma grande atriz; desde as minhas visitas a Elstir, era a certas tapeçarias, a certos quadros modernos que eu reportava a fé interior que tivera outrora naquele desempenho, naquela arte trágica da Berma; como a minha fé e o meu desejo não mais viessem prestar um culto incessante à dicção e às atitudes da Berma, o "duplo" que eu deles possuía em meu coração fora pouco a pouco definhando, como esses outros "duplos" dos mortos do antigo Egito que era preciso alimentar constantemente para lhes conservar a vida. Aquela arte se tornara débil e mesquinha. Nenhuma alma profunda a habitava mais.

No momento em que, aproveitando a entrada de meu pai, subia eu a grande escadaria da Ópera, avistei diante de mim um homem que tomei a princípio pelo sr. de Charlus, de quem tinha o aspecto e a compostura; quando voltou a cabeça para pedir uma informação a um empregado, vi que me enganara, mas não hesitei em colocar o desconhecido na mesma classe social, não só pela maneira como estava vestido, mas ainda pelo modo de falar com o fiscal e as empregadas que o faziam esperar. Pois, apesar das particularidades individuais, havia ainda naquela época, entre todo homem chique e rico dessa parte da aristocracia, e todo homem chique e rico do mundo das finanças ou da alta indústria, uma diferença bastante acentuada. Onde um destes últimos julgaria afirmar sua distinção com um tom peremptório e altivo em face de um inferior, o grão-senhor, amável, sorridente, tinha o ar de quem considerava e exercia a afetação da humildade e da paciência, a simulação de ser qualquer um dos espectadores, como um privilégio da sua boa educação. É provável que ao vê-lo assim, escondendo sob um sorriso cheio de bonomia o limiar intransponível do pequeno universo que trazia em si, mais de um filho de abastado banqueiro, ao entrar naquele momento no teatro, teria tomado aquele grão-senhor por um homem de somenos, se não o achasse de uma espantosa parecença com o retrato, recentemente publicado pelos jornais ilustrados, de um sobrinho do imperador da Áustria, o príncipe de Saxe, que justamente se encontrava em Paris naquela ocasião. Sabia-o grande amigo dos Guermantes. Quando cheguei perto do fiscal, ouvi o príncipe de Saxe, ou o suposto príncipe, dizer sorrindo: "Não sei o número do camarote, foi minha prima que me disse que era só perguntar pelo camarote dela".

Talvez fosse o príncipe de Saxe; era talvez a duquesa de Guermantes (que nesse caso eu poderia apreciar vivendo um dos momentos da sua vida inimaginável, no camarote de sua prima) quem os seus olhos viam em pensamento quando dizia: "Minha prima que me disse era só perguntar pelo camarote dela", tanto assim que aquele olhar sorridente e particular e essas palavras tão simples me acariciavam o coração (muito mais do que o faria um devaneio abstrato) com as antenas alternativas de uma ventura possível e de um prestígio incerto. Pelo menos, dizendo essa frase ao fiscal, enxertava ele, numa noite vulgar da minha vida cotidiana, uma passagem eventual para um mundo novo; o corredor que lhe designaram depois de pronunciada a palavra camarote e pelo qual avançou era úmido e gretado e parecia conduzir a grutas marinhas, ao reino mitológico das ninfas das águas. Não tinha à minha frente mais que um senhor de casaca que se ia afastando; mas eu manobrava em seu redor, como um refletor defeituoso, e sem conseguir aplicá-lo exatamente sobre ele, o pensamento de que era o príncipe de Saxe e ia ver a princesa de Guermantes. E, embora estivesse sozinho, esse pensamento exterior a ele, impalpável, imenso, e trepidante como uma projeção, parecia precedê-lo e conduzi-lo, como a divindade, invisível para o resto dos homens, que se mantém junto do guerreiro grego.

Alcancei o meu lugar, enquanto procurava repetir um verso de *Fedra* de que não me recordava exatamente. Tal como o recitava, não tinha o requerido número de pés, mas, como não tentava contá-los, entre o seu desequilíbrio e um verso clássico parecia não existir nenhuma medida comum. Não me espantaria se fosse preciso tirar mais de seis sílabas daquela frase monstruosa para fazer dela um verso de doze pés. Mas, de súbito, recordei-o, as irredutíveis asperezas de um mundo inumano anularam-se como por mágica; as sílabas do verso preencheram logo a medida de um alexandrino, o que ele tinha a mais desprendeu-se com tanta facilidade e leveza como uma bolha de ar que vem rebentar à tona d'água. E, com efeito, aquela enormidade com que eu vinha lutando não tinha mais que um único pé.

Certo número de cadeiras de primeira fila tinham sido postas à venda no escritório e tinham sido compradas por esnobes ou curiosos que queriam contemplar pessoas que não teriam outra ocasião de ver de perto. E, com efeito, era mesmo um pouco da sua verdadeira vida mundana, habitualmente oculta, que se poderia considerar publicamente, pois tendo a própria princesa de Parma dividido entre seus amigos as frisas, os balcões e os camarotes, a sala era como um salão onde cada qual mudava de lugar, ia sentar-se aqui ou ali, perto de uma amiga.

A meu lado estavam pessoas vulgares que, não conhecendo os assinantes, queriam mostrar que eram capazes de os reconhecer e os nomeavam em voz alta. Acrescentavam que esses assinantes vinham para ali como para o seu salão, querendo dizer com isso que não prestavam atenção às peças representadas. Mas era o contrário que acontecia. Um estudante genial que conseguiu uma poltrona para ouvir a Berma só pensa em não sujar as luvas, em não incomodar, em conciliar a simpatia do vizinho que o acaso lhe deu, a perseguir com um sorriso intermitente o olhar fugaz, a fugir com um ar impolido ao olhar de uma pessoa conhecida sua que descobriu na sala e que, depois de mil perplexidades, ele se resolve a ir cumprimentar no momento em que as três pancadas, ressoando antes que ele tenha alcançado essa pessoa, o obrigam a fugir, como os hebreus do mar Vermelho, entre as ondas agitadas dos espectadores e espectadoras que fez levantar e a quem rasga os vestidos ou pisa as botinas. Ao contrário, era porque as pessoas do alto mundo estavam nos seus camarotes (por trás dos balcões em terraço) como em pequenos salões suspensos de que fora retirada uma parede, ou em pequenos cafés onde se vai tomar chá sem ser intimidado pelos espelhos emoldurados de ouro e as cadeiras vermelhas do estabelecimento de gênero napolitano, era porque pousavam a mão indiferente sobre os fustes dourados das colunas que sustentavam aquele templo da arte lírica, era porque não se sentiam emocionados com as honras excessivas que pareciam prestar-lhes duas figuras esculpidas que estendiam palmas e louros para os camarotes, que só eles poderiam ter o espírito livre para escutar a peça, contanto que tivessem espírito.

No princípio não foram mais do que vagas trevas em que a gente avistava de súbito, como o raio de uma pedra preciosa que não se vê, a fosforescência de uns olhos famosos, ou, como um medalhão de Henrique IV destacado sobre um fundo negro, o perfil inclinado do duque d'Aumale, a quem uma dama invisível dizia: "Permita que lhe tire a capa, monsenhor", enquanto o príncipe respondia: "Oh!, por quem é, senhora de Ambresac!". Ela o fazia, apesar desse vago protesto, e era invejada por todos, em vista de semelhante honra.

Mas, nos outros camarotes, quase por toda parte, as brancas deidades que habitavam essas sombrias devesas se haviam refugiado contra as paredes obscuras e permaneciam invisíveis. No entanto, à medida que o espetáculo avançava, as suas formas vagamente humanas se destacavam molemente uma após outra das profundezas da noite que tapetavam e, elevando-se para a claridade, deixavam emergir seus corpos seminus, e vinham deter-se no limite vertical e na superfície claro-escura, onde as suas brilhantes faces apareciam por detrás do entrebater risonho, espumejante e leve de seus leques de espuma, sob as suas cabeleiras de púrpura, entremeadas de pérolas, que parecia haver encurvado a ondulação da maré; depois começavam as cadeiras de orquestra, o retiro dos mortais para sempre separado do sombrio e transparente reino a que serviam aqui e ali de fronteira, na sua superfície líquida e plana, os olhos límpidos e reverberantes das deusas das águas. Pois as "ostras" da margem, as formas dos monstros da orquestra se pintavam naqueles olhos seguindo tão somente as leis da ética e conforme o seu ângulo de incidência, como acontece no caso dessas duas partes da realidade exterior, para as quais, sabendo nós que não possuem, por mais rudimentar que seja, alma análoga à nossa, julgaríamos insensato dirigir um sorriso ou um olhar: os minerais e as pessoas que não conhecemos. Aquém, ao contrário, do limite de seu domínio, as radiosas filhas do mar se voltavam a todo momento, sorrindo, para tritões barbudos pendidos às anfractuosidades do abismo, ou para um semideus aquático que tinha por crânio um seixo polido, onde a vaga apegara uma alga lisa, e por olhar um disco de cristal de rocha. Inclinavam-se para eles, ofereciam-lhes bombons. Às vezes a onda se entreabria ante uma nova nereida que, retardatária, sorridente e confusa, acabava de desabrochar do fundo da sombra; depois, findo o ato, não mais esperando ouvir os melodiosos rumores da terra que as tinham atraído para a superfície, mergulhando todas ao mesmo tempo, as diversas irmãs desapareciam na noite. Mas de todos esses retiros, a cuja entrada a leve preocupação de ver as obras dos homens trazia as deusas curiosas que não se deixam acercar, o mais famoso era o bloco de penumbra conhecido sob o nome de camarote da princesa de Guermantes.

Como uma grande deusa que preside de longe aos jogos das divindades inferiores, a princesa permanecera voluntariamente um pouco para o fundo, num canapé lateral, vermelho como uma rocha de coral, ao lado de uma larga reverberação vítrea, que era provavelmente um espelho e fazia pensar nalguma secção que um raio teria praticado, perpendicular, obscura e líquida, no cristal resplandescente das águas. Ao mesmo tempo pluma e corola, tal como certas florações marinhas, uma grande flor branca, penujosa como uma asa, descia da fronte da princesa, ao longo de uma de suas faces, de que seguia a inflexão com uma docilidade faceira, amorosa e viva, e parecia encerrá-la a meio, como um ovo róseo na suavidade de um ninho de alcíone. Sobre a cabeleira da princesa, e baixando até as sobrancelhas, depois reunindo-se mais abaixo, à altura da garganta, estendia-se uma rede feita dessas conchinhas brancas que se pescam em certos mares austrais e que eram entremeadas com pérolas, mosaico marinho mal saído das vagas e que de momento se achava mergulhado na sombra, a cujo fundo, mesmo então, uma presença humana era revelada pela mobilidade fúlgida dos olhos da princesa. A beleza que colocava esta muito acima das outras filhas fabulosas da penumbra não estava, de todo, material e inclusivamente inscrita na sua nuca, nas suas espáduas, nos seus braços, no seu talhe. Mas a linha deliciosa e inacabada deste era o exato ponto de partida, a geração inevitável das linhas invisíveis que o olhar não podia deixar de prolongar, maravilhosas, engendradas em torno da mulher como o espectro de uma figura ideal projetada nas trevas.

— É a princesa de Guermantes — disse minha vizinha ao senhor que estava em sua companhia, tendo o cuidado de pôr vários *pp* na palavra "princesa" para indicar o ridículo de semelhante apelação. — Ela não economizou as suas pérolas. Creio que se eu tivesse tantas não faria tamanha ostentação; não acho que isso seja distinto.

E no entanto, ao reconhecer a princesa, todos os que procuravam saber quem estava na sala sentiam erguer-se no seu coração o trono legítimo da beleza. Com efeito, com a duquesa de Luxemburgo, com a sra. de Morienval, com a sra. de Saint-Euverte, com tantas outras, o que permitia identificar seu rosto era a conexão de um grosso nariz vermelho com um focinho de lebre, ou duas faces enrugadas com um fino bigode. Esses traços eram aliás suficientes para encantar, visto que, não tendo mais que o valor convencional de uma escrita, faziam ler um nome célebre e que se impunha; mas também acabavam por dar a ideia de que a fealdade tem qualquer coisa de aristocrático, e que é indiferente que o rosto de uma grande dama, se for distinto, seja belo. Mas como certos artistas que, em vez das letras do seu nome, colocam embaixo da tela uma forma bela por si mesma, uma borboleta, um lagarto, uma flor, era assim a forma de um corpo e de um rosto deliciosos que a princesa apunha no ângulo do seu camarote, mostrando com isso que a beleza pode ser a mais nobre das assinaturas;[14] pois a presença da sra. de Guermantes, que só levava ao teatro pessoas que no resto do tempo faziam parte da sua intimidade, era para os amadores de aristocracia o melhor certificado da autenticidade do quadro que apresentava o seu camarote, espécie de evocação de uma cena da vida familiar e especial da princesa nos seus palácios de Munique e de Paris.

Sendo a nossa imaginação como um realejo descomposto que sempre toca outra coisa que não a ária indicada, de cada vez que eu ouvira falar na princesa de Guermantes-Baviera, começara a cantar em mim a lembrança de certas obras do século XVI. Tinha de despojá-la dessas reminiscências, agora que a via oferecer bombons cristalizados a um gordo senhor de fraque. Por certo, longe estava eu de concluir por causa disso que ela e seus convidados fossem criaturas iguais às outras. Bem compreendia que o que ali estavam eles fazendo não passava de um jogo e que para preludiar os atos da sua verdadeira vida (da qual sem dúvida não era ali que viviam a parte importante) assentavam combinações em virtude de ritos para mim ignorados, fingiam oferecer e recusar bombons, gesto despojado da sua significação e regulado de antemão como o passo de uma bailarina que alternativamente se ergue na ponta do pé e gira em torno de um véu. Quem sabe se no momento em que oferecia bombons não dizia a deusa, num tom de ironia (pois eu a via sorrir): "Aceita um bombom?". Que me importava? Eu acharia

14 O pintor Whistler, já mencionado anteriormente a respeito de suas "harmonias em azul e prata", assinara alguns de seus quadros com uma simples borboleta. (N. E.)

de um delicado refinamento a propositada secura, a Mérimée ou a Meilhac, dessas palavras dirigidas por uma deusa a um semideus, o qual sabia quais eram os pensamentos sublimes que ambos resumiam, sem dúvida para o momento em que recomeçassem a viver a sua verdadeira vida e que, prestando-se ao jogo, respondia com a mesma misteriosa malícia: "Sim, aceito uma cereja". E eu escutaria esse diálogo com a mesma avidez com que ouviria certa cena d'*O marido da estreante*, em que a ausência de poesia, de elevados pensamentos, coisas tão familiares para mim e que suponho seria Meilhac mil vezes capaz de ali colocar, me parecia por si só uma elegância, uma elegância convencional e por isso mesmo tanto mais misteriosa e instrutiva.[15]

— Aquele gordo é o marquês de Ganançay — disse com um ar informado o meu vizinho, que ouvira mal o nome cochichado às suas costas.

O marquês de Palancy, com o pescoço estendido, o rosto oblíquo, o grande olho redondo colado contra o vidro do monóculo, deslocava-se lentamente na sombra translúcida e parecia não ver o público da orquestra, qual um peixe que passa, ignorante da multidão dos visitantes curiosos, por trás da parede envidraçada de um aquário. Por momentos parava, venerável, resfolegante, musgoso, e os espectadores não poderiam dizer se ele estava sofrendo, dormindo, nadando, pondo um ovo ou simplesmente respirando. Ninguém me causava tanta inveja quanto ele, por causa do hábito que parecia ter daquele camarote e da indiferença com que deixava a princesa oferecer-lhe bombons; lançava-lhe ela então um olhar de seus belos olhos talhados num diamante que a inteligência e a amizade bem pareciam fluidificar em tais momentos, mas que, quando em repouso, reduzidos à sua pura beleza material, a seu puro fulgor mineralógico, se acaso os deslocava o menor reflexo, incendiavam a profundidade da plateia com raios inumanos, horizontais e esplêndidos. No entanto, visto que

---

15 Alusão à comédia *O marido da estreante*, de Henri de Meilhac e Ludovic Halévy, encenada a partir de 1879 no Palais-Royal. (N. E.)

ia começar o ato da *Fedra* que a Berma representava, a princesa veio para a frente do camarote; então, como se fosse ela própria uma aparição de teatro, na zona diferente de luz que atravessou, eu vi mudar não só a cor mas a matéria daqueles adornos. E no camarote agora seco e emergido, que já não pertencia ao mundo das águas, a princesa, deixando de ser uma nereida, apareceu de turbante branco e azul como alguma maravilhosa atriz vestida de Zaíra ou talvez de Orosmane;[16] depois, quando sentou no primeiro lugar, vi que o suave ninho de alcíone que ternamente protegia o rosado nácar das suas faces era macio, brilhante e aveludado, uma imensa ave-do-paraíso.

Entretanto meus olhares foram desviados do camarote da princesa por uma mulherzinha malvestida, feia, de olhos em fogo, que veio, acompanhada por dois jovens, sentar-se algumas cadeiras distante de mim. Não pude verificar sem melancolia que nada me restava de minhas disposições de outrora quando, para não perder coisa alguma do fenômeno extraordinário que teria ido contemplar no fim do mundo, mantinha meu espírito preparado como essas placas sensíveis que os astrônomos vão instalar na África, nas Antilhas, para a observação escrupulosa de um cometa ou de um eclipse; quando eu temia que alguma nuvem (má disposição do artista, incidente no público) impedisse o espetáculo de produzir-se no seu máximo de intensidade; quando pensaria não assisti-lo nas melhores condições se não fosse ao próprio teatro que lhe era consagrado como um altar, onde me pareciam fazer ainda parte, embora acessória, do seu aparecimento sob o pequeno pano verde, os fiscais de cravo branco nomeados por ela, o envasamento da nave acima de uma plateia cheia de gente malvestida, as empregadas vendendo um programa com a fotografia dela, os castanheiros do *square*, todos esses companheiros, esses

---

16 Zaíra e Orosmane são personagens da tragédia *Zaíra*, escrita por Voltaire em 1732. O sultão Orosmane apaixona-se pela prisioneira cristã, Zaíra, mas, numa crise de ciúme, a mata e se suicida em seguida. No ano de 1873, a "maravilhosa atriz", Sarah Bernhardt, interpreta Zaíra no teatro. (N. E.)

confidentes de minhas impressões de então e que me pareciam inseparáveis delas. *Fedra*, a "Cena da Declaração", a Berma tinham então para mim uma espécie de existência absoluta.[17] Situadas fora do mundo da experiência corrente, existiam por si mesmas, tinha de ir até elas, penetraria delas o que pudesse, e, abrindo meus olhos e minha alma, absorveria ainda uma. Mas como a vida me parecia agradável! A insignificância da que eu levava não tinha importância alguma, como os momentos em que a gente se veste, em que se prepara para sair, visto que além existiam, de modo absoluto, boas e difíceis de abordar, impossíveis de possuir por inteiro, essas realidades mais sólidas, *Fedra*, a maneira de recitar da Berma. Saturado dessas imaginações sobre a perfeição na arte dramática de que se poderia extrair então uma importante dose se naqueles tempos houvessem analisado meu espírito em qualquer instante do dia, e talvez da noite, que fosse, era eu como uma pilha que desenvolve a sua atividade. E tinha chegado um momento em que, doente, ainda quando acreditasse morrer por causa disso, teria sido necessário que fosse ouvir a Berma. Mas agora, como uma colina que de longe parece feita de azul e que de perto penetra na nossa visão vulgar das coisas, tudo aquilo havia deixado o mundo do absoluto e não era mais que uma coisa semelhante às outras, de que eu tomava conhecimento porque estava ali, os artistas eram pessoas da mesma essência das que eu conhecia, procurando dizer o melhor possível aqueles versos da *Fedra* que já não formavam uma essência sublime e individual, separada de tudo, mas versos mais ou menos felizes, prontos para entrar na imensa matéria dos versos franceses a que estavam mesclados. Sentia um desânimo tanto mais profundo como se o objeto de meu teimoso e ativo desejo não mais existisse; em compensação, as minhas disposições para um devaneio fixo, que mudava cada ano, mas me conduzia a uma impulsão brusca, descuidosa do perigo, continuava a existir. Certo

---

17 Alusão à cena 5 do segundo ato da peça de Racine, quando Fedra declara seu amor por Hipólito, filho do primeiro casamento de seu marido, Teseu. (N. E.)

dia em que, doente, eu saía para ver num castelo um quadro de Elstir, uma tapeçaria gótica, de tal modo se assemelhava ao dia em que eu devera partir para Veneza, ao dia em que fora ouvir a Berma ou seguira para Balbec, que de antemão sentia que o atual objeto de meu sacrifício me deixaria indiferente ao fim de pouco tempo, que eu poderia passar bem perto dele sem ir olhar aqueles quadros, aquelas tapeçarias pelas quais teria enfrentado nesse momento tantas noites sem sono, tantas crises dolorosas. Sentia pela instabilidade do seu objeto a vaidade do meu esforço, e ao mesmo tempo a sua enormidade, em que não acreditara, como esses neurastênicos cuja fadiga se acrescenta fazendo-lhes notar que estão fatigados. Enquanto isso, meu devaneio dava prestígio a tudo quanto se pudesse ligar a ele. E ainda em meus desejos mais carnais, sempre orientados em certo rumo, concentrados em torno de um mesmo sonho, poderia eu reconhecer uma ideia como primeiro motor, ideia a que teria sacrificado minha vida, e em cujo ponto mais central, como nas minhas cismas das tardes de leitura nos jardins de Combray, estava a ideia de perfeição.

Não tive mais a mesma indulgência de outrora para com as justas intenções de cólera ou ternura que então havia notado na dicção e na mímica de Arícia, de Ismênia e de Hipólito. Não é que aqueles artistas eram os mesmos — não procurassem sempre, com a mesma inteligência, dar aqui à sua voz uma inflexão cariciosa ou uma calculada ambiguidade, ali a seus gestos uma amplitude trágica ou uma súplice doçura. Suas entonações ordenavam a essa voz: "Sê doce, canta como um rouxinol, acaricia"; ou, pelo contrário: "Faze-te furiosa", e então se precipitavam sobre ela para arrebatá-la em seu frenesi. Ela, porém, rebelde, exterior à dicção, permanecia irredutivelmente a sua voz natural, com seus defeitos ou seus encantos materiais, sua vulgaridade ou sua afetação cotidiana, e apresentava assim um conjunto de fenômenos acústicos ou sociais que o sentimento dos versos recitados não alterara.

Da mesma maneira, o gesto daqueles artistas dizia a seus braços, a seu peplo: "Sede majestosos". Mas os membros insubmissos deixavam ostentar-se entre a espádua e o cotovelo um bíceps que nada sabia do papel; continuavam a exprimir a insignificância da vida de todos os dias e a pôr em evidência, em vez de nuanças racinianas, convexidades musculares; e o drapejamento que soerguiam retombava numa vertical em que apenas o disputava às leis da queda dos corpos uma maleabilidade insípida e têxtil. Nesse momento, a mulherzinha que estava a meu lado exclamou:

— Nenhum aplauso! E como ela está atada! Mas é muito velha, não pode mais; nesses casos a gente deve desistir.

Diante dos "psts" dos vizinhos, os dois jovens que estavam com ela trataram de fazer com que ficasse quieta, e agora o seu furor só se desencadeava em seus olhos. Esse furor, aliás, só podia dirigir-se ao sucesso, à glória, pois a Berma, que havia ganho tanto dinheiro, não tinha mais senão dívidas. Aprazando sempre encontros de negócios ou de amizade a que não podia comparecer, tinha em todas as ruas batedores que corriam a suspender apartamentos que mandara reservar nos hotéis e que jamais ia ocupar, oceanos de perfumes para lavar as suas cadelas, vales a descontar com todos os diretores. Na falta de gastos mais consideráveis, e menos voluptuosa que Cleópatra, teria encontrado um jeito de devorar províncias e remos só em telegramas e viaturas da Companhia Urbana.[18] Mas a mulherzinha era uma atriz que não tivera sorte e que votava um ódio mortal à Berma. Esta acabava de entrar em cena. E então, ó milagre, como essas lições que embalde nos extenuamos por aprender à noite e que reencontramos em nós, sabidas de cor, depois de termos dormido, como também essas faces dos mortos que os apaixonados esforços de nossa memória perseguem sem os encontrar, e que, quando não mais pensamos nelas, estão ali, diante dos nossos olhos, com a semelhança da vida, assim o talento da Berma, que me havia escapado quando eu procurava tão avidamente apreender-lhe a essência, agora, após aqueles anos de esquecimento, naquela hora de indiferença, se impunha com a força da evidência à minha admiração.

---

18 A Companhia Urbana era importante firma parisiense de aluguel de fiacres e outros veículos. (N. E.)

Outrora, para ver se isolava esse talento, eu desfalcava de algum modo o que ouvia, o próprio papel, parte comum a todas as artistas que representavam *Fedra* e que eu previamente estudara para poder subtraí-lo, para não recolher como resíduo senão o talento da sra. Berma. Mas esse talento que eu procurava apreender fora do papel não formava mais que um todo com este. Tal como acontece com um grande músico (parece que era o caso de Vinteuil quando tocava piano), sua execução é de um pianista tão grande que já nem se sabe se esse artista é mesmo pianista, porque (não interpondo todo esse aparato de esforços musculares, aqui e ali coroados de brilhantes efeitos, todo esse salpicar de notas em que pelo menos o ouvinte que não sabe a que ater-se julga encontrar o talento na sua realidade material, tangível) esse desempenho se tornou tão transparente, tão cheio do que ele interpreta que não se vê mais a ele próprio e o artista não é mais que uma janela que dá para uma obra-prima. As intenções que cercam como uma moldura majestosa ou delicada a voz e a mímica de Arícia, de Ismênia, de Hipólito, eu pudera distingui-las; mas Fedra as interiorizara e meu espírito não conseguira arrancar à dicção e às atitudes, apreender na avara simplicidade da sua superfície lisa, aqueles achados, aqueles efeitos que não sobressairiam tanto se não estivessem profundamente absorvidos. A voz da Berma, em que já não subsistia um só dejeto de matéria inerte e refratária ao espírito, não deixava discernir em torno de si esse excedente de lágrimas que se via correr, porque não tinham podido embeber-se na voz de mármore de Arícia ou de Ismênia, mas fora delicadamente amaciada em suas mínimas células como o instrumento de um grande violinista em que se quer louvar, quando se diz que possui um bom som, não uma particularidade física, mas uma superioridade de alma; como na paisagem antiga, onde, no lugar de uma ninfa desaparecida, há uma fonte inanimada, uma intenção discernível e concreta se mudara numa qualidade do timbre, de uma limpidez estranha, apropriada e fria. Os braços da Berma, que os próprios versos, na mesma emissão com que faziam sair a voz dos lábios, pareciam erguer-se-lhe sobre o peito como essas folhagens que a água desloca ao fugir; sua atitude em cena, que ela havia lentamente constituído, que ainda haveria de modificar, e que era feita de raciocínios de outra profundez que os daqueles cujos traços se percebiam nos gestos de suas colegas, mas raciocínios que tinham perdido sua origem voluntária, fundidos numa espécie de irradiação em que faziam palpitar, em torno da personagem de Fedra, elementos ricos e complexos, mas que o espectador fascinado tomava não como um acerto da artista, mas como um dado da vida; mesmo aqueles brancos véus que, extenuados e fiéis, pareciam matéria viva e que tinham sido fiados pelo sofrimento semipagão, semijansenista, em torno do qual se contraíam como um casulo frágil e friorento; tudo aquilo, voz, atitude, gestos, véus, não eram, em redor desse corpo de uma ideia que é um verso (corpo que, ao contrário dos corpos humanos, não está diante da alma como um obstáculo opaco que impede de percebê-la, mas como uma veste purificada, vivificada, onde ela se difunde e onde a reencontramos), senão invólucros suplementares que, em vez de ocultá-la, revelavam mais esplendidamente a alma que os assimilara e neles se expandira, senão ondas de substâncias diversas que se tornaram translúcidas, e cuja superposição só faz refratar mais ricamente o raio central e prisioneiro que as atravessa e tornar mais extensa, mais preciosa e mais bela a matéria embebida de flama em que está infundido. Assim a interpretação da Berma era, em torno da obra, uma segunda obra, vivificada também pelo gênio.

Minha impressão, para falar a verdade, mais agradável que a de outrora, não era diferente. Apenas eu não mais a confrontava com uma ideia preestabelecida, abstrata e falsa do gênio dramático, e compreendia que o gênio dramático era justamente aquilo. Pensava havia pouco que se não tivera prazer da primeira vez em que ouvira a Berma, era que ia a ela com um prazer demasiado grande, como nos tempos em que me encontrava com Gilberte nos Campos Elísios. Entre as duas decepções não havia apenas essa semelhança, mas também outra, mais profunda. A impressão que nos causa uma pessoa, uma obra (ou uma interpretação) fortemente caracterizadas é toda particular. Trouxemos conosco as ideias de "beleza", de "amplitude de estilo", de "patético", que em rigor poderíamos ter a ilusão de reconhecer na banalidade de um talento, de um rosto correto, mas o nosso espírito atento tem diante de si a insistência de uma forma de que não possui equivalente intelectual e cuja incógnita precisa descobrir. Ouve um som agudo, uma entonação estranhamente interrogativa. Indaga: É belo, o que eu sinto? É admiração? É isso a riqueza de colorido, a nobreza, a força? E o que de novo lhe responde é uma voz aguda, é um tom curiosamente inquiridor, é a impressão despótica causada por uma criatura a quem não se conhece, impressão puramente material e na qual não é deixado nenhum espaço vazio para a "amplitude de interpretação". E por causa disso, são as obras verdadeiramente belas, quando sinceramente ouvidas, que mais nos devem decepcionar, porque na coleção de nossas ideias não há nenhuma que corresponda a uma impressão individual.

Era precisamente o que me mostrava o desempenho da Berma. Aquilo é que era mesmo a verdade, a nobreza da dicção. Reconhecia agora os méritos de uma interpretação larga, poética, poderosa, ou, antes, era a interpretação a que se convencionou outorgar esses títulos, mas como se dá o nome de Marte, de Vênus e de Saturno a estrelas que nada têm de mitológico. Sentimos num mundo, pensamos e nomeamos num outro mundo, podemos estabelecer uma concordância entre ambos, mas não preencher o intervalo. Era bem pouca coisa esse intervalo, essa falha, que eu tinha de franquear quando, no primeiro dia em que fora ver a Berma representar, tendo-a escutado com todos os meus ouvidos, tivera algum trabalho em reunir minhas ideias de "nobreza de interpretação" e de "originalidade" e não prorrompera em aplausos senão após um momento de vácuo e como se eles nascessem, não da minha própria impressão, mas como se os ligasse a minhas ideias prévias, ao prazer que sentia em dizer comigo: "Afinal estou ouvindo a Berma". E a diferença que há entre uma pessoa, uma obra fortemente individual e a ideia de beleza, também existe, igualmente grande, entre o que elas nos fazem sentir e as ideias de amor, de admiração. Assim, não as reconhecemos. Eu não tivera prazer em ouvir a Berma (como não o sentia ao ver Gilberte). Pensava: "Não a admiro, pois". Contudo, só pensava então em analisar o desempenho da Berma, apenas isso me preocupava, procurava abrir meu pensamento o mais amplamente possível para receber tudo quanto continha a sua interpretação. Agora compreendia que era justamente isto: admirar.

Esse gênio de que a interpretação da Berma era apenas a revelação, seria na verdade tão somente o gênio de Racine?

No princípio acreditei-o. Devia desenganar-me, uma vez findo o ato da *Fedra*, após os chamados do público, durante os quais a velha atriz raivosa, erguendo o talhe minúsculo e enviesando o corpo, imobilizou os músculos do rosto e cruzou os braços no peito para mostrar que não se misturava aos aplausos dos outros e tornar mais evidente um protesto que julgava sensacional, mas que passou despercebido. A peça seguinte era uma das novidades que eu antigamente achava, devido à falta de celebridade, que deviam parecer débeis, restritas, desprovidas como estavam de existência fora da sua representação atual. Mas não tinha, como no caso de uma peça clássica, essa decepção de ver que a eternidade de uma obra-prima não possuía mais extensão que a do palco e mais duração do que a representação que a desempenhava tal como uma peça de circunstância. Depois, a cada tirada que eu sentia do gosto do público e que seria um dia famosa, na falta da celebridade que não pudera ter no passado, acrescentava a que teria no futuro, por um esforço de espírito inverso ao que consiste em imaginar obras-primas no tempo da sua mesquinha estreia, quando seu título, que jamais tinham ouvido, não parecia que fosse posto um dia, confundido na mesma luz, ao lado dos das outras obras do autor. E aquele viria a ser colocado um dia na lista dos seus melhores papéis, junto com o de Fedra. Não porque em si mesmo fosse destituído de qualquer valor literário, mas a Berma era tão sublime no seu desempenho como em *Fedra*. Compreendi então que a obra do escritor não era para a trágica senão a matéria-prima, mais ou menos indiferente em si mesma, para a criação de sua obra-prima de interpretação, como o grande pintor que eu conhecera em Balbec, Elstir, tinha encontrado o motivo de dois quadros que se equivalem, num edifício escolar sem caráter e numa catedral que é, por si mesma, uma obra-prima. E tal como o pintor dissolve casa, carroça, personagens, em algum grande efeito de luz que os torna homogêneos, a Berma estendia vastas ondas de terror, de ternura, sobre as palavras fundidas igualmente, todas niveladas ou realçadas em conjunto, e que uma artista medíocre teria destacado uma após outra. Por certo cada qual tinha uma inflexão própria e a dicção da Berma não impedia que se percebesse o verso. Não é já um primeiro elemento de complexidade ordenada, isto é, de beleza, quando, ouvindo uma rima, isto é, alguma coisa que é ao mesmo tempo semelhante e diversa da rima precedente, que é por ela motivada, mas introduz a variação de uma ideia nova, se sentem dois sistemas que se superpõem, um de pensamento, outro de métrica? A Berma, porém, fazia entrar as palavras, até os versos, até as "tiradas", em conjuntos mais vastos, em cuja fronteira era um encanto vê-los obrigados a parar, a interromper-se; assim um poeta tem prazer de fazer hesitar um instante, na rima, a palavra que vai lançar-se, e um compositor em confundir as palavras diversas de um libreto num mesmo ritmo que as contraria e arrasta. Assim, tanto nas frases do dramaturgo moderno como nos versos de Racine, a Berma sabia introduzir aquelas vastas imagens de dor, de nobreza, de paixão, que eram as obras-primas dela própria e em que a reconheciam, como se reconhece um pintor em retratos que pintou segundo modelos diferentes.

Não mais desejaria, como outrora, imobilizar as atitudes da Berma, o belo efeito de cor que ela dava por um só instante numa iluminação logo desvanecida e que não se renovava, nem fazer com que dissesse cem vezes o mesmo verso. Compreendia que o meu desejo de outrora era mais exigente do que a vontade do poeta, da atriz, do grande artista decorador que era o seu cenarista, e que aquele encanto esparzido de voo sobre um verso, aqueles gestos instáveis perpetuamente transformados, aqueles quadros sucessivos eram o resultado fugitivo, o fim momentâneo, a móvel obra-prima que a arte teatral se propunha, e à qual destruiria, querendo fixá-la, a atenção de um ouvinte por demais apaixonado. Até nem fazia questão de voltar noutro dia para ouvir novamente a Berma; estava satisfeito com ela; era quando admirava demasiado para que não ficasse decepcionado com o objeto da minha admiração, fosse esse objeto Gilberte ou a Berma, que eu pedia previamente à impressão do dia seguinte o prazer que me recusara a impressão da véspera. Sem procurar aprofundar a alegria que acabava de sentir e de que talvez poderia ter feito um uso mais fecundo, dizia comigo, como outrora certo amigo de colégio: "É mesmo a Berma que eu coloco em primeiro lugar", embora sentindo confusamente que o gênio da Berma talvez não fosse exatamente traduzido por essa afirmação de minha preferência e esse lugar de "primeira" que lhe outorgava, por mais calma, aliás, que me trouxessem.

No momento em que começava a segunda peça, olhei para o camarote da sra. de Guermantes. Essa princesa, com um movimento gerador de uma linha deliciosa que meu espírito prosseguia no vazio, acabava de voltar a cabeça para o fundo do camarote; os convidados estavam de pé, também voltados para o fundo, e eis que, entre a dupla fileira que eles formavam, em toda a sua segurança e grandeza de deusa, mas com uma doçura desconhecida, que se devia à afetada e sorridente confusão de chegar tão tarde e fazer levantar todo mundo no meio da representação, entrou, toda envolta em brancas musselinas, a duquesa de Guermantes. Dirigiu-se diretamente para sua prima, fez uma profunda reverência a um jovem loiro que estava sentado na frente e, voltando-se para os monstros marinhos e sagrados que flutuavam no fundo do antro, deu àqueles semideuses do Jockey Club[19] — que naquele momento, e particularmente o sr. de Palancy, foram os homens que eu mais desejaria ser — um boa-tarde familiar de velha amiga, alusão ao dia a dia de suas relações com eles desde quinze anos

19 Fundado em 1834, no número 1 da rua Scribe, em Paris, o Jockey Club era bastante fechado. (N. E.)

antes. Eu sentia o mistério, mas não podia decifrar o enigma daquele olhar sorridente que ela dirigia aos amigos, no fulgor azulado com que brilhava, enquanto abandonava a mão a uns e outros e que, se eu pudesse decompor-lhe o prisma, analisar-lhe as cristalizações, talvez me tivesse revelado a essência da vida desconhecida que nela transparecia em tal momento. O duque de Guermantes seguia a esposa, com o reflexo de seu monóculo, o sorriso de seus dentes, a brancura de seu cravo ou de seu plastrom pregueado e afastando, para dar lugar à luz de tudo isso, as suas sobrancelhas, os seus lábios, o seu fraque; com um gesto da mão estendida, que baixou sobre os ombros deles, ereto, sem mover a cabeça, ordenou que se sentassem aos tritões inferiores que lhe davam passagem, e inclinou-se profundamente diante do jovem loiro. Dir-se-ia que a duquesa tinha adivinhado que a sua prima, a quem criticava, diziam, o que ela chamava os exageros (nome que, do seu ponto de vista espirituosamente francês e moderado, tomava logo a poesia e o entusiasmo germânicos), teria naquela noite uma dessas *toilettes* em que a considerava "fantasiada", e que lhe quisera dar uma lição de bom gosto. Em vez das maravilhosas e suaves plumas que desciam da cabeça ao pescoço da princesa, em vez da sua rede de conchas e pérolas, a duquesa não tinha nos cabelos senão uma simples *aigrette* que, dominando seu nariz arqueado e seus olhos proeminentes, parecia a crista de um pássaro. Seu pescoço e suas espáduas brotavam de uma onda nevosa de musselina contra a qual vinha bater um leque de plumas de cisne, mas em seguida o vestido, cujo corpete tinha como único adorno inumeráveis palhetas, ou de metal, em varinhas e em grãos, lhe modelava o corpo com uma precisão inteiramente britânica. Mas por mais diferentes que fossem as duas *toilettes*, depois que a princesa cedeu à prima a cadeira que ocupava até então, viram-nas voltar-se uma para a outra, a se admirarem reciprocamente.

Talvez a sra. de Guermantes tivesse no dia seguinte um sorriso ao falar no toucado um pouco complicado da princesa, mas certamente declararia que nem por isso estava menos encantadora e maravilhosamente preparada; e a princesa que, por gosto, acharia alguma coisa de frio, de seco, de um pouco *couturier,* na maneira como se vestia a prima, descobriria nessa estrita sobriedade um bizarro refinamento. Aliás, entre elas, a harmonia, a preestabelecida gravitação universal da sua educação neutralizavam os contrastes, não só de enfeite, mas também de atitude. Nessas linhas invisíveis e imantadas que a elegância de maneiras estendia entre elas, vinha expirar o natural expansivo da princesa, ao passo que a retidão da duquesa se deixava atrair, dobrar, tornava-se doçura e encanto. Do mesmo modo que na peça que estavam representando, para compreender o que a Berma irradiava de poesia pessoal, bastava confiar o papel que desempenhava, e que só ela podia desempenhar, a qualquer outra atriz, o espectador que erguesse os olhos para o balcão veria, em dois camarotes, um "arranjo", que ela julgava recordar os toucados da princesa de Guermantes, dar simplesmente à baronesa de Morienval um ar excêntrico, pretensioso e mal-educado, e um esforço ao mesmo tempo paciente e caro para imitar as *toilettes* e a elegância da duquesa de Guermantes, fazer simplesmente com que a sra. de Cambremer se assemelhasse a alguma mocinha provinciana, armada em arame, tesa, seca e aguda, com um penacho de carro fúnebre verticalmente erguido nos cabelos. Talvez o lugar desta última não fosse numa sala onde era apenas com as mulheres mais brilhantes do ano que os camarotes (e até os mais altos, que de baixo pareciam grandes cestos cheios de flores humanas e ligadas à abóbada da sala pelas rédeas vermelhas de suas separações de veludo) compunham um panorama efêmero que as mortes, os escândalos, as doenças, os rompimentos modificariam em breve, mas que naquele momento estava imobilizado pela atenção, o calor, a vertigem, a poeira, a elegância e o tédio, nessa espécie de instante eterno e trágico de inconsciente espera e de calmo embotamento que, retrospectivamente, parece ter precedido a explosão de uma bomba ou a primeira chama de um incêndio.

A razão pela qual ali se achava a sra. de Cambremer era que a princesa de Parma, desprovida de esnobismo como a maioria das autênticas Altezas, e, em compensação, devorada pelo orgulho, o desejo da caridade, que se igualava nela ao gosto pelo que supunha as Artes, tinha cedido aqui e ali alguns camarotes a mulheres como a sra. de Cambremer, que não faziam parte da alta sociedade aristocrática, mas com as quais ela estava em contato por suas obras de beneficência. A sra. de Cambremer não tirava os olhos da duquesa e da princesa de Guermantes, o que tanto mais fácil lhe era porque, não estando em verdadeiras relações com elas, não podia parecer que esmolava um cumprimento. Contudo, ser recebida em casa dessas duas grandes damas era o objetivo que há dez anos ela vinha perseguindo com infatigável paciência. Tinha calculado que por certo o atingiria dali a cinco anos. Mas atacada de uma doença que não perdoa e cujo caráter inexorável, presumindo conhecimentos médicos, julgava conhecer, temia não viver até então. Pelo menos naquela noite era feliz ao pensar que todas aquelas mulheres a quem apenas conhecia veriam ao lado dela um de seus amigos, o jovem marquês de Beausergent, irmão da sra. de Argencourt, que frequentava igualmente as duas sociedades e cuja companhia as mulheres da segunda gostavam de ostentar aos olhos da primeira. Sentara-se ao lado da sra. de Cambremer, numa cadeira posta de viés, a fim de poder olhar de soslaio para os demais camarotes. Conhecia todo mundo e, para cumprimentar, com a encantadora elegância de suas graciosas mesuras, de sua fina cabeça loira, erguia a meio o talhe donairoso, com um sorriso em seus olhos azuis, uma mescla de respeito e desenvoltura, gravando desse modo com precisão, no retângulo do plano oblíquo em que estava situado, algo assim como uma dessas antigas estampas que representam um grão-senhor altaneiro e cortesão. Aceitava seguidamente dessa maneira ir ao teatro com a sra. de Cambremer; na sala e à saída, no vestíbulo, permanecia bravamente ao lado dela, em meio à multidão de amigas mais brilhantes que ali contava e com quem evitava falar, pois não queria constrangê-las, como se estivesse em má companhia. Se passava então a princesa de Guermantes, linda e leve como Diana, deixando arrastar depois de si uma capa incomparável, fazendo com que se voltassem todas as cabeças e seguida por todos os olhos (pelos da sra. de Cambremer mais que por todos os outros), o sr. de Beausergent se absorvia numa conversação com a sua companheira, não respondia ao sorriso amigo e deslumbrante da princesa senão por obrigação e forçado e com a reserva bem-educada e a caridosa frieza de alguém cuja amabilidade pode tornar-se momentaneamente embaraçosa.

Ainda que a sra. de Cambremer não soubesse que o camarote pertencia à princesa, teria no entanto reconhecido que a convidada era a sra. de Guermantes, pelo ar de maior atenção que prestava ao espetáculo do palco e da sala, a fim de ser amável para com quem a convidara. Mas ao mesmo tempo que essa força centrífuga, uma força inversa, desenvolvida pelo mesmo desejo de amabilidade, trazia a atenção da duquesa para a sua própria *toilette*, a sua *aigrette*, o seu colar, o seu corpete, e também para a da princesa, de quem parecia proclamar-se súdita, escrava, como se tivesse vindo unicamente para vê-la, disposta a segui-la a qualquer parte se a titular do camarote tivesse a fantasia de retirar-se, e apenas considerando um conjunto de estranhos que era curioso examinar ao resto da sala, onde no entanto contava grande número de amigos em cujos camarotes se encontrava noutras semanas e para com os quais não deixava de dar mostras então da mesma lealdade exclusiva, relativista e hebdomadária. A sra. de Cambremer estava espantada de ver a duquesa naquela noite. Sabia que costumava demorar-se muito em Guermantes e supunha que ainda ali estivesse. Mas haviam-lhe contado que a sra. de Guermantes, às vezes, quando havia em Paris um espetáculo que julgava interessante, mandava atrelar um de seus carros, logo depois de tomar chá com os caçadores, e, ao sol poente, partia a trote largo, através da floresta crepuscular, depois pela estrada, para tomar o trem em Combray a fim de estar em Paris à noite. "Talvez tenha vindo de Guermantes expressamente para ouvir a Berma", pensava com admiração a sra. de Cambremer. E lembrava-se de que ouvira Swann dizer, nesse jargão ambíguo que ele tinha em comum com o sr. de Charlus: "A duquesa é um dos seres mais nobres de Paris, da elite mais refinada, mais escolhida". Para mim, que fazia derivar do nome

Guermantes, do nome Baviera e do nome Condé, a vida, o pensamento das duas primas (não podia fazer o mesmo quanto a seus rostos, pois já os tinha visto) preferia conhecer o seu juízo sobre *Fedra* ao do melhor crítico do mundo. Pois no juízo deste eu não encontraria mais que inteligência, inteligência superior à minha, mas da mesma natureza. Mas o que pensavam a duquesa e a princesa de Guermantes e que me forneceria um documento inestimável sobre a natureza dessas duas poéticas criaturas, eu o imaginava com o auxílio de seus nomes, atribuía-lhe um encanto irracional e, com a sede e a nostalgia de um febrento, o que eu pedia que a sua opinião sobre *Fedra* me desse era o encanto das tardes de verão em que eu passeava pelas bandas de Guermantes.

A sra. de Cambremer procurava distinguir que espécie de *toilette* usavam as duas primas. Quanto a mim, não duvidava que essas *toilettes* lhe fossem peculiares, não só no sentido em que a libré de gola vermelha ou lapela azul pertencia outrora exclusivamente aos Guermantes e aos Condé, mas antes como a um pássaro a plumagem, que não é apenas um ornamento de sua beleza, mas uma extensão de seu corpo. A *toilette* dessas duas mulheres se me afigurava uma materialização nívea ou matizada da sua atividade interior e, tal como os gestos que eu vira a princesa de Guermantes fazer e que não duvidava corresponderem a uma ideia oculta, as plumas que desciam da fronte da princesa e o corpete deslumbrante e recamado da sua prima pareciam ter um significado, ser para cada uma das duas mulheres um atributo que só a ela pertencia e cujo sentido desejaria conhecer: a ave-do-paraíso me parecia inseparável de uma, como o pavão de Juno, e pensava que nenhuma mulher poderia usurpar o corpete recamado da outra como não poderia usurpar a égide fulgurante e franjada de Minerva. E quando eu erguia os olhos para aquele camarote, muito mais do que no teto do teatro onde estavam pintadas frias alegorias, era como se avistasse, graças ao miraculoso rompimento das nuvens costumeiras, a assembleia dos deuses a contemplar o espetáculo dos homens, sob uma tela vermelha, numa entreaberta luminosa, entre dois pilares do céu. Contemplava aquela apoteose momentânea com uma perturbação a que mesclava de paz o sentimento de ser ignorado dos imortais; é verdade que a duquesa me vira certa vez com o seu marido, mas com certeza não devia lembrar-se disso, e não me era penoso que ela, pelo lugar que ocupava no camarote, olhasse as madréporas anônimas e coletivas do público da plateia das primeiras filas, pois sentia felizmente o meu ser dissolvido no meio delas, quando, no momento em que, em virtude das leis da refração, veio sem dúvida pintar-se na corrente impassível dos dois olhos azuis a forma confusa do protozoário desprovido de consciência individual que eu era, vi um clarão iluminá-los: a duquesa, de deusa tornada mulher e parecendo-me subitamente mil vezes mais bela, ergueu para mim a mão enluvada de branco que apoiava na borda do camarote, agitou-a em sinal de amizade, meus olhares se sentiram cruzados pela incandescência involuntária e os fogos dos olhos da princesa, que sem querer os fizera entrar em conflagração, só em movê-los para ver a quem acabava de cumprimentar a sua prima, e esta, que me reconhecera, fez chover sobre mim o aguaceiro fulgurante e celeste do seu sorriso.

Agora, todas as manhãs, muito antes da hora em que a duquesa saía, eu, por um longo desvio, ia postar-me na esquina da rua que ela descia habitualmente e, quando me parecia próximo o momento da sua passagem, voltava com um ar distraído, olhando em direção oposta e erguendo os olhos para ela logo que chegava à sua altura, mas como se absolutamente não esperasse vê-la... Até nos primeiros dias, para estar mais certo de não perdê-la, esperava diante da casa. E de cada vez que a porta se abria (deixando passar sucessivamente tantas pessoas que não eram aquela que eu esperava) seu abalo se prolongava em seguida em meu coração, em oscilações que levavam muito tempo para acalmar-se. Pois jamais fanático de uma grande comediante a quem não conhece, indo esperar de pé por muito tempo diante da saída dos artistas, jamais multidão exasperada ou idólatra reunida para insultar ou carregar em triunfo o condenado ou o grande homem que julgam prestes de cada vez que ouvem rumor vindo de dentro da prisão ou do palácio, ficaram mais emocionados do que eu, ao esperar a partida daquela grande dama que, na sua *toilette* simples, sabia, com a graça do seu andar (muito diferente do porte que tinha quando entrava num salão ou num camarote) fazer do seu passeio matinal — para mim não havia senão ela no mundo, que passeasse — todo um poema de elegância e o mais fino adorno, a mais curiosa flor do bom tempo. Mas, passados três dias, para que o porteiro não notasse minha manobra, me fui muito mais longe, até um ponto qualquer do percurso habitual da duquesa. Muitas vezes, antes daquela noite no teatro, dava eu assim pequenas caminhadas antes do almoço, quando fazia bom tempo; se havia chovido, à primeira estiada, eu descia para dar alguns passos e, de súbito vindo pela calçada ainda molhada, mudada pela luz em laca de ouro, na apoteose de uma encruzilhada pulverulenta de uma bruma a que o sol curtia e redourava, eu avistava uma pensionista acompanhada por sua professora ou uma leiteira, com suas mangas brancas; quedava-me sem movimento, com uma mão contra o coração, que se lançava já para uma vida estranha; tratava de recordar a rua, a hora, a porta sob a qual a menina (que algumas vezes eu seguia) havia desaparecido sem tornar a sair. Felizmente a fugacidade dessas imagens acariciadas (e que eu me prometia ver de novo) as impedia de se fixarem mais fortemente na minha lembrança. Não importava, eu me sentia menos triste por ser doente e ainda nunca ter tido coragem de pôr-me a trabalhar, de começar um livro, e a terra me parecia mais agradável de habitar, a vida mais interessante de seguir, depois que eu via que as ruas de Paris, como as estradas de Balbec, eram floridas por essas belezas ignotas que tantas vezes procurara fazer surgir dos bosques de Méséglise e cada uma das quais excitava um desejo voluptuoso que só ela parecia capaz de contentar.

Ao voltar da Ópera, acrescentara para o dia seguinte, às imagens que desde alguns dias desejava rever, a da sra. de Guermantes, alta, com seu elevado penteado de cabelos loiros e leves, com a ternura prometida no sorriso que me dirigira do camarote da sua prima. Eu seguiria o caminho que Françoise me dissera que a duquesa tomava, e trataria no entanto, para encontrar duas moças que vira na antevéspera, de não perder a saída de um curso e de um catecismo. Mas, enquanto isso, voltavam a mim de quando em quando o cintilante sorriso da sra. de Guermantes e a sensação de doçura que ele me havia dado. E sem saber muito o que fazia, procurava colocá-los (como uma mulher contempla o efeito que faria, num vestido, determinado gênero de botões de pedraria que acabam de dar-lhe) ao lado das ideias romanescas que possuía desde muito e que a frieza de Albertine, a partida prematura de Gisèle e que, antes disso, a minha separação voluntária e demasiado prolongada de Gilberte, haviam libertado (a ideia, por exemplo, de ser amado por uma mulher, de ter uma vida em comum com ela); depois era a imagem de uma ou outra das duas moças que eu aproximava dessas ideias, a que logo em seguida procurava adaptar a lembrança da duquesa. Perto dessas ideias, a lembrança da sra. de Guermantes na Ópera era bem pouca coisa, uma pequena estrela ao lado da longa cauda de seu cometa flamejante; de resto, eu conhecia muito bem essas ideias muito tempo antes de conhecer a sra. de Guermantes; a lembrança, essa, pelo contrário, eu a possuía imperfeitamente; escapava-me por momentos; e foi durante as horas em que, flutuando em mim a igual título que as imagens de outras mulheres bonitas, passou pouco a pouco a uma associação única e definitiva — exclusiva de qualquer outra imagem feminina — com as minhas ideias romanescas tão anteriores a ela, foi durante essas poucas horas em que melhor a recordava que me deveria ter ocorrido saber exatamente em que consistia essa lembrança; mas não sabia então a importância que ia tomar para mim; era doce, apenas, como um primeiro encontro da sra. de Guermantes em mim mesmo, era o primeiro esboço, o único verdadeiro, o único feito segundo a vida, o único que fosse realmente a sra. de Guermantes; como só durante as horas em que tive a felicidade de a deter sem saber prestar-lhe atenção, devia ser no entanto bem encantadora essa lembrança, visto que era sempre a ela, livremente ainda, naquele momento, sem pressa, sem fadiga, sem nada de necessário nem de ansioso, que voltavam as minhas ideias de amor;

depois, à medida que essas ideias a foram fixando mais definitivamente, adquiriu delas mais força, mas tornou-se ela própria mais
vaga; em breve, já não mais soube reencontrá-la; e, nas minhas
cismas, decerto a deformava completamente, pois, de cada vez que
via a sra. de Guermantes, verificava uma divergência, aliás sempre
diferente, entre o que tinha imaginado e o que via. Todos os dias,
agora, é certo que no momento em que a sra. de Guermantes surgia
no extremo da rua, eu distinguia a sua figura alta, aquele rosto de
olhos claros sob uma leve cabeleira, todas essas coisas pelas quais
eu ali estava; mas, em compensação, quando, alguns segundos mais
tarde, depois de desviar os olhos em outra direção para não parecer
que esperava aquele encontro que fora procurar, eu os erguia para
a duquesa no momento em que alcançava o mesmo nível da rua
que ela, o que via então eram marcas vermelhas, que não sabia se
devidas ao ar livre ou a erupções, num rosto aborrecido que, com
um sinal muito seco e bastante afastado da amabilidade da noite
de *Fedra*, respondia àquela saudação que eu lhe dirigia cotidianamente com um ar de surpresa e de que não parecia agradar-lhe.
No entanto, ao cabo de dois dias, durante os quais a lembrança das
duas moças lutou com chances desiguais pelo domínio das minhas
ideias amorosas com a lembrança da sra. de Guermantes, foi esta,
como por si mesma, que começou a renascer mais seguidamente,
enquanto suas concorrentes se eliminavam por si mesmas; foi para
ela que terminei transferindo, voluntariamente ainda e como por
escolha e prazer, todos os meus pensamentos de amor. Não mais
pensei nas meninas do catecismo, nem em certa leiteira; e no entanto já não esperava encontrar na rua o que ali viera procurar,
nem a ternura prometida no teatro com um sorriso, nem a silhueta
e o rosto claro e a cabeleira loira, que só eram tais de longe. Agora
nem sequer poderia dizer como era a sra. de Guermantes, e como
eu a reconhecia, pois cada dia, no conjunto da sua pessoa, o rosto
era outro como o vestido e o chapéu.

Por que, num determinado dia, ao ver aproximar-se de frente, sob um capuz malva, um suave e liso rosto de encantos distri-
buídos com simetria e em torno de dois olhos azuis e no qual a

linha do nariz parecia reabsorvida, sabia com alegre comoção que não teria regressado sem haver visto a sra. de Guermantes, e por que sentia a mesma perturbação, afetava a mesma indiferença e desviava os olhos da mesma maneira distraída que na véspera, ao aparecimento de perfil, numa rua transversal e sob um toque azul-marinho, de um nariz em bico de pássaro, ao longo de uma face vermelha, barrada de um olhar agudo, como alguma divindade egípcia? Uma vez não foi apenas uma mulher de bico de pássaro que vi, mas algo assim como um verdadeiro pássaro: o vestido e até certo toque da sra. de Guermantes eram de peles e, não deixando ver assim nenhum tecido, parecia naturalmente envolta em peles, como certos abutres, cuja plumagem espessa, unida, fulva e suave parece uma espécie de pelo. No meio dessa plumagem natural, a pequena cabeça recurvava o seu bico de pássaro e os olhos ressaltados eram penetrantes e azuis.

Noutro dia, acabava de percorrer a rua acima e abaixo durante várias horas sem avistar a sra. de Guermantes quando de súbito, ao fundo de uma leiteria oculta entre dois palacetes naquele bairro aristocrático e popular, se destacava o rosto vago e novo de uma mulher elegante a examinar uns *petits suisses*, e, antes que tivesse tempo de distingui-la, vinha ferir-me, como um relâmpago que tivesse levado menos tempo a chegar até mim que o resto da imagem, o olhar da duquesa; de outra vez, não a tendo encontrado e ouvindo bater meio-dia, compreendia que não valia mais a pena continuar à espera e retomava tristemente o caminho de casa; e, absorto na minha decepção, olhando, sem ver, um carro que se afastava, eu compreendia de repente que o movimento de cabeça que uma dama fizera da portinhola era para mim, e que essa dama, cujos traços desfeitos e pálidos ou, pelo contrário, tensos e vivos, compunham sob um chapéu redondo, abaixo de uma longa *aigrette*, o rosto de uma estranha que eu julgara não reconhecer, era a sra. de Guermantes, por quem me deixara cumprimentar sem ao menos lhe haver respondido. E algumas vezes, ao voltar, encontrava-a junto da portaria, onde o detestável porteiro, de quem eu odiava os olhares investigadores, estava a fazer-lhe grandes rapapés e sem dúvida também "relatórios". Pois todo o pessoal dos Guermantes, dissimulado atrás da cortinas das janelas, espiava, a tremer, o diálogo que não ouvia e em consequência do qual a duquesa não deixava de privar de suas saídas um ou outro criado que o "cérbero" tinha vendido. Por causa de todas as sucessivas aparições de rostos diferentes que oferecia a sra. de Guermantes, rostos que ocupavam uma extensão relativa e variada, ora estreita, ora ampla, no conjunto da sua *toilette*, meu amor não estava ligado a esta ou àquela das partes mutáveis de carne ou de tecido que tomavam, conforme o dia, o lugar das outras e que ela podia modificar e renovar quase inteiramente sem alterar minha perturbação, porque, através delas, através da nova gola, da face desconhecida, eu sentia que estava sempre a sra. de Guermantes. O que eu amava era a pessoa invisível que punha em movimento tudo aquilo, era ela, cuja hostilidade me penava, cuja aproximação me aturdia, cuja vida eu desejaria captar, dela expulsando os seus amigos! Ela podia arvorar uma pluma azul ou mostrar uma pele em brasa, sem que as suas ações perdessem para mim a sua importância.

Ainda que eu próprio não sentisse que a sra. de Guermantes estava farta de me encontrar todos os dias, tê-lo-ia indiretamente sabido pela fisionomia cheia de frieza, de reprovação e de piedade que era a de Françoise quando me ajudava a preparar-me para aquelas saídas matinais. Logo que lhe pedia as minhas coisas, sentia elevar-se um vento contrário nos traços contraídos e cansados de seu rosto. Não tentava sequer captar a confiança de Françoise, sentia que não o conseguiria. Tinha, para saber imediatamente tudo o que nos podia acontecer de desagradável a meus pais e a mim, um poder cuja natureza sempre me permaneceu obscura. Talvez não fosse sobrenatural e pudesse ser explicado pelos meios de informação que lhe eram próprios; é assim que povos selvagens sabem certas notícias vários dias antes que o correio as tenha trazido à colônia europeia, e que lhes foram transmitidas, não por telepatia, mas de colina em colina, por meio de fogueiras acesas. Assim, no caso particular de meus passeios, talvez os criados da sra.

de Guermantes tivessem ouvido a patroa expressar o seu cansaço de me encontrar inevitavelmente em seu caminho, e haviam-no repetido a Françoise. É verdade que meus pais poderiam pôr a meu serviço outra pessoa em lugar de Françoise, mas eu nada ganharia com isso. Françoise, em certo sentido, era menos criada que os outros. Na sua maneira de sentir, de ser boa e compassiva, de ser severa e altaneira, de ser aguda e limitada, de ter a pele branca e as mãos vermelhas, era ainda a moça de aldeia cujos pais "tinham casa folgada", mas que, arruinados, tinham sido obrigados a empregá-la. Sua presença em nossa casa era como o ar do campo e a vida social numa granja de há cinquenta anos, transportados até nós, graças a uma espécie de viagem inversa em que é a vilegiatura que vem ter com o viajante. Como a vitrina de um museu regional é decorada por esses curiosos trabalhos que as camponesas ainda executam e passamanam em certas províncias, o nosso apartamento parisiense era decorado pelas palavras de Françoise, inspiradas num sentimento tradicional e local e que obedeciam a regras muito antigas. E ali sabia ela traçar, como com linhas de cor, as cerejeiras e os pássaros da sua infância, o leito em que sua mãe jazera morta e que ela via ainda. Mas, apesar de tudo isso, logo que entrara a nosso serviço em Paris, havia compartilhado — e com mais forte razão qualquer outra o faria em seu lugar — das ideias, das jurisprudências de interpretação dos criados dos outros andares, ressarcindo-se do respeito que era obrigada a nos testemunhar, repetindo-nos o que a cozinheira do quarto andar dizia de grosseiro à sua patroa, e isso com tal satisfação de criada que, pela primeira vez em nossa vida, sentindo uma espécie de solidariedade com a detestável locatária do quarto andar, dizíamos conosco mesmos que talvez fôssemos efetivamente amos.

Essa alteração do caráter de Françoise era talvez inevitável. Certas existências são tão anormais que devem gerar determinadas taras, tal a vida que o rei levava em Versalhes entre os seus cortesãos, tão estranha como a de um faraó ou de um doge, e, muito mais que a do rei, a vida dos cortesãos. A dos criados é de uma estranheza ainda mais monstruosa e que só o hábito nos oculta. Mas é por detalhes ainda mais particulares que eu me veria condenado, mesmo que despachasse Françoise, a conservar a mesma criadagem. Pois vários outros poderiam entrar mais tarde a meu serviço; já providos dos defeitos gerais dos criados, nem por isso deixariam de sofrer em minha casa uma rápida transformação. Como as leis do ataque condicionam as do revide, todos eles, para não serem machucados pelas asperezas de meu caráter, abriam no seu uma reentrância idêntica e no mesmo local; e, em compensação, se aproveitavam de minhas lacunas para nelas instalar seus avanços. Essas lacunas, eu não as conhecia, como tampouco as saliências a que seus intervalos davam lugar, precisamente porque eram lacunas. Mas meus criados, estragando-se pouco a pouco, deram-mas a conhecer. Foi por seus defeitos invariavelmente adquiridos que eu soube de meus defeitos naturais e invariáveis, seu caráter me apresentou uma espécie de prova negativa do meu. Muito havíamos zombado outrora, minha mãe e eu, da sra. Sazerat, que dizia, falando dos criados: "Essa raça, essa espécie". Mas devo dizer que a razão por que não me ocorria o desejo de substituir Françoise por qualquer outra era porque essa outra pertenceria da mesma forma e inevitavelmente à raça geral dos criados e à espécie particular dos meus.

Voltando a Françoise: jamais sofri uma humilhação na vida sem que não tivesse encontrado, na fisionomia de Françoise, condolências já preparadas; e se, na minha cólera de ser lamentado por ela, eu procurava dar a entender, pelo contrário, que havia obtido um sucesso, minhas mentiras vinham inutilmente quebrar-se contra a sua incredulidade respeitosa, mas visível, e contra a consciência que ela possuía da sua própria infalibilidade. Pois ela sabia a verdade; calava-a e fazia apenas um pequeno movimento dos lábios, como se estivesse ainda de boca cheia e terminasse um bom bocado. Calava-a, pelo menos assim o julguei por muito tempo, pois naquela época eu ainda imaginava que era por meio de palavras que a gente revela aos outros a verdade. Até as palavras que me diziam, de tal modo depositavam em meu espírito sensível a sua significação inalterável, que eu julgava impossível que alguém que tivesse dito que me amava não me amasse mesmo, como a própria Françoise não poderia duvidar, depois de o ler no jornal, que um padre ou um senhor qualquer fosse capaz, a um pedido endereçado pelo correio, de nos enviar um remédio infalível contra todas as doenças ou um meio de centuplicar os nossos rendimentos. (Em compensação, se o nosso médico lhe dava a pomada mais simples contra o defluxo, ela, tão dura aos mais rudes sofrimentos, queixava-se de como havia espirrado, assegurando que aquilo lhe pelava o nariz e que a gente não sabia mais onde meter-se.) Mas Françoise foi quem primeiro me deu o exemplo (que só mais tarde eu devia compreender, quando me foi dado de novo e mais dolorosamente por uma pessoa que me era mais cara, como se verá nos últimos volumes desta obra) de que a verdade não tem necessidade de ser dita para ser manifestada, e que podemos talvez colhê-la mais seguramente sem esperar pelas palavras e até mesmo sem levá-las em conta, em mil sinais exteriores, mesmo em certos fenômenos invisíveis, análogos, no mundo dos caracteres, ao que são, na natureza física, as mudanças atmosféricas. Talvez eu pudesse tê-lo suspeitado, pois a mim mesmo, então, muitas vezes acontecia dizer coisas em que não havia nenhuma verdade, ao passo que a revelava por tantas confidências involuntárias de meu corpo e de meus atos (as quais eram muito bem interpretadas por Françoise); talvez o tivesse suspeitado, mas para isso seria preciso que eu então soubesse que era às vezes mentiroso e trapaceiro. Ora, a mentira e a trapaça eram em mim, como em todo mundo, comandadas de um modo tão imediato e contingente, e para sua defensiva, por um interesse particular, que meu espírito, fixado num belo ideal, deixava meu caráter cumprir na sombra aqueles serviços urgentes e mesquinhos e não se desviava para observá-los. Quando Françoise, à noite, se mostrava gentil comigo e me pedia licença para sentar-se em meu quarto, parecia-me que seu rosto se tornava transparente e que eu percebia nela a bondade e a franqueza. Mas Jupien, que possuía qualidades de indiscrição que só vim a conhecer mais tarde, revelou depois que ela dizia que eu não valia a corda que me enforcasse e que eu procurava fazer-lhe todo o mal possível. Essas palavras de Jupien revelaram em seguida diante de mim, num banho de coloração desconhecida, uma prova de minhas relações com Françoise tão diferente daquela em que me comprazia tantas vezes em repousar a vista e na qual, sem a mais leve indecisão, Françoise me adorava e não perdia uma ocasião de o celebrar — que eu vim a compreender que não é o mundo físico o único que difere do aspecto sob o qual o vemos; que toda realidade é talvez tão dessemelhante da que nós julgamos perceber diretamente, que as árvores, o sol e o céu não seriam tais como nós os vemos, se fossem conhecidos por criaturas que tivessem olhos de constituição diversa dos nossos, ou que então possuíssem para isso outros órgãos que não os olhos e que dariam, das árvores, do céu e do sol, equivalentes não visuais. Tal como foi, essa súbita escapada que me abriu uma vez Jupien para o mundo real me deixou aterrorizado. E ainda assim, só se tratava de Françoise, com quem eu absolutamente não me preocupava. Seria assim em todas as relações sociais? E até que desespero poderia isso me levar um dia, se se desse o mesmo no amor? Era segredo do futuro. Por enquanto, apenas se tratava de Françoise. Pensava ela sinceramente o que havia dito a Jupien? Tinha--o dito unicamente para intrigar Jupien comigo, talvez para que não tomassem a filha de Jupien para substituí-la no serviço? O fato é que reconheci a impossibilidade de saber de maneira direta e certa se Françoise me estimava ou me detestava. E assim foi ela quem primeiro me deu a ideia de que uma pessoa não está, como eu supunha, nítida e imóvel diante de nossos olhos, com suas qualidades, seus defeitos, seus projetos, suas intenções para conosco (como um jardim que contemplamos, com todos os seus canteiros, através de um gradil), mas é uma sombra em que não podemos jamais penetrar, para a qual não existe conhecimento direto, a cujo respeito formamos inúmeras crenças, com auxílio de palavras e até de atos, palavras e atos que só nos fornecem informações insuficientes e aliás contraditórias, uma sombra onde podemos alternadamente imaginar, com a mesma verossimilhança, que brilham o ódio e o amor.

Eu amava verdadeiramente a sra. de Guermantes. A maior felicidade que poderia pedir a Deus seria que fizesse tombar sobre ela todas as calamidades e que, arruinada, desconsiderada, despojada de todos os privilégios que dela me separavam, não tendo mais casa onde morar, nem pessoas que consentissem em saudá-la, viesse pedir-me asilo. Imaginava-a fazendo tal coisa. E mesmo nas noites em que alguma mudança na atmosfera ou em minha própria saúde me traziam à consciência algum rolo esquecido em que estavam inscritas impressões de outrora, em vez de aproveitar-me das forças de renovação que acabavam de nascer em mim, em vez de empregá-las para decifrar em mim mesmo pensamentos que de ordinário me escapavam, em vez de entregar-me afinal ao trabalho, preferia falar alto, pensar de um modo movimentado, exterior, que não era mais que um discurso e uma gesticulação inúteis, todo um romance puramente de aventuras, estéril e sem verdade, em que a duquesa, caída na miséria, me vinha implorar misericórdia, a mim que, em consequência de circunstâncias inversas, me havia tornado rico e poderoso. E depois de ter assim passado horas a imaginar circunstâncias, a pronunciar as frases que diria à duquesa ao acolhê-la sob o meu teto, a situação permanecia a mesma; na verdade eu tinha, ai de mim, escolhido precisamente para amar a mulher que reunia talvez as vantagens mais diferentes e a cujos olhos, por causa disso, eu não podia esperar ter prestígio algum, pois ela era tão rica como o mais rico que não fosse nobre, sem contar aquele encanto pessoal que a punha em moda, fazendo dela, entre todas, uma espécie de rainha.

Sentia que lhe desagradava ao ir cada manhã ao seu encontro; mas ainda que eu tivesse a coragem de ficar dois ou três dias sem o fazer, a sra. de Guermantes não teria talvez notado essa abstenção que tal sacrifício representava para mim, ou tê-la-ia atribuído a algum impedimento independente da minha vontade. E, com efeito, eu não conseguiria deixar de ir pelo seu caminho senão arranjando-me para ficar na impossibilidade de o fazer, pois a necessidade incessantemente renovada de encontrá-la, de ser durante um instante objeto da sua atenção, a pessoa a quem se dirigia o seu cumprimento, essa necessidade era mais forte do que o transtorno de lhe desagradar. Seria preciso afastar-me durante algum tempo; faltava-me coragem. Pensava nisso um instante. Dizia às vezes a Françoise que preparasse minhas malas e logo em seguida que as desfizesse. E como o demônio do arremedo e do receio de parecer antiquado altera a forma mais natural e mais segura da gente, Françoise, tomando emprestado o vocabulário da filha, dizia que eu era *dingo*.[20] Não lhe agradava isso e dizia que eu "balançava" sempre, pois usava, quando não queria rivalizar com os modernos, a linguagem de Saint-Simon. É verdade que gostava ainda menos quando eu falava como amo. Sabia que isso não me era natural e não me assentava, o que ela traduzia dizendo que *"Le voulu ne m'allait pas"*.[21] Eu não teria coragem de partir senão numa direção que me aproximasse da sra. de Guermantes. Não era coisa impossível. Não seria com efeito estar mais perto dela do que o estava de manhã na rua, solitário, humilhado, pensando que um só dos pensamentos que desejaria dirigir-lhe jamais chegaria até ela, nesse marcar passo de meus passeios que poderiam durar indefinidamente sem me adiantar em nada — se eu me fosse a muitas léguas da sra. de Guermantes, mas para a casa de alguém que ela conhecesse, que soubesse difícil na escolha das suas relações e que me apreciasse, que lhe pudesse falar de mim e, se não obter dela o que eu queria, ao menos lho dar a saber, alguém por cuja graça, em todo caso, só pelo fato de discutir com ele se poderia encarregar-se ou não desta ou daquela mensagem perante ela, eu daria às minhas cismas solitárias e mudas uma forma nova falada, ativa, que me pareceria um progresso, quase uma realização. O que ela fazia durante a vida misteriosa da "Guermantes" que era, isso que constituía o objeto de meus constantes devaneios, intervir nessa vida, mesmo de modo indireto, como com uma alavanca, pondo em ação alguém a quem não fossem interditos o palácio da duquesa, os seus saraus, a conversação

---

20 Palavra em linguagem popular que significa "louco". (N. E.)
21 "O artificial não me sentava bem". (N. E.)

prolongada com ela, não seria um contato mais distante, mas mais efetivo do que a minha contemplação na rua todas as manhãs?

A amizade, a admiração que Saint-Loup me dedicava, pareciam-me imerecidas e haviam permanecido indiferentes para mim. De repente lhes dei valor, desejaria que ele as revelasse à sra. de Guermantes, teria sido capaz de lhe pedir que o fizesse. Pois desde que se está enamorado, todos os pequenos privilégios desconhecidos que a gente possui, desejaria poder divulgá-los à mulher a quem ama, como fazem na vida os deserdados e os importunos. Sentimos que ela os ignore, procuramos consolar-nos dizendo conosco mesmos que, justamente porque não são jamais visíveis, talvez ela acrescente à ideia que tem de nós essa possibilidade de vantagens desconhecidas.

Saint-Loup não podia desde muito vir a Paris, ou por causa das exigências de seu ofício, como ele o dizia, ou antes por causa de aborrecimentos que lhe causava a amante, com a qual já estivera duas vezes a ponto de romper. Muitas vezes me havia dito o bem que eu lhe faria se fosse visitá-lo naquela guarnição, cujo nome, dois dias depois de haver ele deixado Balbec, me causara tanta alegria ao lê-lo no envelope da primeira carta que recebia de meu amigo. Era, não tão longe de Balbec como o faria acreditar a sua paisagem tão terrestre, uma dessas pequenas cidades aristocráticas e militares, cercadas de uma campina extensa onde, pelo bom tempo, tão seguidamente flutua ao longe uma espécie de vapor sonoro e intermitente que — do mesmo modo que uma cortina de álamos desenha com as suas sinuosidades o curso de um rio que não se vê — revela as mudanças de lugar de um regimento em manobras, que a própria atmosfera das ruas, das avenidas e das praças acabou por contrair uma espécie de perpétua vibratilidade musical e guerreira e que o ruído mais grosseiro de carroça ou de bonde se prolonga em vagos apelos de clarim, repetidos indefinidamente, nos ouvidos alucinados pelo silêncio. Não estava ela situada tão longe de Paris que eu não pudesse, descendo do expresso, voltar para casa, encontrar minha mãe e minha avó e deitar-me em meu leito. Logo que o compreendi, perturbado de um doloroso desejo, tive muito pouca vontade para resolver não voltar a Paris e ficar na cidade; mas muito pouca também para impedir que um empregado levasse minha maleta até um fiacre e para não tomar, enquanto o seguia, a alma deserta de um viajante que vigia as suas coisas e que nenhuma avó está esperando, para não subir num carro com a desenvoltura de alguém que, tendo deixado de pensar no que quer, parece saber o que quer, e para não dar ao cocheiro o endereço do quartel de cavalaria. Eu pensava que Saint-Loup fosse dormir aquela noite no hotel em que eu parasse, a fim de me tornar menos custoso o primeiro contato com aquela cidade desconhecida. Um soldado de guarda foi procurá-lo e eu o esperei à porta do quartel, ante aquela grande nave toda ressoante do vento de novembro, e de onde, a cada momento, pois eram seis da tarde, saíam homens de dois em dois para a rua, titubeando como se descessem à terra nalgum porto exótico onde tivessem momentaneamente estacionado.

Chegou Saint-Loup, movendo e deixando voar em todos os sentidos o monóculo à sua frente; eu não lhe mandara dizer meu nome, estava impaciente por gozar da sua surpresa e alegria.

— Oh!, que pena! — exclamou, ao avistar-me de súbito e corando até a raiz dos cabelos —, acabo de tomar a minha semana de serviço e não poderei sair antes de oito dias!

E preocupado com a ideia de que eu passasse sozinho aquela primeira noite, pois conhecia melhor do que ninguém as minhas angústias noturnas, que muitas vezes havia notado e abrandado em Balbec, ele interrompia os seus lamentos para voltar-se para mim, dirigir-me breves sorrisos, ternos olhares desiguais, uns vindo diretamente da sua vista, outros através do seu monóculo e que eram todos uma alusão à emoção que sentia em tornar a ver-me, uma alusão também a essa coisa importante que eu não compreendia sempre mas que agora me importava: a nossa amizade.

— Meu Deus!, e aonde vai você dormir? Na verdade, não lhe aconselho o hotel onde comemos, pois fica ao lado da Exposição, onde vão começar as festas, e você teria uma multidão horrível. Não, seria melhor no Hotel de Flandres, é um antigo palacete do século XVIII, com velhas tapeçarias. O que "faz" bastante "velha mansão histórica".

Saint-Loup empregava a toda hora essa palavra "fazer" por "parecer", porque a língua falada, como a língua escrita, experimenta de tempos em tempos a necessidade dessas alterações do sentido das palavras, desses refinamentos de expressão. E do mesmo modo que muitas vezes os jornalistas ignoram de que escola literária provêm as "elegâncias" que usam, tanto o vocabulário como a dicção de Saint-Loup eram constituídos pela imitação de três estetas diferentes, a nenhum dos quais conhecia, mas cujas modalidades de linguagem lhe haviam sido indiretamente inculcadas.

— Aliás — concluiu —, esse hotel está bem adaptado à sua hiperestesia auditiva. Não terá vizinhos. Reconheço que é uma triste vantagem e como, afinal de contas, pode amanhã chegar outro viajante, não valeria a pena escolher esse hotel mirando resultado tão precário. Não, é por causa do aspecto que lho recomendo. Os quartos são bastante simpáticos, todos os móveis antigos e confortáveis, o que tem alguma coisa de tranquilizador.

Mas para mim, menos artista que Saint-Loup, o prazer que pode dar uma linda casa era superficial, quase nulo, e não podia acalmar minha incipiente angústia, tão penosa como a que tinha outrora em Combray, quando minha mãe não me vinha dar boa-noite, ou como a que sentira no dia de minha chegada a Balbec, no quarto demasiado alto que cheirava a vetiver. Saint-Loup compreendeu-o pelo meu olhar fixo.

— Mas você pouco está ligando, meu pobre pequeno, a esse lindo palácio. Como está pálido! E eu, como um grande animal, a falar-lhe de tapeçarias para que não terá nem ânimo de olhar! Conheço o quarto onde o acomodariam. Acho-o bastante alegre, pessoalmente. Mas bem sei que para você, com a sua sensibilidade, não é a mesma coisa. Não vá pensar que eu não o compreenda; não sinto o mesmo, mas sei colocar-me devidamente no seu lugar.

Um suboficial que experimentava um cavalo no pátio, muito ocupado em fazê-lo saltar, sem corresponder às continências dos soldados, mas descompondo os que se metiam no seu caminho, dirigiu nesse momento um sorriso a Saint-Loup e, percebendo então que este se achava com um amigo, o saudou. Mas o cavalo ergueu-se em toda a sua altura escumando. Saint-Loup lançou-se-lhe ao pescoço, tomou-o pela rédea, conseguiu acalmá-lo e veio ter comigo novamente.

— Sim — disse-me ele —, asseguro-lhe que me dou conta, que sofro como o que sente você. Sinto-me infeliz — acrescentou, pousando afetuosamente a mão em meu ombro —, ao pensar que, se pudesse ficar perto de você, talvez conseguisse, ficando a seu lado, conversando com você até de manhã, tirar um pouco da sua tristeza. Poderia emprestar-lhe livros, mas não poderá ler assim como está. E jamais conseguirei que me substituam aqui, pois já o fiz duas vezes seguidas porque minha garota havia chegado.

E franzia o sobrolho, por causa do seu aborrecimento e também por sua contenção em procurar, como um médico, que remédio poderia aplicar a meu mal.

— Corre a acender fogo em meu quarto — disse ele a um soldado que passava. — Anda, mais depressa, despacha-te.

Depois novamente se voltava para mim, e o monóculo e o olhar míope faziam alusão à nossa grande amizade.

— Não me diga! Você por aqui, neste quartel onde tanto pensei em você! Enfim, e essa saúde, melhorzinha? Vai contar-me tudo isso agora mesmo. Vamos subir para o meu quarto, não fiquemos muito tempo no pátio, faz um maldito vento, eu já nem o sinto, mas você, que não está acostumado, receio que fique com frio. E o trabalho, já começou? Não? Como você é engraçado! Se eu tivesse as suas disposições, creio que escreveria da manhã à noite. Diverte-o mais não fazer nada? Que pena que sejam os medíocres como eu que estejam sempre prontos a trabalhar e que aqueles que o poderiam não o queiram. E eu nem ao menos lhe perguntei pela senhora sua avó. O seu Proudhon não me deixa mais.

Um oficial, alto, belo, majestoso, surgiu a passos lentos e solenes de uma escadaria. Saint-Loup fez-lhe continência e imobilizou a perpétua instabilidade do seu corpo durante o tempo de manter a mão à altura do quepe. Mas ele a havia precipitado com tanta força, endireitando-se com um movimento tão seco, e, mal finda a continência, a deixou tombar com uma tração tão brusca, mudando todas as posições da espádua, da perna e do monóculo, que esse momento foi menos de imobilidade que de uma vibrante tensão em que se neutralizavam os movimentos excessivos que acabavam de produzir-se e aqueles que iam começar. Enquanto isso o oficial, sem se aproximar, calmo, benevolente, digno, imperial, representando em suma o contrário de Saint-Loup, ergueu, também, mas sem se apressar, a mão para o seu quepe.

— Tenho de dizer uma palavra ao capitão — cochichou-me Saint-Loup. — Queira esperar-me um pouco em meu quarto, o segundo à direita, no terceiro andar, que já vou ter com você.

E, partindo a passo de carga, precedido de seu monóculo, que voava em todos os sentidos, marchou direito para o digno e lento capitão, cujo cavalo traziam naquele momento e que, antes de aprestar-se a montar, dava algumas ordens com uma nobreza de gestos estudada como em algum quadro histórico e como se fosse partir para uma batalha do Primeiro Império, quando simplesmente voltava para a casa que alugara durante a sua permanência em Doncières e situada numa praça que se chamava, como por antecipada ironia a esse napoleônida, praça da República! Avancei escada acima, arriscando escorregar a cada passo naqueles degraus cravejados, enquanto entrevia dormitórios de paredes nuas, com a dupla fila dos leitos e dos equipamentos. Indicaram-me o quarto de Saint-Loup. Parei um segundo ante a porta fechada, pois ouvia movimentos; arrastavam uma coisa, deixavam cair outra; sentia que o quarto não estava vazio e que havia alguém. Mas era apenas o fogo aceso que ardia. O fogo não podia estar tranquilo, movia as achas, e isso muito desajeitadamente. Entrei: ele deixou cair uma, fez fumegar outra. E mesmo quando não se movia, fazia a todo instante ouvir ruídos como as pessoas vulgares, os quais, vendo eu as chamas, se me apresentavam como ruídos de fogo, mas que, se estivesse do outro lado da parede, julgaria provenientes de alguém que se assoasse e andasse de um lado para o outro. Afinal, sentei-me no quarto.

Tapeçarias de "liberty" e velhos estofos alemães do século XVIII preservavam-no do odor que exalava o resto do edifício, grosseiro, insosso e corruptível como o de pão de segunda. Ali naquele quarto encantador é que eu teria jantado e dormido com alegria e calma. Saint-Loup parecia estar quase presente, graças aos livros de estudo que se achavam sobre a sua mesa, ao lado de fotografias, entre as quais reconheci a minha e a da sra. de Guermantes, graças ao fogo que acabara por se habituar à lareira e, como um animal deitado numa espera ardente, silenciosa e fiel, deixava apenas de vez em quando cair uma brasa que se esfarelava, ou lambia com uma chama a parede da lareira. Ouvia o tique-taque do relógio de Saint-Loup, o qual não devia estar muito longe de mim. Esse tique-taque mudava de lugar a todo momento, pois eu não via o relógio; parecia-me vir de trás de mim, da minha frente, da direita, da esquerda, às vezes extinguir-se como se estivesse muito longe. De repente descobri o relógio em cima da mesa. Então ouvi o tique-taque num lugar fixo, de onde não mais se moveu. Pelo menos julgava ouvi-lo naquele ponto; não o escutava ali, via-o, os sons não têm lugar. Pelo menos os ligamos a movimentos e assim têm eles a utilidade de nos prevenir a respeito destes, de parecer que os tornam necessários e naturais. Por certo sucede às vezes que um doente, a quem se taparam hermeticamente os ouvidos, já não ouça o rumor de um fogo como o que naquele momento crepitava na lareira de Saint-Loup, enquanto se afanava em fazer tições e cinzas que deixava em seguida cair na sua grade, nem tampouco ouça a passagem dos bondes, cuja música erguia voo, a intervalos regulares, da grande praça de Doncières. Que o doente leia, então, e eis que as páginas se voltarão silenciosamente como folheadas por um deus. O pesado rumor de um banho que estão preparando se atenua, aligeira-se e afasta-se como um sussurro celestial. O recuo do ruído, o seu abrandamento, lhe tiram qualquer poder agressivo contra nós; desesperados ainda há pouco com as marteladas que pareciam desabar o teto sobre a nossa cabeça, comprazemo-nos agora em recolhê-las, leves, cariciosas, remotas como um murmúrio de folhagens a brincarem na estrada com o zéfiro. Joga-se paciência com cartas cujo rumor não se ouve, tanto assim que se julga não as ter deslocado, que elas se movem por si mesmas e, vindo ao encontro do nosso desejo de jogar com elas, começam a jogar conosco. E a propósito pode-se indagar quanto ao Amor (e acrescentemos ao Amor o amor da vida, o amor da glória, pois parece haver pessoas que conhecem esses dois últimos sentimentos), não se deveria fazer como os que, contra o barulho, em vez de implorar que cesse, tapam os ouvidos; e, à imitação deles, concentrar nossa atenção, nossa defensiva, em nós mesmos, dar-lhes como objeto de redução, não o ser exterior que amamos, mas a nossa capacidade de sofrer por ele.

Voltando ao som: se reforçarmos os tampões que fecham o conduto auditivo, estes obrigam ao pianíssimo a moça que executava acima da nossa cabeça uma ária turbulenta; se untarmos esses tampões com qualquer substância oleosa, logo o seu despotismo é obedecido pela casa inteira e suas leis se estendem até o exterior. Já não basta o pianíssimo, o tampão faz instantaneamente fechar-se o piano e acaba-se de inopino a lição de música; o senhor que marchava sobre a nossa cabeça cessa de súbito a sua ronda; a circulação dos carros e dos bondes é interrompida como se esperassem um chefe de Estado. E essa atenuação dos sons até perturba algumas vezes o sono, em vez de protegê-lo. Ontem ainda os ruídos incessantes, descrevendo-nos de modo contínuo os movimentos da rua e da casa, acabavam por nos adormecer como um livro aborrecido; hoje, na superfície de silêncio estendida sobre o nosso sono, um choque, mais forte que os outros, chega a fazer-se ouvir, leve como um suspiro, sem ligação com nenhum outro som, misterioso; e o pedido de explicação que ele nos exala basta para nos acordar. Que se retirem por um instante ao doente os algodões superpostos ao seu tímpano e subitamente a luz, o sol pleno do som, ofuscante, aparece, ressurge no universo; a toda a velocidade regressa o povo aos rumores vedados; assiste-se, como se fossem salmodiadas por anjos musicistas, à ressurreição das vozes. As ruas vazias, num instante as enchem as asas rápidas e sucessivas dos bondes cantores. E no próprio quarto, o doente acaba de criar, não como Prometeu o fogo, mas o rumor do fogo. E apertando e afrouxando os tampões de algodão, é como se alternadamente se acionassem um e outro dos dois pedais que foram acrescentados à sonoridade do mundo exterior.

Mas há supressões de ruído que não são momentâneas. O que ficou completamente surdo nem ao menos pode aquecer leite ao seu lado sem que precise ficar espiando sobre a vasilha destampada o reflexo branco, hiperbóreo, semelhante a uma tempestade de neve, e que é o signo premonitório a que é prudente obedecer, desligando, como o Senhor ao deter as águas, os condutores elétricos; pois já o voo ascendente e espasmódico do leite que ferve dá vazão à sua cheia em algumas investidas oblíquas, enfuna, arredonda algumas velas meio soçobradas que a nata havia pregueado, arroja à tempestade uma de nácar; e a interrupção das correntes, se se conjura a tempo a tormenta elétrica, fará girar todas elas sobre si mesmas e as soltará em deriva, mudadas em pétalas de magnólias. Mas se o doente não tomou com a devida pressa as precauções necessárias, logo, com os seus livros e relógio emergindo a custo de um oceano branco, após aquela mascarada láctea, será obrigado a pedir socorro à velha criada que, mesmo que seja o patrão um político ilustre ou um grande escritor, lhe dirá que ele não tem mais juízo que uma criança de cinco anos. Em outros momentos, no quarto mágico, adiante da porta fechada, uma pessoa que ainda há pouco não estava ali faz a sua aparição; é um visitante a quem não se viu entrar e que apenas faz gestos como num desses pequenos teatros de fantoches, tão repousantes para os que se entediaram da linguagem falada. E quanto ao surdo integral, visto que a perda de um sentido acrescenta tanta beleza ao mundo como o não faria a sua aquisição, é com delícia que passeia agora por uma Terra quase edênica onde o som ainda não foi criado. As mais altas cascatas se desenrolam, para os seus olhos apenas, mais calmas que o mar imóvel, como cataratas do Paraíso. Como o ruído era para ele, antes da surdez; a forma perceptível sob a qual jazia a causa de um movimento, os objetos movidos sem rumor parecem movidos sem causa; despojados de toda qualidade sonora, mostram uma atividade espontânea, parecem viver; agitam-se, imobilizam-se, incendeiam-se por si mesmos. Alçam por si mesmos o voo, como os monstros alados da Pré-História. Na casa solitária e sem vizinhos do surdo, o serviço, que já mostrava mais reserva e era feito silenciosamente antes que a afecção fosse completa, está agora, com algo de sub-reptício, assegurado por mudos, como acontece com um rei de *féerie*. Bem assim, no cenário, o edifício que o surdo vê da sua janela — quartel, igreja, prefeitura — não é mais que uma decoração. Se uma viga vem abaixo, poderá emitir uma nuvem de poeira e escombros visíveis: mas ainda menos material de que um palácio de teatro, de que todavia não tem a delgadez, tombará no universo mágico sem que o desmoronamento das suas pesadas pedras de cantaria possa, com a vulgaridade de algum ruído, macular a castidade do silêncio.

E aquele, muito mais relativo, que reinava no pequeno quarto militar onde me achava desde alguns instantes, foi quebrado. Abriu-se a porta, e Saint-Loup, deixando cair o monóculo, entrou vivamente.

— Ah, Robert — disse eu —, como a gente está a gosto neste quarto! Que bom seria se fosse permitido jantar e dormir aqui!

E com efeito, se tal não fosse proibido, que repouso sem tristeza não experimentaria eu, protegido por aquela atmosfera de tranquilidade, de vigilância e de alegria que entretinham mil vontades reguladas e sem inquietação, mil espíritos isentos de cuidados, nessa grande comunidade que é uma caserna, onde, havendo o tempo tomado a forma de ação, o triste sino das horas era substituído pela mesma alegre fanfarra daqueles toques cuja recordação sonora estava perpetuamente em suspensão, difusa e pulverulenta, sobre os pavimentos da cidade; voz segura de ser escutada, porque não era apenas o comando da autoridade à obediência, mas também da sensatez à felicidade.

— Ah!, gostaria mais de dormir aqui, perto de mim, do que partir sozinho para o hotel? — disse-me Saint-Loup a rir.

— Oh!, Robert, que crueldade a sua em encarar isso com ironia — disse-lhe eu —, pois bem sabe que é impossível e que lá vou sofrer tanto.

— Você me lisonjeia — disse-me ele —, pois tive justamente essa ideia de que você prefiriria ficar aqui esta noite. E precisamente isso é que eu tinha ido pedir ao capitão.

— E ele consentiu?! — exclamei.

— Sem a mínima dificuldade.

— Oh! Eu o adoro!

— Não, isso é demais. Agora deixe-me chamar o meu ordenança, para que ele trate do nosso jantar — acrescentou, enquanto eu me virava para ocultar as lágrimas.

Várias vezes entraram um ou outro dos camaradas de Saint-Loup. Ele os mandava embora.

— Vamos, rua!

Pedia-lhe que os deixasse ficar.

— Não, eles o aborreceriam: são criaturas completamente incultas, que só sabem falar de corridas, quando não do tratamento de animais. E depois, também para mim, estragariam estes momentos tão preciosos que tanto desejei. E note que, se eu falo na mediocridade de meus camaradas, não quer dizer que tudo quanto é militar seja falto de intelectualidade. Longe disso. Temos um comandante que é um homem admirável. Deu um curso em que a história militar é tratada como uma demonstração, como uma espécie de álgebra. Mesmo esteticamente, é de uma beleza indutiva e dedutiva a que você não ficaria insensível.

— Não é o capitão que me permitiu que ficasse aqui?

— Não, graças a Deus, porque o homem que você *adora* por tão pouca coisa é o maior imbecil que a terra já suportou. É perfeito para se ocupar do rancho e do uniforme de seus homens; passa horas com o sargento-mor e com o alfaiate. Eis a sua mentalidade. Aliás, despreza muito, como todo mundo, o admirável comandante de que lhe falo. Esse, ninguém o frequenta, porque é franco-maçom e não vai ao confessionário. Jamais o príncipe de Borodino receberia em casa esse pequeno-burguês. O que não deixa de ser um grande topete da parte de um homem cujo bisavô era um humilde granjeiro e que, não fossem as guerras de Napoleão, provavelmente também seria granjeiro. De resto, ele sempre reconhece a posição dúbia que tem na sociedade. Mal vai ao Jockey, tão constrangido se sente ali, esse pretenso príncipe — acrescentou Robert, que, levado pelo mesmo espírito de imitação, a adotar as teorias sociais de seus chefes e os preconceitos mundanos de seus parentes, unia, sem o notar, ao amor da democracia o desdém pela nobreza do Império.

Eu contemplava o retrato de sua tia, e o pensamento de que Saint-Loup, possuindo essa fotografia, talvez ma pudesse dar, me fez querer-lhe ainda mais e desejar prestar-lhe mil serviços que me pareciam insignificâncias em troca de tal presente. Pois aquela fotografia era como um encontro a mais, dos que eu já tivera com a sra. de Guermantes, melhor ainda, um encontro pro-longado, como se, por um súbito progresso em nossas relações, ela se detivesse a meu lado, de chapéu de jardim, me deixasse olhar detidamente pela primeira vez aquela polpa de face, aquela curva de nuca, aquele ângulo de sobrancelhas (até então velados para mim pela rapidez de sua passagem, o aturdimento das minhas impressões, a inconstância da recordação); e sua contemplação, tanto como a do colo e dos braços de uma mulher que eu nunca tivesse visto a não ser de vestido afogado, me era uma voluptuo-sa descoberta, um grande favor. Aquelas linhas que me parecia quase proibido olhar, poderia estudá-las ali como num tratado da única geometria que tinha valor para mim. Mais tarde, fitando Robert, notei que também ele era um tanto como um retrato da sua tia, e por um mistério quase tão impressionante para mim, visto que, se a sua face não fora diretamente produzida pela face dela, tinham ambas no entanto uma origem comum. Os traços da duquesa de Guermantes que estavam catalogados na minha visão de Combray, o nariz de falcão, os olhos agudos, também pareciam ter servido para recortar — em outro exemplar análogo e delga-do, de pele demasiado fina — a face de Robert quase superposta à de sua tia. Contemplava nele com inveja aqueles traços caracterís-ticos dos Guermantes, dessa raça que se conservara tão peculiar no meio do mundo em que não se perde, e em que permanece isolada na sua glória divinamente ornitológica, pois parece nascida, nas eras mitológicas, da união de uma deusa e de um pássaro.

Robert, sem lhe conhecer as causas, estava sensibilizado com a minha emoção. Esta, aliás, aumentava com o bem-estar causado pelo calor do fogo e pelo champanhe, que aljofrava ao mesmo tempo de gotas de suor a minha fronte e de lágrimas os meus olhos; ele regava perdizes; eu as comia com o pasmo de um profano qualquer quando encontra, numa existência que não conhecia, aquilo que julgara incompatível com ela (por exemplo, um livre-pensador fazendo um belo jantar num presbitério). E no dia seguinte, ao despertar, fui lançar pela janela de Saint-Loup que, muito alta, dava para toda a região, um olhar de curiosidade para travar conhecimento com a minha vizinha, a campina, que eu não pudera avistar na véspera, pois chegara muito tarde, à hora em que ela já dormia envolta na noite. Mas por mais cedo que ela tivesse despertado, não a vi no entretanto ao abrir o postigo, como é vista de uma janela de castelo, do lado do pântano, ainda meio abafada no seu suave e branco vestido matinal de névoa que não me deixava distinguir quase nada. Mas eu sabia que, antes que os soldados que se ocupavam com os cavalos no pátio houvessem terminado o seu trabalho, ela a teria despido. Enquanto isso, apenas podia ver uma descarnada colina, erguendo contra o quartel o seu dorso já despojado de sombra, franzino e rugoso. Através das cortinas salpicadas de geada, eu não tirava os olhos daquela estranha que me olhava pela primeira vez. Mas quando tomei o hábito de ir ao quartel, a consciência de que a colina ali estava, mais real, portanto, mesmo quando não a via, do que o hotel de Balbec, do que a nossa casa de Paris, nos quais eu pensava como em uns ausentes, como em uns mortos, isto é, lá mal acreditando na sua existência, fez com que, embora eu não o soubesse, a sua forma reverberada sempre se perfilasse sobre as menores impressões que eu tive em Doncières e, para começar por aquela manhã, sobre a boa impressão de calor que me deu o chocolate preparado pelo ordenança de Saint-Loup naquele quarto confortável que parecia um centro óptico para contemplar a colina (pois a mesma névoa que havia tornava impossível a ideia de fazer outra coisa senão contemplá-la e passear por ela). Embebendo a forma da colina, associado ao gosto do chocolate e a toda a trama dos meus pensamentos de então, aquele nevoeiro, sem que eu pensasse absolutamente nele, veio molhar todos os meus pensamentos daquele tempo, como tal ouro inalterável e maciço permanecera aliado às minhas impressões de Balbec, ou como a vizinha presença das escadas externas de grés enegrecido dava certa grisalha às minhas impressões de Combray. O nevoeiro não persistiu aliás até muito tarde pela manhã; o sol começou por gastar inutilmente contra ele algumas frechas que o recamaram de brilhantes, acabando por dominá-lo. A colina pôde oferecer sua garupa cinzenta aos raios que, uma hora mais tarde, quando desci à cidade, davam aos vermelhos das folhas das árvores, aos vermelhos e aos azuis dos cartazes eleitorais afixados nos muros uma exaltação que a mim próprio reanimava e me fazia bater, cantando, as pedras do calçamento, sobre as quais eu me continha para não saltar de alegria.

Mas logo no segundo dia tive de ir dormir no hotel. E de antemão sabia que fatalmente ia ali encontrar a tristeza. Ela era para mim como um aroma irrespirável que desde o meu nascimento exalava para mim todo quarto novo, isto é, qualquer quarto: naquele que de ordinário habitava, não me achava presente, meu pensamento permanecia alhures e, em seu lugar, enviava unicamente o hábito. Mas não podia encarregar esse criado menos sensível de ocupar-se de meus assuntos num país novo, onde eu o precedia, aonde chegava sozinho, onde devia fazer entrar em contato com as coisas aquele "eu" que só encontrava com intervalos de vários anos, mas sempre o mesmo, não tendo crescido desde Combray, desde a minha primeira chegada a Balbec, a chorar, sem possibilidade de consolo, à beira de uma mala desarrumada.

Pois enganara-me. Não tive tempo de estar triste, porque não fiquei um instante a sós. É que restava do palácio antigo um excedente de luxo, inaproveitável numa habitação moderna e que, destacado de toda utilização prática, adquirira na sua inação uma espécie de vida: corredores que arrepiavam caminhos, aos quais a gente cruzava a todo instante as idas e vindas sem finalidade, vestíbulos compridos como corredores e ornamentados como salões, que mais pareciam morar ali que fazer parte da casa, que fora impossível fazer entrar em qualquer apartamento, mas que rondavam em torno do meu e vieram em seguida oferecer-me a sua companhia — espécie de vizinhos ociosos mas não bulhentos, de fantasmas subalternos do passado a quem tinha permitido morar silenciosamente à porta dos quartos de aluguel e que, de cada vez que eu os encontrava em meu caminho, me davam mostras de calada deferência. Em suma, a ideia de uma habitação, simples continente da nossa vida atual e que apenas nos preserve do frio e da vista dos outros, era absolutamente inaplicável àquela casa, conjunto de peças tão reais como uma colônia de pessoas, de uma vida na verdade silenciosa, mas que a gente era obrigado a encontrar, a evitar, a acolher, quando vinha de regresso. Procurava-se não importunar e não se podia olhar sem respeito o grande salão que tomara, desde o século XVIII, o hábito de estender-se entre as suas colunas de ouro velho, debaixo das nuvens do seu teto pintado. E era-se tomado de uma curiosidade mais familiar pelas pequenas peças que, sem nenhuma preocupação de simetria, corriam em torno dele, inumeráveis, espantadas, fugindo em desordem até o jardim para onde desciam tão facilmente por três degraus cheios de mossas.

Se quisesse sair ou entrar sem tomar o ascensor, nem ser visto na escada principal, uma menor, privada, que não mais servia, estendia-me os seus degraus tão habilmente dispostos um depois do outro, que parecia haver na sua gradação uma proporção perfeita, no gênero daquelas que nas cores, nos perfumes e nos sabores vêm muitas vezes excitar em nós uma sensualidade particular. Mas a que consiste em subir e descer, fora-me preciso ir ali para conhecê-la, como outrora a uma estação alpestre, para saber que o ato habitualmente não advertido de respirar pode ser uma constante volúpia. Recebi essa dispensação de esforço que só nos concedem as coisas de que temos longo uso, quando pela primeira vez pousei os pés naqueles degraus, familiares antes de conhecidos, como se possuíssem, talvez depositada, incorporada neles pelos senhores de outrora a quem acolhiam diariamente, a antecipada suavidade de hábitos que eu ainda não contraíra e que até só podia enfraquecer quando me tivesse acostumado a eles. Abri um quarto, a porta dupla fechou-se atrás de mim, os cortinados fizeram entrar um silêncio sobre o qual senti como uma embriagadora realeza; uma lareira de mármore ornada de cobres cinzelados, que seria errôneo pensar estivesse apenas representando a arte do Diretório, me dava fogo, e uma pequena poltrona de pés curtos me auxiliou a aquecer-me tão confortavelmente como se estivesse sentado no tapete. As paredes cingiam a peça, isolando-a do resto do mundo e, para deixar entrar nela, e nela encerrar o que a tornava completa, afastavam-se diante da biblioteca, reservavam o vão do leito a cujos lados umas colunas sustinham ligeiramente o teto alto da alcova. E a peça prolongava-se no sentido da profundidade em dois gabinetes tão amplos quanto ela, o último dos quais tinha suspenso ao muro, para perfumar o recolhimento que ali se fosse buscar, um voluptuoso rosário de íris; as portas, se as deixava abertas enquanto me retirava para esse último reduto, não se contentavam em triplicá-lo, sem lhe tirar a harmonia, e não propiciavam apenas ao meu olhar o prazer da extensão após o da concentração, mas acrescentavam ainda ao prazer de minha solidão, que permanecia inviolável e deixava de ser confinada, o sentimento da liberdade. Aquele reduto dava para um pátio, belo, solitário, que me senti feliz de ter como vizinho quando na manhã seguinte o descobri, cativo entre seus altos muros para onde não dava nenhum janela, e sem mais que duas árvores amarelecidas que bastavam para dar uma doçura malva ao céu puro.

Antes de deitar-me, quis sair do quarto para explorar todo o meu feérico domínio. Segui por uma comprida galeria que me prestou sucessivamente a homenagem de tudo quanto podia oferecer-me se eu estivesse sem sono, uma poltrona a um canto, uma espineta, sobre um consolo um vaso de faiança azul cheio de cinerárias, e num quadro antigo o fantasma de uma dama de antanho, de cabelos empoados, trançados de flores azuis, e com um ramalhete de cravos na mão. Ao chegar ao fim, sua parede maciça, onde não se abria nenhuma porta, disse-me singelamente: "Agora é preciso voltar, mas olha, estás em tua casa", enquanto o tapete macio acrescentava, para não ficar atrás, que, se eu não dormisse aquela noite, poderia muito bem voltar ali de pés descalços, e as janelas sem postigos que olhavam a campina me asseguravam que passariam uma noite em claro e que, voltando na hora em que eu bem quisesse, não haveria perigo de acordar ninguém. E por trás de uma cortina, descobri apenas um pequeno gabinete que, detido pela muralha e sem poder escapar-se, ali se ocultara todo constrangido, e fitava-me assustado com o seu olho-de-boi que o luar tornara azul. Deitei-me, mas a presença do edredão, das colunetas, da pequena lareira, colocando minha atenção num nível em que ela não estava em Paris, me impediu de entregar-me ao habitual ramerrão de meus devaneios. E como é esse estado particular da atenção que envolve o sono e atua sobre ele, modifica-o, coloca-o a par de determinada série de nossas recordações, as imagens que encheram meus sonhos, naquela primeira noite, foram tomadas de empréstimo a uma memória inteiramente diversa da que meu sono habitualmente punha em contribuição. Se, ao adormecer, fosse tentado a deixar-me arrastar de novo para a minha memória costumeira, o leito a que não estava habituado, a dócil atenção que era obrigado a prestar a minhas posições quando me virava teriam sido suficientes para retificar ou manter o novo fio de meus sonhos. Dá-se com o sono o mesmo que com a percepção do mundo exterior. Basta uma modificação em nossos hábitos para torná-lo poético, basta que, ao nos despirmos, tenhamos adormecido sem querer sobre o leito, para que sejam mudadas as dimensões do sono e sentida a sua beleza. A gente desperta, vê que o relógio marca quatro horas; não são mais que as quatro da madrugada, mas julgamos que transcorreu todo o dia, de tal modo esse sono de alguns minutos e que não tínhamos procurado nos pareceu baixado do céu, em virtude de algum direito divino, enorme e pleno como o globo de ouro de um imperador. De manhã, aborrecido com a ideia de que meu avô estava pronto e que me esperavam para partir para os lados de Méséglise, fui despertado pela fanfarra de um regimento que todos os dias costumava passar sob as minhas janelas. Mas duas ou três vezes — e digo-o, porque é impossível descrever bem a vida dos homens sem fazê-la banhar-se no sono em que se submerge e que noite após noite a rodeia como uma península está contornada pelo mar — o sono interposto foi bastante resistente em mim para sustentar o choque da música, e eu nada ouvi. Nos outros dias, cedeu um instante; mas, aveludada ainda pelo sono por que passara, a minha consciência, como esses órgãos previamente anestesiados, para os quais uma cauterização, primeiro insensível, só é percebida no fim e como uma leve queimadura, apenas era suavemente tocada pelas pontas agudas dos pífanos que a acariciavam como um vago e fresco chilreio matinal; e depois dessa curta interrupção em que o silêncio se fizera música, recomeçava ele, com o meu sono, antes mesmo que os dragões tivessem acabado de passar, furtando-me as últimas floradas do ramo impetuoso e sonoro. E a zona de minha consciência a que haviam aflorado os seus caules espanejantes era tão estreita, tão cercada de sono, que mais tarde, quando Saint-Loup me perguntava se eu ouvira a música, eu não estava mais certo de que o som da banda não fosse tão imaginário como o que eu ouvia durante o dia elevar-se, ao mínimo ruído, sobre o pavimento da cidade. Talvez o tivesse ouvido unicamente em sonhos, pelo temor de ser despertado, ou, pelo contrário, de não despertar e perder o desfile. Pois muitas vezes, quando permanecia adormecido, no momento em que pensava, pelo contrário, que o ruído me despertaria, julgava eu estar acordado, pelo espaço de uma hora, enquanto dormitava, e representava para mim mesmo, sobre a tela de meu sono, os diversos espetáculos que ele me vedava, mas aos quais eu tinha a ilusão de assistir.

O que se teria feito de dia, efetivamente, ao vir o sono, acontece que só o realizemos sonhando, isto é, após a curva de ensonação, seguindo outro caminho que não o que se percorreria desperto. A mesma história desvia-se e tem outro fim. Apesar de tudo, de tal modo é diferente o mundo em que se vive durante o sono que aqueles que têm dificuldade em adormecer procuram antes de tudo sair do nosso. Depois de ter desesperadamente, durante horas, de olhos fechados, remoído pensamentos semelhantes aos que teriam de olhos abertos, recobram ânimo se se apercebem de que o minuto precedente esteve prenhe de um raciocínio em contradição formal com as leis da lógica e a evidência do presente; essa breve "ausência" significa que está aberta a porta pela qual poderão talvez escapar-se imediatamente da percepção do real, indo fazer alto mais ou menos longe dele, o que lhes dará um sono mais ou menos "bom". Mas já está dado um grande passo quando voltamos as costas ao real, quando atingimos os primeiros antros em que as "autossugestões" preparam como feiticeiras a infernal beberagem das doenças imaginárias ou a recrudescência das doenças nervosas, e espiam a hora em que as crises emergidas durante o sono inconsciente se desencadearão com a força suficiente para fazê-lo cessar.

Não longe dali está o jardim secreto onde crescem como flores desconhecidas esses outros sonos tão diferentes entre si, o sono do estramônio, do cânhamo indiano, dos múltiplos extratos do éter, o sono da beladona, do ópio, da valeriana, flores que permanecem fechadas até o dia em que o desconhecido predestinado venha tocá-las, fazê-las se abrir e, por longas horas, verter o aroma de seus sonhos particulares em um ser maravilhado e surpreso. No fundo do jardim está o convento de janelas abertas onde se ouvem repetir as lições aprendidas antes de adormecer, lições que só saberemos ao despertar; enquanto, presságio deste, faz ressoar seu tique-taque esse despertador interno que a nossa preocupação regulou tão bem que, quando a nossa camareira venha nos dizer "Sete horas!", já nos encontrará acordados. Das escuras paredes dessa câmara que se abre sobre os sonhos, e onde trabalha sem cessar o esquecimento das penas de amor, do qual é às vezes interrompida e desfeita por um pesadelo cheio de reminiscências a tarefa logo reiniciada, pendem, mesmo depois que despertamos, as recordações dos sonhos, mas tão entenebrecidas que, muitas vezes, só as percebemos pela primeira vez em plena tarde, quando o raio de uma ideia similar vem tocá-las fortuitamente; alguns já harmoniosamente claros enquanto dormíamos, mas que se tornaram tão irreconhecíveis que, não os tendo identificado, só podemos nos apressar em os devolver à terra, como a cadáveres que se putrefazem com demasiada rapidez, ou como a objetos tão gravemente deteriorados e próximos do pó que nem o restaurador mais hábil poderia devolver-lhes a forma ou tirar alguma coisa deles. Perto da grade está a pedreira em que os sonos profundos vão procurar substâncias que impregnam a cabeça de camadas tão duras que, para despertar o adormecido, a sua própria vontade se vê obrigada, mesmo por uma manhã de ouro, a desferir tremendas machadadas, como um jovem Siegfried.[22] Para além, estão os pesadelos, que os médicos supõem estupidamente serem mais fatigantes do que a insônia, quando muito pelo contrário permitem ao pensador evadir-se da atenção, os pesadelos com seus álbuns fantasistas em que nossos mortos acabam de sofrer um grave acidente que não exclui um rápido restabelecimento. Enquanto isso, guardamo-los numa gaiola de ratos, em que são menores que camundongos brancos e, cobertos de grandes botões vermelhos, cada qual adornado de uma pena, nos dirigem discursos ciceronianos. Ao lado desse álbum está o disco giratório do despertar, graças ao qual sofremos por um instante o aborrecimento de ter de voltar imediatamente para uma casa que está destruída há cinquenta anos, e cuja imagem é apagada por várias outras à medida que se afasta o sono, até que chegamos àquela que só se apresenta quando parou o disco e que coincide com a que veremos de olhos abertos.

Algumas vezes eu nada ouvia, pois estava num desses sonos em que tombamos como num poço, de que nos sentimos felizes de ser retirados um pouco mais tarde, pesados, superalimentados, digerindo tudo o que nos trouxeram, como as ninfas que sustentavam Hércules, essas ágeis potências vegetativas, cuja atividade redobra enquanto dormimos.

Chama-se a isso um sono de chumbo, e parece que nós próprios nos tornamos, por espaço de alguns instantes depois de tal sono haver cessado, uns simples bonecos de chumbo. Não se é mais ninguém. Como então, procurando o nosso pensamento, a nossa personalidade, como se procura um objeto perdido, acabe-se por

---

22 Alusão à personagem Siegfried, do *Anel dos nibelungos*, de Wagner, que quebra uma série de espadas antes de poder forjar para si a espada que lhe permitirá matar o dragão e entrar em posse do anel dos nibelungos. (N. E.)

encontrar o próprio "eu" antes que outro qualquer? Por que, quando recomeçamos a pensar, não é então uma outra personalidade, que não a anterior, que se encarna em nós? Não se vê o que é que dita a escolha e por que, entre os milhões de seres humanos que poderíamos ser, vamos pôr a mão exatamente naquele que éramos na véspera. Que é que nos guia quando verdadeiramente houve interrupção (ou porque o sono tenha sido completo, ou os sonhos inteiramente diversos de nós)? Na verdade houve morte, como quando o coração cessou de bater e somos reanimados por trações rítmicas da língua. Com certeza o quarto, embora o tenhamos visto uma única vez, desperta recordações de que pendem outras mais antigas. Onde dormiam em nós algumas de que adquirimos consciência? A ressurreição ao despertar — após esse benéfico aspecto de alienação mental que é o sono — deve assemelhar-se no fundo ao que se passa quando encontramos um nome, um verso, um estribilho esquecido. E a ressurreição da alma após a morte talvez seja concebível como um fenômeno de memória.

Quando tinha acabado de dormir, atraído pelo céu ensolarado, mas detido pela frialdade daquelas manhãs tão luminosas e tão inclementes do princípio do inverno, eu, para contemplar as árvores, em que as folhas já não estavam indicadas, senão por um ou dois toques de ouro ou de rosa que pareciam haver ficado no ar, erguia a cabeça e alongava o pescoço, enquanto conservava o corpo meio oculto entre as cobertas; como uma crisálida em via de metamorfose, era eu uma criatura múltipla a cujas diferentes partes não convinha o mesmo meio; para o meu olhar, bastava a cor, sem calor; meu peito, em compensação, cuidava de calor, e não de cor. Só me levantava depois de aceso o fogo, e contemplava o quadro tão transparente e suave da manhã malva e dourada a que acabava de juntar artificialmente as parcelas de calor que lhe faltavam, atiçando o fogo que ardia e fumava como um bom cachimbo e me dava, como este o faria, um prazer ao mesmo tempo grosseiro porque assentava num bem-estar material, e delicado porque atrás dele se esfumava uma pura visão. Meu gabinete de *toilette* era forrado de um papel vermelho violento, semeado de flores vermelhas e brancas, a que aparentemente me custaria algum trabalho acostumar-me. Mas não fizeram mais que parecer-me novas, que obrigar-me a entrar não em conflito, mas em contato com elas, e modificar a alegria e os cantos de meu despertar; não fizeram mais que encerrar-me à força dentro de uma espécie de papoula para mirar o mundo, que eu via muito diferente do que em Paris, desse alegre para-vento que era aquela casa nova, diversamente orientada que a de meus pais e para onde afluía um ar puro. Certos dias sentia-me agitado pelo desejo de tornar a ver minha avó e pelo temor de que estivesse enferma; ou então era a lembrança de algum assunto em andamento em Paris e que não se resolvia; às vezes alguma dificuldade em que mesmo ali havia arranjado meios de meter-me. Um ou outro desses cuidados me haviam impedido de dormir, e eu estava sem forças contra a minha tristeza que num instante enchia para mim toda a existência. Então, do hotel, mandava alguém ao quartel, com um recado para Saint-Loup: dizia-lhe que se fosse materialmente possível — e sabia que era muito difícil —, tivesse ele a bondade de passar um instante por meu quarto. Ao cabo de uma hora ele chegava; e, ao ouvir o seu toque de campainha, sentia-me libertado de minhas preocupações. Sabia que, se estas eram mais fortes do que eu, Saint-Loup era mais forte do que elas, e minha atenção as abandonava e voltava-se para ele, que resolveria tudo. Mal acabava de entrar e já esparzia em redor de mim o ar livre em que desenvolvia tanta atividade desde manhã, meio vital muito diferente de meu quarto e ao qual imediatamente me adaptava com apropriadas reações.

— Espero que não me queira mal por tê-lo incomodado; alguma coisa me tortura, e você decerto o adivinhou.

— Qual nada! Pensei simplesmente que você estava com vontade de ver-me e achei isso muito gentil. Estava encantado de que tivesse mandado chamar-me. Mas, afinal, alguma coisa não está direito? Em que posso ser útil?

Escutava as minhas explicações, respondia-me com precisão; mas, mesmo antes de haver-me falado, Saint-Loup já me tornara semelhante a si; ao lado das importantes ocupações que o faziam uma criatura tão expedita, tão alerta, tão contente, os aborrecimentos que ainda há pouco me impediam de ficar um instante sem sofrer me pareciam, como a ele, desprezíveis; era como um homem que, depois de vários dias sem poder abrir os olhos, manda chamar um médico, que com arte e brandura lhe ergue a pálpebra, retira e mostra-lhe um grão de areia; fica o doente bom e tranquilizado. Todas as minhas dificuldades eram resolvidas com um telegrama que Saint-Loup se encarregava de expedir. A vida me parecia tão diferente, tão bela, sentia-me inundado de tal excesso de força que desejava logo fazer alguma coisa.

— Que vai fazer agora? — perguntava a Saint-Loup.

— Vou deixá-lo, pois partimos em marcha daqui a três quartos de hora e precisam de mim.

— Quer dizer que foi muito incômodo ter vindo?

— Não, absolutamente; o capitão mostrou-se muito amável e disse que, se era por causa de você, eu tinha mesmo de vir; mas, enfim, não quero parecer que abuso.

— Mas se eu me levantasse imediatamente e fosse por minha vez ao local das manobras, seria uma coisa interessantíssima para mim, e poderíamos talvez conversar nos intervalos.

— Isso não lhe aconselho; você ficou acordado, a martelar a cabeça por uma coisa que, asseguro-lhe, não tem a mínima importância; mas agora que já o deixou em paz, vire-se para o outro lado e durma, o que será ótimo contra a desmineralizacão de suas células nervosas; não adormeça logo, porque a nossa maldita banda vai passar por aqui; mas em seguida penso que terá sossego, e nós nos encontraremos hoje à noite, ao jantar.

Mais tarde, porém, fui frequentemente assistir aos exercícios do regimento, quando comecei a interessar-me pelas teorias militares que desenvolviam no jantar os amigos de Saint-Loup e quando passou a ser o desejo de meus dias ver de mais perto a seus diferentes chefes, como alguém que, fazendo da música o seu principal estudo e vivendo nos concertos, tem prazer em frequentar os cafés em que se mescla à vida dos músicos da orquestra.

Para chegar ao terreno das manobras, tinha eu de fazer grandes caminhadas. À noite, após o jantar, a vontade de dormir me fazia às vezes tombar a cabeça como numa vertigem. No dia seguinte verificava que não tinha ouvido a fanfarra, da mesma maneira que não ouvia em Balbec o concerto da praia, quando Saint-Loup me havia levado a jantar em Rivebelle na noite anterior. E, no instante em que pretendia levantar-me, deliciosamente experimentava a incapacidade de o fazer; sentia-me ligado a um solo invisível e profundo pelas articulações, que o cansaço me tornava sensíveis, de radículas musculosas e nutrizes. Sentia-me cheio de força, a vida se estendia mais longa à minha frente; é que havia recuado até as boas fadigas da minha infância em Combray, na manhã seguinte aos dias em que fôramos passear para os lados de Guermantes. Pretendem os poetas que tornamos a encontrar por um momento o que fomos outrora, quando entramos em certa casa, em certo jardim em que vivemos na juventude. São peregrinações muito arriscadas, essas, ao fim das quais se colhem tantas decepções como êxitos. Os lugares fixos, coevos de anos diferentes, é em nós mesmos que é melhor encontrá-los. É para o que nos podem servir, até certo ponto, uma grande fadiga seguida de uma boa noite. Mas estas, pelo menos para fazer-nos descer às galerias mais subterrâneas do sono, aquelas em que nenhum reflexo de vigília, nenhum clarão de memória vem mais aclarar o monólogo interior, se é que esse próprio aí não cessa, revolvem de tal forma o solo e o tufo de nosso corpo que nos fazem reencontrar, ali onde nossos músculos mergulham, torcendo as suas ramificações e aspirando a vida nova, o jardim em que vivemos quando crianças. Para revê-lo, não é necessário viajar; é preciso descer para encontrá-lo. O que a terra cobriu, já não está sobre ela, mas debaixo; não basta uma excursão para visitar a cidade morta, é preciso fazer escavações. Mas já se verá como certas impressões fugitivas e fortuitas reconduzem muito melhor ainda ao passado, com uma precisão mais aguda, um voo mais leve, mais imaterial, mais vertiginoso, mais infalível, mais imortal, do que essas deslocações orgânicas.

Algumas vezes era ainda maior o meu cansaço: sem poder deitar-me, tinha acompanhado as manobras durante vários dias. Como abençoava então o regresso ao hotel! Ao meter-me na cama, parecia-me ter afinal escapado a encantadores, a feiticeiros, como os que povoam os amados "romances" do nosso século XVII.[23] Meu sono e minha opulenta manhã do dia seguinte não eram mais que um delicioso conto de fadas. Delicioso, talvez benéfico, igualmente. Dizia comigo que os piores sofrimentos têm o seu asilo, que sempre se pode, na falta de melhor, encontrar repouso. Esses pensamentos me levavam muito longe.

Nos dias de descanso, mas em que Saint-Loup não podia sair, eu ia seguidamente visitá-lo no quartel. Ficava longe; tinha de sair da cidade e atravessar o viaduto, que me oferecia, de um e outro lado, imenso panorama. Quase sempre soprava forte brisa naqueles elevados lugares e enchia todos os edifícios do quartel, que ecoavam sem cessar como um antro de ventos. Enquanto, estando ele ocupado nalgum serviço, eu esperava Robert, diante da porta de seu quarto ou no refeitório, a conversar com alguns amigos seus a quem me apresentara (e que depois fui visitar algumas vezes, mesmo quando ele se achava ausente), vendo pela janela, a cem metros abaixo, a campina desnuda, mas onde, aqui e ali, sementeiras novas, muitas vezes ainda molhadas de chuva e alumiadas pelo sol, punham algumas faixas verdes, de um brilho e uma limpidez translúcida de esmalte, acontecia-me ouvir falar em Saint-Loup; e logo pude reconhecer como era estimado e popular. Entre muitos voluntários, pertencentes a outros esquadrões, jovens burgueses ricos que só viam a alta sociedade aristocrática de fora e sem nela penetrar, a simpatia que lhes despertava o que sabiam do caráter de Saint-Loup era duplicada com o prestígio que tinha a seus olhos o jovem que várias vezes, aos sábados à noite, quando iam de licença a Paris, tinham visto a cear no Café

---

23 Alusão a obras descobertas e apreciadas durante o século XVII na França, como o *Amadis de Gaula*, de Montalvo, *Rolando furioso*, de Ariosto, e *Jerusalém libertada*, de Tasso, obras amplamente citadas por madame de Sévigné em suas cartas. (N. E.)

de la Paix com o duque de Uzès e o príncipe de Orléans.[24] E por isso, no seu belo rosto, no seu despreocupado modo de andar, de saudar, na perpétua inquietação de seu monóculo, na *fantasia* de seus quepes demasiado altos, nas suas calças de pano demasiado fino e demasiado claro, tinham eles introduzido a ideia de um *chic* de que asseguravam ser desprovidos os mais elegantes oficiais do regimento, até mesmo o majestoso capitão a quem devia eu a licença de dormir no quartel e que parecia, em comparação, demasiado solene e quase vulgar.

Dizia um que o capitão havia comprado um novo cavalo. "Pode comprar quantos cavalos queira. Domingo de manhã encontrei Saint-Loup na alameda das Acácias, monta com um garbo!", respondia outro, e com conhecimento de causa, pois aqueles jovens pertenciam a uma classe que, se não frequenta o mesmo pessoal mundano, não difere no entanto, graças ao dinheiro e aos lazeres, da aristocracia, na experiência de todas aquelas elegâncias que se podiam comprar. Quando muito, a elegância deles, no que concerne ao vestuário, por exemplo, tinha algo de mais aplicado, de mais impecável, do que aquela livre e negligente elegância de Saint-Loup que tanto agradava a minha avó. Era uma grande emoção para aqueles filhos de grandes banqueiros e de corretores, quando comiam ostras após o espetáculo, verem a uma mesa vizinha da sua o suboficial Saint-Loup. E que narrativas faziam segunda-feira no quartel, finda a licença! Um deles, que pertencia ao esquadrão de Saint-Loup e a quem este cumprimentara muito "amavelmente", ou um outro que não era do mesmo esquadrão, mas apesar disso estava certo de que Saint-Loup o reconhecera, pois duas ou três vezes havia assestado o monóculo na sua direção.

— Sim, meu irmão o viu no La Paix — dizia outro que passara o dia em casa da amante —, parece até que tinha um fraque muito folgado e que não lhe assentava bem.

---

24 Saint-Loup teria sido visto no café que ficava no Boulevard des Capucines em companhia de duas célebres personagens da Paris do final do século XIX, Jacques de Crussol, duque d'Uzès (1868-1893), e Henri d'Orléans, príncipe d'Orléans, filho do duque de Chartres e bisneto de Luís Filipe. (N. E.)

— Como era o seu colete?

— Não estava de colete branco, e sim malva, com uma espécie de palmas, estupendo!

Quanto aos veteranos (homens do povo que nada sabiam do Jockey e que incluíam simplesmente Saint-Loup na categoria dos alferes muito ricos e na qual faziam entrar todos os que, arruinados ou não, levavam certo teor de vida, tinham uma cifra bastante elevada de rendas ou dívidas e eram generosos para com os soldados), se não viam nada de aristocrático no andar, no monóculo, nas calças e nos quepes de Saint-Loup, nem por isso lhes ofereciam tais coisas menos interesse e significação. Reconheciam nessas particularidades o caráter, o gênero que de uma vez por todas tinham conferido ao mais popular dos graduados do regimento maneiras que não se pareciam com as de ninguém, descaso pelo que pudessem pensar os chefes, e que lhes pareciam natural consequência da sua bondade com os inferiores. O café da manhã no dormitório ou o descanso à hora da sesta pareciam melhores quando algum veterano servia ao grupo glutão e preguiçoso algum saboroso detalhe sobre um quepe que usava Saint-Loup.

— Era da altura da minha mochila.

— Ora, velho! Não nos venha com histórias para boi dormir. É impossível que fosse da altura da tua mochila — interrompia um jovem licenciado em letras que procurava, usando esse dialeto, não parecer recruta e, arriscando essa contradita, fazer confirmar um fato que o encantava.

— Ah! Não era da altura da minha mochila? Tu o mediste, decerto? Pois eu te digo que o tenente-coronel olhava-o como se o quisesse meter na solitária. E o nosso Saint-Loup, nem água! Ia, vinha, baixava, levantava a cabeça, e sempre com aquele jogo do monóculo. O que não vai dizer o capitão! É possível que não diga nada, mas que não vai gostar, não vai mesmo. Mas aquele quepe ainda não é nada. Dizem que tem mais de trinta, em casa...

— Como o sabes, velho? Pelo velhaco do cabo? — perguntava o jovem licenciado com pedantismo, alardeando os novos modos .

de dizer que recentemente aprendera e com que se orgulhava de ornar a conversação.

— Como é que eu sei? Pelo seu ordenança, homem!

— Eis aí um que não deve andar muito mal.

— Compreendo! Tem mais sorte do que eu, está visto! E ainda lhe dá as suas coisas e tudo o mais. Não lhe chegava o que recebia na cantina. E vai daí o nosso Saint-Loup recomenda, o furriel que o diga: "Quero que ele seja bem alimentado, saia pelo que sair".

E o veterano compensava a insignificância das palavras com a energia do tom, numa imitação medíocre que alcançava o maior sucesso.

Eu dava uma volta ao sair do quartel: depois, esperando a hora em que ia diariamente jantar com Saint-Loup, no hotel em que ele e seus amigos haviam tomado pensão, dirigia-me para o meu, logo que o sol se punha, a fim de ter duas horas para o repouso e a leitura. Na praça, o sol pousava no telhado do castelo umas nuvenzinhas róseas que combinavam com a cor dos tijolos e terminavam a harmonização suavizando-os com um reflexo. Tal corrente de vida me afluía aos nervos que nenhum de meus movimentos podia esgotá-la: cada um de meus passos, depois de tocar um ladrilho da praça, ricocheteava, e parecia-me que tinha nos calcanhares as asas de Mercúrio. Uma das fontes estava cheia de um fulgor vermelho, e já na outra o luar tornava a água da cor de uma opala. Entre elas, garotos brincavam, soltavam gritos, descreviam círculos, obedecendo a alguma necessidade da hora, à maneira dos gaviões ou dos morcegos. Ao lado do castelo, os antigos palácios nacionais e a estufa de Luís XVI, onde se encontravam agora a Caixa Econômica e o regimento, estavam iluminados do interior pelas douradas e pálidas lâmpadas do gás já aceso que, no dia ainda claro, assentava àquelas altas e amplas janelas do século XVII, onde ainda não se apagara, o último reflexo do poente, como assentaria a uma cabeça avivada com toques de vermelho um adereço de concha loira, e persuadia-me a ir para junto de meu fogo e de minha lâmpada que, na fachada do hotel onde eu morava, lutava sozinha contra o crepúsculo, e pela qual eu voltava para casa, antes que fosse completamente noite, com prazer, como se faz pela merenda. Eu conservava, dentro de casa, a mesma plenitude de sensação que havia tido fora. De tal modo fazia ressaltar a aparência de superfícies que tão frequentemente nos parecem vulgares e vazias, a língua amarela do fogo, o papel azul do céu, onde a tarde riscara, como um colegial, as garatujas de um desenho a lápis cor-de-rosa, a toalha de singular padrão da mesa redonda, onde uma resma de papel escolar e um tinteiro me esperavam com um romance de Bergotte, que essas coisas continuaram depois a parecer-me plenas de um modo particular de existência que me parece poderia extrair delas, se me fosse dado encontrá-las de novo. Pensava com alegria naquele quartel que acabava de deixar e cujo cata-vento girava em todos os sentidos. Como um mergulhador que respira por um tubo que sobe até a superfície das águas, era para mim, como criatura de novo ligada à vida sadia, ao ar livre, ter como ponto de contato aquele quartel, aquele alto observatório a dominar a campina sulcada de canais de esmalte verde, e a cujos alpendres e edifícios contava eu, graças a um precioso privilégio que esperava fosse duradouro, ir quando quisesse, certo sempre de ser bem recebido.

Às sete horas vestia-me e saía para ir ter com Saint-Loup no hotel onde ele tomara pensão. Gostava de ir a pé. A obscuridade era profunda e logo no terceiro dia começou a soprar, mal baixava a noite, um vento glacial que parecia anunciar neve. Enquanto caminhava, é de crer que não deixasse de pensar um só momento na sra. de Guermantes, pois se tinha vindo à guarnição de Robert, fora unicamente para mais aproximar-me dela. Mas uma lembrança, um pesar são coisas móveis. Dias há em que se vão para tão longe que mal os distinguimos e os julgamos desaparecidos. Começamos então a atentar noutras coisas. E as ruas daquela cidade ainda não eram para mim, como nos lugares onde temos o hábito de viver, simples meio para ir de um ponto a outro. A vida que levavam os habitantes daquele mundo desconhecido me parecia que havia de ser maravilhosa, e às vezes as vidraças iluminadas de alguma casa me retinham por muito tempo imóvel no escuro, pondo-me ante os olhos as cenas verídicas e misteriosas de existências em que eu não penetraria. Ali o gênio do fogo mostrava-me num quadro purpurino a taverna de um vendedor de castanhas onde dois alferes, com os cinturões colocados sobre cadeiras, jogavam cartas sem suspeitar que um mágico os fazia surgir da noite, como uma aparição de teatro, e os evocava tais como efetivamente eram naquele mesmo minuto, aos olhos de um passante parado a quem não podiam ver. Numa pequena loja de bricabraque, uma vela meio consumida, projetando o clarão vermelho sobre uma gravura, transformava-a em sanguínea, enquanto, lutando contra a sombra, a claridade do lampião abaçanava um pedaço de couro, nigelava um punhal de fulgurantes lantejoulas, em quadros que não eram mais que cópias medíocres, depositava uma douragem preciosa como a pátina do passado ou o verniz de um mestre, e fazia enfim daquele tugúrio, onde só havia imitações e insignificâncias, um inestimável Rembrandt. Às vezes erguia eu os olhos a algum vasto apartamento antigo cujos postigos não estavam fechados e onde homens e mulheres anfíbios, readaptando-se cada noite a viver em outro elemento que de dia, lentamente nadavam no denso licor que, ao anoitecer, surde incessantemente do reservatório das lâmpadas para encher as peças até à borda das suas paredes de pedra e vidro, e no seio do qual eles propagavam, deslocando os corpos, redemoinhos untuosos e dourados. Seguia meu caminho, e muita vez pela ruela escura que passa por diante da catedral, como outrora pelo caminho de Méséglise, e a força de meu desejo fazia-me parar; parecia-me que ia surgir uma mulher para satisfazê-lo; se de súbito sentia passar uma saia no escuro, a própria violência do prazer que experimentava impedia-me de crer que fosse casual aquela roçadura, e eu tentava encerrar nos braços uma passante amedrontada. Aquela ruazinha gótica tinha para mim qualquer coisa de tão real que se ali pudesse apanhar uma mulher e possuí-la, ser-me-ia impossível acreditar não fosse a volúpia antiga que nos ia unir, ainda que aquela mulher não passasse de uma simples profissional ali postada todas as noites, mas à qual teriam emprestado o seu mistério o inverno, a nostalgia, as trevas e a Idade Média. Eu pensava no futuro: tentar esquecer a sra. de Guermantes parecia-me terrível, mas razoável e, pela primeira vez, possível, talvez fácil. Na calma absoluta daquele bairro, ouvia adiante de mim palavras e risos que deviam provir de passantes meio embriagados que se recolhiam. Parei para vê-los, olhei para as bandas de onde ouvira o ruído. Mas era obrigado a esperar muito tempo, pois tão profundo era o silêncio circundante que deixara filtrar com nitidez e força extrema os ruídos ainda remotos. Enfim chegavam os notívagos, não à minha frente, como supusera, mas muito atrás. Ou porque o cruzamento das ruas, a interposição das casas, tivessem causado, por um fenômeno de refração, aquele erro de acústica, ou porque seja muito difícil situar um som cujo local nos é desconhecido, enganara-me tanto na distância como na direção.

O vento aumentava. Vinha todo eriçado e granuloso de uma aproximação de neve; eu alcançava a rua principal e saltava para o pequeno bonde de cuja plataforma um oficial, que parecia não vê-los, respondia às continências dos soldados toscos que passavam pela calçada com as faces vermelhas de frio; e faziam pensar — naquela cidade que o brusco salto do outono naquele começo de inverno parecia haver arrastado mais para o norte — nas faces rubicundas que Breughel dá a seus campônios alegres, farristas e gelados.

E precisamente no hotel em que eu tinha encontro com Saint-Loup e seus amigos, e para onde as festas que começavam atraíam muita gente das vizinhanças e estranhos, havia, enquanto eu atravessava diretamente o pátio que dava para afogueadas cozinhas onde giravam frangos no espeto, onde se assavam porcos, onde lagostas ainda vivas eram lançadas no que o hoteleiro chamava "o fogo eterno", uma grande afluência (digna de algum "Recenseamento em Belém", como os que pintavam os velhos mestres flamengos[25]) de homens que chegavam e se reuniam em grupos no pátio, perguntando ao patrão ou a algum de seus ajudantes (que lhes indicava um alojamento na cidade quando não os achava com boa cara) se não podiam obter comida e pousada, enquanto passava um garçom segurando pelo pescoço uma ave que se debatia. E

---

25 Dentre eles, Breughel, o Velho (1525-1590), cujo quadro sobre o tema, de 1566, está no Museu Real de Belas-Artes, em Bruxelas. (N. E.)

na grande sala de jantar que atravessei no primeiro dia, antes de alcançar a pequena peça em que me esperava o meu amigo, era igualmente num repasto do Evangelho, figurado com a ingenuidade do tempo antigo e o exagero de Flandres, que fazia pensar o número de peixes, de frangas cevadas, de galos silvestres, de galinholas, de pombos, trazidos, ornamentados e a fumegar, por garçons resfolegantes que deslizavam pelo soalho para chegar mais depressa e os depunham sobre o imenso consolo, onde em seguida eram trinchados, mas onde — pois muitas refeições estavam no fim quando eu chegava — se empilhavam inutilizados como se a profusão e a precipitação dos que os traziam respondessem, muito mais que aos pedidos dos fregueses, ao respeito do texto sagrado, escrupulosamente seguido em sua letra, mas ingenuamente ilustrado por detalhes reais tomados de empréstimo à vida local, e à preocupação estética e religiosa de mostrar aos olhos o esplendor da festa pela profusão das vitualhas e a solicitude dos servidores. Um destes, no fundo da sala, sonhava, imóvel, ao lado de um aparador; e no intuito de falar a ele, o único que parecia bastante calmo para me responder em que sala haviam preparado a nossa mesa, avançando por entre os fogareiros acesos aqui e ali para evitar que esfriassem os pratos dos retardatários (o que não impedia que no centro da peça estivessem as sobremesas sustidas pela mão de um enorme boneco a que às vezes serviam de suporte as asas de um enorme pato de cristal, ao que parecia, mas na realidade de gelo, cinzelado todos os dias a ferro em brasa por um cozinheiro escultor, no mais puro gosto flamengo), fui direto, com risco de ser derrubado pelos outros, até aquele servidor, no qual julguei reconhecer uma personagem tradicional nesses temas sagrados e de quem reproduzia escrupulosamente a face chata, ingênua e mal desenhada, de expressão sonhadora, já meio presciente do milagre de uma presença divina que os outros ainda não suspeitaram. Acrescentemos que, em razão sem dúvida das festas próximas, a essa figuração acrescentou-se um suplemento celeste recrutado inteiro num pessoal de querubins e serafins. Um juvenil anjo musicista, de cabelos loiros a enquadrar um rosto de catorze anos, não tocava, a falar a verdade, nenhum instrumento, mas devaneava ante um gongo ou uma pilha de pratos, enquanto anjos menos infantis se apressuravam através dos espaços desmesurados da sala, agitando o ar com o frêmito incessante dos guardanapos que lhes desciam ao longo do corpo em forma de pontiagudas asas de primitivos. Fugindo dessas regiões mal definidas, veladas em uma cortina de palmas, por onde os celestiais servidores pareciam, de longe, chegar do empíreo, abri caminho até a saleta onde estava a mesa de Saint-Loup. Encontrei alguns dos amigos que jantavam sempre com ele, nobres todos, com exceção de um ou dois plebeus, mas em quem os nobres tinham desde o colégio farejado amigos e com os quais se haviam ligado de boa sombra, provando assim que não eram, em princípio, hostis aos burgueses, contanto que tivessem as mãos limpas e fossem à missa. Logo da primeira vez antes que se sentassem à mesa, e diante de todos os outros, que aliás não nos ouviam, disse-lhe:

— Robert, o momento e o local são mal escolhidos para dizer-lhe isso, mas é só por um segundo. Sempre me esqueço de perguntar-lhe no quartel: não é da sra. de Guermantes o retrato que você tem em cima da mesa?

— Claro que sim, é da minha boa tia.

— Pois é mesmo, que cabeça a minha! Eu bem que o sabia, mas tinha-me esquecido, meu Deus! Seus amigos já devem estar impacientes, falemos depressa, estão a olhar-nos, ou fica para outra vez, não tem importância alguma.

— Qual! Continue, eles estão ali é para esperar.

— Absolutamente! Faço questão de ser polido, eles são tão amáveis! Aliás, bem sabe você que não tenho muito interesse nisso.

— Conhece então essa grande Oriane?

Essa "grande Oriane", como poderia ter dito essa "boa Oriane", não significava que Saint-Loup considerasse a sra. de Guermantes como particularmente boa. Em tal caso, boa, excelente, grande são simples reforços de "essa", que designa uma pessoa que ambos os interlocutores conhecem e de quem não se sabe bem o que dizer diante de uma pessoa que não é da nossa intimidade. "Boa" serve de *hors-d'oeuvre* e permite esperar um instante até que se tenha encontrado: "O senhor a vê seguidamente?". Ou "Há meses que não a vejo", ou "Hei de vê-la na terça-feira", ou "Ela já não deve estar na primeira juventude".

— Não sei dizer como me diverte que seja o retrato dela, pois moramos na sua casa e eu soube a seu respeito coisas inauditas, ficaria muito embaraçado em dizer quais seriam, que fazem com que ela me interesse muito, de um ponto de vista literário, você compreende — como direi? —, de um ponto de vista balzaquiano, você que é tão inteligente há de compreender isso em meia palavra, mas terminemos logo, que irão pensar os seus amigos da minha educação?

— Não pensarão absolutamente nada, eu lhes disse que você é sublime e eles estão muito mais intimidados do que você.

— Você é muito gentil. Mas uma pergunta: a sra. de Guermantes não supõe que nós sejamos amigos, não é mesmo?

— Não sei; não a vejo desde o verão passado, pois não consegui licença depois do seu regresso.

— É que, veja você, me garantiram que ela me julga inteiramente idiota.

— Isso não acredito: Oriane não é nenhuma águia, mas em todo caso não é estúpida.

— Bem sabe você que, em geral, não faço absolutamente questão de que você torne públicos os sentimentos que tem a meu respeito, pois não possuo amor-próprio. Assim, lamento que você tenha dito coisas amáveis de mim aos seus amigos, com quem nos vamos reunir daqui a dois segundos. Mas quanto à sra. de Guermantes, se você lhe pudesse dar a entender, mesmo com um pouco de exagero, o que pensa de mim, me daria um grande prazer.

— Com muito gosto; se é só isso que tem a pedir-me, não será muito difícil; mas que importância tem o que ela possa pensar de você? Suponho que pouco lhe há de importar; em todo caso, se é apenas isso, podemos falar diante de todo mundo ou quando estivermos a sós, pois receio que se fatigue falando de pé e de modo tão incômodo quando temos tantas ocasiões de estar juntos.

Justamente essa incômoda situação é que me havia dado coragem para falar a Robert; a presença dos outros era um pretexto que me autorizava a dar a minhas palavras um tom breve e desalinhavado, graças ao qual podia mais facilmente dissimular a mentira que pregava ao dizer a meu amigo que esquecera o seu parentesco com a duquesa e para não lhe dar tempo de fazer-me, sobre os motivos de desejar que a sra. de Guermantes me soubesse amigo dele, inteligente etc., perguntas que tanto mais me teriam desconcertado quanto não saberia como lhes responder.

— Robert, espanta-me que você, tão inteligente, não compreenda que não se deve discutir o que dá prazer aos amigos, mas fazê-lo. Eu, se você me pedisse o que quer que fosse, e até desejaria muito que me pedisse alguma coisa, garanto que não solicitaria explicações. E vou além do que desejo; não faço empenho em conhecer a sra. de Guermantes; mas deveria ter dito, para experimentá-lo, que desejaria jantar com a sra. de Guermantes, e sei que você não me arranjaria isso.

— Não só arranjaria, como arranjarei.

— Quando?

— Logo que for a Paris, daqui a três semanas, sem dúvida.

— Veremos; aliás ela não há de querer. Não sei dizer-lhe como lhe fico agradecido.

— Ora!, não é nada.

— Não diga isso, é muitíssimo, porque agora vejo que amigo você é: que a coisa que lhe peço seja importante ou não, desagradável ou não, que eu a queira de verdade ou simplesmente para experimentá-lo, pouco importa, você diz que o fará, mostrando assim a fineza de sua inteligência e de seu coração. Um amigo estúpido teria discutido.

Era justamente o que ele acabava de fazer; mas talvez eu quisesse pegá-lo pelo amor-próprio: talvez também fosse sincero, parecendo-me que a única pedra de toque do mérito era a utilidade de que me poderiam ser os outros em relação à única coisa que me parecia importante, o meu amor. Depois acrescentei, ou por duplicidade, ou por um verdadeiro acréscimo de ternura provocado pela gratidão, pelo interesse e por tudo quanto a natureza pusera dos próprios traços da sra. de Guermantes em seu sobrinho Robert:

— Mas eis que é preciso ir ter com os outros e eu só lhe pedi uma das duas coisas, a menos importante: a outra é mais importante para mim, mas receio que você ma recuse: não lhe aborreceria que nos tratássemos por *tu*?

— Aborrecer-me! Por Deus! *Alegria! Lágrimas de alegria! Felicidade desconhecida!*[26]

— Como lhe agradeço... te agradeço. Bem depois que você tiver começado! Isso me causa tamanho prazer que você até pode não fazer nada junto à sra. de Guermantes, se quiser; o *tu* já me basta.

— Faremos as duas coisas.

— Ah!, Robert! Escuta — disse eu ainda a Saint-Loup, durante o jantar. — Oh!, é cômica esta conversa aos pedaços, e aliás não sei por quê... mas você sabe aquela dama de que acabo de lhe falar?

— Sim.

— Sabe a quem me refiro...

— Ora essa! Você me toma por um cretino de Valais, por um *retardado*?

— Será que você não quereria dar-me o retrato dela?

Pretendia pedir-lhe apenas que mo emprestasse. Mas no momento de falar, fui acometido de timidez, achei meu pedido indiscreto e, para não deixá-lo notar, formulei-o mais brutalmente, e ainda o aumentei, como se fosse muito natural.

— Não, seria preciso primeiro pedir licença a ela.

Em seguida corou. Compreendi que tinha um pensamento oculto, que atribuía outro a mim, que só serviria a meu amor pela metade, sob a reserva de certos princípios de moral, e detestei-o.

E no entanto sentia-me comovido, ao ver como Saint-Loup se mostrava diferente para comigo, desde que não estava mais a sós com ele e seus amigos faziam de terceiros. A maior amabilidade da sua parte me teria deixado indiferente se a julgasse proposi-

---

26 Citação um pouco alterada do *Memorial*, de Pascal, aludindo à noite do dia 23 de novembro de 1654, quando ele fora tocado pela graça divina. (N. E.)

tada; mas sentia-a involuntária e constituída de tudo quanto ele devia dizer a meu respeito quando eu estava ausente e que ele calava quando estávamos sozinhos os dois. Em nossos colóquios, certamente que eu suspeitava o prazer que ele tinha em conversar comigo, mas esse prazer sempre ficava quase inexpresso. Agora, ante as mesmas frases minhas que de ordinário saboreava sem o assinalar, ele espiava com o rabo do olho se produziam em seus amigos o efeito com o qual contara e que devia corresponder ao que lhes tinha anunciado. A mãe de uma estreante não fica mais suspensa das réplicas da filha e da atitude do público. Se eu dizia uma frase de que ele, a sós comigo, apenas teria sorrido, temendo agora que a não tivessem compreendido bem, dizia-me: "Como, como?", para ma fazer repetir, para provocar atenção, e voltando-se em seguida para os outros e arvorando-se, sem o saber, a olhá-los com um riso bonachão, provocador do seu riso, apresentava-me pela vez primeira a ideia que tinha de mim e que já muitas vezes devia ter-lhes expressado. Assim, subitamente, me via eu a mim mesmo do exterior, como alguém que lê o próprio nome num jornal ou se avista num espelho.

Aconteceu-me numa daquelas noites pretender contar uma história assaz cômica sobre a sra. Blandais, mas parei imediatamente ao lembrar que Saint-Loup já a conhecia e, quando lha fora contar depois de minha chegada, ele me interrompera, dizendo: "Você já me contou isso em Balbec". Fiquei pois espantado ao ver que Saint-Loup insistia que continuasse, assegurando-me que não conhecia a história e que muito o divertiria. "Você não se lembra de momento", disse-lhe eu, "mas logo irá reconhecê-la". "Não, juro que estás confundindo. Nunca me contaste isso. Anda." — E, enquanto durou a história, cravava febrilmente os olhos encantados ora em mim, ora em seus camaradas. Somente ao terminar em meio do riso geral, foi que compreendi ter ele pensado que a história daria uma alta ideia de meu espírito aos seus camaradas e por isso tinha fingido não conhecê-la. Assim é a amizade.

Na terceira noite, um de seus amigos, com quem não tivera ocasião de falar nas duas primeiras vezes, conversou longamente comigo; e ouvi-o dizer a meia-voz a Saint-Loup o prazer que lhe causara a nossa palestra. E, com efeito, passamos juntos quase toda a noite, conversando ante os nossos copos de sauternes que não esvaziávamos, separados, protegidos dos outros pelos véus magníficos de uma dessas simpatias entre homens que, quando não têm por base atrativos físicos, são as únicas verdadeiramente misteriosas. Assim, com essa natureza enigmática, me parecera em Balbec o sentimento de Saint-Loup para comigo, que não se confundia com o interesse de nossas conversações, desligado de todo elo material, invisível, intangível, e cuja presença no entanto experimentava em si mesmo como uma espécie de flogístico, de gás, o suficiente para falar sorrindo a respeito daquilo.[27] E talvez houvesse algo de mais surpreendente ainda naquela simpatia ali nascida numa única noite, como uma flor que houvesse desabrochado em poucos minutos ao calor da pequena sala. Como Robert me falasse de Balbec, não pude deixar de lhe perguntar se estava verdadeiramente resolvido que ele desposaria a srta. de Ambresac. Declarou-me que não só não estava resolvido, mas que jamais se tratara de tal coisa, que nunca a tinha visto, nem sabia quem era ela. Se naquele momento eu tivesse visto algumas das pessoas da sociedade que haviam anunciado esse casamento, comunicar-me-iam o da srta. de Ambresac com alguém que não era Saint-Loup e o de Saint-Loup com alguém que não era a srta. de Ambresac. E muito os havia de espantar se lhes lembrasse as suas predições contrárias e ainda recentes. Para que esse pequeno jogo possa continuar e multiplicar as falsas novidades, acumulando sucessivamente sobre cada nome o maior número possível delas, deu a natureza a esse gênero de jogadores uma memória tanto mais curta quanto maior a sua credulidade.

Falara-me Saint-Loup de outro camarada seu ali presente, com quem se entendia particularmente bem, pois eram naquele meio os dois únicos partidários da revisão do processo Dreyfus.

---

27 A teoria do "flogitismo" havia sido desenvolvida por Georg Ernst Stahl, médico e químico alemão, segundo o qual o fogo entrava na composição dos corpos. O flogístico seria uma espécie de fluido, suscetível de se inflamar. (N. E.)

— Oh!, esse não é como Saint-Loup, é um energúmeno — disse-me o meu novo amigo. — Nem ao menos é de boa-fé. No princípio dizia: "É só esperar; temos cá um homem que eu conheço bem, cheio de finura e bondade, o general de Boisdeffre; poderemos adotar sem hesitação o seu parecer". Mas quando soube que Boisdeffre proclamava a culpabilidade de Dreyfus, Boisdeffre não valia mais nada; o clericalismo, os preconceitos do Estado-Maior o impediam de julgar sinceramente, embora ninguém seja ou pelo menos fosse tão clerical como o nosso amigo, antes do seu Dreyfus. Disse-nos então que em todo caso havíamos de saber a verdade, pois o assunto ia ficar em mãos de Saussier, e este, soldado republicano (o nosso amigo é de uma família ultramonarquista), era um homem de bronze, uma consciência inflexível. Mas quando Saussier proclamou a inocência de Esterhazy, ele achou explicações novas para esse veredicto, desfavoráveis não a Dreyfus, mas ao general Saussier. Era o espírito militarista que cegava Saussier — e note-se que ele é tão militarista como clerical, ou pelo menos o era, pois já não sei o que pensar a seu respeito. Sua família está desolada de vê-lo dominado por essas ideias.

— Vejam — disse eu, voltando-me a meio para Saint-Loup, para não parecer que me isolava, bem como para o seu companheiro e a fim de fazê-lo participar da conversação —, é que a influência que se atribui ao meio é principalmente verdadeira quanto ao meio intelectual. Cada um é homem da sua ideia; há muito menos ideias que homens, de modo que todos os homens de uma mesma ideia são iguais. Como uma ideia nada tem de material, os homens que só materialmente estão em torno do homem de uma ideia não o modificam em coisa alguma.

Saint-Loup não se contentou com essa aproximação. Num delírio de alegria que sem dúvida redobrava a que sentia ao fazer-me brilhar diante de seus amigos, com extrema volubilidade, repetia-me, a dar-me palmadinhas como a um cavalo que tivesse chegado em primeiro lugar: "Tu és o homem mais inteligente que eu conheço, bem sabes disso". Reconsiderou, acrescentando: "Com Elstir. Não te incomodas, não é? Escrúpulos, compreendes... Comparando: digo-te isso como diriam a Balzac: sois o maior romancista do século, com Stendhal. Excesso de escrúpulo, compreendes, no fundo imensa admiração. Não, não vais com Stendhal?", acrescentava com uma ingênua confiança em meu julgamento, que se traduzia por uma encantadora e sorridente interrogação, quase infantil, de seus olhos verdes. "Ah!, ainda bem que és da minha opinião, Bloch detesta Stendhal, eu acho isso idiota da sua parte. De qualquer modo, a *Cartuxa* é qualquer coisa de enorme, não? Alegra-me que sejas da minha opinião. Que é que mais te agrada na *Cartuxa*?, responde", dizia-me com juvenil impetuosidade. E sua força física, ameaçadora, dava qualquer coisa de quase assustador à sua pergunta: "Mosca? Fabrice?". Eu respondia timidamente que Mosca tinha algo do sr. de Norpois. Ante isso, tempestade de riso do jovem Siegfried Saint-Loup. E não tinha acabado de acrescentar: "Mas Mosca é muito mais inteligente, menos pedantesco", e já ouvia Robert gritar *bravo*, batendo palmas de fato, rindo até sufocar, e gritando: "Mas que justeza! Ótimo! Tu és impagável!".

Fui nesse momento interrompido por Saint-Loup, porque um dos jovens militares acabava de me designar, sorrindo, enquanto lhe dizia:

— Duroc, é tal qual Duroc.[28] — Eu não sabia o que queria isso dizer, mas sentia que a expressão do rosto intimidado era mais do que benévola. Quando eu estava falando, a aprovação dos outros parecia ainda excessiva a Saint-Loup, ele exigia silêncio. E como um maestro interrompe os seus músicos, batendo com a batuta, porque alguém fez barulho, repreendeu o perturbador:

— Gibergue, você deve calar-se quando estão falando. Dirá isso depois. Continua — disse-me ele.

Respirei, pois temia que me fizesse começar tudo de novo.

---

28 Michel Duroc (1772-1813), general francês que participara do golpe de Estado 18 de Brumário e seria encarregado por Napoleão de diversas missões diplomáticas. (N. E.)

— E como uma ideia — continuei — é algo que não pode participar dos interesses humanos e não poderia gozar de suas vantagens, os homens de uma ideia não são influenciados pelo interesse.

— E então, estão embasbacados, meninos?! — exclamou, depois que terminei de falar, Saint-Loup, que me havia seguido com os olhos com a mesma ansiosa solicitude de que se eu estivesse andando na corda bamba. — Que é que você queria dizer, Gibergue?

— Dizia que o senhor aqui me lembrava muito o comandante Duroc. Parecia-me estar a ouvi-lo.

— Já pensei nisto muitas vezes — respondeu Saint-Loup —, há muitos pontos de contato, mas verá que este tem mil coisas, que não tem Duroc.

Assim como um irmão desse amigo de Saint-Loup, aluno da Schola Cantorum,[29] pensava de toda obra musical nova, não como seu pai, sua mãe, seus primos, seus camaradas de clube, mas exatamente como todos os outros alunos da escola, aquele alferes nobre (de que Bloch formou uma ideia extraordinária quando lhe falei a seu respeito, porque, comovido ao saber que era do seu mesmo partido, imaginava-o, no entanto, por suas origens aristocráticas e sua educação religiosa e militar, um ser muito diferente, com todo o encanto de um nativo de um país remoto) tinha uma "mentalidade", como se começava a dizer, análoga à de todos os dreyfusistas em geral e de Bloch em particular, e sobre a qual não podiam ter o menor influxo as tradições de sua família e os interesses de sua carreira. Assim havia um primo de Saint-Loup desposado uma jovem princesa do Oriente que, dizia-se, fazia versos tão belos como os de Victor Hugo ou Alfred de Vigny e a quem, apesar disso, atribuíam um espírito diferente do que se podia conceber, um espírito de princesa oriental reclusa num palácio das *Mil e uma noites.* Aos escritores que tiveram o privilégio de tratar com ela foi reservada a decepção ou, antes, a alegria de ouvir uma conversação que dava ideia,

---

29 Escola de música extremamente rigorosa e conservadora, mencionada logo no início do presente volume. (N. E.)

não de Xarazade, mas de uma criatura de gênio do gênero de Alfred de Vigny ou de Victor Hugo.[30]

Agradava-me principalmente conversar com aquele jovem, como aliás com os outros amigos de Robert, e com o próprio sobre o quartel, sobre os oficiais da guarnição, sobre o Exército em geral. Graças a essa escala imensamente ampliada, pela qual vemos as coisas, por pequenas que sejam, entre as quais comemos, conversamos e levamos a nossa vida real, graças a essa formidável majoração que sofrem e que faz com que o resto ausente do mundo não possa lutar com elas e assuma, a seu lado, a inconsistência de um sonho, começava eu a interessar-me pelas diversas personalidades do quartel, pelos oficiais que via no pátio quando ia visitar Saint-Loup ou, se estava acordado, quando o regimento passava pela minha janela. Desejaria obter detalhes sobre o comandante que Saint-Loup tanto admirava e sobre o curso de história militar, que me teria encantado "mesmo esteticamente". Sabia que em Robert certo verbalismo era amiúde um tanto oco, mas outras vezes significava a assimilação de ideias profundas que era muito capaz de compreender. Principalmente, no tocante ao Exército, o que antes de tudo preocupava Robert naquele momento era o Caso Dreyfus.[31] Pouco falava a respeito disso porque era o único dreyfusista da sua mesa; os outros eram violentamente hostis à revisão, exceto meu vizinho de mesa, o meu novo amigo, cujas opiniões pareciam assaz flutuantes. Admirador convicto do coronel, que passava por oficial notável e verberara em diversas ordens do dia a agitação contra o Exército, que o faziam

---

30 A "princesa do Oriente" em questão é a condessa Anna de Noailles (1876-1933), princesa de Brancovan, amiga pessoal de Proust, cuja obra ele comparava à de Vigny, Hugo e Baudelaire. Após a morte do amigo, a condessa publicaria um livro de memórias, relatando exclusivamente momentos de sua amizade com Proust e com o conde de Montesquiou, detentor de alguns traços que comporiam a personagem proustiana do barão de Charlus. (N. E.)

31 Alfred Dreyfus (1859-1935), oficial do Exército francês de origem judaica, fora acusado erroneamente de ter transmitido segredos militares ao major alemão Schwartzkoppen. Condenado em 1894, ele seria deportado à ilha do Diabo, na Guiana Francesa. Em 1896, o comandante Picquart, convencido da inocência de Dreyfus e

passar por antidreyfusista, soubera meu vizinho que o seu chefe deixara escapar algumas asserções que tinham feito acreditar que alimentava dúvidas quanto à culpabilidade de Dreyfus e conservava sua estima a Picquart. Neste último ponto, em todo caso, o boato de relativo dreyfusismo do coronel era mal fundado como todos os boatos surgidos não se sabe de onde que proliferam em torno de qualquer grande assunto. Porque, pouco depois, encarregado de interrogar o antigo chefe do Gabinete de Informações, esse coronel o tratou com uma brutalidade e com um desprezo nunca dantes igualados. Como quer que fosse, e embora jamais se tivesse permitido informar-se diretamente com o coronel, meu vizinho tivera para com Saint-Loup a polidez de dizer-lhe — no tom com que uma senhora católica anuncia a uma senhora judia que o seu cura reprova o massacre de judeus na Rússia e admira a generosidade de certos israelitas — que o coronel não era para o dreyfusismo — para certo dreyfusismo pelo menos — o adversário fanático, estreito, que haviam julgado.

— Não me estranha — disse Saint-Loup —, porque é um homem inteligente. Mas, apesar de tudo, cegam-no os preconceitos de casta, e principalmente o clericalismo. Ah! — disse-me —, o comandante Duroc, o professor de história militar de que te falei, este sim, ao que parece, compartilha inteiramente das nossas ideias. Aliás, o contrário me teria chocado, porque não só é de uma inteligência sublime, mas radical-socialista e franco-maçom.

Tanto por delicadeza para com seus amigos, a quem eram desagradáveis as profissões de fé dreyfusistas de Saint-Loup, como

---

da culpa de um outro oficial francês, Esterhazy, pediu a revisão do processo. Em 1898, Esterhazy seria declarado inocente e Picquart, mandado para a Tunísia. É quando Zola publica seu texto "J'accuse", no jornal *Aurore*, denunciando o antissemitismo e a corrupção no Exército francês. Descobre-se que o coronel Henry fabricara dois documentos para condenar Dreyfus. O coronel se suicida e uma nova revisão do processo se inicia em 1899. Mas o Conselho de Guerra declara Dreyfus culpado, com circunstâncias atenuantes. Ele seria liberado dias depois, mas só se reabilitaria no Exército em 1906. O "Caso Dreyfus" atravessa pelo menos três volumes do romance de Proust (cf. o Posfácio de Regina Salgado Campos ao volume *Sodoma e Gomorra*). (N. E.)

porque o resto me interessava mais, perguntei a meu vizinho se era verdade que aquele comandante fazia uma explanação da história militar de uma verdadeira beleza estética.

— É absolutamente certo.

— Mas que entende o senhor por isso?

— Já lhe digo: tudo quanto o senhor lê, suponha que no relato de historiador militar, os menores fatos, os menores acontecimentos, não são mais que signos de uma ideia que é preciso pôr a nu, e que com frequência encobre outras, como um palimpsesto. De modo que tem o senhor um conjunto tão intelectual como o que possam oferecer uma ciência ou uma arte quaisquer, e que é satisfatório para o espírito.

— Exemplos? Se não abuso...

— É difícil dizer-te como... — interrompeu Saint-Loup. — Lês, por exemplo, que tal corpo tentou... E antes de passar além, o nome do corpo, a sua composição tem o seu significado. Se não é a primeira vez que se ensaia a operação, e se para a mesma operação vemos que aparece outro corpo, pode isto ser um sinal de que os corpos precedentes foram aniquilados ou muito maltratados pela referida operação, que já não estão em condições de levá-la a termo. Pois bem, é preciso informar-se que corpo era o que hoje foi aniquilado, se eram tropas de combate, postas de reserva para ataques importantes, já que um novo corpo de qualidade inferior tem poucas probabilidades de sair-se bem onde aquelas fracassaram. De resto, se não se está no início de uma campanha, esse mesmo corpo novo pode estar constituído de vários elementos tomados aqui e acolá, o que, no referente às forças de que ainda dispõe o beligerante, à aproximação do momento em que estas forças serão inferiores às do adversário, pode facilitar indicações que darão à mesma operação que esse corpo vai intentar uma significação diferente, porque, se já não se acha em estado de reparar as suas perdas, seus próprios triunfos não farão mais que encaminhá-lo, aritmeticamente, para o aniquilamento final. Por outro lado, não menor significação tem o número significativo do corpo que se lhe opõe. Se se trata, por exemplo, de uma unidade muito mais débil e que já consumiu várias unidades importantes do adversário, a mesma operação muda de caráter, porque, ainda que tivesse de acabar com a perda da posição que o defensor ocupa, o havê-lo ocupado durante algum tempo pode representar uma grande vitória, se bastou para destruir com forças mínimas outras muito importantes do adversário. Como bem podes compreender, se já na análise dos corpos comprometidos se encontram coisas de tamanha importância, o estudo da própria posição, das estradas de ferro e de rodagem que essa posição domina, dos abastecimentos que protege, tem ainda maiores consequências. Cumpre estudar o contexto geográfico — acrescentou, rindo. (E, com efeito, tão contente ficou com essa expressão que, dali por diante, de cada vez que a empregava, até meses depois, tinha sempre o mesmo riso.) — Enquanto um dos beligerantes prepara a ação, se lês que uma de suas patrulhas é destruída nas cercanias da posição pelo outro beligerante, uma das conclusões que podes tirar é que o primeiro tratava de se informar acerca dos trabalhos defensivos com que o segundo tencionava anular o seu ataque. Uma ação particularmente violenta em determinado ponto pode significar o desejo de conquistá-lo, mas também o desejo de nele deter o adversário, de não responder a seu ataque ali onde atacou, ou também não ser mais que um despistamento e ocultar, sob essa intensificação de violência, as baixas de tropas no referido local (despistamento clássico nas guerras de Napoleão). Por outro lado, para compreender a significação de uma manobra, seu objetivo provável e, por conseguinte, de que outras virá acompanhada ou seguida, não é indiferente consultar, não tanto o que sobre isso anuncie o comando — o que pode ser destinado a enganar o adversário, a disfarçar um possível fracasso —, como os regulamentos militares do país. Sempre é de supor que a manobra que um exército quis operar é a que prescrevia o regulamento vigente em circunstâncias análogas. Se, por exemplo, prescreve o regulamento que um ataque de frente seja acompanhado por um ataque de flanco; se, ao fracassar este segundo ataque, pretende o comando que não tinha conexão alguma com o primeiro, e que era apenas uma diversão, há probabilidades de que a verdade deva ser buscada no regulamento e não no que diga o comando. E não só há os regulamentos de cada exército, senão também suas tradições, seus costumes, suas doutrinas. O estudo da ação diplomática, sempre em perpétuo estado de ação ou de reação sobre a ação militar, tampouco deve ser negligenciado. Incidentes insignificantes na aparência, mal compreendidos em sua época, te explicarão que o inimigo, contando com um auxílio de que esses incidentes denotam haver sido ele privado, não executou na realidade senão parte da sua ação estratégica. De modo que, se souberes ler a história militar, o que é narração confusa para o comum dos leitores será para ti um encadeamento tão racional como o é um quadro para o amador que sabe ver o que a personagem veste ou tem nas mãos, ao passo que o visitante aturdido dos museus se deixa confundir e entontecer por umas vagas cores. Mas como sucede com certos quadros em que não basta notar que uma personagem segura um cálice, mas também por que motivo o pintor lhe pôs um cálice nas mãos e o que deseja simbolizar com isso, essas operações militares, mesmo fora da sua finalidade imediata, são, no espírito do general que dirige a campanha, habitualmente calcadas em batalhas mais antigas que constituem, se quiseres, como que o passado, a biblioteca, a erudição, a etimologia, a aristocracia das batalhas novas. E notas que não me refiro agora à identidade local — como diria? —, espacial das batalhas. Essa também existe. Um campo de batalha não foi, ou não será, através dos séculos, apenas o campo de uma única batalha. Se foi campo de batalha, é que reunia certas condições de situação geográfica, de natureza geológica, até de defeitos próprios para estorvar o adversário, um rio que o corte em dois, por exemplo, e que fazem dele um bom campo de batalha. Já que o foi, terá de sê-lo. Não se faz um ateliê de pintura com qualquer sala, não se faz um campo de batalha com qualquer local. Há lugares predestinados. Mas, uma vez mais, não era disso que eu estava falando, e sim do tipo de batalha que se imita, de uma espécie de decalque estratégico, de *pastiche* tático, se quiseres: a batalha de Ulm, de Lodi, de Leipzig, de Cannes.[32] Não sei se ainda haverá guerras, nem entre que povos, mas, se as houver, fica certo de que teremos, e deliberadamente da parte do chefe, uma Cannes, uma Austerlitz, uma Rosbach, uma Waterloo, sem falar das outras;[33] alguns não se constrangem em dizê-lo. O marechal Von Schlieffen e o general de Falkenhausen[34] têm previamente preparada contra a França uma batalha de Cannes, gênero Aníbal, com fixação do adversário em toda a frente e avanço pelas duas alas, principalmente pela direita, na Bélgica, ao passo que Bernhardi prefere a ordem oblíqua de Frederico, o Grande,[35] antes Leuthen que Cannes.[36] Outros expõem menos cruamente seus pontos de vista, mas garanto-te, meu velho, que Beauconseil, esse comandante de cavalaria a quem te apresentei e que é um oficial do maior futuro, estudou a fundo o seu ataquezinho do

---

32 Menção de quatro batalhas que tiveram em comum a estratégia de envolver o adversário. A primeira, a de Ulm, acontecera no dia 20 de outubro de 1805, quando o general austríaco Mack, cercado por Napoleão, decidiu se render. A batalha de Lodi, na Lombardia, acontecera no dia 10 de maio de 1796, quando houve novamente a vitória francesa sobre as tropas austríacas. Já a batalha de Leipzig, que durara do dia 16 ao dia 19 de outubro de 1813, veria a derrota do Exército francês. A batalha de Cannes acontecera muito antes, no ano de 216 a.C., quando Aníbal venceu o Exército romano após dissimular a maior parte de seu Exército por detrás de tropas de artilharia leve. (N. E.)

33 A batalha de Rosbach refere-se ao embate do dia 5 de novembro de 1757, durante a Guerra dos Sete Anos, quando o Exército de Frederico II, rei da Prússia, bateu as tropas francesas comandadas pelo príncipe de Soubise, utilizando-se da mesma estratégia mencionada na nota anterior. (N. E.)

34 O conde de Schlieffen (1833-1913), chefe do Estado-Maior alemão, tinha preparada uma estratégia que deveria assegurar a vitória rápida da Alemanha contra a França: tratava-se da técnica do "ataque indireto". Tal plano seria retomado com sucesso durante a guerra de 1914 pelo general Moltke. Durante a Primeira Guerra Mundial, o general Von Falkenhausen comandaria o sexto corpo do Exército e depois governaria a Bélgica. Ele é autor de várias obras de estratégia bélica que trazem ideias muito próximas das defendidas anteriormente por Schlieffen. (N. E.)

35 Teórico do "pangermanismo", o general Von Bernhardi (1849-1930) tomava como modelo o rei da Prússia, Frederico II, como proposta de estratégia bélica para derrotar os franceses. A chamada "ordem oblíqua" é a estratégia de apresentar ao inimigo apenas uma das asas do Exército, escondendo a outra. (N. E.)

36 Com um ataque surpresa, Frederico, o Grande, derrotara os austríacos na cidade de Leuthen, no dia 5 de dezembro de 1757. (N. E.)

Pratzen, conhece-o como a palma da mão, guarda-o de reserva e, se algum dia tiver ocasião de executá-lo, não falhará o golpe e nos servirá em grande escala.[37] O rompimento do centro em Rivoli, olha!, isso há de se repetir se ainda houver guerras. Não é mais caduco do que a *Ilíada*. Acrescento que estamos quase condenados aos ataques frontais, porque não queremos recair no erro de 1870, mas fazer ofensiva, nada mais que ofensiva. A única coisa que me desconcerta é que, se não vejo senão espíritos retardatários oporem-se a essa magnífica doutrina, no entanto um de meus mais jovens mestres, que é um homem de gênio, Mangin, desejaria que se deixasse um lugar, provisório naturalmente, à defensiva.[38] Fica-se bastante embaraçado para lhe responder quando ele cita como exemplo Austerlitz, em que a defensiva não é mais do que o prelúdio do ataque e da vitória.

Essas teorias de Saint-Loup faziam-me feliz. Permitiam-me esperar que talvez não me enganasse em minha vida de Doncières com respeito a esses oficiais de quem ouvia falar bebendo o sauternes que projetava sobre eles o seu reflexo feiticeiro, com o mesmo fenômeno de aumento que fizera com que me parecessem enormes, enquanto estava em Balbec, o rei e a rainha da Oceania, a minúscula sociedade dos quatro sibaristas, o jovem jogador, o cunhado de Legrandin, diminuídos agora a meus olhos até me parecerem inexistentes. O que hoje me agradava talvez não chegasse a ser-me indiferente amanhã, como até então sempre me havia ocorrido, o ser que eu ainda era naquele momento talvez ainda não estivesse votado a uma destruição próxima, visto que, à paixão ardente e fugitiva que eu dedicava àquelas escassas noites, a tudo quanto se referia à vida militar, Saint-Loup, com o que acabava de dizer-me no tocante à arte da guerra, acrescentava um fundamento intelectual, de natureza permanente, capaz de

---

37 No dia 2 de dezembro de 1805, Napoleão utilizara habilmente o planalto de Pratzen para dividir as forças austro-russas. (N. E.)

38 Charles Mangin (1866-1925), general francês que teria grande destaque durante a Primeira Guerra Mundial. (N. E.)

sujeitar-me com bastante força para que pudesse crer, sem tentar enganar-me a mim mesmo, que, uma vez fora dali, continuaria a interessar-me pelos trabalhos de meus amigos de Doncières e que não tardaria a voltar para junto deles. Contudo, a fim de estar mais seguro de que essa arte da guerra fosse mesmo uma arte no sentido espiritual do termo:

— Você me interessa, perdão, tu me interessas muito — disse eu a Saint-Loup —, mas olha, há um ponto que me preocupa. Sinto que poderia apaixonar-me pela arte militar, mas para isso seria preciso que não a julgasse muito diferente das outras artes, que aí a regra aprendida não fosse tudo. Tu me dizes que se copiam batalhas. Acho efetivamente estético, como dizias, vislumbrar sob uma batalha moderna outra mais antiga, nem sei dizer como me agrada essa ideia. Mas então não é nada o gênio do chefe? Não faz realmente outra coisa senão aplicar regras? Ou então, para ciência igual, há grandes generais, como há grandes cirurgiões que, sendo os mesmos do ponto de vista material os elementos oferecidos por dois estados mórbidos, sentem no entanto por um nada, talvez tirado da sua experiência, mas interpretado, que num caso é preferível fazer isto, noutro caso aquilo, aqui convém operar, ali abster-se.

— Claro! Verás Napoleão não atacar quando todas as regras mandavam que atacasse, mas uma obscura adivinhação lho desaconselhava. Austerlitz, por exemplo, ou melhor, as suas instruções para Lannes, em 1806.[39] Mas verás generais imitarem escolasticamente certa manobra de Napoleão e chegarem ao resultado diametralmente oposto. Há uns dez exemplos disto em 1870. Mas, mesmo para a interpretação do que *pode* fazer o adversário, o que ele faz não passa de um sintoma que pode significar muitas coisas diferentes. Cada uma dessas coisas possui probabilidades iguais de ser a verdadeira, se nos socorremos do raciocínio e da ciência, da mesma forma que em certos casos

---

39 Alusão às instruções de Napoleão ao marechal Lannes antes da batalha de Iena, no dia 14 de outubro de 1806. Em carta, o imperador lhe pedia para atacar todo Exército em marcha. (N. E.)

complexos nem toda a ciência médica do mundo bastará para decidir se o tumor invisível é fibroso ou não, se a operação deve ou não ser feita. É o faro, a adivinhação gênero madame de Thèbes, tu me compreendes, que ocasiona a decisão tanto do grande general como do grande médico. Assim te disse eu, para te dar um exemplo, o que podia significar um reconhecimento no início de uma batalha. Mas pode significar dez outras coisas, por exemplo: convencer o inimigo que se vai atacar num ponto quando se quer atacar em outro, levantar uma cortina que o impedirá de ver os preparativos da operação real, forçá-lo a trazer tropas, fixá-las, imobilizá-las em outro local que não aquele em que são necessárias, verificar as forças de que ele dispõe, tenteá-lo, forçá-lo a descobrir seu jogo. Mesmo às vezes, o fato de se empregarem tropas enormes numa operação não é prova de que essa operação seja a verdadeira; pois bem pode executar-se a sério, embora não passe de um despistamento, para que esse despistamento tenha mais probabilidades de enganar. Se tivesse tempo de contar-te deste ponto de vista as guerras de Napoleão, asseguro-te que estes simples movimentos clássicos que nós estudamos, e que nos verás executar no campo, quando ali estiveres, seu tunante, pelo simples gosto de passear... não, eu sei que estás doente, perdoa... Pois bem! Numa guerra, quando sentimos atrás desses movimentos a vigilância, o raciocínio e as profundas investigações do alto-comando, fica-se emocionado ante eles como ante os simples fogos de um farol, luz material, mas emanação do espírito e que sonda o espaço para assinalar o perigo aos navegantes. Talvez faça mal em te falar apenas de literatura de guerra. Na verdade, como a constituição do solo, a direção do vento e da luz indicam para que lado há de uma árvore crescer, as condições em que se executa uma campanha, as características da região em que se manobra, de certo modo dirigem e limitam os planos dentre os quais o general pode escolher. De maneira que ao longo das montanhas, num sistema de vales, em determinadas planuras, é quase com o caráter de necessidade e de grandiosa beleza das avalanches que podes predizer a marcha dos exércitos.

— Negas agora a liberdade do chefe, o senso divinatório do adversário que procura ler em seus planos, quando há um instante o admitias.

— Qual nada! Não te lembras daquele livro de filosofia que líamos juntos em Balbec, a riqueza do mundo dos possíveis em relação ao mundo real?[40] Pois bem; dá-se o mesmo na arte militar. Em dada situação, haverá quatro planos que se imponham e entre os quais o general pode escolher, como pode uma enfermidade seguir diversas evoluções com que o médico deve contar. E também nisso a debilidade e a grandeza humana são novas causas de incerteza. Pois dentre esses quatro planos, admitamos que razões contingentes, como objetivos acessórios a alcançar, ou o tempo, que urge, ou o escasso número e o mau abastecimento de seus efetivos, façam com que o general prefira o primeiro plano, que é menos perfeito, mas de execução menos dispendiosa, mais rápida, e que tem como terreno uma região mais rica para alimentar o seu exército. Pode ser que, tendo começado por esse primeiro plano que o inimigo, incerto no princípio, logo lerá com clareza, não consiga êxito, devido a obstáculos muito grandes — é o que eu chamo o risco provindo da fraqueza humana — e venha a abandoná-lo, tentando o segundo, o terceiro, ou o quarto plano. Mas também pode ser que não tenha tentado o primeiro e é isto que eu chamo a grandeza humana — senão por despistamento, com o intuito de fixar o adversário de modo a surpreendê-lo no ponto em que ele não esperava ser atacado. É assim em Ulm; Mack, que esperava o inimigo pelo oeste, viu-se envolvido pelo norte, onde se julgava completamente tranquilo. Meu exemplo, aliás, não é muito bom. E Ulm é um dos melhores tipos de batalha de envolvimento que o futuro verá reproduzir-se, pois não é apenas um exemplo clássico em que se inspirarão os generais, mas uma forma de certo modo necessária, necessária entre outras mais, o que deixa margem à escolha, à variedade, como um tipo de cristalização. Mas nada disso importa grande coisa, porque esses quadros são, apesar de tudo, fictícios. Volto ao nosso livro de filoso-

---

40 Alusão de Saint-Loup à *Monadologia* (1714) de Leibniz. (N. E.)

fia: essas coisas são como os princípios racionais, ou as leis científicas, a realidade se lhes ajusta aproximadamente; lembra-te do grande matemático Poincaré: ele não tem certeza de que as matemáticas sejam rigorosamente exatas.[41] Quanto aos próprios regulamentos de que te falei, são em suma de importância secundária e, aliás, sofrem modificações de tempos em tempos. Assim, quanto a nós, os da cavalaria, vivemos conforme o *Serviço de Campanha* de 1895, do qual se pode afirmar que caducou, pois se baseia na velha e antiquada doutrina que considera que a batalha de cavalaria só tem um efeito moral, pelo terror que a carga provoca no adversário. Ora, os mais inteligentes de nossos mestres, o que de melhor existe na cavalaria, e notadamente o comandante de que eu te falava consideram, pelo contrário, que a decisão será obtida graças a uma verdadeira refrega em que se esgrimam o sabre e a lança e em que o mais tenaz sairá vitorioso, não só moralmente e pelo terror, mas materialmente.

— Saint-Loup está com a verdade, e é provável que o novo *Serviço de Campanha* apresente a marca dessa evolução — disse o meu vizinho.[42]

— Não me desagrada a tua aprovação, pois parece que as tuas opiniões causam mais impressão que as minhas em meu amigo — disse a rir Saint-Loup, ou porque essa nascente simpatia entre mim e o seu camarada o agastasse um pouco, ou porque lhe parecesse gentil consagrá-la, reconhecendo-a oficialmente. — E depois, talvez eu tenha diminuído a importância dos regulamentos. Mudam-nos, é verdade. Mas, enquanto isso, eles dominam a situação militar, os planos de campanha e de concentração. Se refletem uma falsa concepção estratégica, podem ser o princípio inicial da derrota. Isso tudo é um pouco técnico para ti — disse-me ele. — No fundo, lembra-te de que o que mais precipita a evolução da arte da guerra são as próprias guerras. No decurso de uma campanha, se é um pouco longa, vê-se como cada beligerante aproveita as lições que lhe dão

---

41 Menção equivocada da obra de Henri Poincaré, que sublinhava, pelo contrário, a importância da matemática enquanto única linguagem realmente científica. (N. E.)
42 O referido *Serviço de Campanha* de 1895 sofreria efetivamente várias modificações até a Primeira Guerra Mundial. (N. E.)

os triunfos e os equívocos do adversário, que por sua vez compete com ele no mesmo jogo. Mas tudo isso pertence ao passado. Com os terríveis progressos da artilharia, as guerras futuras, se ainda as houver, serão tão curtas que, antes que se tenha pensado em tirar partido do ensinamento, será firmada a paz.

— Não sejas tão suscetível — disse eu a Saint-Loup, respondendo ao que ele dissera antes destas últimas palavras. — Eu te escutei com bastante avidez.

— Se não te abespinhas de novo e me dás licença — tornou o amigo de Saint-Loup —, acrescentarei ao que acabas de dizer que, se as batalhas se imitam e superpõem-se, não é somente devido ao espírito do chefe. Pode ser que um erro do chefe, por exemplo, a sua insuficiente apreciação do valor do adversário, o induza a pedir às suas tropas sacrifícios exagerados, sacrifícios que certas unidades levarão a termo com abnegação tão sublime que o seu papel será, por isso, análogo ao de tal outra unidade em tal outra batalha, e serão ambas citadas na História como exemplos permutáveis: para ficarmos em 1870, a guarda prussiana em Saint-Privat, os turcos em Froeschviller e Wissembourg.[43]

— Permutáveis! Isso mesmo! Ótimo! Tu és inteligente — disse Saint-Loup.

Estes últimos exemplos, como acontecia sempre que alguém me mostrava o geral sob o particular, não me deixavam indiferente. Mas o gênio do chefe, eis o que me interessava; desejava saber em que consistia, como, em determinada circunstância, em que o chefe sem gênio era incapaz de resistir ao adversário, se haveria o chefe genial para restabelecer a batalha comprometida, o que, no dizer de Saint-Loup, era muito possível e fora realizado várias vezes por Napoleão. E para compreender no que consistia o valor militar, solicitava comparações entre os generais que

---

43 A guarda prussiana venceu o Exército francês nas três batalhas mencionadas: a de Saint-Privat (de 8 de agosto de 1870), a de Froeschviller (de 5 de agosto de 1870), e de Wissembourg (de 4 de agosto de 1870). Os chamados "turcos" eram os soldados argelinos que tomavam parte bravamente no Exército francês durante a guerra de 1870, com destaque para as duas últimas batalhas mencionadas pelo amigo de Saint-Loup. (N. E.)

conhecia de nome, indagava qual deles possuía em maior grau uma natureza de chefe e vocação tática, com o risco de enfadar a meus novos amigos, que pelo menos não o deixavam transparecer e me respondiam com infatigável bondade.

Sentia-me separado (não só da vasta noite gelada que se estendia ao longe e na qual ouvíamos de quando em quando o silvo de um trem que não fazia senão tornar mais vivo o prazer de estar ali, ou as batidas de uma hora que felizmente ainda estava afastada daquela em que aqueles jovens deviam retomar seus sabres e regressar), mas também de todas as preocupações exteriores, quase da recordação da sra. de Guermantes, pela bondade de Saint-Loup, à qual a de seus amigos, que se lhe ajuntava, parecia emprestar mais espessura; também pelo calor daquela pequena sala de jantar, pelo sabor dos refinados pratos que nos serviam. Davam tanto prazer à minha imaginação como à minha gula: às vezes a pequena parcela de natureza de que haviam sido extraídos: rugosa pia de água-benta onde restam algumas gotas de água salgada, ou sarmento nodoso, pâmpanos amarelecidos de um cacho de uvas, essa parcela ainda os cercava, incomestível, poética, remota como uma paisagem, fazendo seguir-se ao curso da refeição as evocações de uma sesta sob uma latada ou de um passeio pelo mar; outras vezes, apenas pelo cozinheiro é que era posta em relevo essa particularidade original das iguarias, que ele apresentava em seu quadro natural, como uma obra de arte: e um peixe ensopado era apresentado num longo prato de barro em que, como se destacava em relevo por cima de ervas azuladas, mas contorcido ainda por ter sido lançado vivo em água fervendo, rodeado de um círculo de mariscos, animaizinhos-
-satélites, caranguejos, camarões e mexilhões, era como se aparecesse numa cerâmica de Palissy.[44]

— Estou com ciúme, estou furioso — disse-me Saint-Loup, metade a rir, metade sério, aludindo às intermináveis conversações à parte que eu tinha com o seu amigo. — Será que você

---

44 Bernard Palissy (1510-1590), ceramista francês que descobriu um método de fabricação dos esmaltes. (N. E.)

o acha mais inteligente do que eu, que o estima mais do que a mim? Então, pelo visto, agora é só com ele? — Os homens que querem enormemente a uma mulher, que vivem numa sociedade de mulherengos, permitem-se gracejos a que não se atreveriam outros que veriam nisso menos inocência.

Logo que a conversação se tornava geral, evitava-se falar em Dreyfus, por medo de melindrar a Saint-Loup. Todavia, uma semana mais tarde, dois camaradas seus observaram como era curioso que, vivendo num meio tão militar, fosse ele de tal modo dreyfusista, antimilitarista quase.

— É — disse eu, sem querer entrar em detalhes — que a influência do meio não tem a importância que se julga.

Sem dúvida, pretendia eu parar nesse ponto e não retomar as reflexões que apresentara alguns dias antes a Saint-Loup. Apesar disso, como essas frases, pelo menos, eu lhas dissera quase textualmente, ia desculpar-me, acrescentando: "Era justamente o que no outro dia...". Mas não contava com o reverso que tinha a gentil admiração de Robert relativamente a mim e a algumas outras pessoas. Era essa admiração completada por uma assimilação tão perfeita das suas ideias que, ao cabo de quarenta e oito horas, havia esquecido que tais ideias não eram dele. Assim, no que se referia à minha modesta tese, Saint-Loup, absolutamente como se ela sempre lhe houvesse habitado o cérebro e como se eu não fizesse mais que caçar em suas terras, julgou-se no dever de dar-me calorosamente as boas-vindas e apoiar-me.

— Isso mesmo! O meio não tem importância.

E com a mesma força de quem receasse uma interrupção minha ou que não fosse compreendê-lo:

— A verdadeira influência é a do meio intelectual! Cada qual é o homem da sua ideia!

Parou um instante, com o sorriso de quem digeriu perfeitamente, deixou pender o monóculo e, pousando o olhar em mim como uma verruma:

— Todos os homens de uma mesma ideia são iguais — disse-me ele, com um ar de desafio. Decerto não tinha a mínima lembrança de que eu lhe havia dito poucos dias antes aquilo que em compensação recordara tão bem.

Eu não chegava todas as noites com as mesmas disposições ao restaurante de Saint-Loup. Se uma recordação, uma pena que temos, são capazes de nos deixar, também voltam às vezes e durante muito tempo não nos abandonam. Tardes havia em que, atravessando a cidade para ir ao restaurante, sentia tamanha falta da sra. de Guermantes que tinha dificuldade em respirar: dir-se-ia que uma parte de meu peito fora secionada por um hábil anatomista, retirada e substituída por uma parte igual de sofrimento imaterial, por um equivalente de saudade e de amor. E por mais bem fechados que tenham sido os pontos de sutura, vive-se muito mal quando a preocupação de alguém substitui as nossas vísceras, parece que aquela ocupa mais lugar do que estas, sentimo-la perpetuamente, e depois, que ambiguidade *pensar* uma parte de nosso corpo. Apenas, parece que ficamos valendo mais. À menor brisa, suspira-se de opressão, mas também de langor. Eu contemplava o céu. Se estava claro, dizia comigo: "Talvez ela esteja no campo, olhando para as mesmas estrelas", e quem sabe se quando chegar ao restaurante não me dirá Robert: "Uma boa notícia, minha tia acaba de escrever-me, tem vontade de ver-te, ela vai chegar em breve". Mas não era apenas no céu que eu punha o pensamento da sra. de Guermantes. Um sopro de ar tanto suave que passasse parecia trazer-me uma mensagem dela, como outrora de Gilberte, nos trigais de Méséglise: mudar, não se muda, o que se faz é infiltrar nos sentimentos ligados a uma criatura muitos elementos adormecidos que ela desperta mas que lhe são estranhos. E depois, algo existe em nós mesmos que se esforça em conduzir esses sentimentos particulares a uma verdade maior, isto é, fazê-los reunir-se a um sentimento mais geral, comum à humanidade inteira, coisas estas com que os indivíduos e as penas que nos causam não são mais que um ensejo de nos pôr em contato. O que misturava algum prazer à minha pena é que eu a sabia uma parte mínima do amor universal. Sem dúvida, porque julgasse reconhecer tristezas que havia sofrido por

Gilberte, ou quando à noite, em Combray, mamãe não ficava em meu quarto, e também a lembrança de certas páginas de Bergotte no sofrimento que sentia e ao qual a sra. de Guermantes, a sua frieza, a sua ausência não estavam claramente unidas como a causa e o efeito no espírito de um sábio, não concluía eu que a sra. de Guermantes não fosse essa causa. Pois não existem dores físicas difusas que se estendem por irradiação a regiões exteriores à parte enferma, mas que abandonam essas regiões se um facultativo toca o ponto preciso de onde elas provêm? E no entanto, antes disso, sua extensão lhes dava, para nós, tal caráter de imprecisão e de fatalidade, que, impotentes para explicá-las, para localizá-las sequer, julgávamos impossível a sua cura. Enquanto me dirigia para o restaurante, dizia comigo mesmo: "Faz catorze dias que não vejo a sra. de Guermantes". Catorze dias, coisa que só parecia enorme a mim, pois quando se tratava da sra. de Guermantes, contava o tempo por minutos. Para mim, já não eram apenas as estrelas e a brisa, mas até as divisões aritméticas do tempo, que tomavam alguma coisa de doloroso e poético. Cada dia era agora como a imóvel crista de uma colina imprecisa: de um lado sentia que podia descer para o esquecimento, no outro era arrebatado pela necessidade de rever a duquesa. E sempre me achava mais perto de um ou de outro lado, pois não tinha equilíbrio estável. Um dia disse comigo: "Talvez haja uma carta esta noite" e, ao chegar para o jantar, tive a coragem de perguntar a Saint-Loup:

— Acaso não tens notícias de Paris?

— Sim — respondeu-me ele com um ar sombrio —, más notícias.

Respirei ao compreender que só ele é que tinha penas e que as notícias eram de sua amante. Mas vi logo que uma das consequências disso seria impedir que Robert me levasse, por muito tempo, à casa da sua tia.

Soube então que surgira uma briga entre ele e a amante, ou por correspondência ou pessoalmente, se é que ela viera visitá-lo entre dois trens, pela manhã. E as brigas, mesmo as de menor gravidade, que haviam tido até então, pareciam sempre insolúveis. Pois ela era de mau humor, sapateava, chorava, por motivos tão incompreensíveis como as crianças que se fecham num quarto escuro, não vêm comer negando-se a qualquer explicação, e não fazem mais que redobrar os soluços quando, exasperados, lhes damos algumas pancadas. Saint-Loup sofreu horrivelmente com essa briga, mas é um modo de dizer demasiado simples e que assim falseia a ideia que se deve formar dessa dor. Quando se viu de novo a sós, sem ter mais que pensar na amante, que partira cheia de respeito por ele ao vê-lo tão enérgico, as ansiedades que sentira nas primeiras horas tiveram fim perante o irreparável, e é coisa tão doce o fim de uma ansiedade que o rompimento, uma vez certo, teve para ele um pouco do mesmo gênero de encanto que teria uma reconciliação. O que começou a fazê-lo sofrer um pouco mais tarde foi uma dor, um acidente secundário, cujo fluxo vinha incessantemente de si mesmo, à ideia de que ela talvez quisesse aproximar-se, que não era impossível que esperasse uma palavra sua, que, enquanto isso, por vingança, talvez fizesse nalguma noite, em algum lugar, alguma coisa, e que bastaria que ele lhe telegrafasse que ia chegar para que tal não sucedesse, que outros se aproveitariam talvez do tempo que ele estava perdendo, e que dali a alguns dias seria demasiado tarde para reavê-la, pois já lha teriam tomado. De todas essas possibilidades ele nada sabia, a amante guardava um silêncio que acabou por lhe exacerbar o sofrimento, a ponto de fazer-lhe indagar consigo se ela não estaria oculta em Doncières ou se não teria partido para a Índia.

Já se disse que o silêncio é uma força; em sentido completamente diferente, é mesmo uma força, e terrível, à disposição dos que são amados. Ela aumenta a ansiedade de quem espera. Nada convida tanto a aproximar-se de uma criatura como aquilo que dela nos separa, e que barreira mais intransponível do que o silêncio? Já se disse também que o silêncio é um suplício, e capaz de enlouquecer a quem é coagido a ele nas prisões. Mas que suplício — maior que guardar silêncio — o de suportar o silêncio de quem se ama! Robert pensava: "Que estará fazendo ela então, para que se cale dessa maneira? Sem dúvida está a enganar-me com outros...". Dizia ainda: "Que fiz eu então para que ela se cale assim? Odeia-me talvez, e para sempre". E acusava-se a si mesmo. Assim o silêncio o enlouquecia com efeito, pelo ciúme e pelo remorso. Aliás, mais cruel que o das prisões, esse silêncio é já por si uma prisão. Uma parede imaterial, por certo, mas impenetrável, essa interposta camada de atmosfera vazia, mas que os raios visuais do abandonado não podem atravessar. Haverá mais terrível iluminação que a do silêncio, que não nos mostra uma ausente, mas mil, e cada uma entregando-se a qualquer outra traição? Por vezes, num repentino alívio, julgava Robert que aquele silêncio ia terminar dali a pouco, que a esperada carta ia afinal chegar. Via-a, ela estava chegando, ele sondava cada ruído, estava já desalterado, murmurava: "A carta! A carta!". Depois de ter assim entrevisto um imaginário oásis de ternura, via-se de novo a patinhar no deserto real do silêncio sem-fim.

Sofria de antemão, sem esquecer uma só, todas as dores de uma ruptura que em outros momentos julgava poder evitar, como as pessoas que regulam todos os seus assuntos em vista de uma expatriação que não se efetuará, e cujo pensamento, que não sabe mais onde deverá situar-se no dia seguinte, momentaneamente se agita extraviado delas, como esse coração que se arranca a um doente e que continua a bater, separado do resto do corpo. Em todo caso, essa esperança de que a amante voltaria dava-lhe coragem de perseverar na ruptura, como a crença de que se voltará vivo do combate ajuda a afrontar a morte. E como o hábito, dentre todas as plantas humanas, é a que tem menos necessidade de solo nutritivo para viver e a que primeiro aparece na rocha aparentemente mais desolada, talvez que, praticando a princípio a ruptura por fingimento, acabasse Robert por se acostumar sinceramente a ela. Mas a incerteza alimentava nele um estado que, unido à recordação daquela mulher, muito se assemelhava ao amor. Forçava-se no entanto a não lhe escrever, pensando talvez que era menos cruel o tormento de viver sem a amante do que viver com ela em certas condições, ou que, depois da maneira como se haviam deixado, esperar suas escusas era necessário para que ela conservasse o que ele julgava que lhe dedicava, se não de amor, pelo menos de estima e de respeito. Contentava-se em ir ao telefone que acabavam de instalar em Doncières, e pedir notícias, ou dar instruções a uma camareira que colocara junto de sua amiga. Essas comunicações eram de resto complicadas e lhe tomavam mais tempo, porque a amante de Robert alugara uma pequena propriedade nos arredores de Versalhes, seguindo nisso as opiniões de seus amigos literários relativamente à fealdade da capital, mas sobretudo em consideração de seus animais, de seus cães, de seu macaco, de seus canários e de seu papagaio, cujos gritos incessantes o seu proprietário de Paris tinha cessado de tolerar. No entanto, ele em Doncières não dormia um instante de noite. Uma vez, em minha casa, vencido pela fadiga, adormeceu um pouco. Mas de súbito começou a falar, queria correr, impedir qualquer coisa, dizia: "Eu estou ouvindo... Não, não faça...". Despertou. Disse-me que acabava de sonhar que estava no campo, em casa do sargento-mor. Este procurava afastá-lo de certa parte da casa. Saint-Loup havia adivinhado que o sargento-mor tinha em casa um subtenente muito rico e muito devasso e que ele sabia que desejava muito a sua amiga. E de súbito, no sonho, ouvira distintamente os gritos intermitentes e regulares que a sua amante costumava soltar nos instantes de volúpia. Quisera forçar o sargento-mor a levá-lo até o quarto. E este o retinha para impedi-lo de entrar, enquanto aparentava um ar ofendido com tamanha indiscrição e que Robert afirmava jamais poderia esquecer.

— Meu sonho é idiota — acrescentou, sufocado.

Mas bem vi que na hora seguinte estava várias vezes a ponto de telefonar à amante, para lhe propor as pazes. Meu pai fazia pouco que possuía telefone, mas não sei se isso teria servido muito a Saint-Loup. Aliás, não me parecia muito correto dar a meus pais, e nem sequer a um simples aparelho instalado em sua casa, esse papel de medianeiro entre Saint-Loup e a sua amante, por mais distinta e nobre de sentimentos que ela pudesse ser. O pesadelo que tivera Saint-Loup apagou-se um pouco de seu espírito. Com o olhar distraído e fixo, veio visitar-me durante todos aqueles dias atrozes que desenharam para mim, seguindo-se um a outro, como que a curva magnífica de alguma rampa duramente forjada, onde Robert permanecia, a perguntar-se que resolução iria tomar a sua amiga.

Afinal, ela lhe perguntou se ele consentiria em perdoá-la. Logo que ele compreendeu que estava evitado o rompimento, viu todas as inconveniências de uma aproximação. Aliás, já sofria menos e tinha quase aceitado uma dor de que seria preciso, dentro em poucos meses talvez, encontrar de novo a mordedura, se a sua ligação recomeçasse. Não hesitou muito tempo. E talvez não haja hesitado senão porque estava afinal seguro de poder recuperar a amante; de poder e, por conseguinte, de fazê-lo. Ela, para poder recuperar a calma, somente lhe pediu que não voltasse a Paris em 1o de janeiro. Ora, ele não tinha coragem de ir a Paris sem vê-la. Por outro lado, ela consentira em viajar com ele, mas para isso havia necessidade de uma licença em regra, que o capitão de Borodino não lhe queria conceder.

— Isso me aborrece por causa de nossa visita a minha tia, que assim ficará adiada. Voltarei sem dúvida a Paris pela Páscoa.

— Não poderemos ir à casa da senhora de Guermantes nessa época, pois então já estarei em Balbec. Mas isso não quer dizer nada.

— Em Balbec? Mas você não ia só em agosto?

— Sim, mas este ano, por causa de minha saúde, devem mandar-me mais cedo.

Todo o seu receio era que eu julgasse mal a sua amante, depois do que ele me havia contado. "Ela é violenta só porque é demasiado franca, demasiado íntegra nos seus sentimentos. Mas é uma criatura sublime. Não podes imaginar a delicadeza de poesia que existe nela. Todos os anos vai passar o Dia de Finados em Bruges.[45] Não é 'bonito', hem? Se um dia a conheceres, hás de ver, ela tem uma grandeza..." E, como estava imbuído da linguagem que falavam em redor daquela mulher nos meios literários: "Ela tem

---

45 A menção da cidade de Bruges como destino de peregrinação de Rachel no Dia de Finados guarda uma referência à obra *Bruges-la-morte* (1892), de Rodenbach, cuja leitura Rachel aconselhava ao amante, nos textos manuscritos do romance. (N. E.)

algo de sideral e até de vatídico, compreendes o que quero dizer, o poeta que era quase um sacerdote".

Procurei durante todo o jantar um pretexto que permitisse a Saint-Loup pedir à sua tia que me recebesse sem esperar pela sua ida a Paris. Ora, esse pretexto me foi fornecido pelo desejo que eu tinha de rever quadros de Elstir, o grande pintor que Saint-Loup e eu havíamos conhecido em Balbec. Pretexto em que havia, aliás, alguma verdade, pois se em minhas visitas a Elstir havia pedido à sua pintura que me conduzisse à compreensão e ao amor de coisas melhores do que ela própria, a um verdadeiro degelo, a uma autêntica praça provinciana, a umas mulheres reais na praia (quando muito, lhe encomendaria o retrato de realidades que não soubera aprofundar, como um caminho de espinheiros, não para que ele me conservasse a sua beleza, mas para que ma descobrisse), agora, pelo contrário, era a originalidade, a sedução dessas pinturas que excitavam o meu desejo, e o que eu queria principalmente ver eram outros quadros de Elstir.

Parecia-me aliás que os seus menores quadros eram alguma coisa muito diversa das obras-primas de outros pintores, mesmo maiores do que ele. Sua obra era como um reino fechado, de fronteiras intransponíveis, de matéria sem par. Colecionando avidamente as raras revistas que haviam publicado estudos a seu respeito, viera a saber que só recentemente havia ele começado a pintar paisagens e naturezas-mortas, mas que principiara por quadros mitológicos (eu tinha visto a fotografia de dois dentre eles no seu ateliê) e que depois se impressionara por muito tempo com a arte japonesa.

Algumas das obras mais características das suas diversas maneiras se encontravam na província. Uma casa dos Andelys onde se achava uma das suas mais belas paisagens, me aparecia tão preciosa, dava-me tão vivo desejo de viagem como uma aldeia chartrense em cuja pedra molar está engastado um glorioso vitral; e para o possuidor daquela obra-prima, para o homem que, ao fundo da sua casa grosseira, na rua principal, encerrado como um astrólogo, interrogava um desses espelhos do mundo que é um quadro de Elstir e que talvez o tivesse comprado por vários milhares de francos, eu me sentia atraído por essa simpatia que une até os corações, até os caracteres dos que pensam do mesmo modo que nós sobre um assunto capital. Ora, três obras importantes do meu pintor predileto estavam designadas numa daquelas revistas como pertencentes à sra. de Guermantes. Foi afinal de contas com sinceridade que, no dia em que Saint-Loup me anunciara a viagem de sua amiga a Bruges, eu pude, durante o jantar, diante de seus amigos, lançar-lhe como de improviso:

— Escuta aqui... A última conversa a respeito da dama de que falamos. Não te lembras de Elstir, o pintor que conheci em Balbec?

— Ora, naturalmente.

— Hás de estar lembrado da minha admiração por ele...

— Perfeitamente, e da carta que mandamos entregar-lhe.

— Pois bem, uma das razões, não das mais importantes, uma razão acessória pela qual eu desejaria conhecer a referida dama, bem sabes qual é.

— Como não? Tantos parênteses...

— É que ela tem em casa pelo menos um belíssimo quadro de Elstir.

— Homem!, eu não sabia.

— Elstir estará sem dúvida em Balbec pela Páscoa; você sabe que ele passa agora quase todo o ano naquela costa. Gostaria muito de ver aquele quadro antes de minha partida. Não sei se está em termos bastante íntimos com a sua tia; não poderia, fazendo-me valer a seus olhos com bastante habilidade para que ela não recuse, pedir-lhe que me deixe ir ver o quadro sem a sua companhia, visto não se achar presente?

— Está feito, respondo por ela; deixe a coisa comigo.

— Robert, como o estimo!

— É muito gentil em estimar-me, mas também o seria se me tratasse por *tu*, como me prometeu, e como tinha começado a fazê-lo.

— Espero que não seja a sua partida que estão maquinando — disse-me um dos amigos de Robert. — Bem sabe, se Saint-Loup parte com licença, isso nada deve mudar, pois aqui estamos nós. Será talvez menos divertido para você, mas não nos pouparemos trabalho para fazê-lo esquecer a ausência dele.

Com efeito, no momento em que se supunha que a amiga de Robert iria sozinha a Bruges, acabava-se de saber que o capitão de Borodino, até esse momento de opinião contrária, acabava de conceder ao suboficial Saint-Loup uma longa licença para Bruges. Eis o que se passara. O príncipe, muito orgulhoso de sua opulenta cabeleira, era cliente assíduo do maior cabeleireiro da cidade, outrora ajudante do antigo cabeleireiro de Napoleão III. O capitão de Borodino dava-se bem com o barbeiro, pois era, apesar das suas maneiras misteriosas, simples com a gente humilde. Mas o barbeiro, com quem o príncipe de Borodino tinha uma conta atrasada de cinco anos no mínimo e que os frascos de "Portugal", de "Água dos Soberanos",[46] os ferros de frisar, as navalhas, os couros inflavam não menos que os xampus, os cortes de cabelo etc., colocava mais alto a Saint-Loup, que pagava à vista, tinha vários carros e cavalos de montaria. A par do aborrecimento de Saint-Loup por não poder partir com a amante, o barbeiro falou disso calorosamente ao príncipe, coberto por uma sobrepeliz branca, no momento em que o barbeiro lhe mantinha a cabeça inclinada para trás e ameaçava-lhe a garganta. A narrativa dessas aventuras galantes de um jovem arrancou ao capitão-príncipe um sorriso de indulgência bonapartista. É pouco provável que tivesse pensado na sua nota insolvida, mas a recomendação do cabeleireiro o inclinava tanto ao bom humor como ao mau humor de um duque. Ainda tinha o queixo coberto de espuma quando foi prometida a licença e assinada na mesma tarde. Quanto ao barbeiro, que tinha o costume de gabar-se incessantemente e que, para isso, se arrogava, com uma extraordinária faculdade de mentira, prestígios inteiramente inventados, por uma vez que prestou um assinalado serviço a Saint-Loup, não só não se vangloriou de tal, mas, como se a vaidade tivesse necessidade de mentir e, quando não havia motivo para fazê-lo, cedesse o lugar à modéstia, jamais tornou a falar do caso a Robert.

---

46 As águas de "Portugal" e dos "Soberanos" eram produtos utilizados na *toilette* dos cabelos e do couro cabeludo. (N. E.)

E todos me disseram que, enquanto permanecesse em Doncières, ou em qualquer época que ali voltasse, os seus carros, os seus cavalos, as suas casas, as suas horas de liberdade estariam à minha disposição, se Robert estivesse ausente, e eu sentia que era de todo o coração que aqueles jovens punham o seu luxo, a sua juventude e o seu vigor a serviço de minha fraqueza.

— E depois — continuaram os amigos de Saint-Loup, após haverem insistido comigo para que ficasse —, por que não haveria você de voltar todos os anos, já que esta vidinha lhe agrada tanto? E ainda mais que você se interessa por tudo quanto se passa no regimento, como se fosse um veterano.

Pois eu continuava a pedir-lhes avidamente que classificassem os diferentes oficiais de quem sabia os nomes, segundo a maior ou menor admiração que lhes pareciam merecer, como fazia outrora no ginásio com os meus colegas, quanto aos atores do Théâtre-Français. Se em lugar de um general que eu ouvia sempre citar à frente de todos os outros, um Galliffet ou um Négrier,[47] algum dos amigos de Saint-Loup dizia: "Mas Négrier é um dos generais mais medíocres", e lançava o nome novo, intato e saboroso de Pau ou de Geslin de Bourgogne,[48] eu experimentava a mesma feliz surpresa de outrora, quando os nomes esgotados de Thiron ou de Febvre se viam afastados pela eclosão súbita do nome inusitado de Amaury.[49]

47 O general Galliffet (1830-1909) era ministro da Guerra de 1899 a 1900, ou seja, durante o "Caso Dreyfus". Ficara também conhecido pela violência que empregou na repressão à Comuna de Paris, em 1871. O general Négrier (1839-1913) participou da guerra de 1870 e se destacou em seguida na conquista da Argélia. (N. E.)

48 O general Pau tomou parte no Conselho Superior de 1909, depois foi destacado para comandar o Exército francês na Alsácia, em 1914. O general Geslin de Bourgogne é autor de uma obra clássica sobre estratégia bélica, *Instruction progressive du régiment de cavalerie dans ses exercices et manoeuvres de guerre*, de 1885. (N. E.)

49 Alusão ao episódio do primeiro volume da obra, quando o herói, muito ligado à ordem preestabelecida de atores do teatro parisiense, tinha um sobressalto quando via essa ordem repentinamente desfeita pela opinião de algum colega de sala. Aqui são citados Joseph Thiron (1830-1891), especialista nos papéis de banqueiros e de velhinhos, Frédéric Febvre (1835-1916), sócio do teatro da Comédie Française, e Ernest-Félix Socquet, apelidado "Amaury" (1849-1910), que integrava o grupo de atores do teatro do Odéon. (N. E.)

"Mesmo superior a Négrier? Mas em quê? Deem-me um exemplo." Queria eu que houvesse diferenças profundas até entre os oficiais subalternos do regimento, e esperava, na razão dessas diferenças, apreender a essência do que constituía a superioridade militar. De um dos que mais me interessaria ouvir falar, pois era a quem tinha visto mais seguidamente, era o príncipe de Borodino. Mas, se faziam justiça ao belo oficial, que assegurava a seu esquadrão uma apresentação incomparável, nem Saint-Loup nem seus amigos estimavam o homem. Sem falar dele evidentemente no mesmo tom que de certos oficiais saídos da fileira e franco-maçons, que não frequentavam os outros e conservavam a seu lado um aspecto bravio de ajudantes, não pareciam incluir o sr. de Borodino no número dos outros oficiais nobres, dos quais, a falar verdade, mesmo em relação a Saint-Loup, ele diferia muito pela atitude. Eles, aproveitando-se de que Robert era apenas suboficial e que assim a sua poderosa família ficaria satisfeita por vê-lo convidado à casa de chefes a quem desdenharia a não ser por isso, não perdiam ocasião de recebê-lo na sua mesa quando ali se achava alguma pessoa importante capaz de ser útil a um jovem sargento-mor. Só o capitão de Borodino é que não tinha com Robert senão relações de serviço, aliás excelentes. É que o príncipe, cujo avô fora feito marechal e príncipe-duque pelo imperador à família do qual se aliara em seguida por matrimônio, e cujo pai, depois, desposara uma prima de Napoleão III e fora duas vezes ministro após o golpe de Estado, sentia que, apesar de tudo isso, não era grande coisa para Saint-Loup e a sociedade dos Guermantes, os quais, por sua vez, como o capitão de Borodino não tivesse o mesmo ponto de vista, não significavam nada para este. O capitão desconfiava que, para Saint-Loup, ele era — ele, aparentado aos Hohenzollern — não um verdadeiro nobre, mas o neto de um granjeiro; mas em compensação ele considerava Saint-Loup o filho de um homem cujo condado fora confirmado pelo imperador — chamava-se a isso no Faubourg Saint-Germain os condes refeitos — e que tinha solicitado deste uma prefeitura e depois qualquer outro posto colocado muito abaixo sob as ordens de S. A. o príncipe de Borodino, ministro de Estado, a quem escreviam "monsenhor" e que era sobrinho do soberano.

Mais do que sobrinho, talvez. A primeira princesa de Borodino passava por ter tido condescendências para com Napoleão I, a quem acompanhou à ilha de Elba, e a segunda para com Napoleão III. E se na face plácida do capitão se encontravam, de Napoleão I, se não os traços naturais do rosto, pelo menos a majestade estudada da máscara, o oficial tinha sobretudo no olhar melancólico e bom, no bigode caído, alguma coisa que fazia pensar em Napoleão III; e isso de modo tão impressionante que, tendo ido pedir, depois de Sedan, para reunir-se ao imperador, e sendo despedido por Bismarck, a cuja presença o haviam levado, este último, erguendo por acaso os olhos para o jovem que se dispunha a afastar-se, sentiu-se subitamente impressionado pela parecença, e, mudando de ideia, mandou-o chamar e concedeu-lhe a autorização que acabava de negar-lhe, como a todo mundo.[50]

Se o príncipe de Borodino não queria aproximar-se a Saint-
-Loup nem aos outros membros da sociedade do Faubourg Saint-Germain que havia no regimento (quando convidava com frequência a dois tenentes plebeus que eram homens agradáveis) era porque, considerando a todos eles do alto da sua grandeza imperial, estabelecia entre aqueles inferiores a diferença de que alguns sabiam sê-lo e com quem se sentia encantado de privar, pois era homem de humor simples e jovial debaixo das suas aparências de majestade — e os outros, inferiores que se julgavam superiores, coisa que ele não admitia. Assim, ao passo que todos os oficiais do regimento faziam festas a Saint-Loup, o príncipe de Borodino, a quem aquele fora recomendado pelo marechal de X..., limitou-se a mostrar-se atencioso com ele durante o serviço, no qual Saint-Loup era, aliás, exemplar, mas jamais o recebeu em casa, fora de uma circunstância particular em que se viu de

---

50 O imperador Napoleão III havia sido levado de Sedan para o castelo de Wilhelms-höhe. Daí a necessidade da autorização de Bismarck para poder ir encontrá-lo. (N. E.)

certo modo obrigado a convidá-lo, e, como foi durante minha estada em Doncières, pediu-lhe que me levasse consigo. Aquela noite, vendo Saint-Loup sentado à mesa do capitão, pude discernir facilmente, até nas maneiras e elegância de cada um, a diferença existente entre ambas as aristocracias: a antiga nobreza e a do Império. Oriundo de uma casta cujos defeitos, ainda quando os repudiasse com toda a sua inteligência, lhe haviam passado para o sangue, e que, por ter deixado de exercer uma autoridade real desde um século pelo menos, já não vê na protetora amabilidade que faz parte da educação recebida outra coisa mais que um exercício, como a equitação ou a esgrima, cultivado sem finalidade séria, por mera diversão, perante os burgueses a quem essa nobreza despreza suficientemente para crer que sua familiaridade os desvanece e que sua impolidez os honraria, Saint-Loup estreitava amistosamente a mão de qualquer burguês que lhe apresentavam e cujo nome talvez não tivesse ouvido, e, ao falar com ele (sem cessar de cruzar e descruzar as pernas, numa atitude displicente, com o pé na mão), chamava-lhe "meu caro". Por outro lado, como procedente de uma nobreza cujos títulos conservavam ainda a sua significação, providos, como continuavam, de ricos morgadios que recompensavam gloriosos serviços e refrescavam a recordação de altas funções em que se exerce mando sobre muitos homens e em que é preciso conhecer aos homens, o príncipe de Borodino — se não distintamente e em sua consciência pessoal e clara, pelo menos em seu corpo, que o revelava em suas atitudes e maneiras — considerava seu título uma prerrogativa efetiva, aos mesmos plebeus a quem Saint-Loup teria dado uma palmadinha no ombro e tomado pelo braço, o príncipe se dirigia com majestosa afabilidade, em que uma reserva cheia de grandeza temperava a bonomia sorridente, sincera e de uma altivez propositada. Isso provinha sem dúvida de que ele estava menos afastado das grandes embaixadas e da corte, onde seu pai tivera os mais altos cargos e onde as maneiras de Saint-Loup, cotovelo na mesa e pé na mão, seriam mal recebidas; mas provinha principalmente de que desprezava menos a burguesia, porque ela era o grande reservatório de onde o primeiro imperador havia tirado os seus marechais, os seus nobres, e onde o segundo havia encontrado um Fould, um Rouher.[51]

Sem dúvida, por ser filho ou neto de imperador, e não ter senão um esquadrão para comandar, as preocupações de seu pai ou seu avô não podiam, por falta de objeto a que aplicar-se, sobreviver realmente no pensamento do sr. de Borodino. Mas, como o espírito de um artista continua a modelar muitos anos depois de haver-se extinguido a estátua que esculpiu — essas preocupações haviam tomado corpo nele, nele se haviam materializado, encarnado, eram elas o que o seu rosto refletia. Era com a vivacidade do primeiro imperador na voz que dirigia uma censura a um brigadeiro e com a melancolia sonhadora do segundo que exalava a baforada de um cigarro. Quando passava à paisana pelas ruas de Doncières, certo fulgor em seus olhos, escapando-se-lhe de sob o chapéu-coco, fazia relampaguear em torno do capitão um incógnito soberano; tremiam quando ele entrava no escritório do sargento-mor, seguido pelo ajudante e pelo furriel, como por Berthier e por Masséna. Quando escolhida a fazenda de calças para o seu esquadrão, fixava no brigadeiro-alfaiate um olhar capaz de despistar Talleyrand e enganar Alexandre; e às vezes, quando passava à tropa uma revista, detinha-se, deixando que sonhassem seus admiráveis olhos azuis, retorcia o bigode e tinha o ar de quem edificava uma Prússia e uma Itália novas.[52] Mas logo em seguida, tornando-se de Napoleão III a Napoleão I, observava que o

---

51 Achille Fould (1800-1867) era banqueiro que conseguira ser eleito deputado. Em 1849, Luís Napoleão Bonaparte o nomeou ministro da Fazenda, cargo que ocuparia até 1852. Na sequência, ele seria eleito senador, voltaria a ser ministro de Estado (1852-1860) e novamente ministro da Fazenda, até sua morte. Eugène Rouher (1814-1884) começara sua carreira como advogado. Ele seria eleito deputado e ocuparia o cargo de ministro da Justiça entre 1849 e 1851. Durante o Segundo Império, ele seria conselheiro de Estado (1852-1855), ministro do Comércio, da Agricultura e dos Trabalhos Públicos (1855-1863), ministro de Estado (1863), primeiro-ministro em 1867 e presidente do Senado em 1870. (N. E.)

52 Aproximação das pretensões do sr. de Borondino com o papel efetivamente desempenhado por seu ascendente, Napoleão III, na aproximação entre a Prússia e a Itália. (N. E.)

enfardamento não estava brunido e queria provar do rancho da tropa. E em sua casa, em sua vida privada, era para as mulheres dos oficiais burgueses (com a condição de que estes não fossem franco-maçons) que ele ostentava, não só um serviço de Sèvres, de um azul régio, digno de um embaixador (presenteado a seu pai por Napoleão e que parecia mais precioso ainda na casa provinciana que ele habitava no Passeio Público, como essas porcelanas raras que os turistas admiram com mais prazer no armário rústico de um velho solar transformado em fazenda bem frequentada e próspera), mas também outros presentes do imperador: aquelas nobres e encantadoras maneiras que teriam feito maravilhas nalgum cargo de representação, se o ser "nascido" não representasse para alguns passar toda a vida no mais injusto dos ostracismos, gestos familiares, a bondade, a graça e, encerrando imagens gloriosas sob um esmalte azul igualmente régio, a relíquia misteriosa, iluminada e sobrevivente do olhar. E a propósito das relações burguesas que tinha o príncipe em Doncières, convém dizer o seguinte: o tenente-coronel tocava admiravelmente piano, a mulher do médico-chefe cantava como se tivesse obtido um primeiro prêmio no Conservatório. Este último casal, bem como o tenente-coronel e sua esposa, jantavam semanalmente em casa do sr. de Borodino. Sentiam-se por certo lisonjeados, sabendo que o príncipe, quando ia a Paris de licença, jantava em casa da sra. de Pourtalès, dos Murat etc.[53] Mas diziam consigo: "É um simples capitão: dá-se por muito feliz que frequentemos a sua casa. É, aliás, um verdadeiro amigo para nós". Mas quando o sr. de Borodino, que desde muito vinha manobrando para aproximar-se de Paris, foi nomeado para Beauvais e fez a mudança, esqueceu tão completamente os dois casais musicistas como o teatro de Doncières e o pequeno restaurante de onde muitas vezes mandava trazer o almoço e, com grande indignação deles, nem o tenente-coronel, nem o médico-chefe,

---

53 Personalidades da vida parisiense da segunda metade do século XIX. A primeira, a condesa Edmond de Pourtalès, havia sido dama de honra da imperatriz Eugênia. Proust conhecera membros da família Murat. Em sua correspondência, ele fala de festas dadas por eles que contavam sempre com pelo menos 2 mil convidados. (N. E.)

que tantas vezes haviam jantado em casa do príncipe, receberam mais, em toda a vida, notícias suas.

Certa manhã, Saint-Loup me confessou que escrevera a minha avó para lhe dar notícias minhas e sugerir-lhe a ideia, visto que estava funcionando um serviço telefônico entre Doncières e Paris, de conversar comigo. Em suma, no mesmo dia devia ela mandar chamar-me ao aparelho e ele aconselhou-me que fosse pelas quatro menos um quarto ao posto. O telefone, naquela época, ainda não era de uso tão corrente como hoje. E, no entanto, o hábito leva tão pouco tempo para despojar de seu mistério as forças sagradas com que estamos em contato que, não tendo obtido imediatamente a minha ligação, o único pensamento que tive foi que aquilo era muito demorado, muito incômodo, e quase tive a intenção de fazer uma queixa. Como nós todos agora, eu não achava suficientemente rápida, nas suas bruscas mutações, a admirável magia pela qual bastam alguns instantes para que surja perto de nós, invisível mas presente, o ser a quem queríamos falar e que, permanecendo à sua mesa, na cidade onde mora (no caso de minha avó era Paris), sob um céu diferente do nosso, por um tempo que não é forçosamente o mesmo, no meio de circunstâncias e preocupações que ignoramos e que esse ser nos vai comunicar, se encontra de súbito transportado a centenas de léguas (ele e toda a ambiência em que permanece mergulhado) junto de nosso ouvido, no momento em que nosso capricho o ordenou. E somos como a personagem do conto a quem uma fada, ante o desejo que ele exprime, faz aparecer num clarão sobrenatural a sua avó ou a sua noiva, a folhear um livro, a chorar, a colher flores, bem perto do espectador e no entanto muito longe, no próprio lugar onde realmente se encontram. Para que esse milagre se realize, só temos de aproximar os lábios da prancheta mágica e chamar — algumas vezes um pouco longamente, admito-o — as virgens vigilantes cuja voz ouvimos cada dia sem jamais lhes conhecer o rosto, e que são nossos anjos da guarda nas trevas vertiginosas a que vigiam ciumentamente as portas; as todo-poderosas por cuja intercessão os ausentes surgem ao nosso lado, sem que seja permitido vê-los: as Danaides do invisível que sem cessar esvaziam, enchem, se transmitem as urnas dos sons; as irônicas Fúrias que, no momento em que murmuramos uma confidência a uma amiga, na esperança de que ninguém nos escuta, gritam-nos cruelmente: "Estou ouvindo"; as servas sempre irritadas do Mistério, as impertinentes sacerdotisas do Invisível, as Senhoritas do Telefone!

E, logo que o nosso chamado retiniu, na noite cheia de aparições para a qual só os nossos ouvidos se inclinam, um ruído leve — um ruído abstrato — o da distância supressa — e a voz do ser querido se dirige a nós.

É ele, é a sua voz que nos fala, que ali está. Mas como essa voz se acha longe! Quantas vezes não pude escutar senão com angústia, como se ante essa impossibilidade de ver, antes de longas horas de viagem, aquela cuja voz estava tão perto de meu ouvido, eu melhor sentisse o que há de decepcionante na aparência da mais doce aproximação, e a que distância podemos estar das pessoas amadas no momento em que parece que bastaria estendermos a mão para retê-las. Presença real a dessa voz tão próxima na separação efetiva! Mas antecipação também de uma separação eterna! Muita vez, escutando assim, sem ver aquela que me falava de tão longe, me pareceu que aquela voz clamava das profundezas de onde não se sobe, e conheci a ansiedade que me havia de angustiar um dia, quando uma voz voltasse assim (sozinha e não mais presa a um corpo que eu nunca mais veria) a murmurar no meu ouvido palavras que eu desejaria beijar de passagem sobre lábios para sempre em pó.

Mas ai, naquele dia, em Doncières, o milagre não se realizou. Quando cheguei ao posto telefônico, minha avó já me havia chamado; entrei na cabine, a linha estava tomada; alguém conversava, alguém que decerto não sabia que não havia ninguém para lhe responder, pois, quando aproximei de mim o receptor, aquele pedaço de madeira se pôs a falar como Polichinelo; fi-lo calar, assim como no *guignol*, recolocando-o em seu lugar, mas, como Polichinelo, logo que o trazia para junto de mim, recomeçava a sua parolagem. Em desespero de causa, dependurando definitivamente o receptor, acabei por abafar as convulsões daquele objeto sonoro que papagueou até o último segundo e fui procurar o empregado, que me disse para esperar um instante; depois falei e, após alguns momentos de silêncio, ouvi de súbito aquela voz que eu erroneamente julgava conhecer tão bem, pois até então, cada vez que minha avó havia conversado comigo, o que ela me dizia, eu sempre o acompanhara na partitura aberta de seu rosto, onde os olhos ocupavam considerável espaço; mas a sua própria voz, eu a escutava hoje pela primeira vez. E como essa voz me parecia assim mudada em suas proporções, desde o instante em que era um todo, e me chegava assim sozinha e sem o acompanhamento dos traços do rosto, eu descobri o quanto essa voz era doce; talvez jamais o tivesse sido a esse ponto, pois minha avó, sentindo-me longe e infeliz, julgava que poderia abandonar-se às efusões de uma ternura que, por "princípios" de educadora, habitualmente continha e ocultava. Era doce, aquela voz, mas também como era triste, primeiro por causa de sua própria doçura quase decantada, mais do que o teriam sido poucas vozes humanas, de toda dureza, de todo elemento de resistência aos outros, de todo egoísmo; frágil à força de delicadeza, parecia a todo momento prestes a quebrar-se, a expirar num puro fio de lágrimas, pois, tendo-a sozinha junto a mim, vista sem a máscara da face, nela notava, pela primeira vez, as penas que a haviam alquebrado no decurso da vida.

Por outro lado, era unicamente a voz que, por estar só, me dava aquela impressão que me despedaçava? Não, mas antes aquele isolamento da voz era como um símbolo, um efeito direto de outro isolamento, o de minha avó, pela primeira vez separada de mim. As ordens ou proibições que ela me dirigia a todo momento no ordinário da vida, o aborrecimento da obediência ou a febre da rebelião que neutralizavam a ternura que eu tinha por ela estavam supressos naquele momento e até o podiam estar para o futuro (pois minha avó já não me exigia junto dela, sob a sua lei, e me estava dizendo a sua esperança de que eu ficasse em Doncières, ou em todo caso prolongasse minha estada o máximo possível, se isso fizesse bem à minha saúde e ao meu trabalho); assim, o que eu tinha sob o pequeno sino aproximado de meu ouvido era, descarregada das pressões opostas que dia a dia lhe haviam feito contrapeso e, agora irresistível, agitando todo o meu ser, a nossa mútua ternura. Ao dizer-me que ficasse, minha avó deu-me um desejo ansioso e louco de voltar. Essa liberdade que me concedia doravante e que eu jamais supusera que ela pudesse consentir, pareceu-me de súbito tão triste como poderia ser a minha liberdade após a sua morte (quando eu ainda a amasse e ela tivesse para sempre renunciado a mim). Eu gritava: "Avó, avó", e desejaria beijá-la; mas apenas tinha perto de mim aquela voz, fantasma tão impalpável como o que viria talvez visitar-me quando minha avó estivesse morta. "Fala-me"; mas então aconteceu que, ficando ainda mais só, deixei de súbito de ouvir aquela voz. Minha avó não me ouvia mais, não mais estava em comunicação comigo, tínhamos cessado de estar em face um para o outro, de ser audíveis um para o outro, eu continuava a interpelá-la, tateando no escuro, sentindo que os apelos dela também deviam ter-se extraviado. Palpitava com a mesma angústia que tinha sentido, muito remotamente no passado, num dia em que, pequenino, eu a havia perdido no meio da multidão, angústia, menos de não a encontrar que de sentir que ela me procurava, de sentir que ela dizia consigo que eu a estava procurando; angústia assaz semelhante à que eu experimentaria no dia em que a gente fala àqueles que já não podem responder e a quem tanto desejaríamos ao menos fazer ouvir tudo quanto não lhes dissemos e dar a segurança de que não estamos sofrendo. Parecia-me que era já uma sombra querida que eu acabava de deixar perder-se entre as sombras, e, sozinho diante do aparelho, continuava a repetir "Avó, avó", como Orfeu, ficando a sós, repete o nome da morta. Estava resolvido a deixar o posto telefônico, a ir ter com Robert no seu restaurante para dizer-lhe que, indo talvez receber um despacho que me obrigaria a voltar, desejaria saber, pelo sim pelo não, o horário dos trens. E contudo, antes de tomar essa resolução, desejaria pela última vez invocar as Filhas da Noite, as mensageiras da palavra, as divindades sem rosto; mas as caprichosas guardiãs não mais tinham querido abrir as portas maravilhosas, ou decerto não o puderam fazer; por mais que invocassem incansavelmente, segundo o seu costume, o venerável inventor da imprensa e o jovem príncipe amador de pintura impressionista e de automobilismo (o qual era sobrinho do capitão de Borodino), Gutenberg e Wagram deixaram sem resposta as suas súplicas e eu me fui embora, sentindo que o invisível solicitado permaneceria surdo.[54]

Ao chegar junto de Robert e de seus amigos, não lhes confessei que o meu coração não estava mais com eles, que minha partida estava já irrevogavelmente assentada. Ele pareceu acreditar em mim, mas vim a saber depois que desde o primeiro instante compreendera que a minha incerteza era simulada e que no dia seguinte já não me encontraria. Enquanto, deixando os pratos esfriarem junto de si, seus amigos procuravam com ele, no indicador, o trem que me serviria para regressar a Paris, e enquanto se ouviam na noite estrelada e fria os silvos das locomotivas, o certo é que eu já não sentia ali a mesma paz que me haviam dado, por tantas noites, a amizade de uns, a passagem longínqua das outras. No entanto não faltavam, aquela noite, sob uma outra forma, a esse mesmo ofício. Minha partida me acabrunhou menos quando não mais me vi obrigado a pensar nela sozinho, quando senti empregarem-se nisso a atividade mais normal e mais sadia de meus enérgicos amigos, os colegas de Saint-Loup, e desses outros seres fortes, os trens cuja ida e vinda, manhã e noite, de Doncières a Paris, esbarrondava retrospectivamente em possibilidades cotidianas de retorno o que havia de demasiado compacto e insustentável no meu longo isolamento ante minha avó.

— Não duvido da verdade de tuas palavras e de que não pretendas partir ainda — disse-me Saint-Loup a rir —, mas faze como se partisses e vem dizer-me adeus amanhã de manhã bem cedo, sem isso eu me arrisco a não tornar a ver-te; almoço justamente na cidade, o capitão deu-me licença; tenho de estar de volta ao quartel às duas horas, porque vamos marchar todo o resto do dia. Decerto o senhor com quem vou almoçar a três quilômetros daqui me trará a tempo para estar de volta às duas.

54 Gutenberg e Wagram eram os nomes de duas centrais telefônicas de Paris. (N. E.)

Mal dizia ele essas palavras, quando fui avisado do hotel que me chamavam ao posto telefônico. Corri até lá, pois já iam fechar. A palavra "interurbano" reaparecia incessantemente nas respostas que me davam os empregados. Eu estava no cúmulo da ansiedade, pois era minha avó quem me chamava. O posto ia fechar. Afinal obtive comunicação. "És tu, avó?" Uma voz de mulher, com forte sotaque inglês, me respondeu: "Sim, mas não reconheço a sua voz". Eu não reconhecia a voz que me falava, e depois minha avó não me diria "a *sua* voz". Por fim tudo se explicou. O jovem cuja avó o mandara chamar ao telefone tinha um nome quase idêntico ao meu e morava num anexo do hotel. Ao chamarem-me no mesmo dia em que quisera falar com minha avó, não duvidara um só instante de que fosse ela que estava chamando. Ora, era por simples coincidência que o posto telefônico e o hotel acabavam de cometer um duplo engano.

Na manhã seguinte, atrasei-me e não encontrei Saint-Loup, que já partira para almoçar no castelo vizinho de que me falara. Por volta de uma e meia, dispunha-me a ir a todo o transe ao quartel para lá estar à sua chegada quando, ao atravessar uma das avenidas que levavam àquele, vi, na mesma direção em que ia, um tílburi que, passando rente a mim, me obrigou a afastar-me; um oficial de monóculo o conduzia; era Saint-Loup. A seu lado estava o amigo com quem almoçara e que eu já havia encontrado uma vez no restaurante onde Saint-Loup fazia as refeições. Sabia que Robert era míope; no entanto acreditava que, se ao menos me tivesse avistado, não deixaria de reconhecer-me; ora, ele viu meu cumprimento e respondeu-lhe, mas sem parar; e, afastando-se a toda, sem um sorriso, sem que se lhe movesse um só músculo da face, contentou-se em manter durante dois minutos a mão erguida à pala do quepe, como se respondesse a um soldado que não tivesse reconhecido. Apressei-me até o quartel, mas ainda se achava longe; quando cheguei, o regimento estava em formatura no pátio, onde não me deixaram ficar, e eu sentia-me desolado, por não poder despedir-me de Saint-Loup; subi a seu quarto, já não estava ali; pude perguntar por ele a um grupo de soldados enfermos, recrutas dispensados de marcha, o jovem bacharel e mais um veterano, que apreciavam a formatura.

— Não viram o sargento-mor Saint-Loup? — indaguei.

— Ele desceu, senhor — disse o veterano.

— Não o vi — disse o bacharel.

— Não viste — retrucou o veterano, sem mais preocupar-se comigo —, não viste o nosso famoso Saint-Loup, todo flamante com as suas calças novas? Quando o capitão o vir! Com fazenda de oficial!

— Fazenda de oficial... Tens cada uma! — disse o jovem bacharel que, recolhido por enfermidade, não fazia manobras e procurava, não sem certa inquietação, mostrar-se atrevido com os veteranos. — Aquela é fazenda de oficial tanto como esta aqui.

— Senhor?! — exclamou encolerizado o veterano que se referira às calças.

Estava indignado de que o jovem bacharel pusesse em dúvida que aquelas calças fossem de fazenda de oficial, mas, bretão, nascido numa aldeia chamada Penguern-Stereden, tendo aprendido francês com tanta dificuldade como se ele próprio fora inglês ou alemão, quando se sentia tomado de alguma emoção dizia duas ou três vezes "senhor" para ter tempo de encontrar as palavras e, depois desses preparativos, entregava-se à sua eloquência, contentando-se em repetir algumas palavras que conhecia melhor que as outras, mas sem pressa e tomando precauções contra a sua falta de hábito de pronunciação.

— Ah!, então é pano como esse? — tornou ele, com uma cólera que ia progressivamente aumentando a intensidade e o vagar da sua expressão. — Ah!, então é fazenda como essa, quando eu te digo que é fazenda de oficial, quando eu te digo, e se te digo, digo porque sei que é!

— Ah!, então... — disse o jovem bacharel, vencido com esse argumento. — Não precisamos de conversa mole.

— Olha! Lá vai precisamente o capitão. Mas repara só Saint-Loup. Aquilo é jeito de lançar a perna? E olha a cabeça! Parece um suboficial? E o monóculo, então?! Ah!, esse é dos tais.

Pedi àqueles soldados, a quem minha presença pouco parecia importar, que me deixassem também olhar pela janela. Não mo impediram, nem se moveram. Vi o capitão de Borodino passar majestosamente, a trote, e que parecia ter a ilusão de que se achava na batalha de Austerlitz. Alguns transeuntes se haviam reunido diante das grades do quartel, para ver sair o regimento. Ereto no seu cavalo, o rosto um pouco cheio, as faces de uma plenitude imperial, o olhar lúcido, o príncipe devia ser joguete de alguma alucinação, como o era eu próprio de cada vez que, após a passagem do bonde, o silêncio que se seguia ao seu rodar me parecia percorrido e estriado por uma vaga palpitação musical. Estava desolado por não ter dito adeus a Saint-Loup, mas assim mesmo parti, porque minha única preocupação era voltar para junto de minha avó: até esse dia, naquela pequena cidade, quando pensava no que minha avó estaria fazendo sozinha, eu a figurava tal como estava comigo, mas suprimindo a mim mesmo, sem levar em conta os efeitos dessa supressão sobre ela; agora, tinha de livrar-me o mais depressa possível, nos seus braços, do fantasma, até então insuspeitado e evocado subitamente pela sua voz, de uma avó realmente separada de mim, que tinha — coisa que eu jamais lhe havia conhecido antes — determinada idade, e que acabava de receber uma carta minha no apartamento vazio onde eu já havia imaginado mamãe quando partira para Balbec.

Infelizmente, foi esse mesmo fantasma que vi quando, tendo penetrado no salão sem que minha avó estivesse avisada do meu regresso, a encontrei lendo. Ali estava eu, ou, antes, ainda não estava ali, visto que ela não o sabia e, como uma mulher surpreendida a fazer um trabalho que ela ocultará ao entrarmos, estava entregue a pensamentos que jamais havia mostrado diante de mim. De mim por esse privilégio que não dura e em que temos, durante o curto instante do regresso, a faculdade de assistir bruscamente a nossa própria ausência não havia ali mais que a testemunha, o observador, de chapéu e capa de viagem, o estranho que não é da casa, o fotógrafo que vem tirar uma chapa dos lugares que nunca mais tornará a ver. O que, mecanicamente, se efetuou naquele instante em meus olhos quando avistei minha avó, foi mesmo uma fotografia! Jamais vemos os entes queridos a não ser no sistema animado, no movimento perpétuo de nossa incessante ternura, a qual, antes de deixar que cheguem até nós as imagens que nos apresentam a sua face, arrebata-as no seu vórtice, lança-as sobre a ideia que fazemos deles desde sempre, fá-las aderir a ela, coincidir com ela. Como, já que eu fazia a fronte, as faces de minha avó representarem o que havia de mais delicado e de mais permanente no seu espírito, como, já que todo olhar habitual é uma necromancia e cada olhar que se ama, o espelho do passado, como não omitiria eu o que nela pudera ter-se tornado pesado e diferente, quando até nos espetáculos mais indiferentes da vida, a nossa vista, carregada de pensamento, despreza, como o faria uma tragédia clássica, todas as imagens que não concorrem para a ação e retém exclusivamente as que lhe podem tornar inteligível o desfecho? Mas que, em vez da nossa vista, seja uma objetiva puramente material, uma placa fotográfica, que tenha olhado, e então o que veremos, no pátio do Instituto, por exemplo, em vez da saída de um acadêmico que quer chamar um fiacre, serão os seus titubeios, as suas precauções para não cair para trás, a parábola de sua queda, como se estivesse ébrio ou o solo coberto de gelo. O mesmo acontece quando alguma cruel cilada do acaso impede o nosso inteligente e piedoso afeto de acorrer a tempo para ocultar a nossos olhares o que jamais devem contemplar, quando aquele é ultrapassado por estes, que, chegando primeiro e entregues a si mesmos, funcionam mecanicamente, à maneira de uma película, e nos mostram, em vez da criatura amada que já não existe desde muito, mas cuja morte o nosso afeto jamais quisera que nos fosse revelada, a nova criatura que cem vezes por dia ele revestia de uma querida e enganosa aparência. E como um enfermo que a si mesmo não via desde muito tempo, e que, compondo, a cada instante, o rosto, que ele não vê, segundo a imagem ideal que forma de si mesmo em pensamento, recua ao avistar no espelho, em meio de um rosto árido e deserto, a proeminência oblíqua e rósea de um nariz gigantesco como uma pirâmide do Egito, eu, para quem minha avó era ainda eu próprio, eu que jamais a vira a não ser em minh'alma, sempre no mesmo ponto do passado, através da transparência de recordações contíguas e superpostas, de súbito, em nosso salão que fazia parte de um mundo novo, o do tempo, o mundo em que vivem os estranhos de quem se diz "como envelheceu!", eis que pela primeira vez e tão só por um instante, pois ela desapareceu logo, avistei no canapé, congestionada, pesada e vulgar, doente, cismando, a passear acima de um livro uns olhos, um olhar um pouco extraviado, a uma velha consumida que eu não conhecia.

Ao meu pedido para ir ver os Elstir da sra. de Guermantes, Saint-Loup retrucara: "Respondo por ela". E infelizmente, com efeito, só ele é que havia respondido por ela. Respondemos facilmente pelos outros quando, dispondo em nosso pensamento as figurinhas que as representam, podemos movê-las a nosso bel-prazer. Por certo que mesmo nesse momento levamos em conta as dificuldades que provêm da natureza de cada um, diferente da nossa, e não deixamos de recorrer a certos poderosos meios de ação sobre essa natureza, interesse, persuasão, sentimento, que neutralizem pendores contrários. Mas essas diferenças em relação à nossa natureza, é ainda a nossa natureza que as imagina, essas dificuldades nós é que as erguemos, esses meios eficazes, nós é que os dosamos. E os movimentos que, em nosso espírito, fizemos outra pessoa repetir e que a fazem agir à nossa vontade, quando pretendemos que ela os execute na vida, tudo muda então, e topamos com resistências imprevistas que podem ser invencíveis. Uma das mais fortes é sem dúvida a que pode desenvolver, numa mulher que não ama, o nojo que lhe inspira, insuperável e fétido, o homem que a ama: durante as longas semanas que Saint-Loup ainda passou sem vir a Paris, a sua tia, a quem eu não duvidava que ele tivesse escrito para rogar-lhe que o fizesse, não me convidou uma única vez para ir à sua casa ver os quadros de Elstir.

Recebi mostras de frieza da parte de outra pessoa da casa. Foi de Jupien. Acharia ele que eu devia entrar para cumprimentá-lo, no meu regresso de Doncières, antes mesmo de subir ao nosso apartamento? Minha mãe disse que não, que não era caso de espantar. Françoise lhe dissera que ele era assim, sujeito a súbitas acometidas de mau humor, sem motivo. Isso passava em pouco tempo.

Entrementes, o inverno ia chegando ao fim. Certa manhã, depois de algumas semanas de aguaceiros e tempestades, ouvi na minha lareira — em vez do vento informe, elástico e sombrio que me sacudia de desejos de ir a beira-mar — o turturinar dos pombos que faziam ninho na muralha: irisado, imprevisto como um primeiro jacinto, docemente a rasgar seu coração nutriz, para que dele brotasse, malva e acetinada, a sua flor sonora, fazendo, como uma janela aberta, entrar no meu quarto ainda fechado e escuro a tepidez, o deslumbramento, a fadiga de um primeiro belo dia. Naquela manhã, surpreendi-me a cantarolar uma ária de café-concerto que esquecera desde o ano em que devia ter ido a Florença e a Veneza. Tão profundamente influi a atmosfera em nosso organismo, ao acaso dos dias, e extrai das obscuras reservas em que as tínhamos esquecido as melodias inscritas que nossa memória não decifrou. Um sonhador mais consciente pôs-se logo a acompanhar esse músico que eu escutava dentro de mim, sem ao menos reconhecer imediatamente o que ele excutava.

Bem sabia que não pertenciam particularmente a Balbec as razões pelas quais, quando ali chegara, não havia encontrado na sua igreja o encanto que tinha para mim antes de conhecê-la; que em Florença, em Parma, em Veneza, tampouco a minha imaginação poderia substituir-se a meus olhos para ver. Eu o sentia. Da mesma forma, numa tarde de 1o de janeiro, ao crepúsculo, diante de uma coluna de anúncios, descobrira a ilusão que existe em acreditar que certos dias festivos diferem essencialmente dos outros. E, no entanto, não podia impedir que a lembrança do tempo em que julgava que haveria de passar a Semana Santa em Florença continuasse a fazer da Semana Santa como que a atmosfera da Cidade das Flores, dando ao mesmo tempo ao dia de Páscoa alguma coisa de florentino e a Florença alguma coisa de pascal. A semana da Páscoa ainda estava muito longe; mas, na fila dos dias que se estendiam à minha frente, os dias santos se destacavam mais claros ao fim dos dias médios. Tocados de um raio, como certas casas de aldeia que se avistam ao longe num efeito de sombra e luz, concentravam em si todo o sol.

O tempo abrandara. E meus próprios pais, aconselhando-me que passeasse, me davam um pretexto para continuar minhas saídas matinais. Gostaria de cessar esses passeios, porque então iria encontrar a sra. de Guermantes. Mas por causa disso mesmo é que eu pensava todo o tempo nessas saídas, o que me fazia descobrir a cada instante uma razão nova para dar um passeio, razão que não tinha relação alguma com a sra. de Guermantes e que me convencia facilmente de que, se ela não existisse, eu nem por isso teria deixado de passear a essa mesma hora.

Ai!, se, para mim, encontrar qualquer outra pessoa que não ela seria indiferente, sentia eu que, para ela, encontrar qualquer outro, exceto a mim, seria suportável. Acontecia-lhe, nos seus passeios da manhã, receber a saudação de muitos tolos, e que ela julgava tais. Mas considerava o aparecimento deles, se não uma probabilidade de alegria, pelo menos obra do acaso. E detinha-os algumas vezes, pois há momentos em que se tem necessidade de sair de si mesmo, de aceitar a hospitalidade das almas dos outros, com a condição de que essa alma, por mais modesta e feia que seja, seja uma alma estranha, ao passo que, no meu coração, sentia com desespero que o que haveria de encontrar era ela própria. Assim, quando tinha outro motivo que não o de vê-la para tomar o mesmo caminho, eu tremia como um criminoso; e às vezes, para neutralizar o que podiam ter de excessivo as minhas tentativas de aproximação, mal respondia a seu cumprimento, ou fixava-a com o olhar sem saudá-la, nem conseguir outra coisa senão irritá-la ainda mais e fazer com que ela começasse, além de tudo, a julgar-me insolente e mal-educado.

Tinha agora vestidos mais leves, ou pelo menos mais claros, e descia a rua, onde, como se já fosse primavera, diante das estreitas lojas intercaladas entre as vastas fachadas dos velhos casarões aristocráticos, na platibanda da vendedora de manteiga, de frutas, de legumes, estavam pendurados toldos contra o sol. Dizia comigo que a mulher que eu via de longe andar, abrir a sombrinha, atravessar a rua era, na opinião dos conhecedores, a maior artista da época na arte de executar esses movimentos e de fazer deles qualquer coisa de delicioso. Ela aproximava-se; ignorante dessa reputação esparsa, o seu corpo estreito, refratário e que nada absorvera de tal fama, estava obliquamente arqueado sob um xalezinho de surá violeta: seus olhos enfarados e claros olhavam distraidamente adiante de si e talvez me tivessem percebido; mordia um canto do lábio; via-a erguer o regalo, dar esmola a um pobre, comprar um buquê de violetas, com a mesma curiosidade com que teria observado um grande pintor dar pinceladas numa tela. E quando, passando por onde eu estava, ela me dirigia uma saudação a que às vezes se acrescentava um ligeiro sorriso, era como se tivesse executado para mim, acrescentando-lhe uma dedicatória, uma aquarela que era uma obra-prima. Cada um de seus vestidos se me afigurava uma ambiência natural, necessária, como que a projeção de um aspecto particular de sua alma. Numa dessas manhãs de Quaresma em que ela ia almoçar fora, encontrei-a com um vestido de veludo vermelho-claro, levemente decotado. O rosto da sra. de Guermantes parecia pensativo, debaixo de seus cabelos loiros. Eu estava menos triste que de costume, porque a melancolia de sua expressão, a espécie de clausura que a violência da cor punha em torno dela e o resto do mundo lhe davam alguma coisa de infeliz e solitário que me tranquilizava. Parecia-me aquele vestido a materialização dos raios escarlates de um coração que eu talvez pudesse consolar; refugiada na luz mística do tecido de ondas mansas, fazia-me pensar nalguma santa das primeiras épocas cristãs. Tinha então vergonha de afligir aquela mártir com a minha vista. "Mas afinal de contas a rua é de todo mundo."

A rua é de todo mundo, continuava eu, dando a essas palavras um sentido diferente e admirando-me de que, com efeito, na rua populosa, muita vez úmida de chuva e que se tornava preciosa como o é às vezes a rua nas velhas cidades da Itália, a duquesa de Guermantes misturasse, à vida pública, momentos da sua vida secreta, mostrando-se assim a cada qual, misteriosa, acotovelada por todos, com a esplêndida gratuidade das grandes obras-primas. Como eu saía pela manhã depois de ter ficado desperto a noite inteira, meus pais me diziam à tarde que me deitasse um pouco e procurasse dormir. Para saber como dormir, não há necessidade de muita reflexão, mas o hábito é muito útil para isso, e até mesmo a ausência de reflexão. Sucedia que naquelas horas me faltavam ambas as coisas. Antes de adormecer, pensava por tanto tempo que não o conseguiria que, mesmo adormecido, ainda me restava um pouco de pensamento. Não era mais que um clarão na quase escuridade, mas bastava para refletir em meu sono, primeiro a ideia de que não poderia dormir, depois o reflexo desse reflexo, a ideia de que era dormindo que eu tivera a ideia de que não dormia, e depois, por uma refração nova, o meu despertar... em um novo sopor em que queria contar a amigos que tinham entrado em meu quarto que, ainda há pouco, dormindo, julgara que não dormia. Essas sombras eram apenas distintas; seria preciso uma grande e vã delicadeza de percepção para apreendê-las. Assim, mais tarde, em Veneza, muito depois do poente, quando parece que é completamente noite, eu vi, graças ao eco invisível, no entanto, uma última nota de música indefinidamente sustida sobre os canais como por efeito de algum pedal óptico, os reflexos dos palácios desenrolados como para sempre em veludo mais escuro sobre o cinza crepuscular das águas. Um de meus sonhos era a síntese do que a minha imaginação muitas vezes procurara figurar, na vigília, de certa paisagem marinha e de seu passado medieval. No meu sono via uma cidade gótica em meio de um mar de ondas imobilizadas como num vitral. Um braço de mar dividia em dois a cidade; a água verde estendia-se a meus pés; banhava na margem oposta uma igreja oriental, depois casas que existiam ainda no século XIV, de modo que ir até elas seria remontar o curso dos séculos. Este sonho em que a natureza aprendera a arte, em que o mar se tornara gótico, este sonho em que eu desejava, em que eu julgava abordar o impossível, parecia-me que já o tivera muitas vezes. Mas como é próprio do que se imagina durante o sono multiplicar-se no passado e parecer, embora novo, familiar, julguei que me havia enganado. Pelo contrário, apercebi-me de que efetivamente tivera muitas vezes este sonho.

Até as diminuições que caracterizam o sono se refletiam no meu, mas de maneira simbólica: não podia no escuro distinguir o rosto dos amigos que ali estavam, pois dorme-se de olhos fechados; mas, eu que fazia sem-fim raciocínios verbais em sonhos, logo que queria falar a esses amigos, sentia o som parar-me na garganta, pois não se fala distintamente durante o sono; queria ir ter com eles, e não podia mover as pernas, pois tampouco se anda durante o sono; e de súbito, sentia-me envergonhado de estar diante deles, pois dorme-se despido. Assim, de olhos cegos, lábios selados, pernas ligadas, o corpo nu, a figura de sono que meu próprio sono projetava tinha o aspecto dessas grandes figuras alegóricas em que Giotto representou a Inveja com uma serpente na boca, e que Swann me havia dado.

Saint-Loup viera a Paris apenas por horas. Embora me assegurasse que não tivera ensejo de falar de mim à sua prima: "Não é nada amável Oriane", disse, traindo-se ingenuamente, "não é mais a minha Oriane de outrora. Mudaram-na. Afianço-te que não vale o trabalho de te ocupares com ela. Tu lhe fazes muita honra. Não queres que te apresente à minha prima Poictiers?", acrescentou, sem se dar conta de que isso não me causaria prazer algum. "Eis aí uma mulher inteligente e que te agradaria. Desposou meu primo, o duque de Poictiers, que é um bom rapaz, mas um pouco simples para ela. Eu lhe falei de ti. Pediu-me que te levasse a visitá-la. É muito mais bonita que Oriane e mais moça. É muito gentil, sabes?, o que há de distinto." Eram expressões recém e tanto mais ardentemente adotadas por Saint-Loup e que significavam que sua prima tinha uma natureza delicada. "Não te digo que seja dreyfusista, é preciso levar em conta o seu meio. Mas, afinal de contas, ela costuma dizer: 'Se ele fosse inocente, que horror que fosse para a ilha do Diabo!'.[55] Compreendes, não? E depois, é uma pessoa que faz muito pelas suas antigas governantas; proibiu que as façam subir pela escada de serviço. Digo-te que é o que há de distinto. No fundo, Oriane não a estima, pois reconhece que ela é mais inteligente."

---

55 Alfred Dreyfus fora deportado para a ilha do Diabo e ficaria ali entre os dias 21 de fevereiro de 1895 e 9 de junho de 1899. Mais adiante, durante reunião em casa da sra. de Villeparisis, a sra. de Guermantes fará rir todos os convidados ao expressar nova opinião sobre Dreyfus na ilha do Diabo. (N. E.)

Embora absorta pela pena que lhe causava um lacaio dos Guermantes — o qual não podia visitar a noiva nem mesmo quando a duquesa se achava fora, porque isso seria imediatamente comunicado pela portaria —, Françoise ficou consternada por não se achar presente por ocasião da visita de Saint-Loup, mas era que agora também as fazia. Saía infalivelmente nos dias em que eu tinha necessidade sua. Era sempre para visitar o irmão, a sobrinha, e principalmente a própria filha, recém-chegada em Paris. Já a natureza familial dessas visitas me aumentava a irritação por me ver privado dos seus serviços, pois previa que ela havia de falar de cada uma como de uma dessas coisas que é impossível dispensar, segundo as leis ensinadas em Saint-André-des-Champs. Assim, jamais ouvia as suas escusas sem um mau humor assaz injusto, que era levado ao auge pela sua maneira de dizer não "fui visitar meu irmão" ou "fui visitar minha sobrinha", mas "fui ver o irmão" ou "fui *correndo* cumprimentar a sobrinha" (ou ainda "minha sobrinha açougueira"). Quanto à filha, Françoise desejaria vê-la de volta a Combray. Mas a nova parisiense, usando, como uma elegante, abreviaturas, mas vulgares, dizia que a semana que devia passar em Combray lhe pareceria muito longa, sem ter ao menos o *Intran*.[56] Tampouco desejava ir à casa da irmã de Françoise, cuja terra era montanhosa, "porque as montanhas", dizia, dando a *interessante* um sentido espantoso e novo, "isso não tem nada de interessante". Tampouco se dizia a voltar a Méséglise, onde "a gente é tão simplória", onde, no mercado, as comadres, as *pétrousses*, descobririam um parentesco com ela e diriam: "Olha!, pois não é que é a filha do finado Bazireau?". Preferia morrer a voltar para aquela terra, "agora que tinha provado a vida de Paris", e Françoise, tradicionalista, sorria no entanto com indulgência ante o espírito de inovação que a nova "parisiense" encarnava quando dizia: "Pois bem, mãe, se não tiveres saída, é só remeter-me um *pneu*".

---

56 Abreviatura utilizada para designar o jornal *L'Intransigeant*, fundado em 1880 por Henri Rochefort. No que tange ao "Caso Dreyfus", o jornal tomaria inicialmente o partido a favor do acusado, depois contra ele. (N. E.)

O tempo esfriara de novo. "Sair? Para quê? Para arrebentar?", dizia Françoise, que preferia ficar em casa durante a semana que a filha, o irmão e a açougueira tinham ido passar em Combray. Aliás, última sectária em que obscuramente sobreviveu à doutrina de minha tia Léonie, Françoise, conhecedora da Física, acrescentava, falando daquele tempo fora de estação: "É o resto da cólera de Deus!". Mas eu não respondia às suas queixas senão com um sorriso cheio de langor, tanto mais indiferente a essas predições porquanto de qualquer maneira faria bom tempo para mim; já via brilhar o sol matinal na colina de Fiesole, aquecia-me a seus raios; sua intensidade me obrigava a abrir e a fechar as pálpebras, sorrindo, e, como lamparinas de alabastro, enchiam-se elas de um clarão cor-de-rosa. Não eram unicamente os sinos que voltavam da Itália, a Itália vinha com eles. Não faltariam flores a minhas mãos fiéis para honrar o aniversário da viagem que eu tivera de fazer outrora, pois desde que em Paris o tempo se tornara frio, como em outro ano por ocasião dos preparativos de partida pelo fim da Quaresma, no ar líquido e glacial que banhava os castanheiros, os plátanos dos bulevares, já entreabriram as suas folhas, como numa taça de água pura, os narcisos, os junquilhos, as anêmonas da Ponte Vecchio.

Meu pai nos contara que sabia agora por A. J. aonde ia o sr. de Norpois quando o encontrava: "Vai à casa da senhora de Villeparisis, dão-se muito, eu não sabia nada. Parece que é uma criatura deliciosa, uma mulher superior. Devias ir vê-la", disse-me ele. "De resto, fiquei muito espantado. Falou-me do senhor de Guermantes como de um homem muito distinto: eu sempre o tomara por um estúpido. Parece que sabe uma infinidade de coisas, que tem um gosto perfeito; apenas é muito orgulhoso de seu nome e da sua parentela. Aliás, no dizer de Norpois, sua situação é colossal, não só aqui, mas em toda a Europa. Parece que o imperador da Áustria e o imperador da Rússia o tratam de igual para igual. O velho Norpois me disse que a senhora de Villeparisis te estimava muito e que havias de conhecer no seu salão pessoas interessantes. Fez-me grandes elogios de ti; tu o encontrarás em casa dela, e ele poderia ser-te de bom aviso, mesmo que devas escrever. Pois vejo que não farás outra coisa. Podem achar isso uma bela carreira; quanto a mim, não é o que eu preferiria para ti; mas em breve serás um homem, não estaremos sempre junto de ti, e não devemos impedir que sigas a tua vocação."

Se ao menos eu pudesse começar a escrever! Mas quaisquer que fossem as condições em que abordasse esse projeto (tal como, ai de mim, o de não mais beber, deitar cedo, dormir, passar bem de saúde), com arrebatamento, com método, com prazer, privando-me de um passeio, adiando-o e reservando-o como uma recompensa, aproveitando uma hora de boa saúde, utilizando a inação forçada de um dia de doença, o que acabava sempre de sair de meus esforços era uma página em branco, virgem de qualquer escrita, inelutável como essa carta obrigatória que em certos lances a gente acaba fatalmente por tirar, de qualquer maneira que se tenha previamente baralhado as cartas. Eu não era mais que o instrumento de hábitos de não trabalhar, de não deitar, de não dormir que deviam realizar-se de qualquer forma a todo custo; se eu não lhes resistia, se me contentava com o pretexto que tiravam da primeira circunstância que lhes proporcionava aquele dia para os deixar agir à vontade, eu saía da situação sem maiores danos, não deixava de repousar algumas horas no final da noite, lia um pouco, não praticava muitos excessos, mas se queria contrariá-los, se pretendia ir cedo para a cama, beber apenas água, eles irritavam-se, socorriam-se dos meios heroicos, tornavam-me inteiramente enfermo, via-me obrigado a duplicar a dose de álcool, não me metia na cama durante dois dias, não podia mais ler, e prometia comigo ser mais razoável para outra vez, isto é, menos sensato, como uma vítima que se deixa roubar por medo de ser assassinada se resistir.

Meu pai, entrementes, encontrara umas poucas vezes o sr. de Guermantes, e, agora que o sr. de Norpois lhe dissera que o duque era um homem notável, prestava mais atenção a suas palavras. Haviam falado justamente no pátio da sra. de Villeparisis: "Ele me disse que era sua tia; pronuncia 'Viparisi'. Disse-me que ela era extraordinariamente inteligente. Até acrescentou que a senhora de Villeparisis tinha um 'balcão de espírito'", finalizou meu pai, impressionado com o vago dessa expressão, que já lera algumas vezes em memórias, mas a que não ligava um sentido preciso. Minha mãe tinha tanto respeito a ele que, vendo-o não achar indiferente que a sra. de Villeparisis mantivesse "balcão de espírito", julgou que esse fato era de alguma significação. Embora sempre tivesse sabido por minha avó o que valia exatamente a marquesa, imediatamente formou a respeito da última uma ideia mais vantajosa. Minha avó, que estava um pouco adoentada, não foi no princípio favorável à visita, depois desinteressou-se. Desde que morávamos em nosso novo apartamento, a sra. de Villeparisis lhe pedira várias vezes que fosse visitá-la. E sempre minha avó respondia que não saía por enquanto, numa dessas cartas que, por um hábito novo que não compreendíamos, ela jamais fechava, deixando isso aos cuidados de Françoise. Quanto a mim, sem imaginar muito bem esse "balcão de espírito", não ficaria muito espantado se encontrasse a velha dama de Balbec instalada diante de um balcão, o que aliás aconteceu.

Bem desejaria meu pai saber, por acréscimo, se o apoio do embaixador lhe valeria muitos votos no Instituto, onde contava apresentar-se como membro independente. A falar verdade, embora não duvidando do apoio do sr. de Norpois, todavia, não tinha certeza. Julgara estar tratando com más línguas quando lhe haviam dito no Ministério que o sr. de Norpois desejava ser ali o único representante do Instituto e oporia todos os obstáculos possíveis à sua candidatura, que aliás o incomodaria ainda mais naquele momento, em que ele apoiava outra. No entanto meu pai, quando o sr. Leroy-Beaulieu o aconselhara a apresentar-se e computara as suas probabilidades, ficara impressionado ao ver que o eminente economista não citara o sr. de Norpois entre os colegas com que ele podia contar naquela circunstância.[57] Meu pai não ousava apresentar diretamente a questão ao antigo embaixador,

57 O "sr. Leroy-Beaulieu" pode ser tanto Anatole como seu irmão Paul, ambos membros da Academia de Ciências Morais e Políticas, à qual o pai do herói pretende se candidatar. (N. E.)

mas esperava que eu voltasse de casa da sra. de Villeparisis com a sua eleição feita. Essa visita estava iminente. A propaganda do sr. de Norpois, capaz efetivamente de garantir a meu pai dois terços da Academia, lhe parecia tanto mais provável visto que era proverbial a prestimosidade do embaixador, e as pessoas que menos o estimavam reconheciam que ninguém gostava tanto como ele de prestar serviços. E, por outro lado, no Ministério, sua proteção estendia-se sobre meu pai de feição muito mais acentuada do que sobre qualquer outro funcionário.

Meu pai teve outro encontro, mas este causou-lhe surpresa e depois indignação extrema. Passou na rua pela sra. Sazerat, cuja relativa pobreza reduzia sua vida em Paris a raras temporadas em casa de uma amiga. Ninguém aborrecia tanto a meu pai como a sra. Sazerat, a ponto de mamãe ver-se obrigada a dizer-lhe uma vez por ano, com uma voz doce e suplicante: "Meu amigo, tenho de convidar ao menos uma vez a senhora Sazerat; ela não se demorará muito", e até mesmo: "Escuta, meu amigo, vou pedir-te um grande sacrifício, mas vai fazer uma visitinha à senhora Sazerat. Bem sabes que não gosto de aborrecer-te, mas seria tão gentil da tua parte...". Meu pai ria, incomodava-se um pouco, e ia fazer a tal visita. Apesar, pois, de que a sra. Sazerat não o divertisse nada, meu pai, vendo-a, foi ao seu encontro, tirando o chapéu, mas, com profunda surpresa sua, a sra. Sazerat limitou-se a um cumprimento gelado, forçado pela polidez para com alguém que fosse culpado de uma má ação ou fosse obrigado a viver dali por diante num hemisfério diferente. Meu pai regressou agastado, estupefato. No dia seguinte, minha mãe encontrou a sra. Sazerat num salão. Esta não lhe estendeu a mão e sorriu-lhe com um ar vago e triste como a uma pessoa com quem se brincou na infância, mas com quem se interromperam depois quaisquer relações, porque ela levou uma vida devassa, desposou um forçado, ou, o que é pior, um homem divorciado.

O fato é que meus pais haviam concedido e inspirado sempre à sra. Sazerat a mais profunda estima. Mas (o que minha mãe ignorava) a sra. Sazerat, única da sua espécie em Combray, era dreyfusista. Meu pai, amigo do sr. Méline, estava convencido da culpabilidade de Dreyfus.[58] Tinha mandado passear com mau humor as colegas que lhe haviam pedido que assinasse uma moção revisionista. Não me falou durante oito dias quando soube que eu havia seguido uma linha de conduta diferente.[59] Suas opiniões eram conhecidas. Não estavam longe de o considerar nacionalista. Quanto a minha avó, a única da família a quem parecia que devesse inflamar uma generosa dúvida, cada vez que lhe falavam na possível inocência de Dreyfus, fazia com a cabeça um movimento cujo sentido então não compreendíamos e que era semelhante ao de uma pessoa a quem acabam de perturbar em pensamentos mais sérios. Minha mãe, dividida entre o seu amor a meu pai e a esperança de que eu fosse inteligente, conservava uma indecisão que ela traduzia pelo silêncio. Enfim, meu avô, que adorava o Exército (embora suas obrigações de guarda nacional tivessem sido o pesadelo de sua idade madura), nunca via desfilar em Combray um regimento por diante da grade sem tirar o chapéu quando passavam o coronel e a bandeira. Tudo isso era o bastante para que a sra. Sazerat, que conhecia a fundo a vida de desinteresse e de honra de meu pai e de meu avô, os considerasse como sequazes da injustiça. Perdoam-se os crimes individuais, mas não a participação num crime coletivo. Logo que o soube antidreyfusista, pôs, entre si e ele, continentes e séculos. O que explica que, a tamanha distância no tempo e no espaço, o seu cumprimento tenha parecido imperceptível a meu pai e que ela não haja pensado num aperto de mão ou em palavras, os quais não poderiam franquear os mundos que os separavam.

Devendo Saint-Loup vir a Paris, prometera levar-me à casa da sra. de Villeparisis, onde, sem lho haver dito, eu esperava encontrar a sra. de Guermantes. Pediu-me que fosse almoçar num restaurante com ele e sua amante, a quem conduziríamos

---

58 Jules Méline (1838-1925), amigo do pai do herói do livro, primeiro-ministro de abril de 1896 a 1898, ou seja, durante o período mais delicado do "Caso Dreyfus". Em dezembro de 1897, ele ousa declarar que não há qualquer "Caso Dreyfus". (N. E.)

59 É sabido que Proust, dreyfusista apaixonado, foi um dos que assinou o documento pedindo a revisão da condenação de Dreyfus. (N. E.)

em seguida a um ensaio. Devíamos ir buscá-la pela manhã, nos arredores de Paris, onde morava.

Pedira eu a Saint-Loup que o restaurante onde almoçaríamos (na vida dos jovens nobres que gastam dinheiro, o restaurante desempenha um papel tão importante como os cofres de tecidos nos contos árabes) fosse de preferência aquele para o qual Aimé me dissera que devia entrar como mordomo, enquanto esperava a temporada de Balbec. Era um grande encanto para mim, que tanto sonhava em viagens e tão pouco as fazia, rever alguém que fazia parte, mais do que das minhas recordações de Balbec, da própria Balbec, que lá ia todos os anos, que, quando o cansaço ou os estudos me forçavam a ficar em Paris, nem por isso deixava de contemplar, durante os longos fins de tarde de julho, esperando que viessem jantar os hóspedes, o sol que descia e se punha no mar, através das vidraças do vasto refeitório, atrás das quais, à hora em que ele se extinguia, as asas imóveis dos barcos longínquos e azulados tinham o aspecto de borboletas exóticas numa vitrina. Magnetizado ele próprio por seu contato com o possante ímã de Balbec, aquele mordomo se tornava por sua vez um ímã para mim. Esperava, ao falar com ele, estar já em comunicação com Balbec, realizando, sem mudar de local, um pouco do encanto da viagem.

Saí pela manhã de casa, onde deixei Françoise a lamentar-se porque o lacaio noivo não pudera, mais uma vez, na véspera à noite, ir visitar a sua amada. Françoise o havia encontrado em prantos; estivera a ponto de ir esbofetear o porteiro, mas contivera-se porque queria conservar o emprego.

Antes de chegar em casa de Saint-Loup, que devia esperar--me diante da porta, encontrei Legrandin, que perdêramos de vista desde Combray e que, já grisalho agora, conservara o seu ar cândido e juvenil. Ele se deteve: "Como! O nosso homem *chic*", disse ele, "e ainda por cima de redingote! Eis uma libré a que não se ajustaria a minha independência. É verdade que você deverá ser um mundano, fazer visitas!, para ir sonhar, como faço, diante de alguma tumba meio em ruínas, minha gravata *lavallière* e minha jaqueta não estão fora de lugar. Bem sabe como estimo a linda qualidade de sua alma; é o mesmo que dizer-lhe o quanto lamento que vá renegá-la entre os gentios. Sendo capaz de permanecer um instante na atmosfera nauseabunda, para mim irrespirável, dos salões, você lança contra seu próprio futuro a condenação, a maldição do Profeta. Estou vendo, você frequenta os 'corações levianos', a sociedade dos castelos; é este o vício da burguesia contemporânea. Ah!, os aristocratas, bastante culpado foi o Terror, por não lhes cortar o pescoço a todos. São todos uns sinistros crápulas, quando não passam simplesmente de sombrios idiotas. Enfim, meu pobre menino, se isso o diverte! Enquanto for a alguma *five o'clock*, o seu pobre amigo será mais feliz do que você, porque, sozinho num arrabalde, estará vendo subir no céu violeta a lua cor-de-rosa. A verdade é que mal pertenço a esta Terra, onde me sinto tão exilado; é preciso toda a lei da gravidade para que me mantenha nela e não me evada para outro planeta. Eu sou de um outro planeta. Adeus, não leve a mal a franqueza do camponês do Vivonne que também permaneceu o camponês do Danúbio.[60] Para lhe provar o caso que faço de você, vou enviar-lhe o meu último romance. Mas não há de gostar disso; não é assaz deliquescente, assaz fim de século para você, é demasiado franco, demasiado honesto; o que lhe serve é Bergotte, já o confessou você mesmo, é puro *faisandé* para o paladar estragado de refinados degustadores. Devem considerar-me no grupo de vocês como um velho soldado raso; cometi o erro de pôr coração no que escrevo, isto não se usa mais; e depois, a vida do povo não é bastante distinta para interessar as suas *snobinettes*. Vamos, trate de lembrar-se algumas vezes da palavra do Cristo: 'Fazei isto e vivereis'.[61] Adeus, amigo".

Não foi de muito mau humor contra Legrandin que o deixei. Certas lembranças são como amigos comuns, sabem fazer reconciliações; lançada em meio dos campos semeados de botões de ouro onde se amontoavam as ruínas feudais, a pequena ponte de

---

60 Alusão à fábula de número 7, Livro xi, de La Fontaine. (N. E.)
61 Legrandin cita passagem do Evangelho de São Lucas, x, 27-28. (N. E.)

madeira nos unia, a Legrandin e a mim, como as duas margens do Vivonne.

Depois de ter deixado Paris, onde, apesar da primavera que já apontava, as árvores dos bulevares estavam apenas com as primeiras folhas, o trem circular nos deixou, a Saint-Loup e a mim, no povoado dos arredores em que morava a sua amante. Foi uma verdadeira maravilha ver cada jardinzinho empavesado pelos imensos altares brancos das árvores frutíferas em flor. Era como uma das festas singulares, poéticas, efêmeras e locais que a gente vem contemplar de muito longe em épocas fixas, mas uma festa dada pela natureza. As flores das cerejeiras são tão estreitamente aderidas aos ramos, como uma branca envoltura, que, de longe, entre as árvores que não estavam nem bem floridas nem enfolhadas, poder-se-ia acreditar, por aquele dia de sol ainda tão frio, que era a neve derretida em outros lugares que havia permanecido intata junto aos arbustos. Mas as grandes pereiras envolviam cada casa, cada humilde pátio, de uma brancura mais vasta, mais unida, mais fulgurante e como se todas as casas, todas as cercas do povoado estivessem a fazer, na mesma data, a sua primeira comunhão.

Essas aldeias dos arredores de Paris conservam ainda, às suas portas, parques dos séculos XVII e XVIII que foram as "loucuras" dos intendentes e das favoritas. Um horticultor utilizara um deles, situado abaixo da estrada, para o cultivo de árvores frutíferas ou talvez apenas tivesse conservado a planta de um imenso vergel daqueles tempos. Cultivadas em quincôncios, aquelas pereiras, mais espaçadas, menos avançadas que as que eu tinha visto, formavam grandes quadriláteros, separados por cercas baixas, de flores brancas, a cada lado dos quais vinha a luz pintar-se diferentemente, de modo que todos aqueles quartos sem telhado, ao ar livre pareciam pertencer ao Palácio do Sol, tal como poderia ser descoberto nalguma Creta; e faziam pensar também nos compartimentos de um depósito ou em certas parcelas de mar que o homem subdivide para algum gênero de pesca ou de ostricultura, quando se via a luz ir, dos ramos, segundo a exposição, brincar nas latadas como sobre as águas primaveris e fazer quebrar-se aqui e ali, fulgurando por entre a grade espaçada e cheia do azul dos ramos a esbranquiçada espuma de uma flor ensolarada e vaporosa.

Era um povoado antigo, com a sua velha intendência retostada e dourada, ante a qual, à guisa de paus-de-sebo e de auriflamas, grandes pereiras estavam, como para uma festa cívica e local, galantemente empavesadas de cetim branco. Jamais Robert me falou mais carinhosamente de sua amiga que durante esse trajeto.

Só ela é que tinha raízes no seu coração; o futuro que tinha ele no Exército, sua posição social, sua família, por certo nada disso lhe era indiferente, mas isso nada significava ante as menores coisas concernentes à sua amante. Era a única coisa que para ele tinha prestígio, infinitamente mais prestígio que os Guermantes e todos os reis da terra. Não sei se formulava a si mesmo que ela era de uma essência superior a tudo, mas sei que não tinha consideração nem cuidados a não ser pelo que lhe tocava. Por ela, ele era capaz de sofrer, de ser feliz, talvez de matar. Nada havia em verdade de interessante, de apaixonante para ele senão o que queria, o que faria a sua amante, o que se passava, discernível quando muito por expressões fugitivas, no espaço estreito de seu rosto e sob a sua fronte privilegiada. Tão consciencioso para tudo o mais, encarava a perspectiva de um casamento brilhante unicamente pela possibilidade de continuar a sustentá-la, a conservá-la. Se se lhe perguntasse a que preço a estimava, creio que jamais se poderia imaginar um preço assaz elevado. Se não a desposava era porque um instinto prático lhe fazia sentir que, logo que não tivesse mais nada a esperar dele, ela o deixaria ou pelo menos viveria a seu bel-prazer, e que seria preciso prendê-la pela expectativa do amanhã. Pois supunha que ela talvez não o amasse. Sem dúvida a afeição geral chamada amor devia forçá-lo — como faz com todos os homens — a acreditar por momentos que ela o amava. Mas praticamente sentia que esse amor que lhe tinha não impedia que ficasse com ele por causa de seu dinheiro e que, no dia em que nada mais tivesse a esperar dele, ela se apressaria (vítima das teorias de seus amigos da literatura, e ainda querendo-lhe, pensava ele) a abandoná-lo.

"Vou fazer-lhe hoje, se for boazinha", disse-me ele, "um presente que lhe dará prazer. Um colar que ela viu no Boucheron.[62] É um pouco caro para mim neste momento: trinta mil francos. Mas aquela pobre gatinha não tem assim tantos prazeres na vida. Vai ficar contentíssima. Tinha-me falado nele, e disse que conhecia alguém que talvez lho desse. Não creio que seja verdade, mas entendi-me a todo transe com Boucheron, que é o fornecedor de minha família, para que ele mo reservasse. Estou contente em pensar que vais vê-la; de cara não é nada de extraordinário (bem sabes, bem vi que pensava exatamente o contrário e só dizia isso para que fosse maior a minha admiração) ela tem antes de tudo um discernimento maravilhoso; diante de ti, talvez não se atreva a falar muito, mas regozijo-me de antemão com o que dirá depois a teu respeito, tu sabes, ela diz coisas que a gente pode aprofundar indefinidamente, tem na verdade alguma coisa de pítico."

Para chegar à casa em que ela morava, passávamos por diante de pequenos jardins, e eu não podia deixar de deter-me, pois tinham uma floração de cerejeiras e pereiras; sem dúvida vazias e desabitadas ontem, como uma propriedade por alugar, eis que estavam subitamente povoadas e embelezadas por aquelas recém-chegadas da véspera e cujos belos vestidos brancos a gente avistava através das grades, à esquina das aleias. "Escuta, já que queres olhar tudo isso, poética criatura", disse-me Robert, "espera-me aqui, minha amiga mora perto, eu vou buscá-la".

Enquanto esperava, dei alguns passos, pela frente de modestos jardins. Se erguia a cabeça, via algumas moças nas janelas, mas em pleno ar livre e à altura de um pequeno andar, esbeltos e leves nas suas leves roupagens malva, suspensos às folhagens, tenros tufos de lilás deixavam-se embalar pela brisa, sem se preocupar com o passante que erguia os olhos até o seu entressolo de verdura. Reconhecia nelas os grupos violeta, dispostos à entrada do parque de Swann, passada a primeira cerca branca, nas tardes mornas de primavera, para uma encantadora tapeçaria provinciana. Tomei um caminho

---

62 Joalheria fundada em 1858, que se situava no número 26 da praça Vendôme. (N. E.)

que levava a um prado. Soprava ali um ar frio e vivo como em Combray, mas no meio da terra gorda, úmida e aldeã, que poderia estar à margem do Vivonne, não havia deixado de surgir, pontual ao encontro como todo o bando de seus companheiros, uma grande pereira branca que agitava sorrindo e opunha ao sol, como uma cortina de luz materializada e palpável, as suas flores convulsionadas pela brisa, mas brunidas e envernizadas de prata pelos raios solares.

De repente, apareceu Saint-Loup, acompanhado pela amante, e então, naquela mulher que era para ele todo o amor, todas as doçuras possíveis da vida, cuja personalidade, misteriosamente encerrada num corpo como num Tabernáculo, era ainda o objeto sobre o qual trabalhava incessantemente a imaginação de meu amigo, que sentia que não conheceria nunca e ante o qual se perguntava perpetuamente quem era ela em si mesma, por trás do véu do olhar e da carne, reconheci instantaneamente naquela mulher a "Rachel quando do Senhor", a mesma que, alguns anos antes — as mulheres mudam tão depressa de posição nesse mundo, quando mudam — dizia à caftina: "Então, amanhã à noite, se precisar de mim para alguém, mande-me buscar".[63] E quando efetivamente "mandavam buscá-la" e ela se encontrava sozinha no quarto com alguém, sabia tão bem o que queriam dela que, depois de fechar a porta à chave, por precaução de mulher prudente, ou por gesto ritual, começava a tirar todas as suas coisas, como se faz diante do médico que nos vai auscultar, e só parava a meio do caminho quando o "alguém", não gostando da nudez completa, dizia-lhe que podia conservar a camisa, como certos facultativos que, tendo ouvido muito fino e temor de que o paciente se resfrie, se contentam em escutar a respiração e o bater do coração através de um lençol. Ante aquela mulher cuja vida inteira, cujos pensamentos, como todo o seu passado e os homens que pudessem tê-la possuído eram para mim coisa tão indiferente que, se mo houvesse

---

63 Episódio narrado no segundo volume da obra: em visita a um bordel em companhia de Bloch, o herói recebe quase sempre a oferta da caftina de apresentar-lhe Rachel, apelidada por ele "Rachel quando do Senhor" por causa de uma ária cantada por Eleazar na peça *A judia* (1835), de Jacques Halévy. (N. E.)

contado, a teria escutado meramente por cortesia e sem ao menos ouvi-la, senti que a inquietação, o tormento, o amor de Saint-Loup se haviam aplicado até fazer — do que era para mim um brinquedo mecânico — um objeto de sofrimentos infinitos, o próprio preço da existência. Vendo esses dois elementos dissociados (pois eu conhecera "Rachel quando do Senhor" numa casa de tolerância), considerava comigo quantas mulheres pelas quais os homens vivem, sofrem e matam-se podem ser em si mesmas ou para outros o que Rachel era para mim. Assombrava-me que se pudesse ter uma curiosidade dolorosa a respeito da sua vida. Poderia contar muitas cópulas suas a Robert, as quais me pareciam a coisa mais indiferente do mundo. E como o teriam mortificado! E que não daria ele para as conhecer, sem consegui-lo?

Via tudo quanto a imaginação humana pode pôr atrás de um palminho de cara como o daquela mulher, se foi a imaginação que a conheceu primeiro; e, inversamente, em que míseros elementos materiais, destituídos de qualquer valor, abaixo de qualquer preço, podia decompor-se o que era a finalidade de tantos sonhos, fosse aquilo mesmo conhecido de maneira oposta pelo conhecimento mais trivial. Compreendia que o que me parecera não valer vinte francos quando me fora oferecido por vinte francos numa casa de tolerância, ou quando era apenas para mim uma mulher desejosa de ganhar vinte francos, pode valer mais que um milhão, que a família, que todas as posições invejadas, se se começou por imaginar nela um ser desconhecido, curioso de conhecer, difícil de apanhar, de conservar. Era sem dúvida o mesmo rosto fino e miúdo que víamos Robert e eu. Mas tínhamos chegado a ele pelos dois caminhos opostos que jamais se comunicarão e nunca lhe veríamos a mesma face. Aquele rosto, com os seus olhares, os seus sorrisos, os movimentos de sua boca, eu o conhecera de fora, como o de uma mulher qualquer que faria por vinte francos tudo quanto eu quisesse. Assim os olhares, os sorrisos, os movimentos de boca me haviam parecido apenas significativos de atos gerais, sem nada de individual, e sob eles eu não teria a curiosidade de procurar uma pessoa. Mas o que me fora de algum modo oferecido na partida, esse rosto condescendente, fora para Robert um ponto de chegada, para o qual se havia dirigido através de quantas esperanças, dúvidas, suspeitas, sonhos! Ele dava mais de um milhão para possuir, para que não fosse oferecido a outros, o que me fora oferecido, como a todos, por vinte francos. Por qual motivo não o obtivera ele por tal preço, talvez seja devido ao acaso de um instante, de um instante durante o qual aquela que parecia prestes a entregar-se, se esquiva, tendo talvez um encontro, qualquer razão que a torne mais difícil nesse dia. Se ela tem a haver-se com um sentimental, ainda que não o perceba, e principalmente se ela o percebe, começa um jogo terrível. Incapaz de sobrepor-se à sua decepção, de passar sem aquela mulher, ele a acossa, ela lhe foge, a ponto de que um sorriso, que ele já não se atrevia a esperar, é pago mil vezes mais do que o deveriam ser os últimos favores. Acontece também às vezes, neste caso, quando se cometeu, por uma mescla de candura no juízo e de covardia ante o sofrimento, a loucura de fazer de uma mulher da vida um ídolo inacessível, que esses mesmos últimos favores, ou o primeiro beijo que seja, jamais conseguiremos obtê-lo, nem nos atrevemos a pedi-lo, para não desmentir as garantias de amor platônico. E é uma grande dor então deixar a vida sem nunca ter sabido o que podia ser o beijo da mulher a quem mais se amou. Saint-Loup, no entanto, conseguira, por sorte, todos os favores de Rachel. Por certo, se soubesse agora que tinham sido oferecidos a todo mundo por um luís, sem dúvida sofreria terrivelmente, mas nem por isso deixaria de dar um milhão para conservá-los, pois tudo o que viesse a saber não poderia fazê-lo sair — já que isso está acima das forças do homem e não pode acontecer senão a contragosto seu, em virtude de alguma grande lei natural — do caminho em que estava e onde aquele rosto não lhe poderia aparecer senão através dos sonhos que formara, onde aqueles olhares, aquele sorriso, aquele movimento de boca eram para ele a única revelação de uma pessoa de quem desejaria reconhecer a verdadeira natureza e ser o único possuidor de seus desejos. A imobilidade daquele fino rosto, como a de uma folha de papel submetida às pressões colossais de duas atmosferas, me parecia equilibrada pelos dois infinitos que vinham dar a ela sem se encontrarem, pois ela os separava. E com efeito, ao contemplá-la nós dois, Robert e eu, não a víamos do mesmo lado do mistério.

Não era "Rachel quando do Senhor" que me parecia coisa de somenos, era o poder da imaginação humana, a ilusão em que se apoiavam as dores do amor que se me afiguravam grandes. Robert notou que eu parecia impressionado. Desviei os olhos para as pereiras e cerejeiras do jardim fronteiro, para que ele pensasse que era a sua beleza que me comovia. E comovia-me um pouco da mesma maneira, colocava também, junto a mim, dessas coisas que só se veem com os olhos, mas que se sentem no coração. Ao tomar por deuses estranhos os arbustos que vira no jardim, não me havia enganado como a Madeleine quando, em outro jardim, num dia cujo aniversário ia em breve transcorrer, viu uma forma e "julgou que fosse o jardineiro". Guardiães das lembranças da idade de ouro, fiadores da promessa de que a realidade não é o que se acredita, que o esplendor da poesia, o fulgor maravilhoso da inocência podem resplandecer nela, e poderão constituir a recompensa que nos esforçaremos por merecer, as grandes criaturas brancas maravilhosamente inclinadas acima da sombra propícia à sesta, à pesca, à leitura não seriam acaso anjos? Eu trocava algumas palavras com a amante de Saint-Loup. Atravessamos a aldeia. As casas eram sórdidas. Mas ao lado das mais miseráveis, das que pareciam ter sido abrasadas por uma chuva de salitre, um misterioso viajor, detido um dia na cidade maldita, um anjo resplandecente se mantinha de pé, estendendo largamente sobre ela a ofuscante proteção das suas floridas asas de inocência: era uma pereira. Saint-Loup adiantou-se alguns passos comigo: "Gostaria que pudéssemos nós dois esperar juntos, gostaria ainda mais de almoçar sozinho contigo e que ficássemos juntos até o momento de irmos à casa de minha tia. Mas a minha pobre garota, isso lhe dá tanto prazer e ela é tão gentil comigo, bem sabes, que não lhe pude recusar. Aliás, ela te agradará, é uma literária, uma vibrante, e depois é uma coisa tão gentil jantar com ela no restaurante, ela é tão agradável, tão simples, sempre tão contente de tudo...".

Creio no entanto que precisamente naquela manhã, e provavelmente pela única vez, evadiu-se Robert um instante da mulher que, carinho após carinho, ele havia lentamente formado, e percebeu de súbito, a alguma distância de si, uma outra Rachel, uma variante dela, mas absolutamente diferente e que figurava uma simples prostitutazinha. Deixando o belo vergel, íamos tomar o trem para voltar a Paris quando, na estação, Rachel, andando alguns passos distante de nós, foi reconhecida e interpelada por vulgares "peruas" como ela era e que, no primeiro momento, julgando-a sozinha, lhe gritaram: "Olá! Rachel, vem conosco! Lucienne e Germaine estão no vagão e precisamente ainda há lugar! Anda, iremos juntas ao *skating*",[64] e dispunham-se a apresentá-la a dois caixeiros, seus amantes, que as acompanhavam, quando, ante o ar levemente melindrado de Rachel, ergueram curiosamente os olhos um pouco mais adiante, nos avistaram e, escusando-se, lhe deram adeus, recebendo dela também um adeus, um pouco embaraçado, mas amistoso. Eram duas pobres prostitutas, com golas de falsa lontra, que tinham mais ou menos o aspecto de Rachel quando Saint-Loup a encontrara pela primeira vez. Ele não as conhecia, nem lhes sabia o nome, e, vendo que pareciam muito dadas com sua amiga, concebeu a ideia de que esta havia tido talvez lugar, talvez ainda o tivesse, numa vida insuspeitada dele, muito diferente da que ele levava com ela, uma vida em que se possuíam as mulheres por um luís, ao passo que ele dava mais de cem mil francos por ano a Rachel. Não fez mais que entrever essa vida, mas também, no meio dela, uma Rachel muito diversa da que ele conhecia, uma Rachel igual àquelas duas peruazinhas, uma Rachel a vinte francos. Em suma, Rachel se desdobrara um instante para Robert, ele avistara a alguma distância da sua Rachel a Rachel perua, a Rachel real, na hipótese de que a Rachel perua fosse mais real que a outra. Robert teve talvez a ideia de que aquele inferno em que vivia, com a perspectiva e a necessidade de um casamento rico, de

---

64 "Skating" designava tanto os patins de rodas como a pista em que se praticava tal esporte, em moda na França desde 1875. (N. E.)

uma venda de seu nome, para que pudesse continuar dando cem mil francos anuais a Rachel, ele talvez pudesse fugir-lhe facilmente, e ter os favores da sua amante como aqueles caixeiros os das suas meretrizes, por pouca coisa. Mas como fazer? Ela não desmerecera em coisa alguma. Menos cumulada, seria menos gentil, não mais lhe diria, não mais lhe escreveria dessas coisas que o emocionavam e que ele citava com um pouco de ostentação a seus camaradas, tendo o cuidado de fazer notar quanto era gentil da parte dela, mas omitindo que a sustentava faustosamente, e até que lhe dava o que quer que fosse, que aquelas dedicatórias numa fotografia ou aquela forma para terminar um despacho eram a transmutação, sob a forma mais reduzida e preciosa, de cem mil francos. Se se abstinha de dizer que essas raras atenções de Rachel eram pagas por ele seria falso — e contudo, como raciocínio simplista, absurdamente se lança mão disso para com todos os amantes que pagam, para tantos maridos —, seria falso dizer que era por amor-próprio, por vaidade que o fazia. Saint-Loup era bastante inteligente para reconhecer que todos os prazeres da vaidade, ele os teria fácil e gratuitamente encontrado no seu mundo, graças a seu grande nome, a seu belo rosto, e que sua ligação com Rachel, pelo contrário, era o que o tinha posto um pouco fora desse mundo e fazia com que ali fosse menos cotado. Não, esse amor-próprio de querer mostrar que se têm gratuitamente os sinais visíveis de predileção daquela a quem se ama é simplesmente um derivado do amor, a necessidade de aparecer ante si mesmo e ante os outros como amado por quem se ama tanto. Rachel aproximou-se de nós, deixando as duas mulheres subirem para o seu compartimento: mas não menos que a falsa lontra destas e o ar afetado dos caixeiros, os nomes de Lucienne e de Germaine sustentaram por um instante a nova Rachel. Por um momento ele imaginou uma vida da praça Pigalle, com amigos desconhecidos, aventuras sórdidas, tardes de ingênuas diversões, passeios ou farras, nessa Paris onde o ensolarado das ruas, desde o bulevar de Clichy, não lhe pareceu o mesmo que a claridade solar em que passeava com a sua amante, pois o amor e o sofrimento, que forma um todo com este, têm, como a embriaguez, o poder de diferenciar as coisas para nós. O que ele suspeitou foi quase como uma Paris desconhecida no seio da própria Paris, suas relações lhe apareceram como a exploração de uma vida alheia, pois se Rachel, com ele, era um pouco parecida a seu amante, no entanto era mesmo uma parte da sua vida real que Rachel vivia com ele, até mesmo a parte mais preciosa, por causa das somas loucas que ele lhe dava, a parte que a fazia de tal modo invejada das amigas e que lhe permitiria um dia retirar-se para o interior ou lançar-se nos grandes teatros, depois de ter feito suas economias. Robert desejaria perguntar à amiga quem eram Lucienne e Germaine, as coisas que estas lhe teriam dito se ela houvesse entrado em seu compartimento, em que teriam passado juntas, ela e suas camaradas, um dia que talvez tivesse terminado, como divertimento supremo, após os prazeres do *skating*, na taverna da Olímpia, se ele, Robert, e eu não estivéssemos presentes.[65] Por um instante os arredores da Olímpia, que até então lhe pareciam aborrecidos, excitaram a sua curiosidade, o seu sofrimento, e o sol daquele dia primaveril que banhava a rua Caumartin, onde, talvez, se não tivesse conhecido Robert, Rachel teria ido há pouco e ganho um luís, lhe deram uma vaga nostalgia. Mas para que fazer perguntas a Rachel quando sabia de antemão que a resposta seria ou um simples silêncio ou uma mentira, ou algo de muito penoso para ele, sem no entanto descrever-lhe coisa alguma. Os empregados estavam fechando as portinholas, subimos depressa para um vagão de primeira, as pérolas admiráveis de Rachel convenceram a Robert de que ela era uma mulher de grande valor, ele acariciou-a, fê-la entrar em seu próprio coração, onde a contemplou, interiorizada, como sempre fizera até então — salvo durante aquele breve instante em que a vira numa praça Pigalle de pintor impressionista —, e o trem partiu.

Era de resto verdade que ela era uma "literária". Não deixou de me falar de livros, arte nova, tolstoísmo, senão para censurar a Saint-Loup de que bebia demasiado.

---

65 A "taverna da Olímpia", como a própria sala de espetáculos, aberta em 1893, situava-se no número 28 do Boulevard des Capucines, em Paris. (N. E.)

— Ah!, se pudesses viver um ano comigo, haviam de ver, eu te faria beber água e ficarias muito melhor.

— Está combinado, vamos.

— Mas bem sabes que tenho de trabalhar muito — pois ela levava a sério a arte dramática. — Aliás, que diria a tua família?

E pôs-se a fazer sobre a família de Robert censuras que me pareceram de resto muito justas e às quais Saint-Loup aderiu inteiramente, embora desobedecendo a Rachel no artigo do champanhe. Eu, que temia o excesso de vinho para Saint-Loup e sentia a boa influência de sua amante, estava pronto a aconselhá-lo que mandasse a família passear. As lágrimas subiram aos olhos da rapariga porque cometi a imprudência de falar em Dreyfus.

— Pobre mártir! — disse ela, contendo um soluço. — Vão fazê-lo morrer.

— Tranquiliza-te, Zézette, ele voltará, hão de absolvê-lo, o erro será reconhecido.

— Mas, antes disso, ele estará morto! Enfim, pelo menos os seus filhos usarão um nome sem mácula. Mas pensar no que ele deve estar sofrendo é o que me mata! E acredita que a mãe de Robert, uma mulher religiosa, diz que ele deve ficar na ilha do Diabo, mesmo se for inocente? Não é um horror?

— Sim, é a inteira verdade, ela diz tal coisa — afirmou Robert. — É minha mãe, nada tenho que objetar, mas o certo é que ela não tem a sensibilidade de Zézette.

Na verdade, aqueles almoços "tão gentis" decorriam sempre muito mal. Pois logo que Saint-Loup se encontrava num lugar público, imaginava que ela estava olhando para todos os homens presentes, tornava-se sombrio, ela se apercebia de seu mau humor, que se divertia talvez em atiçar, mas que mais provavelmente, por tolo amor-próprio, não queria, ofendida com o seu tom, parecer que procurava desarmar; fingia não tirar os olhos de um ou outro homem, e, aliás, não era sempre por puro brinquedo. Com efeito, bastava que o ocasional vizinho no teatro ou no café, ou simplesmente o cocheiro do fiacre, tivesse qualquer coisa de agradável, para que logo Robert, advertido pelo ciúme, o tivesse notado antes de sua amante; via imediatamente nele uma dessas criaturas imundas de que me falara em Balbec, que pervertem e desonram as mulheres para divertir-se, rogava à amante que desviasse dele os seus olhares e, exatamente com isso, lho designava. Ora, algumas vezes ela achava que Robert tivera tão bom gosto nas suas suspeitas que acabava até por deixar de espicaçá-lo, para que ele se tranquilizasse e consentisse em ir dar uma volta e lhe desse tempo para entrar em conversação com o desconhecido, muitas vezes para marcar um encontro, e algumas vezes até para darem uma escapada. Logo vi, desde a nossa entrada no restaurante, que Robert tinha um ar preocupado. É que Robert havia observado imediatamente, coisa que nos havia escapado em Balbec, que, em meio de seus colegas vulgares, Aimé, com modesto brilho, irradiava, bem involuntariamente, o romanesco que emana, durante certo número de anos, de uma fina cabeleira e de um nariz grego, graças ao qual se distinguia em meio da multidão dos outros empregados. Estes, quase todos de bastante idade, apresentavam tipos extraordinariamente feios e acentuados de curas hipócritas, de confessores carolas, mais frequentemente de antigos atores cômicos cuja fronte de pão de açúcar só se encontra nas coleções de retratos expostos no saguão humildemente histórico de pequenos teatros dessuetos, em que são representados no papel de lacaios ou de sumos pontífices e cujo tipo solene aquele restaurante parecia conservar, graças a um recrutamento selecionado e talvez a uma forma de nomeação hereditária, numa espécie de colégio augural. Infelizmente, como Aimé nos tivesse reconhecido, foi ele quem veio nos atender, enquanto fluía para outras mesas o cortejo dos grandes sacerdotes de opereta. Aimé informou-se da saúde de minha avó, pedi-lhe notícias da sua mulher e de seus filhos. Deu-mas com emoção, pois era um homem de família. Tinha um ar inteligente, enérgico, mas respeitoso. A amante de Robert pôs-se a olhá-lo com uma estranha atenção. Mas os olhos cavos de Aimé, a que uma leve miopia dava uma espécie de profundeza dissimulada, não traíra nenhuma impressão no meio de sua face imóvel. No hotel de província onde servira muitos anos antes de ir para

Balbec, o belo desenho, um pouco amarelado e fatigado agora, que era o seu rosto e que durante tantos anos, como certa gravura que representava o príncipe Eugênio,[66] tinha visto sempre no mesmo lugar, ao fundo da sala de jantar, quase sempre vazia, não devia ter atraído olhares muito curiosos. Permanecera pois por muito tempo ignorante do valor artístico de seu rosto, sem dúvida por falta de conhecedores, e aliás pouco disposto a fazê-lo notar, pois era de temperamento frio. Quando muito alguma parisiense de passagem, tendo parado uma vez na cidade, erguera os olhos para ele, pedira-lhe talvez que fosse servi-la no quarto antes de retomar o trem, e no vazio translúcido, monótono e profundo daquela vida de bom marido e de criado de província, enterrara o segredo de um capricho sem consequências que ninguém jamais viria ali descobrir. No entanto, Aimé deve ter notado a insistência com que os olhos da jovem artista permaneciam presos nele. Em todo caso, isso não escapou a Robert, sob cujo rosto eu via acentuar-se um rubor, não vivo como o que o coloria quando tinha alguma brusca emoção, mas fraco, disseminado.

— É muito interessante esse mordomo, Zézette? — perguntou ele à amante, depois de ter despachado Aimé assaz bruscamente. — É de pensar que queres fazer um estudo dele.

— Já começou! Eu tinha certeza.

— Mas quem foi que começou, meu anjinho? Se me enganei, não está aqui quem falou. Mas afinal tenho o direito de pôr-te em guarda contra esse lacaio que eu conheço de Balbec, se não fosse isso, pouco me importava, e que é um dos maiores velhacos que já pisou a terra.

Ela pareceu que queria obedecer a Robert, e entabulou comigo uma conversação literária em que ele tomou parte. Não me aborrecia em conversar com ela, pois Rachel conhecia muito bem as obras que eu admirava e estava mais ou menos de acordo comigo nos seus

---

66 Alusão provável a Eugênio de Beauharnais (1781-1824); que acompanhou Napoleão nas campanhas do Egito e da Itália. Proust já mencionara sua beleza no prefácio que escrevera para sua tradução de *Sésame et les Lys*, de Ruskin. (N. E.)

juízos; mas como tinha ouvido a sra. de Villeparisis dizer que ela não tinha talento, não ligava grande importância àquela cultura. Gracejava agudamente a respeito de mil coisas e seria na verdade agradável se não afetasse de modo irritante o jargão dos cenáculos e dos ateliês. Aliás, o estendia a tudo e tendo, por exemplo, adquirido o hábito de dizer de um quadro, se era impressionista, ou de uma ópera, se era wagneriana: "Ah!, é direito", num dia em que uma jovem lhe beijara a orelha e, lisonjeada de que ela simulasse um arrepio, se fazia de modesto, disse: "Sim, como sensação, acho que é direito". Mas o que mais me espantava era que as expressões peculiares a Robert (e que talvez lhe tivessem vindo de literatos conhecidos dela) Rachel as empregava diante dele, e Robert diante dela, como se fosse uma linguagem necessária e sem se darem conta do inócuo de uma originalidade que pertencia a todos.

Ao comer, ela se embaraçava tanto com as mãos que fazia supor que, quando representava no palco, devia mostrar-se bastante desajeitada. Destreza, só tornava a encontrá-la no amor, graças a essa tocante presciência das mulheres que amam tanto o corpo do homem que adivinham no primeiro instante o que dará mais prazer a esse corpo, no entanto tão diferente do seu.

Deixei de tomar parte na conversação quando se falou de teatro, pois nesse ponto Rachel era demasiado malévola. Fez, é verdade, num tom de comiseração — contra Saint-Loup, o que provava que o atacava muita vez diante dele próprio — a defesa da Berma, dizendo: "Oh!, não, é uma mulher notável. Evidentemente, o que ela faz já não nos comove, já não corresponde absolutamente ao que procuramos. Mas é preciso colocá-la no momento em que apareceu; muito lhe devemos. Fez coisas *direito*, bem sabes. E depois, é uma excelente mulher, tem um coração tão grande, naturalmente não estima as coisas que nos interessam, mas teve, com uma face bastante expressiva, uma linda qualidade de inteligência. (Os dedos não acompanham da mesma forma todos os julgamentos estéticos. Se se trata de pintura, para mostrar que é uma bela coisa, de pinceladas largas, contenta-se em ressaltar o polegar. Mas a 'linda qualidade de inteligência' é mais exigente. Requer dois dedos, ou antes, duas unhas, como se tratasse de fazer saltar um grão de poeira.)". Mas — salvo esta exceção — a amante de Saint-Loup falava dos artistas mais conhecidos num tom de ironia e de superioridade que me irritava porque supunha — estando enganado em tal ponto — que Rachel é que lhes era inferior. Ela notou muito bem que eu devia considerá-la uma artista medíocre e que tinha, pelo contrário, muita consideração por aqueles a quem ela desprezava. Mas não se melindrou, porque há no grande talento ainda não reconhecido, como era o seu, certa humildade, e proporcionamos as considerações que exigimos, não a nossos dons ocultos, mas à nossa situação adquirida. (Eu devia ver uma hora mais tarde, no teatro, a amante de Saint-Loup mostrar muita deferência para com os mesmos artistas sobre os quais lançara juízo tão severo.) Assim, por menos dúvida que tivesse deixado o meu silêncio, ela insistiu para que jantássemos juntos à noite, assegurando que nunca a conversação de ninguém lhe agradara tanto como a minha. Se ainda não estávamos no teatro, aonde devíamos ir após o almoço, parecíamos estar num *foyer* decorado com antigos retratos da companhia, de tal modo os mordomos tinham dessas caras que parecem perdidas com toda uma geração de artistas *hors ligne*, do Palais-Royal; tinham aspecto de acadêmicos, igualmente; parado diante do balcão, um deles examinava peras com a fisionomia e a curiosidade desinteressada que poderia ter o sr. de Jussieu;[67] outros, a seu lado, lançavam para a sala olhares cheios de curiosidade e de frieza que membros do Instituto, já chegados, lançam para o público, enquanto trocam algumas palavras que não se ouvem. Eram caras famosas entre os fregueses. No entanto, apontava-se um novo, de nariz sulcado e lábio hipócrita que tinha um ar de igreja e entrava em funções pela primeira vez e cada qual olhava com interesse o novo eleito. Mas em breve, talvez para fazer Robert sair, a fim de se encontrar a sós com Aimé, Rachel começou a lançar olhares a um jovem bolsista que almoçava com um amigo numa mesa próxima.

67 Alusão à família Jussieu, de renomados botânicos. (N. E.)

— Zézette, peço-te que não olhes para aquele rapaz dessa maneira — disse Saint-Loup, em cujo rosto os vacilantes rubores de ainda há pouco se haviam concentrado numa espécie de sombra sangrenta que dilatava e escurecia os traços distendidos de meu amigo. — Se nos queres dar um espetáculo, prefiro ir jantar para o meu lado e esperar-te no teatro.

Nesse momento vieram dizer a Aimé que um senhor lhe mandava pedir que fosse falar-lhe à portinhola de seu carro. Saint-Loup, sempre inquieto e temendo que se tratasse de um recado amoroso para ser transmitido à sua amante, olhou pela vidraça e viu ao fundo de seu cupê, com as mãos metidas em luvas brancas rajadas de preto e uma flor na botoeira, o sr. de Charlus.

— Bem vês — disse-me em voz baixa —, minha família manda acuar-me até aqui. Faze o favor, eu não posso, mas já que conheces bem o mordomo, que certamente vai vender-nos, pede-lhe que não vá ao carro. Pelo menos que seja um garçom que não me conheça. Se disserem a meu tio que não me conhecem, eu sei como é ele, não virá olhar no café; tem horror a esses lugares. Em todo caso, não é de enojar que um velho femeeiro como ele, que ainda não se retirou, esteja perpetuamente a dar-me lições e venha espionar-me?!

Aimé, depois de receber minhas instruções, enviou um de seus ajudantes, que devia dizer que ele não podia ausentar-se do salão naquele momento e que, se mandassem chamar o marquês de Saint-Loup, dissesse que não o conheciam. O carro logo partiu. Mas a amante de Saint-Loup, que não ouvira os nossos cochichos e julgara que se tratava do jovem a quem Robert lhe censurava namorar, prorrompeu em injúrias.

— Como! Agora é esse rapaz? Fazes bem em prevenir-me. Oh!, é uma delícia almoçar em tais condições! Não se preocupe com o que ele diz — acrescentou, voltando-se para mim. — É um pouco doido, e principalmente diz isso porque julga que é elegante, é de grão-senhor isso de ciúme.

E pôs-se a dar sinais de nervosismo, batendo com os pés e as mãos.

— Mas, Zézette, é para mim que é desagradável. Tu nos tornas ridículos aos olhos desse senhor, que vai ficar convencido de que tu lhe dás entrada, e que me parece que é o que há de pior.

— A mim, pelo contrário, ele me agrada muito; antes de tudo, possui uns olhos encantadores e que têm um modo de olhar as mulheres... Vê-se que deve gostar delas.

— Cala-te ao menos até que me vá embora, se é que estás louca! — exclamou Robert. — Garçom, as minhas coisas.

Eu não sabia se devia acompanhá-lo.

— Não, tenho necessidade de estar só — disse-me ele no mesmo tom com que acabava de falar à amante, e como se estivesse incomodado comigo. Sua cólera era como uma mesma frase musical sobre a qual, numa ópera, se cantam várias réplicas, completamente diferentes entre si, de sentido e caráter, no libreto, mas que ela une por um mesmo sentimento.

Depois que Robert partiu, sua amante chamou Aimé e pediu-lhe vários informes. Queria depois saber como eu o achava.

— Tem um olhar engraçado, não é? Como o senhor compreende, o que me divertiria era saber o que pode ele pensar, ser seguidamente servida por ele, levá-lo em viagem. Mas nada mais do que isso. Se se fosse obrigado a amar todas as pessoas que nos agradam, seria uma coisa horrível, no fundo. Robert não tem razão de começar com fantasias. Tudo são coisas que me passam pela cabeça, Robert deveria ficar sossegado. (Ela continuava a olhar para Aimé.) Veja que olhos negros ele tem; gostaria de saber o que há por trás deles.

Não tardaram em vir dizer-lhe que Robert mandava chamá-la para que fosse a um gabinete reservado, onde, entrando por outra porta, ele tinha ido terminar o almoço, sem ser preciso passar outra vez pelo salão do restaurante. Sucedeu assim que fiquei sozinho; depois Robert mandou chamar-me. Encontrei sua amante estendida num sofá, a rir sob os beijos e as carícias que ele lhe prodigava. Bebiam champanhe. "Meus cumprimentos", disse-lhe ela, pois havia aprendido recentemente esta fórmula, que lhe parecia a última palavra da ternura e do espírito. Eu almoçara mal, não me sentia à vontade, e, sem que as frases de Legrandin contribuíssem em nada para isso, lamentava pensar que começava num reservado de restaurante e iria terminar entre uns bastidores de teatro aquela primeira tarde de primavera. Depois de consultar o relógio, para ver se não se atrasaria, ela ofereceu-me champanhe, estendeu-me um de seus cigarros orientais e desprendeu para mim uma rosa de seu corpete. Disse então comigo: não tenho muito que lamentar o meu dia; essas horas passadas perto dessa jovem não estão perdidas para mim, pois que por ela eu tive, coisa graciosa e que nunca se paga muito caro, uma rosa, um cigarro perfumado, uma taça de champanhe. Dizia-o porque me parecia desse modo dotar de um caráter estético, e assim justificar, salvar aquelas horas de aborrecimento. Decerto deveria ter pensado que a própria necessidade que eu experimentava de uma razão que me consolasse de meu tédio era o suficiente para provar que não sentia nada de estético. Quanto a Robert e sua amante, não pareciam guardar a mínima recordação da disputa que haviam tido momentos antes, nem de que eu tivesse assistido a ela. Não lhe fizeram nenhuma alusão, não lhe procuraram nenhuma desculpa, nem tampouco para o contraste que formavam com ela as suas maneiras de agora. À força de beber champanhe com eles, comecei a experimentar um pouco da embriaguez que sentia em Rivebelle, por certo que não inteiramente a mesma. Não somente cada gênero de embriaguez, desde a que dá o sol ou a viagem, até à que dá a fadiga ou o vinho, mas também cada grau de embriaguez e que deveria trazer uma "cota" diferente como as que indicam os fundos no mar põem a nu em nós, exatamente na profundidade em que se encontra, um homem especial. O gabinete em que se encontrava Saint-Loup era pequeno, mas o espelho único que o decorava era de tal feitio que parecia refletir mais uns trinta gabinetes, ao longo de uma perspectiva infinita; e a lâmpada elétrica, colocada no alto da moldura, devia, à noite, quando acesa, dar ao bebedor, embora solitário, a ideia de que o espaço em seu redor se multiplicava ao mesmo tempo que as suas sensações exaltadas pela embriaguez e de que, encerrado sozinho naquele pequeno reduto, reinava no entanto sobre alguma coisa de muito mais extenso em sua curva indefinida e luminosa, do que uma alameda do "Jardim de Paris".[68] Ora, sendo então, naquele momento, esse bebedor, eis que de súbito, procurando-o no espelho, eu o avistei, horrendo, desconhecido, a olhar-me. A alegria da embriaguez era mais forte do que o enojo; por alegria ou bravata, sorri-lhe, e ao mesmo tempo ele me sorria. Sentia-me de tal modo sob o império efêmero e poderoso do minuto em que as sensações são tão fortes que não sei se a minha única tristeza não seria pensar que o eu horrível que acabava de ver estava talvez no seu último dia e que não encontraria mais aquele estranho no decurso de minha vida.

Robert estava apenas aborrecido de que eu não quisesse brilhar um pouco mais perante Rachel.

— Vamos a ver, esse senhor que encontraste esta manhã, e que mistura esnobismo com astronomia, conta como é, que não me lembro bem — e olhava-a com o rabo do olho.

— Mas, meu filho, não há nada mais a contar, senão o que tu acabas de dizer.

— És insuportável. Conta então as coisas de Françoise nos Campos Elísios. Isso há de agradar-lhe muito.

— Oh!, sim, Bobbey me falou tanto de Françoise... — E tomando Saint-Loup pelo queixo, tornou a dizer, por falta de inventiva, atraindo aquele queixo para a luz: "Meus cumprimentos!".

Desde que os atores já não eram exclusivamente, a meu ver, os depositários, na sua dicção e desempenho, de uma verdade artística, interessavam-me por si mesmos; eu divertia-me, julgando ter diante de mim as personagens de um velho romance cômico, em ver a ingênua escutar distraidamente na cara nova de um jovem fidalgo que acabava de entrar na plateia a declaração que lhe fazia o jovem galã na peça, ao passo que este no fogo cerrado de sua tirada amorosa, não deixava de dirigir um olhar inflamado para uma velha dama sentada num camarote próximo e

---

68 De 1881 a 1896, o "Jardim de Paris" situava-se entre o Palácio da Indústria e o rio Sena, sendo local de concertos de música ao ar livre. (N. E.)

cujas magníficas pérolas o haviam impressionado; e assim, graças principalmente às informações que Saint-Loup me dava sobre a vida privada dos artistas, eu via uma outra peça muda e expressiva desenrolar-se atrás da peça falada, que aliás me interessava, embora medíocre, pois nela sentia germinar e florescer por uma hora à luz da ribalta, feitas com a aglutinação, no rosto de um ator, de uma outra cara de batom e de papelão, as palavras de um papel sobre a sua alma pessoal.

Essas individualidades efêmeras e vivazes que são as personagens de uma peça igualmente sedutora, a quem se ama, se admira, se lamenta, a quem se desejaria encontrar de novo, uma vez que se saiu do teatro, mas que já se desagregaram num comediante que não tem mais a condição que tinha na peça, num texto que já não mostra a fisionomia do comediante, num pó colorido que o lenço espana, que, numa palavra, viraram elementos que não têm mais nada delas, por causa da sua dissolução, consumidas logo após o fim do espetáculo, fazem, como a dissolução de um ente querido, duvidar da realidade do eu e meditar sobre o mistério da morte.

Agora um número do programa que me foi extremamente penoso. Uma jovem, que Rachel e várias de suas amigas detestavam, devia fazer a sua estreia com canções antigas e na qual fundara todas as suas esperanças de futuro e as dos seus. Tinha essa jovem umas ancas demasiado proeminentes, quase ridículas, e uma voz bonita, mas muito débil, ainda enfraquecida pela emoção e que contrastava com aquela possante musculatura. Rachel tinha postado na sala certo número de amigos e amigas, cujo papel era desconcertar com seus sarcasmos a estreante, que sabiam tímida, fazendo com que ela perdesse a cabeça de modo a dar um fiasco completo, após o que o diretor não firmaria contrato. Logo às primeiras notas da infeliz, alguns espectadores, recrutados para isso, começaram a apontar para as suas costas, rindo; algumas mulheres que estavam na combinação riram alto, cada nota aflautada aumentava a hilaridade voluntária que redundava em escândalo. A infeliz, que suava de dor sob a sua maquiagem, tentou lutar um instante, depois lançou em torno de si, sobre a assistência, olhares desolados, indignados, que não fizeram mais que redobrar a assuada. O instinto de imitação, o desejo de mostrar-se espirituosas e atrevidas, fizeram entrar no jogo bonitas atrizes que não tinham sido prevenidas, mas que lançavam às outras olhadelas malévolas, torciam-se em violentas explosões de riso, tanto que, no fim da segunda canção, e embora o programa comportasse mais cinco, o encenador mandou baixar a cortina. Esforcei-me por não pensar nesse acidente, como no sofrimento de minha avó quando meu tio--avô, para arreliá-la, fazia meu avô tomar conhaque, pois a ideia da maldade tem para mim algo de demasiado doloroso. E no entanto, da mesma forma que a compaixão pela desgraça não é talvez muito exata, pois com a imaginação recriamos toda uma dor, a cujo respeito o infeliz, obrigado a lutar contra ela, não pensa em enternecer-se, da mesma forma a maldade não tem provavelmente na alma do mau essa pura e voluptuosa crueldade que nos faz tanto mal imaginar. O ódio o inspira, a cólera lhe dá um ardor, uma atividade, que nada têm de muito alegre; seria preciso sadismo para extrair-lhe prazer, e o mau julga que é um mau aquele a quem ele tortura. Rachel imaginava certamente que a atriz que ela fazia sofrer estava longe de ser interessante e, em todo caso, que, fazendo vaiá-la, ela própria vingava o bom gosto, zombando do grotesco e dando uma lição a uma péssima colega. Todavia, preferi não falar nesse incidente, já que não tivera nem coragem nem poder para evitá-lo; ser-me-ia muito penoso, falando bem da vítima, fazer assemelharem-se às satisfações da crueldade os sentimentos que animavam os carrascos daquela estreante.

Mas o início daquele espetáculo interessou-me também de outra maneira. Fez-me compreender em parte a ilusão de que Saint--Loup era vítima a respeito de Rachel e que pusera um abismo entre as imagens que Robert e eu tínhamos de sua amante quando a víamos naquela mesma manhã, sob as pereiras em flor. Rachel, na pequena peça, desempenhava um papel quase que de simples figurante. Mas, vista assim, era uma outra mulher. Tinha uma dessas faces que o afastamento — e não simplesmente o que medeia entre a plateia e o palco, já que, a esse respeito, o mundo não é senão um teatro maior — desenha e que, vistas de perto, retombam em pó. Perto dela, não se via mais que uma nebulosa, uma via láctea de sardas, sinaizinhos, nada mais. A uma distância conveniente, tudo aquilo deixava de ser visível e, das faces apagadas, reabsorvidas, se erguia como um crescente um nariz tão fino, tão puro, que a gente desejaria tornar-se alvo da atenção de Rachel, tornar a vê-la sempre que quisesse, tê-la junto de si, se nunca a tivesse visto de outro modo e de perto! Não era o meu caso, mas era o de Saint-Loup quando a vira representar pela primeira vez. Então, indagara consigo como aproximar-se dela, como conhecê-la, abrira-se dentro dele todo um domínio maravilhoso — aquele em que ela vivia — de onde emanavam radiações deliciosas, mas onde ele não poderia penetrar. Saiu do teatro dizendo consigo que seria uma loucura escrever-lhe, que ela não lhe responderia, inteiramente pronto a dar a sua fortuna e o seu nome pela criatura que vivia nele em um mundo de tal modo superior a essas realidades demasiado conhecidas, um mundo embelezado pelo desejo e o sonho, quando do teatro, velha construção que tinha ela própria o aspecto de um cenário, viu, à saída dos artistas, o bando alegre e galantemente enchapelado das artistas que tinham representado. Jovens que as conheciam estavam ali a esperá-las. Como o número dos peões humanos é menos numeroso que o das combinações que podem formar, numa sala em que estão faltando todas as pessoas que a gente podia conhecer, encontra-se uma que jamais se julgava ter ocasião de ver novamente e que vem tão a propósito que o acaso parece providencial, ao qual, no entanto, qualquer outro acaso viria substituir se tivéssemos ido, não àquele lugar, mas a um diferente, onde teriam nascido outros desejos e onde se teria encontrado algum outro velho conhecido para secundá-los. As portas de ouro do mundo dos sonhos se haviam tornado a fechar sobre Rachel antes que Saint-Loup a visse sair do teatro, de modo que as sardas e os sinais pouca importância tiveram. Desagradaram-lhe no entanto, pois, deixando de estar só, já não tinha o mesmo poder de sonhar que no teatro. Mas esse poder, embora já não o pudesse notar, continuava a reger-lhe os atos, como esses astros que nos governam por sua atração, mesmo durante as horas em que não são visíveis a nossos olhos. Assim, o desejo da comediante de finos traços que nem sequer estavam presentes na lembrança de Robert determinou que este, atacando o antigo camarada que por acaso ali estava, se fizesse apresentar à pessoa sem traços e com sardas, pois era a mesma, dizendo consigo que mais tarde procuraria saber qual das duas era na realidade aquela mesma pessoa. Estava apressada; naquele momento nem mesmo dirigiu a palavra a Saint-Loup, e só vários dias depois pudera, afinal, conseguindo que deixasse as suas companheiras, voltar com ela. A necessidade de sonho, o desejo de ser feliz graças àquela com quem se sonhou fazem com que não seja necessário muito tempo para que a gente confie todas as suas possibilidades de ventura àquela que alguns dias antes não era mais que uma aparição fortuita, desconhecida, indiferente, nos tablados do palco.

Quando, descido o pano, passamos para o cenário, intimidado de passear pelo palco, quis falar com vivacidade a Saint-Loup; desse modo a minha atitude, como eu não soubesse qual devia tomar naqueles lugares novos para mim, seria inteiramente ocupada com nossa conversação, e pensariam que eu estava tão absorto nesta, tão distraído que achariam natural não tivesse eu as expressões de fisionomia que deveria ter num lugar onde, atento ao que eu mesmo dizia, mal sabia que me encontrava; e apanhando, para ir mais depressa, o primeiro tema de conversação:

— Sabes que fui dizer-te adeus no dia de tua partida? Nunca tivemos ocasião de falar nisso. Cumprimentei-te na rua.

— Não me fales nisso, fiquei consternado; encontramo-nos bem perto do quartel, mas não pude parar porque já ia com atraso. Asseguro-te de que estava desolado.

Com que então ele me havia reconhecido! Revia ainda a saudação inteiramente impessoal que me dirigira, levando a mão ao quepe sem um olhar denunciador de que me conhecia, sem um gesto que manifestasse que lamentava não poder deter-se. Evidentemente, a ficção que adotara, naquele momento, de não me conhecer, devia ter-lhe simplificado muitas coisas. Mas estava estupefato de que ele tivesse sabido adotá-la tão rapidamente e antes que um reflexo houvesse revelado a sua primeira impressão. Já havia notado em Balbec que, a par daquela sinceridade ingênua de seu rosto, cuja pele deixava ver por transparência o súbito afluxo de certas emoções, seu corpo fora admiravelmente treinado pela educação para certo número de dissimulações de conveniência e, como um perfeito comediante, ele podia, na sua vida de regimento, na sua vida mundana, desempenhar um após outro diferentes papéis. Num de seus papéis estimava-me profundamente, procedia comigo quase como se fosse meu irmão; meu irmão ele o fora, tornara a sê-lo, mas durante um instante havia sido outra personagem que não me conhecia e que, erguendo as rédeas, encastoado o monóculo, sem um olhar nem um sorriso, levara a mão à viseira do quepe, para fazer-me corretamente a saudação militar!

Os cenários ainda armados entre os quais eu passava, vistos assim de perto e despojados de tudo que lhes acrescentava o afastamento e a iluminação que o grande pintor que os executara havia calculado, eram miseráveis, e Rachel, quando me aproximei dela, não sofreu menor poder de destruição. As asas de seu nariz encantador tinham ficado na perspectiva, entre a plateia e o palco, tal como o relevo dos cenários. Não era mais ela, só a reconhecia pelos seus olhos, onde se havia refugiado a sua identidade. A forma, o fulgor daquele astro, ainda há pouco tão brilhante, haviam desaparecido. Em compensação, como se nos aproximássemos da lua e ela deixasse de nos parecer de rosa e ouro, sobre aquele rosto tão liso momentos antes, eu não distinguia senão protuberâncias, manchas, barrancos. Apesar da incoerência em que se resolviam de perto, não só as fisionomias femininas mas também as lonas pintadas, sentia-me venturoso por estar ali, por andar entre os cenários, todo aquele quadro que outrora o meu amor à natureza me faria achar aborrecido e artificial, mas cuja descrição por Goethe no *Wilhelm Meister* lhe dera para mim certa beleza;[69] e eu estava já encantado por avistar, no meio de jornalistas ou mundanos amigos

---

69 Alusão à "Formação teatral", primeira parte do livro *Anos de aprendizagem de Wilhelm Meister*. (N. E.)

das atrizes, um jovem de touca de veludo preto, de saia hortênsia, as faces riscadas de vermelho como um pajem de álbum de Watteau,[70] o qual, com a boca sorridente, os olhos no alto, esboçando graciosos gestos com as palmas das mãos, saltando levemente, de tal modo parecia de espécie diversa das pessoas razoáveis de paletó e sobrecasaca no meio das quais ele perseguia como um louco o seu sonho extasiado, que era alguma coisa de tão repousante e fresco como ver uma borboleta perdida na multidão, seguir com os olhos, entre os frisos, os arabescos naturais que ali traçava a sua alada, caprichosa e arrebicada pantomima. Mas no mesmo instante Saint-Loup imaginou que a amante prestava atenção àquele dançarino que estava a ensaiar pela última vez uma figura da fantasia em que ia parecer, e seu rosto anuviou-se.

— Poderias olhar para outro lado — disse-lhe com ar sombrio. — Bem sabes que esses bailarinos não valem a corda que fariam bem em subir para quebrar o pescoço; são gente para ir depois gabar-se que lhes deste confiança. Ademais, bem estás ouvindo que te dizem para ires preparar-te no camarim. Vais chegar outra vez atrasada.

Três senhores — três jornalistas —, vendo o ar furioso de Saint-Loup, aproximaram-se, divertidos, para ouvir o que se estava dizendo. E como armavam um cenário do outro lado, ficamos apertados contra eles.

— Oh!, mas eu o estou reconhecendo, é um amigo meu! — exclamou a amante de Saint-Loup, olhando para o bailarino. — Que lindo! Olhem só aquelas mãozinhas que dançam como todo o resto do corpo!

O bailarino voltou a cabeça para ela e, surgindo a sua pessoa humana sob o silfo que ele se empenhava em ser, a gelatina dura e cinzenta de seus olhos estremeceu e brilhou entre as pestanas tesas e pintadas e um sorriso prolongou-lhe a boca de um lado e outro na sua face pintada de pastel vermelho; depois, para diver

---

70 Antoine Watteau (1684-1721), pintor francês que retratou várias vezes rostos avermelhados. (N. E.)

tir a mulher, como uma cantora que cantarola por complacência a ária em que lhe dissemos que a admirávamos, pôs-se a fazer de novo o movimento de palmas, arremedando-se a si mesmo, com uma agudeza de pastichador e um bom humor de menino.

— Oh!, que gentil isso de imitar-se a si mesmo! — exclamou Rachel, batendo palmas.

— Suplico-te, minha filha — disse-lhe Saint-Loup numa voz desolada —, não te dês assim em espetáculo, que me matas; juro--te que, se dizes mais uma palavra, não te acompanho ao camarim e vou-me embora; vamos, não sejas má. E não fiques assim, no meio do fumo do charuto, vai fazer-te mal — disse-me Saint-Loup com a solicitude que demonstrava por mim desde Balbec.

— Oh!, que sorte se fores embora!

— Aviso-te que não voltarei mais.

— Nem me atrevo a esperá-lo.

— Olha aqui, prometi o colar se fosses boazinha, mas já que me tratas dessa maneira.

— Ah!, isso não me espanta da tua parte. Tu me tinhas feito uma promessa, era de esperar que não a cumprisses.

— Queres ostentar que tens dinheiro, mas eu não sou interesseira como tu. Pouco me importa o teu colar. Tenho alguém que mo dará.

— Nenhuma outra pessoa te poderá dar o colar, pois eu o reservei no Boucheron e tenho a sua palavra de que só o venderá a mim.

— É isso mesmo, quiseste apanhar-me, e já tomaste todas as precauções. Isso é bem Marsantes, Mater Semita, cheira mesmo à raça — respondeu Rachel, repetindo uma etimologia baseada num grosseiro contrassenso, pois "semita" significa "senda" e não "semita", mas que os nacionalistas aplicavam a Saint-Loup por causa das opiniões dreyfusistas que ele devia no entanto à atriz. Esta se achava menos indicada que ninguém para tratar de judia a sra. de Marsantes, a quem os etnógrafos da sociedade nada podiam achar de judaico a não ser o seu parentesco com os Lévy-Mirepoix.

— Mas fica certo de que o caso não está liquidado. Uma palavra dada em tais condições não tem o mínimo valor. Agiste comigo por traição. Boucheron o saberá e hão de dar-lhe o dobro pelo colar. Podes ficar sossegado, que em breve terás notícias minhas.

Robert tinha cem vezes razão. Mas as circunstâncias são sempre tão complexas que aquele que tem razão cem vezes pode não tê-la uma.[71] E não pude deixar de lembrar-me desta frase desagradável e todavia bastante inocente que ele dissera em Balbec: "Assim a tenho na mão".

— Compreendeste mal o que te disse a respeito do colar. Não o havia prometido formalmente. Já que fazes tudo o que é possível para que eu te deixe, é muito natural que eu não te dê o colar, não compreendo que traição vês nisso, nem que eu seja interesseiro. Não se pode dizer que ostento o meu dinheiro, digo-te sempre que sou um pobre-diabo sem vintém. Fazes mal em tomar as coisas assim, minha filha. Em que sou eu interessado? Bem sabes que o meu único interesse és tu.

— Sim, sim, podes continuar — disse ela ironicamente, esboçando o gesto de alguém que nos faz a barba. E, voltando-se para o bailarino:

— Ah!, ele é maravilhoso com as suas mãos. Eu, que sou mulher, seria incapaz de fazer isso que ele faz. — E dirigindo-se a ele, enquanto lhe mostrava as feições convulsionadas de Robert: — Olha, ele está sofrendo — disse ela, baixinho, no impulso momentâneo de uma crueldade sádica, que aliás não tinha relação alguma com os seus sentimentos afetivos para com Saint-Loup.

— Escuta, pela última vez, juro-te que, por mais que faças, poderás ter daqui a uma semana o maior remorso do mundo, eu não voltarei; a taça está cheia, presta atenção, é uma coisa irrevogável; um dia hás de lamentá-lo e será tarde demais.

Talvez fosse sincero, e o tormento de deixar a amante fosse para ele menos cruel do que ficar junto dela em certas condições.

— Mas, meu filho — acrescentou ele —, não fiques aí, que começarás a tossir.

---

71 O próprio Lord Derby reconhece que a Inglaterra nem sempre parece ter razão com relação à Irlanda. (N. E.)

Mostrei-lhe o cenário que me impedia de mudar de lugar. Ele tocou de leve no chapéu e disse ao jornalista:

— Cavalheiro, pode fazer o favor de jogar fora o charuto? A fumaça faz mal ao meu amigo.

Sua amante, sem esperar por ele, encaminhava-se para o camarim e, voltando-se:

— Será que essas mãozinhas fazem o mesmo com as mulheres? — lançou ao bailarino do fundo do teatro, com uma voz artificialmente melodiosa e inocente de ingênua: — Tu mesmo pareces uma mulher, creio que se poderia fazer um arranjo contigo e uma de minhas amigas.

— Que eu saiba, não é proibido fumar: quem está doente, é só ficar em casa — disse o jornalista.

O bailarino sorriu misteriosamente para a atriz.

— Oh!, para, que me deixas louca — gritou-lhe ela. — Verás que coisas faremos!

— Em todo caso, cavalheiro, o senhor não foi muito amável — disse Saint-Loup ao jornalista, sempre num tom cortês e brando, com o ar de constatação de quem acaba de julgar retrospectivamente um incidente liquidado.

Nesse momento, vi Saint-Loup erguer verticalmente o braço acima da cabeça, como se fizesse sinal a alguém que eu não avistava, ou como um diretor de orquestra, e, com efeito — sem mais transição como, a um simples gesto de arco, numa sinfonia ou num balé, ritmos violentos se sucedem a um gracioso andante —, após as palavras corteses que acabava de proferir, abateu a mão, numa sonora bofetada, sobre a face do jornalista.

Agora que, às conversações cadenciadas dos diplomatas, às artes ridentes da paz, havia sucedido o ímpeto furioso da guerra, um golpe chamando outro, não ficaria muito espantado ao ver os adversários banharem-se em sangue. Mas o que eu não podia compreender (como as pessoas que não acham certo que sobrevenha uma guerra entre dois países quando ainda apenas se cogitou de uma retificação de fronteiras, ou a morte de um enfermo quando apenas se tratava de uma inflamação do fígado) era como

Saint-Loup pudera fazer seguir-se àquelas palavras que apreciavam uma nuança de amabilidade um gesto que não saía absolutamente delas, que elas não anunciavam, o gesto daquele braço erguido, não só com desprezo do direito das gentes, mas do princípio de causalidade, numa geração espontânea de cólera, aquele gesto *ex nihilo*. Felizmente, o jornalista, que, cambaleando ante a violência do golpe, empalidecera e hesitara um instante, não reagiu. Quanto aos seus amigos, um virara em seguida a cabeça, olhando com atenção, para os lados dos bastidores, alguém que evidentemente ali não se encontrava; o segundo fingiu que um grão de poeira lhe entrara no olho e pôs-se a piscar, fazendo caretas de sofrimento; o terceiro, esse, arremessara-se exclamando:

— Meu Deus, parece que vai subir o pano! Vamos perder os lugares.

Eu desejaria falar a Saint-Loup, mas ele estava de tal modo cheio da sua indignação contra o bailarino que esta vinha aderir-lhe exatamente à superfície das pupilas; como uma armadura interna, ela distendia-lhe as faces, de modo que sua agitação interior se traduzia por uma completa inamobilidade exterior; ele não tinha sequer o relaxamento, o "jogo" necessário para acolher uma palavra minha e responder-lhe. Vendo que tudo estava terminado, os amigos do jornalista voltaram para junto dele, ainda trêmulos. Mas, envergonhados de o ter abandonado, empenhavam-se absolutamente em que ele acreditasse que não haviam notado coisa alguma. Assim, dissertava um sobre a poeira no olho, o outro sobre o falso alarma que tivera ao imaginar que erguiam o pano, o terceiro sobre a extraordinária semelhança de uma pessoa que passara com o seu irmão. E até lhe testemunhavam certo mau humor por não haver ele compartilhado de suas emoções.

— Como!, não notaste? Será que não enxergas?

— Quer dizer que vocês são todos uns capões — resmungou o jornalista esbofeteado.

Inconsequentes com a ficção que haviam adotado e em virtude da qual deveriam — mas nem pensaram nisso — fingir que não sabiam o que ele queria dizer, proferiram uma frase que é de tradição em tais circunstâncias: "Já te estás exaltando, calma! Parece que tomaste o freio nos dentes".

Pela manhã, ante as pereiras em flor, compreendera a ilusão em que assentava o amor que dedicava ele a "Rachel quando do Senhor", mas também não deixava de reconhecer o que, pelo contrário, tinham de real os sofrimentos que nasciam desse amor. Pouco a pouco, a dor que ele vinha sentindo desde uma hora, sem cessar, retraiu-se, recolheu-se dentro dele, e uma zona disponível e branda apareceu em seus olhos. Saímos os dois do teatro e andamos um pouco, primeiramente. Detivera-me um instante numa esquina da avenida Gabriel, de onde outrora muitas vezes via aparecer Gilberte. Tentei por alguns segundos recordar aquelas impressões remotas, e ia alcançar Saint-Loup a passo "ginástico" quando vi um senhor malvestido que parecia falar-lhe bastante próximo. Conclui que era um amigo pessoal de Robert; entrementes, pareciam aproximar-se mais um do outro; subitamente, como aparece no céu um fenômeno astral, vi corpos ovoides tomarem com vertiginosa rapidez todas as posições que lhes permitiam compor, diante de Saint-Loup, uma constelação instável. Lançados como por uma funda, pareceram-me no mínimo em número de sete. No entanto, não eram mais que os punhos de Saint-Loup, multiplicados por sua velocidade, a mudar de posição naquele conjunto aparentemente ideal e decorativo. Mas essa obra de artifício não era senão uma surra que administrava Saint-Loup, e cujo caráter agressivo, em vez de estético, me foi primeiro revelado pelo aspecto do senhor mediocremente vestido, o qual me pareceu perder ao mesmo tempo toda compostura, uma mandíbula e muito sangue. Deu explicações mentirosas às pessoas que se aproximavam para interrogá-lo, voltou a cabeça e, vendo que Saint-Loup se afastava definitivamente para alcançar-me, ficou a olhá-lo com um ar de rancor e abatimento, mas nada furioso. Saint-Loup, pelo contrário, o estava, embora não tivesse recebido nenhum golpe, e seus olhos ainda fuzilavam de cólera quando veio ter comigo. O incidente não tinha nenhuma ligação com os tapas do teatro, como eu supusera. Tratava-se de um passeante apaixonado que, vendo o belo militar que era Saint-Loup, lhe fizera certas propostas. Meu amigo não saía de seu assombro ante a audácia daquela "quadrilha" que nem sequer esperava as sombras noturnas para arriscar-se, e falava das propostas que lhe tinham feito com a mesma indignação que um jornal de um roubo à mão armada, cometido ousadamente em pleno dia, numa zona central de Paris. No entanto, o senhor surrado era desculpável nisso de que um plano inclinado aproxima assaz rapidamente o desejo do gozo para que a simples beleza apareça já como um consentimento. Ora, que Saint-Loup fosse belo, não era coisa que se discutisse. Socos como os que acabava de dar têm essa utilidade, para homens do gênero do que o abordara pouco antes, de lhes dar seriamente que refletir, mas durante muito pouco tempo para que possam corrigir-se e escapar desse modo a castigos judiciários. Assim, embora Saint-Loup tivesse dado a sua sova sem refletir muito, todas as do mesmo gênero, ainda que venham em auxílio da lei, são insuficientes para homogeneizar os costumes.

Tais incidentes, e por certo aquele em que mais pensava, deram sem dúvida a Robert o desejo de ficar um pouco a sós. Passado um momento, pediu-me que nos separássemos e que eu fosse, da minha parte, à casa da sra. de Villeparisis, que ele ali me encontraria; mas preferia que não chegássemos juntos para que parecesse que acabava de chegar a Paris, a dar a entender que já tivéssemos passado juntos uma parte da tarde.

Como eu supusera antes de travar conhecimento com a sra. de Villeparisis em Balbec, existia grande diferença entre o meio em que ela vivia e o da sra. de Guermantes. A sra. de Villeparisis era uma dessas mulheres que, nascidas numa casa gloriosa, e tendo entrado pelo casamento para outra que não o era menos, não desfrutam todavia de grande situação mundana e, fora de algumas duquesas que são suas sobrinhas ou cunhadas, e até de uma ou duas cabeças coroadas, antigas relações de família, não têm no seu salão mais que um público de terceira ordem, burguesia, nobreza de província ou avariada, cuja presença afastou desde muito os elegantes e esnobes que não são forçados a comparecer por obrigações de parentesco ou intimidade muito antiga. Na verdade, ao cabo de alguns instantes, não tive nenhuma dificuldade em compreender por que motivo a sra. de Villeparisis se achava tão bem informada, em Balbec, e ainda mais do que nós, dos mínimos detalhes da viagem que meu pai fazia então pela Espanha com o sr. de Norpois. Mas não era possível, apesar disso, que a ligação, de mais de vinte anos, da sra. de Villeparisis com o embaixador, pudesse ser causa da desclassificação da marquesa num mundo em que as mais brilhantes mulheres ostentavam amantes menos respeitáveis que aquele, o qual aliás não era provavelmente desde muito, para a marquesa, outra coisa mais que um velho amigo. Tivera a sra. de Villeparisis outras aventuras antigamente? Sendo então de caráter mais apaixonado que agora, nessa velhice calma e pia, que talvez devesse no entanto um pouco da sua cor àqueles anos ardentes e consumidos, não quisera ela, na província onde vivera por muito tempo, evitar certos escândalos desconhecidos das novas gerações, as quais apenas lhes constatavam o efeito pela composição heteróclita e defeituosa de um salão destinado, a não ser isso, a tornar-se um dos mais puros de qualquer mescla medíocre? A "má língua" que lhe atribuía o sobrinho acaso lhe granjeara inimigos naqueles tempos? Levara-a a aproveitar-se de certos sucessos com os homens para exercer vingança contra as mulheres? Tudo isso era possível; e não era a maneira refinada, sensível — nuançando tão delicadamente não só as expressões como as entonações — com que a sra. de Villeparisis falava do pudor, da bondade, que poderia infirmar tal hipótese; pois os que não somente falam bem de certas virtudes, mas até lhes sentem o encanto e as compreendem à maravilha, que saberão pintar uma digna imagem delas nas suas Memórias, são muita vez oriundos, mas não fazem parte eles próprios, da geração muda, frustra e sem arte que as praticou. Esta se reflete, mas não continua neles. Em lugar do caráter que tinha a geração antiga, encontra-se aqui uma sensibilidade e uma inteligência que não servem para a ação. E, houvesse ou não, na vida da sra. de Villeparisis, desses escândalos que o brilho de seu nome apagaria, aquela mesma inteligência, uma inteligência quase de escritor de segunda ordem mais que de mulher de sociedade, é que fora certamente causa da sua decadência mundana.

Por certo eram qualidades muito pouco exaltantes, que pregava principalmente a sra. de Villeparisis; mas, para falar da medida de modo perfeitamente adequado, a medida não basta, e requerem-se méritos de escritor que pressupõem uma exaltação pouco medida; notara em Balbec que o gênio de certos grandes artistas permanecia incompreendido para a sra. de Villeparisis, e que ela apenas sabia zombar finamente deles e dar à sua incompreensão uma forma espirituosa e graciosa. Mas esse espírito e essa graça, no grau a que eram levados nela, tornavam-se eles próprios — em outro plano, e ainda que empregados para menoscabar as mais altas obras — verdadeiras qualidades artísticas. Ora, essas qualidades exercem em toda situação mundana uma ação mórbida eletiva, como dizem os médicos, e tão desagregadora que as mais solidamente assentadas têm dificuldade em resistir-lhes alguns anos. O que os artistas chamam inteligência parece pura pretensão à sociedade elegante, que, incapaz de colocar-se no único ponto de vista de onde eles julgam tudo, sem jamais compreender o atrativo particular a que cedem quando escolhem uma expressão ou aproximam duas coisas entre si, experimenta junto deles um cansaço, uma irritação, de que nasce logo a antipatia. No entanto, em sua conversação, e o mesmo se dá com as suas Memórias que depois foram publicadas, a sra. de Villeparisis só mostrava uma espécie de graça inteiramente mundana. Tendo passado ao lado de grandes coisas sem aprofundá-las, algumas vezes sem distingui-las, só retivera dos anos em que tinha vivido, e que aliás pintava com muita justeza e encanto, o que tinham eles apresentado de mais frívolo. Mas uma obra, ainda que se aplique unicamente a assuntos que não são intelectuais, ainda é uma obra de inteligência, e para dar num livro, ou numa conversa que pouco difira deste, a impressão acabada da frivolidade, é preciso uma dose de seriedade de que uma pessoa puramente frívola seria incapaz. Em certas memórias escritas por uma mulher e consideradas uma obra-prima, frases há que citam como um modelo de graça leve e que sempre me fizeram supor que, para chegar a tal leveza, devia a autora ter possuído outrora uma ciência um pouco pesada, uma cultura rebarbativa, e que, quando moça, parecia provavelmente a suas amigas uma insuportável literata. E entre certas qualidades literárias e o insucesso mundano tão necessária é a conexão que, ao ler hoje as Memórias da sra. de Villeparisis, certo epíteto justo, certas metáforas que se seguem bastarão para que o leitor, com o seu auxílio, reconstitua a saudação profunda mas glacial que devia dirigir à velha marquesa, na escadaria de uma embaixada, uma esnobe como a sra. Leroi, que talvez lhe deixasse um cartão, quando de passagem para os Guermantes, mas que jamais punha os pés em seu salão, por medo de desclassificar-se entre todas aquelas mulheres de médicos ou de notários. Literata, talvez o tivesse sido a sra. de Villeparisis na sua extrema juventude, e, embriagada então por seu saber, não soubera talvez conter, contra muitas pessoas do seu mundo menos inteligentes e instruídas do que ela, os acerados epigramas que o alvejado jamais esquece.

E depois, o talento não é um apêndice postiço que se acrescente a essas qualidades diversas que fazem triunfar na sociedade, a fim de constituir com o todo o que os mundanos chamam uma "mulher completa". É o produto vivo de certa compleição moral a que geralmente faltam muitas qualidades e em que predomina uma sensibilidade com manifestações outras que não as percebidas através de um livro, mas que se podem manifestar assaz vivamente no curso da existência, certas curiosidades, por exemplo, certas fantasias, o desejo de ir aqui ou acolá, por puro prazer pessoal, e não em vista de aumentar, manter, ou simplesmente fazer funcionarem as relações mundanas. Eu tinha visto em Balbec a sra. de Villeparisis encerrada em meio à sua gente e sem lançar um único olhar às pessoas sentadas no hall do hotel. Mas tivera o pressentimento de que essa abstenção não era indiferença, e parece que nem sempre se havia emparedado nela. Ocorria-lhe travar relações com este ou aquele indivíduo que não tinha nenhum título para ser recebido em sua casa, às vezes porque o achara belo, ou somente porque lhe haviam dito que era divertido, ou porque lhe parecera diferente das pessoas que conhecia, as quais, naquela época em que ainda não as apreciava porque supunha que jamais a abandonariam, pertenciam todas ao mais puro Faubourg Saint-Germain. Certo boêmio, certo pequeno-burguês a quem havia distinguido, era ela obrigada a dirigir-lhe seus convites, cujo valor ele não podia aquilatar, com uma insistência que ia pouco a pouco depreciando perante os esnobes habituados a cotar um salão antes pelas pessoas que a dona da casa exclui do que pelas que recebe. Se em dado momento da sua juventude a sra. de Villeparisis, enfastiada da satisfação de pertencer à fina flor da aristocracia, se divertira de algum modo em escandalizar as pessoas entre as quais vivia, em desfazer deliberadamente a sua situação, o certo é que começara a ligar importância a essa situação depois que a tinha perdido. Tinha querido mostrar às duquesas que era mais do que elas, dizendo, fazendo tudo o que elas não ousavam dizer, não ousavam fazer. Mas agora que estas, salvo algumas de seu próximo parentesco, não mais vinham à sua casa, sentia-se diminuída e desejava ainda reinar, mas de outro modo que não pelo espírito. Desejaria atrair todas aquelas que tivera tanto cuidado em afastar. Quantas vidas de mulheres, vidas aliás pouco conhecidas (pois cada qual, conforme a sua idade, tem como que um mundo diferente, e a discrição dos velhos impede os jovens de formar uma ideia do passado e abranger todo o ciclo), não foram assim divididas em períodos contrastados, o último inteiramente empregado em reconquistar o que no segundo fora tão alegremente lançado ao vento. Lançado ao vento de que maneira? Tanto menos o imaginam os jovens porque têm ante os olhos uma velha e respeitável marquesa de Villeparisis e não fazem ideia de que a grave memorialista de hoje, tão digna sob a sua grave peruca branca, possa ter sido outrora a alegre jantadora que fez talvez as delícias, que devorou talvez a fortuna de homens deitados desde muito na tumba; que se haja empenhado assim em desfazer, com uma indústria perseverante e natural, uma situação que herdara de seu alto nascimento, não significa aliás absolutamente que, mesmo nessa época recuada, a sra. de Villeparisis não atribuísse grande valor à sua situação. Da mesma forma, o isolamento, a inação em que vive um neurastênico podem ser por ele urdidos da manhã à noite, sem que por isso lhe pareçam suportáveis, e, enquanto se afana em acrescentar uma malha à rede que o mantém prisioneiro, é possível que não sonhe senão com bailes, caçadas e viagens. Trabalhamos a cada momento em dar sua forma à nossa vida, mas copiando, malgrado nosso, como um desenho os traços da pessoa que somos e não daquela que nos seria agradável ser. As saudações desdenhosas da sra. Leroi, se podiam expressar de certo modo a natureza verdadeira da sra. de Villeparisis, não correspondiam absolutamente aos seus desejos.

Sem dúvida, no mesmo momento em que a sra. Leroi, segundo uma expressão cara à sra. Swann, "cortava" a marquesa, esta podia procurar consolo lembrando-se de que um dia a rainha Maria Amélia lhe havia dito: "Eu a estimo como a uma filha".[72] Mas essas amabilidades régias, secretas e ignoradas, só existiam para a marquesa, empoeiradas como o diploma de um antigo primeiro prêmio do Conservatório. As únicas verdadeiras vantagens mundanas são as que criam vida, as que podem desaparecer sem que o seu beneficiário tenha de procurar retê-las ou divulgá-las, porque no mesmo dia cem outras lhes sucedem. Recordando tais palavras da rainha, a sra. de Villeparisis tê-las-ia de boa mente trocado pelo permanente poder de ser convidada que possuía a sra. Leroi, como, num restaurante, um grande artista desconhecido, e cujo gênio não está escrito nem nos traços de seu rosto tímido nem no corte antiquado de seu casaco puído, bem que desejaria ser o jovem corretor do último degrau da sociedade, mas que almoça numa mesa próxima com duas atrizes, e para quem, numa corrida obsequiosa e incessante, se apressuram patrão, mordomo, garçons, recadistas e até os auxiliares de cozinha que saem em desfile para saudá-lo como nas *féeries*, enquanto avança o despenseiro, tão poeirento com as suas garrafas, de pernas tortas e ofuscado como se, vindo da adega, tivesse torcido o pé antes de voltar para a claridade.

Cumpre dizer no entanto que no salão da sra. de Villeparisis se a ausência da sra. Leroi desolava a dona da casa, passava despercebida para grande número de seus convidados. Ignoravam totalmente a situação da sra. Leroi, conhecida apenas do mundo elegante, e não duvidavam de que as recepções da sra. de Villeparisis

---

72 Maria Amélia de Bourbon (1782-1866), filha de Fernando i, rei das Duas Sicílias, e mulher do rei francês Luís Filipe. (N. E.)

não fossem mesmo, como estão hoje persuadidos os leitores de suas Memórias, as mais brilhantes de Paris.

Nessa primeira visita que, depois de deixar Saint-Loup, fui fazer à sra. de Villeparisis, conforme o conselho que o sr. de Norpois dera a meu pai, encontrei-a no seu salão forrado de seda amarela, contra a qual os canapés e as admiráveis poltronas de tapeçaria de Beauvais se destacavam numa cor rósea, quase violeta, de framboesas maduras. Ao lado dos retratos dos Guermantes, dos Villeparisis, viam-se — oferecidos pelo próprio modelo — os da rainha Maria Amélia, da rainha da Bélgica, do príncipe de Joinville, da imperatriz da Áustria.[73] A sra. de Villeparisis, com uma touca de rendas pretas do tempo antigo (que conservava com o mesmo avisado instinto da cor histórica de um hoteleiro bretão que, por mais parisiense que se haja tornado a sua freguesia, julga mais hábil as suas criadas conservarem as toucas e as mangas largas), estava sentada a uma pequena escrivaninha, onde, diante dela, junto de seus pincéis, de sua paleta e de uma aquarela de flores começada, havia em copos, em pires, em tapas, rosas espumosas, zínias, cabelos-de-vênus, que, devido à afluência de visitas naquele momento, ela parara de pintar e que pareciam chamar os fregueses para o balcão de uma florista, nalguma estampa do século XVIII. Naquele salão levemente aquecido, porque a marquesa se resfriara ao voltar de seu castelo, havia, entre as pessoas presentes quando cheguei, um arquivista com quem a sra. de Villeparisis havia classificado pela manhã as cartas autógrafas de personagens históricas a ela dirigidas e que eram destinadas a figurar em fac-símile como documentos justificativos nas Memórias que estava a redigir, e um historiador solene e intimidado que, tendo sabido que ela possuía por herança um retrato da duquesa de Montmorency, viera pedir-lhe licença para reproduzir esse retrato

---

73 A rainha da Bélgica, Louise-Marie d'Orléans, e seu irmão, o príncipe de Joinville, eram filhos do rei Luís Filipe e da mencionada rainha Maria Amélia. A imperatriz da Áustria era Élisabeth de Wittelsbach (1837-1898), que se casara em 1854 com François-Joseph, imperador da Áustria; ela seria assassinada por uma anarquista, em Genebra. Esse assassinato será mencionado mais adiante, quando do jantar em casa da duquesa de Guermantes. (N. E.)

numa prancha de sua obra sobre a Fronda,[74] visitantes aos quais se veio juntar meu antigo camarada Bloch, agora jovem ator dramático, com quem ela contava para conseguir-lhe de graça artistas que representariam nas suas próximas matinês. É verdade que o caleidoscópio social estava em via de virar e que o Caso Dreyfus ia precipitar os judeus no último degrau da escala social. Mas, por um lado, por mais que raivasse o ciclone dreyfusista, não é no princípio de uma tempestade que as vagas atingem a maior violência. E depois, a sra. de Villeparisis, deixando toda uma parte da sua família trovejar contra os judeus, ficara até então inteiramente alheia ao caso e não se preocupava com ele. Enfim, um jovem como Bloch, que ninguém conhecia, podia passar despercebido quando os grandes judeus representativos de seu partido já se achavam ameaçados. Bloch tinha agora o queixo pontuado por uma pera de bode, e mais uns óculos, uma longa sobrecasaca e uma luva, como um papiro, na mão direita. Podem os romenos, egípcios e turcos detestar os judeus. Mas num salão francês não são tão perceptíveis as diferenças entre esses povos, e um israelita fazendo a sua entrada como se saísse do fundo do deserto, o corpo inclinado como uma hiena, a nuca oblíqua, e desmanchando-se em grandes "salans", satisfaz perfeitamente a certo gosto de orientalismo.[75] Somente é preciso para isso que o judeu não pertença à "sociedade", sem o que assume facilmente o aspecto de um lorde e ficam as suas maneiras a tal ponto afrancesadas que, nele, um nariz rebelde que cresce, como as capuchinhas, em direções imprevistas, antes faz pensar no nariz de Mascarilho que no de Salomão.[76] Mas, como não fora flexibilizado pela ginástica de Saint-Germain nem enobrecido por um cruzamento com a Inglaterra ou a Espanha, Bloch permanecia, para um amador de exotismo, tão estranho e saboroso de olhar, apesar de sua indumentária europeia,

---

74 A duquesa de Montmorency era Marie-Félice Orsini (1601-1666), que, após o assassinato de seu marido em 1632 (decapitado por ter formado um complô contra o cardeal Richelieu), se retiraria a um convento em Moulins. (N. E.)

75 "Salam": saudação árabe. (N. E.)

76 Mascarilho é a personagem do criado desbocado em certas comédias de Molière. (N. E.)

como um judeu de Decamps.[77] Admirável poder da raça que, do fundo dos séculos, impele até a moderna Paris, nos corredores de nossos teatros, por detrás dos guichês de nossas repartições, num enterro, na rua, uma falange intata que, estilizando o moderno penteado, absorvendo, fazendo esquecer, disciplinando a casaca, permanece em suma idêntica à dos escribas assírios que, pintados em vestuário de cerimônia na frisa de um monumento de Susa, defendem as portas do palácio de Dano.[78] (Uma hora mais tarde, Bloch ia imaginar que era por malevolência antissemita que o sr. de Charlus se informava se ele tinha um prenome judeu, quando era simplesmente por curiosidade estética e amor à cor local.) Mas, de resto, falar em permanência de raças traduz inexatamente a impressão que recebemos dos judeus, dos gregos, dos persas, de todos esses povos a que mais vale deixar com a sua variedade. Conhecemos, pelas pinturas antigas, o rosto dos antigos gregos, temos visto assírios no frontão de um palácio de Susa. Pois bem, quando encontramos em sociedade orientais pertencentes a este ou àquele grupo, parece estarmos em presença de criaturas evocadas pelas forças do espiritismo. Conhecíamos apenas uma imagem superficial; e eis que ela adquire profundidade, que se estende nas três dimensões, que se movimenta. A jovem dama grega, filha de um rico banqueiro, e atualmente em moda, tem o aspecto de uma dessas figurantes que, num bailado ao mesmo tempo estético e histórico, simbolizam em carne e osso a arte helênica; e ainda no teatro a cenografia trivializa essas imagens; pelo contrário, o espetáculo a que nos faz assistir a entrada de uma turca, de um judeu num salão, animando as figuras, torna-as mais estranhas, como se se tratasse efetivamente de seres evocados por um esforço mediúnico. É a alma (ou antes, o pouco a que se reduz a alma, pelo menos até agora,

77 O pintor orientalista, Alexandre Decamps (1803-1860), representara grande quantidade de tipos étnicos do Oriente, em especial os judeus. (N. E.)

78 O palácio de Darius I, no original. Darius I (522-486 a.C.) foi o rei persa que ergueu as cidades de Susa e Persépolis. A frisa a que se refere o texto, trazida para o Museu do Louvre pelo arqueólogo Dieulafoy, mostra um grupo de arqueiros com longos vestidos amarelos ou verdes. Não se trata, entretanto, de assírios, cujo império havia sido destruído um século antes da construção do palácio de Susa, mas de guerreiros persas. (N. E.)

nessa espécie de materializações), é a alma que antes entrevíramos exclusivamente nos museus, a alma dos gregos antigos, dos antigos israelitas, arrancada a uma vida ao mesmo tempo insignificante e transcendental, que parece executar diante de nós essa desconcertante mímica. Na jovem dama grega que se esquiva, o que em vão desejaríamos estreitar é uma figura outrora admirada nos flancos de um vaso. Parecia-me que, se tivesse tirado clichês de Bloch, à luz do salão da sra. de Villeparisis, ter-nos-iam apresentado essa mesma imagem que nos mostram as fotografias espíritas, tão perturbadora porque não parece emanar da humanidade e tão decepcionante porque ainda assim se assemelha em demasia à humanidade. Geralmente falando, até a nulidade das frases ditas pelas pessoas com quem convivemos nos dá uma impressão de sobrenatural neste nosso pobre mundo cotidiano, em que mesmo um homem de gênio, do qual esperamos, como em redor de uma mesa giratória, o segredo do infinito, pronuncia apenas estas palavras — as mesmas que acabavam de sair dos lábios de Bloch: "Tenham cuidado com a minha cartola".

— Meu Deus, os ministros, meu caro senhor — dizia a sra. de Villeparisis, dirigindo-se mais particularmente a meu antigo camarada e reatando o fio de uma conversação que minha entrada interrompera —, ninguém os queria ver. Embora fosse então muito criança, ainda me lembra ter o rei pedido a meu avô que convidasse o senhor Decazes para um baile em que meu pai devia dançar com a duquesa de Berry. "Dar-me-ia um prazer, Florimund", dizia o rei. Meu avô, que era um pouco surdo e ouvira "senhor de Castries", achava o pedido muito natural.[79] Quando compreendeu que se tratava do senhor Decazes, teve um momento de rebeldia, mas inclinou-se e escreveu na mesma noite ao senhor Decazes, rogando-lhe que lhe concedesse o favor e a honra de assistir a seu

---

79 O duque Élie Decazes (1780-1860), um dos preferidos do rei Luís XVIII, fora nomeado ministro da Polícia Geral e praticamente chefe do governo. Acusado pelos extremistas de ser um dos mandantes da morte do duque de Berry, no atentado à Ópera em fevereiro de 1820, teve de se afastar do cargo, o que lhe valeu como compensação a atribuição do título de duque de Decazes e de Glücksberg. Um dos opositores a Decazes era Armand de Castries (1756-1842), Par de França e duque a partir de 1814. (N. E.)

baile, que se realizaria na semana seguinte. Pois naquele tempo, senhor, a gente era polida, e uma dona de casa não se contentaria em enviar o seu cartão, acrescentando por escrito: "uma taça de chá" ou "chá dançante" ou "chá musical". Mas, se se conhecia a polidez, tampouco se ignorava a impertinência. O senhor Decazes aceitou, mas na véspera do baile soube-se que meu avô se vira obrigado a suspendê-lo, por achar-se doente. Tinha obedecido ao rei, mas não recebera o senhor Decazes em sua festa. Sim, senhor, lembro-me muito bem do senhor Molé; era homem de talento, e demonstrou-o quando recebeu o senhor de Vigny na Academia; mas era muito solene, e ainda me parece vê-lo de cartola na mão para jantar em sua própria casa.[80]

— Ah!, como isso é evocativo de um tempo tão perniciosamente filisteu!, pois decerto era hábito universal ter o chapéu na mão em casa — disse Bloch, desejoso de aproveitar essa ocasião tão rara de informar-se, por intermédio de uma testemunha ocular, das particularidades da vida aristocrática de antanho, enquanto o arquivista, espécie de secretário intermitente da marquesa, lançava a esta olhares enternecidos e parecia dizer-nos: "Vejam como ela é, sabe tudo, conheceu todo mundo, podem interrogá-la sobre o que quiserem: é extraordinária!".

— Qual! — retrucou a sra. de Villeparisis, chegando mais para perto de si o copo onde estavam mergulhados os cabelos-de--vênus que dali a pouco recomeçaria a pintar. — Era simplesmente um hábito do senhor Molé. Nunca vi meu pai de chapéu na mão dentro de casa, salvo, está visto, quando vinha o rei, pois como o rei está em sua casa em toda parte, o dono da casa não é mais que um visitante em seu próprio salão.

— Aristóteles deixou-nos dito no capítulo II... — aventurou o sr. Pierre, o historiador da Fronda, mas tão timidamente que ninguém

---

80 O conde Molé (1781-1855) recebeu Alfred de Vigny na Academia Francesa no dia 29 de janeiro de 1846 com um discurso elogioso, mas cheio de sugestões maldosas. Como em outros momentos do livro, o julgamento positivo da sra. de Villeparisis sobre tal discurso parece retomar a opinião do crítico Sainte-Beuve, que, em seus *Retratos literários*, julga as palavras de Molé "simples e saudáveis". (N. E.)

prestou atenção.[81] Atacado desde algumas semanas de uma insônia nervosa que resistia a todos os tratamentos, não mais se deitava, e alquebrado de fadiga saía apenas quando seus trabalhos a isso o obrigavam. Incapaz de efetuar seguidamente essas expedições tão simples para os outros, mas que lhe custavam tanto como se tivesse de descer da Lua para fazê-lo, surpreendia-se muitas vezes ao ver que a vida de cada qual não estava permanentemente organizada de modo a fornecer o máximo de rendimento aos bruscos impulsos da sua. Achava às vezes fechada uma biblioteca que só tinha ido ver postando-se artificialmente de pé e dentro de uma casaca, como uma personagem de Wells.[82] Felizmente, encontrara em casa a sra. de Villeparisis e ia ver o retrato.

Bloch cortou-lhe a palavra.

— Na verdade — disse, respondendo ao que acabava de dizer a sra. de Villeparisis a respeito do protocolo das visitas régias —, eu não sabia absolutamente nada disso — como se fora estranho que ele não o soubesse.

— A propósito desse gênero de visitas, não sabe da estúpida brincadeira que me fez ontem de manhã o meu sobrinho Basin? — perguntou a sra. de Villeparisis ao arquivista. — Em vez de anunciar-se, mandou-me ele dizer que era a rainha da Suécia que desejava ver-me.[83]

— Ah, mandou dizer-lhe isso sem mais nem menos?! É boa! — exclamou Bloch, rebentando numa gargalhada, enquanto o historiador sorria com majestosa timidez.

— Estava eu muito espantada, porque fazia poucos dias que voltara do campo; tinha recomendado, para ter um pouco de tranquilidade, que não dissessem a ninguém que me achava em Paris, e indagava comigo como era que a rainha da Suécia já o sabia —

---

81 O tímido historiador talvez quisesse aludir ao capítulo "Das qualidades", presente nas *Categorias*, de Aristóteles. Ele escreve que "uma vez que o chapéu é um corpo inanimado, é necessário dizer a figura de um chapéu, e não a forma". (N. E.)

82 Alusão a Griffin, herói do livro *O homem invisível* (1897), de H. G. Wells, que veste uma casaca para poder se misturar aos homens. (N. E.)

83 A rainha da Suécia era a princesa Sofia de Nassau (1836-1913), cujo marido, Oscar da Suécia, tornou-se rei desse país e da Noruega em 1872. (N. E.)

continuou a sra. de Villeparisis, deixando os visitantes atônitos de que uma visita da rainha da Suécia não fosse por si mesma nada anormal para a sua anfitriã.

Evidentemente, se pela manhã compulsara com o arquivista a documentação das suas Memórias, naquele momento a sra. de Villeparisis ensaiava sem querer o seu mecanismo e sortilégio sobre um público mediano, representativo daquele em que se recrutariam um dia os seus leitores. O salão da sra. de Villeparisis podia diferençar-se de um salão verdadeiramente elegante de que estariam ausentes muitas burguesas que ela recebia e em que por outro lado não se veriam algumas das brilhantes damas que a sra. Leroi acabara atraindo, mas essa nuança não era perceptível nas suas Memórias, de onde desaparecem certas relações medíocres que tinha a autora, por não terem ocasião de ser citadas; e aí não faltam visitantes que não havia, porque poucas pessoas podem figurar no espaço forçosamente restrito que essas Memórias oferecem, e se tais pessoas são personagens principescas, personalidades históricas, acha-se atingida a máxima impressão de elegância que umas memórias possam apresentar ao público. No juízo da sra. Leroi, o salão da sra. de Villeparisis era um salão de terceira ordem; e a sra. de Villeparisis sofria com o julgamento da sra. Leroi. Mas hoje ninguém mais sabe quem era a sra. Leroi, seu julgamento dissipou-se, e é o salão da sra. de Villeparisis, que frequentava a rainha da Suécia, que haviam frequentado o duque de Aumale, o duque de Broglie, Thiers, Montalembert, monsenhor Dupanloup, que será considerado um dos mais brilhantes do século XIX por essa posteridade que não mudou desde os tempos de Homero e de Píndaro, e para quem a posição invejável é a do elevado berço, régio ou quase régio, a amizade dos reis, dos condutores do povo, dos homens ilustres.[84]

---

84 Montalembert era representante do catolicismo liberal e diretor do jornal *Correspondant*. Ele seria eleito à Assembleia Constituinte em 1848. O duque de Broglie (1785-1870) também era representante da área liberal da aristocracia do século XIX. Ele se tornaria ministro dos Assuntos Estrangeiros em 1832. Adolphe Thiers (1797-1877), jornalista e político que se tornaria presidente da República em 1871. Já o monsenhor Dupanloup representava um tipo de catolicismo monárquico intransigente. (N. E.)

Ora, de tudo isso tinha a sra. de Villeparisis um pouco no seu salão atual e nas suas recordações, às vezes levemente retocadas, e com auxílio das quais ela o prolongava no passado. E depois, o sr. de Norpois, que não era capaz de reconstituir uma posição sólida para a sua amiga, trazia-lhe em compensação os estadistas franceses ou estrangeiros que tinham necessidade dele e que sabiam que a única maneira eficaz de lhe fazer a corte era frequentarem o salão da sra. de Villeparisis. Talvez a sra. Leroi também conhecesse essas eminentes personalidades europeias. Mas como mulher agradável e que evita a atitude das preciosas, guardava-se de falar da questão do Oriente aos primeiros-ministros, bem como da essência do amor aos romancistas e filósofos.[85] "O amor?", respondeu certa vez a uma dama pretensiosa que lhe perguntara: "Que pensa do amor?". "O amor? Eu o faço muitas vezes, mas nunca falo dele." Quando tinha em casa celebridades da literatura e da política, contentava-se, como a duquesa de Guermantes, em fazê-las jogar pôquer. Muitas vezes preferiam eles isso às elevadas conversações sobre ideias gerais a que os forçava a sra. de Villeparisis. Mas essas conversações, talvez ridículas em sociedade, forneceram às Memórias da sra. de Villeparisis alguns desses trechos excelentes, dessas dissertações políticas que ficam tão bem em Memórias como nas tragédias à maneira de Corneille. Aliás, só os salões das senhoras de Villeparisis podem passar para a posteridade, porque as senhoras Leroi não sabem escrever, e, mesmo que o soubessem, não teriam tempo. E se os pendores literários das senhoras de Villeparisis são a causa do desdém das senhoras Leroi, por sua vez os desdéns das senhoras Leroi auxiliam singularmente os pendores literários das senhoras de Villeparisis, propiciando às damas literatas os lazeres que requer a carreira das letras. Deus, que quer que haja alguns livros bem escritos, insufla para isso esses desdéns no coração das

---

85 No início de século xx, a "questão do Oriente" se colocava nos seguintes termos: a Europa deveria intervir para preservar a integridade do Império Otomano ou deixar que ele se desintegrasse? A Primeira Guerra Mundial deslocaria radicalmente o foco das preocupações europeias. (N. E.)

senhoras Leroi, pois sabe que se estas convidassem as senhoras de Villeparisis para jantar, as últimas deixariam imediatamente as suas escrivaninhas e mandariam atrelar para as oito horas.

Ao cabo de um instante entrou a passo lento e solene uma velha dama de elevada estatura, que sob o seu chapéu de palha de aba erguida deixava ver um monumental toucado branco à Maria Antonieta. Não sabia eu então que era uma das três mulheres que ainda se podiam observar na sociedade parisiense e que, como a sra. de Villeparisis, sendo de alto nascimento, se tinham visto reduzidas, por motivos que se perdiam na noite dos tempos e que só poderia informar-nos algum velho garrido daquela época, a não receber mais que gente de quem ninguém queria saber alhures. Cada uma dessas damas tinha a sua "duquesa de Guermantes", a sua brilhante sobrinha que lhe vinha pagar as suas obrigações, mas não conseguiria atrair para a sua casa a "duquesa de Guermantes" de nenhuma das outras duas. A sra. de Villeparisis era muito ligada a essas três damas, mas não as estimava. Talvez a situação delas, muito semelhante à sua, lhe apresentasse uma imagem que não lhe era agradável. De resto, acrimoniosas, pedantes, procurando, pelo número de sainetes que faziam representar em suas recepções, dar-se a ilusão de um salão, tinham entre si rivalidades que uma fortuna bastante comprometida durante uma existência pouco tranquila obrigava a procurar, a aproveitar o concurso gracioso de um artista, numa espécie de luta pela vida. E depois, a dama do penteado à Maria Antonieta, cada vez que via a sra. de Villeparisis, não podia deixar de pensar que a duquesa de Guermantes não ia às suas sextas-feiras. O seu consolo era que a essas mesmas sextas jamais faltava, como boa parenta, a princesa de Poix, que era a sua Guermantes e que nunca ia à casa da sra. de Villeparisis, embora a sra. de Poix fosse amiga íntima da duquesa.

Contudo, do palácio do cais Malaquais aos salões da rua de Tournon, da rua de la Chaise e do Faubourg Saint-Honoré, um elo tão forte quão detestado, unia as três divindades decaídas, das quais eu bem desejaria saber, folheando algum dicionário mitológico da sociedade, que aventura galante, que sacrílega petulância haviam acarretado a punição. A mesma origem brilhante, a mesma decadência atual entravam talvez em muito na necessidade que as movia, ao mesmo tempo que a odiar-se, a manter relações. Depois, cada uma achava nas outras um meio cômodo de fazer finezas a seus visitantes. Como não julgariam estes entrar no bairro mais fechado quando os apresentavam a uma dama sobremaneira titulada cuja irmã desposaria um duque de Sagan ou um príncipe de Ligne? Tanto que se falava infinitamente mais na imprensa desses pretensos salões que dos verdadeiros. Até os sobrinhos grã-finos, a quem pedia um camarada que o apresentassem em sociedade (Saint-Loup em primeiro lugar), diziam: "Vou levá-lo à casa de minha tia Villeparisis, ou de minha tia X..., é um salão interessante". Sabiam principalmente que isso lhes daria menos trabalho do que introduzir os referidos amigos em casa das elegantes sobrinhas ou cunhadas dessas damas. Os homens bastante idosos, as jovens que o tinham sabido por eles disseram-me que, se essas velhas damas não eram recebidas, provinha isso da extraordinária relaxação da sua conduta, o que, quando objetei que não constituía um impedimento à elegância, me apresentaram como algo que excedera a todas as proporções hoje conhecidas. Os extravios daquelas solenes damas, que costumavam sentar-se em empertigada postura, apresentavam, na boca dos que os referiam, algo que eu não podia imaginar, proporcionado à grandeza das épocas pré-históricas, à idade do mamute. Em suma, aquelas três Parcas de cabelos brancos, azuis ou róseos tinham contribuído para a ruína de um número incalculável de cavalheiros. Pensava eu que os homens de hoje exageravam os vícios desses tempos fabulosos, como os gregos, que engendraram Ícaro, Teseu, Hércules, com homens que tinham sido pouco diferentes daqueles que muito tempo depois os divinizavam. Mas só se computam os vícios de um ser quando já não está em condições de praticá-los e quando, pela magnitude do castigo social que começa a cumprir-se e que é só o que se vê, medimos, imaginamos, exageramos a do crime que foi cometido. Nessa galeria de figuras simbólicas que é a "sociedade", as mulheres verdadeiramente levianas, as Messalinas consumadas, apresentam sempre o aspecto solene de uma dama de setenta anos, no mínimo, altaneira, que recebe a quantos pode, mas não a quem quer, a cuja casa evitam ir as mulheres cuja conduta se presta um pouco a murmurações, e à qual o papa dá sempre a sua "rosa de ouro", e que às vezes escreveu sobre a juventude de Lamartine uma obra premiada pela Academia Francesa.[86] "Boa tarde, Alix", disse a sra. de Villeparisis à dama do toucado branco à Maria Antonieta, a qual lançava um olhar penetrante à assistência, a fim de ver se não havia naquele salão algum elemento que pudesse ser útil para o seu e que, neste caso, ela própria deveria descobrir, pois a sra. de Villeparisis, coisa de que ela não duvidava, seria bastante maligna para tratar de ocultar-lho. Assim, teve a sra. de Villeparisis muito cuidado em não apresentar Bloch à velha dama, com receio de que ela fizesse representar o mesmo sainete da sua casa no salão do cais Malaquais. Aliás, com isso, não fazia senão pagar na mesma moeda. Pois a velha dama tivera na véspera em sua casa a sra. Ristori, que havia declamado versos, e tivera o cuidado de que a sra. de Villeparisis, a quem havia surripiado a artista italiana, o ignorasse até que o fato estivesse consumado.[87] Para que esta não soubesse do caso pelos jornais e não ficasse melindrada, vinha ela contar-lho, como se não se sentisse em culpa. Julgando que a minha apresentação não tinha os mesmos inconvenientes que a de Bloch, a sra. de Villeparisis me pôs em presença da Maria Antonieta do cais. Esta, procurando em sua velhice aquela linha de deusa de Coysevox que tinha, há tantos anos, encantado a juventude elegante e celebrada hoje por falsos homens de letras em rimas forçadas[88] — tendo aliás adquirido o hábito do empertigamento altaneiro e compensador,

86 A "rosa de ouro" era abençoada pelo papa e entregue a uma princesa no quarto domingo da Quaresma. (N. E.)

87 A sra. Ristori era Adélaïde Ristori (1822-1906), atriz trágica italiana que viera a Paris para a Exposição Universal de 1855 e ficara muito famosa no ano seguinte com a tragédia *Medeia*, de Legouvé, até que, em 1885, ela voltaria a morar em Roma. (N. E.)

88 Antoine Coysevox (1640-1720) foi o escultor mais célebre do reinado de Luís XIV. Entre outras obras, decorou Versalhes, executou o túmulo de Mazarin, fez várias efígies do "Rei Sol" e uma estátua da duquesa de Bourgogne vestida de Diana. Proust parece se lembrar de um trecho das *Memórias* do duque de Saint-Simon em que este fala da duquesa de Bourgogne como uma deusa que andava sobre as nuvens. (N. E.)

comum a todas as pessoas que uma desgraça particular obriga a dar perpetuamente o primeiro passo —, inclinou levemente a cabeça com glacial majestade e, voltando-a para o outro lado, não se ocupou mais comigo, como se eu nunca houvera existido. Sua atitude de duplo fim parecia dizer à sra. de Vilieparisis: "Bem vê que mais uma, menos uma relação é coisa a que não ligo e que os rapazinhos, de nenhum ponto de vista, sua lingua-ruda, tampouco me interessam". Mas ao retirar-se um quarto de hora depois, aproveitando-se do barulho, segredou-me que fosse ao seu camarote na sexta-feira próxima, onde estaria com uma das três cujo nome ofuscante — aliás, ela própria nascera Choiseul — me causou um efeito prodigioso.

— Creio que pretende escrever alguma coisa sobre a senhora duquesa de Montmorency — disse a sra. de Villeparisis ao histo-riador da Fronda, com o ar rabugento que ensombrava sem que-rer a sua grande amabilidade, devido às rugas de aborrecimento, ao despeito fisiológico da velhice bem como à afetação de imitar o tom quase campesino da antiga aristocracia. — Vou mostrar-lhe o retrato dela, o original da cópia que se acha no Louvre.

Ergueu-se, deixando os seus pincéis junto das flores, e o aven-talzinho que lhe apareceu então na cintura, e que usava para não sujar-se com as tintas, aumentava ainda mais a impressão quase de camponesa que dava à sua touca e aos seus grossos óculos e contrastava com o luxo da sua criadagem, do mordomo que trou-xera o chá e os bolos, do lacaio de libré a quem chamou para alu-miar o retrato da duquesa de Montmorency, abadessa de um dos mais famosos cabidos orientais. Todos se haviam levantado.

— O engraçado — disse ela — é que nesses cabidos, em que frequentemente nossas tias-avós eram abadessas, não teriam sido admitidas as filhas do rei da França. Eram uns cabidos muito fechados.

— Não seriam admitidas as filhas do rei! Mas por quê? — perguntou Bloch, estupefato.

— Ora, porque a Casa de França já não tinha suficientes quartéis de nobreza depois que contraiu enlaces desiguais.

O espanto de Bloch ia num crescendo.

— Enlaces desiguais, a Casa de França! Como assim?

— Casando com os Médicis — respondeu a sra. de Villeparisis no tom mais natural.[89] — Um belo retrato, não é? E em perfeito estado de conservação — acrescentou ela.

— Há de lembrar-se, minha querida amiga — disse a dama penteada à Maria Antonieta —, que, quando eu lhe trouxe Liszt, ele lhe garantiu que este retrato é que era a cópia.

— Eu me inclinarei ante uma opinião de Liszt sobre música, mas não sobre pintura! Aliás, ele já estava caduco e não me recordo de que jamais tenha dito isso. Mas não foi a senhora que mo apresentou. Eu já tinha jantado umas vinte vezes com ele em casa da princesa de Sayn-Wittgenstein.[90]

O golpe de Alix falhara; ela calou-se, permaneceu de pé e imóvel. Com as camadas de pó a lhe emplastrarem o rosto, assemelhava-se este a um rosto de pedra. E, como o perfil era nobre, parecia ela, sobre um saco triangular e musgoso oculto pela mantilha, a desgastada deusa de um parque.

— Ah!, mais outro belo retrato — disse o historiador.

Abriu-se a porta e entrou a duquesa de Guermantes.

— Olá, boa-tarde — disse-lhe, sem um movimento de cabeça, a sra. de Villeparisis, tirando de um bolso do avental uma mão que estendeu à recém-chegada; e, deixando imediatamente de ocupar-se com ela para se dirigir ao historiador: — É o retrato da duquesa de La Rochefoucauld...

Um jovem criado de ar arrogante e fisionomia encantadora (mas cortada tão rente para continuar perfeita que o nariz um pouco vermelho e a pele ligeiramente inflamada como conservavam

---

89 Os Médicis eram uma família de banqueiros enriquecidos que governavam Florença. Cathérine, meia-irmã do duque Alexandre de Médicis, casara-se com o Henrique II, futuro rei da França e, desse modo, diminuiu os quartéis de nobreza da França. (N. E.)

90 A princesa polonesa Carolyne Sayn-Wittgenstein (1819-1887) fora o segundo grande amor de Liszt. O primeiro fora a condessa d'Agoult (1805-1876), apelidada "a Corina do cais Malaquais". Ora, esse apelido a aproxima justamente de Alix, que o narrador chama de "Maria Antonieta do cais Malaquais". (N. E.)

algum vestígio da recente e escultural incisão) entrou, trazendo um cartão numa salva.

— É esse senhor que já veio várias vezes para visitar a senhora marquesa.

— Você lhe disse que eu recebia?

— Ele ouviu conversarem.

— Está bem!, seja. Mande-o entrar. É um senhor que me apresentaram — disse a sra. de Villeparisis. — Disse-me ele que desejava muito ser recebido aqui. Nunca o autorizei a vir. Mas, enfim, já são cinco vezes que ele se incomoda, e não devemos melindrar os outros. Cavalheiro — disse-me ela —, e o senhor — acrescentou, designando o historiador da Fronda —, apresento-lhes minha sobrinha, a duquesa de Guermantes.

O historiador inclinou-se profundamente, da mesma maneira que eu, e, parecendo-lhe que a essa saudação devia seguir-se alguma reflexão cordial, seus olhos se animaram e dispunha-se a abrir a boca quando o gelou o aspecto da sra. de Guermantes, que aproveitara a independência de seu torso para lançá-lo avante com exagerada cortesia e retraí-lo com precisão, sem que seu semblante e seu olhar parecessem haver notado que havia alguém à sua frente; depois de soltar um leve suspiro, contentou-se em manifestar a nulidade da impressão que lhe causava a vista do historiador e a minha, executando certos movimentos das asas do nariz com uma justeza que atestava a absoluta inércia da sua atenção desocupada.

O visitante importuno entrou, encaminhando-se direito à sra. de Villeparisis, com um ar ingênuo e fervoroso: era Legrandin.

— Agradeço-lhe muito por me receber, senhora — disse ele, insistindo na palavra "muito". — É um prazer de qualidade inteiramente rara e sutil que dá a senhora a um velho solitário, e asseguro-lhe que a sua repercussão...

Parou de chofre ao avistar-me.

— Eu estava mostrando aqui ao cavalheiro o belo retrato da duquesa de La Rochefoucauld, mulher do autor das *Máximas*. Vem-me de família.

A sra. de Guermantes, essa, cumprimentou Alix, desculpando-se por não ter podido ir visitá-la naquele ano, como nos outros.

— Tive notícias suas por intermédio de Madeleine — acrescentou.

— Ela almoçou comigo esta manhã — disse a duquesa do cais Malaquais com a satisfação de pensar que a sra. de Villeparisis jamais poderia dizer outro tanto.

Enquanto isso, eu conversava com Bloch, e temendo, pelo que me haviam dito da mudança do pai a seu respeito, que ele invejasse a minha vida, disse-lhe que a sua devia ser mais feliz. Tais palavras eram, da parte minha, um simples efeito da amabilidade. Mas esta facilmente convence da sua boa sorte aos que têm muito amor-próprio, ou lhes dá o desejo de persuadir os outros. "Sim, levo com efeito uma vida deliciosa", disse-me Bloch com ar de beatitude. "Tenho três grandes amigos, nem desejaria mais nenhum, e uma amante adorável; sinto-me infinitamente feliz. Raro é o mortal a quem o pai Zeus concede tantas venturas." Creio que procurava principalmente gabar-se e causar-me inveja. Talvez também houvesse algum desejo de originalidade no seu otimismo. Ficou patente que não queria responder as mesmas trivialidades de todos: "Oh!, não foi nada etc.", quando, à minha pergunta: "Esteve bonito?", a propósito de uma vesperal dançante dada em sua casa e a que eu não pudera comparecer, respondeu-me num tom igual, indiferente, como se se tratasse de outra pessoa: "Sim, esteve muito bonito, não podia ser melhor. Um verdadeiro encanto".

— Isso que nos informa a senhora interessa-me infinitamente — disse Legrandin à sra. de Villeparisis —, pois precisamente pensava eu no outro dia que a senhora marquesa tinha muito dele na viva nitidez das frases, nesse não sei quê que qualificarei com dois termos contraditórios, a rapidez lapidar e a imortal instantaneidade. Desejaria tomar nota esta noite de todas as coisas que a senhora diz; mas saberei retê-las. Pois elas são amigas da memória, conforme uma expressão de Joubert, creio eu.[91] Nunca leu Joubert?

---

91 Legrandin cita expressão retirada do livro *Pensée, essais et maximes*, que o moralista francês, Joseph Joubert, publicara em 1842. (N. E.)

Oh!, à senhora marquesa lhe agradaria tanto! Nesta mesma noite me permitirei remeter-lhe as suas obras, muito orgulhoso de lhe apresentar o seu talento. Não tinha ele a força da senhora marquesa. Mas possuía também muita graça.

Desejaria ir logo cumprimentar Legrandin, mas ele sempre se conservava longe de mim o quanto podia, sem dúvida na esperança de que eu não ouvisse as lisonjas que, com grande refinamento de expressão, não deixava de prodigalizar à sra. de Villeparisis a propósito de tudo.

Esta deu de ombros, sorrindo, como se ele estivesse a gracejar, e voltou-se para o historiador.

— E aqui está a famosa Marie de Rohan, duquesa de Chevreuse, que desposou em primeiras núpcias o sr. de Luynes.[92]

— Minha querida, a senhora de Luynes me faz pensar em Yolande;[93] esteve ontem em minha casa, e se soubesse que você não tinha a sua noite tomada, teria mandado buscá-la. A senhora Ristori, que chegou de surpresa, disse, diante da autora, uns versos da rainha Carmen Sylva: foi maravilhoso![94]

"Que perfídia!", pensou a sra. de Villeparisis, "decerto era nisso que ela estava falando baixinho, o outro dia, com a senhora de Beaulaincourt e a senhora de Chaponay."[95]

— Eu estava livre — respondeu ela —, mas não teria ido. Ouvi a senhora Ristori nos seus bons tempos; agora não passa de uma ruína. A Ristori esteve aqui uma vez, trazida pela duquesa

---

92 Marie de Rohan (1600-1679) desposou inicialmente Charles Albert, duque de Luynes. Viúva dele, ela se casaria com o duque de Chevreuse e participaria ativamente do movimento da Fronda. (N. E.)

93 Em 1867, ao se casar com Charles d'Albert, Yolande de La Rochefoucauld (1849-1905) herdara os títulos de duquesa de Luynes e de Chevreuse. (N. E.)

94 "Carmen Sylva" era o pseudônimo de Élisabeth de Wied (1843-1916), rainha da Romênia que escrevera poemas e contos em alemão; em 1882, publicara os *Pensamentos de uma rainha*, escritos em francês. (N. E.)

95 A condessa de Beaulaincourt (1818-1904) e a marquesa de Chaponay (1824-1897) eram senhoras de origem nobre que não possuíam um salão à altura de seu nascimento. Proust tomou alguns traços delas para compor aspectos da sra. de Villeparisis, como o trabalho com flores, uma das especialidades da sra. de Beaulaincourt. (N. E.)

de Aosta, para dizer um canto do *Inferno*, de Dante. Nisto, sim, é que é incomparável.[96]

Alix suportou o golpe sem cambalear. Continuava de mármore. Seu olhar era agudo e vazio, o nariz, nobremente recurvo. Mas uma das faces escamava-se. Vegetações leves, estranhas, verdes e róseas invadiam-lhe o mento. Quiçá um inverno mais a deitasse abaixo.

— O senhor, que gosta de pintura, veja o retrato da senhora de Montmorency — disse a sra. de Villeparisis a Legrandin, para interromper os cumprimentos que recomeçavam.

— É o senhor Legrandin — disse a meia-voz a sra. de Villeparisis —, tem uma irmã chamada senhora Cambremer, o que de resto não te deve significar mais do que a mim.

— Como não! Conheço-a até muito bem — exclamou a sra. de Guermantes, pondo a mão ante a boca. — Ou melhor, não a conheço; mas não sei que veneta deu no Basin, que encontra o marido Deus sabe onde, e diz a essa mulherona que venha visitar-me. Nem queira saber o que foi a sua visita. Contou-me que tinha ido a Londres, e enumerou-me todos os quadros do British. Aqui como me vê, ao sair de sua casa, vou deixar um cartão naquele monstro. E não creia que seja coisa das mais fáceis, porque, com o pretexto de que se acha agonizante, está sempre em casa, e pode a gente ir às sete da noite como às nove da manhã que ela está sempre pronta para oferecer-nos torta de moranguinhos.

—Sim, está visto que é mesmo um monstro — continuou a sra. de Guermantes, a um olhar interrogativo da tia. — É uma criatura impossível; diz *plumitivo*; coisas, enfim, nesse estilo.

— Que quer dizer *plumitivo?* — perguntou a sra. de Villeparisis.

— Sei lá! — exclamou a duquesa com fingida indignação. — Nem quero sabê-lo. Não falo esse francês. — E vendo que a tia ignorava mesmo o que queria dizer "plumitivo", para ter a satisfação de mostrar que era tão sábia quanto purista, e para zombar da tia

---

96 Nova intromissão de pessoas reais entre as personagens do livro, a duquesa de Aosta (1871-1951) era Helena de France, princesa de Orléans que, em 1895, desposara o duque de Aosta. (N. E.)

depois de ter zombado da sra. de Cambremer: — Sim — disse com um risinho que reprimia os restos do mau humor afetado —, todo mundo sabe, um plumitivo é um escritor, qualquer que tenha uma pena. Mas é uma palavra horrorosa. É de fazer cair os dentes de siso. Jamais me obrigarão a dizer tal coisa. Com que então é irmão dela! Eu não o imaginava. Mas no fundo não é incompreensível. Tem ela a mesma humildade de esteira de luto e os mesmos recursos de biblioteca ambulante. É tão aduladora, tão cacete como ele. Começo a compreender bem esse parentesco.

— Senta-te, vai-se tomar um pouco de chá — disse a sra. de Villeparisis à sra. de Guermantes. — Serve-te tu mesma, não tens necessidade de olhar os retratos das tuas tataravós, pois as conheces tão bem quanto eu.

A sra. de Villeparisis voltou logo a sentar-se e começou a pintar. Todos se aproximaram; aproveitei a ocasião para ir ter com Legrandin e, não vendo nada de culpável na sua presença em casa da sra. de Villeparisis, disse, sem considerar o quanto ia feri-lo e fazer-lhe crer na intenção de o ferir: "Pois olhe, estou quase desculpado de estar num salão, visto que o senhor também está". O sr. Legrandin inferiu dessas palavras (foi pelo menos o juízo que externou sobre mim alguns dias mais tarde) que eu era um sujeitinho medularmente mau que só se comprazia no mal.

— Poderia ter a fineza de começar por cumprimentar-me — respondeu sem me estender a mão e com uma voz raivosa e vulgar que eu não lhe suspeitava e que, sem relação alguma com o que ele habitualmente dizia, tinha outra mais imediata e impressiva com alguma coisa que sentia naquele momento. É que, como estamos sempre a ocultar o que sentimos, jamais pensamos no modo pelo qual o expressaríamos. E, de súbito, é um animal imundo e desconhecido que se faz ouvir em nós e cujo acento chega às vezes a causar tanto medo a quem recebe essa confidência involuntária, elíptica e quase irresistível de nosso defeito ou de nosso vício como o que provocaria a repentina confissão, indireta e estranhamente proferida por um criminoso que não pudesse deixar de revelar um assassinato de que não o sabíamos culpado.

Por certo bem sabia eu que o idealismo, mesmo subjetivo, não impede que grandes filósofos continuem glutões ou se candidatem com tenacidade à Academia. Mas na verdade Legrandin não tinha precisão de lembrar tão seguidamente que pertencia a outro planeta quando todos os seus movimentos convulsivos de cólera ou de amabilidade eram governados pelo desejo de ter uma boa posição neste. — Naturalmente, quando me perseguem vinte vezes seguidas para fazer-me ir a alguma parte — continuou em voz baixa —, embora tenha eu pleno direito à minha liberdade, não posso em todo caso agir como um grosseirão.

A sra. de Guermantes se havia sentado. Como o nome dela era seguido do título, acrescentava-lhe à pessoa física o seu ducado, que se projetava em redor e fazia reinar a frescura umbrosa e dourada dos bosques no meio do salão, em torno do tamborete em que ela se achava sentada. Sentia-me espantado de que a semelhança não fosse mais legível no rosto da duquesa, que nada tinha de vegetal, e em que, quando muito, as sardas — que parecia deverem estar armoriadas com o nome Guermantes — eram o efeito, mas não a imagem, das longas cavalgadas ao ar livre. Mais tarde, quando ela se me tornou indiferente, vim a conhecer muitas das particularidades da duquesa, e sobretudo (para ater-me de momento àquilo cujo encanto já sofria sem que o soubesse distinguir) os seus olhos, onde estava cativo como num quadro o céu azul de uma tarde da França, largamente descoberto, banhado de luz mesmo quando ele não brilhava; e uma voz que, pelos primeiros sons rouquenhos, julgar-se-ia quase canalha, onde se arrastava, como pelos degraus da igreja de Combray ou pela pastelaria da praça, o ouro preguiçoso e denso de um sol de província. Mas naquele primeiro dia não distingui coisa alguma e a minha ardente atenção logo volatilizava o pouco que eu pudesse ter recolhido e no qual acaso conseguisse encontrar alguma coisa do nome Guermantes. Em todo caso, dizia comigo que era mesmo ela que designava para todo mundo o nome de duquesa de Guermantes: a vida inconcebível que esse nome significava, continha-a realmente aquele corpo; acabava ele de introduzi-la em meio de seres diferentes, naquele salão que a circunscrevia de todos os lados e sobre o qual ela exercia uma reação tão viva que eu supunha ver, no local onde essa vida deixava de alastrar-se, uma franja de efervescência a delimitar-lhe as fronteiras: na circunferência que recortava no tapete o balão da saia de pequim azul, e nas pupilas claras da duquesa, na interseção dos cuidados, das recordações, do pensamento incompreensível, depreciativo, divertido e curioso que as enchiam, e das imagens estranhas que nelas se refletiam. Talvez me impressionasse um pouco menos se a tivesse encontrado uma noite qualquer em casa da sra. de Villeparisis, em vez de vê-la assim num dos *dias* da marquesa, num desses chás que não são para as mulheres mais que um breve alto em meio de sua saída e em que, conservando o chapéu com que acabam de fazer as compras, trazem à enfiada de salões a qualidade do ar de fora e dão mais luz a Paris no fim da tarde do que as altas janelas abertas por onde se ouve o rodar das vitórias: a sra. de Guermantes estava com um chapéu de palha enfeitado de centáureas, e o que essas flores me evocavam não era, sobre os valos de Combray, onde tantas vezes as colhera, sobre a ladeira rente à sebe de Tansonville, os sóis dos anos remotos: era o cheiro e a poeira do crepúsculo, tais como estavam ainda há pouco, no momento em que a sra. de Guermantes acabava de atravessá-los, na rua de la Paix. Com um ar sorridente, desdenhoso e vago, os lábios apertados num momo, ela, com a ponta da sombrinha, como com a extrema antena da sua vida misteriosa, desenhava círculos no tapete; depois, com essa atenção indiferente que começa por desligar todo ponto de contato com o que a gente considera o próprio eu, o seu olhar fixava sucessivamente cada um de nós, depois inspecionava os canapés e as poltronas, mas abrandando-se então com essa simpatia humana que desperta a presença, mesmo insignificante, de uma coisa que a gente conhece, de uma coisa que é quase uma pessoa; aqueles móveis não eram como nós, pertenciam vagamente ao seu mundo, estavam ligados à vida de sua tia; depois do móvel de Beauvais, era aquele olhar reportado à pessoa que ali se achava sentada e retomava então o mesmo ar de perspicácia e a mesma desaprovação que o respeito da sra. de Guermantes à sua tia a teria impedido de expressar, mas que afinal de contas teria sentido, se houvesse descoberto nas poltronas, em vez da nossa presença, a de uma nódoa de graxa ou de uma camada de pó.

Entrou o excelente escritor G...; vinha fazer à sra. de Villeparisis uma visita que considerava uma verdadeira maçada. A duquesa, encantada de tornar a vê-lo, não lhe fez todavia o menor sinal, mas ele naturalmente veio ao seu encontro, visto que o encanto que tinha a duquesa, o seu tato, a sua simplicidade a faziam considerar uma mulher de espírito. De resto, impunha-lhe a polidez que fosse falar com ela, pois, como era famoso e agradável, a sra. de Guermantes convidava-o seguidamente para jantar a sós com ela e o marido, ou, no outono, em Guermantes, aproveitava essa intimidade para convidá-lo a cear, certas noites, com Altezas curiosas de conhecê-lo. Porque a duquesa gostava de receber certos homens de escol, mas com a condição de que fossem solteiros, condição que, mesmo casados, preenchiam sempre para ela, pois como as suas esposas, sempre mais ou menos vulgares, destoariam num salão onde só havia as mais elegantes belezas de Paris, eram sempre convidados sem elas; e o duque, para prevenir quaisquer suscetibilidades, explicava àqueles viúvos forçados que a duquesa não recebia mulheres, não suportava a sociedade das mulheres, quase como se fosse por prescrição médica e como se dissesse que ela não podia ficar numa sala onde houvesse perfumes, comer coisas salgadas, viajar em último vagão, ou usar colete. É verdade que esses grandes homens encontravam em casa dos Guermantes a princesa de Parma, a princesa de Sagan (que Françoise, ouvindo sempre falar nela, acabou por chamar, por julgar esse feminino exigido pela gramática, a Sagana[97]), e muitas outras, mas justificavam a presença delas dizendo que eram da família, ou amigas de infância que não se podiam eliminar. Persuadidos ou não pelas explicações que lhes dera o duque de Guermantes sobre a singular enfermidade da duquesa de

---

97 Filha de um barão do Segundo Império, a princesa de Sagan (1839-1905) oferecia algumas das reuniões mundanas mais célebres da Paris do final do século xix. Os convidados da sra. de Villeparisis deverão se referir a uma dessas reuniões. (N. E.)

não poder frequentar mulheres, os grandes homens as transmitiam a suas esposas. Pensavam algumas que a doença não passava de um pretexto para ocultar o ciúme, porque a duquesa queria reinar sozinha numa corte de adoradores. Outras, mais ingênuas ainda, pensavam que a duquesa fosse de um gênero singular, até mesmo com um passado escandaloso, que as mulheres evitavam frequentar-lhe a casa e ela dava à necessidade um nome de sua fantasia. As mulheres, ouvindo os maridos dizerem maravilhas do espírito da duquesa, achavam que esta era tão superior ao resto das mulheres que se aborrecia na sua sociedade, pois elas não sabem falar de nada. E é verdade que a duquesa se aborrecia junto das mulheres quando não lhes emprestava particular interesse à sua qualidade principesca. Mas enganavam-se as esposas eliminadas ao imaginar que ela só queria receber homens para poder falar de literatura, ciência e filosofia. Se, pela mesma tradição de família que faz com que as filhas de grandes militares conservem no meio das suas preocupações mais vaidosas o respeito às coisas do Exército, a duquesa, neta de mulheres que haviam tido relações com Thiers, Mérimée e Augier,[98] pensava que cumpre antes de tudo reservar no seu salão um lugar aos homens de talento, mas por outro lado conservara, da maneira condescendente e íntima com que aqueles homens famosos eram recebidos em Guermantes, o hábito de considerar a gente de talento como relações familiares cujas faculdades não ofuscam e a quem não se fala de suas obras, o que aliás não lhes interessaria. E depois, o gênero Mérimée, Meilhac e Halévy, que também era o seu, a levava, por contraste com o sentimentalismo verbal de uma época anterior, a um gênero de conversação que rejeita tudo quanto sejam grandes frases e expressão de sentimentos elevados, e fazia com que ela ostentasse uma espécie de elegância, quando estava

---

98 Prosper Mérimée (1803-1889), escritor francês, autor dos romances *Carmen* e *Colomba*, tido como adversário de Baudelaire. Émile Augier (1820-1889), criador da chamada "Escola do bom senso" no teatro francês e autor da peça *O genro do sr. Poirier*, mencionada no segundo volume da obra de Proust, quando os pais do herói imitam falas do sr. de Norpois após o jantar que oferecem a esse embaixador. (N. E.)

com um poeta ou um músico, em não falar senão dos pratos que saboreavam ou da partida de cartas que iam jogar. Para um terceiro que não estivesse a par da coisa, tinha essa abstenção algo de perturbador que atingia as raias do mistério. Se a sra. de Guermantes lhe perguntava se gostaria de ser convidado junto com certo poeta famoso, chegava à hora marcada, devorado de curiosidade. A duquesa falava ao poeta do tempo que fazia. Passavam para a mesa. "Gosta dessa maneira de preparar os ovos?", perguntava ela ao poeta. Ante o seu assentimento, que ela compartilhava, pois tudo quanto era de sua casa lhe parecia delicioso, até uma sidra horrível que mandava vir de Guermantes: "Sirva mais ovos ao senhor", ordenava ao mordomo, enquanto o terceiro, ansioso, esperava sempre o que por certo estava na intenção do poeta e da duquesa, pois, apesar de mil dificuldades, haviam arranjado um meio de encontrar-se antes da partida do primeiro. Mas a refeição continuava, os pratos eram retirados uns após outros, não sem oferecer à sra. de Guermantes ocasião para espirituosos gracejos ou finas anedotas. E o poeta sempre a comer, sem que o duque ou a duquesa parecessem recordar que ele fosse poeta. E em breve estava findo o jantar, e despediam-se sem ter dito uma palavra da poesia que todos no entanto amavam, mas de que ninguém falava, em virtude de uma reserva análoga à de que Swann me dera a antecipação. Essa reserva era simplesmente de bom-tom. Mas para o terceiro, por pouco que refletisse sobre ela, tinha algo de melancólico, e as refeições do círculo dos Guermantes faziam pensar então nessas horas que enamorados tímidos muitas vezes passam juntos a falar de banalidades até o momento de separar-se, sem que, por timidez, pudor ou inabilidade, tenha podido passar do seu coração para os lábios o grande segredo que seriam tão felizes em confessar. Cumpre aliás acrescentar que esse silêncio a respeito das coisas profundas de que sempre se esperava embalde o momento de serem abordadas, se podia passar como característico da duquesa, não era absoluto nela. A sra. de Guermantes passara a mocidade num meio pouco diverso, igualmente aristocrático, mas nada brilhante e sobretudo menos fútil do que aquele em que hoje vivia, e de grande cultura. Havia este legado à sua frivolidade atual uma espécie de tufo mais sólido, invisivelmente nutriz e em que a própria duquesa ia procurar (muito raramente, pois detestava o pedantismo) alguma citação de Victor Hugo ou de Lamartine que, muito a propósito, dita com um sentido olhar de seus belos olhos, não deixava de surpreender e encantar. Às vezes até, sem pretensões, com pertinência e simplicidade, dava a um dramaturgo acadêmico algum conselho sagaz, fazia-o atenuar uma situação ou modificar um desenlace.

Se, no salão da sra. de Villeparisis, como na igreja de Combray, durante o casamento da srta. Percepied, tivera dificuldade em encontrar no belo rosto, demasiado humano, da sra. de Guermantes, o desconhecido do seu nome, pensava ao menos que quando ela falava a sua conversa, profunda, misteriosa, teria uma estranheza de tapeçaria medieval, de vitral gótico. Mas para que não ficasse decepcionado com as palavras que ouvisse pronunciar a uma pessoa que se chamava sra. de Guermantes, mesmo que não o amasse, não bastaria que as palavras fossem agudas, belas e profundas: seria preciso que refletissem aquela cor de amaranto da última sílaba de seu nome, aquela cor que desde o primeiro dia me espantara de não encontrar na sua pessoa e que eu fizera refugiar-se no seu pensamento. Sem dúvida tinha ouvido a sra. de Villeparisis, Saint-Loup, pessoas cuja inteligência nada tinha de extraordinário pronunciarem sem precaução esse nome Guermantes, simplesmente como o de uma pessoa que ia chegar de visita ou com quem iam jantar, não parecendo sentir nesse nome aspectos de bosques amarelescentes e todo um misterioso recanto de província. Mas devia ser uma afetação da sua parte, como quando os poetas clássicos não nos avisam das intenções profundas que no entanto tiveram, afetação que também me esforçava por imitar, dizendo no tom mais natural "a duquesa de Guermantes", como um nome que se assemelhasse a outros. De resto, todo mundo dizia que era uma mulher muito inteligente, de conversação espirituosa, que vivia num pequeno círculo dos mais interessantes: palavras que se faziam cúmplices do meu sonho. Pois quando diziam círculo inteligente, conversação espirituosa, o que eu imaginava não era a inteligência tal como a conhecia, ainda que fosse a dos maiores espíritos, não era absolutamente de pessoas como Bergotte que eu compunha aquele círculo. Não, por inteligência entendia eu uma faculdade inefável, dourada, impregnada de frescor silvestre. Ainda dizendo as coisas mais inteligentes (no sentido em que eu tomava a palavra *inteligente* quando se tratava de um filósofo ou de um crítico), a sra. de Guermantes teria talvez ainda mais decepcionado a minha expectativa de uma faculdade tão particular do que se se houvesse contentado, numa conversação insignificante, em falar em receitas de cozinha ou em mobiliário de castelo, em citar nomes de vizinhas ou parentes seus, que me tivessem evocado a sua vida.

— Esperava encontrar Basin aqui, ele tencionava vir — disse a sra. de Guermantes à sua tia.

— Não tenho visto há vários dias o teu marido — respondeu num tom suscetível e agastado a sra. de Villeparisis. — Não o tenho visto, ou uma vez acaso, depois desse encantador gracejo de fazer-se anunciar como a rainha da Suécia.

Para sorrir, a sra. de Guermantes franziu o canto dos lábios, como se tivesse mordido o véu.

— Almoçamos ontem com ela em casa de Blanche Leroi, a senhora não a reconheceria, ela tornou-se enorme, estou certa de que está doente.

— Dizia justamente a estes senhores que tu a achavas tal qual uma rã.

A sra. de Guermantes fez ouvir um ruidozinho rouco, que significava que ria por descargo de consciência.

— Eu não sabia que tinha feito essa linda comparação, mas, neste caso, ela agora é a rã que conseguiu ficar do tamanho do boi. Ou, antes, não é precisamente isso, pois toda a sua corpulência se acumulou no ventre; parece mais uma rã em estado interessante.

— Engraçada a tua imagem — disse a sra. de Villeparisis, que no fundo se sentia bastante orgulhosa, ante os convidados, do espírito da sobrinha.

— A imagem é principalmente *arbitrária* — respondeu a sra. de Guermantes, destacando ironicamente esse epíteto escolhido, como o faria Swann —, confesso nunca ter visto rã esperando filho.

Em todo caso, a tal rã, que aliás não pede rei, pois nunca a vi mais divertida do que depois da morte do esposo, de qualquer forma preveniria a senhora.

A sra. de Villeparisis fez ouvir uma espécie de resmungo indistinto.

— Sei que ela jantou anteontem em casa da senhora de Mecklemburgo — acrescentou. — Estava lá Hannibal de Bréauté. Ele veio contar-me tudo, devo dizer que com muita graça. Eu disse que deve ir jantar lá em casa na semana que vem.

— Havia nesse jantar alguém ainda muito mais espirituoso do que Babal — disse a sra. de Guermantes, que, por mais íntima que fosse do sr. de Bréauté-Consalvi, timbrava em mostrá-lo, chamando-o por esse diminutivo. — É o senhor Bergotte.

Não pensava eu que Bergotte pudesse ser considerado espirituoso; afigurava-se-me, além disso, como mesclado à humanidade inteligente, isto é, infinitamente distante daquele reino misterioso que eu vislumbrara sob as cortinas de púrpura de um camarote e onde o sr. de Bréauté, fazendo rir a duquesa, mantinha com ela, na língua dos deuses, essa coisa inimaginável: uma conversação entre pessoas do Faubourg Saint-Germain. Fiquei consternado ao ver romper-se o equilíbrio e Bergotte passar por cima do sr. de Bréauté. Mas principalmente o que me encheu de desespero foi haver evitado Bergotte na tarde de *Fedra*, não ter ido ao seu encontro, quando ouvi a sra. de Guermantes dizer à sra. de Villeparisis:

— É a única pessoa que tenho desejos de conhecer — acrescentou a duquesa, em que sempre se podia ver, como no momento de uma maré espiritual, o fluxo de uma curiosidade pelos intelectuais célebres cruzando-se em caminho com o refluxo do esnobismo aristocrático. — Como me agradaria!

A presença de Bergotte ao meu lado, presença que me seria tão fácil obter, mas que eu julgara pudesse dar má ideia de mim à sra. de Guermantes, teria sem dúvida como resultado, pelo contrário, chamar-me a duquesa a seu camarote e pedir-me que levasse um dia o grande escritor a almoçar com ela.

— Parece que não se mostrou muito amável, apresentaram-no ao senhor de Coburgo e não lhe disse uma palavra — acrescentou a sra. de Guermantes, assinalando esse traço curioso, como teria contado que um chinês se assoara com papel. — Não lhe disse uma única vez "monsenhor" — acrescentou, aparentemente divertida com esse detalhe tão importante para ela como a recusa de um protestante, numa audiência do papa, de pôr-se de joelhos ante Sua Santidade.

Interessada por essas particularidades de Bergotte, não parecia aliás achá-las censuráveis, e antes dir-se-ia considerá-las um mérito, sem que soubesse exatamente de que gênero. Apesar dessa estranha maneira de compreender a originalidade de Bergotte, considerei mais tarde que não era completamente de desdenhar que a sra. de Guermantes, com grande espanto de muitos, achasse Bergotte mais espirituoso que o sr. de Bréauté. Esses juízos subversivos, isolados e apesar de tudo justos, são assim formulados na sociedade por algumas raras pessoas superiores às demais. E nela desenham os primeiros lineamentos da hierarquia dos valores tal como a estabelecerá a geração seguinte, em vez de ater-se eternamente à antiga.

O conde de Argencourt, encarregado dos Negócios da Bélgica e primo em terceiro grau, por afinidade, da sra. de Villeparisis, entrou claudicando, seguido pouco depois por dois jovens, o barão de Guermantes e Sua Alteza o duque de Châtellerault, a quem a sra. de Guermantes disse: "Boa-tarde, meu pequeno Châtellerault", com um ar distraído e sem mover-se do tamborete, pois era grande amiga da mãe do jovem duque, o qual, por causa disso e desde menino, lhe tinha grande respeito. Altos, esguios, pele e cabelos dourados, o tipo acabado dos Guermantes, pareciam aqueles dois jovens como que uma condensação da luz primaveril e vesperal que inundava o grande salão. Segundo a moda daquele tempo, colocaram as cartolas no chão, ao seu lado. O historiador da Fronda pensou que eles estivessem contrafeitos, como um campônio que, entrando na prefeitura, não sabe o que fazer de seu chapéu. Julgando devesse acudir caridosamente em auxílio da falta de traquejo e da timidez que lhes supunha:

— Não, não — disse-lhes ele —, não as coloquem no chão; assim vão estragá-las.

Um olhar do barão de Guermantes obliquando o plano de suas pupilas verteu-lhes de súbito uma cor de um azul cru e cortante que gelou o benévolo historiador.

— Como se chama esse senhor? — perguntou-me o barão que acabava de me ser apresentado pela sra. de Villeparisis.

— O senhor Pierre — respondi a meia-voz.

— Pierre de quê?

— Pierre é o seu sobrenome. Um historiador de grande mérito.

— Ah, se o senhor o diz!

— Não, é um costume novo que têm esses senhores de pousar os chapéus no chão — explicou a sra. de Villeparisis; eu sou como o senhor, não me habituo a isso. Mas prefiro tal coisa ao que faz o meu sobrinho Robert, que sempre deixa o chapéu na antessala. Quando o vejo entrar assim, digo-lhe que parece o relojoeiro e pergunto-lhe se vem acertar as pêndulas.

— Referia-se ainda há pouco a senhora marquesa ao chapéu do senhor Molé; chegaremos em breve a fazer como Aristóteles o capítulo dos chapéus — disse o historiador da Fronda, um pouco tranquilizado pela intervenção da sra. de Villeparisis, mas numa voz ainda tão débil que, a não ser eu, ninguém o ouviu.

— É na verdade pasmosa a duquesinha — disse o sr. de Argencourt, designando a sra. de Guermantes, que conversava com G. — Desde que haja um homem de evidência num salão, está sempre ao lado dela. Evidentemente, aquele que ali está não pode ser outro senão o sumo pontífice. Não pode ser todos os dias o senhor Borelli, Schlumberger ou Avenel. Mas então será o senhor Pierre Loti ou o senhor Edmond Rostand.[99]

---

99 O visconde de Borelli é autor de *Alain Chartier*, representada no teatro da Comédie Française no dia 20 de maio de 1889, e de várias coletâneas de poemas. Gustave Schlumberger (1844-1929) era historiador e especialista na arqueologia de Bizâncio e das cruzadas. Proust o conhecera no salão da sra. Strauss e o achava um "completo imbecil". Georges, visconde de Avenel (1855-1939), também historiador e economista, é autor de uma obra de fôlego: *História econômica da propriedade e dos salários, das mercadorias e de todos os preços em geral de 1200 até* . O jovem Proust tinha Pierre Loti como de seus escritores em prosa preferidos. O dramaturgo Edmond Rostand (1868--1918), autor da peça *L'Aiglon*, encenada por Sarah Bernhardt em 1900, tentara ajudar Proust a encontrar um editor para o primeiro volume do livro, em 1912. (N. E.)

Ontem à noite, nos Doudeauville, onde, entre parênteses, estava esplêndida, com o diadema de esmeraldas e o vestido de cauda cor-de-rosa, tinha ela de um lado o senhor Deschanel e do outro o embaixador da Alemanha: discutia com eles sobre a China;[100] o grande público, a respeitosa distância, e que não ouvia o que os três diziam, indagava se não iria haver guerra. Na verdade dir-se-ia uma rainha dirigindo algumas palavras a cada um de seus cortesãos.

Todos se haviam aproximado da sra. de Villeparisis para vê-la pintar.

— Essas flores são de um rosa verdadeiramente celeste — disse Legrandin —, quero dizer: cor de céu rosa. Pois há um rosa celeste como há um azul-celeste. Mas — murmurou, para só ser ouvido pela marquesa —, creio que me inclino mais para a cópia, o encarnado sedoso da cópia que a senhora marquesa faz. Ah!, deixa a senhora muito atrás a Pisanello e Van Huysun, como o seu herbário minucioso e morto.[101]

Um artista, por modesto que seja, aceita sempre ver-se preferido aos rivais e procura apenas que se lhes faça justiça.

— O que lhe dá essa impressão é que eles pintavam flores daquele tempo, que já não conhecemos, mas tinham uma grande maestria.

— Ah! Flores daquele tempo! Que engenhoso! — exclamou Legrandin.

— A senhora pinta com efeito belas flores de cerejeira... ou rosas de maio — disse o historiador da Fronda, não sem hesitação quanto às flores, mas com segurança na voz, pois começava a esquecer o incidente dos chapéus.

---

100 O sr. de Argencourt alude ao salão do duque de Doudeauville (1825-1908) e de sua mulher, a princesa de Ligne (1843-1898). Durante 24 anos, o duque fora presidente do clube de maior prestígio social de Paris, o Jockey Club, e embaixador da França na Grã-Bretanha. Paul Deschanel (1855-1922) foi presidente da Câmara dos Deputados em 1898 e presidente da República em 1920. Além da atividade política, ele é autor de uma obra sobre *A questão do Tonkin* (1883). (N. E.)

101 Legrandin menciona Antonio Pisanello (1395-1455), pintor e gravador de medalhas italiano e o pintor holandês Jan Van Huysun (1682-1749), que se especializara em naturezas-mortas com arranjos florais. (N. E.)

— Não, são flores de macieira — disse a duquesa de Guermantes, dirigindo-se à tia.

— Ah!, bem vejo que és uma boa campesina: sabes distinguir as flores, como eu.

— Ah!, sim, é verdade! Mas supunha que já tivesse passado o tempo das flores de macieira — disse ao acaso o historiador da Fronda, para escusar-se.

— Mas não, pelo contrário, as macieiras ainda não estão em flor; só daqui a uma quinzena, ou talvez três semanas — disse o arquivista que, administrando até certo ponto as propriedades da sra. de Villeparisis, estava mais a par das coisas do campo.

— Sim, e isto nos arredores de Paris, onde estão muito adiantadas. Na Normandia, por exemplo, em casa do pai dele — disse, designando o duque de Châtellerault —, que tem magníficas macieiras à beira-mar, como em um biombo japonês, só ficam verdadeiramente cor-de-rosa depois de 20 de maio.

— Nunca as vejo — disse o jovem duque —, porque me dão febre do feno, é espantoso.

— Febre do feno... Nunca ouvi falar nisso — disse o historiador.

— É uma doença da moda — disse o arquivista.

— Depende; talvez não lhe desse nada se fosse um ano de maçãs. Conhece o dito normando: "Para um ano em que houver maçãs..." — disse o sr. de Argencourt que, não sendo inteiramente francês, procurava dar-se ares de parisiense.[102]

— Tens razão — respondeu à sobrinha a sra. de Villeparisis —, são macieiras do Sul. Foi uma florista quem me enviou esses ramos, pedindo-me que os aceitasse. Espanta-lhe, senhor Vallenères — disse ela, voltando-se para o arquivista —, que uma florista me envie ramos de macieira. Mas, apesar de velha, conheço gente, tenho alguns amigos — acrescentou, sorrindo por singeleza, conforme geralmente acreditaram, mas antes, a meu ver,

---

102 O sr. de Argencourt menciona um provérbio citado na peça *La fille du paysan*, de Anicet Bourgeois e Adolphe d'Ennery, encenada pela primeira vez no teatro da Gaîté, em 1862. O provérbio todo é o seguinte: "Para um ano em que há maçãs, não há maçãs; mas para um ano em que não há maçãs, há maçãs". (N. E.)

porque achava picante envaidecer-se da amizade de uma florista quando tinha tão elevadas relações.

— Ah! Flores daquele tempo! Que engenhoso! — exclamou.

Bloch ergueu-se para, por sua vez, admirar as flores que pintava a sra. de Villeparisis.

— Não importa, marquesa — disse o historiador, regressando à sua cadeira —, ainda que voltasse uma dessas revoluções que tantas vezes ensanguentaram a história da França, e, por Deus, nos tempos em que vivemos nunca se pode saber — acrescentou, lançando um olhar circular e circunspecto, para ver se não se encontrava algum "mal pensante" no salão, embora não o esperasse —, com um talento como esse e as suas cinco línguas, a senhora sempre teria certeza de sair-se de apuros. — O historiador da Fronda desfrutava de algum repouso, pois esquecera as suas insônias. Mal lembrou-se de súbito de que não dormia há seis dias, e então uma dura fadiga, provinda de seu espírito, se lhe apoderou das pernas, fê-lo curvar as espáduas, e seu rosto desolado pendeu como o de um velho.

Bloch quis fazer um gesto para exprimir admiração, mas, com uma cotovelada, derrubou o vaso em que estava o ramo e toda a água se entornou no tapete.

— Tem realmente uns dedos de fada — disse a marquesa ao historiador, que, voltando-me as costas naquele momento, não se apercebera do desastre de Bloch.

Mas este julgou que tais palavras se aplicavam à sua pessoa e, para ocultar sob uma insolência a vergonha de seu gesto infeliz:

— Isso não tem nenhuma importância — disse ele —, pois não me molhei.

A sra. de Villeparisis tocou a sineta e veio um lacaio enxugar o tapete e recolher os cacos de louça. Convidou os dois jovens para a sua matinê, bem como a duquesa de Guermantes, a quem recomendou:

— Não te esqueças de dizer à Gisèle e à Berthe (as duquesas de Auberjon e de Portefin) que venham um pouco antes das duas horas para me ajudar — como diria a mordomos extras que chegassem adiantadamente para preparar as compoteiras.

Não tinha com os seus parentes principescos, nem tampouco com o senhor de Norpois, nenhuma dessas amabilidades que tinha com o historiador, com Cottard, com Bloch, comigo, e tais parentes pareciam não possuir para ela outro interesse senão o de apresentá-los como pasto à nossa curiosidade. É que sabia que não precisava preocupar-se com pessoas para quem ela não era uma mulher mais ou menos brilhante, mas a irmã suscetível, e poupada, do seu pai ou do seu tio. De nada lhe serviria tratar de brilhar perante eles, a quem não podia enganar com isso quanto à solidez ou à fraqueza da sua situação, e que melhor do que ninguém conheciam a sua história e respeitavam a raça ilustre de que descendia. Mas, principalmente, não eram para ela mais que um resíduo morto que não frutificaria, não a fariam conhecer seus novos amigos, nem partilhar dos seus prazeres. Não podia obter mais que a sua presença ou a possibilidade de falar neles, na sua recepção das cinco horas, como mais tarde nas suas Memórias, de que aquela era uma espécie de ensaio, de primeira leitura em voz alta, diante de um pequeno círculo. E na companhia que todos esses nobres parentes a ajudavam a interessar, a deslumbrar, a encadear, a companhia dos Cottard, dos Bloch, dos autores dramáticos notórios, historiadores da Fronda de todas as espécies, era nessa companhia que estavam, para a sra. de Villeparisis — na falta da parte do mundo elegante que não ia à sua casa —, o movimento, a novidade, as diversões e a vida; dessa gente, sim, podia tirar vantagens sociais (que bem valiam a pena de que ela lhes fizesse encontrar algumas vezes, sem jamais a conhecerem, a duquesa de Guermantes), jantares com homens notáveis cujos trabalhos a haviam interessado, uma ópera-bufa ou uma pantomima que o autor fazia representar em sua casa, camarotes para espetáculos curiosos. Bloch erguera-se para partir. Dissera em voz alta que o incidente do vaso não tinha importância alguma, mas o que dizia baixinho era diferente, ainda mais diferente do que ele pensava: "Quando a gente não tem serviçais suficientemente ensinados para saber colocar um vaso sem o risco de molhar e até mesmo de ferir os visitantes, é escusado meter-se nesses luxos", resmungava baixinho. Era dessas pessoas suscetíveis e "nervosas" que não podem suportar haver cometido uma inconveniência que não confessam a si mesmos, mas que lhes estraga todo o dia. Furioso, sentia-se cheio de negros pensamentos, não mais queria frequentar a sociedade. Era o momento em que se faz mister um pouco de distração. Felizmente, a sra. de Villeparisis ia detê-lo um segundo depois. Ou porque conhecesse as ideias de seus amigos e a onda de antissemitismo que começava a subir, ou por mera distração, não o havia apresentado às pessoas que ali se achavam. Mas ele, que tinha pouco tirocínio social, julgou que ao retirar-se devia saudá-los, por traquejo mundano, mas sem amabilidade; inclinou várias vezes a fronte, mergulhou o mento hirsuto no colarinho postiço, olhando para cada um através das lunetas, com um ar frio e descontente. Mas a sra. de Villeparisis deteve-o; tinha ainda de lhe falar sobre o pequeno ato que devia ser representado em sua casa e, por outro lado, não desejaria que ele partisse sem a satisfação de conhecer o sr. de Norpois (que se espantava de não ver chegar), e embora essa apresentação fosse supérflua, pois Bloch já estava resolvido a convencer os dois artistas de que tinha falado a cantar de graça em casa da marquesa, no interesse da própria glória, numa daquelas representações frequentadas pela elite da Europa. Tinha até proposto, a mais, uma atriz "de olhos puros, bela como Hera", que diria prosas líricas com o senso da beleza plástica. Mas, ao ouvir-lhe o nome, a sra. de Villeparisis recusara, pois se tratava da amante de Saint-Loup.

— Tenho melhores notícias — disse-me ao ouvido. — Creio que a ligação deles está nas últimas e que eles não tardarão em separar-se, apesar de um oficial que desempenhou um papel abominável em toda essa história — acrescentou. — Pois a família de Robert começava a odiar de morte o senhor de Borodino, que havia concedido a licença para Bruges, a instâncias do barbeiro, e acusava-o de favorecer relações infames. — É um sujeito muito reles — disse-me a sra. de Villeparisis com o acento virtuoso dos Guermantes, mesmo os mais depravados. — Muito, muito reles — insistiu, pondo três *m* em *muito*. Sentia-se que ela não duvidava de que ele entrasse de terceiro em todas as orgias. Mas como a amabilidade era o hábito predominante na marquesa, a sua expressão de cenhuda severidade para com o horrível capitão, cujo nome pronunciou com ênfase irônica: "o príncipe de Borodino", como mulher para quem o Império não conta, terminou num terno sorriso dirigido a mim com um mecânico piscar de vaga conivência.

— Tenho muita afeição a De Saint-Loup-en-Bray — disse Bloch —, embora ele seja um sovina, porque é extremamente bem-educado. Muito estimo, não a ele, mas às pessoas extremamente bem-educadas... É coisa tão rara! — continuou, sem notar o quanto desagradavam as suas palavras, visto que ele próprio era muito mal-educado. — Vou citar-lhe uma prova que acho bastante significativa da sua perfeita educação. Encontrei-o certa vez com um jovem, quando ia subir no seu carro de belas rodas, depois de ter ele próprio posto as correias esplêndidas a dois cavalos nutridos de aveia e cevada e a que não é preciso excitar com o látego cintilante. Apresentou-nos, mas não ouvi o nome do jovem, pois a gente nunca ouve o nome das pessoas que nos apresentam — acrescentou a rir, porque era um gracejo de seu pai. — De Saint-Loup-en-Bray não abandonou sua gentileza, não demonstrou atenções exageradas para com o jovem, não pareceu absolutamente constrangido. Ora, por acaso, vim a saber alguns dias depois que o jovem era filho de sir Rufus Israel!

O fim dessa história pareceu menos chocante que o princípio, por ser incompreensível para os presentes. Com efeito, sir Rufus Israel, que se afigurava a Bloch e a seu pai uma personagem quase régia, perante a qual Saint-Loup devia tremer, era, pelo contrário, aos olhos do círculo dos Guermantes, um estrangeiro adventício, tolerado pela sociedade, e de cuja amizade ninguém teria a ideia de orgulhar-se, antes pelo contrário!

— Soube-o — disse Bloch — pelo procurador de sir Rufus Israel, o qual é amigo de meu pai e um homem verdadeiramente extraordinário. Ah!, um indivíduo absolutamente curioso — acrescentou, com essa energia afirmativa, esse tom entusiástico que a gente só empresta às convicções que não formou por conta própria.

Bloch mostrara-se encantado com a ideia de conhecer o sr. de Norpois.

— Gostaria — dizia ele — de fazê-lo falar sobre a questão Dreyfus. Existe ali uma mentalidade que não conheço bem, e seria saboroso fazer uma *interview* com esse considerável diplomata — disse em tom sarcástico, para não parecer que se julgava inferior ao embaixador. — Dize-me — continuou em voz baixa —, que fortuna poderá ter Saint-Loup? Hás de compreender que, se te faço esta pergunta, interessa-me tanto como o ano quarenta, mas é do ponto de vista balzaquiano, compreendes. E nem ao menos sabes em que está investida, se ele possui títulos franceses, títulos estrangeiros, terras?

Não pude informá-lo de nada. Deixando de falar a meia-voz, Bloch pediu, alto, permissão para abrir as janelas e, sem esperar resposta, dirigiu-se para estas. A sra. de Villeparisis disse que era impossível abrir, porque ela estava resfriada. "Ah!, se lhe faz mal!", respondeu Bloch, decepcionado. "Mas pode-se dizer que faz calor!" E, pondo-se a rir, obrigou seu olhar a uma espécie de ronda precatória pela assistência, em prol de um apoio contra a sra. de Villeparisis. Não o conseguiu, entre aquelas pessoas bem-educadas. Seus olhos acesos, que não tinham podido subornar ninguém, retomaram resignadamente a seriedade; declarou, para encobrir a sua derrota: "Faz no mínimo 22 graus e 25... Não me espanta. Estou quase a suar. E não tenho, como o sábio Antenor, filho do rio Alfeu, a faculdade de mergulhar na paterna onda, para estancar meu suor, antes de entrar numa banheira polida e ungir-me de um óleo perfumado".[103] E com essa necessidade que se tem de esboçar para uso dos outros teorias médicas, cuja aplicação seria favorável ao nosso próprio bem-estar: "Já que a senhora acredita que lhe faz bem! Mas eu penso exatamente o contrário. É justamente o que lhe produz resfriados".

A sra. de Villeparisis lamentou que ele tivesse dito tudo aquilo tão alto, mas não ligou grande importância quando viu que o arquivista, cujas opiniões nacionalistas a traziam, por assim dizer, acorrentada, se achava muito longe para poder ouvi-lo. Sentiu-se

---

103 Bloch alude ao velho troiano, Antenor, que, na *Ilíada*, aconselha seus compatriotas a devolver Helena aos gregos. Bloch, entretanto, usa para ele um epíteto ("filho do rio Alfeu") que, no canto v do livro, é atribuído a Ortíloco. (N. E.)

mais melindrada quando Bloch, arrastado pelo demônio de sua má-educação, que previamente o cegara, lhe perguntou, a rir do gracejo paterno: "Não foi dele que li um erudito estudo em que demonstrava por que razões irrefutáveis a guerra russo-japonesa devia terminar com a vitória dos russos e a derrota dos japoneses?[104] E já não está um tanto caduco? Parece-me que é um que vi olhar para a sua cadeira, antes de ir sentar-se nela, deslizando como sobre rodas...".

— Nunca! Espere um momento — acrescentou a marquesa —, não sei o que poderá ele estar fazendo.

Tocou a sineta e, quando entrou o criado, como não dissimulava absolutamente e até gostava de mostrar que o seu velho amigo passava a maior parte do tempo em casa dela:

— Vá dizer ao senhor de Norpois que venha; está classificando uns papéis em meu escritório; disse que demoraria uns vinte minutos e já faz uma hora e três quartos que o espero. Ele lhe falará da questão Dreyfus, de tudo quanto o senhor quiser — disse, em tom enfadado, a Bloch —; não aprova muito o que se está passando.

Pois o sr. de Norpois estava de mal com o presente Ministério, e a sra. de Villeparisis, embora ele não se permitisse levar-lhe pessoas do governo (conservava afinal a sua altivez de dama da alta aristocracia e permanecia fora e acima das relações que o amigo era obrigado a cultivar), em todo caso, por intermédio dele, estava a par do que se passava. Tampouco os políticos do regime se atreveriam a pedir ao sr. de Norpois que os apresentasse à sra. de Villeparisis. Mas vários, quando tinham necessidade do seu concurso em circunstâncias graves, tinham ido procurá-lo em casa dela, no campo. Sabiam o endereço. Iam ao castelo. Não avistavam a castelã. Mas ao jantar ela dizia: "Sei que vieram incomodá-lo. Vão melhor as coisas?".

— Não está com muita pressa? — perguntou a sra. de Villeparisis a Bloch.

---

104 Na verdade, a guerra russo-japonesa (1904-1905) terminaria com a derrota do Exército do czar russo Nicolau II, que a França apoiava por ser contrária à intervenção japonesa na China. (N. E.)

— Não, não, desejaria partir porque não estou muito bem, cogita-se até de que eu faça uma cura em Vichy, para a minha vesícula biliar — disse ele, articulando estas palavras com uma ironia satânica.

— Pois olhe: justamente o meu sobrinho-neto Châtellerault deve ir até lá, deviam combinar a viagem juntos. Será que ele ainda está aqui? Ele é muito amável, bem sabe — disse a sra. de Villeparisis, talvez de boa-fé e pensando que duas pessoas a quem ela conhecia não tinham razão alguma para não travarem amizade entre si.

— Oh!, não sei se isso lhe agradaria, eu não o conheço... quase; ali está ele — disse Bloch, confuso e encantado.

Decerto o mordomo não transmitira de modo completo a mensagem de que o havia encarregado para o sr. de Norpois. Pois este, para dar a entender que chegava de fora e ainda não tinha visto a dona da casa, tomou ao acaso um chapéu na antecâmara e veio beijar cerimoniosamente a mão da sra. de Villeparisis, pedindo-lhe notícias suas com o mesmo interesse que se manifesta após uma longa ausência. Ignorava que a marquesa tirara previamente qualquer verossimilhança a essa comédia, que aliás ela cortou, levando o sr. de Norpois e Bloch para uma sala próxima. Bloch, vendo todas as amabilidades que faziam com aquele que ele ainda não sabia fosse o sr. de Norpois e as saudações compassadas, graciosas e profundas com que o embaixador lhes respondia, Bloch sentia-se inferior a todo aquele cerimonial e, vexado de pensar que nunca se dirigiam a ele, dissera-me, para parecer à vontade: "Quem é essa espécie de imbecil?". De resto, como todas aquelas saudações do sr. de Norpois chocavam o que havia de melhor em Bloch, a franqueza mais direta de um meio moderno, talvez fosse em parte sinceramente que ele as achava ridículas. Em todo caso, deixaram de assim lhe parecer, e até o encantaram, desde o instante em que foi ele, Bloch, que se viu como alvo de um dos tais cumprimentos.

— Senhor embaixador — disse a sra. de Villeparisis —, desejaria apresentar-lhe este cavalheiro. O senhor Bloch, o senhor marquês de Norpois. — Fazia questão, apesar da rudeza com que tratava o amigo, em chamar-lhe: "Senhor embaixador" por urbanidade, por exagerada consideração ao cargo de embaixador, consideração que o marquês lhe inculcara, e enfim para aplicar essas maneiras menos familiares, mais cerimoniosas para com determinado homem e que no salão de uma mulher distinta, contrastando com a liberdade com que ela trata os demais convivas, designam logo o seu amante.

O sr. de Norpois afogou o olhar azul na sua barba branca, curvou profundamente o elevado porte como se se inclinasse diante de tudo o que representava para ele de notório e imponente o nome de Bloch, e murmurou: "Encantado!", enquanto o seu jovem interlocutor, abalado, mas achando que o célebre diplomata tinha ido muito longe, retificou pressuroso e disse: "Mas, pelo contrário, eu é que estou encantado!". Todavia, essa cerimônia que o sr. de Norpois, por amizade à sra. de Villeparisis, renovava com cada desconhecido que a sua velha amiga lhe apresentava não pareceu a esta uma cortesia suficiente para Bloch, a quem disse:

— Mas pergunte-lhe tudo o que deseja saber, leve-o para um canto, se lhe for mais cômodo; ficará encantado de conversar com o senhor; creio que o cavalheiro desejava falar-lhe da questão Dreyfus — acrescentou, sem se preocupar se isso agradaria ao sr. de Norpois, da mesma forma que não lhe ocorreria solicitar licença ao retrato da duquesa de Montmorency antes de mandar alumiá-lo para o historiador, ou consultar a opinião sobre o chá ao oferecer uma taça dele.

— Fale-lhe alto — disse a Bloch —, é um pouco surdo, mas lhe dirá tudo quanto deseje saber, conheceu muito bem a Bismarck, a Cavour.[105] Não é verdade, embaixador — disse com força —, que conheceu muito a Bismarck?

— Tem alguma coisa em preparo? — perguntou-me o sr. de Norpois com um sinal de inteligência e apertando-me cordialmente a mão. Aproveitei-me disso para desembaraçá-lo delicadamente do chapéu que julgara devia trazer consigo em sinal de cerimônia, pois acabava de ver que era o meu que ele havia apanhado ao acaso. — Tinha-me o senhor mostrado uma obrinha um tanto complicada, em que cortava cabelos em quatro, e dei-lhe francamente

---

105 Otto von Bismarck (1815-1898), ministro de Frederico da Prússia, fino diplomata cujo poder diminuiria com a ascensão ao trono do rei alemão Guilherme II, em 1888. O conde de Cavour (1810-1861) era o político italiano que conseguira unificar seu país. (N. E.)

a minha opinião; o que o senhor tinha feito não valia a pena de o deitar por escrito. Está preparando alguma coisa? O senhor gosta imenso de Bergotte, se bem me lembro.

— Ah!, não fale mal de Bergotte — exclamou a duquesa.

— Não discuto o seu talento de pintor, a ninguém ocorreria semelhante coisa, duquesa. Sabe gravar a buril ou a água-forte, se não pintar a brochaços, como o senhor Cherbuliez, uma vasta composição.[106] Mas parece-me que a nossa época faz uma grande confusão de gêneros e que o próprio do romancista é antes urdir uma intriga e elevar os corações que esmerilhar a ponta-seca um frontispício ou uma vinheta. Verei seu pai domingo, em casa desse bom A. J. — acrescentou, voltando-se para mim.

Por um instante esperei, ao vê-lo falar com a sra. de Guermantes, que talvez me prestasse para ir à casa desta o auxílio que me negara para ir à do sr. Swann. "Outra das minhas grandes admirações", disse-lhe eu, "é Elstir. Parece que a duquesa de Guermantes tem coisas admiráveis dele, principalmente esse admirável molho de rabanetes que vi na Exposição e que tanto desejaria rever; que obra-prima aquele quadro!". Com efeito, se eu fosse um homem notório e me perguntassem que obra de pintura preferia, teria citado aquele molho de rabanetes. "Uma obra-prima?!", exclamou o sr. de Norpois com um ar de espanto e censura. "Nem sequer tem a pretensão de ser um quadro, mas um simples esboço (ele tinha razão). Se chama aquilo de obra-prima, que dirá o senhor da *Virgem* de Hébert ou de Dagnan-Bouveret?"[107]

— Ouvi-a recusar a amiga de Robert — disse a sra. de Guermantes à sua tia depois que Bloch levou à parte o embaixador. — Creio que nada tem a lamentar, bem sabe que é um horror, não tem sombra de talento, e ainda por cima grotesca.

---

106 Victor Cherbuliez (1829-1899), romancista suíço que se especializara na descrição de grandes afrescos misturando história e aventura. (N. E.)

107 Ernest Hébert (1817-1908), pintor de cenas da vida popular italiana e autor de quadros com motivos religosos. Pascal Dagnan-Bouveret (1852-1929) também pintou cenas evocando a vida religiosa dos camponeses e o admirado quadro da *Virgem*, tão bem acolhido no Salão de Pintura de 1885. (N. E.)

— Mas como a conhece, duquesa? — perguntou o sr. de Argencourt.

— Pois não sabe que ela representou em minha casa, antes de que em qualquer outra parte? Nem por isso me sinto mais orgulhosa — disse a rir a sra. de Guermantes, satisfeita, no entanto, já que falavam daquela atriz, de revelar que tivera as primícias de seus ridículos.

— Bem, só me resta partir — acrescentou ela, sem se mover. Acabava de ver entrar o marido e, com as palavras que pronunciava, fazia alusão ao cômico de parecerem estar fazendo juntos uma visita de núpcias, e não às relações frequentemente difíceis que existiam entre ela e aquele enorme rapagão que ia envelhecendo, mas que continuava a levar vida de jovem.

Passeando pelo grande número de pessoas que cercava a mesa de chá os olhares afáveis, maliciosos e um pouco ofuscados pelos raios do sol poente, de suas pequenas pupilas redondas e exatamente incrustadas no olho como os centros pretos do alvo que sabia visar e atingir tão perfeitamente o excelente atirador que ele era, o duque avançava com uma lentidão maravilhada e prudente como se, intimidado por assembleia tão brilhante, receasse pisar nos vestidos e interromper as conversações. Um permanente sorriso de bom rei de Yvetot[108] levemente envernizado, uma das mãos semiestendida flutuando, como a barbatana de um tubarão, à altura do peito, e que deixava apertar indistintamente pelos seus velhos amigos e pelos desconhecidos que lhe apresentavam, permitiam-lhe, sem que tivesse de fazer um único gesto nem interromper a sua ronda bonachona, preguiçosa e régia, satisfazer a solicitude de todos, murmurando apenas: "Boa tarde, meu velho", "Boa tarde, meu caro amigo", "Encantado, senhor Bloch", "Boa-tarde, Argencourt", e ao chegar a mim, que fui o mais favorecido, quando ouviu meu nome: "Boa tarde, meu pequeno vizinho,

---

108 Alusão à personagem pacifista da célebre canção de Béranger, composta em 1813, durante a sangrenta epopeia napoleônica: em meio ao cansaço geral, o imperador ainda permanece com uma "sede um pouco viva." (N. E.)

como vai seu pai? Belo homem!". Só fez grandes demonstrações para a sra. de Villeparisis, que o cumprimentou com um aceno de cabeça, tirando uma das mãos do seu aventalzinho.

Formidavelmente rico num mundo em que a gente o é cada vez menos, tendo assimilado à sua pessoa de modo permanente a noção dessa enorme fortuna, a vaidade do grão-senhor, nele, era redobrada pela do homem de dinheiro, e a educação refinada do primeiro era o quanto dava para conter a suficiência do segundo. De resto, compreendia-se que os seus êxitos com as mulheres, que constituíam a desgraça da sua, não eram exclusivamente devidos ao seu nome e à sua fortuna, pois conservava ainda grande beleza, com aquele perfil que tinha a pureza e a nitidez de contorno de um deus grego.

— Ela representou deveras na sua casa? — perguntou o sr. de Argencourt à duquesa.

— Ora, ela apareceu, para recitar, com um ramo de lírios na mão e outros lírios no vestido.

Antes que o sr. de Norpois, constrangido e forçado, levasse Bloch para o desvão onde poderiam conversar a sós, voltei um instante para junto do velho diplomata e insinuei-lhe meia palavra a respeito da cadeira acadêmica de meu pai. Quis primeiro deixar a conversa para outra vez. Mas objetei que ia partir para Balbec. "Como! Vai de novo a Balbec? Mas você é um verdadeiro *globe--trotter!*" Depois escutou-me. Ao ouvir o nome de Leroy-Beaulieu, o sr. de Norpois olhou-me com ar suspeitoso. Imaginei que ele talvez tivesse dito ao sr. Leroy-Beaulieu coisas desfavoráveis a meu pai, e receava que o economista lhas houvesse repetido. Imediatamente pareceu animado de verdadeira afeição a meu pai. E após uma dessas lentidões da conversa em que de súbito explode uma palavra, como que a contragosto de quem fala, quando a irresistível convicção domina os balbuciantes esforços que fazia para se calar: "Não, não", disse-me com emoção, "seu pai *não deve* candidatar-se. Não o deve fazer por seu próprio interesse, por ele mesmo, por mero respeito ao seu valor, que é grande e que ele comprometeria em semelhante aventura. Vale mais do que isso. Se fosse nomeado, tudo teria a perder e nada a ganhar, pois graças a Deus não é orador. E é a única coisa que conta para os meus colegas, mesmo quando o que se diz não passa de vacuidades. Seu pai tem um objetivo importante na vida; deve marchar direito para ele, sem se desviar pelos bosques, ainda que sejam os bosques, aliás mais espinhosos que floridos, do jardim de Academo.[109] Em todo caso, só conseguiria uns poucos votos. A Academia gosta de obrigar o postulante a um estágio antes de admiti-lo em seu seio. Atualmente nada se pode fazer. Mais tarde não digo que não. Mas é preciso que seja a própria Companhia que venha buscá-lo. Ela pratica com mais fetichismo que felicidade o *farà da sé* dos nossos vizinhos de além dos Alpes.[110] Leroy-Beaulieu falou-me disso tudo de um modo que não me agradou.[111] Aliás, me pareceu defender a candidatura de seu pai... E talvez lhe tenha eu feito sentir um pouco vivamente que, habituado a ocupar-se de colonos e de metais, desconhecia o papel dos imponderáveis, como dizia Bismarck.[112] O que antes de tudo é preciso evitar é que seu pai se apresente: *Principiis obsta.*[113] Seus amigos se veriam numa posição delicada se ele os pusesse em presença do fato consumado. "Olhe", disse ele bruscamente com um ar de franqueza, fixando em mim os olhos azuis, "vou dizer-lhe uma coisa que vai espantá-lo da minha parte, eu que tanto estimo a seu pai. Pois bem, justamente porque o estimo, justamente

---

109 Alusão ao bosque perto de Atenas que leva o nome do herói mítico Academo, bosque em que Platão instalaria sua Academia. (N. E.)

110 "L'Italia farà da sé" ("A Itália se fará por si própria") era a divisa dos nacionalistas italianos que desejavam ver a união do país se realizar sem nenhuma intervenção externa. (N. E.)

111 Paul Leroy-Beaulieu era professor do Collège de France, economista e administrador da sociedade petroleira e metalúrgica de Pennaroya. Esse "eminente economista" já havia sido citado pouco antes, como parceiro de uma conversa com o pai do herói sobre a candidatura deste à Academia, surpreendendo-lhe então ao não mencionar o possível voto a seu favor do sr. de Norpois. (N. E.)

112 Alusão a uma expressão utilizada por Bismarck no início do ano de 1868, referindo-se aos chamados "imponderáveis da política". (N. E.)

113 Palavras que iniciam um dístico de Ovídio: "Combata o mal desde o início; será muito tarde para trazer-lhe remédio, quando um espaço de tempo muito grande o tiver fortalecido". "Remedia amoris", versos 91-92. (N. E.)

(nós somos os dois inseparáveis, *Arcades ambo*[114]) porque sei os serviços que pode prestar ao país, os escolhos que lhe pode evitar se permanecer no timão, por afeto, por elevada estima, por patriotismo, eu não lhe daria o meu voto. Aliás, creio ter-lhe dado a perceber isso mesmo. (E pareceu-me vislumbrar em seus olhos o perfil assírio e severo de Leroy-Beaulieu.) Portanto, dar-lhe o meu voto seria uma espécie de palinódia". Por várias vezes, o sr. de Norpois tratou seus colegas de fósseis. Além de outras razões, qualquer membro de um clube ou Academia gosta de atribuir aos colegas o gênero de caráter mais contrário ao seu, menos pela vantagem de poder dizer: "Ah!, se isso só dependesse de mim!" do que pela satisfação de apresentar o título que obteve como mais difícil e mais lisonjeiro. "Dir-lhe-ei que", concluiu ele, "no interesse dele e de todos os seus, prefiro para seu pai uma eleição triunfal daqui a dez ou quinze anos". Palavras que julguei ditadas, se não pela inveja, pelo menos por uma falta absoluta de prestimosidade e que assumiram mais tarde, pelos próprios fatos, um sentido diferente.

— Não pensa falar no Instituto do preço do pão durante a Fronda? — perguntou timidamente o historiador da Fronda ao sr. de Norpois. — Poderia obter com isso um êxito admirável (o que queria dizer fazer-me um reclame monstro) —, acrescentou, sorrindo para o embaixador com pusilanimidade, mas também com uma ternura que o fizeram erguer as pálpebras e descobrir os olhos, grandes como um céu. Parecia-me já ter visto aquele olhar, e no entanto só hoje conhecia o historiador. De repente lembrei-me, aquele mesmo olhar, tinha-o visto nos olhos de um médico brasileiro que pretendia curar as sufocações do gênero das que eu tinha com absurdas inalações de essências vegetais. Como, para que ele tomasse mais cuidado por mim, lhe dissesse eu que conhecia o professor Cottard, respondeu-me, como no interesse de Cottard: "Pois aí está um tratamento que, se o senhor lho dissesse, havia de fornecer-lhe matéria para uma sen-

---

114 "Ambos árcades", palavras extraídas das *Bucólicas*, de Virgílio, no trecho em que Tryrsis e Corydon são equiparados ("Os dois na flor da idade, ambos árcades, cantores de igual capacidade e preparados para a réplica."). (N. E.)

sacional comunicação à Academia de Medicina!'". Não ousara insistir, mas olhara-me com aquele mesmo olhar de interrogação tímida, interessada e súplice que eu acabava de admirar no historiador da Fronda. Certamente aqueles homens não se conheciam e não se assemelhavam em coisa alguma, mas as leis psicológicas possuem, como as leis físicas, certa generalidade. E as condições necessárias são as mesmas, um mesmo olhar ilumina animais humanos diferentes, como um mesmo céu matinal a lugares da terra situados muito longe um do outro e que jamais se viram entre si. Não ouvi a resposta do embaixador, pois todos, com certo ruído, se haviam aproximado da sra. de Villeparisis para vê-la pintar.

— Sabe de quem estamos falando, Basin? — perguntou a duquesa ao marido.

— Naturalmente o adivinho — disse o duque.

— Ah!, não é o que se costuma chamar uma comediante de alta linhagem.

— Jamais imaginaria o senhor uma coisa mais irrisória — continuou a duquesa, dirigindo-se ao sr. de Argencourt.

— Era até drolático — interrompeu o sr. de Guermantes, cujo bizarro vocabulário permitia ao mesmo tempo às pessoas da sociedade dizerem que ele não era um tolo e aos homens de letras acharem-no o pior dos imbecis.

— Não posso compreender — prosseguiu a duquesa — como é que Robert chegou a apaixonar-se por ela. Oh!, bem sei que nunca se devem discutir essas coisas — acrescentou com um lindo momo de filósofa e de sentimental desencantada. — Sei que qualquer homem pode amar qualquer mulher. E — acrescentou, porque, se ainda zombava da nova literatura, esta, talvez pela vulgarização dos jornais ou através de certas conversações, se havia infiltrado um tanto nela — é isso mesmo o que há de belo no amor, porque é precisamente o que o torna *misterioso*.

— Misterioso! Ah!, confesso que é um pouco forte para mim, minha prima — disse o conde de Argencourt.

— Mas sim, é muito misterioso o amor — tornou a duquesa com um suave sorriso de mundana amável, mas também com a intransigente convicção de uma wagneriana que afirma a um homem do seu círculo que não há apenas mero ruído na *Walkyria.* — De resto, no fundo, não se sabe por que uma pessoa ama a outra, talvez não seja absolutamente pelo que pensamos — acrescentou a sorrir, repelindo assim de golpe, com a sua interpretação, a ideia que acabava de emitir. — De resto, no fundo nunca se sabe nada — concluiu com um ar cético e fatigado. — Assim, veja, é mais *inteligente*; nunca se deve discutir a escolha dos amantes.

Mas, depois de assentar esse princípio, imediatamente o infringiu criticando a escolha de Saint-Loup:

— Veja o senhor, em todo caso, acho espantoso que possam achar sedução numa pessoa ridícula.

Bloch, ao ouvir que falávamos de Saint-Loup, e compreendendo que este se achava em Paris, pôs-se a dizer tanto mal dele que todo mundo ficou revoltado. Começava a alimentar ódios e via-se que para saciá-los não retrocederia diante de nada. Tendo assentado o princípio de que possuía alto valor moral, e que a espécie de gente que frequentava a Boulie (círculo esportivo que lhe parecia elegante) merecia a cadeia, pareciam-lhe meritórios todos os golpes que lhes pudesse assestar.[115] Certa vez chegou até a falar de um processo que pretendia intentar contra um de seus amigos da Boulie. Em tal processo, contava fazer uma deposição mentirosa, mas cuja falsidade o inculpado não poderia provar. Dessa maneira Bloch, que aliás não executou o projeto, tencionava levá-lo ao desespero. Que mal havia nisso, visto que aquele a quem assim queria ferir era um homem que só pensava em elegâncias, um homem da Boulie, e contra tal gente todas as armas são lícitas, principalmente a um santo, como ele, Bloch.

— No entanto, veja Swann — objetou o sr. de Argencourt, que acabava enfim de compreender o sentido das palavras que pronunciara a sua prima, estava impressionado com a sua justeza

---

115 O círculo de golfe de Boulie, situado perto da cidade de Versalhes, existe ainda hoje. (N. E.)

e procurava na memória exemplos de gente que se houvesse enamorado de pessoas que a ele não agradariam.

— Ah!, Swann não é precisamente o mesmo caso — protestou a duquesa. — Em todo caso, era mesmo de espantar, porque se tratava de uma perfeita idiota, mas não era ridícula e foi bonita.

— Hum, hum! — resmungou a sra. de Villeparisis.

— Ah!, não a achava bonita? Mas tinha algumas coisas encantadoras, lindos olhos, lindos cabelos, vestia-se e ainda se veste maravilhosamente. Agora, reconheço que é imunda, mas foi uma agradável pessoa. O que não me dá menos pesar de que Charles a tenha desposado, pois foi uma coisa de todo inútil.

Não supunha a duquesa estar dizendo algo de notável, mas, como o sr. de Argencourt se pôs a rir, repetiu a frase, ou porque a achasse engraçada, ou porque achasse amável aquele que ria, a quem se pôs a olhar com expressão carinhosa, para acrescentar o encanto da doçura ao do espírito. Continuou: "Sim, não é mesmo, não valia a pena, mas enfim ela não era sem encantos e compreendo perfeitamente que a amassem, ao passo que a rapariga de Robert, garanto-lhes que é da gente morrer de riso. Bem sei que me alegarão a velha frase de Augier 'Que importa o frasco, desde que a gente se embebede?'.[116] Pois bem, talvez Robert haja conseguido a bebedeira, mas o fato é que não demonstrou bom gosto na escolha da garrafa! Antes de mais nada, imaginem que ela teve a pretensão de fazer-me levantar uma escadaria em plena sala. Uma coisa sem importância, não é verdade?, e tinha-me anunciado que permaneceria deitada de barriga nos degraus. E se tivessem ouvido o que ela dizia! Conheço apenas uma cena, mas não creio que se possa imaginar coisa semelhante: chama-se aquilo as *Sete princesas*.[117]

— As *Sete princesas*, oh!, mas que esnobismo! — exclamou o sr. de Argencourt. — Mas espere, eu conheço toda a peça. É de

---

116 A sra. de Guermantes atribui a Émile Augier um verso extraído da dedicatória do livro *La coupe et les lèvres*, de Musset. (N. E.)

117 Peça em um ato escrita por Maeterlinck, em 1891. O desprezo da sra. de Guermantes pelo autor belga contribuirá para a decepção do herói com ela. (N. E.)

um patrício meu. Mandou-a ao rei, que não entendeu patavina e pediu-me que lha explicasse.

— Não é por acaso do Sâr Péladan? — perguntou o historiador da Fronda, com uma intenção de agudeza e atualidade, mas tão baixo que sua pergunta passou despercebida.[118]

— Ah! Conhece as *Sete princesas?* — respondeu a duquesa ao sr. de Argencourt. — Os meus cumprimentos! Eu só conheço uma, mas essa me tirou a curiosidade de travar conhecimento com as seis outras. Se forem todas iguais à que eu vi!

"Que tola!", pensei, irritado com a acolhida glacial que ela me fizera. Achava uma espécie de áspera satisfação em comprovar sua completa incompreensão de Maeterlinck. "E é por uma mulher dessas que todas as manhãs faço tantos quilômetros! Sou até bom demais! Agora sou eu que não quero saber dela." Tais as palavras que eu dizia; eram o contrário de meu pensamento; eram puras palavras de conversação, como as dizemos nesses momentos em que, muito agitados para ficar a sós conosco mesmos, sentimos necessidade, na falta de outro interlocutor, de conversar conosco, sem sinceridade, como com um estranho.

— Não posso dar-lhes uma ideia daquilo — continuou a duquesa —, era da gente estorcer-se de riso. Não deixaram de o fazer, demais até, pois a sujeitinha não gostou da coisa e no fundo Robert sempre me quis mal por isso. O que aliás não lamento, pois se saísse tudo bem talvez ela tivesse voltado, e eu não sei até que ponto isso teria agradado a Marie-Aynard.

Chamavam assim em família a mãe de Robert, sra. de Marsantes, viúva de Aynard de Saint-Loup, para distingui-la de sua prima, a princesa de Guermantes-Baviera, outra Marie, a cujo prenome os seus sobrinhos, primos e cunhados acrescentavam, para evitar confusão, o prenome do marido ou outro dos prenomes dela, o que resultava em Marie-Gilbert ou Marie-Hedwige.

---

118 O historiador menciona timidamente Joseph Péladan (1858-1918), protótipo do autor decadente que publicaria obras sobre ocultismo e, em companhia dos "Sete", fundaria a seita estética da "Rosa-Cruz". Ele mudaria seu nome para "Joséphin" e afirmaria que o título de "Sâr" lhe teria sido dado por antigos magos da Caldeia. (N. E.)

— Na véspera, em primeiro lugar, houve uma espécie de ensaio que foi uma beleza! — prosseguiu ironicamente a sra. de Guermantes. — Imaginem que ela dizia uma frase, nem mesmo um quarto de frase, e depois parava; e não dizia mais nada, não estou exagerando, mas nada mesmo, durante cinco minutos.

— Oh! Oh! — exclamou o sr. de Argencourt. — Com toda a polidez do mundo, permiti-me insinuar que aquilo talvez espantasse um pouco.

E ela respondeu textualmente:

— É preciso sempre dizer uma coisa como se a gente mesma estivesse a compô-la.

Pensando bem, é monumental essa resposta!

— Mas eu julgava que ela não dizia mal os versos — objetou um dos dois jovens.

— Nem sequer sabe o que é isso — respondeu a sra. de Guermantes. — Em todo caso, não tive necessidade de ouvi-la. Bastou-me vê-la chegar com lírios! Imediatamente compreendi que ela não tinha talento, quando vi os lírios!

Todos riram.

— Tia, não me guardou rancor pela minha brincadeira de outro dia a respeito da rainha da Suécia? Venho pedir-lhe perdão.

— Não, não te quero mal por isso; concedo-te até o direito de comer, se estás com fome.

— Vamos, senhor Vallenères, banque a mocinha da casa — disse a sra. de Villeparisis ao arquivista, repetindo um gracejo consagrado.

O sr. de Guermantes endireitou-se na poltrona onde se afundara, com o chapéu a seu lado sobre o tapete, e examinou com ar de satisfação os pratos de doces que lhe eram apresentados.

— Mas com muito gosto; agora que começo a ficar familiarizado com esta nobre assistência, aceitarei um biscoito; parecem-me excelentes.

— O cavalheiro desempenha às mil maravilhas o seu papel de mocinha — disse o sr. de Argencourt, que, por espírito de imitação, retomou o gracejo da sra. de Villeparisis.

O arquivista apresentou o prato de doces ao historiador da Fronda.

— O senhor desempenha às maravilhas as suas funções — disse este por timidez e para tratar de conquistar a simpatia geral.

E lançou um furtivo olhar de conivência àqueles que já haviam feito como ele.

— Diga-me, minha boa tia — perguntou o sr. de Guermantes à sra. de Villeparisis —, quem é aquele senhor tão simpático que ia saindo quando eu entrava? Devo conhecê-lo, porque ele me fez um grande cumprimento, mas não pude identificá-lo; como a senhora sabe, eu confundo muito os nomes, o que é bem desagradável — disse ele com um ar de satisfação.

— É o senhor Legrandin.

— Ah!, mas Oriane tem uma prima cuja mãe, salvo erro, nasceu Grandin. Sei perfeitamente, são Grandin de l'Éprevier.

— Não — respondeu a sra. de Villeparisis —, não existe a menor relação. Estes são Grandin, simplesmente, Grandin de coisa nenhuma. Mas só querem sê-lo de tudo quanto se possa imaginar. A irmã deste é a senhora de Cambremer.

— Ora, Basin, bem sabe a quem minha tia se refere! — exclamou a duquesa com indignação. — Ele é irmão daquela enorme herbívora que você teve a estranha ideia de mandar visitar-me no outro dia. Ela demorou uma hora, eu pensei que ia ficar louca. Mas comecei imaginando que ela é que era louca, ao ver entrar em minha casa uma pessoa desconhecida e que parecia uma vaca.

— Escuta, Oriane, ela me perguntou qual era o teu dia de recepção; eu não podia fazer-lhe uma grosseria... E depois, tu exageras, ela não parece uma vaca — acrescentou com ar queixoso, não sem lançar um olhar risonho à assistência.

Sabia que a *verve* de sua esposa tinha necessidade de ser estimulada pela contradição, a contradição do bom senso que protesta, por exemplo, que não se pode tomar uma mulher por uma vaca (era assim que a sra. de Guermantes, insistindo sobre uma imagem, chegava muita vez a produzir os seus ditos mais espirituosos). E o duque, sem que o parecesse, se apresentava ingenuamente para auxiliá-la a executar sua habilidade, como num vagão, o inconfesso parceiro do que executa um truque de cartas.

— Reconheço que ela não parece uma vaca, pois parece várias — exclamou a sra. de Guermantes. — Juro que estava bastante embaraçada ao ver aquele rebanho de vacas que entrava de chapéu na minha sala e me perguntava como eu ia passando. Por um lado eu tinha vontade de responder-lhe: "Mas, rebanho de vacas, tu estás confundindo, não podes ter relações comigo porque és um rebanho de vacas", e, por outro lado, procurando na memória, acabei por acreditar que a sua Cambremer era a infanta Doroteia, que tinha dito que viria uma vez e que é também bastante *bovina*, de modo que estive a ponto de dizer Vossa Alteza Real e falar na terceira pessoa a um rebanho de vacas. Ela também tem o gênero de papada da rainha da Suécia. De resto, aquele ataque a viva força fora preparado por um tiro a distância, segundo todas as regras da arte. Desde não sei quanto tempo, eu vinha sendo bombardeada pelos seus cartões, encontrava-os por toda parte, sobre todos os móveis, como prospectos. Em minha casa só se via "marquês e marquesa de Cambremer", com um endereço de que não me lembro e que aliás estou resolvida a jamais utilizar.

— Mas é muito lisonjeiro assemelhar-se a uma rainha — disse o historiador da Fronda.

— Meu Deus, senhor, os reis e as rainhas na nossa época não são grande coisa! — disse o sr. de Guermantes, porque tinha a pretensão de ser um espírito arejado e moderno, e também para não parecer que fazia caso de relações reais, com que muito se preocupava.

Bloch e o sr. de Norpois, que se haviam levantado, ficaram mais perto de nós.

— O senhor lhe falou no Caso Dreyfus? — disse a sra. de Villeparisis.

O sr. de Norpois ergueu os olhos ao céu, mas sorrindo, como para atestar a enormidade dos caprichos a que a sua Dulcineia lhe impunha o dever de obedecer. Em todo caso, falou a Bloch, com muita afabilidade, dos anos terríveis, talvez mortais, que atravessava a França. Como isso significava provavelmente que o sr. de

Norpois (a quem Bloch no entanto dissera acreditar na inocência de Dreyfus) era ardentemente antidreyfusista, a amabilidade do embaixador, o ar que ele tinha de dar razão ao interlocutor, de não duvidar que fossem da mesma opinião, de acumpliciar-se com ele para arrasar o governo lisonjeavam a vaidade de Bloch e excitavam a sua curiosidade. Quais seriam os pontos importantes que o sr. de Norpois não especificava, mas no tocante aos quais parecia implicitamente admitir que Bloch e ele estavam de acordo, que opinião teria ele da questão, que os pudesse reunir? Tanto mais se espantava Bloch do acordo misterioso que parecia existir entre ele e o sr. de Norpois, por ser um acordo de natureza puramente política, ao passo que a sra. de Villeparisis havia falado longamente ao sr. de Norpois sobre os trabalhos literários de Bloch.

— O senhor não é da sua época — disse a este o antigo embaixador — e eu o felicito por isso, o senhor não é desta época em que não mais existem os estudos desinteressados, em que só se vendem ao público obscenidades ou inépcias. Esforços tais como os seus deveriam ser encorajados, se tivéssemos um governo.

Bloch se sentia lisonjeado de sobrenadar sozinho no naufrágio universal. Em todo caso, desejaria precisões, saber a que inépcias queria referir-se o sr. de Norpois. Bloch tinha a impressão de que trabalhava no mesmo sentido que muitos outros e nunca se julgara tão excepcional. Voltou ao Caso Dreyfus, mas não conseguiu destrinçar a opinião do sr. de Norpois. Procurou fazê-lo falar sobre os oficiais cujos nomes seguidamente apareciam nos jornais naquele momento; provocavam mais curiosidades que os homens políticos envolvidos no mesmo caso, porque não eram já conhecidos como estes e, numa indumentária especial, do fundo de uma vida diferente de um silêncio religiosamente guardado, mal acabavam de surgir e de falar, como Lohengrin descendo de uma barca conduzida por um cisne.[119] Graças a um advogado nacionalista a quem

119 Alusão a uma cena do final do primeiro ato de *Lohengrin*, de Wagner, em que o herói aparece de pé sobre um barco puxado por um cisne. Ele veste uma armadura brilhante e seu elmo e seu escudo trazem a insígnia de um cisne de prata. (N. E.)

conhecia, Bloch pudera assistir a várias audiências do processo Zola.[120] Chegava de manhã para só sair à noite, com uma provisão de sanduíches e uma garrafa de café, como no concurso geral ou nas composições de bacharelato, e como essa mudança de hábitos despertava o erotismo nervoso que o café e as emoções do processo levavam ao cúmulo, ele saía de lá de tal modo enamorado por tudo quanto ali se passara que, chegado em casa, desejava mergulhar de novo no belo sonho e corria a um restaurante frequentado pelas duas facções, para encontrar camaradas com quem tornava a falar interminavelmente sobre o que se passara durante o dia, e reparava, com uma ceia encomendada num tom imperioso que lhe dava a ilusão do poder, o jejum e as fadigas de um dia começado tão cedo e durante o qual não haviam almoçado. O homem, jogando perpetuamente entre os dois planos da experiência e da imaginação, desejaria aprofundar a vida ideal das pessoas que conhecia e conhecer as criaturas cuja vida tinha de imaginar. Às perguntas de Bloch, o sr. de Norpois respondeu:

— Há dois oficiais envolvidos na questão em curso, a quem se referiu outrora um homem cujo julgamento me inspirava a maior confiança e que muito os apreciava, o senhor de Miribel: são o tenente-coronel Henry e o tenente-coronel Picquart.[121]

— Mas — exclamou Bloch — a divina Atena, filha de Zeus, pôs no espírito de cada um o contrário do que está no espírito do outro. E eles lutam um contra o outro, como dois leões. O coronel Picquart tinha uma grande posição no Exército, mas a sua Moira o levou para o lado que não era o seu. A espada dos nacionalistas

---

120 O processo contra o escritor Émile Zola aconteceu entre os dias 7 e 23 de fevereiro de 1898 por causa do artigo intitulado "J'accuse", que ele publicara no jornal *L'Aurore* no dia 13 de janeiro do mesmo ano. Nesse artigo ele proclamava a inocência de Dreyfus, coronel judeu acusado de espionagem junto à Alemanha, e acusava os militares de terem falsificado provas e documentos. Em seu romance inacabado *Jean Santeuil*, Proust narra as audiências desse processo. (N. E.)

121 O general de Miribel era o chefe do Estado-Maior do Exército francês. Em 1875 ele escolheria o tenente-coronel Henry como agente da seção de estatística sem saber que esse se revelaria um "antidreyfusista" acalorado. (N. E.)

cortará seu corpo delicado e ele servirá de pasto aos animais carnívoros e aos pássaros que se alimentam da graxa dos mortos.

O sr. de Norpois não respondeu.

— De que estão eles a falar naquele canto? — perguntou o sr. de Guermantes à sra. de Villeparisis, indicando o sr. de Norpois e Bloch.

— Do Caso Dreyfus.

— Ah!, diabo! A propósito, sabia quem é partidário fanático de Dreyfus? Aposto que não adivinha. O meu sobrinho Robert! Pois lhe digo que no Jockey, quando souberam de tais proezas, foi um rebuliço, uma revolta geral. Como ele vai ser proposto como sócio daqui a oito dias...

— Lógico! — interrompeu a duquesa. — Eles são todos como Gilbert, que sempre sustentou que se devia mandar todos os judeus para Jerusalém.

— Ah!, então o príncipe de Guermantes está inteiramente comigo — interrompeu o sr. de Argencourt.

O duque se envaidecia de sua mulher mas não a estimava. Muito "suficiente", detestava que o interrompessem, e, depois, tinha em casa o hábito de ser brutal com ela. Fremindo de uma dupla cólera de mau esposo interrompido e de bom falador a quem não escutam, parou de súbito e lançou à duquesa um olhar que embaraçou a todo mundo.

— Que história é essa de falar em Gilbert e Jerusalém — disse ele afinal. — Não se trata disso. Mas — acrescentou num tom mais brando — você há de confessar que, se um dos nossos fosse recusado no Jockey, e principalmente Robert, cujo pai foi seu presidente durante dez anos, seria o cúmulo. Que quer, minha cara? A coisa alarmou essa gente... Não posso condená-los, pessoalmente, bem sabe você que não tenho nenhum preconceito racial, acho que isso não é do nosso tempo e tenho a pretensão de marchar com a minha época, mas, enfim, que diabo! Quando a gente se chama marquês de Saint-Loup, não pode ser dreyfusista!

O sr. de Guermantes pronunciou com ênfase estas palavras: "Quando a gente se chama marquês de Saint-Loup". Bem sabia, no entanto, que era muito mais importante chamar-se "duque de Guermantes". Mas, se o seu amor-próprio tendia antes a exagerar a superioridade do título de duque de Guermantes, talvez não fossem tanto as regras do bom gosto como as leis da imaginação que o levavam a diminuí-lo. Cada qual vê mais bonito o que vê a distância, o que vê nos outros. Pois as leis gerais que regulam a perspectiva na imaginação tanto se aplicam aos duques como aos outros homens. Não só as leis da imaginação, mas também as da linguagem. Ora, uma das leis da linguagem poderia aplicar-se aqui, como a que faz com que nos expressemos com as pessoas da nossa classe mental e não da nossa casta de origem. Assim, o sr. de Guermantes, mesmo quando se referia à nobreza, podia ser tributário, nas suas expressões, de baixos burgueses, que teriam dito: "Quando a gente se chama duque de Guermantes", ao passo que um homem letrado, um Swann, um Legrandin, não o diriam. Um duque pode escrever romances de porta de engraxate, mesmo sobre os costumes da alta sociedade, pois os pergaminhos de nada servem nesse caso, e o epíteto de aristocráticos pode ser merecido pelos escritos de um plebeu. Quem era neste caso o burguês a quem o sr. de Guermantes ouvira dizer: "Quando a gente se chama...", ele sem dúvida não o sabia. Mas outra lei da linguagem é que, de tempos em tempos, da mesma forma que aparecem e desaparecem certas doenças de que depois não mais se ouve falar, nascem não se sabe como, ou espontaneamente, ou por um acaso comparável ao que faz germinar em França uma erva daninha da América cuja semente, presa na lã de um cobertor de viagem, caíra sobre um barranco da estrada de ferro, expressões que se ouvem na mesma década, ditas por pessoas que não se concertaram para isso. Ora, assim como, em certo ano, ouvi Bloch dizer, falando de si mesmo: "Como as pessoas mais agradáveis, mais brilhantes, mais corretas, mais exigentes se aperceberam de que só havia uma criatura que achavam inteligente, agradável, a quem não podiam dispensar, e que era Bloch", e a mesma frase na boca de jovens muito diferentes que não o conheciam e que substituíam apenas Bloch pelo seu próprio nome, do mesmo modo eu devia ouvir seguidamente o "Quando a gente se chama...".

— Que quer? — continuou o duque. — Com o espírito que reina lá, a coisa é muito compreensível.

— É principalmente cômico — respondeu a duquesa —, em vista das ideias da mãe dele, que nos arrasa da manhã à noite com a Pátria Francesa.[122]

— Sim, mas não é só a mãe que existe. Não vá nos contar petas. Há por aí uma rapariga, uma sirigaita da pior espécie, que tem maior influência sobre ele e que é precisamente compatriota do senhor Dreyfus. Ela passou para Robert o seu estado de espírito.

— Decerto não sabia, senhor duque, que há uma palavra nova para exprimir esse gênero de espírito? — disse o arquivista, que era secretário dos comitês antirrevisionistas. — Dizem "mentalidade". Isto significa exatamente a mesma coisa, mas ao menos ninguém sabe o que quer dizer. É o que há de mais fino e, como dizem, o *dernier cri*.

No entanto, tendo ouvido o nome de Bloch, ele o via agora fazer perguntas ao sr. de Norpois com uma inquietação que despertou uma inquietação diversa mas igualmente forte na marquesa. Receosa do arquivista e fazendo de antidreyfusista com ele, temia as suas censuras caso viesse a se dar conta de que ela havia recebido um judeu mais ou menos filiado ao "sindicato".

— Ah!, "mentalidade", vou tomar nota, hei de aproveitar — disse o duque. (Não era uma figura; o duque tinha um caderninho cheio de "citações", que relia antes dos grandes jantares.) — "Mentalidade" me agrada. Há muitas dessas palavras novas que são lançadas, mas não duram. Ultimamente li que um escritor era "talentudo". Compreenda quem puder. Depois, nunca mais vi essa palavra.

— Mas "mentalidade" é mais empregada que "talentudo" — disse o historiador da Fronda, para tomar parte na conversação. — Sou membro de uma comissão no Ministério da Instrução Pública,

---

122 Surgida logo após o processo contra Zola, a "Liga da Pátria Francesa" conseguiu agrupar rapidamente mais de 40 mil membros nacionalistas opositores de Dreyfus, os "antidreyfusistas". (N. E.)

onde o ouvi empregar várias vezes, e também em meu clube, o Clube Volney,[123] e até à mesa, em casa do senhor Émile Ollivier.[124]

— Eu, que não tenho a honra de fazer parte do Ministério da Instrução Pública — respondeu o duque com fingida humildade, mas com uma vaidade tão profunda que sua boca não podia deixar de sorrir e seus olhos, de lançar à assistência olhares cintilantes de hilaridade, sob cuja ironia enrubesceu o pobre historiador —, eu, que não tenho a honra de fazer parte do Ministério da Instrução Pública — repetiu, escutando-se falar —, nem do Clube Volney, pertenço apenas ao União e ao Jockey...[125] o senhor não faz parte do Jockey? — perguntou ele ao historiador, que, enrubescendo ainda mais, suspeitando uma insolência e não a compreendendo, se pôs a tremer — eu, que nem ao menos janto em casa do senhor Émile Ollivier, confesso que não conhecia "mentalidade". Estou certo de que você está no meu caso, Argencourt. Sabe por que não se podem apresentar as provas da traição de Dreyfus? Parece que é porque ele é amante da mulher do ministro da Guerra; é o que se diz à boca pequena.

— Ah!, eu pensava que fosse da mulher do presidente do Conselho — disse o sr. de Argencourt.

— Eu acho todos muito maçantes com esta questão — disse a duquesa de Guermantes, que, no terreno mundano, timbrava sempre em mostrar que não se deixava conduzir por ninguém. — Isso não pode ter importância para mim no tocante aos judeus, pela simples razão de que não os tenho em minhas relações, e pretendo continuar sempre nessa feliz ignorância. Mas, por outro lado, acho insuportável que, sob o pretexto de que são bem pensantes, de que não compram nada dos comerciantes judeus ou de que têm "Morte aos judeus" escrito na sombrinha, uma porção

123 Círculo artístico-literário fundado em 1874 no número 7 da rua Volney. (N. E.)
124 Émile Ollivier (1825-1913) votara, enquanto ministro, a declaração de guerra em 1870. Depois disso, teve de se exilar na Itália e renunciar à carreira política. (N. E.)
125 O Círculo da União situava-se no número 11 do Boulevard de la Madeleine e era, como o Jockey Club, um clube muito fechado. (N. E.)

de senhoras Durand ou Dubois, a quem jamais teríamos conhecido, nos sejam impostas por Marie-Aynard ou por Victurnienne. Fui anteontem à casa de Marie-Aynard. Era um encanto antigamente. Agora ali se encontram, sob o pretexto de que são contra Dreyfus, todas as pessoas que a gente passou a vida a evitar e outras de que não se tem ideia de quem sejam.

— Não, é a mulher do ministro da Guerra. É pelo menos um rumor que corre a cidade — continuou o duque, que empregava assim na conversação certas expressões que supunha *ancien régime.* — Enfim, seja como for, é sabido que eu, pessoalmente, penso exatamente o contrário de meu primo Gilbert. Não sou um feudal como ele, seria capaz de passear com um negro se este fosse um de meus amigos, e pouco se me dava da opinião de terceiros ou de quartos, mas, enfim, hão de convir que, quando a gente se chama Saint-Loup, não pode divertir-se em contrariar ideias de todo mundo que tem mais espírito do que Voltaire[126] e mesmo que o meu sobrinho. E principalmente a gente não se entrega ao que eu chamarei essas acrobacias de sensibilidade, oito dias antes de apresentar-se ao Clube! Essa é um pouco forte! Não, foi provavelmente a sua peruazinha quem lhe andou metendo essas coisas na cabeça. Ela o terá persuadido de que ele se classificaria entre os "intelectuais". Os "intelectuais", isso é o doce de coco desses senhores. De resto, provocou um bonito trocadilho, mas muito malévolo.

E o duque citou baixinho para a duquesa e para o sr. de Argencourt: "Mater Semita", que com efeito já se dizia no Jockey, pois, de todas as sementes viajeiras, aquela a que estão ligadas as asas mais sólidas, que lhe permitem ser disseminada a maior distância do seu local de eclosão, é ainda uma piada.

— Poderíamos pedir explicações aqui ao cavalheiro, que tem o aspecto de *uma* intelectual — disse ele, mostrando o historiador.

---

126 Citação de um trecho célebre do discurso do ministro Talleyrand na Câmara, no dia 14 de julho de 1821, defendendo a liberdade de imprensa. O trecho completo era o seguinte: "Há alguém que tem mais espírito do que Voltaire [...]: todo mundo". (Publicado no *Journal des Débats*, no dia 25 de julho daquele ano.) (N. E.)

Mas é preferível não falar, tanto mais que a coisa é inteiramente falsa. Não sou tão ambicioso como a minha prima Mirepoix, que pretende que pode seguir a filiação de sua casa antes de Jesus Cristo até a tribo de Levi,[127] e aposto que demonstro jamais ter havido uma gota de sangue judeu em nossa família. Mas, enfim, não convém nos descuidarmos, pois estejam certos de que as adoráveis opiniões de meu sobrinho podem fazer barulho em Landorneau.[128] Tanto mais que Fezensac está doente, Duras presidirá a eleição, e bem sabem como ele gosta de complicações.

Bloch procurava fazer com que o sr. de Norpois falasse sobre o coronel Picquart.

— Não resta dúvida — respondeu o sr. de Norpois — que o seu depoimento era necessário. Sei que, sustentando essa opinião, fiz mais que um de meus colegas soltar gritos, mas creio que o governo tinha o dever de deixar falar o coronel. Não se sai de semelhante impasse com uma simples pirueta, senão a gente arrisca a cair na lama. Quanto ao próprio oficial, esse depoimento provocou na primeira audiência uma impressão das mais favoráveis. Quando o viram, bem-posto no seu bonito uniforme de caçador, vir contar num tom perfeitamente simples e franco o que tinha visto e o que tinha suposto, e dizer: "Pela minha honra de soldado (e aqui a voz do sr. de Norpois vibrou num leve *tremolo* patriótico), tal é a minha convicção", não há como negar que a impressão foi profunda.

"Ele é dreyfusista, não há sombra de dúvida", pensou Bloch.

— Mas o que lhe alienou inteiramente as simpatias que pudera angariar a princípio foi a sua acareação com o arquivista Gribelin,[129] quando ouviram esse velho servidor, esse homem

---

127 Levi é o terceiro filho de Jacó, mas a família francesa dos Lévi e o ramo dos Mirepoix não têm qualquer relação com a personagem bíblica, já que seu nome surge apenas no século XII, na região de Chevreuse. (N. E.)

128 A expressão aqui empregada pelo duque ("fazer barulho em Landerneau") foi extraída de uma peça de Alexandre Duval, *Le naufrage ou les héritiers* (1796).

129 Arquivista da seção de estatística, Félix Gribelin testemunhou contra Dreyfus e compareceu ao processo de Zola. (N. E.)

que só tem uma palavra (e o sr. de Norpois acentuou com a energia das convicções sinceras as frases que se seguiram), quando o ouviram, quando o viram olhar nos olhos o seu superior, não recear enfrentá-lo, e dizer-lhe num tom que não admitia réplica: "Ora, meu coronel, bem sabe o senhor que nunca menti, bem sabe que neste momento, como sempre, eu digo a verdade", aí a brisa mudou e, por mais que Picquart agitasse céus e terra nas audiências seguintes, fez um redondo fiasco.

"Não, decididamente ele é antidreyfusista", pensou Bloch. "Mas se julga Picquart um traidor que está mentindo, como pode levar em conta as suas revelações e evocá-las como se lhes achasse encanto e as julgasse sinceras? E se, pelo contrário, vê nele um justo que descarrega a sua consciência, como pode supô-lo a mentir em sua acareação com Gribelin?"

— Em todo caso, se esse Dreyfus é inocente — interrompeu a duquesa —, ele não o prova de maneira alguma. Que cartas idiotas, enfáticas, escreve lá da sua ilha! Não sei se o senhor Esterhazy vale mais do que ele, mas tem outra elegância na maneira de compor as frases, outro colorido. Isso não deve causar prazer aos partidários do senhor Dreyfus.[130] Que desgraça para eles não poderem mudar de inocente!

Todos se puseram a rir.

— Ouviu a frase de Oriane? — perguntou vivamente o duque de Guermantes à sra. de Villeparisis.

— Sim, acho-a bastante engraçada.

Isso não bastava ao duque:

— Pois bem, eu não a acho engraçada; ou, antes, a mim me é indiferente que seja engraçada ou não. Não dou a mínima importância ao espírito.

O sr. de Argencourt protestava.

— Ele não pensa uma palavra do que diz — murmurou a duquesa.

---

130 As cartas de Dreyfus foram publicadas em 1898. O jornal *Le Figaro* publicara no dia 28 de novembro do ano anterior uma carta de Esterhazy a sua antiga amante. (N. E.)

— É sem dúvida porque fiz parte das Câmaras, onde ouvi discursos brilhantes que nada significavam. Ali aprendi a apreciar sobretudo a lógica. Por certo é a isso que devo não ter sido reeleito. As coisas engraçadas me são indiferentes.

— Basin, deixe de bancar o Joseph Prudhomme, bem sabe que ninguém aprecia mais o espírito do que você.[131]

— Deixe-me terminar. É justamente porque sou insensível a certo gênero de facécias que prezo muita vez o espírito de minha esposa. Pois parte geralmente de uma observação justa. Ela raciocina como um homem e formula como um escritor.

Talvez a razão por que o sr. de Norpois assim falasse a Bloch, como se estivessem de acordo, proviesse de que era tão antidreyfusista que, não achando que o governo o fosse suficientemente, era tão inimigo deste como os dreyfusistas. Talvez porque o objeto a que se ligava em política fosse algo de mais profundo, situado em outro plano, de onde o dreyfusismo aparecia como uma modalidade sem importância que não merecia prender a atenção de um patriota preocupado com as grandes questões exteriores. Ou antes porque, como as máximas da sua sabedoria política não se aplicassem senão a questões de forma, de processo, de oportunidade, eram tão impotentes para resolver as questões de fundo como em filosofia a pura lógica para as questões de existência, ou porque essa mesma sabedoria lhe fizesse achar perigoso tratar desses assuntos e, por prudência, se limitasse a falar de circunstâncias secundárias. Mas no que Bloch se enganava é quando julgava que o sr. de Norpois, ainda que menos prudente de caráter e de espírito menos exclusivamente formal, lhe pudesse dizer, se o quisesse, a verdade sobre o papel de Henry, de Picquart, de Du Paty de Clam,[132] sobre todos os pontos da questão. Bloch não podia duvidar, com efeito, que o sr.

---

131 Joseph Prudhomme é uma personagem inventada em 1830 pelo caricaturista Henry Monnier (1799-1877), um tipo pequeno-burguês romântico, conformista, pretencioso e de frases feitas. (N. E.)

132 O marquês Du Paty de Clam era um dos comandantes do Estado-Maior quando, em 1894, ficou encarregado da primeira investigação sobre Dreyfus. Ele testemunharia em seguida no processo Zola. (N. E.)

de Norpois conhecesse a verdade a respeito de todas essas coisas. Como havia de ignorá-la, se conhecia os ministros? Por certo, pensava Bloch que a verdadeira política pode ser reconstituída aproximadamente pelos cérebros mais esclarecidos, mas imaginava, tal como o grande público, que ela habita sempre, indiscutível e material, o dossiê secreto do presidente da República e do presidente do Conselho, que a comunicam aos ministros. Ora, mesmo quando a verdade política comporta documentos, é raro que tenham estes mais valor que um clichê radioscópico, onde supõe o vulgo que a doença do paciente se acha escrita com todas as letras, quando na verdade esse clichê fornece um simples elemento de apreciação que se irá juntar a muitos outros sobre os quais se aplicará o raciocínio do médico e de onde ele tirará o seu diagnóstico. Assim, a verdade política, ao aproximarmo-nos dos homens bem informados, nos foge quando julgávamos atingi-la. Mesmo mais tarde, e para ficarmos na questão Dreyfus, quando ocorreu um fato tão retumbante como a confissão de Henry, seguida de seu suicídio,[133] esse fato foi logo interpretado de maneira oposta por ministros dreyfusistas e por Cavaignac e Cuignet, que haviam descoberto a falsidade e dirigido o interrogatório;[134] ainda mais, entre os próprios ministros dreyfusistas, e do mesmo matiz, julgando não só de acordo com os mesmos documentos mas com o mesmo espírito, o papel de Henry

133 Henry afirmava ter em mãos uma carta de um militar italiano a um correspondente do Exército alemão que provava a atividade de espionagem de Dreyfus junto à Alemanha. A carta seria mencionada durante o processo Zola e o ministro da Guerra a leria diante da Câmara. Entretanto, no dia 30 de agosto de 1898, Henry reconheceria publicamente que a carta era falsa. Preso, ele se suicidaria no dia seguinte. (N. E.)

134 No dia 13 de agosto de 1898, o capitão Louis Cuignet, ligado ao Ministério da Guerra, percebeu que a suposta carta de um militar italiano, Panizzardi, era, na verdade, uma colagem de vários documentos realizada por Henry. Ele informou o ministro da Guerra, Godefroy Cavaignac, sobre a farsa. Este, que era radicalmente contra a revisão do processo que culpara Dreyfus por espionagem, mesmo com a confissão de Henry, permaneceu defendendo a culpabilidade do militar judeu. Ele teria que pedir demissão no dia 4 de setembro. Cuignet, por sua vez, não se viu abalado em sua oposição a Dreyfus e passou a acusar Du Paty de Clam de ter forçado Henry a assumir o papel de falsário. (N. E.)

foi explicado de modo inteiramente oposto, vendo uns nele um cúmplice de Esterhazy, e outros, pelo contrário, atribuindo esse papel a Du Paty de Clam, vindo corroborar assim uma tese de seu adversário Cuignet e ficando em completa oposição a seu partidário Reinach.[135] Tudo o que Bloch pôde tirar do sr. de Norpois foi que, se era verdade que o chefe do Estado-Maior, sr. de Boisdeffre, fora fazer um comunicado secreto ao sr. Rochefort, havia sem dúvida alguma coisa de singularmente deplorável.[136]

— Tenha como certo que o ministro da Guerra deve ter, *in petto* pelo menos, votado o chefe do seu Estado-Maior aos deuses infernais. Um desmentido oficial não seria, a meu ver, nenhuma superfetação. Mas sobre isso o ministro da Guerra se expressa muito asperamente *inter pocula*. De resto, há certos assuntos em torno dos quais é muito imprudente criar uma agitação que depois não se possa dominar.

— Mas esses documentos são manifestamente falsos — disse Bloch.

O sr. de Norpois não respondeu, mas declarou que não aprovava as manifestações do príncipe Henri d'Orléans:[137]

— Aliás, elas não podem senão perturbar a serenidade do pretório e alentar agitações que, tanto num como noutro sentido, seriam de deplorar. É claro que é preciso pôr um paradeiro às

---

135 Joseph Reinach, deputado na época do "Caso Dreyfus", era defensor convicto da revisão do processo de condenação. Ele é autor de uma obra em sete volumes sobre a *História do caso Dreyfus* (1901-1911). (N. E.)

136 Em novembro de 1897, Henri Rochefort, diretor do jornal *L'Intransigeant*, atacara o general Boisdeffre, chefe do Estado-Maior, e o general Billot, ministro da Guerra. Boisdeffre enviou seu chefe de gabinete, o comandante Pauffin de Saint-Morel, à redação do jornal, para transmitir a Rochefort a notícia de que o Estado-Maior possuía provas decisivas contra Dreyfus, dentre elas cartas do imperador da Alemanha. No dia 13 de dezembro daquele ano, o jornal trazia um resumo dessa visita. (N. E.)

137 No dia 18 de fevereiro de 1898, Esterhazy, autor do documento falso que provocara a condenação de Dreyfus, compareceu ao processo Zola. Ele foi aclamado pela multidão e o príncipe Henri d'Orléans, filho do duque de Chartres e bisneto de Luís Filipe, veio parabenizá-lo pela sua absolvição. Na sequência, a duquesa pergunta ao embaixador sobre a posição do pai do príncipe diante do processo. (N. E.)

intrigas antimilitaristas, mas tampouco devemos passar por alto a agitação provocada pelos elementos da direita que, em vez de servir a ideia patriótica, pensam em servir-se dela. A França, graças a Deus, não é uma república sul-americana e não se faz sentir a necessidade de um general de *pronunciamento*.

Bloch não conseguiu induzi-lo a falar da questão da culpabilidade de Dreyfus, nem que desse um prognóstico sobre o julgamento que resultaria do processo civil atualmente em curso. Em compensação, o sr. de Norpois pareceu comprazer-se em fornecer detalhes sobre as consequências desse veredicto.

— Se for uma condenação — disse —, será provavelmente cassada, pois é raro que num processo em que são tão numerosas as deposições de testemunhas não haja vícios de forma que os advogados possam invocar. Quanto à algazarra do príncipe Henri d'Orléans, duvido que tenha sido do gosto de seu pai.

— Acredita que Chartres seja por Dreyfus? — perguntou a duquesa, sorrindo, abrindo muito os olhos, acesas as faces, mergulhado o nariz em seu pires de biscoitos, com expressão escandalizada.

— Absolutamente; eu queria apenas dizer que há em toda a família, por esse lado, um senso político de que se pôde ver o *nec plus ultra* na admirável princesa Clémentine e de que seu filho, o príncipe Ferdinand, guardou como que uma preciosa herança. Não havia de ser o príncipe da Bulgária que estreitaria nos braços o comandante Esterhazy.[138]

— Teria preferido um simples soldado — murmurou a sra. de Guermantes, que jantava seguidamente com o búlgaro em casa do príncipe de Joinville, e que havia respondido uma vez, ao perguntar-lhe aquele se não era invejosa: "Sim, monsenhor, de seus braceletes".

— Não vai esta noite ao baile da senhora de Sagan? — perguntou o sr. de Norpois à sra. de Villeparisis, para cortar a conversa com Bloch.

---

138 A princesa Clémentine d'Orléans (1817-1907), filha de Luís Filipe, era mãe de Ferdinand I, príncipe da Bulgária, que, depois de 1887, se tornaria o czar daquele país. Haverá toda uma série de alusões à sua homossexualidade ao longo do livro. (N. E.)

Este não desagradava ao embaixador, que nos disse mais tarde, não sem ingenuidade e sem dúvida por causa de alguns vestígios que subsistiam na linguagem de Bloch, da moda neo-homérica que no entanto havia abandonado: "Ele é bastante divertido, com o seu modo de falar um tanto antiquado, um tanto solene. Por um pouco diria 'as Doutas Irmãs', como Lamartine ou Jean-Baptiste Rousseau. É coisa que se tornou rara na juventude atual, e já o era na precedente. Nós mesmos éramos um pouco românticos". Mas por singular que lhe parecesse o interlocutor, achava o sr. de Norpois que a conversa já durara em demasia.

— Não, senhor, não vou mais a bailes — respondeu ela com um lindo sorriso de velha. — E os senhores, vão? É próprio da sua idade — acrescentou, englobando num mesmo olhar o sr. de Châtellerault, o seu amigo e Bloch. — Eu também fui convidada — disse ela, afetando, por gracejo, achar-se envaidecida com a coisa. — Vieram até convidar-me. (*Vieram* referia-se à princesa de Sagan.)

— Eu não tenho cartão de convite — disse Bloch, pensando que a sra. de Villeparisis ia oferecer-lhe um, e que a sra. de Sagan se sentiria feliz em receber o amigo de uma mulher que ela fora convidar pessoalmente.

A marquesa nada respondeu, e Bloch não insistiu, porque tinha um assunto mais sério a tratar com ela e para o qual vinha pedir-lhe uma entrevista para dois dias mais tarde. Tendo ouvido os dois jovens dizerem que haviam pedido demissão do círculo da rua Royale, onde qualquer um entrava, queria pedir à sra. de Villeparisis que se interessasse pela sua admissão.

— Não são muito pretensamente elegantes, muito esnobes, esses Sagan? — disse ele com um ar sarcástico.

— Absolutamente, é o que fazemos de melhor no gênero — respondeu o sr. de Argencourt, que adotara todas as piadas parisienses.

— Então — disse Bloch meio ironicamente — é aquilo o que se chama uma das *solenidades*, das grandes *sessões mundanas* da temporada!

A sra. de Villeparisis disse alegremente à sra. de Guermantes:

— Então não é uma grande solenidade mundana o baile da senhora de Sagan?

— Não é a mim que se deve perguntar tal coisa — respondeu ironicamente a duquesa —, ainda não cheguei a saber o que seja uma solenidade mundana. De resto, as coisas mundanas não são o meu forte.

— Ah!, eu julgava o contrário — disse Bloch, que imaginava que a sra. de Guermantes falara sinceramente.

Continuou, com grande desespero do sr. de Norpois, a fazer-lhe inúmeras perguntas sobre oficiais cujo nome era mais citado a propósito da questão Dreyfus. O embaixador declarou que o coronel Du Paty de Clam lhe dava a impressão de um cérebro um tanto confuso e que talvez não fora escolhido com muita felicidade para dirigir essa coisa delicada que é um inquérito e que demanda tanto sangue-frio e discernimento.

— Sei que o partido socialista reclama a sua cabeça, bem como a soltura imediata do prisioneiro da ilha do Diabo. Mas penso que ainda não estamos reduzidos a passar assim sob as forcas caudinas dos senhores Gérault-Richard e consócios.[139] Até aqui esta questão é uma verdadeira barafunda. Não digo que tanto de uma parte como de outra não haja coisas muito baixas que ocultar. Que mesmo certos protetores mais ou menos desinteressados desse seu cliente possam ter boas intenções, não digo o contrário, mas bem sabe que de boas intenções o inferno está cheio — acrescentou com olhar agudo. — É essencial que o governo dê a impressão de que não está em mãos das facções da esquerda e de que não lhe resta senão entregar-se, de pés e mãos atados, às intimações de não sei que exército pretoriano, que, acredite-me, não é o Exército. Nem há que dizer que, se um fato novo se produzisse, intentar-se-ia a revisão. A consequência é evidente. Reclamar tal coisa é o mesmo que arrombar uma porta aberta. Nesse dia o governo falará alto e claro, ou abdicaria do que constitui a sua prerrogativa essencial. Não bastarão as piadas. Será preciso dar juízes a Dreyfus. E será fácil, embora se haja tornado hábito em nossa doce França, onde gostamos de caluniar a nós mes-

---

139 Alfred-Léon Gérault-Richard (1860-1911), deputado parisiense, era redator chefe do jornal socialista *La Petite République*. (N. E.)

mos, acreditar ou deixar que acreditem que, para fazer ouvir as palavras de verdade e de justiça, é indispensável atravessar o Canal da Mancha, o que muita vez não é mais que um meio disfarçado para chegar ao Sprée.[140] Não só em Berlim há juízes. Mas, uma vez posta em movimento a ação governamental, saberão os senhores escutar o governo? Quando ele os convidar a cumprir com o seu dever cívico, saberão os senhores escutá-lo, reunir-se-ão em torno dele? Saberão os senhores não permanecer surdos a seu patriótico apelo e responder: "Presente!"?

O sr. de Norpois fazia essas perguntas a Bloch com uma veemência que, sem deixar de intimidar a meu camarada, também o lisonjeava: pois o embaixador parecia dirigir-se, na pessoa dele, a todo um partido, interrogar Bloch como se houvesse ele recebido as confidências desse partido e pudesse assumir a responsabilidade das decisões que seriam tomadas. "Se os senhores não se desarmarem", continuou o sr. de Norpois, sem esperar pela resposta coletiva de Bloch, "se, antes mesmo de secar a tinta que instituísse o processo de revisão, os senhores, obedecendo a não sei que insidiosa palavra de ordem, em vez de se desarmarem, se confinassem numa oposição estéril que parece certamente a *ultima ratio* da política,[141] se se retirassem para as tendas e queimassem os navios, seria para maior dano dos senhores. São os senhores prisioneiros dos fautores de desordem? Acaso lhes deram penhores?". Bloch estava embaraçado para responder. O sr. de Norpois não lhe deu tempo. "Se a negativa é verdadeira, como quero supor, e se tem um pouco do que me parece infelizmente faltar a alguns de seus chefes e amigos, certo espírito político, no mesmo dia em que houver intervenção na Câmara Criminal, se não se deixarem arrastar pelos pescadores de águas turvas, terão ganho a partida. Não garanto que todo o Estado-Maior possa sair muito airoso do transe, mas já não é pouco que pelo menos parte dele consiga salvar a cara sem

---

140 Rio que passa por Berlim. (N. E.)

141 Referência à expressão *"ultima ratio regum"* ("o último argumento dos reis"), divisa que Richelieu mandara gravar nos canhões da Marinha Real. (N. E.)

meter fogo no rastilho e armar complicações. Está visto que é ao governo que cabe proclamar o direito e fechar a lista demasiado grande dos crimes impunes; não, por certo, obedecendo às incitações socialistas ou não sei de que soldadesca", acrescentou, olhando Bloch nos olhos e quiçá com o instinto que têm todos os conservadores para conseguir apoios no campo contrário. "A ação governamental deve exercer-se sem fazer caso de sobrelanços, venham de onde vierem. Graças a Deus, o governo não está às ordens do coronel Driant, nem, no outro polo, do senhor Clemenceau.[142] É preciso esmagar os agitadores profissionais e impedi-los que tornem a levantar a cabeça. A França, na sua imensa maioria, deseja o trabalho, dentro da ordem! A esse respeito, tenho formada a minha religião. Mas não se deve ter medo de esclarecer a opinião; e se alguns carneiros, dos que tão bem conheceu o nosso Rabelais, se lançassem à água de cabeça baixa, conviria mostrar-lhes que essa água é turva, que foi deliberadamente turvada por uma gentalha que não é de casa, a fim de lhe dissimular o perigoso fundo. E não deve o governo parecer que sai da sua passividade a contragosto, quando exercer o direito que é essencialmente seu, quero dizer, pôr em andamento a Senhora Justiça. O governo aceitará todas as sugestões dos senhores. Se se demonstra que houve erro judicial, o governo estará apoiado por uma esmagadora maioria que lhe permitiria agir com plena liberdade."

— O senhor, cavalheiro — disse Bloch, voltando-se para o sr. de Argencourt, a quem fora apresentado ao mesmo tempo que aos demais —, o senhor decerto é dreyfusista; no estrangeiro todos o são.

— É uma questão que só compete aos franceses entre si, não é assim? — respondeu o sr. de Argencourt, com essa particular insolência que consiste em atribuir ao interlocutor uma opinião

---

142 Émile Driant (1855-1916), oficial e escritor militar, genro do general Boulanger, foi ministro da Guerra em 1886. Em janeiro de 1898, Georges Clemenceau (1841-1929), jornalista anticlerical, publicou o texto "J'accuse!", de Zola, no jornal *L'Aurore* e, junto com seus irmãos, depôs a favor de Zola durante o processo contra o escritor. Ele se tornaria presidente do Conselho em 1903. (N. E.)

que se sabe manifestamente que ele não compartilha, pois acaba de emitir uma oposta.

Bloch enrubesceu; o sr. de Argencourt sorriu, olhando em torno, e se esse sorriso, enquanto se dirigia aos outros visitantes, foi malévolo para Bloch, temperou-se de cordialidade quando o deteve finalmente em meu amigo, a fim de tirar a este o pretexto de se agastar com as palavras que acabava de ouvir, e que nem por isso deixavam de ser menos cruéis. A sra. de Guermantes disse ao ouvido do sr. de Argencourt alguma coisa que não ouvi, mas que se devia referir à religião de Bloch, pois nesse momento passou pelo semblante da duquesa essa expressão a que o medo de ser observado pela pessoa de quem se fala empresta algo de hesitante e de falso, a que se mescla o regozijo curioso e malévolo que inspira um grupo humano ao qual nos sentimos radicalmente estranhos. Para se desforrar, Bloch dirigiu-se ao duque de Châtellerault: "O senhor, cavalheiro, que é francês, certamente sabe que no estrangeiro são dreyfusistas, embora se pretenda que na França nunca se sabe o que se passa no estrangeiro. De resto, sei que se pode conversar com o senhor, disse-me Saint-Loup". Mas o jovem duque, sentindo que todos estavam contra Bloch e que era covarde como tantas vezes se é na sociedade, usando aliás de um espírito precioso e mordaz que, por atavismo, parecia ter herdado do sr. de Charlus: "Perdoe-me, cavalheiro, que não discuta sobre Dreyfus com o senhor, mas tenho por princípio só falar dessa questão entre jaféticos".[143] Todos sorriram, com exceção de Bloch, não que não tivesse o hábito de dizer frases irônicas sobre as suas origens judaicas, sobre o seu lado que se prendia um pouco ao Sinai. Mas em vez de uma dessas frases, que sem dúvida não estavam a ponto, a mola da máquina interior fez subir outra à boca de Bloch. E só se pôde recolher isto: "Mas como pôde sabê-lo? Quem lhe disse?", como se ele fosse filho de um forçado. Por outro lado, em vista do seu nome, que não passa precisamente por cristão, e da sua cara, o espanto de Bloch denotava certa ingenuidade.

---

143 Jaféticos são os descendentes de Jafé, terceiro filho de Noé e pai da raça branca. (N. E.)

Como não o satisfizera completamente o que lhe havia dito o sr. de Norpois, aproximou-se do arquivista e perguntou-lhe se não eram vistos algumas vezes em casa da sra. de Villeparisis o sr. Du Paty de Clam ou o sr. José Reinach. O arquivista nada respondeu; era nacionalista e não cessava de pregar à marquesa que haveria em breve uma guerra social e que ela deveria ser mais prudente na escolha de suas relações. Indagou consigo se Bloch não seria um emissário secreto do sindicato,[144] que viera para informar a este, e foi imediatamente repetir à sra. de Villeparisis as perguntas que Bloch acabava de fazer-lhe. A marquesa julgou que ele era pelo menos mal-educado, e talvez perigoso para a posição do sr. Norpois. Queria enfim dar satisfação ao arquivista, a única pessoa que lhe inspirava algum temor e por quem era doutrinada sem grande sucesso (todas as manhãs lia-lhe ele o artigo do sr. Judet no *Petit Journal*[145]). Quis, pois, significar a Bloch que ele não deveria voltar e achou naturalmente em seu repertório mundano a cena com que uma grande dama põe alguém fora, cena que absolutamente não comporta o dedo erguido e os olhos flamejantes que imaginam. Como Bloch se aproximasse dela para se despedir, afundada na sua poltrona, pareceu que estava meio imersa em vaga sonolência. Seus olhos afogados não tiveram mais que o fulgor débil e encantador de uma pérola. As despedidas de Bloch, distendendo apenas na face da marquesa um lânguido sorriso, não lhe arrancaram uma palavra, e ela não estendeu a mão. Tal cena levou Bloch ao cúmulo do espanto, mas, como um círculo de pessoas a estava testemunhando, achou que não poderia prolongar-se sem inconveniência para si e, a fim de forçar a marquesa, estendeu ele próprio a mão que não lhe tomavam. A sra. de Villeparisis sentiu-se chocada. Mas querendo sem dúvida dar satisfação imediata ao arquivista e ao clã antidreyfusista, desejava

144 Os antissemitas franceses atribuíam a confusão do "Caso Dreyfus" à ação secreta de um suposto sindicato judaico. (N. E.)

145 O *Petit Journal* era um jornal de fundo nacionalista fundado em 1863. Na época do "Caso Dreyfus", ele alcançava uma tiragem de 1 milhão de exemplares. O "sr. Judet", autor dos artigos lidos pelo arquivista, era Ernest Judet (1851-1943), jornalista conservador e contrário a Dreyfus. (N. E.)

igualmente salvaguardar o futuro, e contentou-se em baixar as pálpebras, fechando os olhos pela metade.

— Creio que ela está dormindo — disse Bloch ao arquivista, que, sentindo-se amparado pela marquesa, assumiu um ar indignado. — Adeus, madame — gritou ele.

A marquesa fez o leve movimento de lábios de uma moribunda que desejaria abrir a boca, mas cujo olhar não mais reconhece ninguém. Depois voltou-se, transbordante de vida recuperada, para o marquês de Argencourt, enquanto Bloch se afastava, convencido de que ela estava "de miolo mole". Cheio de curiosidade e de desejo de esclarecer tão estranho incidente, voltou a visitá-la alguns dias mais tarde. Ela o recebeu muito bem, porque era bondosa, porque o arquivista não se achava presente, porque fazia questão do sainete que Bloch devia representar em sua casa, e, enfim, porque desempenhara o papel de grande dama que desejava, o qual foi universalmente admirado e comentado na mesma noite em diversos salões, mas segundo uma versão que já não tinha relação alguma com a verdade.

— Falava das *Sete princesas*, duquesa... Pois não sabe, e não me sinto muito orgulhoso por isso, que o autor desse... como direi?, desse pasquim, é compatriota meu — disse o sr. de Argencourt com uma ironia misturada à satisfação de conhecer melhor que os outros o autor de uma obra de que acabavam de falar. — Sim, ele é belga de nacionalidade — acrescentou.

— Deveras? Não, não o acusamos de ter qualquer cumplicidade nas *Sete princesas*. Felizmente para si e para os seus patrícios, o senhor não se assemelha ao autor dessa inépcia. Conheço belgas muito amáveis, o senhor, o seu rei, que é um pouco tímido, mas cheio de espírito, os meus primos Ligne e muitos outros, mas felizmente não falam a mesma linguagem do autor das *Sete princesas*. Aliás, se quer que lhe diga, já é muito falar nisso, pois não é coisa nenhuma. É gente que procura ser obscura e até ridícula, a fim de ocultar que não tem ideias. Se houvesse alguma coisa por trás daquilo, eu lhe diria que não temo certas audácias — acrescentou em tom sério —, desde que haja pensamento. Não sei se já leu a peça de Borelli. Há gente a quem escandalizou, mas, ainda mesmo que me apedrejassem — acrescentou, sem se dar conta que não corria grande risco —, confesso que achei aquilo infinitamente curioso. Mas as *Sete princesas*! Por mais que uma delas tenha condescendências com o sobrinho, não posso levar os sentimentos de família.

A duquesa parou de súbito, pois entrava uma dama que era a viscondessa de Marsantes, mãe de Robert. A sra. de Marsantes era considerada no Faubourg Saint-Germain um ser superior, de uma bondade e de uma resignação angelicais. Já mo tinham dito, e eu não tinha razão particular para supreender-me, pois ignorava então que ela fosse a própria irmã do duque de Guermantes. Mais tarde sempre me espantei, de cada vez que soube, naquela sociedade, que mulheres melancólicas, puras, sacrificadas, veneradas como ideais santas de vitral tinham florescido na mesma árvore genealógica que irmãos brutais, debochados e vis. Irmãos e irmãs, quando são iguais de resto como o duque de Guermantes e da sra. de Marsantes, pareciam-me que deviam ter em comum uma única inteligência, um único coração, como uma pessoa que pode ter bons ou maus momentos, mas de quem em todo caso não se pode esperar vasto descortino se é limitada de espírito, e uma abnegação sublime se é dura de coração.

A sra. de Marsantes seguia os cursos de Brunetière.[146] Entusiasmara o Faubourg Saint-Germain, e também o edificava com a sua vida de santa. Mas a conexão morfológica do lindo nariz e do olhar penetrante levavam contudo a classificar a sra. de Marsantes na mesma família intelectual e moral de seu irmão, o duque. Eu não podia crer que pelo simples fato de ser uma mulher, e talvez por ter sido infeliz, e contar com a opinião de todos a seu favor, pudesse fazer com que se fosse tão diferente dos seus, como nas canções de gesta, em que todas as virtudes e graças estão reunidas na

---

146 Ferdinand Brunetière (1849-1906), nacionalista radical, era mestre de conferência na prestigiosa École Normale Supérieure, professor na Sorbonne e diretor da *Revue des Deux Mondes*. Suas conferências no teatro do Odéon eram acompanhadas por enorme público mundano. (N. E.)

irmã de irmãos ferozes. Parecia-me que a natureza, menos livre que os velhos poetas, devia servir-se quase que exclusivamente dos elementos comuns à família e não podia atribuir-lhe tal poder de inovação que fizesse, com materiais análogos aos que compunham um tolo e um bruto, um grande espírito sem a menor tara de tolice, uma santa sem a menor mácula de brutalidade. A sra. de Marsantes tinha um vestido de surá branco de grandes palmas, sobre as quais se destacavam flores de pano que eram negras. E que havia perdido, três semanas antes, o seu primo, sr. de Montmorency, o que não a impedia de fazer visitas e comparecer a jantares íntimos, mas de luto. Era uma grande dama. Por atavismo, estava sua alma cheia da frivolidade das existências de corte, com tudo o que comportam de superficial e de rigoroso. A sra. de Marsantes não tivera forças para chorar por muito tempo o pai e a mãe, mas por nada deste mundo usaria cores vivas no mês seguinte à morte de um primo. Mostrou-se mais amável comigo porque eu era amigo de Robert e não pertencia ao mesmo mundo que Robert. Essa bondade era acompanhada de uma fingida timidez, da espécie de intermitente movimento de retirada da voz, do olhar, do pensamento que é recolhido como uma saia indiscreta, para não ocupar muito espaço, para ficar bem direita, mesmo na flexibilidade, como o requer a boa educação. Boa educação que aliás não se deve tomar muito ao pé da letra, pois várias dessas damas depressa caem na licenciosidade de costumes sem perder jamais a correção quase infantil das maneiras. A sra. de Marsantes irritava um pouco na conversação porque, de cada vez que se tratava de um plebeu, de Bergotte, por exemplo, de Elstir, dizia, destacando a palavra, fazendo-a valer e salmodiando-a em dois tons diferentes, numa modulação que era peculiar aos Guermantes: "Tive a *honra*, a grande *hon-ra* de encontrar o senhor Bergotte, de travar conhecimento com o senhor Elstir", ou para fazer admirar a sua humildade, ou pelo mesmo gosto que tinha o sr. de Guermantes de voltar às formas antiquadas, para protestar contra os atuais usos de má-educação, agora que não se diz suficientemente "honrado". Qualquer dessas duas razões que fosse a verdadeira, sentia-se em todo caso que, quando a sra. de Marsantes dizia:

"Eu tenha a *honra*, a grande *hon-ra*", julgava desempenhar um grande papel, e mostrar que sabia acolher os nomes dos homens de valor como os receberia a eles próprios em seu castelo, se se encontrassem pela vizinhança. Por outro lado, como a sua família era numerosa e ela a estimasse muito e, lenta no falar e amiga de explicações, quisesse fazer compreender os parentescos, acontecia-lhe (sem nenhum desejo de espantar e só gostando sinceramente de falar de camponeses comoventes e guardas campestres sublimes) citar a todo instante todas as famílias da alta aristocracia da Europa, o que as pessoas menos brilhantes não lhe perdoavam e, se eram um pouco intelectuais, escarneciam como uma estupidez.

No campo, a sra. de Marsantes era adorada pelo bem que fazia, mas também pela pureza de um sangue em que desde várias gerações só se encontrava o que há de maior na história da França, tirara da sua maneira de ser tudo quanto a gente do povo chama de "maneiras" e lhe dera a perfeita simplicidade. Não receava abraçar uma pobre mulher que era infeliz e dizia-lhe que fosse buscar um carregamento de lenha no castelo. Era, dizia-lhe, a perfeita cristã. Estava empenhada em conseguir um casamento colossalmente rico para Robert. Ser grande dama é representar de grande dama, o que quer dizer, representar simplicidade. É um papel que sai extremamente caro, tanto mais que a simplicidade só encanta sob a condição de que os outros saibam que poderíamos não ser simples, isto é, que somos riquíssimos. Disseram-me mais tarde, quando contei que a tinha visto: "Deve ter notado que ela estava encantadora". Mas a verdadeira beleza é tão peculiar, tão nova que não a reconhecemos como beleza. Pensei comigo simplesmente que naquele dia tinha ela um nariz muito pequeno, olhos muito azuis, o pescoço longo e o ar triste.

— Escuta — disse a sra. de Villeparisis à duquesa de Guermantes —, creio que terei daqui a pouco a visita de uma mulher que não queres conhecer, e acho melhor prevenir-te para que isso não te aborreça. Aliás, podes ficar tranquila, não a terei em casa daqui para o futuro, mas hoje ela deve vir pela única vez. É a esposa de Swann.

A sra. Swann, vendo as proporções que assumia a questão Dreyfus e temendo que as origens do marido se voltassem contra ela, pedira-lhe que nunca falasse na inocência do condenado. Quando ele não se achava presente, ela ia mais longe, e fazia profissão de fé do mais ardente nacionalismo; nisso, não fazia mais que seguir a sra. Verdurin, na qual despertara um antissemitismo burguês e lento que atingira a uma verdadeira exasperação. A sra. Swann conseguira com essa atitude entrar nalgumas das ligas femininas do mundo antissemita que começavam a formar-se e travara relações com várias pessoas da aristocracia. Pode parecer estranho que, longe de imitá-las, a duquesa de Guermantes, tão amiga de Swann, sempre tivesse resistido ao desejo, que este não lhe ocultara, de apresentar-lhe a sua mulher. Mas ver-se-á mais tarde que era um efeito do caráter particular da duquesa, que julgava que "não tinha" de fazer tal ou tal coisa e impunha com despotismo o que havia decidido o seu "livre-arbítrio" mundano, aliás, muito arbitrário.

— Agradeço-lhe por me prevenir — respondeu a duquesa. — Isso me seria com efeito muito desagradável. Mas, como a conheço de vista, me levantarei a tempo.

— Asseguro-te, Oriane, que ela é muito agradável, é uma excelente mulher — disse a sra. de Marsantes.

— Não duvido, mas não sinto necessidade de certificar-me por mim mesma.

— Foste convidada por lady Israel? — perguntou a sra. de Villeparisis à duquesa, para mudar de conversação.

— Mas eu não a conheço, graças a Deus — respondeu a sra. de Guermantes. — A Marie-Aynard é que se deve perguntar isso. Ela a conhece, e eu sempre me perguntei por que motivo.

— Efetivamente a conheci — respondeu a sra. de Marsantes —, confesso os meus erros. Mas estou resolvida a não mais ter relações com ela. Parece que é das piores e que não o oculta. Aliás, todos nós temos sido demasiado confiantes, demasiado hospitaleiros. Não freqüentarei mais ninguém dessa nação. Enquanto tínhamos velhos primos de província do mesmo sangue a quem fechávamos a porta, nós a abríamos para os judeus. Estamos vendo agora como nos agradecem. Ah!, nada posso dizer, tenho um filho adorável e que diz, como um jovem desmiolado que é, todas as tolices possíveis — acrescentou, tendo sabido que o sr. de Argencourt aludira a Robert. — Mas, por falar em Robert, acaso a senhora não o viu? — perguntou à sra. de Villeparisis. — Como é sábado, eu pensava que ele poderia ter vindo passar vinte e quatro horas em Paris, e nesse caso viria certamente visitá-la.

Na verdade, a sra. de Marsantes pensava que o filho não obteria licença; mas como sabia em todo caso que, se a conseguisse, não viria à casa da sra. de Villeparisis, esperava, parecendo acreditar que o encontraria ali, fazer com que a suscetível tia perdoasse a Robert todas as visitas que ele não lhe fizera.

— Robert aqui! Mas não tive sequer um recado dele: creio que não o vejo desde Balbec.

— Ele vive tão ocupado, tem tanto que fazer... — disse a sra. de Marsantes.

Um quase imperceptível sorriso fez ondular os cílios da sra. de Guermantes, que contemplava o círculo que traçava no tapete com a ponta da sombrinha. De cada vez que o duque negligenciara muito abertamente a esposa, a sra. de Marsantes, ostensivamente, tomara partido contra o próprio irmão, em favor da cunhada. Esta conservava de tal proteção uma recordação reconhecida e rancorosa, e não se incomodava muito com as cabeçadas de Robert. Nesse momento, a porta abriu-se de novo e Robert entrou.

— É falar no Saint-Loup... — disse a sra. de Guermantes.

A sra. de Marsantes, que estava de costas para a porta, não vira entrar o filho. Quando o avistou, naquela mãe a alegria bateu como um verdadeiro agitar de asas, o corpo da sra. de Marsantes ergueu-se a meio, sua face palpitou e ela fitava em Robert uns olhos maravilhados.

— Como, tu vieste! Que alegria! Que surpresa!

— Ah!, *é falar no Saint-Loup...* compreendo — disse o diplomata belga, rindo às gargalhadas.

— É delicioso — replicou secamente a sra. de Guermantes,

que detestava os trocadilhos e só arriscara aquele como para zombar de si mesma.

— Boa-tarde, Robert — disse ela. — E então, é assim que se esquece a tia?

Conversaram um instante, e sem dúvida a meu respeito, pois enquanto Saint-Loup se aproximava da mãe, a sra. de Guermantes voltou-se para mim.

— Boa-tarde — disse ela —, como vai?

Deixou chover sobre mim a luz de seu olhar azul, hesitou um instante, desdobrou e estendeu o hastil de seu braço, inclinou para a frente o corpo, que se endireitou rapidamente como um arbusto que vergaram e que, deixado em liberdade, volta à sua posição natural. Assim agia ela sob o fogo dos olhares de Saint--Loup, que a observava e fazia a distância esforços desesperados para obter um pouco mais ainda de sua tia. Temendo que a conversação decaísse, veio alimentá-la e respondeu por mim.

— Não se acha muito bem, está um pouco fatigado; aliás, iria melhor se te visse seguidamente, pois não te oculto que gosto muito de ver-te.

— Oh!, é muito amável! — disse a sra. de Guermantes num tom voluntariamente banal, como se eu lhe tivesse trazido a sua capa. — Sinto-me muito lisonjeada.

— Olha, vou um pouco para junto de minha mãe, deixo-te a minha cadeira — disse Saint-Loup, forçando-me assim a sentar ao lado da tia.

Calamo-nos os dois.

— Vejo-o algumas vezes de manhã — disse-me ela, como se me fizesse saber uma novidade e como se eu não a visse. — Isso faz muito bem à saúde.

— Oriana — disse a meia-voz a sra. de Marsantes —, disse que ia visitar a senhora de Saint-Ferréol; pode fazer o favor de dizer-lhe que não me espere para jantar? Ficarei em casa, pois tenho aqui a Robert. Se não fosse abusar, também pediria a você que dissesse, ao passar por casa, que comprem logo desses charutos de que Robert gosta, chamam-se "Corona", já se acabaram.

Robert aproximou-se; ouvira unicamente o nome da sra. de Saint-Ferréol.

— Quem vem a ser essa senhora de Saint-Ferréol? — indagou num tom de estranheza e decisão, pois afetava ignorar tudo quanto concernia à sociedade.

— Mas tu bem sabes, querido, é a irmã de Vermandois; foi ela quem te deu aquele belo jogo de bilhar de que tanto gostavas.

— Como! É a irmã de Vermandois? Eu não tinha a mínima ideia. Ah, minha família é estupenda — disse, voltando-se a meio para mim e adotando sem querer as entonações de Bloch como tomava as suas ideias —, conhece uma gente inaudita, uma gente que se chama mais ou menos Saint-Ferréol (e destacando a penúltima sílaba de cada palavra) vai ao baile, ainda de vitória, leva uma existência fabulosa. É prodigioso.

A sra. de Guermantes fez com a garganta esse ruído ligeiro, breve e forte como de um sorriso forçado que se engole e destinado a mostrar que tomava parte, na medida a que a obrigava o parentesco, no espírito do sobrinho. Nisto anunciaram que o príncipe de Faffenheim-Munsterburg-Weinigen mandava dizer ao sr. de Norpois que acabava de chegar.

— Vá buscá-lo, embaixador — disse a sra. de Villeparisis ao antigo embaixador, que foi ao encontro do primeiro-ministro alemão.

Mas a marquesa tornou a chamá-lo:

— Um momento, embaixador; devo mostrar-lhe a minha miniatura da imperatriz Carlota?[147]

— Ah!, creio que ele ficará encantado — disse o embaixador num tom convicto e como se invejasse ao afortunado ministro o favor que o esperava.

— Ah!, eu sei que ele é muito *bem pensante* — disse a sra. de Marsantes —, e isso é tão raro entre os estrangeiros... Mas estou bem informada. É o antissemitismo em pessoa.

---

147 Carlota de Saxe-Cobourg (1840-1927) casara-se com o arquiduque Maximiliano. Em 1863, Napoleão ofereceria a seu marido a coroa imperial do México, mas Maximiliano não conseguiria se impor diante de Juárez, seria capturado e fuzilado. De volta à França, a imperatriz ficou louca. (N. E.)

O nome do príncipe conservava na franqueza com que as suas primeiras sílabas eram, como se diz em música, atacadas, e na balbuciante repetição que as escandia, o ímpeto, a ingenuidade amaneirada, as pesadas "delicadezas" germânicas projetadas como verdejantes ramagens sobre o *Heim* de esmalte azul-escuro que desenrolava o misticismo de um vitral renano por trás dos ouros pálidos e finamente cinzelados do século XVIII alemão. Esse nome continha, entre os diversos nomes de que era formado, o de uma cidadezinha balneária alemã, aonde eu fora em menino com minha avó, ao pé de uma montanha honrada pelos passeios de Goethe e de cujos vinhedos bebíamos no Kurhof os vinhos ilustres, de nome composto e sonoro como os epítetos que Homero empresta a seus heróis. Assim, apenas ouvi pronunciar o nome do príncipe quando, antes de haver recordado a estação termal, me pareceu que diminuía, que se impregnava de humanidade, que achava suficiente um pequeno lugar em minha memória, a que aderiu, familiar, terra a terra, pitoresco, saboroso, leve, com alguma coisa de autorizado, de prescrito. Ainda mais, ao explicar quem era o príncipe, a sra. de Guermantes citou vários de seus títulos, e eu reconheci o nome de uma aldeia atravessada por um rio onde, todas as tardes, findo o tratamento, eu passeava de barco, fendendo nuvens de mosquitos; e o de uma floresta muito afastada para que o médico me permitisse ir visitá-la. E, com efeito, era compreensível que a suserania do senhor se estendesse até os lugares circunvizinhos e associasse de novo, na enumeração de seus títulos, os nomes que se podiam ler uns ao lado dos outros num mapa. Assim, sob a viseira do príncipe do Sacro Império e do escudeiro da Francônia, o que eu vi foi a face de uma terra querida, onde tantas vezes se haviam detido para mim os raios do sol das seis horas, pelo menos antes que o príncipe, eleitor palatino, houvesse entrado. Pois soube em poucos instantes que as rendas que auferia da floresta e do rio povoados de gnomos e ondinas, da montanha encantada onde se eleva o velho burgo que guarda a lembrança de Lutero e de Luís, o Germânico,[148] usava-as

148 Luís II, o Germânico (805-876), era rei da Germânia. (N. E.)

para ter cinco automóveis Charron,[149] um palacete em Paris e um em Londres, um camarote às segundas-feiras na Ópera, e outro nas "terças" dos "Franceses". Não me pareceu, e ele próprio não parecia crê-lo, que se diferençasse dos homens da mesma fortuna e da mesma idade que tinham origem menos poética. Tinha a sua mesma cultura, o seu mesmo ideal; alegrava-se com a sua posição, mas tão só pelas vantagens que lhe conferia, e não possuía mais que uma ambição na vida: ser eleito membro correspondente da Academia de Ciências Morais e Políticas, razão pela qual viera à casa da sra. de Villeparisis. Se ele, cuja esposa estava à frente do círculo mais fechado de Berlim, solicitara ser apresentado em casa da marquesa, não era porque tivesse primeiro desejos de semelhante coisa. Roído desde muitos anos pela ambição de entrar para o Instituto, infelizmente nunca vira subir além de cinco o número de acadêmicos que pareciam dispostos a lhe dar seu voto. Sabia que só o sr. de Norpois dispunha no mínimo de dez votos, a que era capaz de acrescentar outros, graças a hábeis transações. De modo que o príncipe, que o conhecera na Rússia quando ambos eram ali embaixadores, tinha-o procurado e feito o possível para conseguir o seu apoio. Mas por mais que se multiplicasse em amabilidades e lhe conseguisse condecorações russas e lhe citasse o nome em artigos de política estrangeira, tivera diante de si um ingrato, um homem para quem todas essas atenções parecia que não contavam, que não fizera a sua candidatura avançar um único passo e nem sequer lhe prometera o seu voto! Está visto que o sr. de Norpois o recebia com extrema delicadeza, nem permitia que ele se incomodasse e "tivesse o trabalho de vir até a sua porta", ia em pessoa ao palácio do príncipe e, quando o cavaleiro teutônico lançava: "Eu desejaria tanto ser seu colega", respondia num tom compenetrado: "Ah!, eu me sentiria muito feliz com isso!". E sem dúvida um ingênuo, um dr. Cottard, diria com os seus botões: "Ora, vejamos, ele está em minha casa, foi ele quem fez questão de vir porque me considera uma personagem mais importante do que ele próprio, diz-me que se sentiria feliz se

149 Firma de automóveis fundada em 1901. (N. E.)

eu entrasse para a Academia, afinal de contas as palavras têm um sentido, que diabo!, e, se não se oferece para votar em mim, é que sem dúvida não pensou nisso. Fala muito em minha grande influência, decerto julga que as pombas já me caem assadas do céu, que disponho de tantos votos quantos queira e é por isso que não me oferece o seu, mas é só colocá-lo entre a faca e a parede, cá entre nós, e dizer-lhe: 'Pois bem, vote em mim!', e ele será obrigado a fazê-lo".

Mas o príncipe de Faffenheim não era nenhum ingênuo; era o que o dr. Cottard chamaria "um fino diplomata" e sabia que o sr. de Norpois não era menos fino, nem homem que não descobrisse por si mesmo que poderia ser agradável a um candidato dando-lhe o seu voto. O príncipe, nas suas embaixadas, e como ministro dos Negócios Estrangeiros, mantivera, por seu país, em vez de ser como agora por si mesmo, dessas conversações em que de antemão se sabe até aonde se pretende ir e o que não nos farão dizer. Não ignorava que em linguagem diplomática conversar significa oferecer. E por isso é que obtivera para o sr. de Norpois a insígnia de Santo André.[150] Mas se fosse comunicar ao seu governo a conversa que tivera depois disso com o sr. de Norpois, poderia enunciar no seu despacho: "Compreendi que tomara caminho errado". Pois logo que tinha recomeçado a falar do Instituto, o sr. de Norpois lhe repetira:

— Eu estimaria muito, muito, por meus colegas. Creio que devem sentir-se realmente honrados com que o senhor tenha pensado neles. É uma candidatura interessantíssima, um pouco fora de nossos hábitos. O senhor bem sabe, a Academia é muito rotineira, assusta-se com tudo quanto cheire um pouco a novidade. Pessoalmente a censuro por isso. Quantas vezes já não o dei a entender a meus colegas! Até nem sei, Deus me perdoe, se a palavra "rançosos" não me saiu algum dia dos lábios — acrescentara com um sorriso escandalizado, a meia-voz, quase à parte, como num efeito de teatro e lançando ao príncipe um olhar rápido e oblíquo de seus olhos azuis, como um velho ator que quer julgar

150 A Ordem de Santo André, criada em 1698 por Pedro, o Grande, era a ordem de cavalaria mais antiga da Rússia. (N. E.)

o seu efeito. — Bem compreende, príncipe, que eu não desejaria que uma personalidade tão eminente como a sua se metesse numa aposta de antemão perdida. Enquanto as ideias de meus colegas permanecerem tão atrasadas, estimo que o sensato é abster-se. Creia-me, aliás, que, se algum dia visse um espírito um pouco mais novo, um pouco mais vivo, delinear-se naquele colégio que tende a se tornar uma necrópole, se vislumbrasse alguma conjuntura possível para o senhor, seria o primeiro a avisar-lhe.

— A insígnia de Santo André é um erro — pensou o príncipe. — As negociações não adiantaram um passo; não é isso o que ele queria. Não peguei a chave exata.

Era um gênero de raciocínio de que seria capaz o sr. de Norpois, formado na mesma escola do príncipe. Pode-se zombar da pedantesca simplicidade com que os diplomatas à moda de Norpois se extasiam ante uma frase oficial mais ou menos insignificante. Mas a sua infantilidade tem seu contrapeso: sabem os diplomatas que na balança que assegura esse equilíbrio europeu, ou outro que se chama à paz, os bons sentimentos, os belos discursos, as súplicas pesam muito pouco; e que o peso decisivo, o verdadeiro, as determinações consistem em outra coisa, na possibilidade que o adversário tem, se é bastante forte, ou que não tem de satisfazer um desejo por meio de troca. O sr. de Norpois e o príncipe Von *** muitas vezes se tinham visto às voltas com essa ordem de verdades que uma pessoa totalmente desinteressada, como minha avó, por exemplo, não poderia compreender. Encarregado de negócios nos países com que estivéramos a dois passos da guerra, o sr. de Norpois, aflito com o aspecto que iam tomar os acontecimentos, sabia muito bem que não era com a palavra "paz" ou com a palavra "guerra" que lhe seriam notificados, mas com uma outra, banal em aparência, terrível ou bendita, e que o diplomata, com auxílio de sua cifra, saberia imediatamente ler, e à qual responderia, para salvaguardar a dignidade da França, com outra palavra igualmente banal mas sob a qual o ministro da nação inimiga veria em seguida: guerra. E até segundo um antigo costume, análogo ao que dava à primeira aproximação de duas criaturas matrimonialmente comprometidas a forma de uma entrevista casual num espetáculo do teatro do Ginásio, o diálogo em que o destino ditaria a palavra "paz" ou a palavra "guerra" não se realizava geralmente no gabinete do ministro, mas no banco de um "Kurgarten",[151] quando o ministro e o sr. de Norpois iam ambos beber copinhos de água curativa nalguma fonte termal. Por uma espécie de convenção tácita, encontravam-se à hora regimental e davam juntos primeiramente alguns passos de uma pequena caminhada que, sob a sua aparência benigna, sabiam os dois interlocutores tão trágica como uma ordem de mobilização. Ora, num assunto privado como aquela candidatura ao Instituto, servira-se o príncipe do mesmo sistema indutivo que havia utilizado em sua carreira, do mesmo método de leitura através dos símbolos superpostos.

E certamente não se pode pretender que minha avó e seus raros semelhantes fossem os únicos que ignoravam esse gênero de cálculos. Em parte, a média dos homens que exerce profissões previamente traçadas permanece, por sua falta de intuição, no mesmo nível de ignorância que minha avó devia a seu elevado desinteresse. Cumpre muita vez descer até as criaturas sustentadas, homens ou mulheres, para ter de procurar o móvel da ação ou das palavras em aparência mais inocentes, no interesse, na necessidade de viver. Qual o homem que não sabe que, quando uma mulher a quem vai pagar lhe diz: "Não falemos em dinheiro", deve essa frase ser estimada, como se diz em música, como "um compasso de silêncio", e que se ela mais tarde lhe declara: "Fizeste-me sofrer muito, muitas vezes me ocultaste a verdade, já estou farta", deve interpretar: "Outro protetor lhe oferece mais". E ainda isto não é mais do que a linguagem de uma cocote bastante próxima das mulheres da sociedade. Os apaches fornecem exemplos mais incisivos. Mas o sr. de Norpois e o príncipe alemão, se lhes eram desconhecidos os apaches, estavam acostumados a viver no mesmo plano das nações, as

---

151 Jardim de uma estação termal de cura. (N. E.)

quais são também, apesar da sua grandeza, seres de egoísmo e de astúcia, que só se domam pela força, pela consideração do seu interesse, que os pode levar até o assassinato, um assassinato também muita vez simbólico, visto que a simples hesitação em bater-se ou a recusa a bater-se pode significar, para uma nação, "perecer". Mas como nada disso está dito nos Livros Amarelos[152] e outros, o povo é, por gosto, pacifista; quando guerreiro, é instintivamente por ódio, ou rancor, e não pelas razões que moveram os estadistas advertidos pelos Norpois.

No inverno seguinte o príncipe esteve muito doente; curou-se, mas seu coração ficou irremediavelmente afetado. "Diabo!", pensou ele, "não há tempo a perder nessa história do Instituto, pois, se me demoro muito, arrisco-me a morrer antes de ser eleito. Seria realmente desagradável".

Escreveu para a *Revue des Deux Mondes* um artigo sobre a política dos últimos vinte anos e no qual se referiu por várias vezes ao sr. de Norpois, nos termos mais lisonjeiros. Este foi visitá-lo e agradeceu-lhe. Acrescentou que não sabia como expressar a sua gratidão. O príncipe pensou, como quem acaba de experimentar outra chave numa fechadura: "Ainda não é esta", e, sentindo-se um pouco sufocado enquanto acompanhava o sr. de Norpois até a porta, considerou: "Sim senhor! Esses tipos vão deixar-me arrebentar antes de me admitirem. Apressemo-nos".

Na mesma noite, encontrou o sr. de Norpois na Ópera:

— Meu caro embaixador — disse-lhe ele —, falava-me esta manhã que não sabia como provar-me o seu reconhecimento; é um exagero, pois nada tem a agradecer-me, mas eu vou cometer a indelicadeza de tomar a coisa ao pé da letra.

O sr. de Norpois não estimava menos o tato do príncipe do que este o seu. Compreendeu imediatamente que não era um pedido que lhe ia fazer o príncipe de Faffenheim, mas um oferecimento e, com sorridente afabilidade, dispôs-se a escutá-lo.

---

152 O chamado "Livro Amarelo" é o livro de capa amarela que o governo francês submete ao Parlamento, expondo-lhe sua política externa. (N. E.)

— Bem, vai achar-me demasiado indiscreto. Há duas pessoas a quem sou muito afeiçoado, e de modo inteiramente diverso, como vai compreender, e que se instalaram em Paris, onde tencionam residir daqui por diante: a minha esposa e a grã-duquesa Jean. Vão oferecer alguns jantares, principalmente em homenagem ao rei e à rainha da Inglaterra,[153] e o seu sonho seria apresentar aos seus convivas uma pessoa a quem, sem a conhecer, dedicam ambas grande admiração. Confesso que não sabia como contentá-las quando soube há pouco, pelo maior dos acasos, que o senhor conhecia essa pessoa; sei que leva uma vida muito retirada, que só quer ver pouca gente, *happy few*; mas se o senhor quiser dar-me o seu apoio, com a benevolência que me testemunha, estou certo de que ela permitiria que o senhor me apresentasse em sua casa e que eu lhe transmitisse o desejo da grã--duquesa e da princesa. Talvez consentisse ela em vir jantar com a rainha da Inglaterra e, quem sabe, se não a aborrecemos demasiado, em passar conosco as férias da Páscoa em Beaulieu, em casa da grã-duquesa Jean. Essa pessoa chama-se marquesa de Villeparisis. Confesso que a esperança de tornar-me um dos frequentadores de semelhante centro de espírito me consolaria e faria encarar sem aborrecimento a renúncia de minha candidatura ao Instituto. Também em sua casa há comércio de inteligência e finas conversações.

Com um sentimento de inexprimível prazer, sentiu o príncipe que a fechadura não resistia e que afinal aquela chave entrava.

— Tal opção é de todo inútil, meu caro príncipe — respondeu o sr. de Norpois —, nada condiz mais com o Instituto do que o salão a que se refere e que é um legítimo viveiro de acadêmicos. Transmitirei sua petição à senhora marquesa de Villeparisis: ficará sem dúvida lisonjeada com ela. Quanto a ir jantar em sua casa, sai muito pouco e talvez seja mais difícil. Mas eu o apresentarei, e o senhor mesmo pleiteará a sua causa. Principalmente, não deve renunciar à Academia; almoço precisamente daqui a quinze dias, a contar de amanhã, para irmos depois a uma

---

153 A rainha da Inglaterra em questão era Alexandra da Dinamarca, esposa de Eduardo II. (N. E.)

sessão importante, em casa de Leroy-Beaulieu, sem o qual não se pode fazer uma eleição; tinha já deixado escapar diante dele o seu nome, que naturalmente conhece às maravilhas. Apresentara-me algumas objeções. Mas acontece que ele tem necessidade do apoio do meu grupo para a próxima eleição, e tenciono voltar à carga; dir-lhe-ei com toda a franqueza os laços verdadeiramente cordiais que nos unem, e não lhe ocultarei que, se o senhor se apresentasse, eu pediria a todos os meus amigos que votassem no senhor (o príncipe soltou um profundo suspiro de alívio), e ele sabe que eu tenho amigos. Creio que, se conseguisse o concurso dele, as suas probabilidades se tornariam muito sérias. Vá então nesse dia, às seis da tarde, à casa da senhora de Villeparisis, eu o apresentarei, e poderei informá-lo sobre a minha entrevista da manhã.

Assim fora o príncipe de Faffenheim levado a visitar a sra. de Villeparisis. Profunda desilusão tive eu quando falou. Não tinha pensado que, se uma época tem traços particulares e gerais mais fortes do que as nacionalidades, de sorte que, num dicionário ilustrado, onde se mostra até o retrato autêntico de Minerva, Leibniz, com a sua peruca e o seu mantéu, pouco difere de Marivaux ou de Samuel Bernard,[154] uma nacionalidade tem traços particulares mais fortes do que uma casta. Ora, esses traços se traduziram na minha presença, não por uma fala onde julgava de antemão que ouviria o frêmito dos elfos e a dança dos "kobolds", mas por uma transposição que não menos autenticava essa poética origem: o fato de, ao inclinar-se pequeno, vermelho e ventrudo, ante a sra. de Villeparisis, haver-lhe dito: *"Pom tia, zeniorra marrquesa"*, com o mesmo sotaque de um porteiro alsaciano.

— Não quer que lhe sirva uma taça de chá ou um pouco de torta? Está muito boa — disse-me a sra. de Guermantes, desejosa de mostrar-se o mais amável possível. — Faço as honras desta casa como se fosse minha — acrescentou num tom irônico que lhe emprestava à voz algo de gutural, como se abafasse um riso rouco.

154 Samuel Bernard (1651-1739), financista francês. (N. E.)

— Embaixador — disse a sra. de Villeparisis —, não se esquecerá daqui a pouco de que tem alguma coisa a dizer ao príncipe a propósito da Academia?

A sra. de Guermantes baixou os olhos e imprimiu um quarto de círculo ao pulso para ver as horas.

— Meu Deus! Já é tempo de despedir-me de minha tia, se ainda tenho de passar pela senhora de Saint-Ferréol e jantar na senhora Leroi.

E ergueu-se sem dizer-me adeus. Acabava de avistar a sra. Swann, que pareceu bastante constrangida ao ver-me. Lembrava-se decerto de me haver dito, antes de que a qualquer outro, que estava convencida da inocência de Dreyfus.

— Não quero que minha mãe me apresente à senhora Swann — disse-me Saint-Loup. — É uma antiga prostituta. Seu marido é judeu e ela nos impinge nacionalismo. Olha, aí está o meu tio Palamède.

A presença da sra. Swann tinha particular interesse para mim, devido a um fato que se dera alguns dias antes e que é necessário relatar, em vista das consequências que devia ter muito mais tarde e que seguiremos detalhadamente quando chegar a ocasião. Dias antes dessa visita, recebera eu uma que absolutamente não esperava, a de Charles Morel, filho, desconhecido para mim, do antigo lacaio de meu tio-avô. Esse tio-avô (aquele em cuja casa eu encontrara a "dama de rosa") falecera no ano anterior. Seu lacaio manifestara várias vezes a intenção de visitar-me; não sabia a finalidade de sua visita, mas tê-lo-ia recebido de boa sombra, pois soubera por Françoise que ele conservara verdadeiro culto à memória de meu tio e efetuava romarias ao cemitério, em todas as oportunidades. Mas, obrigado a ir tratar-se em sua terra, e contando ali permanecer por muito tempo, delegava-me o seu filho. Fiquei surpreso ao ver entrar um belo rapaz de dezoito anos, trajado com mais luxo do que bom gosto, mas que no entanto tinha o ar de tudo, menos de um lacaio. Aliás, timbrou desde o início em cortar as amarras com a domesticidade de onde saía, informando-me com um sorriso satisfeito que era primeiro prêmio do Conservatório. O objetivo de sua visita era este: seu pai tinha, entre as lembranças de meu tio Adolphe, separado algumas que julgava inconveniente remeter a meus pais, mas que, pensava ele, eram de molde a interessar um jovem da minha idade. Eram fotografias das atrizes célebres, das grandes cocotes que meu tio conhecera, as últimas imagens daquela existência de velho vivedor que ele separava, por um compartimento estanque, da sua vida de família. Enquanto mas ia mostrando, notei que o jovem Morel afetava falar comigo de igual para igual. Sentia, em dizer o menos possível "o senhor", o prazer de alguém cujo pai jamais empregara, ao dirigir-se a meus pais, senão a "terceira pessoa". Quase todas as fotografias traziam uma dedicatória tal como: "Ao meu melhor amigo". Uma atriz mais ingrata e mais avisada escrevera: "Ao melhor dos amigos", o que lhe permitia, asseguraram-me, dizer que meu tio não era de modo algum o seu melhor amigo, mas o amigo que lhe prestara o maior número de pequenos serviços, o amigo de que ela se servia, um excelente homem, quase um velho animal. Por mais que o jovem Morel procurasse evadir-se de suas origens, sentia-se que a sombra de meu tio Adolphe, venerável e desmesurada aos olhos do velho lacaio, não cessara a pairar, quase sagrada, sobre a infância e a juventude do filho. Enquanto eu contemplava as fotografias, Charles Morel examinava meu quarto. E como eu procurasse onde guardá-las: "Mas como é", disse-me ele, num tom em que a censura não tinha necessidade de exprimir-se, de tal modo estava implícita nas próprias palavras, "como é que não vejo uma única do seu tio em seu quarto?". Senti a vermelhidão subir-me ao rosto, e balbuciei: "Mas eu creio que não tenho nenhuma". "Como, não tem uma única fotografia de seu tio Adolphe, que o estimava tanto! Vou remeter-lhe uma que tirarei dentre as várias que tem meu pai e espero que a instalará no lugar de honra, acima dessa cômoda que lhe vem precisamente de seu tio." É verdade que, como eu não tinha no quarto nem mesmo uma fotografia de meu pai ou de minha mãe, nada havia de chocante em que não tivesse uma de meu tio Adolphe. Mas não era difícil adivinhar que para Morel, que ensinara ao filho esse modo de ver, meu tio era a personagem importante da família, de quem meus pais apenas tiravam um brilho amortecido. Estava eu em maior favor porque meu tio dizia todos os dias que eu seria uma espécie de Racine, de

Vaulabelle, e Morel me considerava mais ou menos um filho adotivo, um filho de eleição de meu tio. Logo notei que o filho de Morel era muito "arrivista". Assim, perguntou-me naquele dia, visto que era também um pouco compositor e capaz de pôr alguns versos em música, se eu não conhecia algum poeta que tivesse posição importante no mundo "aristo". Citei-lhe um. Ele não conhecia as obras desse poeta e jamais lhe ouvira o nome, de que tomou nota. Pois vim a saber que pouco depois escrevera ele ao referido poeta para dizer-lhe que, como admirador fanático de suas obras, compusera uma música sobre um soneto seu e teria muito prazer em que o libretista fizesse dar uma audição da mesma em casa da condessa de ***. Era andar um pouco depressa a desmascarar os seus planos. O poeta, melindrado, não respondeu.

De resto, Charles Morel parecia ter, a par da ambição, um vivo pendor por mais concretas realidades. Vira no pátio a sobrinha de Jupien, que fazia um colete, e, embora apenas me dissesse que casualmente estava precisando de um colete "de fantasia", senti que a moça lhe provocara forte impressão. Não hesitou em pedir-me que descesse e o apresentasse, "mas em relação à sua família, compreende, conto com a sua discrição quanto a meu pai, diga apenas um grande artista seu amigo, compreende?, pois é preciso causar boa impressão aos comerciantes". Embora me tivesse insinuado que, não o conhecendo o bastante, ele o compreendia, para chamá-lo de velho amigo, eu poderia dizer-lhe diante da moça alguma coisa como "não caro mestre, evidentemente... mas, se quiser, caro grande artista", evitei, na loja, "qualificá-lo", como diria Saint-Simon, e contentei-me em responder a ele no mesmo tratamento que me dava. Descobriu, entre várias peças de veludo, uma do vermelho mais vivo e tão gritante que, apesar do mau gosto que tinha, jamais pôde usar aquele colete. A moça recomeçou a trabalhar com suas duas "aprendizes", mas pareceu-me que a impressão fora recíproca e que Charles Morel, a quem julgou "do seu mundo" (mais elegante apenas e mais rico), lhe agradara singularmente. Como ficaria muito espantado de achar entre as fotografias que me enviava seu pai uma do retrato de miss Sacripant (isto é,

Odette) por Elstir, disse a Charles Morel quando o acompanhava até a porta da rua: "Receio que não possa informar-me... Meu tio conhecia muito a essa dama? Não sei em que época da vida de meu tio deva situá-la; e isso me interessa por causa de Swann...". "Precisamente, ia me esquecendo de dizer que meu pai recomendara que chamasse a sua atenção para essa dama. Com efeito, essa *demi-mondaine* almoçava com seu tio no último dia em que o senhor o visitou. Meu pai não sabia bem se poderia mandá-lo entrar. Parece que o senhor tinha agradado muito a essa mulher leviana, e ela esperava tornar a vê-lo. Mas justamente nessa época houve desentendimentos na família, pelo que meu pai contou, e o senhor nunca mais tornou a ver seu tio". Ele sorriu nesse instante, para dizer adeus de longe à sobrinha de Jupien. Esta o fitava e admirava sem dúvida o seu rosto magro, de desenho regular, os seus cabelos leves, os seus olhos alegres. Eu, apertando-lhe a mão, pensava na sra. Swann e considerava com espanto, tão separadas e diferentes se achavam na minha lembrança, que teria dali por diante de identificá-la com a "dama de rosa".

Em breve estava o sr. de Charlus sentado junto à sra. Swann. Em todas as reuniões em que se achava, desdenhoso para com os homens, cortejado pelas mulheres, ia logo reunir-se à mais elegante, de cuja *toilette* se sentia vaidoso. A casaca ou o fraque do barão faziam-no parecer-se a esses retratos, retocados por um grande colorista, de um homem de preto, mas que tem ao lado, sobre uma cadeira, uma capa deslumbrante que vai vestir para um baile à fantasia. Tal intimidade, geralmente com alguma Alteza, proporcionava ao sr. de Charlus dessas distinções que lhe apraziam. Sucedia, por exemplo, em consequência disso, que as donas de casa, numa festa, só ao barão permitiam que tivesse uma cadeira na frente, junto com as damas, enquanto os outros homens se acotovelavam no fundo. De resto, muito absorto, ao que parecia, em contar divertidas histórias à dama enlevada, o sr. de Charlus via-se dispensado de ir cumprimentar aos demais e, portanto, de ter deveres a cumprir. Por detrás da barreira perfumada que lhe erguia a beleza eleita, ficava isolado no meio de um salão como em um camarote numa sala de espetáculos e, quando vinham saudá-lo, através por assim dizer da formosura de sua companheira, era escusável que respondesse muito brevemente e sem interromper a conversa com uma mulher. Está visto que a sra. Swann não pertencia precisamente à classe de pessoas com quem gostava de se ostentar dessa forma. Mas professava admiração por ela e amizade a Swann, bem sabia que a sua solicitude a lisonjeava, e ele próprio sentia-se ufano de se ver comprometido pela mais bela criatura ali presente.

Aliás, a sra. de Villeparisis só em parte se achava satisfeita com a visita do sr. de Charlus. Este, embora achando grandes defeitos na tia, estimava-a muito. Mas, em dados momentos, sob o ímpeto da cólera, de agravos imaginários, escrevia-lhe, sem resistir a seus impulsos, cartas da maior violência em que denunciava pequenas coisas que até então parecia não haver notado. Entre outros exemplos, posso citar o seguinte fato, pois minha estada em Balbec dele me fez sabedor: temendo não ter consigo a quantia suficiente para prolongar o veraneio, e como não lhe agradasse mandar buscar dinheiro em Paris, porque era avara e temia os gastos supérfluos, a sra. de Villeparisis pedira três mil francos emprestados ao sr. de Charlus. Este, um mês mais tarde, desgostoso com a tia por um motivo insignificante, lhos cobrou por meio de um vale telegráfico. Recebeu dois mil novecentos e noventa e poucos francos. Vendo a tia alguns dias depois em Paris e conversando amistosamente com ela, observou-lhe com muita brandura o engano cometido pelo Banco que efetuara a ordem de pagamento. "Mas não há nenhum engano", respondeu a sra. de Villeparisis, "a ordem telegráfica custa seis francos e setenta e cinco". "Ah!, se foi intencional, está ótimo", replicou o sr. de Charlus. "Falei-lhe somente porque a senhora o poderia ignorar e, neste caso, se o banco tivesse feito o mesmo com pessoas que lhe sejam menos íntimas do que eu, poderia isso contrariá-la." "Não, não houve engano." "No fundo, a senhora teve toda a razão", concluiu alegremente o sr. de Charlus, beijando com ternura a mão da tia. Com efeito, não lhe queria mal absolutamente e aquela pequena mesquinharia apenas o fazia sorrir. Mas, algum tempo depois, julgando que a tia, numa questão de família, quisera fazer pouco-caso e "armar contra ele um verdadeiro complô", e como ela tolamente se entrincheirasse atrás dos homens de negócios com quem justamente a suspeitava mancomunada, escreveu-lhe uma carta transbordante de furor e insolência. "Não me contentarei em vingar-me", acrescentava em P.S., "hei de torná-la ridícula, de expô-la ao ridículo. Desde amanhã vou contar a todo mundo a história da ordem telegráfica e dos seis francos e setenta e cinco que mandou descontar dos três mil que lhe emprestei; hei de desonrá-la". Em vez disso, fora no dia seguinte pedir perdão à tia, arrependido que estava de uma carta em que havia frases verdadeiramente horríveis. Aliás, a quem poderia contar a história da ordem telegráfica? Como não desejava vingança, mas uma reconciliação sincera, agora mesmo é que devia calar aquela história. Antes, porém, já a havia contado por toda parte, enquanto ainda estava de bem com a tia; contara-a sem maldade, para fazer rir, e porque era a indiscrição em pessoa. Contara tudo, mas sem que a sra. de Villeparisis o soubesse. De maneira que, sabendo por sua carta que ele pretendia desonrá-la divulgando uma circunstância em que lhe havia declarado que procedera bem, pensava que o sobrinho a enganara e que agora mentia ao dizer que a estimava. Tudo isso estava apaziguado, mas nenhum dos dois sabia exatamente a opinião que o outro formava a seu respeito. É verdade que se trata de um caso um tanto particular de brigas intermitentes. De ordem diferente eram as de Bloch e seus amigos. De outra ainda as do sr. de Charlus, como se verá, com pessoas muito diversas da sra. de Villeparisis. Apesar disso, cumpre lembrar que a opinião que temos uns dos outros, as relações de amizade, de família, nada têm de fixo senão em aparência, mas são eternamente móveis como o mar. Daí tantos rumores de divórcio entre dois esposos que pareciam tão perfeitamente unidos e que pouco depois falam carinhosamente um do outro, tantas infâmias ditas por um amigo acerca de um amigo de quem o julgávamos inseparável e com quem o encontraremos reconciliado antes de ter tido tempo de refazer-nos da surpresa; tantas alianças desfeitas em tão pouco tempo entre os povos. "Meu Deus, a coisa está ardendo entre meu tio e a senhora Swann", disse-me Saint-Loup. "E mamãe que, na sua inocência, vem atrapalhar! Para os puros, tudo é puro!"[155]

Eu contemplava o sr. de Charlus. O seu topete grisalho, o seu olho, cuja sobrancelha estava erguida pelo monóculo e que sorria, a sua botoeira com flores rubras, formavam como que os três vértices móveis de um triângulo convulsivo e surpreendente. Não ousara cumprimentá-lo, pois não me tinha feito nenhum sinal. Ora, conquanto não se tivesse voltado na minha direção, estava certo de que me vira; ao mesmo tempo que contava qualquer história à sra. Swann, cujo magnífico manto cor de amor-perfeito flutuava até por sobre um joelho do barão, os olhos errantes do sr. de Charlus, semelhantes aos de um vendedor de rua que teme a chegada do rapa, tinham certamente explorado cada parte do salão e descoberto todas as pessoas que ali se encontravam. O sr. de Châtellerault veio cumprimentá-lo, sem que nada revelasse na fisionomia do sr. de Charlus que houvesse avistado o jovem duque antes do momento em que se achava na sua presença. Desse modo, nas reuniões um tanto numerosas como aquela, o sr. de Charlus conservava quase constantemente um sorriso sem direção determinada nem destino particular e que, preexistente assim às saudações dos recém-chegados, apresentava-se, quando estes penetravam na sua zona, desprovido de qualquer significação de amabilidade para com eles. No entanto, eu devia ir apresentar meus cumprimentos à sra. Swann. Mas, como ignorava ela se eu conhecia a sra. de Marsantes e o sr. de Charlus, mostrou-se bastante fria, receando sem dúvida que lhe solicitasse uma apresentação. Avancei então para o barão de Charlus e logo o lamentei, pois, devendo muito bem ter-me visto, não o deixava transparecer em nada. No momento em que me curvava diante dele, encontrei distante de seu corpo, do qual me impedia de aproximar-me em toda a longitude de seu braço estendido, um dedo viúvo, por assim dizer, de um anel episcopal que ele tinha o ar de oferecer para que o beijassem no lugar consagrado, e devia parecer que eu

---

155 Citação de um trecho da Epístola de Paulo (i, 15). (N. E.)

penetrara a contragosto do barão, e por um arrombamento cuja responsabilidade ele me deixava, na permanência, na anônima e vaga dispersão do seu sorriso. Essa frieza não foi de molde a encorajar muito a sra. Swann a descartar-se da sua.

— Como pareces cansado e inquieto — disse a sra. de Marsantes ao filho, que viera cumprimentar o sr. de Charlus.

O olhar de Robert, com efeito, parecia por momentos atingir uma profundidade que abandonava em seguida, como um mergulhador que tocou o fundo. Esse fundo, que tanto mal fazia a Robert quando o tocava que ele o deixava imediatamente para voltar um instante depois, era a lembrança de que havia rompido com a sua amante.

— Não quer dizer nada — acrescentou a mãe, acariciando-lhe a face —, é sempre bom a gente estar com seu filhinho.

Mas aquela ternura parecia irritar Robert. A sra. de Marsantes levou o filho para o fundo do salão, onde, num vão forrado de seda amarela, algumas poltronas de Beauvais concentravam seus estofos violáceos como íris purpúreos num campo de botões-de-ouro. A sra. Swann, achando-se finalmente a sós, e compreendendo que eu estava ligado a Saint-Loup, fez-me sinal para que me aproximasse. Como não a via desde muito, não sabia de que falar-lhe. Eu não perdia de vista o meu chapéu, dentre todos os que se encontravam sobre o tapete, mas cogitava curiosamente a quem podia pertencer um que não era o do duque de Guermantes e em cuja carneira havia um G encimado pela coroa ducal. Sabia quem eram todos os visitantes e não achava um único a quem pudesse pertencer o chapéu.

— Como é simpático o senhor de Norpois! — disse eu, designando-o. — É verdade que Robert de Saint-Loup me afirma que é uma peste, mas...

— Ele tem razão — respondeu a sra. Swann.

Vendo que o seu olhar refletia algo que me estava ocultando, assediei-a de perguntas. Talvez satisfeita por parecer muito preocupada com um interlocutor naquele salão onde não conhecia quase ninguém, levou-me para um canto.

— Eis com certeza o que Saint-Loup quis dizer — respondeu-me ela —, mas não lhe vá repetir, pois ele me acharia indiscreta e eu faço muita questão da sua estima, sou muito "cavalheiro", bem sabe. Ultimamente Charlus jantou em casa da princesa de Guermantes; não sei como, vieram a falar de você. E o senhor de Norpois lhe teria dito... uma tolice, não vá perder o sono por causa disso, ninguém ligou importância, pois sabiam muito bem de que boca partia tal coisa... que você era um adulador meio histérico.

Já muito antes contei a minha estupefação de que um amigo de meu pai como era o sr. de Norpois pudesse exprimir-se dessa maneira a meu respeito. Ainda foi maior ao saber que a minha comoção daquele dia distante em que falara da sra. Swann e de Gilberte era do conhecimento da princesa de Guermantes, de quem me julgava ignorado. Cada uma de nossas ações, de nossas palavras, de nossas atitudes é separada do "mundo", das pessoas que não a presenciaram, por um meio cuja permeabilidade varia ao infinito e que nos permanece ignorada: sabendo por experiência que tal asserção importante que vivamente desejaríamos fosse propalada (como aquelas tão entusiásticas que eu dizia outrora a todos e em todas as ocasiões sobre a sra. Swann, pensando que, entre tantas boas sementes espalhadas, deveria haver alguma que brotasse) aconteceu ficar imediatamente sepultada, muitas vezes por causa de nosso próprio desejo, com muito mais forte razão estávamos longe de crer que certa frase minúscula, por nós mesmos esquecida, e talvez jamais pronunciada e formada em caminho pela imperfeita refração de uma palavra diferente, seria transportada, sem que nunca parasse a sua marcha, a distâncias infinitas — neste caso até a princesa de Guermantes — e fosse divertir à nossa custa o festim dos deuses. O que chamamos nossa conduta permanece ignorado de nosso mais próximo vizinho; o que esquecemos haver dito, ou que até nunca dissemos, vai provocar hilaridade até num outro planeta, e a imagem que os outros formam de nossos gestos e atitudes tampouco se parece com a que nós próprios formamos, como um desenho, um decalque malfeito, e onde ora a um traço negro corresponde um espaço vazio, e a um branco, um contorno inexplicável. Pode aliás acontecer que o que não foi reproduzido seja algum traço irreal que só vemos por complacência, e que aquilo que parece acrescentado nos pertença de fato, mas tão essencialmente que nos escapa. De modo que essa estranha prova que nos parece tão pouco parecida tem algumas vezes o gênero de verdade, por certo pouco lisonjeiro, mas profundo e útil, de uma fotografia pelos raios X. Não é um motivo para que nos reconheçamos nela. Quem tem o hábito de sorrir no espelho para o seu belo rosto e o seu belo torso, se lhe mostram a sua radiografia, terá, ante esse rosário de ossos apresentado como uma imagem sua, a mesma suspeita de engano do visitante de uma exposição que, diante de um retrato de rapariga, lê no catálogo: "Dromedário sentado". Mais tarde, essa divergência entre a imagem que desenhamos de nós mesmos e a que é desenhada por outros, devia eu descobri-la por intermédio de terceiros que, vivendo beatificamente entre uma coleção de fotografias que haviam tirado de si mesmos, enquanto em derredor careteavam horríveis imagens, habitualmente invisíveis a eles próprios, enchiam-se de espanto quando um acaso lhas mostrava: "É o senhor".

Anos antes, muito feliz seria em dizer à sra. Swann "com que objeto" me havia mostrado tão sentimental para o sr. de Norpois, visto que esse "objeto" era o desejo de conhecê-la. Mas já não o sentia, não mais amava a Gilberte. Por outro lado, não conseguia identificar a sra. Swann com a "dama de rosa" da minha infância. Assim, falei-lhe da mulher que naquele momento me preocupava.

— Não viu há pouco a duquesa de Guermantes? — perguntei à sra. Swann.

Mas como a duquesa não cumprimentava a sra. Swann, queria esta aparentar que a considerava uma pessoa sem interesse, cuja presença não chega a ser notada.

— Não sei, não *realizei* — respondeu-me com um ar desagradável, empregando um termo traduzido do inglês.

Desejaria no entanto informações não só sobre a sra. de Guermantes, mas também sobre todas as criaturas que se davam com ela e, tal como Bloch, com a falta de tato das pessoas que, em conversação, não procuram agradar aos outros e sim elucidar egoisticamente alguns pontos que lhes interessam, interroguei a sra. de Villeparisis sobre a sra. Leroi, a fim de imaginar exatamente a vida da sra. de Guermantes.

— Sim, eu sei — respondeu ela com afetado desdém —, a filha desses fortes comerciantes de madeiras. Sei que ela agora dá recepções, mas já estou muito velha para travar relações novas. Tenho conhecido gente tão interessante, tão amável que na verdade não creio que a senhora Leroi possa acrescentar alguma coisa ao que já possuo.

A sra. de Marsantes, que fazia de dama de honor da marquesa, apresentou-me ao príncipe e, mal havia terminado, quando o sr. de Norpois também me apresentava a ele, nos termos mais calorosos. Talvez achasse cômodo fazer-me uma polidez que não comprometia o seu crédito, já que eu acabava justamente de ser apresentado, talvez porque pensava que um estrangeiro, mesmo ilustre, estivesse menos a par dos salões franceses e pudesse acreditar que lhe apresentavam um jovem da alta sociedade, talvez para exercer uma das suas prerrogativas, a de acrescentar o peso da sua própria recomendação de embaixador, ou pelo gosto arcaico de reviver, em honra do príncipe, o uso, lisonjeiro para essa Alteza, de que eram necessários dois padrinhos para quem lhe quisesse ser apresentado.

A sra. de Villeparisis interpelou o sr. de Norpois, sentindo a necessidade de fazer com que este me dissesse que nada tinha ela a lamentar pelo fato de não conhecer a sra. Leroi.

— Não é verdade, senhor embaixador, que a senhora Leroi é uma pessoa sem interesse, muito inferior a todas as que frequentam esta casa, e que eu tive razão em não atraí-la?

Ou por independência ou por fadiga, o sr. de Norpois contentou-se em responder com uma saudação cheia de respeito, mas vazia de significado.

— Embaixador — disse-lhe a sra. de Villeparisis a rir —, há pessoas mesmo muito ridículas. Acredita que tive hoje a visita de um senhor que quis fazer-me crer que tinha mais prazer em beijar minha mão que a de uma jovem?

Logo vi que se tratava de Legrandin. O sr. de Norpois sorriu com um leve piscar; como se se tratasse de uma concupiscência tão natural, não se podia querer mal a quem a experimentava, quase de um começo de romance que ele estava prestes a absolver, até mesmo a animar, com uma indulgência perversa à Voisenon ou à Crébillon filho.[156]

— Muitas mãos de jovens seriam incapazes de fazer o que vejo ali — disse o príncipe, designando as aquarelas começadas pela sra. de Villeparisis. E perguntou-lhe se vira as flores de Fantin-Latour, que acabavam de ser expostas.[157]

— São de primeira ordem e, como se diz hoje, de um belo pintor, de um dos mestres da paleta — declarou o sr. de Norpois. — Acho, no entanto, que não podem sustentar confronto com as da senhora de Villeparisis, onde melhor reconheço o colorido da flor.

Mesmo supondo que a parcialidade do velho amante, o hábito de lisonjear, as opiniões admitidas num círculo ditassem tais palavras ao antigo embaixador, provavam estas no entanto em que vácuo de gosto verdadeiro repousa o julgamento artístico das pessoas da sociedade, tão arbitrário que um nada os pode levar aos piores absurdos, quando não encontram para obstá-las nenhuma impressão verdadeiramente sentida.

— Não tenho nenhum mérito em conhecer as flores, sempre tenho vivido no campo — respondeu modestamente a sra. de Villeparisis. — Mas — acrescentou graciosamente, dirigindo-se ao príncipe —, se tive a respeito delas, quando em pequena, noções muito mais sérias que as outras crianças do campo, devo-as a um homem muito distinto da sua terra, o senhor de Schlegel.[158] En-

---

156 O abade de Voisenon (1708-1775), amigo de Voltaire e de Choiseul, levou uma vida bastante libertina e publicou contos eróticos, poesias galantes e comédias. Crébillon filho (1707-1777) publicou romances licenciosos que acabaram lhe levando à prisão por alguns dias. Seu romance mais famoso intitula-se *O sofá* (1745). (N. E.)

157 Fantin-Latour (1836-1904) era pintor de retratos individuais, em família ou em grupos, conhecido do grande público por seus quadros de flores. (N. E.)

158 August Wilhelm von Schlegel (1767-1845), poeta, comentador e tradutor alemão, foi dos promotores do romantismo e preceptor dos filhos de madame de Staël. (N. E.)

contrei-o em Broglie, aonde me levara a minha tia Cordelia (a marechala de Castellane).[159] Lembro-me muito bem que o senhor Lebrun, o senhor de Salvandy, o senhor Doudan o faziam falar sobre flores.[160] Eu era muito pequena, não podia compreender direito o que ele dizia. Mas divertia-se em fazer-me brincar e, quando voltou para a sua terra, mandou-me um belo herbário como lembrança de um passeio que tínhamos ido fazer de faetonte ao vale de Richer[161] e durante o qual eu adormecera nos seus joelhos. Sempre guardei esse herbário e nele aprendi a notar muitas das particularidades das flores que, a não ser isso, não me teriam impressionado. Quando a senhora de Barante publicou algumas cartas da senhora de Broglie, belas e afetadas como ela própria, esperei encontrar ali algumas dessas conversações do senhor de Schlegel. Mas era uma mulher que só procurava na natureza argumentos para a religião.[162]

Robert chamou-me para o fundo do salão, onde se achava com sua mãe.

— Foste muito amável — disse-lhe eu. — Como agradecer-te? Podemos jantar juntos amanhã?

— Amanhã, se quiseres, mas então com Bloch; encontrei-o diante da porta; após um instante de frieza, porque eu, sem querer, deixara sem resposta duas cartas suas; não me disse que foi isso que o melindrou, mas logo compreendi. Ele foi de tal amabilidade que não posso mostrar-me ingrato com um amigo desses.

---

159 Cordelia Greffulhe (1796-1847) era mãe da sra. de Beaulaincourt, um dos modelos prováveis da sra. de Villeparisis. Em 1823, ela deixara o escritor Chateaubriand totalmente apaixonado por ela. (N. E.)

160 Antoine Lebrun (1785-1873), poeta francês eleito à Academia em 1836. Achille Salvandy (1795-1856), escritor francês também eleito à Academia em 1836, embaixador francês em Madri e membro do gabinete do ministro Molé. Ximènes Doudan (1800-1872) era secretário particular do duque de Broglie. Sua correspondência seria publicada após sua morte sob o título *Mélanges et lettres*. (N. E.)

161 Alusão ao vale Richer, situado em Saint-Ouen-le-Pin, entre as cidades de Lisieux e Cambremer. (N. E.)

162 A esposa do duque de Broglie era Albertine de Staël-Holstein (1797-1838), filha de madame de Staël. Ela era autora de livros religiosos. Suas cartas não seriam publicadas pela sra. de Barante, mas por seu próprio filho, o duque de Broglie. (N. E.)

Entre nós, da sua parte pelo menos, sinto que agora é para a vida e para a morte.

Não creio que Robert absolutamente se enganasse. O denegrimento furioso era muitas vezes em Bloch efeito de uma viva simpatia que ele julgava não lhe fosse retribuída. E como imaginava pouco a vida dos outros, não pensava que se pudesse estar doente ou em viagem etc., e um silêncio de oito dias logo lhe parecia provir de uma frieza voluntária. Assim, nunca acreditei que as suas piores violências de amigo, e mais tarde de escritor, fossem muito profundas. Exasperava-se se se respondia a elas com uma dignidade glacial, ou com um truísmo que o animava a redobrar os golpes, mas cedia muitas vezes a uma cálida simpatia.

— Quanto à amabilidade — continuou Saint-Loup —, achas que houve alguma da minha parte, mas, absolutamente, minha tia alega que tu é que foges dela, que não lhe dizes uma palavra. Até pensa se não terás alguma coisa contra ela.

Felizmente para mim, se tais palavras chegassem a iludir-me, a nossa iminente partida para Balbec ter-me-ia impedido de tentar rever a sra. de Guermantes, de lhe assegurar que nada tinha contra ela e colocá-la assim na contingência de me provar que ela é que tinha alguma coisa contra mim. Mas foi o bastante considerar que ela nem mesmo me havia convidado para ir ver os Elstir. Não era aliás uma decepção, absolutamente não esperava que me falasse nisso; sabia que não lhe agradava, que não tinha esperanças de fazer com que me estimasse; o mais que podia esperar era que, graças à sua bondade, eu tivesse dela, pois não devia revê-la antes de deixar Paris, uma impressão de todo grata que eu levaria para Balbec indefinidamente prolongada, intata, em vez de uma lembrança mesclada de ansiedade e tristeza.

A todo instante a sra. de Marsantes parava de conversar com Robert para me dizer quanto lhe falara ele em mim e quanto me estimava; mostrava-se comigo de uma solicitude que quase me penava, porque a sentia ditada pelo seu temor de agastar o filho a quem ainda não vira naquele dia, com quem estava impaciente por se encontrar a sós, e sobre o qual julgava que o domínio que ela exercia não se comparava ao meu, a que, portanto, deveria poupar. Como antes me tivesse ouvido pedir a Bloch notícias do sr. Nissim Bernard, seu tio, a sra. de Marsantes perguntou se era o que havia morado em Nice.

— Neste caso, ele conheceu o senhor de Marsantes antes do nosso casamento — respondeu a sra. de Marsantes. — Meu marido muitas vezes me falou dele como de um homem excelente, um coração delicado e generoso.

"E dizer-se que uma vez ele não mentiu, é incrível!", teria pensado Bloch.

Durante todo esse tempo desejaria dizer à sra. de Marsantes que Robert lhe dedicava infinitamente mais afeição do que a mim, e que, ainda que ela me testemunhasse hostilidade, eu não era homem que procurasse preveni-lo contra ela, afastá-lo dela. Mas depois que partira a sra. de Guermantes, sentia-me mais livre para observar Robert, e só então notei que de novo parecia ter-se elevado nele uma espécie de cólera, aflorando à sua face endurecida e sombria. Receava que, à lembrança da cena do meio-dia, se sentisse humilhado diante de mim por deixar que a amante o tratasse tão duramente sem lhe dar resposta.

Bruscamente, separou-se da mãe, que lhe passara um braço em redor do pescoço e, dirigindo-se a mim, arrastou-me para trás da mesinha florida da sra. de Villeparisis, à qual esta tornara a sentar-se, e fez-me sinal para que o acompanhasse ao pequeno salão. Para ali me dirigia com certa pressa quando o sr. de Charlus, julgando que eu fosse para a saída, deixou bruscamente o sr. de Faffenheim, com quem conversava, e deu uma volta rápida, que o colocou à minha frente. Vi com inquietação que ele tomara o chapéu em cuja carneira havia um G e uma coroa ducal. No vão da porta do pequeno salão, ele disse-me, sem olhar para mim:

— Já que agora frequenta a sociedade, dê-me o prazer de uma visita sua. Mas é muito complicado — acrescentou, com um ar de desatenção e de cálculo e como se se tratasse de um prazer que ele tinha medo de não mais encontrar, uma vez que tivesse deixado escapar a ocasião de combinar comigo os meios de realizá-lo. — Estou muito pouco em casa, seria preciso que me escrevesse. Mas preferiria explicar-lhe isso mais tranquilamente. Vou sair daqui a pouco. Quer dar dois passos comigo? Só o reterei um instante.

— Queira prestar atenção, senhor — disse-lhe eu. — Pegou por engano o chapéu de um dos visitantes.

— Quer impedir que eu apanhe o meu chapéu?

Supus, como o mesmo me havia acontecido pouco antes, que alguém lhe levara o chapéu e ele havia apanhado um ao acaso para não regressar de cabeça descoberta, e que o tinha embaraçado ao descobrir-lhe o estratagema. Falei-lhe que primeiro tinha de dizer algumas palavras a Saint-Loup.

— Ele está a falar com esse idiota do duque de Guermantes — acrescentei.

— É encantador o que me diz, vou contá-lo a meu irmão.

— Ah! Acha o senhor que isso podia interessar ao senhor de Charlus?

Achava eu que, se ele tivesse um irmão, esse irmão também deveria chamar-se Charlus. Na verdade, Saint-Loup me havia dado algumas explicações a esse respeito em Balbec, mas eu as esquecera.

— E quem lhe falou no senhor de Charlus? — disse-me o barão com um ar insolente. — Vá falar com Robert. Sei que o senhor participou esta manhã de um desses almoços de orgia que ele tem com uma mulher que o desonra. Deveria usar da sua influência junto a ele para fazer-lhe compreender o pesar que causa à sua pobre mãe e a nós todos, arrastando o nosso nome na lama.

Desejaria responder que no almoço aviltante só se havia falado de Emerson, de Ibsen, de Tolstoi,[163] e que a rapariga havia predicado a Robert para que só bebesse água.

A fim de proporcionar algum bálsamo a Robert, cujo orgulho julgava ferido, tentei escusar sua amante. Não sabia que naquele momento, apesar da sua cólera contra ela, era a si mesmo

---

163 Os três nomes mencionados são os de representantes de uma filosofia moral intransigente. Proust os considerava, junto com Nietzsche e Ruskin, verdadeiros "orientadores de consciência". (N. E.)

que dirigia censuras. Mesmo nas brigas entre um homem bom e uma mulher má, e quando o direito está todo de um lado, sempre acontece uma bagatela que pode dar à mulher a aparência de que tem razão num ponto. E como a mulher negligencia todos os outros pontos, por pouco que o homem tenha necessidade dela e esteja desmoralizado pela separação, seu enfraquecimento o tornará escrupuloso, e recordará as censuras absurdas que lhe foram feitas e indagará consigo se não terão algum fundamento.

— Creio que não tive razão nesse assunto do colar — disse-me Robert. — É certo que não o fiz com má intenção, mas bem sei que os outros não se colocam o nosso mesmo ponto de vista. Ela teve uma influência muito dura. Para ela, afinal de contas, sou o rico que pensa que se consegue tudo com dinheiro, e contra o qual o pobre não pode lutar, quer se trate de influenciar Boucheron ou de ganhar um processo perante um tribunal. Sem dúvida foi muito cruel comigo, eu que só tenho procurado o seu bem. Mas, bem sei, ela julga que eu quis fazer-lhe sentir que podia sujeitá-la pelo dinheiro, e isso não é verdade. Ela que me ama tanto, o que não deve pensar! A coitadinha... se tu soubesses... tens tais delicadezas... não posso dizer-te, muitas vezes fez por mim coisas adoráveis. Como não deve sentir-se infeliz neste momento! Em todo caso, aconteça o que acontecer, não quero que me tome por um bruto, vou correndo ao Boucheron em busca do colar. Quem sabe se ao ver-me agir dessa maneira não reconhecerá o seu engano! Vês tu? É a ideia de que ela está sofrendo neste momento que eu não posso suportar. O que a gente sofre, sabe-se, não é nada. Mas ela, pensar que sofre e não poder imaginá-lo, é de enlouquecer; preferiria nunca mais tornar a vê-la a deixar que sofra. Que ela seja feliz sem mim, se for preciso, é só o que eu peço. Escuta, bem sabes, para mim tudo quanto se refere a ela é imenso, assume qualquer coisa de cósmico, vou correndo ao joalheiro e depois lhe pedirei perdão. Até que chegue lá, o que irá ela pensar de mim? Se ao menos soubesse que eu ia vê-la! Poderias casualmente passar por casa dela; tudo talvez se arranje. Talvez — acrescentou com um sorriso, como se não se atrevesse a acreditar em tal sonho — vamos jantar nós três no campo. Mas ainda não se pode saber, nunca sei como tratá-la; pobrezinha, talvez ainda a vá ferir. E, depois, quem sabe se a sua decisão não é irrevogável!

Robert arrastou-me bruscamente para a sua mãe.

— Adeus — disse-lhe ele —, sou obrigado a partir. Não sei quando voltarei com licença. Decerto não antes de um mês. Escrevo-lhe assim que souber.

Por certo, ele não era absolutamente desses filhos que, quando estão com a mãe em sociedade, julgam que uma atitude impaciente para com ela deve fazer contrapeso aos sorrisos e saudações que dirigem aos estranhos. Nada mais comum do que essa odiosa vingança dos que parecem acreditar que a grosseria para com os seus completa muito naturalmente o tom de cerimônia. O que quer que diga a pobre mãe, seu filho, como arrastado sem querer e como se pretendesse fazer-lhe pagar caro a sua presença, refuta imediatamente, com uma contradita irônica, precisa, cruel, a asserção timidamente arriscada; a mãe adota em seguida, sem por isso o desarmar, a opinião daquele ser superior que ela continuará a louvar para todos, na sua ausência, como de um gênio delicioso, e que no entanto não lhe poupa nenhum dos seus dardos mais acerados. Muito diferente era Saint-Loup, mas a angústia que provocava a ausência de Rachel fazia com que, por motivos diversos, não fosse menos duro com a mãe do que aqueles filhos com as suas. E, ante as palavras que ele pronunciou, vi o mesmo palpitar, semelhante ao de uma asa, que a sra. de Marsantes não pudera reprimir à chegada do filho, soerguê-la de novo inteiramente; mas agora era uma face ansiosa, uns olhos desolados que ela dirigia.

— Como, Robert, já te vais? É sério mesmo, filhinho? O único dia que eu podia estar contigo! — E quase balbuciando, com o tom mais natural, com uma voz da qual se esforçava em banir toda tristeza para não inspirar ao filho uma piedade que pudesse ser-lhe cruel, ou inútil e boa apenas para irritá-lo, como um argumento de simples bom senso, acrescentou: — Sabes que não é delicado o que estás fazendo.

Mas a essa singeleza acrescentava tanta timidez para lhe mostrar que não tolhia a sua liberdade, tanta ternura para que ele não a censurasse de lhe estragar os prazeres, que Saint-Loup não pôde deixar de perceber em si mesmo como que a possibilidade de um enternecimento, isto é, de um obstáculo para passar o resto do tempo com a sua amiga. De modo que se pôs em cólera:

— É lamentável. Mas, amável ou não, é assim mesmo.

E dirigiu à mãe as censuras de que talvez se sentisse merecedor; é assim que os egoístas têm sempre a última palavra; tendo primeiro assentado que a sua resolução é inabalável, quanto mais tocante é o sentimento para o qual lhes apelam, tanto mais condenáveis acham, não a si mesmos, que lhe resistem, mas aqueles que os põem na necessidade de lhe resistir, de modo que a sua própria dureza pode atingir a uma extrema crueldade, sem que isso, a seus olhos, não faça senão agravar ainda mais a culpabilidade da criatura assaz delicada para sofrer, para ter razão, e assim covardemente lhes causar a dor de agir contra a sua própria piedade. Aliás, por si mesma, a sra. de Marsantes deixou de insistir, pois sentia que não mais poderia detê-lo.

— Deixo-te — disse-me ele. — Mas mamãe, não o demore por muito tempo, porque ele tem de ir fazer uma visita daqui a pouco.

Bem sabia que a minha presença não podia causar nenhuma satisfação à sra. de Marsantes, mas preferia, não partindo com Robert, que ela me julgasse alheio àqueles prazeres que a privavam do filho. Desejaria encontrar alguma escusa para o comportamento de Robert, menos por afeição a ele que piedade por ela. Mas foi ela quem falou primeiro:

— O coitado! — disse-me ela. — Estou certa de que o magoei. Bem vê o senhor, as mães são muito egoístas, afinal o pobre não tem tantos divertimentos, ele que vem tão pouco a Paris. Meu Deus, se ele ainda não saiu, desejaria alcançá-lo, não certamente para o reter, mas para lhe dizer que não lhe quero mal, que acho que ele tinha razão. Se não lhe importa que eu vá olhar na escadaria...

E fomos até lá:

— Robert, Robert! — gritou ela. — Não, ele partiu, é demasiado tarde.

Agora, de tão bom grado me encarregaria eu de uma missão para fazer Robert romper com a amante, como, algumas horas antes, para que ele partisse a viver com ela. No primeiro caso, Saint-Loup me julgaria um amigo traidor, no segundo, a sua família me teria chamado o seu mau gênio. Eu era, no entanto, o mesmo homem há algumas horas de distância.

Voltamos para o salão. Não vendo entrar Saint-Loup, a sra. de Villeparisis trocou com o sr. de Norpois esse olhar dubitativo, zombeteiro, e sem grande piedade, que se tem ao mostrar uma esposa demasiado ciumenta, ou uma mãe demasiado terna (que dão aos outros espetáculo de comédia) e que significa: "Olha, deve ter havido tempestade".

Robert foi à casa da amante, levando-lhe a esplêndida joia que, segundo combinaram, não lhe deveria dar. Mas, afinal de contas, veio a dar no mesmo, pois ela não a quis e, mesmo posteriormente, ele jamais conseguiu fazer com que a aceitasse. Certos amigos de Robert pensavam que essas provas de desinteresse que ela dava eram um cálculo para prendê-lo. No entanto, não tinha apego ao dinheiro, salvo talvez para poder gastá-lo sem conta. Vi-a fazer a torto e a direito, com gente que julgava pobre, caridades insensatas. "Neste momento", diziam a Robert seus amigos, para fazer contrapeso, com suas malévolas palavras, a um ato de desinteresse de Rachel, "neste momento ela deve estar no passeio das Folies Bergère. Essa Rachel é um enigma, uma verdadeira esfinge". De resto, quantas mulheres interessadas, posto que as sustentam, não vemos nós, por uma delicadeza que floresce em meio dessa existência, põem por si mesmas mil pequenos limites à generosidade do amante!

Robert ignorava quase todas as infidelidades da amante e fazia o seu espírito trabalhar sobre o que não passava de nadas insignificantes em comparação com a verdadeira vida de Rachel, vida que não começava cada dia senão quando ele acabava de deixá-la. Poderia a gente lhas revelar sem abalar com isso a sua confiança em Rachel. Pois é uma encantadora lei da natureza, que se manifesta no seio das sociedades mais complexas, que se viva na perfeita ignorância do que se ama. De um lado do espelho, diz consigo o enamorado: "É um anjo, jamais se entregará a mim, só me resta morrer, e no entanto me ama; ama-me tanto que talvez... mas não, isso não será possível". E na exaltação de seu desejo, na angústia de sua espera, quantas joias não põe aos pés dessa mulher, como corre a pedir dinheiro emprestado para evitar-lhe uma preocupação! No entanto, do outro lado da divisão, através das quais essas conversações não poderão passar mais que as que trocam os passeantes diante de um aquário, diz o público: "Não a conhece? Felicito-o: ela roubou, arruinou não sei quantos homens; não há coisa pior como mulher da vida. É uma verdadeira extorsionária. E sabida!". E talvez o público não esteja completamente equivocado no que concerne a este último epíteto, pois até o homem cético, que não está verdadeiramente enamorado dessa mulher, e a quem ela apenas agrada, diz a seus amigos: "Mas, não, meu caro, não é absolutamente uma cocote; não digo que não tenha tido uns dois ou três caprichos na vida, mas não é uma mulher que se pague, ou então seria demasiado caro. Com ela, é cinquenta mil francos ou nada". Ora, ele gastara cinquenta mil francos com ela, possuíra-a uma vez, mas Rachel, achando aliás para isso um cúmplice nele próprio, na pessoa de seu amor-próprio, soubera persuadi-lo de que ele era dos que a tinham possuído em troca de coisa alguma. Tal é a sociedade, em que cada ser é duplo, e o mais transparente, o de pior reputação, jamais será conhecido por outro senão no fundo e sob a proteção de uma concha, de um suave casulo, de uma deliciosa preciosidade natural. Havia em Paris dois excelentes homens a quem Saint-Loup não mais cumprimentava e de quem não falava sem que lhe tremesse a voz, chamando-os de exploradores de mulheres: é que haviam sido arruinados por Rachel.

— Só me censuro uma coisa — disse-me baixinho a sra. de Marsantes. — É ter-lhe dito que ele não era atencioso. Ele, esse filho adorável, único, como não há igual, ter-lhe dito que ele não era atencioso! Preferia ter recebido uma bordoada, pois estou certa de que qualquer prazer que ele tenha esta noite, ele que não tem muitos, lhe será estragado por essa palavra injusta. Mas não o retenho, já que o senhor está com pressa.

A sra. de Marsantes despediu-se de mim com ansiedade. Esses sentimentos se reportavam a Robert, ela era sincera. Mas deixou de o ser para se tornar de novo grande dama:

— Senti-me *tão interessada, tão feliz*, em conversar um pouco com o senhor... Obrigada! Obrigada!

E, com um ar humilde, cravava em mim uns olhares reconhecidos, extasiados, como se a minha conversação fosse um dos maiores prazeres que ela houvesse conhecido na vida. Aqueles encantadores olhares combinavam muito com as flores negras do vestido branco de ramagens; eram de uma grande dama que sabe o seu ofício.

— Mas não tenho pressa, minha senhora; aliás, estou esperando o senhor de Charlus, com quem devo sair.

A sra. de Villeparisis ouviu estas últimas palavras. Pareceu contrariada com elas. Se não se tratasse de uma coisa que não podia afetar um sentimento de tal natureza, pensaria eu que o que naquele momento parecia alarmar-se na sra. de Villeparisis era o pudor. Mas essa hipótese nem sequer se apresentou a meu espírito. Eu estava contente com a sra. de Guermantes, com Saint-Loup, com a sra. de Marsantes, com o sr. de Charlus, com a sra. de Villeparisis, não refletia, e falava alegremente a torto e a direito.

— Vai sair com o meu sobrinho Palamède? — disse-me ela.

Pensando que podia dar uma impressão muito favorável à sra. de Villeparisis, isso de que eu tivesse relações com um sobrinho que ela prezava tanto:

— Ele pediu-me que voltasse consigo — respondi com alegria. — Estou encantado. Aliás, somos mais amigos do que imagina, minha senhora, e estou disposto a tudo para que o sejamos ainda mais.

A sra. de Villeparisis pareceu que passava da contrariedade à inquietação:

— Não o espere — disse-me com um ar preocupado. — Ele está conversando com o senhor de Faffenheim. Já nem pensa mais no que lhe disse. Olhe, aproveite depressa enquanto ele está de costas.

Esse primeiro sobressalto da sra. de Villeparisis se assemelharia, se não fossem as circunstâncias, ao do pudor. Sua insistência, sua oposição poderiam parecer que eram, se se lhe consultasse apenas a fisionomia, ditadas pela virtude. Da minha parte, não tinha pressa alguma em encontrar-me com Robert e sua amante. Mas a sra. de Villeparisis parecia tão empenhada em que eu partisse que, pensando talvez tivesse de tratar algum assunto importante com o sobrinho, dei-lhe as minhas despedidas. Ao lado dela, o sr. de Guermantes, soberbo e olímpico, estava pesadamente sentado. Dir-se-ia que a noção onipresente, em todos os seus membros, das suas grandes riquezas, lhe dava uma densidade particularmente elevada, como se elas fossem fundidas num cadinho em um só lingote humano, para constituir aquele homem que tanto valia. No momento em que lhe disse adeus, ele ergueu-se polidamente de seu assento e eu senti a massa inerte de trinta milhões que a velha educação francesa fazia mover-se, alçava, e que se mantinha de pé diante de mim. Parecia-me ver aquela estátua de Júpiter olímpico que Fídias, ao que dizem, fundira inteiramente em ouro.[164] Tal era o poder que tinha a boa educação sobre o sr. de Guermantes, sobre o corpo do sr. de Guermantes pelo menos, pois não reinava de igual modo como senhora no espírito do duque. O sr. de Guermantes ria das próprias frases de espírito, mas ficava impassível perante as dos outros.

Na escadaria, ouvi uma voz que me interpelava:

— É assim que me espera, cavalheiro!

Era o sr. de Charlus.

— Não lhe importa andar um pouco comigo a pé? — disse-me secamente, quando atingimos o pátio. — Andaremos até que encontre um fiacre que me convenha.

— O senhor queria falar-me de alguma coisa?

— Ah!, com efeito, tinha certas coisas a dizer-lhe, mas não sei bem se lhas direi. Na verdade, creio que seriam para o senhor o ponto de partida de inapreciáveis vantagens. Mas entrevejo também que trariam à minha existência, nesta idade em que se começa a gostar da tranquilidade, muita perda de tempo, muito transtorno.

---

164 Alusão à estátua feita por Fídias para o templo do Olimpo, por volta de 460 a.C. (N. E.)

Pergunto-me se valerá o senhor a pena que eu me abalance a todo esse trabalho, e não tenho o prazer de conhecê-lo o suficiente para me decidir. Eu o achei bastante medíocre em Balbec, mesmo que fizesse parte da inseparável estupidez da personagem de "banhista" e do porte da coisa chamada "espadrilhas". Também é possível que não tenha grande interesse pelo que eu poderia fazer pelo senhor, para que eu suporte tantos aborrecimentos, pois repito-lhe com toda a franqueza: para mim, talvez não seja mais que aborrecimento.

Protestei que o melhor então seria não pensar no caso. Esse rompimento de negociações não pareceu de seu agrado.

— Essa polidez nada significa — disse-me num tom duro. — Não há nada mais agradável do que passar trabalho por uma pessoa que valha a pena. Para os melhores dentre nós, o estudo das artes, o gosto de antiguidades, as coleções, os jardins, não são mais que *ersatz*, sucedâneos, álibis. No fundo de nosso tonel, como Diógenes, pedimos um homem.[165] Cultivamos begônias, talhamos teixos, na falta de outra coisa, porque os teixos e as begônias se deixam manejar. Mas gostaríamos de entregar o nosso tempo a um arbusto humano, se estivéssemos seguros de que valia a pena. Toda a questão aí está; o senhor deve conhecer-se um pouco. Vale o senhor a pena ou não?

— Não desejaria, por nada deste mundo, constituir-lhe um motivo de preocupação — disse-lhe eu —, mas quanto ao prazer da minha parte, creia que tudo o que me vier do senhor me causará muitíssimo prazer. Sinto-me profundamente comovido de que tenha dado atenção a mim, procurando ser-me útil.

Com grande espanto meu, foi quase com efusão que ele me agradeceu essas palavras. Tomando-me pelo braço com essa familiaridade intermitente que já me impressionara em Balbec e que contrastava com a dureza de seu acento:

— Com a desconsideração da sua idade — disse-me ele —, poderia às vezes ter palavras capazes de cavar um abismo intrans-

---

165 Alusão à anedota segundo a qual o filósofo Diógenes caminhava durante o dia pelas ruas de Atenas segurando uma tocha. Perguntado pela causa desse hábito estranho, ele respondia: "Estou procurando um homem". (N. E.)

ponível entre nós. As que acaba de pronunciar são, pelo contrário, do gênero que é justamente capaz de comover-me e de induzir-me a fazer muito pelo senhor.

Enquanto caminhava de braço dado comigo e me dizia estas palavras que, embora mescladas de desdém, eram tão afetuosas, o sr. de Charlus ora cravava os olhares em mim com aquela fixidez intensa que já me chamara a atenção na primeira manhã em que o avistara diante do cassino de Balbec, e mesmo muitos anos antes, perto do espinheiro cor-de-rosa, ao lado da sra. Swann, que eu então julgava sua amante, no parque de Tansoville, ora os fazia errar em torno de si e examinar os fiacres que passavam bastante numerosos naquela hora de muda, e isso com tanta insistência que vários se detiveram, tendo o cocheiro pensado que queríamos tomá-lo. Mas o sr. de Charlus os despedia em seguida.

— Nenhum me convém — disse-me ele. —Tudo é uma questão de lanterna, do bairro a que regressam. Desejaria, senhor — disse-me ele —, que não se equivocasse quanto ao caráter puramente desinteressado e caritativo da proposta que acabo de fazer-lhe.

Eu estava admirado de como a sua dicção se assemelhava à de Swann, ainda mais do que em Balbec.

— É bastante inteligente, suponho, para não acreditar que seja por "falta de relações", por temor à solidão e ao tédio, que me dirijo ao senhor. Não gosto muito de falar de mim, mas, enfim, talvez o tenha sabido, um artigo bastante sensacional do *Times* fez alusão a isso: o imperador da Áustria, que sempre me honrou com a sua benevolência e tem a bondade de manter comigo relações de parentesco, declarou há pouco, numa conversa que se tornou pública, que, se o senhor conde de Chambord houvesse tido junto a si um homem tão profundamente conhecedor como eu dos bastidores da política europeia, seria hoje rei da França.[166] Sempre pensei, senhor, que havia em mim, não por obra de meus fracos

---

166 Henri de Bourbon, o conde de Chambord, foi o último candidato ao trono francês após a abdicação de Charles x. Apesar do apoio daqueles que pregavam a restauração do regime monárquico em seu favor, o conde não assumiria o poder. (N. E.)

dotes, mas de circunstâncias que talvez venha a conhecer um dia, um tesouro de experiência, uma espécie de documentário secreto e inestimável que seria sem preço para um homem a que eu entregaria em alguns meses o que levei mais de trinta anos para adquirir e de que talvez seja eu o único possuidor. Não falo do prazer intelectual que teria o senhor em informar-se de certos segredos que um Michelet de nossos dias daria anos de sua vida para conhecer e graças aos quais certos acontecimentos assumiriam a seus olhos um aspecto inteiramente diverso. E não falo tão só dos fatos consumados, mas do encadeamento de circunstâncias. (Era uma das expressões favoritas do sr. de Charlus, e muita vez, quando a pronunciava, juntava as mãos como quando se vai rezar, mas com os dedos rígidos e como para dar a entender, com tal complexo, essas circunstâncias, que não especificava, e o seu encadeamento.) Eu lhe daria uma interpretação inédita, não só do passado, mas também do futuro.

O sr. de Charlus interrompeu-se para me fazer perguntas a respeito de Bloch, de quem haviam falado, sem que ele parecesse ouvir, em casa da sra. de Villeparisis. E com esse acento com que sabia afastar tão bem o que dizia que parecia estar pensando em coisa muito diversa e que falava maquinalmente; por simples polidez, perguntou-me se meu camarada era jovem, se era bonito etc. Bloch, se o ouvisse, teria muito mais trabalho ainda do que com o sr. de Norpois, mas devido a razões muito diferentes, para saber se o sr. de Charlus era pró ou contra Dreyfus. "Não deixa de fazer bem, se quer instruir-se", disse-me o sr. de Charlus, depois de me haver feito algumas perguntas sobre Bloch, "em ter entre seus amigos alguns estrangeiros." Respondi que Bloch era francês. "Ah!", exclamou o sr. de Charlus, "eu pensava que ele fosse judeu!". A declaração dessa incompatibilidade fez-me crer que o sr. de Charlus era mais antidreyfusista do que qualquer das outras pessoas que eu havia encontrado. Pelo contrário, protestou contra a acusação de traidor lançada a Dreyfus. Mas fê-lo sob esta forma: "Creio que os jornais dizem que Dreyfus cometeu um crime contra a sua pátria, creio que o dizem, pois não presto atenção aos jornais,

e leio-os como lavo as mãos, sem achar que valha a pena interessar-
-me por isso. Em todo caso, não existe crime; o compatriota de seu
amigo teria cometido um crime contra a pátria se houvesse traído
a Judeia, mas que é que tem ele a ver com a França?". Objetei que,
se algum dia houvesse uma guerra, os judeus seriam mobilizados
da mesma forma que os outros. "Talvez, e não é de duvidar que seja
uma imprudência. Mas, se mandam chamar senegaleses ou mal-
gaxes, não creiam que tenham grande entusiasmo em defender a
França, e é muito natural. O seu Dreyfus poderia antes ser condenado por infração às regras de hospitalidade. Mas não falemos nisso. Talvez possa o senhor pedir a seu amigo que me faça assistir a
alguma bela festa no templo, a uma circuncisão, a cantos judaicos.
Poderia talvez alugar uma sala e proporcionar-me algum espetáculo bíblico, da mesma forma que as meninas de Saint-Cyr representam cenas tiradas dos *Salmos* por Racine para distrair Luís XIV.
Poderiam talvez arranjar algumas cenas para fazer rir. Uma luta,
por exemplo, entre seu amigo e o seu pai, em que aquele o ferisse,
como Davi e Golias. Isso constituiria uma farsa bastante divertida.
Ele poderia até, uma vez que começou, dar umas boas pancadas na
carcaça ou, como diria minha velha criada, na carcaça da própria
mãe, o que seria muito benfeito e não haveria de desagradar-nos,
hem, meu amiguinho, pois nós gostamos dos espetáculos exóticos,
e espancar aquela criatura extraeuropeia seria dar uma correção
merecida numa velha cachorra." Ao dizer essas coisas horríveis e
quase loucas, o sr. de Charlus me apertava o braço até fazê-lo doer.
Lembrava-me da família do sr. de Charlus a citar tantos rasgos de
bondade admiráveis, da parte do barão, para com essa velha criada
de que ele acabava de evocar o jargão molieresco, e dizia comigo
que as relações, pouco estudadas até agora, ao que me parecia, entre
a maldade e a bondade num mesmo coração, por mais diversas que
possam ser essas relações, seria interessante estabelecê-las.

Adverti-o, em todo caso, que a sra. Bloch não mais existia e que,
no tocante ao sr. Bloch, não estava certo até que ponto lhe agradaria
um brinquedo em que poderia perfeitamente perder os olhos. O sr.
de Charlus pareceu agastado. "Eis aí uma mulher que fez muito mal

em morrer", disse ele. "Quanto a perder os olhos, justamente a sinagoga é cega, não vê as verdades do Evangelho. Em todo caso, considere, neste momento em que todos os judeus tremem diante do furor estúpido dos cristãos, que honra para eles ver um homem como eu condescender em divertir-se com seus brinquedos." Nesse momento, vi passar o sr. Bloch pai, que ia sem dúvida ao encontro do filho. Não nos via, mas ofereci-me ao sr. de Charlus para lho apresentar. Não suspeitava a cólera que ia desencadear em meu companheiro: "Apresentá-lo, a mim! Mas é preciso que o senhor não tenha mesmo quase nenhum senso dos valores! Ninguém me conhece assim com tamanha facilidade. No caso atual, a inconveniência seria dupla, devido à juvenilidade do apresentador e à indignidade do apresentado. Quando muito, se me derem algum dia o espetáculo asiático que eu esboçava, poderia dirigir a esse ignóbil tipo algumas palavras cheias de bonomia. Mas sob a condição de que se deixe surrar copiosamente pelo filho. Poderia chegar até a expressar-lhe a minha satisfação". Aliás, o sr. Bloch não prestava a mínima atenção a nós. Estava a dirigir à sra. Sazerat rasgadas saudações muito bem acolhidas por ela. Eu estava surpreso com isso, pois outrora, em Combray, ficara ela indignada por meus pais haverem recebido o jovem Bloch, tão antissemita era. Mas o dreyfusismo, como uma corrente de ar, fizera voar alguns dias antes até ela o sr. Bloch. O pai de meu amigo achara a sra. Sazerat encantadora e estava particularmente lisonjeado com o antissemitismo dessa dama, o que dava uma prova da sinceridade da sua fé e da verdade das suas opiniões dreyfusistas e que assim dava mais valor à visita que ela o autorizara a fazer-lhe. Nem sequer ficara melindrado de que ela houvesse dito estouvadamente na sua presença: "O senhor Drumont tem a pretensão de colocar os revisionistas no mesmo saco com os protestantes e os judeus.[167] Bonito, essa promiscuidade!". "Bernard", dissera ele com orgulho, na volta, ao sr. Nissim Bernard, "sabes?, ela tem o preconceito!". Mas o sr.

---

167 Alusão a Édouard Drumont (1844-1917), cujo jornal, *La Libre Parole*, fundado por ele em 1892, difundia ideias antissemitas. Eleito deputado em 1898, ele faria campanha acalorada contra Dreyfus. (N. E.)

Nissim Bernard nada respondera e erguera para o céu um olhar de anjo. Entristecendo-se com a desgraça dos judeus, lembrando-se de suas amizades cristãs, tornando-se amaneirado e precioso à medida que passavam os anos, por motivos que se verão mais tarde,[168] tinha agora o aspecto de uma larva pré-rafaelita, em que se houvessem implantado sujamente alguns pelos, como cabelos afogados numa opala. "Todo este Caso Dreyfus", continuou o barão, que continuava a segurar-me o braço, "tem apenas um inconveniente: é que destrói a sociedade; não digo a boa sociedade, há muito que a sociedade já não merece esse epíteto elogioso; com o afluxo de cavalheiros e damas do Camelo, da Camelaria, da Cameleira, enfim, de pessoas desconheci-das que encontro até em casa de meus primos, porque fazem parte da liga da Pátria Francesa, antijudaica, não sei o quê, como se uma opinião política desse direito a uma classificação social". Essa frivo-lidade do sr. de Charlus o aparentava ainda mais à duquesa de Guer-mantes. Fiz-lhe notar a semelhança. Como parecia acreditar que não conhecesse a duquesa, recordei-lhe a tarde na Ópera em que era de crer que procurava ocultar-se de mim. Garantiu-me com tanta ve-emência que absolutamente não me tinha visto que eu acabaria por acreditá-lo se em breve um pequeno incidente não me fizesse pensar que o sr. de Charlus, demasiado orgulhoso talvez, não gostava de ser visto em minha companhia.

— Voltemos ao senhor — disse o barão — e a meus projetos a seu respeito. Existe entre certos homens, senhor, uma franco-ma-çonaria de que não lhe posso falar, mas que conta em suas fileiras neste momento quatro soberanos da Europa. Ora, o ambiente de um deles, que é o imperador da Alemanha, quer curá-lo da sua quimera.[169] Isso é uma coisa muito grave e nos pode conduzir à guerra. Sim, senhor, perfeitamente. Já conhece a história daquele

---

168 O narrador alude às relações homoeróticas do sr. Nissim Bernard, das quais tomaremos conhecimento no próximo volume. (N. E.)

169 Alusão de Charlus ao "Caso Eulenburg", príncipe alemão acusado de homosse-xualismo em 1907, o que leva o imperador Guilherme II a escolher seus conselheiros entre militares. (N. E.)

homem que julgava ter encerrada numa garrafa a princesa da China. Era uma loucura. Curaram-no. Mas logo que deixou de ser louco, tornou-se idiota. Há males de que não se deve buscar a cura porque só eles nos protegem contra males mais graves. Um de meus primos tinha uma doença do estômago, não podia digerir coisa alguma. Os mais sábios especialistas do estômago trataram--no sem resultado. Levei-o a certo médico (mais um tipo bastante curioso, entre parênteses, e sobre o qual haveria muito que dizer). Este adivinhou em seguida que a doença era nervosa. Persuadiu ao seu cliente, ordenou-lhe que comesse sem medo algum o que quisesse, que sempre lhe sentaria bem. Mas meu primo tinha também uma nefrite. O que o estômago digere perfeitamente, os rins acabam por não mais poder eliminar, e meu primo, em vez de viver até a velhice com uma doença de estômago imaginária que o forçava a seguir um regime, morreu aos quarenta anos, com o estômago curado, mas com os rins perdidos. Com um formidável adiantamento sobre a sua própria vida, sabe se não será o senhor o que poderia ter sido um homem eminente do passado, se um gênio benfazejo lhe tivesse revelado, no meio de uma humani-dade que as ignorava, as leis do vapor e da eletricidade. Não seja tolo, não recuse por discrição. Compreenda que se lhe presto um grande serviço, não presumo que seja menor o que o senhor há de prestar-me. Há muito que as pessoas da sociedade deixaram de interessar-me; já não tenho mais que uma paixão: procurar redi-mir os erros de minha vida, fazendo com que tire proveito do que sei uma alma ainda virgem e capaz de inflamar-se com a virtude. Tive grandes desgostos, senhor, e que lhe contarei talvez um dia, perdi a minha mulher, que era a criatura mais bela, mais nobre, mais perfeita que se possa sonhar. Tenho jovens parentes que são, não direi indignos, mas incapazes de receber a herança moral de que lhe falo. Quem sabe se o senhor não é aquele a cujas mãos pode ir parar essa herança, aquele cuja vida poderei dirigir e elevar tão alto. De mais a mais, a minha ganharia com isso. Ao revelar--lhe os grandes assuntos diplomáticos, é possível que eu lhes tome gosto novamente e comece enfim a fazer coisas interessantes em que o senhor seria parceiro. Mas antes de o saber, seria preciso que o visse seguidamente, muito seguidamente, todos os dias.

Desejava aproveitar essas boas disposições inesperadas do sr. de Charlus para perguntar-lhe se não poderia fazer de modo que me encontrasse com a sua cunhada, mas nesse momento tive o braço vivamente deslocado como por uma sacudida elétrica. Era o sr. de Charlus que acabava de retirar precipitadamente o seu braço do meu. Embora, enquanto falava, passasse o olhar em todas as direções, só agora acabava de avistar o sr. de Argencourt, que desembocava de uma rua transversal. Ao ver-nos, o sr. de Argencourt pareceu contrariado, lançou-me um olhar de desconfiança, quase que esse olhar destinado a uma criatura de outra raça que a sra. de Guermantes tivera para Bloch, e procurou evitar-nos. Mas dir-se-ia que o sr. de Charlus se empenhava em mostrar-lhe que de modo algum procurava não ser visto por ele, pois chamou-o, e para lhe dizer uma coisa assaz insignificante. E receando talvez que o sr. de Argencourt não me reconhecesse, disse-lhe o sr. de Charlus que eu era um grande amigo da sra. de Villeparisis, da duquesa de Guermantes, de Robert de Saint-Loup, que ele próprio, Charlus, era um velho amigo de minha avó, encantado de transportar para o neto um pouco da simpatia que dedicava a ela. Todavia, notei que o sr. de Argencourt, a quem no entanto eu mal fora apresentado em casa da sra. de Villeparisis, e a quem o sr. de Charlus acabava de falar longamente de minha família, se mostrou mais frio comigo do que uma hora antes, e assim aconteceu por muito tempo, de cada vez que me encontrava. Observava-me com uma curiosidade que nada tinha de simpática, e até pareceu que lhe era preciso vencer uma resistência quando, ao deixar-nos, após uma hesitação, me estendeu a mão que retirou em seguida.

— Lamento esse contratempo — disse-me o sr. de Charlus. — Esse Argencourt, bem-nascido, mal-educado, diplomata mais do que medíocre, marido detestável e femeeiro, velhaco como nas comédias, é um desses homens incapazes de compreender, mas muito capazes de destruir as coisas verdadeiramente grandes. Espero que a nossa amizade o será, se deve fundar-se um dia, e espero que o senhor me fará a honra de mantê-la, tanto quanto eu, ao abrigo dos coices de um desses asnos que, por desocupação, por inabilidade, por maldade, esmagam o que parecia feito para durar. Infelizmente por esse molde é que são feitas na maioria as pessoas da sociedade.

— A duquesa de Guermantes parece muito inteligente. Há momento, falávamos de uma possível guerra. Parece que a duquesa tem a esse respeito luzes especiais.

— Não tem nenhuma — respondeu secamente o sr. de Charlus. — As mulheres, e muitos homens aliás, nada entendem das coisas de que eu queria falar. Minha cunhada é uma mulher encantadora que imagina ainda estar no tempo dos romances de Balzac, em que as mulheres influíam na política. Seu convívio não poderia atualmente exercer no senhor mais que uma ação perniciosa, como aliás qualquer frequentação mundana. E era justamente uma das primeiras coisas que eu ia dizer-lhe quando aquele tolo me interrompeu. O primeiro sacrifício que tem de fazer-me, e hei de exigir-lhe tantos sacrifícios quantos dons lhe faça, é que não frequente a sociedade. Sofri há pouco ao vê-lo naquela reunião ridícula. Dir-me-á que eu também lá estava, mas para mim não é uma reunião mundana, é uma visita de família. Mais tarde, quando for um homem *arrivé*, se achar divertido descer por um momento à vida mundana, talvez não haja inconveniência alguma. É escusado dizer-lhe de que utilidade lhe poderei ser então. O "sésamo" do palácio de Guermantes, e de todos aqueles que valem a pena de que a porta se abra de par em par ante o senhor, sou eu que o tenho. Serei juiz e pretendo permanecer árbitro da hora. Neste momento, você é um catecúmeno. Sua presença lá possuía algo de escandaloso. Antes de mais nada, é preciso evitar a indecência.

Quis aproveitar-me de que o sr. de Charlus estivesse falando naquela visita à sra. de Villeparisis para procurar saber quem era esta exatamente, mas a pergunta se formulou em meus lábios de outro modo como o desejara, e perguntei o que era a família Villeparisis.

— Por Deus, a resposta não é fácil — respondeu-me com uma voz que parecia patinar nas palavras o sr. de Charlus —, como se me perguntasse o que é a família "nada". Minha tia, que pode se permitir qualquer coisa, teve a fantasia, ao casar-se em segundas núpcias com um tal senhor Thirion, de afundar no nada o maior nome da França. Esse Thirion pensou que, sem inconveniente, poderia, como se faz nos romances, tomar um nome aristocrático e extinto. A história não diz se ele fora tentado por La Tour d'Auvergne, se hesitou entre Toulouse e Montmorency. De qualquer modo fez uma escolha diferente e tornou-se senhor de Villeparisis. Como não os há mais desde 1702, pensei que quisesse modestamente significar com isso que era um senhor de Villeparisis, pequena localidade próxima a Paris, que ele tivesse um estudo aplicado ou uma barbearia em Villeparisis. Mas minha tia não o entendia assim; ela chega já à idade em que nem se escuta mais. Ela pretendeu que havia esse marquesado na família, escreveu-nos a todos, quis fazer as coisas oficialmente, não sei por quê. De vez que se toma um nome a que não se tem direito, o melhor é não ficar contando histórias, como nossa excelente amiga, a pretensa condessa de M. que, apesar dos conselhos da senhora Alphonse Rothschild, se recusou a engordar os *deniers* de São Pedro por um título que não se tornaria mais legítimo.[170] O cômico é que, a partir de então, minha tia fez o truste de todos os quadros referentes aos verdadeiros Villeparisis, com quem esse Thirion não tinha nenhum parentesco. O castelo de minha tia tornou-se uma espécie de açambarcador de seus retratos, autênticos ou não, sob a maré crescente dos quais certos Guermantes e certos Condé, que não são entretanto pouca coisa, desapareceram. Os *marchands* produzem a ele desses quadros todos os anos. E ela tem até em sua sala de jantar no campo um retrato de Saint-Simon em razão do primeiro casamento de sua sobrinha com o senhor de Villeparisis, e embora o autor das *Memórias* tivesse outros títulos com interesse para os visitantes que o de ser o bisavô do senhor Thirion.

---

170 Charlus acha ridículo uma senhora judia, como a sra. Alphonse de Rothschild, esposa de um diretor do Banco Central francês, doar dinheiro à Igreja católica, o que a condessa de M. não o faz. O termo "*deniers*", que Quintana evita traduzir, é a soma em dinheiro que os fiéis católicos entregam a cada ano à sua paróquia para custear os gastos dos cultos. (N. E.)

O fato de que a sra. de Villeparisis não fosse mais do que a sra. Thirion rematou a queda que começara em seu espírito quando vi a composição mista de seu salão. Achava injusto que uma mulher de que até o título e o nome eram quase que inteiramente recentes pudesse iludir os contemporâneos e devesse iludir a posteridade, graças às suas amizades régias. Voltando à sra. de Villeparisis ao que me parecera em minha infância, uma pessoa que nada tinha de aristocrático, foi como se aqueles altos parentescos que a cercavam lhe permanecessem alheios. Não cessou, desde então, de mostrar-se encantadora para conosco. Ia algumas vezes visitá-la, e ela seguidamente me enviava uma lembrança. Mas não tinha absolutamente a impressão de que pertencia ao Faubourg Saint-Germain e, se tivesse de obter alguma informação sobre este, seria ela das últimas pessoas a quem me dirigiria.

— Atualmente — continuou o sr. de Charlus —, frequentando a sociedade, o senhor não faria mais que prejudicar a sua situação, deformando a sua inteligência e o seu caráter. De resto, teria de vigiar também, e antes de tudo, as suas camaradagens. Tenha amantes, se sua família não achar inconvenientes, isso não é comigo, e aliás só tenho a encorajá-lo nesse sentido, seu malandrinho, seu malandrinho, que em breve vai ter de fazer a barba — disse-me ele, tocando-me o queixo. — Mas a escolha dos amigos homens tem outra importância. Entre dez jovens, oito são uns patifes, uns pequenos miseráveis capazes de lhe fazer um mal que nunca mais reparará. Olhe, o meu sobrinho Saint-Loup é, a rigor, um bom camarada. Do ponto de vista do seu futuro, não lhe poderá ser útil em nada, mas para isso basto eu. Em suma, para sair com o senhor, nos momentos em que o senhor esteja farto de mim, parece-me não apresentar inconveniente sério, creio eu. Pelo menos é um homem, não é nenhum desses efeminados como se encontram tantos hoje em dia, que têm o ar de pequenos *truqueurs* que levarão talvez amanhã ao cadafalso as suas inocentes vítimas. (Eu não sabia o sentido desse termo de calão: *"truqueur"*.[171] Quem quer que o co-

---

171 *"Truqueur"* indica o rapaz que se prostitui com homens. (N. E.)

nhecesse, ficaria tão surpreso como eu. A gente de sociedade gosta de falar em calão, e aqueles a que se podem censurar certas coisas, de mostrar que absolutamente não temem falar nelas. Prova de inocência a seus olhos. Mas perderam a escala, não notam a partir de que ponto certo gracejo se tornará muito especial, muito chocante, e será mais uma prova de corrupção que de simplicidade.) Esse não é como os outros, é muito gentil, muito sério.

Não pude deixar de sorrir a esse epíteto de sério, a que a entonação que lhe emprestou o sr. de Charlus parecia dar o sentido de "virtuoso", de "bem-criado", como de uma operariazinha se diz que é séria. Nesse momento passou um fiacre que ia ao deus-dará; um cocheiro jovem, que desertara da boleia, conduzia-o do fundo do carro, em cujas almofadas sentara-se, com um ar de quem estivesse meio embriagado. O sr. de Charlus deteve-o vivamente. O cocheiro parlamentou um instante.

— Para que lado vai o senhor?

— Para o seu.

Isso espantava-me, pois o sr. de Charlus já recusara vários fiacres com as lanternas da mesma cor.

— Mas eu não quero subir para a boleia. Não lhe importa que eu fique dentro do carro?

— Está bem, baixe apenas a capota. Enfim, pense na minha proposta — disse-me o sr. de Charlus antes de deixar-me. — Dou-lhe alguns dias para refletir, escreva-me. Repito-o, será preciso que eu o veja todos os dias e que receba de si garantias de lealdade, de discrição que, aliás, devo dizê-lo, o senhor parece oferecer. Mas durante a minha vida já fui tantas vezes enganado pelas aparências que não quero mais fiar-me nelas. Que diabo, não é nada de mais que antes de abandonar um tesouro eu saiba em que mãos vou deixá-lo. Enfim, reflita bem no que lhe ofereço, o senhor está, como Hércules, de que infelizmente não possui

172 Alusão à narrativa de Pródico de Céos (v a.C.), segundo a qual Hércules, se encontrando diante de dois caminhos, o primeiro uma subida, o segundo uma descida que desembocava em uma colina, escolheu o primeiro, ou seja, o da virtude. Xenofontes retomaria tal fábula no segundo volume dos *Memoráveis*. (N. E.)

a forte musculatura, na encruzilhada de dois caminhos. Procure não ter de lamentar toda a vida não haver escolhido aquele que conduzia à virtude.[172] Como? — disse ele ao cocheiro —, ainda não baixou a capota? Eu mesmo vou dobrar as molas. Acho, de resto, que também terei de conduzir, em vista do estado em que você parece estar.

E saltou para junto do cocheiro, no fundo do fiacre, que partiu a trote largo.

Da minha parte, mal entrei em casa, ali encontrei a réplica da conversação que tinham travado um pouco antes Bloch e o sr. de Norpois, mas sob uma forma breve, invertida e cruel: tratava-se de uma disputa entre o nosso mordomo, que era dreyfusista, e o dos Guermantes, que era antidreyfusista. As verdades e contraverdades que se opunham no alto os intelectuais da Liga da Pátria Francesa e a dos Direitos do Homem propagavam-se com efeito até as profundidades do povo.[173] O sr. Reinach manobrava pelo sentimento pessoas que jamais o tinham visto, quando para ele a questão Dreyfus se lhe apresentava ante a razão apenas como um teorema irrefutável e que ele demonstrou, efetivamente, com a mais surpreendente vitória política racional (vitória contra a França, disseram alguns) que jamais se viu. Em dois anos substituiu um Ministério Billot por um Ministério Clemenceau, mudou completamente a opinião pública, tirou da prisão Picquart para colocá-lo, ingrato, no Ministério da Guerra.[174] Talvez esse racionalista manobrador de multidões fosse ele próprio manobrado pela sua ascendência. Quando os sistemas filosóficos que contêm mais verdades são ditados a seus autores, em última análise, por uma razão de sentimento, como supor que numa simples questão política, como a questão Dreyfus, razões desse gênero não possam, sem que o saiba o raciocinador, governar-lhe a razão? Bloch julgava

173 A Liga da Pátria Francesa agrupava os nacionalistas opositores de Dreyfus. A Liga dos Direitos do Homem agrupava, por sua vez, os intelectuais "dreyfusistas". (N. E.)
174 O general Billot foi ministro da Guerra entre 1896 e 1898, substituído na crise do "Caso Dreyfus" por Georges Picquart, indicação de Clemenceau. Picquart havia ficado preso entre janeiro de 1898 e junho de 1899 e, de repente, voltava ao poder em grande estilo. (N. E.)

ter logicamente escolhido o seu dreyfusismo, e sabia no entanto que o seu nariz, a sua pele e os seus cabelos lhe tinham sido impostos por sua raça. Sem dúvida a razão é mais livre, mas obedece a certas leis que ela própria não se impôs. O caso do mordomo dos Guermantes e do nosso era particular. As vagas das duas correntes de dreyfusismo e de antidreyfusismo que dividiam a França de alto a baixo eram assaz silenciosas, mas os raros ecos que emitiam eram mais sinceros. Ao ouvir alguém, que no meio de uma conversa se afastava delibera-damente da questão, anunciar furtivamente uma nova política, em geral falsa, mas sempre desejada, podia-se induzir do objeto de suas predições a orientação de seus anelos. Assim se defrontavam sobre al-guns pontos, de um lado, um tímido apostolado, do outro, uma santa indignação. Os dois mordomos que ouvi ao entrar faziam exceção à regra. O nosso deu a entender que Dreyfus era culpado, o dos Guer-mantes, que era inocente. Não era para dissimularem as suas convic-ções, mas por maldade e encarniçamento do jogo. O nosso mordomo, na incerteza de que se efetuaria a revisão, queria previamente, para o caso de uma derrota, tirar ao mordomo dos Guermantes a alegria de julgar batida uma causa justa. O mordomo dos Guermantes pensava que, no caso de recusa de revisão, ficaria o nosso mais aborrecido ao ver conservarem um inocente na ilha do Diabo.

Subi e encontrei pior a minha avó. Desde algum tempo, sem saber ao certo o que tinha, andava a queixar-se de seu estado de saúde. Na doença é que descobrimos que não vivemos sozinhos, mas sim encadeados a um ser de um reino diferente, de que nos separam abismos, que não nos conhece e pelo qual nos é impossí-vel fazer-nos compreender: o nosso corpo. Qualquer assaltante que encontremos numa estrada, talvez consigamos torná-lo sensível ao seu interesse particular, se não à nossa desgraça. Mas pedir com-paixão ao nosso corpo é discorrer diante de um polvo, para quem as nossas palavras não podem ter mais sentido que o rumor das águas, e com o qual ficaríamos cheios de horror de ser obrigados a viver. Os incômodos de minha avó passavam muita vez despercebi-dos à sua atenção sempre desviada para nós. Quando sofria muito, para chegar a curá-los, esforçava-se em vão por compreendê-los. Se os fenômenos mórbidos de que seu corpo era teatro permaneciam obscuros e inapreensíveis para o pensamento de minha avó, eram claros e inteligíveis para seres pertencentes ao mesmo reino físico a que eles pertenciam, esses a quem o espírito humano acabou por dirigir-se para compreender o que lhe diz o seu corpo, como, diante das respostas de um estrangeiro, se vai procurar alguém do mesmo país, que servirá de intérprete. Eles podem conversar com o nosso corpo, dizer-nos se a sua cólera é grave ou em breve se acalmará. Cottard, a quem mandáramos chamar e que nos irritara, indagando com um sorriso fino, no mesmo instante em que lhe dizíamos que minha avó estava doente: "Doente? Não é ao menos uma doença diplomática?", Cottard tentou, para acalmar a agitação da sua cliente, o regime lácteo. Mas as perpétuas sopas de leite não causaram efeito porque minha avó lhes punha muito sal (Widal ainda não fizera as suas descobertas), cujos inconvenientes se ignoravam naquela época.[175] Pois como a medicina é um compêndio dos erros sucessivos e contraditórios dos médicos, recorrendo aos melhores destes, corre-se o risco de solicitar uma verdade que será reconhecida falsa alguns anos mais tarde. De modo que acreditar na medicina seria a suprema loucura se não acreditar nela não fosse loucura maior, pois desse amontoado de erros se desvencilharam com o tempo algumas verdades. Cottard recomendara que lhe tirassem a temperatura. Foram buscar um termômetro. Em quase toda a sua altura, o tubo estava vazio de mercúrio. Mal se distinguia, agachada no fundo da sua pequena cuba, a salamandra de prata. Parecia morta. Colocaram o canudo de vidro na boca de minha avó. Não tivemos necessidade de o deixar ali muito tempo; a pequena feiticeira não se demorara em tirar o horóscopo. Encontramo-la imóvel, empoleirada a meio da sua torre e sem mais um gesto, mostrando-nos com exatidão o algarismo que lhe pediríamos e que todas as reflexões que pudesse fazer sobre si mesma a alma de minha avó seriam incapazes de lhe fornecer: 38°3. Pela primeira vez sentimos

---

175 Alusão a Fernand Widal (1862-1929), médico e bacteriologista que, em 1903, demonstraria a má influência do sal sobre doentes com problemas nos rins. (N. E.)

alguma inquietação. Sacudimos bem forte o termômetro para apagar o signo fatídico, como se com isso pudéssemos baixar a febre ao mesmo tempo que a temperatura marcada. Ai!, ficou bem claro que a pequena sibila desprovida de razão não dera arbitrariamente aquela resposta, pois no dia seguinte, quando foi o termômetro recolocado entre os lábios de minha avó, quase em seguida, como de um único salto, esplêndida de certeza e da intuição de um fato para nós invisível, a pequena profetisa viera deter-se no mesmo ponto, numa imobilidade implacável, e mostrava-nos ainda aquela cifra de 38°3, com a sua vara fulgurante. Nada mais dizia, mas, por mais que desejássemos, que quiséssemos, que implorássemos, ei-la surda, e parecia que aquela era a sua última palavra de advertência e ameaça. Então, para ver se a obrigávamos a modificar sua resposta, recorremos a outra criatura do mesmo reino, mas mais poderosa, que não se contenta em interrogar o corpo, mas pode dirigi-lo, um febrífugo da mesma ordem da aspirina, ainda não empregada então. Não baixáramos o termômetro além de 37°5, na esperança de que assim não tivesse nada mais que subir. Fizemos minha avó tomar esse febrífugo e tornamos então a aplicar o termômetro. Como um guarda implacável a quem se mostra a ordem de uma autoridade superior, cuja proteção se conseguiu, e que, achando tudo em regra, responde: "Bem, nada tenho a dizer, visto que é assim, podem passar", a vigia da torre não se moveu dessa vez. Mas, mal-humorada, parecia dizer: "De que vos servirá isso? Já que conheceis a quinina, ela me dará ordem de não mover-me, uma vez, dez vezes, vinte vezes. E depois se cansará, bem a conheço. Vamos! Isso não durará sempre. E então estareis muito adiantados!". Então minha avó experimentou a presença, em si, de uma criatura que conhecia melhor o corpo humano que minha avó, a presença de uma contemporânea das raças desaparecidas, a presença do primeiro ocupante — muito anterior à criação do homem que pensa —; sentiu esse aliado milenário que lhe tateava, um pouco duramente acaso, a cabeça, o coração, o cotovelo, reconhecia os lugares, organizava tudo para o combate pré-histórico que se efetuou logo depois. Num momento, Piton esmagada, a febre foi vencida pelo poderoso elemento químico a que minha avó, através dos remos, passando por cima de todos os animais e vegetais, desejaria agradecer. E ficava abalada com essa entrevista que acabava de ter, através de tantos séculos, com um clima anterior à própria criação das plantas. Por seu lado o termômetro, como uma Parca momentaneamente vencida por um deus mais antigo, mantinha imóvel o seu fuso de prata. Mas, ai de nós, outras criaturas inferiores, que o homem adestrou para a caçada desses animais misteriosos que não pode perseguir no fundo de si mesmo, nos traziam cruelmente todos os dias uma cifra de albumina, fraca mas bastante fixa para que também parecesse em relação com algum estado persistente que não percebíamos. Bergotte havia chocado em mim o instinto escrupuloso que me fazia subordinar minha inteligência quando se referira ao dr. Du Boulbon como um médico que não me aborreceria, que encontraria tratamentos, embora aparentemente estranhos, mas adaptar-se-iam à singularidade da minha inteligência. Mas as ideias se transformam dentro de nós, vencem as resistências que no princípio lhe opomos e alimentam-se de ricas reservas intelectuais já preparadas, que não sabíamos feitas para elas. Agora, como acontece de cada vez que as palavras ouvidas a respeito de alguém que não conhecemos tiveram a virtude de nos despertar a ideia de um grande talento, de uma espécie de gênio, eu, no fundo de meu espírito, beneficiava o dr. Du Boulbon com essa confiança sem limites que nos inspira aquele que percebe a verdade com olhar mais profundo que outrem. Sabia por certo que era antes um especialista em doenças nervosas, aquele a quem Charcot predissera antes de morrer que havia de reinar na neurologia e na psiquiatria.[176] "Ah!, eu não sei, é bem possível", disse Françoise que estava presente e que ouvia pela primeira vez tanto o nome de Charcot como o de Du Boulbon. Mas isso não a impedia absolutamente de dizer: "É possível". Seus "é possível", seus "talvez", seus "eu não

---

176 Mistura tipicamente proustiana de uma personagem fictícia, o "dr. Du Boulbon", e Jean-Martin Charcot (1825-1893), fundador da neurologia moderna, que realizara trabalhos inovadores no tratamento das histéricas com o uso da hipnose. (N. E.)

sei" eram exasperantes em tal caso. Tinha-se vontade de lhe responder: "Está visto que não sabias, pois como não sabes nem de que se trata, como podes dizer se é possível ou não? Em todo caso, agora não podes dizer que não sabes o que Charcot disse a Du Boulbon etc., já o sabes porque nós o dissemos, e assim os teus 'talvez', os teus 'é possível' não têm razão de ser, visto que é certo".

Apesar dessa competência mais especializada em matéria cerebral e nervosa, como eu sabia que Du Boulbon era um grande médico, um homem superior, de inteligência inventiva e profunda, supliquei a minha mãe que o mandasse chamar e a esperança de que, tendo uma visão justa do mal, talvez o curasse, acabou por vencer o temor que tínhamos de assustar minha avó, se chamássemos um segundo médico. O que decidiu minha mãe foi que, inconscientemente alentada por Cottard, minha avó não saía mais, não deixava o leito. Em vão nos respondia ela com a carta de madame de Sévigné sobre madame de La Fayette: "Diziam que ela estava louca por não querer absolutamente sair. Respondia eu a essas pessoas, tão precipitadas no seu juízo: 'madame de La Fayette não está louca', e nisso ficava. Pois foi preciso que ela morresse para fazer ver que tinha razão em não sair".[177] Du Boulbon, chamado, mostrou-se contrário, se não a madame de Sévigné, que não lhe citaram, pelo menos a minha avó. Em vez de auscultá-la, enquanto pousava nela os seus admiráveis olhares em que havia talvez a ilusão de escrutar profundamente a enferma, ou o desejo de lhe dar essa ilusão, que parecia espontânea mas que devia operar maquinalmente, ou de não deixar-lhe perceber que estava pensando em outra coisa, ou para conseguir domínio sobre ela, começou a falar em Bergotte.

— Ah! Acredito, minha senhora, como tem razão em admirá-lo! Mas qual de seus livros prefere? Ah! Sim? É talvez o melhor, efetivamente. Em todo caso, é o seu romance mais bem-composto: Clara é encantadora. E como personagem de homem, qual lhe é o mais simpático?

---

177 Alusão à carta do dia 3 de junho de 1693 em que madame de Sévigné comenta as circunstâncias da morte da sra. de La Fayette. (N. E.)

Julguei a princípio que a fazia assim falar em literatura porque a medicina o aborrecia, talvez também para dar mostras da sua largueza de espírito, e até, num objetivo mais terapêutico, para restituir confiança à doente, mostrar-lhe que não estava inquieto, distraí-la de seu estado. Mas depois compreendi que, principalmente notável como alienista e por seus estudos sobre o cérebro, quisera verificar, com as suas perguntas, se a memória de minha avó estava intata. Como a contragosto, interrogou-a um pouco sobre a sua vida, com um olhar sombrio e fixo. Depois, de súbito, como que percebendo a verdade e decidido a atingi-la custasse o que custasse, com um gesto preliminar que parecia ter dificuldade em esboçar-se, afastando as vagas das últimas hesitações que pudesse ter e todas as objeções que pudéssemos apresentar, fitando minha avó com um olhar lúcido, livremente e como que afinal em terra firme, e pontuando as palavras com um tom suave e aliciante, a que a inteligência nuançava todas as inflexões (sua voz, aliás, durante toda a visita, permaneceu o que naturalmente era, cariciosa, e, sob as suas sobrancelhas espessas, os olhos irônicos eram cheios de bondade):

— A senhora irá bem no dia, remoto ou próximo, e depende da senhora que seja hoje mesmo, em que compreender que não tem nada e quando houver retomado a vida comum. Disse-me que não comia, que não saía.

— Mas eu tenho um pouco de febre, doutor.

Ele tocou-lhe a mão.

— Não neste momento, em todo caso. E depois, a bela desculpa! Não sabe que costumamos deixar ao ar livre, que superalimentamos, a tuberculosos que têm até 39 graus?

— Mas também tenho um pouco de albumina.

— Não deveria sabê-lo. A senhora tem o que descrevi sob o nome de albumina mental. Todos nós tivemos, durante uma indisposição, a nossa pequena crise de albumina, que o nosso médico se apressou a tornar duradoura, denunciando-a. Por uma só afecção que os médicos curam com remédios, assegura-se pelo menos que isso aconteceu algumas vezes, provocam eles outras dez em pacientes de boa saúde, inoculando-lhes esse agente patogênico mil vezes mais virulento que todos os micróbios, a ideia de que se está doente. Tal crença, poderosa sobre o temperamento de todos, age com particular eficácia entre os nervosos. Diga-lhes que uma janela fechada está aberta nas suas costas, e começam a espirrar, faça-lhes crer que pôs magnésia em sua sopa, e serão atacados de cólicas, que o seu café estava mais forte do que de costume, e não pregarão o olho toda a noite. Acredita, minha senhora, que não me bastou ver-lhe os olhos, ouvir simplesmente a sua maneira de expressar-se, que digo?, ver a senhora, sua filha e o seu neto, que se parece tanto com a senhora, para saber com quem estava tratando?

"Tua avó poderia talvez ir sentar-se, se o doutor lhe permite, numa alameda calma dos Campos Elísios, perto daquele maciço de louros onde brincavas antigamente", disse minha mãe consultando assim a Du Boulbon, e cuja voz assumia com isso algo de tímido e deferente que não teria se se dirigisse apenas a mim. O doutor voltou-se para minha avó e, como não era menos letrado que sábio:

— Vá aos Campos Elísios, senhora, para perto do maciço de louros que tanto agrada a seu neto. O louro lhe será salutar. Ele purifica. Depois de haver exterminado a serpente Piton, foi com um ramo de louros na mão que Apoio fez sua entrada em Delfos. Queria assim preservar-se dos germes mortíferos do venenoso animal. Bem vê que o loureiro é o mais antigo, o mais venerável e, acrescentarei, o que tem seu valor tanto em terapêutica como em profilaxia, o mais belo dos antissépticos.

Como grande parte do que sabem os médicos lhes é ensinado pelos enfermos, são facilmente levados a crer que essa sapiência dos pacientes é a mesma em todos eles, e gostam de espantar aquele com quem se encontram com alguma observação tomada aos que trataram antes. Assim, foi com o fino sorriso de um parisiense que, conversando com um camponês, espera espantá-lo servindo-se de um termo dialetal, que o dr. Du Boulbon disse a minha avó:

— Provavelmente o tempo ventoso consegue fazê-la dormir, ao passo que fracassariam os mais fortes hipnóticos.

— Pelo contrário, doutor, o vento impede-me absolutamente de dormir.

Mas os médicos são suscetíveis.

— Ah! — murmurou Du Boulbon, franzindo o cenho, como se lhe tivessem pisado no pé e as insônias de minha avó nas noites de tempestade fossem uma injúria pessoal. Todavia, não tinha demasiado amor-próprio e como, na qualidade de "espírito superior", julgava de seu dever não acreditar muito na medicina, logo retomou sua serenidade filosófica.

Minha mãe, no apaixonado desejo de ser tranquilizada pelo amigo de Bergotte, acrescentou, em apoio ao médico, que uma prima de minha avó, atacada de uma afecção nervosa, ficara sete anos no seu quarto de dormir em Combray, sem se levantar mais que uma ou duas vezes por semana.

— Bem vê, senhora, eu não sabia disso, e poderia tê-lo dito.

— Mas, doutor, eu não sou absolutamente como ela; o meu médico não pode fazer-me ficar na cama — disse minha avó, ou porque estivesse um tanto agastada com as teorias do doutor, ou desejosa de lhe submeter as objeções que poderiam ser feitas, na esperança de que ele as refutaria e de que, depois de terminada a sua visita, não teria ela mais nenhuma dúvida que opor ao seu feliz diagnóstico.

— Mas naturalmente, minha senhora, não se pode ter, perdoe-me a expressão, todas as vesânias;[178] a senhora tem outras, e não essa. Ainda ontem visitei um hospital para neurastênicos. No jardim, estava um homem de pé sobre um banco, imóvel como um faquir, com o pescoço inclinado numa posição que devia ser muito penosa. Como lhe perguntasse o que fazia ali, respondeu-me sem fazer um movimento nem voltar a cabeça: "Doutor, sou extraordinariamente sujeito a reumatismo e defluxo; acabo de fazer muito exercício e, enquanto assim me aquecia totalmente, tinha o pescoço abrigado na gola de flanela. Se agora o afastasse desse abrigo antes que meu corpo esfrie, estou certo de apanhar um torcicolo e talvez uma bronquite". E tê-los-ia apanhado, com efeito. "O que o senhor é, é um perfeito neurastênico", disse-lhe eu. Sabe que mo-

---

178 Palavra que designava doenças puramente mentais, em oposição às orgânicas. (N. E.)

tivo me deu ele para provar-me que não? É que, enquanto todos os doentes do estabelecimento tinham a mania de tirar o peso, a ponto de se ter de pôr um cadeado na balança para que não passassem o dia inteiro a pesar-se, era-se obrigado a fazê-lo subir à força na balança, tão pouco era o seu desejo de tal coisa. Exultava por não ter a mania dos outros, sem pensar que também tinha a sua e que era esta que o preservava de outra qualquer. Não se melindre com a comparação, minha senhora, pois esse homem que não se atrevia a voltar o pescoço com medo de indefluxar-se é o maior poeta de nosso tempo. Esse pobre maníaco é a mais alta inteligência que conheço. Suporte que a considerem uma nervosa. A senhora pertence a essa família magnífica e lamentável que é o sal da terra. Tudo o que conhecemos de grande nos vem dos nervosos. Foram eles e não outros que fundaram as religiões e compuseram as obras-primas. Jamais o mundo saberá tudo quanto lhes deve, e principalmente o quanto eles sofreram para lhe dar o que deram. Apreciamos as finas músicas, os belos quadros, mil delicadezas, mas não sabemos o que isso custou, aos que os inventaram, em insônia, em lágrimas, em risos espasmódicos, em urticárias, em asmas, em epilepsias, e numa angústia de morrer que é pior que tudo isso e que a senhora talvez conheça — acrescentou, sorrindo para minha avó —, pois confesso que quando cheguei não estava muito tranquila. Julgava-se enferma, gravemente enferma, talvez. Sabe Deus de que moléstia não pensava a senhora descobrir em si os sintomas! E não se enganava, pois os tinha de verdade. O nervosismo é um pastichador de gênio. Não há doença que ele não falsifique às maravilhas. Imita, a ponto de iludir-nos, a dilatação dos dispépticos, as náuseas da gravidez, a arritmia de cardíaco, a febricidade de tuberculoso. Capaz de enganar o médico, como não enganaria o doente? Oh!, não vá pensar que estou zombando de seus males; não me aprestaria a trata-los se não soubesse compreendê-los. E olhe, confissão boa mesmo, só as recíprocas. Já lhe disse que sem enfermidade nervosa não há grande artista, pois lhe digo mais — acrescentou, erguendo gravemente o índice —, não há grande sábio. Acrescentarei que, sem que esteja ele próprio atingido de doença nervosa, não há, não me faça dizer bom médico, mas simplesmente médico correto de doenças nervosas. Na patologia nervosa, um médico que não diz muita tolice é um doente meio curado, como um crítico é um poeta que não faz mais versos, um policial um ladrão que não mais pratica. Eu não me julgo albuminúrico como a senhora, não tenho o medo nervoso do alimento, do ar livre, mas não posso adormecer sem ter-me erguido mais de vinte vezes para ver se a porta está fechada. E a essa casa de saúde onde encontrei ontem um poeta que não virava o pescoço ia eu para reservar um quarto, pois, cá entre nós, ali passo as férias a tratar-me, depois que aumentei meus males cansando-me demasiado em curar os dos outros.

— Mas, doutor, deveria eu fazer semelhante tratamento? — disse assustada minha avó.

— É inútil, senhora. As manifestações que acusa cederão ante a minha palavra. E depois, tem a senhora consigo alguém muito poderoso que constitui doravante o seu médico. Esse médico é o mal que a senhora tem, a sua superatividade nervosa. Soubesse eu o modo de curá-la, e por certo o evitaria. Basta-me dirigir esse mal. Vejo sobre a sua mesa de cabeceira um livro de Bergotte. Curada de seu nervosismo, a senhora não gostaria mais dele. E teria eu o direito de trocar as alegrias que ele proporciona por uma integridade nervosa que seria de todo incapaz de lhe dar idêntico prazer? Mas essas mesmas alegrias são um poderoso remédio, talvez o mais eficiente de todos. Não, não quero mal à sua energia nervosa. Peço simplesmente que ela me obedeça; confio o seu caso a ela. Que dê marcha a ré. A força que ela empregava para a impedir de passear, de se alimentar o suficiente, que a empregue em fazê-la comer, ler, sair, divertir-se de todas as maneiras. Não me diga que está cansada. O cansaço é realização orgânica de uma ideia preconcebida. Comece por não pensar nisso. E se tiver alguma pequena indisposição, o que pode acontecer a todo mundo, será como se não a tivesse, porque essa energia nervosa terá feito da senhora, conforme a profunda expressão do senhor de Talleyrand, um são imaginário. Olhe, já começou a curá-la, a senhora me escuta muito direita, sem se haver inclinado uma única vez, de olho vivo, fisionomia alerta, e já faz isso meia hora contada pelo relógio; e a senhora não o percebeu. Senhora, retiro-me; aceite os meus cumprimentos.

Quando depois de haver acompanhado até a porta o dr. Du Boulbon, voltei ao quarto onde estava sozinha minha mãe, evolou-se a pena que me oprimia desde várias semanas, senti que minha mãe ia externar sua alegria e ver a minha; experimentei essa impassibilidade de suportar a espera do próximo instante em que alguém vai comover-se perto de nós, impassibilidade que, em outra ordem, se assemelha um tanto ao medo de quando se sabe que vai entrar alguém para assustar-nos, por uma porta ainda fechada, quis dizer alguma coisa a minha mãe, mas minha voz quebrou-se e, rompendo em pranto, estive longo tempo com a cabeça no seu ombro, a chorar, a saborear, a aceitar, a querer bem à dor, agora que sabia que ela havia saído de minha vida, como gostamos de exaltar-nos com virtuosos projetos que as circunstâncias não nos permitem executar. Françoise exasperou-me por não tomar parte em nossa alegria. Estava muito agitada com uma cena terrível que explodira entre o lacaio e o linguarudo do porteiro. Fora preciso que a duquesa interviesse, estabelecendo uma aparência de paz e perdoando o lacaio. Pois ela era bondosa, e o emprego seria ideal se ela não escutasse os diz que diz que.

Desde vários dias que tinham começado a saber da doença de minha avó e a pedir notícias suas, Saint-Loup escrevera-me: "Não quero aproveitar-me deste momento em que tua avó não está bem para dirigir-te muito mais do que censuras e de que ela não tem culpa alguma. Mas mentiria se não te dissesse, embora provisoriamente, que nunca esquecerei a perfídia de teu proceder e que jamais haverá indulto para a tua falsidade e traição". Mas como alguns amigos, julgando minha avó pouco doente (ignoravam até que o estivesse) me haviam pedido que os encontrasse no dia seguinte nos Campos Elísios, para dali ir fazer uma visita e comparecer a uma ceia que me divertiria, já não tinha nenhuma razão para renunciar a esses dois prazeres. Quando haviam dito a minha avó que agora era preciso passear bastante para obedecer ao dr. Du Boulbon, viu-se que logo se lembrou dos Campos Elísios. Ser-me-ia fácil levá-la até lá e, enquanto estivesse sentada a ler, entender-me com os meus amigos, e ainda teria tempo, se me despachasse, de tomar com eles o trem para Ville-d'Avray. No momento combinado, minha avó não quis sair, por sentir-se cansada. Mas minha mãe, convencida pelo dr. Du Boulbon, teve a energia de se agastar e fazer-se obedecer. Quase chorava à ideia de que minha avó ia recair na debilidade nervosa e não mais refazer-se. Nunca seria tão bom para o seu passeio um tempo assim tão belo e quente. O sol, deslocando-se, intercalava aqui e ali, na solidez quebrada do balcão, as suas inconsistentes musselinas e dava à pedra de cantaria uma tíbia epiderme, um impreciso halo de ouro. Como não tivera tempo de remeter um "cabo" à sua filha, Françoise deixou-nos logo depois do almoço. Já era muito que tivesse entrado antes na loja de Jupien para que ele desse um ponto na mantilha que minha avó poria ao sair. Voltando nesse momento de meu passeio matinal, fui com ela ao coleteiro. "É o seu patrãozinho quem a traz aqui, é a senhora quem o traz, ou algum vento favorável que os traz a ambos?" Embora não tivesse estudos, Jupien respeitava tanto a sintaxe como, apesar de grandes esforços, a violava o sr. de Guermantes. Uma vez ausente Françoise e consertada a mantilha, minha avó teve de vestir-se. Recusando-se terminantemente a que mamãe a ajudasse, levou sozinha um tempo enorme para se preparar, e agora que eu sabia que ela estava bem, e com essa estranha indiferença que temos para com nossos parentes enquanto vivem, que faz com que os negligenciemos em favor de todo mundo, achava-a muito egoísta por tanto se demorar e arriscar-se a atrasar-me, quando bem sabia que eu tinha um encontro com amigos e devia cear em Ville-d'Avray. Por impaciência, desci antes, depois de me haverem dito duas vezes que ela já estaria pronta. Afinal veio ter comigo, sem desculpar-se do atraso, como costumava fazer em tais circunstâncias, afogueada e distraída qual uma pessoa que tem pressa e esqueceu metade das suas coisas, quando eu alcançava a porta entreaberta que deixava entrar o ar líquido vibrante e morno do exterior, como se tivessem aberto um reservatório entre as paredes glaciais da casa, sem absolutamente as aquecer.

— Meu Deus! Já que vais encontrar-te com amigos, eu deveria pôr outra mantilha. Só com esta pareço um pouco miserável.

Impressionei-me como estava congestionada e compreendi que, estando atrasada, devia ter-se apressado muito. Quando acabávamos de deixar o fiacre, à entrada da avenida Gabriel, nos Campos Elísios, vi que minha avó se afastara sem falar-me, dirigindo-se para o antigo pavilhão engradado de verde onde eu um dia esperara Françoise. Ao seguir minha avó, que levava a mão diante da boca porque decerto sentia alguma náusea, quando subia eu os degraus do teatrinho rústico edificado em meio dos jardins, ainda estava com a "marquesa", o mesmo guarda-florestal que ali se encontrava da outra vez. Como nesses circos de feira em que o *clown*, prestes a entrar em cena e todo enfarinhado, recebe em pessoa os ingressos, a "marquesa", arrecadando as entradas, sempre ali estava com a cara enorme e irregular emplastrada de grosseira maquiagem e o chapeuzinho de renda e flores vermelhas encarapitado na peruca ruiva. Mas não creio que me houvesse reconhecido. O guarda, abandonando a vigilância da grama, com cuja cor fazia combinação o seu uniforme, conversava sentado junto dela.

— Com que então sempre aqui? — dizia ele. — Não tenciona aposentar-se?

— Mas poderia o senhor dizer-me onde estaria eu melhor, mais a gosto e com todo o conforto? E depois, há sempre movimento, distração; é o que eu chamo a minha pequena Paris: meus fregueses me põem a par de tudo quanto se passa. Olhe, há um que saiu não faz cinco minutos e que é um magistrado dos mais importantes. Pois bem, meu senhor! — exclamou ardorosamente, como que disposta a sustentar a asserção pela violência, se o agente da autoridade fizesse menção de contestar-lhe a exatidão —, faz oito anos, está ouvindo?, que todos os dias que Deus dá, às três em ponto, está ele aqui, sempre delicado, sem uma palavra mais alta do que outra, sem nunca sujar coisa alguma, e fica mais de meia hora a ler os seus jornais, enquanto faz as necessidades. Um só dia não compareceu. No momento não notei, mas à noite disse de repente com os meus botões: "Ué! Aquele senhor não apareceu hoje;

quem sabe se não morreu?". Isso não deixou de impressionar-me, porque crio estima às pessoas quando são bem-educadas. De modo que fiquei muito contente ao vê-lo chegar no outro dia e perguntei: "Senhor, não lhe aconteceu nada ontem?". Disse-me então que a ele nada acontecera, que era a sua mulher que tinha morrido, e ficara tão transtornado que não pudera vir. Sem dúvida que estava com a cara muito triste, o senhor compreende, vinte e cinco anos de casados, mas, em todo caso, parecia contente por voltar. Sentia-se que fora transtornado nos seus pequenos hábitos. Tratei de animá-lo e disse: "A gente não deve entregar-se. Venha como antes; no seu desgosto, sempre há de ser uma distraçãozinha".

A "marquesa" retomou um tom mais brando, pois vira que o protetor das árvores e gramados a escutava com bonomia, sem pensar em contradizê-la, e conservando inofensiva na bainha uma espada que mais parecia um instrumento de jardinagem ou um atributo hortícola.

— E depois, escolho os meus fregueses, não recebo a todo mundo no que chamo os meus salões. Será que isto não tem aspecto de salão com as minhas flores? Como tenho fregueses muito amáveis, sempre um ou outro se lembra de trazer-me um raminho de lilases, de jasmim, ou rosas, a minha flor predileta.

Enrubesci com a ideia de que talvez fôssemos julgados desfavoravelmente por aquela dama, por nunca lhe levarmos lilases nem belas rosas; e para escapar fisicamente — ou apenas ser, julgado por contumácia — a um mau veredicto, avancei para a porta de saída. Mas na vida nem sempre são as pessoas que trazem belas rosas aquelas com quem se é mais amável, pois a "marquesa", julgando que eu me aborrecia, dirigiu-se a mim:

— Não quer que lhe abra um reservado?

E como eu recusasse:

— Não quer mesmo? — acrescentou com um sorriso. — Ofereci-lhe de bom grado, mas bem sei que são necessidades que não basta não pagar para sentir.

Nesse momento, entrou precipitadamente uma mulher mal-vestida que justamente parecia senti-las. Mas não pertencia ao mundo da "marquesa", pois esta, com uma ferocidade de esnobe, lhe disse secamente:

— Não há lugar livre, senhora.

— E será que demora muito? — perguntou a pobre mulher, muito vermelha sob as suas flores amarelas.

— Ah!, senhora, aconselho-a que vá a outra parte, pois, como vê, há ainda esses dois senhores que estão esperando — disse ela, mostrando-nos a mim e ao guarda —, e só disponho de um gabinete, os outros estão em reparação. — Então virou-se para nós: — Tem cara de mau pagador — disse a "marquesa". — Não é esse o gênero daqui; essa gente não sabe o que é limpeza nem respeito, e eu teria de passar uma hora limpando por conta dela. Não lamento os seus dois tostões.

Afinal minha avó saiu e, pensando que ela não procuraria compensar com uma gorjeta a indiscrição de haver demorado tanto, bati em retirada para não participar do desdém que sem dúvida lhe testemunharia a "marquesa" e enveredei por uma alameda, mas devagar, para que minha avó pudesse alcançar-me com facilidade e continuar andando comigo. Foi o que logo aconteceu. Pensava que minha avó ia dizer-me: "Eu te fiz esperar muito; em todo caso, creio que não deixarás de encontrar-te com os teus amigos", mas não disse uma única palavra, de modo que eu, um tanto decepcionado, não quis falar-lhe em primeiro lugar; afinal, erguendo os olhos, vi que, enquanto caminhava junto de mim, mantinha a cabeça voltada para o outro lado. Receava que ainda estivesse mareada. Olhei-a melhor, e impressionou-me o seu andar incerto. O chapéu estava enviesado, a mantilha, suja, tinha a fisionomia desordenada e descontente, a cara, vermelha e preocupada, de uma pessoa que acaba de ser atropelada por um carro ou que salvaram de alguma dificuldade.

— Receei que estivesses com náuseas, avó. Já te sentes melhor?

Decerto pensou que era impossível deixar de me responder, sem inquietar-me.

— Ouvi toda a conversa entre a "marquesa" e o guarda — disse-me ela. — Puro Guermantes e Verdurin. Meu Deus! Em que termos galantes eram abordadas aquelas coisas![179] — E ainda acrescentou, aplicadamente, esta frase da sua marquesa, a dela, madame de Sévigné: "Ao ouvi-los, pensava que me estavam preparando as delícias de um adeus".[180]

Tais as palavras que me disse e em que pusera toda a sua fineza, seu gosto das citações, suas reminiscências clássicas, um pouco mais até do que habitualmente faria e como para mostrar que estava mesmo de posse de tudo aquilo. Mas todas essas frases, eu as adivinhei mais do que as ouvi, a tal ponto as pronunciou com uma voz pastosa e apertando os dentes mais do que o podia justificar o receio de um enjoo.

— Bem — disse-lhe eu com bastante displicência, para não parecer que levava muito a sério a sua indisposição —, já que estás um pouco enjoada, podemos voltar, se quiseres; não quero passear pelos Campos Elísios uma avó que está com uma indigestão.

— Não me animava a dizer-te isso por causa de teus amigos. Pobre pequeno! Mas já que estás de acordo, é o mais prudente.

Tive medo de que ela própria notasse a maneira como pronunciava tais palavras.

— Bem — disse-lhe expeditamente —, não te canses em falar, seria um absurdo, enjoada como estás. Espera ao menos que cheguemos em casa.

Sorriu-me tristemente e apertou-me a mão. Compreendera que era inútil ocultar-me o que eu logo havia adivinhado: que ela acabava de ter um ataque.

---

179 Menção a uma frase da comédia *O misantropo*, de Molière (ato i, cena 2). (N. E.)
180 Citação de uma frase extraída da carta do dia 21 de junho de 1680. Na carta, as "delícias de um adeus" estão associadas à possibilidade de se ver livre de uma visita incômoda. (N. E.)

segunda parte

I

Tornamos a atravessar a avenida Gabriel, em meio à multidão dos passeantes. Fiz minha avó sentar num banco e fui procurar um fiacre. Ela, em cujo coração eu me colocava sempre para julgar a mais insignificante pessoa, estava agora fechada para mim, tornara-se uma parte do mundo exterior, e eu, mais ainda que a simples transeunte, era obrigado a não dizer-lhe o que pensava do seu estado a calar-lhe a minha inquietação. Não poderia falar-lhe disso com mais confiança que a uma estranha. Acabava de me devolver os pensamentos e penas que desde a infância lhe confiara para sempre. Ela ainda não estava morta. Eu já estava sozinho. E até aquelas alusões que fizera aos Guermantes, a Molière, às nossas conversas sobre os Verdurin, assumiam uma aparência sem apoio, sem causa, fantástica, porque saíam do nada daquela mesma criatura que amanhã talvez não mais existisse e para a qual já não teriam sentido algum, daquele nada — incapaz de compreendê-las — que em breve seria a minha avó.

— Não digo que não... mas o senhor não pediu hora, não tem número. De resto, hoje não é dia de consulta. Sua família deve ter médico. Não posso substituí-lo, a menos que ele me mande chamar para uma conferência. É uma questão de deontologia...

No momento em que eu fazia sinal a um fiacre, encontrara o famoso professor E..., quase amigo de meu pai e de meu avô, em todo caso em relações com ambos, o qual morava na avenida Gabriel, e, tomado de súbita inspiração, fizera-o parar no instante em que entrava em casa, pensando que ele talvez fosse grandemente útil a minha avó. Mas, apressado, depois de apanhar a correspondência, queria despachar-me, e só lhe pude falar subindo com ele no elevador, cujos botões me pediu que o deixasse acionar, o que era uma mania sua.

— Mas doutor, não lhe peço que receba a minha avó, depois compreenderá o que quero dizer-lhe, ela não está em condições de subir; peço-lhe, ao contrário, que passe daqui a meia hora por nossa casa, quando ela já se tiver recolhido.

— Passar por sua casa? Não é possível! Janto hoje com o ministro do Comércio, tenho de fazer antes uma visita, vou vestir-me imediatamente; para cúmulo do azar, minha casaca rasgou-se e a outra não tem botoeira para colocar as condecorações. Por favor, tenha a bondade de não tocar nos botões do ascensor, o senhor não sabe dirigi-lo, é preciso ter prudência em tudo. Essa botoeira ainda vai atrasar-me. Enfim, por amizade aos seus, se sua avó vier imediatamente, eu a receberei. Mas previno-lhe de que só lhe posso reservar justamente um quarto de hora.

Eu partira imediatamente, sem ao menos sair do elevador, que o próprio professor E... pusera em marcha para fazer-me descer, não sem olhar-me com desconfiança.

Realmente dizemos que a hora da morte é incerta, mas, quando dizemos tal coisa, imaginamos essa hora como que situada num espaço vago e remoto, não pensamos que tenha a mínima relação com o dia já começado e possa significar que a morte — ou a sua primeira apossação parcial de nós, depois do que não mais nos largará, — possa ocorrer nessa mesma tarde, tão pouco incerta, essa tarde em que o emprego de todas as horas está previamente regulado. Empenha-se a gente em passear para conseguir num mês o total de bom ar necessário, hesitou-se na escolha da capa que se há de levar, do cocheiro que se chamará, estamos de carro, temos o dia inteiro pela frente, curto, porque queremos voltar a tempo de receber uma amiga; desejaríamos que também fizesse bom tempo no dia seguinte, e não se suspeita de que a morte, que marchava conosco em outro plano, numa treva impenetrável, escolheu precisamente esse dia para entrar em cena, dentro de alguns minutos, mais ou menos no instante em que o carro atingir os Campos Elísios. Talvez aqueles a quem habitualmente assusta a singularidade peculiar à morte achem alguma coisa de tranquilizador nesse gênero de morte — esse gênero de primeiro contato com a morte —, porque ela aí se reveste de uma aparência conhecida, familiar, cotidiana. Precederam-na um bom almoço e o mesmo passeio que fazem as pessoas de boa saúde. Uma volta em carro de tolda arriada se superpõe à sua primeira investida; por mais enferma que estivesse minha avó, afinal várias pessoas poderiam dizer que às seis horas, quando voltávamos dos Campos Elísios, a tinham cumprimentado, enquanto ela passava em carro descoberto, por um tempo soberbo. Legrandin, que se dirigia à praça da Concórdia, tirou o chapéu para nós, detendo-se com ar atônito. Eu, que ainda não estava desligado da vida, perguntei a minha avó se ela lhe havia respondido, lembrando-lhe o quanto era ele suscetível. Minha avó, achando-me de certo muito superficial, ergueu a mão, como para dizer: "E daí? Isso não tem a mínima importância".

Sim, poder-se-ia dizer momentos antes, enquanto eu procurava um fiacre, que minha avó estava sentada em um banco, na avenida Gabriel, e que pouco depois havia passado em carro descoberto. Mas seria mesmo verdade? O banco, esse, para que se mantenha numa avenida — embora esteja também submetido a certas condições de equilíbrio —, não tem necessidade de energia. Mas para que um ser vivo permaneça estável, ainda que apoiado num banco ou num carro, é mister uma tensão de forças que habitualmente não percebemos, da mesma forma que não percebemos a pressão atmosférica, porque se exerce em todos os sentidos. É possível que, se fizessem o vácuo em nós, deixando-nos suportar a pressão do ar, sentíssemos durante o instante que precedesse a nossa destruição o peso terrível que nada mais neutralizaria. Do mesmo modo, quando se abrem em nós os abismos da doença e da morte e não temos mais nada para opor ao tumulto com que o mundo e o nosso próprio corpo se abatem sobre nós, suportar então até o impulso de nossos músculos, até o frêmito que nos devasta a medula, até mantermo-nos imóveis no que habitualmente julgamos não ser mais que a simples posição negativa de uma coisa, exige, se se quiser que a cabeça permaneça erguida e o olhar sereno, energia vital, e torna-se objeto de uma luta exaustiva.

E se Legrandin nos olhara com aquele ar de espanto, era porque a ele, como aos que então passavam, no fiacre em cujo banco minha avó parecia sentada — aparecera-lhes esta afundando, deslizando para o abismo, agarrando-se desesperadamente às almofadas que mal podiam reter-lhe o corpo precipitado, os cabelos em desordem, o olhar extraviado, incapaz de enfrentar o assalto das imagens que sua pupila não mais conseguia suster. Aparecera-lhes, se bem que a meu lado, imersa nesse mundo desconhecido, em cujo seio já recebera os golpes de que trazia as marcas quando eu a vira momentos antes nos Campos Elísios —, com o chapéu, o rosto e a mantilha desarranjados pela mão do anjo invisível com o qual havia lutado. Pensei depois que aquele instante do ataque não deveria ter surpreendido de todo a minha avó, que talvez até o tivesse previsto de longa data e vivido na sua expectativa. Não sabia sem dúvida quando viria esse momento fatal, incerta como os amantes que uma dúvida do mesmo gênero leva alternativamente a alimentar esperanças desarrazoadas e injustificadas suspeitas quanto à fidelidade da sua amante. Mas é raro que essas graves doenças, como a que enfim acabava de feri-la em plena face, não se alojem por muito tempo no doente antes de matá-lo, e durante esse período não se deem logo a conhecer, como um vizinho ou locatário comunicativo. É um terrível conhecimento, menos pelos sofrimentos que causa do que pela estranha novidade das restrições definitivas que impõe à vida. Vemo-nos morrer, nesse caso, não no próprio instante da morte, mas meses, até anos antes, desde que ela veio hediondamente morar conosco. A doente trava conhecimento com o estranho a quem ouve ir e vir pelo seu cérebro. Por certo não o conhece de vista, mas, pelos ruídos que habitualmente o ouve fazer, deduz os seus hábitos. Será um malfeitor? Certa manhã, não o ouve mais. Ele partiu. Ah!, se fosse para sempre! À noite, está de volta. Quais são os seus desígnios? O médico, submetido à inquirição, como uma amante adorada, responde com juramentos acreditados num dia, no outro dia postos em dúvida. De resto, mais que o da amante, desempenha o médico o papel dos serviçais interrogados. Não são mais que terceiros. A amante que acossamos, a amante que suspeitamos que está prestes a trair-nos, é a própria vida, e, embora já não a sintamos a mesma, ainda acreditamos nela, ficamos em todo caso na dúvida, até o dia em que afinal nos abandona.

Pus minha avó no ascensor do professor E... e, ao cabo de um instante, ele veio ter conosco e fez-nos passar para o seu gabinete. Mas ali, por mais pressa que tivesse, transformou-se o seu ar enfatuado, de tal modo são fortes os hábitos (e ele tinha o de ser amável, até jovial, com os seus clientes). Como sabia que minha avó era muito lida, e ele também o era, começou a citar-lhe durante dois ou três minutos uns belos versos sobre o verão radioso que fazia. Mandara-a sentar numa poltrona, ficando ele contra a luz, de modo que pudesse vê-la bem. Seu exame foi minucioso, demandou até que eu me retirasse por um instante. Ainda o continuou; depois, tendo terminado, e embora estivesse quase esgotado o quarto de hora, tornou a fazer algumas citações para a minha avó. Dirigiu-lhe até alguns gracejos bastante finos, que eu preferiria ouvir noutra ocasião, mas que me tranquilizaram completamente pelo seu tom divertido. Lembrei-me então de que o sr. Fallières, presidente do Senado, tivera muitos anos antes um falso ataque e que, para desespero dos concorrentes, retomara três dias depois as suas funções e preparava, dizia-se, uma candidatura mais ou menos remota à Presidência da República.[181] E tanto mais completa foi minha confiança num pronto restabelecimento de minha avó porque, no momento em que recordava o exemplo do sr. Fallières, fui distraído por uma sonora gargalhada com que o professor E... terminava um gracejo. Depois disso, puxou o relógio, franziu febrilmente as sobrancelhas ao ver que estava com um atraso de cinco minutos, e, enquanto se despedia, tocava a campainha para que lhe trouxessem imediatamente a casaca. Deixei minha avó passar adiante, fechei a porta e perguntei a verdade ao sábio.

— Sua avó está perdida — disse-me. — É um ataque provocado pela uremia. A uremia, em si, não é fatalmente uma enfermidade mortal, mas o caso parece-me desesperador. Escusado dizer-lhe que tenho esperança de haver-me enganado. Aliás, com Cottard, estão em excelentes mãos. Com licença — disse ele ao ver entrar uma criada que trazia ao braço a sua casaca. — Bem sabe que vou jantar com o ministro do Comércio e tenho de fazer uma visita antes. Ah!, nem tudo são rosas na vida, como se acredita na sua idade.

E estendeu-me graciosamente a mão. Tinha eu fechado a porta, e um criado conduzia pela antecâmara a minha avó e a mim,

---

181 Alusão ao mal-estar sentido pelo então presidente do Conselho, Armand de Fallières (1841-1931), no dia 30 de janeiro de 1883, mal-estar que o deixou de cama durante uma semana e que o levou enfim a pedir demissão. Isso não o impediria de se tornar presidente do Senado, em 1899, e presidente da República, em 1906. (N. E.)

quando ouvimos grandes brados de cólera. A criada esquecera-se de abrir a botoeira para as condecorações. Isso demandaria mais dez minutos. O professor continuava a esbravejar enquanto eu olhava no patamar da escada para a minha avó que estava perdida. Que sozinha está cada pessoa! Voltamos para casa.

Declinava o sol; incendiava um interminável muro que nosso fiacre tinha de perlongar antes de atingir a rua em que morávamos, muro sobre o qual a sombra do cavalo e do carro, projetada pelo poente, se destacava em negro sobre o fundo avermelhado, como um carro fúnebre numa terracota de Pompeia. Afinal chegamos. Fiz a doente sentar-se ao pé da escadaria, no vestíbulo, e subi a prevenir minha mãe. Disse-lhe que minha avó voltara um pouco doente e havia tido uma tontura. Logo às minhas primeiras palavras, a fisionomia de minha mãe alcançou o paroxismo de um desespero no entanto já tão resignado que compreendi que desde muitos anos o trazia ela preparado para um dia incerto e final. Não me perguntou coisa alguma; parecia, da mesma maneira que a perversidade gosta de exagerar os sofrimentos alheios, que ela, por ternura, não quisesse admitir que sua mãe estivesse gravemente atacada, sobretudo por uma doença que pode afetar a inteligência. Mamãe estremecia, seu rosto chorava sem lágrimas, ela correu a dizer que fossem chamar o médico, mas como Françoise perguntasse quem estava doente, não pôde responder, a voz embargou-se-lhe na garganta. Desceu a correr comigo e apagando da face o soluço que a contraía. Minha avó esperava embaixo, no canapé do vestíbulo, mas, logo que nos ouviu, ergueu-se, manteve-se de pé, fez à minha mãe acenos amigáveis com a mão. Eu lhe envolvera a meio a cabeça com uma mantilha de renda branca, dizendo-lhe que era para que não sentisse frio no vestíbulo. Não queria que minha mãe notasse muito a alteração da fisionomia, o desvio da boca; minha precaução era inútil: minha mãe aproximou-se de vovó, beijou-lhe a mão como a do seu Deus, susteve-a, carregou-a até o ascensor, com precauções infinitas em que havia, a par do medo de mostrar-se inábil e de magoá-la, a humildade de quem se sente indigno de tocar aquilo que conhece de mais precioso; mas não ergueu os olhos uma única vez e não olhou para o rosto da enferma. Talvez fosse para que esta não se entristecesse ao pensar que a sua vista poderia inquietar a filha. Talvez pelo receio de uma dor muito forte, que não ousou afrontar. Ou respeito talvez, porque não acreditava lhe fosse permitido sem impiedade verificar a marca de algum debilitamento intelectual na face venerada. Talvez para melhor conservar mais tarde intata a imagem da verdadeira face de sua mãe, irradiante de inteligência e bondade. Assim subiram elas uma ao lado da outra, minha avó meio oculta na sua mantilha, minha mãe desviando os olhos.

Durante esse tempo havia uma pessoa que não tirava os seus do que se podia adivinhar dos modificados traços de minha avó que sua filha não se atrevia a ver, uma pessoa que fixava neles um olhar espantado, indiscreto, e de mau agouro: era Françoise. Não porque não estimasse sinceramente a minha avó (ficara até decepcionada e quase escandalizada com a frieza de mamãe, a quem desejaria ter visto lançar-se em pranto nos braços de sua mãe), mas tinha certa propensão a encarar tudo pelo lado pior, havia conservado da sua infância duas particularidades que pareceriam excluir-se, mas que se fortalecem quando juntas: a falta de educação da gente do povo que não procura dissimular a impressão, nem mesmo o doloroso espanto que causa a vista de uma mudança física que seria mais delicado fingir que não se repara, e a rudeza insensível da campônia que costuma arrancar as asas das libélulas antes que tenha ocasião de torcer o pescoço aos frangos, e que carece do pudor que a levaria a ocultar o interesse que experimenta ao ver a carne que sofre.

Quando se viu acomodada na cama graças aos cuidados perfeitos de Françoise, minha avó notou que falava muito mais facilmente; a pequena ruptura ou obstrução de um vaso provocada pela uremia fora sem dúvida muito leve. Quis ela então atender a mamãe, assisti-la nos instantes mais cruéis que esta já havia atravessado.

— E então, minha filha — disse-lhe, tomando-lhe a mão e conservando a outra diante da boca para dar essa causa aparente à leve dificuldade que ainda tinha de pronunciar certas palavras —, é assim que tens pena da tua mãe! Pareces acreditar que uma indigestão não é nada desagradável!

Então, pela primeira vez, os olhos de minha mãe pousaram apaixonadamente nos de minha avó, sem querer ver o resto de seu rosto, e ela disse, iniciando a lista dessas falsas juras que não podemos cumprir:

— Mamãe, em breve estarás curada, é a tua filha quem o garante.

E encerrando o seu amor mais forte, toda a sua vontade de que sua mãe sarasse, em um beijo a que os confiou e que acompanhou com o seu pensamento, com todo o seu ser, até a borda dos lábios, foi depô-lo humildemente, piedosamente, sobre a fronte adorada. Minha avó se queixava de uma aluvião de cobertas que se formava continuamente do mesmo lado sobre a sua perna esquerda, e que não podia soerguer. Mas não via que ela própria era a causa disso, de modo que todos os dias acusava injustamente Françoise de "forrar" mal o seu leito. Com um movimento convulsivo, lançava para aquele lado toda a vaga das espumantes cobertas de fina lã, que ali se iam amontoando como as areias numa baía logo transformada em praia (se não se constrói um dique), com as contribuições sucessivas da maré.

Minha mãe e eu (cuja mentira era de antemão desmascarada por Françoise, perspicaz e ofensiva) não queríamos nem mesmo dizer que minha avó estivesse muito doente, como se isso pudesse causar prazer aos inimigos, que aliás ela não tinha, e como se fosse mais afetuoso achar que ela não estava tão mal assim, obedecendo, afinal, ao mesmo sentimento instintivo que me fizera supor que Andrée lamentava demasiado Albertine para que pudesse estimá-la. Os mesmos fenômenos que ocorrem com os indivíduos reproduzem-se nas massas, por ocasião das grandes crises. Numa guerra, aquele que não ama o seu país não diz mal dele, mas julga-o perdido, lamenta-o, vê tudo negro.

Françoise nos prestava enorme serviço com a sua faculdade de passar sem dormir, de fazer os trabalhos mais pesados. E se, tendo ido deitar-se após várias noites em claro, éramos obrigados a chamá-la um quarto de hora depois que havia adormecido, sentia-se tão contente por poder fazer coisas penosas como se fossem as mais

simples do mundo, que, longe de resmungar, mostrava no semblante satisfação e modéstia. Apenas quando chegava a hora da missa e
a do café, ainda que minha avó estivesse agonizando, Françoise se
eclipsaria a tempo para não chegar atrasada. Não podia nem queria
ser substituída pelo seu jovem lacaio. Realmente havia trazido de
Combray uma ideia muito elevada dos deveres de cada qual para
conosco; não teria tolerado que ninguém da nossa criadagem nos
"faltasse". Isso a tornara uma educadora tão nobre, tão imperiosa,
tão eficiente, que jamais houvera em nossa casa criados tão corrup-
tos que logo não tivessem modificado e depurado a sua concepção
da vida, a ponto de não mais tocarem num níquel e de se precipi-
tarem — por menos serviçais que tivessem sido até então — para
tirar-me das mãos e não deixar que eu me cansasse carregando o
menor pacote. Mas, em Combray também, Françoise havia contra-
ído — e importado para Paris — o hábito de não suportar qualquer
auxílio em seu trabalho. Ver que lhe prestavam ajuda parecia-lhe
uma ofensa, e houve criados que passaram semanas sem obter dela
resposta à sua saudação matinal, e até partiram em férias sem que
ela lhes dissesse adeus e sem que eles adivinhassem por quê, mas
na realidade pela única razão de terem querido fazer um pouco do
seu serviço num dia em que se achava adoentada. E naquele momento em que minha avó estava tão mal, o serviço de Françoise
parecia-lhe particularmente seu. Não queria ela, a titular, deixar
que lhe surripiassem o seu papel naqueles dias de gala. De modo
que o seu jovem lacaio, afastado por ela, não sabia o que fazer e,
não contente de retirar, a exemplo de Victor, o meu papel de cartas
de minha escrivaninha, pusera-se também a carregar volumes de
versos da minha biblioteca. Lia-os, durante boa parte do dia, por
admiração aos poetas que os haviam escrito, mas também para,
durante a outra parte de seu tempo, esmaltar de citações as cartas que escrevia aos amigos da aldeia. Certamente pensava assim
deslumbrá-los. Mas, como tinha pouca lógica nas ideias, forjara
a de que aqueles poemas encontrados na minha biblioteca eram
coisa conhecida de todo mundo e a que é habitual a gente referir-
-se. De sorte que, escrevendo àqueles campônios cuja estupefação

antegozava, entremeava as suas próprias reflexões com versos de Lamartine, como se dissesse: não há como um dia depois do outro, ou mesmo bom dia.

Por causa das dores da minha avó permitiram-lhe o uso da morfina. Infelizmente, se esta as acalmava, também lhe aumentava a dose de albumina. Os golpes que destinávamos ao mal que se instalara em minha avó davam sempre em falso; era ela, era o seu pobre corpo interposto que os recebia, sem que se queixasse a não ser com um débil gemido. E as dores que lhe causávamos não eram compensadas por um bem que não lhe podíamos fazer. O mal feroz que desejaríamos exterminar, nós apenas havíamos tocado nele, não fazendo senão assanhá-lo ainda mais, e apressando talvez a hora em que a cativa seria devorada. Nos dias em que a dose de albumina se mostrava muito forte, Cottard, após alguma hesitação, proibia a morfina. Naquele homem tão insignificante, tão comum, havia, nos breves instantes em que deliberava, em que os perigos de um e outro tratamento contendiam na sua consciência até que se detivesse num deles, a espécie de grandeza de um general que, vulgar no resto da vida, é um grande estrategista e que, num momento perigoso, depois de haver refletido um instante, decide-se pelo que militarmente é mais sensato e diz: "Frente, a leste". Medicinalmente, por poucas esperanças que houvesse de acabar com a crise de uremia, cumpria não fatigar os rins. Mas por outro lado, quando minha avó se via privada de morfina, as suas dores tornavam-se insuportáveis; recomeçava perpetuamente certo movimento que lhe era impossível efetuar sem gemer; em grande parte, o sofrimento é uma espécie de necessidade que tem o organismo de adquirir consciência de um estado novo que o inquieta, de adaptar a sensibilidade a esse estado. Pode-se discernir essa origem da dor no caso de incômodos que não o são para toda gente. Numa sala repleta de fumo de cheiro penetrante, dois homens grosseiros entrarão, dedicando-se sem maior novidade aos seus misteres; um terceiro, de organização mais fina, mostrará uma perturbação incessante. Suas narinas não cessarão de aspirar ansiosamente o cheiro que aparentemente ele deveria procurar não sentir e que tentará de cada vez fazer aderir, por um conhecimento mais exato, ao seu olfato incomodado. Daí vem sem dúvida que uma grande preocupação impede que nos queixemos de uma dor de dentes. Quando minha avó sofria assim, escorria-lhe o suor pela vasta fronte amarela, grudando-lhe as mechas brancas e, quando supunha que não estávamos no quarto, soltava gritos: "Ah!, é horrível!", mas, se avistava minha mãe, logo empregava toda a sua energia em apagar do rosto as marcas de sofrimento, ou, pelo contrário, repetia os mesmos queixumes, acompanhando-os de explicações que davam retrospectivamente outro sentido aos que minha mãe pudesse ter escutado:

— Ah!, minha filha, é horrível ficar na cama com esse belo sol, quando se desejaria tanto sair a passeio. Choro de raiva com essas prescrições de vocês.

Mas não podia evitar a queixa de seus olhares, o suor de sua fronte, o sobressalto convulsivo, logo reprimido, dos seus membros.

— Não estou mal, queixo-me porque estou mal acomodada, sinto os cabelos em desordem, estou com náusea, bati contra a parede.

E minha mãe, ao pé do leito, jungida àquele sofrimento como se, à força de varar com os olhos aquela fronte dolorosa, aquele corpo que ocultava o mal, pudesse ela enfim atingi-lo e carregá-lo, minha mãe dizia:

— Não, mamãezinha, não te deixaremos sofrer assim, vamos achar qualquer coisa, tem paciência um segundo. Deixa-me beijar-te sem que precises mover-te?

E inclinada sobre o leito, as pernas dobradas, meio de joelhos, como se, à força de humildade, tivesse mais probabilidades de ver exalçado o dom apaixonado de si mesma, inclinava para minha avó toda a sua vida em seu rosto, como em um cibório que lhe estendia, decorado de covas e rugas tão apaixonadas, tão desoladas e tão suaves que não se sabia se tinham sido gravadas pelo cinzel de um beijo, de um soluço ou de um sorriso. Minha avó também tentava estender o rosto para mamãe, o rosto que de tal maneira havia mudado que, se ela tivesse forças para sair, só a reconheceriam pela pena do chapéu. Seus traços, como nas sessões de modelagem, pareciam empenhados, num esforço que a afastava de tudo o mais, em adaptar-se a certo modelo que nós não conhecíamos.

Esse trabalho de estatuário tocava ao fim, e o rosto de minha avó, se diminuíra, tinha também enrijecido. As veias que o sulcavam pareciam, não de mármore, mas de uma pedra mais rugosa. Sempre inclinada para diante, pela dificuldade de respirar, ao mesmo tempo que encolhida pelo cansaço, parecia, numa escultura primitiva, quase pré-histórica, o rosto rude, violáceo, vermelho, desesperado, de alguma selvagem guardiã de tumba. Mas não estava acabada toda a obra. Em breve seria preciso quebrá-la e depois, a essa mesma tumba — tão penosamente guardada, em tão dura contração —, descer.

Num desses momentos em que, conforme a expressão popular, não sabe a gente a que santo apegar-se, como minha avó tossisse e espirrasse muito, seguimos o conselho de um parente que afirmava que, com o especialista X, estaria tudo arranjado em três dias. As pessoas comuns dizem isso de seu médico, e acredita-se nelas como Françoise acreditava nos anúncios dos jornais. O especialista veio com o seu estojo carregado de todos os catarros de seus clientes, como o odre de Éolo. Minha avó recusou-se redondamente a deixar-se examinar. E nós, constrangidos com o clínico, que se incomodara inutilmente, acedemos ao desejo que ele expressou de examinar os nossos respectivos narizes, que no entanto não tinham coisa alguma. Achava ele que sim e que, dor de cabeça ou cólicas, doença do coração ou diabetes, tudo era uma enfermidade do nariz mal compreendida. Disse a cada um de nós: "Eis aí uma cornetinha que eu gostaria de examinar de novo. Não espere muito. Com algumas cauterizações, ficará livre". Está visto que pensávamos em coisa muito diferente. Mas não deixávamos de indagar com os nossos botões: "Mas livre de quê?". Dentro em pouco, todos estávamos doentes do nariz; ele só se enganara pondo a coisa no presente. Pois logo no dia seguinte o seu exame e o seu curativo provisório tinham produzido efeito. Cada um de nós teve o seu catarro. E como ele encontrasse na rua o meu pai sacudido de acessos de tosse, sorriu ante a ideia de que algum ignorante pudesse pensar que o mal provinha da sua intervenção. Tinha-nos examinado quando já estávamos doentes.

A doença de minha avó deu ensejo a que várias pessoas manifestassem excesso ou insuficiência de simpatia que nos surpreenderam tanto como o gênero de acaso pelo qual umas ou outras nos revelavam relações de circunstâncias, ou mesmo de amizades que não teríamos suspeitado. E as mostras de interesse dadas pelas pessoas que incessantemente vinham pedir notícias nos revelavam a gravidade de um mal que até então não tínhamos suficientemente isolado, nem separado das mil impressões dolorosas que sentíamos ao lado de minha avó. Prevenidas por telegrama, suas irmãs não deixaram Combray. Tinham descoberto um artista que lhes dava sessões de excelente música de câmara, em cuja audição pensavam achar, melhor que à cabeceira da enferma, um recolhimento, uma elevação dolorosa, cuja forma não deixou de parecer insólita. A sra. Sazerat escreveu a mamãe, mas como uma pessoa de quem nos separara para sempre um noivado subitamente rompido (a ruptura era o dreyfusismo). Em compensação, Bergotte vinha todos os dias passar várias horas comigo.

Sempre gostara de se fixar algum tempo numa casa em que não tivesse de fazer despesas. Mas outrora era para falar sem ser interrompido, e agora, para guardar um longo silêncio sem que lhe pedissem que falasse. Pois estava muito doente, diziam uns que de albuminúria, como minha avó. Segundo outros, tinha um tumor. Ia enfraquecendo; era com grande dificuldade que subia a nossa escada, maior ainda do que para descer. Embora apoiado ao corrimão, tropeçava seguidamente e creio que ficaria em casa se não receasse perder de todo o hábito, a possibilidade de sair, ele, o "homem de barbicha", que eu conhecera tão bem-disposto não fazia muito. Quase já não enxergava, e até as suas palavras amiúde se embaraçavam.

Ao mesmo tempo, inversamente, a soma de suas obras, conhecidas apenas por letrados na época em que a sra. Swann patrocinava os seus tímidos intentos de disseminação, agora engrandecidas e fortes aos olhos de todos, adquirira entre o grande público extraordinário poder de expansão. Por certo acontece que unicamente depois de morto é que um escritor se torna célebre. Mas era ainda em vida, e durante o seu lento caminho para a morte, que ele assistia ao das suas obras para a Fama. Um autor morto é pelo menos ilustre sem fadiga. Na surdez do sono eterno, não é importunado pela Glória. Mas, no caso de Bergotte, a antítese não se efetuava completamente. Ele existia ainda o suficiente para que o tumulto o incomodasse. Movia-se ainda, embora penosamente, ao passo que as suas obras, saltitantes, como filhas a quem muito amamos, mas cuja impetuosa mocidade e ruidosas alegrias nos fatigam, arrastavam cada dia até o pé de seu leito novos admiradores.

As visitas que agora nos fazia chegavam para mim alguns anos demasiado tarde, pois eu já não o admirava tanto. O que não está em contradição com esse aumento do seu renome. É raro que uma obra se torne inteiramente compreendida e triunfante sem que a de um outro escritor, ainda obscuro, não tenha começado, junto a alguns espíritos mais difíceis, a substituir por um novo culto o que quase acabou de impor-se. Nos livros de Bergotte, que eu seguidamente relia, as suas frases mostravam-se tão claras a meus olhos como as minhas próprias ideias, os móveis de meu quarto e os carros que passavam na rua. Todas as coisas ali se viam claramente, se não tal como sempre tinham sido vistas, pelo menos tal como agora se tinha o hábito de vê-las. Ora, um novo escritor começara a publicar obras em que as relações entre as coisas eram tão diferentes das que as ligavam para mim que eu não compreendia quase nada do que ele escrevia. Dizia, por exemplo: "As mangas de irrigação admiravam a bela manutenção das estradas" (e isto era fácil, eu deslizava ao longo dessas estradas) "que partiam cada cinco minutos de Briand e de Claudel".[182] Então eu já não compreendia, pois esperava um nome de cidade e davam-me um nome de pessoa. Apenas sentia que não era a frase que estava malfeita, mas

---

182 Aristide Briand (1862-1932), jornalista, orador e deputado anticlerical que propunha transformar as catedrais em museus. O escritor parodiado nesse trecho parece ser Jean Giraudoux e seu texto, *Nuit à Châteauroux*. Tal escritor era muito admirado tanto por Briand como por Claudel, que acabaram exercendo certa influência em sua carreira diplomática. (N. E.)

eu que não era bastante forte e ágil para ir até o fim. Tornava a tomar impulso, servia-me de pés e mãos para chegar ao lugar de onde veria as relações novas entre as coisas. Todas as vezes, depois de chegar até quase metade da frase, tornava a cair, como mais tarde no serviço militar, no exercício chamado mastro. Nem por isso deixava de ter pelo novo escritor a admiração que sente um menino inábil, a quem dão zero em ginástica, por um colega mais destro. Desde então, comecei a admirar menos a Bergotte, cuja limpidez se me afigurou insuficiência. Houve uma época em que a gente reconhecia bem as coisas quando era Fromentin que as pintava e não as reconhecia mais quando era Renoir que o fazia.[183]

Dizem-nos hoje as pessoas de bom gosto que Renoir é um grande pintor do século XIX. Mas ao dizer isso esquecem o Tempo e que foi preciso muito, mesmo em pleno século XIX, para que Renoir fosse considerado grande artista. Para chegarem a ser assim reconhecidos, o pintor original, o artista original procedem à maneira dos oculistas. O tratamento pela sua pintura, pela sua prosa, nem sempre é agradável. Findo o tratamento, o clínico nos diz: "Agora olhe". E eis que o mundo (que não foi criado uma só vez, mas tantas vezes quantas surgiu um artista original) nos aparece inteiramente diverso do antigo, mas perfeitamente claro. Mulheres passam na rua, diferentes das de outrora, pois são Renoir, esses Renoir em que antigamente nos recusávamos a ver mulheres. Os carros também são Renoir, e a água, e o céu: temos desejos de passear pela floresta igual àquela que no primeiro dia nos parecia tudo, menos uma floresta, como por exemplo uma tapeçaria de variados matizes, à qual no entanto faltavam justamente os matizes próprios de uma floresta. Tal é o universo novo e efêmero que acaba de ser criado.

---

183 Eugène Fromentin (1820-1876), pintor romancista e crítico de arte, autor do livro *Maîtres d'autrefois*, lido por Proust em sua viagem à Holanda, em 1902. Além de não apreciar sua pintura, Proust não o perdoava por não ter nem sequer mencionado em seu livro o nome de seu pintor preferido, o holandês Vermeer. O impressionista Renoir aparece como exemplo dos pintores que desprezaram a pintura acadêmica, nos moldes de Fromentin, e inauguraram uma nova "visão", nos termos proustianos. Alguns de seus quadros coincidem com as descrições feitas pelo narrador da obra de Elstir. (N. E.)

Durará até a próxima catástrofe geológica que desencadearão um novo pintor ou um novo escritor originais.

O que substituíra para mim a Bergotte cansava-me, não pela incoerência, mas pela novidade, absolutamente coerente, de relações que eu não estava habituado a seguir. O ponto, sempre o mesmo, em que me sentia novamente cair denotava a identidade de cada esforço que teria de fazer. Aliás, quando, uma vez entre mil, eu podia seguir o escritor até o fim da sua frase, o que eu via era sempre de uma graça, de uma verdade, de um encanto, análogo aos que outrora havia encontrado na leitura de Bergotte, mas mais deliciosos. Pensava que não fazia assim tantos anos que a mesma renovação do mundo, igual à que eu esperava do seu sucessor, fora Bergotte quem ma trouxera. E chegava a perguntar-me se haveria alguma verdade nessa distinção que fazemos sempre entre a arte, que não avançou mais desde os tempos de Homero, e a ciência, que progride continuamente. Pelo contrário, talvez a arte se assemelhasse, nesse ponto, à ciência; cada novo escritor original me parecia em progresso sobre o precedente; e quem sabe se dali a vinte anos, quando eu soubesse acompanhar sem cansaço o novo de hoje, não surgiria um outro, diante de quem o atual correria a juntar-se a Bergotte?

Falei a este último do novo escritor. Desgostou-me dele menos ao assegurar-me que a sua arte era empolada, fácil e vazia, do que ao contar-me que o tinha visto e que se parecia com Bloch a ponto de provocar confusões. Essa imagem se perfilou desde então sobre as páginas impressas e eu não mais me julguei obrigado ao trabalho de compreender. Se Bergotte me falara mal dele, não era tanto, creio eu, por ciúme do seu sucesso, como por ignorância da sua obra. Não lia quase nada. Já a maior parte de seu pensamento lhe havia passado do cérebro para as suas obras. Estava consumido como se o tivessem operado delas. Seu instinto de reprodução não mais o induzia à atividade, agora que já havia tirado para o exterior quase tudo o que pensava. Levava a vida vegetativa de um convalescente, de uma parturiente; seus belos olhos permaneciam imóveis, vagamente deslumbrados, como os olhos de um homem deitado à beira-mar que, numa vaga cisma, fita apenas cada pequenina onda. Aliás, se tinha menos interesse em conversar com ele do que outrora, isso não me dava remorsos. Era Bergotte de tal modo afeito aos hábitos que, tanto os mais simples como os mais luxuosos, uma vez adquiridos, se lhe tornavam indispensáveis durante certo tempo. Não sei o que o fizera vir da primeira vez, mas depois cada dia foi pela razão que o trouxera na véspera. Chegava à nossa casa como se fosse ao café, para que não lhe falassem, para que pudesse — muito raramente — falar, de modo que afinal de contas não se poderia encontrar um indício de que o comovesse a nossa aflição ou que tivesse gosto em estar comigo, se se quisesse inferir alguma coisa de tal assiduidade. Esta não era indiferente à minha mãe, sensível a tudo quanto pudesse ser considerado uma homenagem à sua enferma. E todos os dias ela me dizia: "Principalmente, não te esqueças de agradecer-lhe".

Tivemos — discreta atenção de mulher, como a merenda que nos serve entre duas sessões de pose a companheira de um pintor —, suplemento a título gracioso das que nos fazia o seu marido, a visita da sra. Cottard. Vinha oferecer-nos o seu camareiro, se nos agradava o serviço de um homem, pois ia para o campo, e, ainda mais, ante a nossa recusa, disse-nos que esperava ao menos que não se tratasse de uma "desfeita" da nossa parte, expressão que no seu mundo significa um falso pretexto para não aceitar um convite. Assegurou-nos que o professor, que em casa nunca se referia a seus doentes, estava tão triste como se se tratasse dela própria. Ver-se-á mais tarde que isso, mesmo que não fosse verdade, seria, a um tempo, muito pouco e muito, por partir do mais infiel e mais reconhecido dos esposos.

Oferecimentos tão úteis, e infinitamente mais comoventes por sua forma (que era uma mescla da mais alta inteligência, da maior bondade e de rara felicidade de expressão) me foram feitos pelo grão-duque herdeiro de Luxemburgo. Conhecera-o em Balbec, aonde ele fora visitar uma de suas tias, a princesa de Luxemburgo, quando era ainda conde de Nassau. Desposara alguns meses depois a encantadora filha de outra princesa de Luxemburgo, extraordinariamente rica, por ser filha única de um príncipe a quem pertencia um imenso negócio de farinhas. Após o que, o grão-duque de Luxemburgo, que não tinha filhos e adora ao seu sobrinho Nassau, fizera com que a Câmara aprovasse a sua designação como grão-duque herdeiro. Como em todos os consórcios dessa espécie, a origem da fortuna é o obstáculo, como é também a causa eficiente. Lembrava-me desse conde de Nassau como de um dos rapazes mais notáveis que já havia encontrado, já devorado então por um sombrio e magnífico amor à noiva. Muito me sensibilizaram as cartas que não cessou de escrever-me durante a doença de minha avó, e até mamãe, emocionada, repetindo tristemente uma frase de sua mãe, declarou que Sévigné não teria dito melhor aquelas coisas.

No sexto dia, mamãe, para obedecer aos rogos de minha avó, teve de deixá-la um momento e fingir que ia descansar. Eu desejaria, para que minha avó adormecesse, que Françoise ficasse no quarto. Apesar de minhas súplicas, retirou-se; ela estimava a minha avó; com a sua clarividência e o seu pessimismo, julgava-a perdida. Desejaria, pois, prestar-lhe todos os cuidados possíveis. Mas tinham dito que chegara um operário eletricista, muito antigo no seu estabelecimento, cunhado do patrão, estimado em nosso edifício, aonde vinha trabalhar desde muitos anos, e especialmente por Jupien. Tínhamos mandado chamar esse operário antes que minha avó caísse doente. A mim me parecia que poderiam mandá-lo embora ou fazer com que esperasse. Mas o protocolo de Françoise não permitia, seria uma indelicadeza da sua parte para com aquele bom homem, e o estado de minha avó já não importava. Quando, após um quarto de hora, exasperado, fui procurá-la na cozinha, encontrei-a conversando com ele no patamar da escada de serviço, processo que tinha a vantagem de fazer crer, se um de nós chegasse, que estavam a despedir-se, mas que tinha a inconveniência de produzir terríveis correntes de ar. Françoise deixou pois o operário, não sem ter gritado antes algumas recomendações, que lhe haviam esquecido, para a sua esposa e para o seu cunhado. Preocupação característica de Combray, essa de não faltar com a delicadeza, que Françoise transportava até a política exterior. Imaginam os simples de espírito que as grandes dimensões dos fenômenos sociais são uma excelente ocasião de penetrar mais além na alma humana; deveriam antes reconhecer que só descendo em profundeza numa individualidade é que teriam probabilidades de compreender tais fenômenos. Françoise já havia repetido mil vezes ao jardineiro de Combray que a guerra é o mais insensato dos crimes e que o que mais importa é viver. Ora, quando rebentou a guerra russo-japonesa, sentia-se confusa, em relação ao czar, pelo fato de não termos entrado em guerra "para ajudar os pobres russos, já que éramos aliados".[184] Não achava isso delicado para com Nicolau II, que sempre tivera "tão boas palavras para nós"; era um efeito do mesmo código que a impediria de não aceitar um pequeno gole de Jupien, que bem sabia iria "contrariar a sua digestão", e que, tão perto da morte da minha avó, lhe inspirava a ideia de que, se não fosse desculpar-se pessoalmente com o bom operário que tivera tamanho incômodo, cometeria ela a mesma grosseria de que julgava culpada a França em manter-se neutra relativamente ao Japão.

Felizmente, logo nos vimos desembaraçados da filha de Françoise, que teve de ausentar-se por várias semanas. Aos conselhos habitualmente dados em Combray à família de um enfermo: "Não vão tentar uma viagenzinha? Mudança de ares, a volta do apetite etc.", tinha ela acrescentado a ideia quase única que especialmente forjara e que assim repetia, de cada vez que a víamos, sem se cansar e como para enterrá-la na cabeça dos outros: "Ela devia ter-se tratado *radicalmente* desde o princípio". Não preconizava um gênero de tratamento de preferência a outro, contanto que esse tratamento fosse *radical*. Quanto a Françoise, via que davam poucos remédios a minha avó. Como, na sua opinião, os remédios só servem para estragar o estômago, sentia-se contente com isso, mas, ainda mais do que contente, humilhada. Tinha no Sul uns primos — relativamente ricos —, cuja filha, enfermando em plena adolescência,

---

184 Tal guerra aconteceu entre os anos de 1904 e 1905 por causa de um conflito territorial, e terminou com a derrota do czar Nicolau II. Vimos antes que o sr. de Norpois, personagem do embaixador, era autor de um artigo que previa o contrário desse desfecho. (N. E.)

falecera aos vinte e três anos; durante alguns anos o pai e a mãe se haviam arruinado em remédios, em médicos diferentes, em peregrinações de uma estação termal a outra, até o desenlace. Ora, isso parecia a Françoise, para esses parentes, uma espécie de luxo, como se possuíssem cavalos de corrida, um castelo. Eles próprios, por mais aflitos que estivessem, sentiam certa vaidade de tamanha despesa. Não tinham mais nada, nem, antes de tudo, o bem mais precioso, a sua filha, mas gostavam de repetir que tinham feito por ela tanto e mais até que as pessoas mais ricas. O que mais particularmente os lisonjeava eram os raios ultravioleta, a cuja ação fora submetida a infeliz várias vezes por dia, durante meses. O pai, orgulhado em sua dor por uma espécie de glória, chegava às vezes a falar de sua filha como de uma estrela da Ópera pela qual se tivesse arruinado. Françoise não era insensível a tanta encenação; a que cercava a doença de minha avó lhe parecia um pouco pobre, boa quando muito para uma doença num pequeno teatro de província.

Houve um momento em que as perturbações da uremia atingiram os olhos de minha avó. Durante alguns dias perdeu de todo a visão. Seus olhos não eram absolutamente os de um cego e permaneciam os mesmos de antes. E só compreendi que ela não enxergava mais pela estranheza de certo sorriso de acolhimento que tinha desde que abriam a porta até que lhe pegavam da mão para dar-lhe bom-dia, sorriso que começava demasiado cedo e permanecia estereotipado em seus lábios, fixo, mas sempre de frente e com o intuito de ser avistado de toda parte, porque já não havia o auxílio do olhar para regulá-lo, indicar-lhe o momento, a direção, ajustá-lo, fazê-lo variar conforme a mudança de lugar ou de expressão da pessoa que acabava de entrar; porque permanecia sozinho, sem outro sorriso dos olhos que desviasse um pouco dele a atenção do visitante, e que assumia assim, na sua falta de jeito, excessiva importância, dando a impressão de uma amabilidade exagerada. Depois, a vista voltou completamente, e, dos olhos, o mal nômade passou para os ouvidos. Durante alguns dias minha avó esteve surda. E como tinha medo de ser surpreendida pela entrada súbita de alguém a que não tivesse ouvido chegar, a todo instante (embora deitada do lado da parede) voltava bruscamente a cabeça para a porta. Mas o movimento de seu pescoço não tinha naturalidade, pois não é em poucos dias que a gente se acostuma a essa transposição, se não de olhar os ruídos, pelo menos de escutar com os olhos. Afinal diminuíram as dores, mas aumentou o embaraço da fala. Éramos obrigados a fazer com que minha avó repetisse quase tudo quanto dizia.

Agora, sentindo que não a compreendiam mais, renunciava a pronunciar uma única palavra e permanecia imóvel. Quando me via, tinha uma espécie de sobressalto como as pessoas a quem falta ar de súbito, mas só articulava sons ininteligíveis. Então, dominada pela própria impotência, deixava retombar a cabeça, completamente estirada no leito, com o rosto grave, de mármore, as mãos imóveis sobre a coberta, ou entregue a uma ação puramente material como a de enxugar os dedos com o lenço. Não queria pensar. Depois começou a ter uma agitação constante. Incessantemente desejava levantar-se. Mas nós impedíamos o mais possível, com receio de que ela descobrisse a sua paralisia. Um dia em que a tinham deixado um instante sozinha, encontrei-a de pé, de camisa de dormir, tentando abrir a janela.

Em Balbec, num dia em que tinham salvado, contra a sua vontade, uma viúva que se jogara ao mar, ela dissera-me (movida talvez por um desses pressentimentos que lemos no mistério, tão obscuro aliás, da nossa vida orgânica, mas em que parece refletir-se o futuro) que não conhecia maior crueldade que arrancar uma desesperada à morte que ela desejou e devolvê-la ao seu martírio.

Mal tivemos tempo de segurar minha avó; sustentou com minha mãe uma luta quase brutal; depois, vencida, sentada à força numa poltrona, ela cessou de querer, de lamentar-se, seu rosto se tornou novamente impassível e ela começou a retirar cuidadosamente os pelos que deixara em sua camisa de dormir um cobertor que lhe havíamos lançado por cima.

Seu olhar mudou completamente, muitas vezes inquieto, doloroso, desvairado, não era mais o seu olhar de outrora, era o olhar descontente de uma velha que tresvaria.

De tanto perguntar-lhe se não desejava ser penteada, Françoise acabou por se persuadir de que a pergunta era feita por minha avó. Trouxe escovas, pentes, água-de-colônia, um penteador. Dizia: "Não pode cansar a senhora Amédée, que eu a penteie; por mais fraca que a gente esteja, sempre pode ser penteada". Isto é, nunca se está demasiado débil para que outra pessoa não possa, no que lhe concerne, fazer-nos o penteado. Mas, quando entrei no quarto, vi entre as mãos cruéis de Françoise, encantada como se estivesse a devolver a saúde a minha avó, sob a desolação de uma velha cabeleira que não tinha forças para suportar o contato do pente, uma cabeça que, incapaz de conservar a atitude que lhe davam, pendia numa incessante vertigem em que o esgotamento das forças alternava com a dor. Senti que se aproximava o momento em que Françoise iria terminar e não me atrevi a apressá-la, dizendo-lhe: "Basta", com medo de que me desobedecesse. Mas em compensação precipitei-me quando, para que minha avó visse se estava bem penteada, Françoise, inocentemente feroz, aproximou dela um espelho. No princípio me senti satisfeito por ter podido arrancá-lo a tempo de suas mãos, antes que minha avó, de quem haviam cuidadosamente afastado qualquer espelho, contemplasse, por inadvertência, uma imagem de si mesma que não podia conceber. Mas, ai!, quando um instante depois me inclinei para beijar aquela bela fronte que tanto haviam fatigado, olhou-me com um ar atônito, receoso, escandalizado: não me tinha reconhecido.

Segundo o nosso médico, era um sintoma de que aumentava a congestão do cérebro. Seria preciso aliviá-lo.

Cottard hesitava. Françoise esperou um instante que aplicassem ventosas "clarificadas". Procurou os seus efeitos em meu dicionário, mas não pôde encontrá-los. Ainda que dissesse escarificadas, em lugar de clarificadas, nem por isso teria encontrado tal adjetivo, pois não o procurava nem no *s* nem no *c*; dizia, com efeito, clarificadas, mas escrevia (e por conseguinte julgava que assim estava escrito) "esclarificadas". Cottard, o que a decepcionou, deu preferência às sanguessugas, mas sem muitas esperanças. Quando algumas horas mais tarde entrei no quarto de minha avó, presas à sua nuca, às suas têmporas, às suas orelhas, as pequenas serpentes negras contorciam-se na sua cabeleira ensanguentada, como na Medusa. Mas no rosto pálido e apaziguado, inteiramente imóvel, vi, abertos, luminosos e calmos, os seus belos olhos de outrora (talvez ainda mais carregados de inteligência do que antes da doença, porque, como não podia falar e não devia mover-se, era apenas a seus olhos que ela confiava o seu pensamento, o pensamento que ora ocupa em nós um lugar imenso, oferecendo-nos tesouros insuspeitados, ora parece reduzido a nada, mas pode renascer como por geração espontânea, graças à retirada de algumas gotas de sangue), os seus olhos, suaves e líquidos como um óleo, em que ardia o fogo novamente aceso que alumiava ante a enferma o universo reconquistado. Sua tranquilidade não era mais a calma do desespero, mas da esperança. Compreendia que estava melhor, queria ser prudente, não mover-se, e fez-me apenas o dom de um belo sorriso para que eu soubesse que se sentia melhor e apertou-me levemente a mão.

Sabia eu que desgosto causava a minha avó ver certos animais, e com mais forte razão ser tocada por eles. Sabia que era em consideração a uma utilidade superior que ela suportava as sanguessugas. Assim Françoise me desesperava ao repetir-lhe com esses risinhos que a gente tem com as crianças a quem quer fazer brincar: "Olhe só os bichinhos que estão correndo pela senhora!". Era, de resto, tratar a nossa doente sem respeito, como se ela tivesse caído na segunda infância. Mas minha avó, cujo rosto assumira a calma bravura de um estoico, nem mesmo parecia ouvi-la.

Ai!, logo que lhe retiraram as sanguessugas, voltou a congestão, cada vez mais grave. Fiquei surpreso de que, naquele momento em que minha avó estava tão mal, Françoise desaparecesse a cada instante. Era que havia encomendado um vestido de luto e não queria fazer a costureira esperar. Na vida da maioria das mulheres, tudo, até mesmo a maior aflição, vem a dar numa questão de prova.

Alguns dias mais tarde, estando eu a dormir, minha mãe veio chamar-me no meio da noite. Com as doces atenções que, nas grandes circunstâncias, as pessoas acabrunhadas por uma dor profunda têm até para os pequenos incômodos dos outros:

— Desculpa vir interromper o teu sono — disse-me ela.

— Eu não estava dormindo — respondi, despertando.

Dizia-o de boa-fé. A grande modificação que provoca em nós o despertar consiste menos em introduzir-nos na vida clara da consciência que em fazer-nos perder a lembrança da luz um pouco mais tamisada em que repousava a nossa inteligência, como no fundo opalino das águas. Os pensamentos semivelados sobre os quais vogávamos apenas há um instante moviam-se em nós o suficiente para que possamos tê-los designado sob o nome de vigília. Mas o despertar encontra então uma interferência de memória. Pouco depois qualificamo-lo de sono porque não mais o recordamos. E quando luz essa brilhante estrela que, no momento do despertar alumia por detrás do dormente o seu sono inteiro, faz-lhe crer durante alguns segundos que não se tratava de sono, mas de vigília: estrela cadente, na verdade, que carrega com a sua luz a existência enganosa, mas também os aspectos do sono, e apenas permite que o que desperta diga consigo: "Eu dormi".

Com uma voz tão suave que parecia receosa de ferir-me, perguntou-me minha mãe se não me fatigaria muito levantar-me, e, acariciando-me as mãos:

— Meu pobre pequeno, agora é só com o teu papai e a tua mamãe que poderás contar.

Entramos no quarto. Encurvada em semicírculo sobre o leito, uma outra criatura que não a minha avó, uma espécie de animal que se tivesse disfarçado com os seus cabelos e deitado sob os seus lençóis, arquejava, gemia, sacudia as cobertas com as suas convulsões. As pálpebras estavam fechadas, e era porque fechavam mal, antes que porque se abrissem, que deixavam ver um canto da pupila, velado, remeloso, refletindo a obscuridade de uma visão orgânica e de um sofrimento interno. Aquela agitação toda não se dirigia a nós, a quem ela não via nem conhecia. Mas, se não era mais que um animal que ali estrebuchava, onde é que estava então a minha avó? Reconhecia-se no entanto a forma de seu nariz, sem proporção agora com o resto do rosto, mas junto ao qual continuava um sinalzinho, a sua mão que afastava as cobertas com um gesto que teria significado outrora que essas cobertas a incomodavam e que agora não significava nada.

Mamãe pediu-me que fosse buscar um pouco de água e de vinagre para passar na testa de minha avó. Era a única coisa que a refrescava, supunha mamãe, que a via fazer esforços para afastar os cabelos. Mas da porta fizeram-me sinal de que voltasse. A nova de que minha avó estava agonizante espalhara-se imediatamente pelo edifício. Um desses extras que mandam chamar nos períodos excepcionais para aliviar os criados, o que faz com que as agonias tenham qualquer coisa das festas, acabava de abrir a porta ao duque de Guermantes, que ficara na antessala e perguntava por mim: não pude escapar-lhe.

— Acabo, meu caro senhor, de tomar conhecimento dessas macabras notícias. Desejaria, em sinal de simpatia, apertar a mão ao senhor seu pai.

Escusei-me, alegando a dificuldade de o interromper naquele momento. O sr. de Guermantes caía como no momento em que se parte em viagem. Mas de tal modo sentia ele a importância da polidez que nos fazia, que isso lhe ocultava o resto e ele fazia questão de passar para o salão. Em geral, tinha o hábito de seguir estritamente as formalidades com que se decidira a honrar alguém, e pouco se lhe dava que as malas estivessem fechadas ou o esquife pronto.

— Mandaram chamar Dieulafoy? Ah!, pois é um grave erro.[185] E, se me tivessem dito, ele teria vindo por minha causa; a mim não me nega nada, embora se tenha negado a ir à casa da duquesa de Chartres. Como está vendo, coloco-me francamente acima de uma princesa de sangue real. Aliás, perante a morte, somos todos iguais — acrescentou, não para me persuadir de que minha avó se tornava sua igual, mas talvez por ter sentido que não seria de muito bom gosto uma conversação muito prolongada

---

185 O duque de Guermantes lamenta a ausência de Georges Dieulafoy (1839-1911); professor de patologia interna da Faculdade de Medicina de Paris e membro da Academia de Medicina, era dos médicos mais célebres da Paris do final do século XIX. (N. E.)

relativamente ao seu poder sobre Dieulafoy e à sua preeminência sobre a duquesa de Chartres.

Aliás, seu conselho não me espantava. Sabia eu que entre os Guermantes citavam sempre o nome de Dieulafoy (com um pouco mais de respeito, apenas) como o de um "fornecedor" sem rival. E a velha duquesa de Mortemart, nascida Guermantes (impossível compreender por que motivo, desde que se trata de uma duquesa, dizem quase sempre: "a velha duquesa de", ou, pelo contrário, com um ar fino e Watteau, se ela é jovem, "a duquezinha de"), preconizava quase mecanicamente, piscando o olho nos casos graves: "Dieulafoy, Dieulafoy", como se tivessem necessidade de um sorveteiro "Poiré Blanche" ou, para os biscoitos, "Rebattet, Rebattet".[186] Mas eu ignorava que meu pai acabava justamente de mandar chamar Dieulafoy.

Nesse momento minha mãe, que esperava com impaciência balões de oxigênio que deviam tornar mais fácil a respiração de minha avó, entrou na antessala, onde não esperava encontrar o sr. de Guermantes. Desejaria escondê-lo em qualquer parte. Mas ele, convencido de que nada era mais essencial, nem mais lisonjeiro para minha mãe, nem mais indispensável para manter a sua própria reputação de perfeito gentil-homem, tomou-me violentamente pelo braço e, embora eu me defendesse como de uma violação com repetidos "Cavalheiro, cavalheiro, cavalheiro", arrastou-me para mamãe, dizendo: "Queira conceder-me a grande honra de me apresentar à senhora sua *mãe*!", descarrilando um pouco na palavra "mãe". E de tal modo achava que a honra era toda dela, que não podia evitar um sorriso, enquanto fazia uma cara de circunstância. Não tive outro remédio senão apresentá-lo, o que desencadeou imediatamente da sua parte curvaturas e passos de dança, e ele ia recomeçar o cerimonial completo da saudação. Pensava até mesmo entabular conversação, mas minha mãe, imersa na sua dor, me disse para andar depressa e nem sequer respondeu às frases

---

186 Menção a duas casas famosas na época: o Poiré Blanche, situado no número 196 do Boulevard Saint-Germain, e Rebattet, no número 12 do Faubourg Saint-Honoré. (N. E.)

do sr. de Guermantes, que, esperando ser recebido como visita, e vendo que, pelo contrário, o deixavam sozinho na antessala, teria afinal saído se no mesmo momento não visse entrar Saint-Loup, chegado nessa mesma manhã e que acorria em busca de notícias. "Ah!, essa é boa!", exclamou alegremente o duque, apanhando o sobrinho pela manga, que esteve a ponto de arrancar-lhe, sem se preocupar com a presença de minha mãe, que tornava a atravessar a peça. Creio que não contrariava a Saint-Loup, apesar da sua sincera pena, evitar minha companhia, em vista da disposição de ânimo em que se encontrava a meu respeito. Lá se foi, arrastado pelo tio que, tendo algo de muito importante para lhe dizer e que quase fora a Doncières nesse intuito, não cabia em si de contente por haver economizado tal incômodo. "Ah!, se me dissessem que era só atravessar o pátio e encontrar-te aqui, eu pensaria numa troça; é de arrebentar, como diria o teu camarada senhor Bloch." E enquanto se afastava com Robert, a quem enlaçava pelo ombro: "Dá no mesmo", repetia, "bem se vê que acabo de tocar em corda de enforcado ou coisa parecida; tenho uma sorte daquelas!". Não queria isso dizer que o duque de Guermantes fosse mal-educado, antes pelo contrário. Mas era desses homens incapazes de colocar--se no lugar dos outros, desses homens que se parecem em tal ponto com a maioria dos médicos e enterradores e que, depois de fazer uma cara de circunstância e dizer: "São instantes muito penosos", depois de abraçar-nos e aconselhar-nos repouso, já não consideram uma agonia ou um enterro senão como uma reunião mundana mais ou menos restrita, onde, com uma jovialidade recalcada por momento, procuram com os olhos a pessoa a quem podem falar de suas miudezas, pedir que os apresentem a uma outra ou oferecer um lugar no carro para a volta. O duque de Guermantes, embora se congratulasse pelos "bons ventos" que o tinham trazido para o seu sobrinho, ficou tão espantado com o acolhimento — tão natural no entanto — de minha mãe que declarou mais tarde que ela era tão desagradável como cortês o meu pai, que tinha "ausências" durante as quais nem mesmo parecia ouvir as coisas que lhe diziam e que, na sua opinião, não estava em seu perfeito juízo, ou talvez não o tivesse de todo. Afinal de contas consentiu, pelo que me disseram, a atribuir isso em parte às circunstâncias e declarar que minha mãe lhe parecera muito "afetada" pelo acontecimento. Mas tinha ainda nas pernas todo o resto das saudações e reverências às arrecuas que o havíamos impedido de levar a cabo e tão pouco avaliava o que era a dor de mamãe que me perguntou, na véspera do enterro, se eu não tentava distraí-la.

Um cunhado de minha avó, que era religioso, e que eu não conhecia, telegrafou para a Áustria, onde estava o superior da sua ordem, e, tendo obtido autorização por favor especial, chegou naquele dia. Acabrunhado de tristeza, lia junto ao leito textos de orações e de meditações, sem no entanto desviar da enferma os olhos de verruma. Num momento em que minha avó estava inconsciente, a vista da tristeza daquele padre me fez mal, e eu olhei para ele. Pareceu surpreendido com a minha piedade, e aconteceu então algo de singular. Juntou as mãos sobre o rosto como um homem absorto em dolorosa meditação, mas vi que, compreendendo que eu ia desviar dele os meus olhos, havia deixado um pequeno intervalo entre os dedos. E no momento em que meus olhares o abandonavam, surpreendi o seu olho agudo que havia aproveitado aquele abrigo das mãos para observar se a minha dor era sincera. Estava ali emboscado como na sombra de um confessionário. Notou que eu o via e logo fechou hermeticamente a grade que deixara entreaberta. Mais tarde tornei a vê-lo, e nunca se tratou entre nós desse minuto. Ficou tacitamente convencionado que eu não notara que ele me estava espiando. No padre, como no alienista, há sempre qualquer coisa do juiz de instrução. Aliás, qual o amigo, por mais querido que seja, em cujo passado comum com o nosso não tenha havido desses minutos e que achamos mais cômodo convencer-nos de que ele acaso os esqueceu?

O médico fez uma injeção de morfina e, para tomar menos penosa a respiração, pediu balões de oxigênio. Minha mãe, o doutor, os seguravam nas mãos; logo que um terminava, passavam-lhes outro. Eu saíra um instante do quarto. Quando tornei a entrar, achei-me como diante de um milagre. Acompanhada em surdina por um murmúrio incessante, minha avó parecia dirigir-nos um longo canto feliz que enchia o quarto, rápido e musical. Compreendi logo que esse canto não era menos inconsciente, que era tão puramente mecânico como o arquejar de há pouco. Talvez refletisse em fraca medida algum bem-estar trazido pela morfina. Provinha principalmente, como o ar já não passava da mesma forma pelos brônquios, de uma mudança de registro da respiração. Livre graças à dupla ação do oxigênio e da morfina, o sopro de minha avó não mais se debatia, não mais gemia, mas vivo, leve, deslizava, patinando, para o fluido delicioso. Talvez ao alento, insensível como o do vento na flauta de um caniço, se mesclasse, naquele canto, um desses suspiros mais humanos que, libertados à aproximação da morte, fazem acreditar em impressões de sofrimento ou de felicidade naqueles que já não sentem, e viessem acrescentar um acento mais melodioso, mas sem mudar-lhe o ritmo, àquela longa frase que se elevava, subia ainda mais, depois retombava, para lançar-se de novo, do peito aliviado, em perseguição do oxigênio. Depois, chegado assim tão alto, prolongado com tamanha força, o canto, mesclado de um murmúrio de súplica na volúpia, parecia em certos momentos parar de todo como uma fonte que se esgota.

Françoise, quando tinha um grande pesar, sentia a necessidade tão inútil, mas não possuía a arte tão simples, de expressá-lo. Julgando a minha avó completamente perdida, eram as suas próprias impressões que se empenhava em fazer-nos conhecer. E não sabia senão repetir: "Isso me dá uma coisa...", no mesmo tom com que dizia quando havia tomado muita sopa de couve: "É como se tivesse um peso no estômago", coisa que em ambos os casos era mais natural do que ela parecia supor. Tão debilmente traduzido, nem por isso era menos profundo o seu pesar, agravado aliás pelo aborrecimento de que a sua filha, retida em Combray (que a jovem parisiense chamava agora a *cambrousse* e onde se sentia tornar *pétrousse*) não pudesse verossimilmente voltar para as cerimônias fúnebres, que Françoise achava que haveriam de ser soberbas. Como sabia que nós éramos pouco expansivos, tinha previamente convocado Jupien para todas as tardes da semana.

Sabia que ele não estaria livre na hora do enterro. Queria ao menos, na volta, "contá-lo" ao amigo.

Desde várias noites, meu pai, meu avô, um de nossos primos vigiavam e não saíam mais da casa. Seu devotamento contínuo acabava assumindo uma máscara de indiferença, e a interminável ociosidade em torno daquela agonia fazia-os manter essas mesmas conversas que são inseparáveis de uma permanência prolongada num vagão de estrada de ferro. Aliás, esse primo (sobrinho de minha tia-avó) me despertava tanta antipatia quanta estima merecia e geralmente obtinha.

"Encontravam-no" sempre nas circunstâncias graves, e era tão assíduo junto aos moribundos que as famílias, supondo-o de saúde delicada, apesar da sua aparência robusta, da sua voz de baixo-profundo e da sua barba de sapador, sempre o conjuravam com as perífrases de uso a não comparecer ao enterro. Sabia eu de antemão que minha mãe, que pensava nos outros em meio ao maior sofrimento, lhe diria de uma forma muito diversa o que ele tinha o costume de ouvir:

— Prometa-me que não virá "amanhã". Faça-o por "ela". Pelo menos não vá até "lá". Ela lhe teria pedido que não fosse.

Nada adiantava; ele era sempre o primeiro na "casa", motivo pelo qual lhe haviam dado em outro meio o apelido que ignorávamos de "nem flores nem coroas". E, antes de ir a "tudo", ele havia "pensado em tudo", o que lhe valia essas palavras: "Ao senhor, nem se agradece. . .".

— O quê? — perguntou com voz forte o meu avô, que se tornara um pouco surdo e não tinha ouvido qualquer coisa que meu primo acabava de dizer a meu pai.

— Nada — respondeu o primo. — Eu estava apenas dizendo que recebi esta manhã uma carta de Combray, onde faz agora um tempo terrível e aqui, um sol muito forte.

— E no entanto o barômetro está muito baixo — disse meu pai.

— Onde é que dizem que está fazendo mau tempo? — perguntou meu avô.

— Em Combray.

— Ah!, isso não me espanta, cada vez que faz mau tempo aqui faz bom tempo em Combray e vice-versa. Meu Deus!, falam de Combray; pensaram em prevenir a Legrandin?

— Sim, não se inquiete, já está feito — disse meu primo, cujas faces, bronzeadas por uma barba demasiado forte, sorriram imperceptivelmente, com a satisfação de haver pensado naquilo.

Nesse momento meu pai precipitou-se para fora da sala; julguei que tivesse havido alguma melhora ou agravamento. Era apenas que acabava de chegar o dr. Dieulafoy. Meu pai foi recebê-lo na sala vizinha, como a um ator que deve vir representar. Tinham-no chamado, não para tratar, mas para verificar como uma espécie de notário. O dr. Dieulafoy pode com efeito ter sido um grande médico, um professor maravilhoso; a esses papéis diversos em que primou, reunia um outro que foi sem rival durante quarenta anos, um papel tão original como o de arrazoador, de Scaramouche ou de pai nobre, e que consistia em verificar a agonia ou a morte. Seu nome já pressagiava a dignidade com que exerceria as funções, e quando a criada dizia: "O senhor Dieulafoy", julgava-se a gente em pleno Molière. Para a dignidade da atitude concorria, sem deixar-se ver, a elasticidade de um talhe encantador. Um semblante em si mesmo demasiado belo era amortecido pela conveniência com que se adaptava a circunstâncias dolorosas. Com a sua nobre casaca preta, entrava o professor, triste sem afetação, não apresentava uma única condolência que pudesse parecer fingida e tampouco cometia a mais ligeira infração ao tato. Ao pé de um leito de morte, ele, e não o duque de Guermantes, é que era o grão-senhor. Depois de ter examinado minha avó sem fatigá-la, e com um excesso de reserva que era uma polidez para com o médico assistente, inclinou-se respeitosamente diante de minha mãe, a quem senti que meu pai se continha para não dizer: "O professor Dieulafoy". Mas já este havia desviado a cabeça, não querendo importunar, e saiu da mais bela maneira do mundo, tomando singelamente o envelope que lhe entregaram. Não parecia tê-lo visto e nós nos perguntamos por um momento se lho teríamos entregue, tal a habilidade de prestidigitador que ele empregara em fazê-lo desaparecer, sem por isso nada perder da sua gravidade, antes acrescida, de grande médico chamado em conferência, com sua longa casaca de lapela de seda, seu belo rosto cheio de nobre comiseração. Sua lentidão e sua vivacidade mostravam que, se ainda o esperavam com visitas, não queria parecer que tinha pressa. Pois ele era o tato, a inteligência e a bondade. Esse homem eminente não mais existe. Outros médicos, outros professores poderão tê-lo igualado, ultrapassado até. Mas o "cargo" em que a sua ciência, os seus dotes físicos, a sua alta educação o faziam triunfar, está extinto, por falta de sucessores que tenham sabido desempenhá-lo. Minha mãe nem mesmo vira o sr. Dieulafoy, pois tudo quanto não era minha avó não existia. Recordo (e aqui estou antecipando) que no cemitério, onde a viram, como uma aparição sobrenatural, aproximar-se timidamente do túmulo e parecendo olhar para uma criatura fugida que já estava longe dela, como meu pai lhe tivesse dito: "O velho Norpois esteve em casa, na igreja, no cemitério; faltou a uma sessão muito importante para ele; deverias dizer-lhe alguma coisa, que lhe seria agradável", minha mãe, quando o embaixador inclinou-se diante dela, não pôde mais que baixar com doçura o seu rosto que não havia chorado. Dois dias antes — e para antecipar mais uma vez antes de voltarmos já para junto do leito onde a enferma agonizava —, enquanto velavam minha avó morta, Françoise, que, sem negar absolutamente as almas do outro mundo, assustava-se ao menor ruído e dizia: "Parece-me que é ela". Mas, em vez de medo, era uma infinita doçura que essas palavras despertavam em minha mãe, que tanto teria desejado que as almas voltassem, para ter algumas vezes a sua mãe junto de si.

Voltando agora àquelas horas de agonia:

— Não sabe o que as irmãs dela nos telegrafaram? — perguntou meu avô a meu primo.

— Sim, Beethoven, disseram-me; é de se botar num quadro, isso não me espanta.

— E minha pobre mulher que as estimava tanto... — disse meu avô, enxugando uma lágrima. — Não devemos querer-lhes mal. São loucas varridas, eu sempre disse. O que é que há, não dão mais oxigênio?

Mamãe disse:

— Mas então minha mãe vai recomeçar a respirar mal.

O médico respondeu:

— Oh!, não, os efeitos do oxigênio durarão ainda um bom momento, recomeçaremos em seguida.

Parecia-me que não se teria dito isso, tratando-se de uma agonizante; que se aquele bom efeito devia durar, é que podiam alguma coisa na sua vida. O silvo do oxigênio cessou durante alguns instantes. Mas o queixume feliz da respiração continuava a brotar, leve, inquieto, inacabado, sem trégua, recomeçando sempre. Por momentos, parecia que tudo estivesse acabado, ou devido a essas mesmas mudanças de oitavas que há na respiração de quem dorme, ou a uma intermitência natural, algum efeito da anestesia, o progresso da asfixia, qualquer desfalecimento do coração. O médico tornou a tomar o pulso de minha avó, mas já, como se um afluente viesse trazer o seu tributo a corrente dessecada, um novo canto se entrosava na frase interrompida. E esta continuava em outro diapasão, com o mesmo impulso inesgotável. Quem sabe se, mesmo que minha avó não tivesse consciência disso, tantos estados felizes e termos comprimidos pelo sofrimento não se escapavam dela agora como esses gases mais leves longo tempo contidos. Dir-se-ia que tudo o que tinha ela para dizer-nos se expandia, que era a nós que ela se dirigia com aquela prolixidade, aquele apressuramento, aquela efusão. Ao pé do leito, convulsionada por todos os sopros daquela agonia, sem chorar, mas por instantes inundada de lágrimas, minha mãe tinha a desolação sem pensamento de uma folhagem que a chuva fustiga e o vento contorciona. Fizeram-me enxugar os olhos antes de ir beijar minha avó.

— Mas eu pensava que ela não visse mais — disse meu pai.

— Nunca se pode saber — respondeu o doutor.

Quando meus lábios a tocaram, as mãos de minha avó agitaram-se, ela foi percorrida inteira por um longo frêmito, ou reflexo, ou porque certas afeições possuam a sua hiperestesia que reconhece, através do véu da inconsciência, aquilo que elas quase não têm necessidade dos sentidos para querer. Súbito, minha avó ergueu-se a meio, fez um esforço violento, como alguém que defende a própria vida. Françoise não pôde resistir, ao vê-lo, e rompeu em soluços. Lembrando-me do que o médico havia dito, quis fazê-la sair do quarto. Nesse momento minha avó abriu os olhos. Precipitei-me sobre Françoise para lhe ocultar o pranto, enquanto meus pais falassem à enferma. O ruído do oxigênio calara-se, o médico afastou-se do leito. Minha avó estava morta.

Algumas horas depois Françoise pôde, pela última vez, e sem maltratá-los, pentear aqueles formosos cabelos que apenas começavam a branquear e que até então haviam parecido de menos idade que ela. Mas agora, pelo contrário, só eles é que impunham a coroa da velhice sobre o rosto outra vez moço de onde haviam desaparecido as rugas, as contrações, os empastamentos, as tensões, as relaxações que, desde tantos anos, lhe vinham acrescentando o sofrimento. Como nos longes tempos em que seus pais lhe haviam escolhido um esposo, tinha ela as feições delicadamente traçadas pela pureza e a submissão, as faces brilhantes de uma casta esperança, de um sonho de felicidade, mesmo de uma inocente alegria, que os anos tinham pouco a pouco destruído. A vida, retirando-se, acabava de carregar as desilusões da vida. Um sorriso parecia pousado nos lábios de minha avó. Sobre aquele leito fúnebre, a morte, como o escultor da Idade Média, tinha-a deitado sob a aparência de menina e moça.

II

Embora fosse simplesmente um domingo de outono, acabava eu de renascer, a existência estava intata diante de mim, pois de manhã, após uma série de dias temperados, fizera um nevoeiro frio que só se erguera por volta do meio-dia. Ora, uma mudança de tempo é suficiente para recriar o mundo e a nós mesmos. Outrora, quando o vento soprava na minha lareira, eu escutava os golpes que ele dava contra o alçapão com tanta emoção como se, semelhantes aos famosos acordes com que começa a *Sinfonia em dó menor*,[187] fossem os apelos irresistíveis de um misterioso destino. Toda mudança visível da natureza nos proporciona uma transformação análoga, adaptando ao novo modo de ser das coisas nossos desejos em harmonia. A bruma, desde o despertar, fizera de mim, em vez do ser centrífugo que somos nos dias bons, um homem metido em si, desejoso do cantinho junto ao fogo e do leito compartilhado, Adão friorento em busca de uma Eva sedentária, naquele mundo diferente.

Entre a cor cinzenta e suave de uma campina matinal e o gosto de uma xícara de chocolate, inseria eu toda a originalidade da vida física, intelectual e moral que levara cerca de um ano antes a Doncières, e que, brasonada com a forma oblonga de uma colina calva — sempre presente ainda quando invisível — formava em mim uma sucessão de prazeres inteiramente diversos de quaisquer outros, indizíveis para os amigos, no sentido que as impressões ricamente entretecidas umas nas outras que os orquestravam muito mais os caracterizavam para mim, e sem que eu o soubesse, do que os fatos que eu poderia contar. Desse ponto de vista, o mundo novo em que o nevoeiro daquela manhã me havia mergulhado era um mundo já meu conhecido (o que só lhe dava mais verdade), e esquecido desde algum tempo (o que lhe devolvia todo o seu frescor). E eu pude contemplar alguns dos quadros de bruma que minha memória havia adquirido,

---

187 A *Quinta sinfonia*, opus 67, de Beethoven. (N. E.)

notadamente vários "Manhã em Doncières", ou no primeiro dia no quartel, ou de outra vez, num castelo próximo, a que Saint-Loup me levara a passar vinte e quatro horas; da janela cujas cortinas eu havia soerguido pela madrugada, antes de tornar a deitar-me, no primeiro, um cavaleiro, no segundo (na estreita linde de um pântano e de um bosque de que todo o resto se achava mergulhado na suavidade uniforme e líquida da bruma), um cocheiro a lustrar uma correia, me haviam aparecido como essas vagas personagens, mal distinguidas pela vista obrigada a adaptar-se ao vago misterioso das penumbras, que emergem de um afresco apagado.

Era de meu leito que eu olhava hoje essas recordações, pois tornara a deitar-me para aguardar o momento em que, aproveitando-me da ausência de meus pais, que tinham ido passar alguns dias em Combray, contava naquela mesma noite assistir a uma pequena peça que representavam no salão da sra. de Villeparisis. Com eles de volta, eu talvez não me animasse a fazê-lo; minha mãe, nos escrúpulos do seu respeito à memória de minha avó, queria que as demonstrações de pesar que lhe eram dadas o fossem livremente, sinceramente; ela não me proibiria tal escapada, tê-la-ia desaprovado. De Combray, pelo contrário, consultada, só me teria respondido com um triste "Faze o que quiseres, já és bastante grande para saber o que deves fazer", mas censurando-se por me haver deixado sozinho em Paris, e, julgando a minha pena pela sua, desejar-lhe-ia distrações que recusaria para si mesma e que ela se persuadia de que minha avó, preocupada antes de tudo com a minha saúde e o meu equilíbrio nervoso, me teria aconselhado.

Desde a manhã tinham acendido o novo calorífero de água. Seu ruído desagradável que dava de vez em quando uma espécie de soluço não tinha relação alguma com as minhas recordações de Doncières. Mas seu prolongado encontro com estas naquela tarde ia fazê-lo contrair com elas afinidade tal que todas as vezes em que (um pouco) desabituado dele, eu ouvisse de novo a calefação central, ele mas lembraria.

Em casa só estava Françoise. A névoa desaparecera. A claridade gris que tombava como uma chuva fina tecia sem pausa transparentes redes em que pareciam argentar-se os passeantes domingueiros. Havia atirado a meus pés o *Fígaro* que todos os dias mandava comprar conscienciosamente desde que lhe enviara um artigo que não tinha aparecido; apesar da ausência de sol, a intensidade da luz me indicava que estávamos ainda no meio da tarde. As cortinas de tule da janela, vaporosas e friáveis como não o seriam por um belo tempo, tinham essa mesma mistura de suave e de quebradiço que têm as asas das libélulas e os cristais de Veneza. Tanto mais me pesava estar sozinho naquele domingo por haver mandado de manhã uma carta à srta. de Stermaria. Robert de Saint-Loup, de quem a mãe conseguira, após dolorosas tentativas abortadas, que rompesse com a amante, e que desde então fora enviado para Marrocos a fim de esquecer aquela a quem já não amava, escrevera-me um bilhete, recebido na véspera, em que me anunciava sua próxima chegada a França, numa licença muito curta. Como só estaria de passagem em Paris (onde a família decerto receava que reatasse a ligação com Rachel), avisava-me, para me mostrar que havia pensado em mim, que se encontrara em Tânger com a senhorita, ou antes, com a sra. de Stermaria, pois ela se divorciara depois de três meses de casada. E Robert, lembrando-se do que eu lhe dissera em Balbec, havia solicitado da minha parte um encontro com a jovem senhora. De bom grado jantaria comigo, lhe respondera ela, num dos dias que passaria em Paris, antes de voltar para a Bretanha. A carta de Saint-Loup não me espantara, embora não tivesse recebido notícias suas desde que, por ocasião da doença de minha avó, ele me acusara de perfídia e traição. Eu tinha compreendido muito bem então o que se havia passado. Rachel, que gostava de provocar-lhe o ciúme — tinha também razões acessórias para não gostar de mim —, havia convencido o amante de que eu fizera tentativas manhosas para, durante a ausência de Robert, ter relações com ela. É provável que continuasse a acreditar que era verdade, mas deixara de estar enamorado dela, de forma que, verdade ou não, isso lhe era absolutamente indiferente e só a nossa amizade subsistia. Quando, uma vez que tornei a vê-lo, tentei falar-lhe das suas acusações, teve apenas um bom e terno sorriso com que parecia desculpar-se, e depois mudou de conversação. Não é que ele não devesse um pouco mais tarde, em Paris, rever algumas vezes Rachel. As criaturas que desempenharam um grande papel na nossa vida, é raro que saiam dela de súbito de um modo definitivo. Voltam a pousar nela por momentos (a ponto de alguns acreditarem numa ressurreição de amor) antes de deixá-la para sempre. O rompimento de Saint-Loup com Rachel logo se lhe tornara menos doloroso, graças ao prazer apaziguante que lhe traziam os incessantes pedidos de dinheiro de sua amiga. O ciúme, que prolonga o amor, não pode conter muito mais coisas que as outras formas da imaginação. Se carregamos, quando em viagem, três ou quatro imagens que de resto se perderão pelo caminho (os lírios e as anêmonas da Ponte Vecchio, a igreja persa entre a névoa etc.), a mala já está bastante cheia. Ao deixar uma amante, bem que desejaríamos, até que a tenhamos esquecido um pouco, que ela não se torne propriedade de três ou quatro protetores possíveis e que a gente imagina, isto é, de quem está com ciúme: aqueles que não imaginamos, não são coisa alguma. Ora, os frequentes pedidos de dinheiro de uma amante abandonada não nos dariam uma ideia mais completa da sua existência do que a fornecida por gráficos de temperatura nos pudessem dar da sua enfermidade. Mas estes últimos seriam em todo caso um sinal de que ela está doente e os primeiros fornecem uma presunção, na verdade bastante vaga, de que a abandonada ou abandonadora não deve ter encontrado grande coisa em matéria de protetores ricos. Assim, cada pedido é acolhido com o júbilo que uma acalmia produz nas dores do ciumento, e imediatamente seguida de remessa de dinheiro, pois não queremos que lhe falte coisa alguma, exceto amantes (um dos três amantes que imaginamos), durante o tempo que a gente tome para refazer-se um pouco e saber, sem fraquejar, o nome do sucessor. Algumas vezes Rachel voltou, já tarde da noite, a fim de pedir ao antigo amante permissão para dormir a seu lado até pela manhã. Era uma grande doçura para Robert, pois verificava o quanto haviam vivido intimamente juntos, apesar de tudo, só de ver que, ainda que ocupasse a maior parte do leito, não a estorvava em nada para dormir. Compreendia que ela estava, junto de seu corpo, mais comodamente do que em qualquer outra parte, que se encontrava a seu lado — ainda que fosse no hotel — como num quarto antigamente conhecido, onde a gente tem os seus hábitos e onde dorme melhor. Sentia que seus ombros, suas pernas, ele inteiro, eram para ela, mesmo quando se movia demasiado por insônia ou porque tivesse algum trabalho que fazer, dessas coisas tão perfeitamente usuais que não podem incomodar e cuja percepção ainda aumenta a sensação de repouso.

Voltando agora atrás: tanto mais me havia perturbado a carta de Robert porque lia nas entrelinhas o que ele não se atrevera a escrever mais explicitamente. "Podes muito bem convidá-la para um reservado", dizia ele, "é uma criatura encantadora, de um gênio delicioso; vocês se entenderão perfeitamente e estou certo de antemão de que passarás uma bela noitada". Como meus pais regressavam no fim da semana, sábado ou domingo, e depois eu seria obrigado a jantar todas as noites em casa, escrevi à sra. de Stermaria para lhe propor o dia que ela quisesse, até sexta-feira. Haviam respondido que eu receberia uma carta pelas oito horas do mesmo dia. Eu alcançaria bastante depressa essa hora se tivesse tido, durante a tarde que me separava dela, o socorro de uma visita. Quando as horas se envolvem em conversa, não podemos mais medi-las, nem vê-las ao menos; evaporam-se; e, de súbito, muito longe do ponto em que ele nos havia fugido, é que reaparece diante de nossa atenção o tempo ágil e escamoteado. Mas, se estamos sozinhos, a preocupação, trazendo perante nós o momento ainda remoto e incessantemente esperado, com a frequência e a uniformidade de um tique-taque, divide, ou antes, multiplica as horas por todos os minutos que, entre amigos, não teríamos contado. E confrontada, pelo retorno incessante de meu desejo, com o ardente prazer que experimentaria somente, ai!, dali a alguns dias com a sra. de Stermaria, bem vazia e bem melancólica se me afigurava aquela tarde que eu iria passar sozinho.

Por momentos, ouvia o ruído do ascensor que subia, mas era seguido de um segundo rumor, não o que eu esperava, a parada, em meu andar, mas de um outro muito diferente para continuar o caminho rápido para os andares superiores e que, visto significar tantas vezes a deserção do meu quando eu esperava uma visita, permaneceu para mim mais tarde, mesmo quando não desejava mais nenhuma, um ruído doloroso em si, em que ressoava como que uma sentença de abandono. Cansado, resignado, ocupado ainda por várias horas em seu trabalho imemorial, o dia cinzento fiava a sua passamanaria de nácar, e eu me entristecia ao pensar que ia ficar a sós com ele, que não me conhecia mais do que uma operária instalada perto da janela para ver mais claro, a fazer seu trabalho e que absolutamente não se preocupa com a pessoa presente na sala. De súbito, sem que eu tivesse ouvido tocar, Françoise veio abrir a porta, introduzindo Albertine, que entrou sorridente, silenciosa, repleta, contendo na plenitude de seu corpo, preparados para que eu continuasse a vivê-los, vindos até a mim, os dias passados naquela Balbec a que jamais voltara. Por certo, cada vez que tornamos a ver uma pessoa com quem as nossas relações — por insignificantes que sejam — sofreram uma mudança, é como o confronto de duas épocas. Não é preciso para isso que uma antiga amante nos venha ver como amiga; basta a visita em Paris de alguém que conhecemos no dia a dia de certo gênero de vida, e que essa vida tenha cessado, ainda que apenas há uma semana. Em cada traço risonho, interrogativo e embaraçado da face de Albertine eu podia deletrear estas perguntas: "E a senhora de Villeparisis? E o professor de dança? E o confeiteiro?". Quando sentou, recostando-se, parecia dizer: "Que diabo! Não há rochas aqui; permite que em todo caso me sente junto de você, como faria em Balbec?". Parecia uma fada que me apresentasse um espelho do Tempo. Nisso ela era igual a todos os que revemos de longe em longe, mas que outrora viveram mais intimamente conosco. Mas no caso de Albertine havia mais do que isso. Certamente, mesmo em Balbec, em nossos encontros cotidianos, sempre ficava surpreendido ao vê-la, tão cotidiana era ela. Mas agora tinha-se dificuldade em reconhecê-la. Libertas do vapor róseo que as banhava, suas feições haviam brotado como de uma estátua. Tinha agora outro rosto, ou, antes, tinha afinal um rosto; seu corpo crescera. Já quase nada restava da bainha em que estivera envolvida e sobre cuja superfície, em Balbec, mal se desenhava a sua forma futura.

Albertine, dessa vez, voltava a Paris mais cedo que de costume. Geralmente só chegava na primavera, de modo que eu, já alterado desde algumas semanas pelas tormentas sobre as primeiras flores, não separava, no prazer que sentia, o regresso de Albertine e do bom tempo. Bastava que me dissessem que ela estava em Paris e que passara por minha casa para que eu tornasse a vê-la como uma rosa à beira-mar. Não sei bem se era o desejo de Balbec ou o desejo dela que então se apoderava de mim, e talvez o próprio desejo dela fosse uma forma preguiçosa, covarde e incompleta de possuir Balbec, como se possuir materialmente uma coisa, fixar residência numa cidade, equivalesse a possuí-la espiritualmente. E, aliás, mesmo materialmente, quando já não era embalada pela minha imaginação diante do horizonte marinho, mas imóvel junto de mim, muitas vezes me parecia ela uma bem pobre rosa diante da qual eu desejaria fechar os olhos para não ver certo defeito das pétalas e para acreditar que a respirava na praia.

Posso dizê-lo aqui, embora ignorasse então o que só devia acontecer depois. Certamente, é mais razoável sacrificar a vida às mulheres que aos selos, às velhas tabaqueiras, até aos quadros e às estátuas. Apenas, o exemplo das outras coleções nos deveria advertir que mudássemos, que não tivéssemos uma só mulher, mas inúmeras. Essas encantadoras misturas que uma rapariga faz com uma praia, com a cabeleira trançada de uma imagem de igreja, com uma estampa, com tudo aquilo pelo qual se ama numa delas, de cada vez que aparece, um quadro encantador, essas misturas não são muito estáveis. Vivei inteiramente com a mulher e não vereis mais nada do que vos fez amá-la; é certo que os dois elementos desunidos, pode o ciúme ajuntá-los novamente. Se, depois de longo tempo de vida comum, eu devesse acabar por ver em Albertine nada mais que uma mulher ordinária, alguma intriga sua com uma pessoa a quem tivesse amado em Balbec bastaria para que nela se incorporasse e amalgamasse a praia e o entrechocar das ondas. Somente acontece que, como essas misturas secundárias já não nos encantam os olhos, é a nosso coração que são sensíveis e funestas. Não se pode, sob forma tão perigosa, achar desejável a renovação do milagre. Mas estou antecipando os anos. E apenas devo lamentar aqui não haver permanecido bastante sensato para simplesmente ter possuído a minha coleção de mulheres, como se possuem binóculos antigos, nunca suficientemente numerosos, atrás de uma vitrina, onde sempre há um lugar vago à espera de um binóculo novo e mais raro.

Contrariamente à ordem habitual de suas vilegiaturas, naquele ano Albertine vinha diretamente de Balbec e ainda lá se demorara muito menos que de costume. Fazia muito que eu não a via. E como não conhecia, nem de nome, as pessoas que ela frequentava em Paris, nada sabia dela durante os períodos que passava sem visitar-me. Estes eram muita vez bastante longos. Depois, um belo dia surgia subitamente Albertine, cujas róseas aparições e silenciosas visitas muito pouco me informavam sobre o que ela poderia ter feito no seu intervalo, que permanecia mergulhado naquela obscuridade de sua vida que meus olhos não se preocupavam de penetrar.

Dessa vez, no entanto, certos sinais pareciam indicar que deviam ter-se passado coisas novas naquela vida. Mas devia-se talvez simplesmente induzir por eles que se muda muito depressa na idade que tinha Albertine. Por exemplo, sua inteligência mostrava-se melhorada e, quando lhe falei do dia em que se empenhara tão ardorosamente em impor sua ideia de fazer com que Sófocles escrevesse: "Meu caro Racine", foi a primeira a rir de boa vontade. "Andrée é que tinha razão, eu era estúpida", disse ela. "Sófocles devia escrever 'Senhor'." Respondi-lhe que o "senhor" e o "caro senhor" de Andrée não eram menos cômicos que o seu "meu caro Racine" e o "meu caro amigo" de Gisèle, mas o que havia no fundo eram estúpidos professores que ainda faziam Sófocles dirigir uma carta a Racine. Nesse ponto Albertine não estava de acordo comigo. Não via que houvesse nada de tolo em semelhante coisa; sua inteligência entreabria-se, mas não estava desenvolvida. Outras novidades mais atraentes havia nela; sentia eu, na mesma bonita rapariga que acabava de sentar-se junto ao meu leito, algo de diferente; e nessas linhas que no olhar e nos traços do rosto expressam a vontade habitual, uma mudança de frente, uma semiconversão, como se tivessem sido destruídas as resistências contra as quais me havia chocado em Balbec, numa noite já remota em que formávamos um par simétrico mas inverso ao da tarde atual, pois então era ela que estava deitada e eu, ao lado de seu leito. Desejando e não ousando certificar-me se agora se deixaria beijar, de cada vez que ela se levantava para partir eu lhe pedia que ficasse mais um pouco. Não era muito fácil de conseguir, pois embora nada tivesse que fazer (a não ser isso, teria pulado para fora) era uma pessoa pontual e, por outro lado, pouco amável comigo, não parecendo que achasse muito gosto em minha companhia. No entanto, de cada vez, depois de olhar o relógio, tornava a sentar-se por insistência minha, de sorte que havia passado várias horas comigo e sem que eu lhe tivesse pedido coisa alguma; as frases que lhe dizia ligavam-se às que lhe dissera durante as horas precedentes, e não se relacionavam em nada com o que eu pensava, com o que eu desejava, permanecendo-lhe indefinidamente paralelas. Não há nada como o desejo para impedir que as coisas que se dizem possuam qualquer semelhança com o que se tem no pensamento. O tempo urge, e no entanto parece que se quer ganhar tempo, falando em assuntos absolutamente estranhos ao que nos preocupa. Conversa-se, quando a frase que se desejaria pronunciar já viria acompanhada de um gesto. A verdade é que eu não amava absolutamente Albertine, filha da bruma exterior, apenas podia contentar o desejo imaginativo que o tempo novo despertara em mim e que era intermediário entre os desejos que podem satisfazer de uma parte as artes da cozinha e as da escultura monumental, pois fazia-me pensar ao mesmo tempo em mesclar minha carne a uma matéria diversa e quente, e ligar por algum ponto o meu corpo estendido a um corpo divergente, como o corpo de Eva mal se prendia pelos pés ao quadril de Adão, a cujo corpo ela é quase perpendicular naqueles baixos-relevos romanos de Balbec que figuram de um modo tão nobre e tranquilo, quase ainda como um friso antigo, a criação da mulher; Deus é ali seguido por toda parte, como por dois ministros, de dois anjinhos em quem se reconhecem — como essas criaturas aladas e revoluteantes do verão que o inverno surpreendeu e poupou — os amores de Herculanum ainda com vida em pleno século XIII, e arrastando o seu último voo cansado, mas sem faltar à graça que deles se pode esperar, sobre toda a fachada do pórtico.[188]

Ora, esse prazer que, satisfazendo meu desejo, me teria libertado daquele devaneio e que eu procuraria de bom grado em qualquer outra mulher bonita, se me houvessem perguntado em que — no curso daquela conversa interminável em que calava a Albertine a única coisa em que estava pensando — se baseava a minha hipótese otimista a respeito de possíveis complacências, eu teria talvez respondido que essa hipótese era devida (enquanto os tons esquecidos da voz de Albertine tornavam a desenhar para mim o contorno da sua personalidade) ao aparecimento de certas palavras que não faziam parte de seu vocabulário, pelo menos na acepção que ela agora lhes dava. Como me dissesse que Elstir era tolo e eu protestasse: "Não me compreende", replicou, sorrindo. "Quero dizer que ele foi tolo nessas circunstâncias, mas sei perfeitamente que é uma pessoa muito distinta." Da mesma forma, para dizer que o golfe de Fontainebleau era elegante, declarou: "É mesmo uma seleção".

A propósito de um duelo que eu tivera, disse-me de minhas testemunhas: "São testemunhas de escol", e, olhando meu rosto, confessou que gostaria de ver-me "deitar bigode". Chegou até, e minhas possibilidades me pareceram então muito grandes, a pronunciar, termo que, teria eu jurado, ela ignorava no ano precedente, que desde que vira Gisèle havia passado certo "lapso de tempo". Não que Albertine já não possuísse quando eu estava em Balbec um sortimento bem passável dessas expressões que imediatamente revelam que se provém de uma família abastada e que de ano em ano uma mãe abandona à filha, como lhe dá, à medida que vai crescendo, nas circunstâncias importantes, as suas próprias joias. Tinham sentido que Albertine deixara de ser uma menina quando

---

188 Os afrescos de Herculanum representam com frequência o amor sob forma de anjinhos. (N. E.)

respondeu um dia, para agradecer um presente que lhe dera uma estranha: "Sinto-me confusa". A sra. Bontemps não pudera deixar de olhar para o marido, que respondeu: "Que diabo! Ela já tem catorze anos!". Nubilidade mais acentuada se revelara quando Albertine, falando numa jovem que tinha modos algo equívocos, dissera: "Nem se pode ver se ela é bonita, pois tem uma *mão de rouge* na cara". Enfim, embora ainda mocinha, já assumia os modos de mulher do seu meio e da sua classe ao dizer, se alguém fazia caretas: "Não posso olhá-lo, porque me dá vontade de fazer também", ou se se divertiam com imitações: "O mais engraçado quando você a arremeda é que se parece com ela". Tudo isso é tirado do tesouro social. Mas precisamente o meio de Albertine não me parecia que lhe pudesse fornecer "distinto" no sentido em que dizia meu pai de algum colega seu que ainda não conhecia e cuja grande inteligência lhe louvavam: "Parece que é um homem realmente distinto". "Seleção", mesmo para o golfe, me pareceu tão incomparável com a família Simonet como o seria, acompanhada do adjetivo "natural", com um texto vários séculos anterior aos trabalhos de Darwin. "Lapso de tempo" me pareceu ainda de melhor augúrio. Apareceu-me por fim a evidência de transtornos que eu não conhecia, mas próprios para me autorizarem todas as esperanças, quando Albertine me disse, com a satisfação de uma pessoa cuja opinião não é indiferente: "É, *no meu sentir,* o que de melhor poderia acontecer... *Estimo* que essa é a melhor solução, a solução elegante".

Tão novo era isso, tratava-se tão visivelmente de uma aluvião que deixava suspeitar tão caprichosos atalhos através de terrenos outrora desconhecidos dela que, logo às palavras "no meu sentir", atraí Albertine para mim e, em "estimo", fi-la sentar em meu leito.

Por certo ocorre que algumas mulheres pouco cultas, ao desposar um homem muito letrado, recebem tais expressões com o seu dote. E pouco depois da metamorfose que se segue à noite de núpcias, quando fazem as suas visitas e se mostram reservadas com suas antigas companheiras, nota-se com espanto que se tornaram mulheres se, ao decretar que uma mulher é inteligente, põem dois *ll* na palavra "inteligente"; mas isso é justamente sinal de uma mudança, e parecia-me que entre o vocabulário da Albertine que eu conhecera — aquele em que as maiores ousadias consistiam em dizer de uma pessoa esquisita: "É um tipo", ou se convidavam Albertine para jogar: "Não tenho dinheiro que perder", ou ainda se alguma amiga sua lhe fazia uma censura que ela não achava justa: "Ah!, na verdade és magnífica!", frase ditada em tais casos por uma espécie de tradição burguesa quase tão antiga como o próprio *Magnificat* e que uma moça um pouco encolerizada e segura do seu direito emprega "muito naturalmente" como se diz, isto é, porque a aprendeu de sua mãe, como a dizer as orações ou a saudar. Todas estas, a sra. Bontemps lhe havia ensinado, ao mesmo tempo que o ódio aos judeus e a estima pelos negros, coisas em que se é sempre conveniente e como é devido, mesmo que a sra. Bontemps não o houvesse formalmente ensinado, mas como se amolda ao gorjeio dos pais pintassilgos o dos pintassilgozinhos recém-nascidos, de forma que eles próprios se tornam verdadeiros pintassilgos. Apesar de tudo, "seleção" me pareceu alógeno, e "estimo", animador. Albertine já não era a mesma; portanto, talvez não agisse, nem reagisse, da mesma maneira.

Não só não lhe tinha mais amor, mas nem sequer teria mais de temer, como em Balbec, a quebra de uma amizade que para mim não mais existia. Não cabia a menor dúvida que deste muito me havia tornado assaz indiferente para ela. Reconhecia que, para ela, não mais fazia parte do "pequeno bando" a que outrora eu tanto procurara e que depois tivera tanto prazer em ver-me agregado. Mas como Albertine nem mesmo tinha mais, como em Balbec, um ar de franqueza e de bondade, eu não experimentava grandes escrúpulos; no entanto creio que o que me decidiu foi uma última descoberta filológica. Como continuasse a acrescentar novos elos à cadeia exterior de frases sob a qual ocultava o meu desejo íntimo, eu falava, enquanto mantinha Albertine à borda de meu leito, de uma das meninas de pequeno bando, mais miúda que as outras, mas que eu achava assim mesmo bastante bonita. "Sim", respondeu-me Albertine, "ela tem o ar de uma pequena musmê." Evidentemente, quando conhecera Albertine, a palavra "musmê" lhe era desconhecida.[189] É verossímil que, se as coisas tivessem seguido o seu curso normal, ela jamais a teria aprendido, e da minha parte eu não veria nisso inconveniente algum, pois não há palavra mais horripilante. Ao ouvi-la, sente-se a mesma dor de dentes de como se houvéssemos metido um pedaço muito grande de gelo na boca. Mas em Albertine, linda como era, nem mesmo "musmê" poderia ser-me desagradável. Em compensação, pareceu-me reveladora, se não de uma iniciação exterior, ao menos de uma evolução interna. Infelizmente, estava na hora em que deveria dar-lhe adeus se queria que ela regressasse a tempo para o jantar em sua casa, assim como para que eu me levantasse a tempo para o meu. Era Françoise que o preparava, não gostava que ele esperasse, e já devia achar contrário a um dos artigos de seu código que Albertine, na ausência de meus pais, me fizesse uma visita tão prolongada e que ia retardar tudo. Mas, diante de "musmê", essas razões tombaram, e eu apressei-me em dizer:

— Sabe que eu não sou absolutamente coceguento? Você podia fazer-me cócegas durante uma hora que eu nem sequer sentiria.

— É mesmo?

— A pura verdade!

Compreendeu sem dúvida que era isso a expressão desajeitada de um desejo, pois como alguém que nos oferece uma recomendação que não ousamos solicitar, mas a quem nossas palavras deram a entender que nos podia ser útil:

— Quer que eu tente? — perguntou ela, com a humildade da mulher.

— Se quiser; mas então seria mais cômodo que você se estendesse de todo em meu leito.

— Assim?

— Não, mais para o centro.

— Mas não peso muito?

Quando terminava esta frase, a porta abriu-se e entrou Françoise, trazendo uma lâmpada. Albertine mal teve tempo de tornar

---

189 "Musmê" ("mousmé") significava rapariga, moça bem jovem. (N. E.)

a sentar-se na cadeira. Talvez Françoise tivesse escolhido aquele instante para confundir-nos, tendo estado a escutar à porta, ou mesmo a espiar pela fechadura. Mas não tinha eu necessidade de fazer semelhante suposição; Françoise podia ter desdenhado certificar-se pelos olhos do que o seu instinto já devia ter suficientemente farejado, pois à força de viver comigo e meus pais, o temor, a prudência, a atenção e a astúcia tinham acabado por lhe dar de nós essa espécie de conhecimento instintivo e quase divinatório que tem do mar o marinheiro, do caçador, a caça, e da doença, se não o médico, pelo menos o doente. Tudo o que assim chegava a saber poderia ser motivo de assombro com tanta razão como o avançado estado de certos conhecimentos entre os antigos, em vista dos meios quase nulos de informação que possuíam (os seus não eram mais numerosos; algumas frases, que formavam apenas a vigésima parte de nossa conversação ao jantar, recolhidas de voo pelo mordomo e inexatamente transmitidas à copa). Ainda seus próprios erros eram devidos, como os dos antigos, como as fábulas em que acreditava Platão, mais a uma falsa concepção do mundo e a ideias preconcebidas do que à insuficiência dos recursos materiais. É assim que em nossos dias ainda as maiores descobertas nos costumes dos insetos puderam ser feitas por um sábio que não dispunha de nenhum laboratório, de nenhum aparelho.[190] Mas se os constrangimentos resultantes de sua posição de criada não lhe haviam impedido de adquirir uma ciência indispensável à arte que era a sua finalidade — e que consistia em confundir-nos, comunicando-nos os resultados —, o constrangimento ainda fizera mais; aqui, a trava não se havia contentado em não paralisar o impulso: tinha-o poderosamente ajudado. Certamente Françoise não desdenhava nenhum coadjuvante, o da dicção e da atitude, por exemplo. Como era que (se jamais acreditava no que dizíamos e desejaríamos que ela acreditasse) admitia sem sombra de dúvida o

---

190 Alusão às descobertas de Jean-Henri Fabre (1823-1915), autor de obras de difusão científica e de *Lembranças entomológicas*, obra em dez volumes tratando dos hábitos dos insetos. (N. E.)

que toda pessoa de sua condição lhe contava de mais absurdo e que ao mesmo tempo pudesse chocar as nossas ideias, de tal forma que a maneira que tinha de ouvir as nossas asserções testemunhava a sua incredulidade e o tom com que repetia (pois o discurso indireto lhe permitia dirigir-nos impunemente as maiores injúrias) a narrativa de uma cozinheira que lhe contara haver ameaçado os patrões e obtido deles mil favores, tratando-os diante de todo mundo de monturo, mostrava que aquilo, para ela, eram palavras do Evangelho. Françoise acrescentava até: "Eu, se fosse patroa, me sentiria muito vexada". Por mais que déssemos de ombros, apesar de nossa escassa simpatia original pela dama do quarto andar, como se ouvíssemos uma fábula inverossímil, ante esse relato de tão mau exemplo, a narradora, ao fazê-lo, sabia adotar o desabrido e o cortante da mais indiscutível e exasperante afirmação.

Mas, principalmente, da mesma forma que os escritores chegam muita vez a um poder de concentração de que os teria dispensado o regime de liberdade política ou de anarquia literária, quando estão atados de pés e mãos pela tirania de um monarca ou de uma poética, pelas severidades das regras prosódicas ou de uma religião de Estado, assim Françoise, como não podia replicar-nos de maneira explícita, falava como Tirésias e teria escrito como Tácito.[191] Sabia fazer com que coubesse tudo o que não podia expressar diretamente em uma frase que não podíamos incriminar sem nos acusarmos, em menos de uma frase até, num silêncio, na maneira como colocava um objeto.

Assim, quando me ocorria deixar, por descuido, em minha mesa, entre outras cartas, uma determinada que Françoise não deveria ver, porque ali se falava nela, por exemplo, com uma malevolência que era de supor fosse igual tanto no destinatário como no remetente, quando à noite eu regressava inquieto e ia direito ao meu

---

191 Tirésias era o adivinho cego que aparece nas tragédias *Édipo rei* e *Antígona*, de Sófocles. É ele quem revela a Édipo seu ato de patricídio e sua união com a própria mãe. O historiador latino do século I, Tácito, aparece aqui por causa do seu estilo elíptico de escrita. (N. E.)

quarto, sobre minhas cartas arranjadas em ordem numa pilha perfeita, o documento comprometedor ressaltava antes de tudo a meus olhos, como não podia deixar de ter ressaltado aos de Françoise, colocada por ela bem em cima, quase à parte, numa evidência que era uma linguagem, tinha a sua eloquência e, desde a porta, me fazia estremecer como um grito. Primava em arranjar essas encenações destinadas a informar tão bem o espectador, na sua ausência, que este sabia já que ela sabia de tudo, quando em seguida Françoise fazia a sua entrada. Possuía, para fazer falar assim um objeto inanimado, a arte ao mesmo tempo genial e paciente de Irving e de Frédéric Lemaître.[192] Naquele momento, sustendo acima de Albertine e de mim a lâmpada acesa que não deixava na sombra nenhuma das depressões ainda visíveis que o corpo da moça havia cavado no cobertor, Françoise tinha o ar da "Justiça iluminando o Crime".[193] O rosto de Albertine não perdia com essa iluminação. Ela lhe revelava nas faces o mesmo verniz ensolarado que me encantara em Balbec. Aquele rosto de Albertine, cujo conjunto tinha às vezes, fora de casa, como que uma palidez lívida, mostrava, pelo contrário, à medida que a lâmpada as iluminava, superfícies tão brilhantes e uniformemente coloridas, tão resistentes e tão lisas que poderiam comparar-se às carnações vigorosas de certas flores. Surpreendido, no entanto, com a inesperada irrupção de Françoise, exclamei:

— Como, já a lâmpada? Meu Deus, como é forte essa luz! — Meu fim era sem dúvida, com a segunda dessas frases, dissimular minha perturbação e, com a primeira, desculpar minha demora. Françoise respondeu com uma ambiguidade cruel.

— É para mim apagar?

— Para eu apagar? — sussurrou Albertine ao meu ouvido, deixando-me encantado pela facilidade familiar com que, tomando-me ao mesmo tempo como mestre e como cúmplice,

192 Alusão ao célebre comediante inglês, Henry Irving (1838-1905), e ao ator de tragédias francês, Frédéric Lemaître (1800-1876). (N. E.)

193 Alusão a uma pintura alegórica de Prudhon, cujo título original era *Justiça e vingança perseguindo o crime* (1808). Ao lado da Justiça, a Vingança aparece no quadro segurando uma tocha. (N. E.)

insinuou essa afirmação psicológica, no tom interrogativo de uma questão gramatical.

Quando Françoise saiu do quarto e Albertine tornou a sentar--se em meu leito:

— Sabe de que tenho medo? — disse-lhe eu. — É de que, se continuamos assim, eu não possa deixar de beijá-la.

— O que não deixaria de ser horrível.

Não obedeci imediatamente a esse convite; qualquer outro poderia até achá-lo supérfluo, pois Albertine tinha uma pronúncia tão carnal e tão doce que, já só ao falar, parecia que nos estivesse beijando. Uma palavra sua era um favor, e sua conversa nos cobria de beijos. E, no entanto, me era muito agradável esse convite. Sê-lo-ia, ainda que procedesse de outra bela rapariga da mesma idade; mas que Albertine me fosse agora tão fácil, isso me proporcionava, ainda mais que prazer, uma confrontação de imagens impregnadas de beleza. Recordava primeiro Albertine diante da praia quase pintada sobre o fundo do mar, sem ter para mim uma existência mais real do que essas visões de teatro, em que não se sabe se vemos a atriz que devia aparecer, ou a figurante que a substitui em tal momento, ou uma simples projeção. Depois a verdadeira mulher se destacara do feixe luminoso, viera até a mim, mas tão só para que eu me pudesse aperceber de que ela absolutamente não tinha, no mundo real, essa facilidade amorosa que se lhe supunha no quadro mágico. Ficara sabendo que não se podia tocar-lhe, beijá-la, que se podia apenas conversar com ela, que para mim ela não era mais mulher como não eram uvas os cachos de jade, decoração incomestível das mesas de outrora. E eis que num terceiro plano ela me aparecia, real como no segundo conhecimento que tivera dela, mas fácil como no primeiro; fácil, e tanto mais deliciosamente por haver eu acreditado durante tanto tempo que não o fosse. O acréscimo de minha ciência sobre a vida (a vida menos unida, menos simples do que a julgara a princípio) ia dar provisoriamente no agnosticismo. Que poderá a gente afirmar, se o que primeiro nos pareceu provável se mostrou como falso depois, aparecendo por último como verdadeiro? E eu, ai de mim, não tinha chegado ao termo de minhas descobertas sobre Albertine. Em todo caso, mesmo que não tivesse havido o atrativo desse ensinamento de uma maior riqueza de planos um após outro desvendados pela vida (esse atrativo inverso ao que sentia Saint-Loup, durante as ceias de Rivebelle, em reencontrar dentre as máscaras que a existência havia superposto, numa tranquila face, as feições que ele tivera outrora sob os seus lábios) só de saber que beijar as faces de Albertine era uma coisa possível constituía um prazer talvez ainda maior do que o de beijá-las. Que diferença entre possuir uma mulher na qual só nosso corpo se aplica, porque ela não é mais do que um bocado de carne, e possuir a menina que se avistava na praia, com as suas amigas em certos dias, sem ao menos saber por que nesses dias, e não em quaisquer outros, o que fazia a gente tremer com o receio de não tornar a vê-la! A vida nos revelara complacentemente todo o romance daquela moça, emprestara-nos para vê-la um instrumento óptico, depois um outro, e acrescentara ao desejo carnal um acompanhamento que o centuplica e diferencia desses desejos menos espirituais e menos saciáveis que não saem de seu torpor e o deixam ir sozinho quando aquele não pretende mais do que apanhar um bocado de carne, mas que, pela posse de toda uma região de recordações de que se sentiam nostalgicamente exilados, se erguem procelosos a seu lado, aumentam-no, sem poder segui-lo até a consumação, até a assimilação, impossível sob a forma de realidade imaterial com que é desejada, mas esperam esse desejo no meio do caminho e, no momento da lembrança, do retorno, fazem-lhe de novo escolta; beijar, em vez das faces da primeira que aparecesse, por mais frescas que fossem, mas anônimas, sem segredo, sem prestígio, aquelas com que eu havia sonhado por tanto tempo, seria conhecer o gosto, o sabor de uma cor muitas e muitas vezes contemplada. Viu-se uma mulher, simples imagem no cenário da vida, como Albertine, desenhar seu vulto sobre o fundo do mar, e depois, essa imagem, pôde a gente destacá-la, colocá-la junto de si, e ver-lhe pouco a pouco o volume, as cores, como se a tivesse feito passar por trás dos vidros de um estereoscópio. É por isso que há mulheres um pouco difíceis, que não possuímos em seguida, que não sabemos imediatamente se algum dia serão nossas. Pois conhecê-las, abordá-las, conquistá-las, é fazer variar de forma, de grandeza, de relevo a imagem humana, é uma lição de relativismo na apreciação, que é belo perceber de novo, depois que retomou sua finura de silhueta na decoração da vida. As mulheres que conhecemos primeiro numa casa de tolerância não nos interessam, porque permanecem invariáveis.

Por outro lado, tinha Albertine, reunidas em redor de si, todas as impressões de uma série marítima que me era particularmente cara. Parecia-me que poderia, em suas duas faces, beijar toda a praia de Balbec.

— Se permite mesmo que a beije, preferiria deixar isso para mais tarde e escolher bem o momento. Somente será preciso que não se esqueça então que me permitiu. Preciso de um "vale para um beijo".

— Tenho de assiná-lo?

— Mas e se eu o cobrasse em seguida, teria outro, de qualquer maneira, mais tarde?

— Você me diverte com os seus vales, eu lhe passarei um de vez em quando.

— Diga-me outra coisa; em Balbec, quando eu ainda não a conhecia, tinha você muitas vezes um olhar duro, malicioso; pode dizer-me em que pensava naquele momento?

— Ah!, não tenho a mínima lembrança.

— Vá, para ajudá-la: um dia a sua amiga Gisèle saltou de pés juntos por cima da cadeira onde estava sentado um velho senhor. Tente lembrar-se do que você pensou naquele momento.

— Giséle era aquela que menos frequentávamos; fazia parte do bando e ao mesmo tempo não lhe pertencia. Eu pensava, na certa, que ela era bastante mal-educada e vulgar.

— Ah! É só?

Desejaria, antes de beijá-la, enchê-la novamente com o mistério que tinha para mim na praia antes de conhecê-la, reencontrar nela a região onde vivera antes; no seu lugar, pelo menos, se não a conhecia, podia insinuar todas as recordações da nossa vida em

Balbec, o ruído da vaga a quebrar-se sob a minha janela, os gritos das crianças. Mas deixando o olhar deslizar pelo belo globo róseo de suas faces, cujas superfícies suavemente encurvadas vinham morrer junto aos primeiros pregueados de seus lindos cabelos negros que corriam em cadeias movimentadas, soerguiam seus contrafortes escarpados e modelavam as ondulações de seus vales, disse comigo: "Enfim, já que não o conseguiu em Balbec, vou saber o gosto da rosa desconhecida que são as faces de Albertine. E como os círculos por que podemos fazer atravessar as coisas e os seres, durante o curso de nossa existência, não são muito numerosos, talvez possa considerar a minha como de certo modo realizada, quando, depois de ter feito sair de seu quadro remoto o florido rosto que escolhera entre todos, o tiver trazido para esse plano novo, em que afinal terei conhecimento dele pelos lábios". Dizia isso comigo porque julgava que existe um conhecimento pelos lábios; dizia que ia conhecer o gosto daquela rosa carnal porque não havia considerado que o homem, criatura evidentemente menos rudimentar que o ouriço-do-mar ou mesmo a baleia, ainda carece no entanto de certo número de órgãos essenciais e notadamente não possui nenhum que sirva para o beijo. Esse órgão ausente, ele o substitui pelos lábios, e com isso chega talvez a um resultado um pouco mais satisfatório do que se estivesse reduzido a acariciar a bem-amada com uma defesa córnea. Mas os lábios, feitos para levar ao paladar o sabor das coisas por que são tentados, devem contentar-se, sem compreender seu erro e sem confessar sua decepção, de vagar à superfície e chocar-se ante a cerca da face impenetrável e desejada. Aliás, nesse momento, ao próprio contato da carne, os lábios, mesmo na hipótese de que se tornassem mais hábeis e mais bem-dotados, não poderiam sem dúvida degustar em maior escala o sabor que a natureza atualmente os impede de apreender, pois nessa zona desolada em que não podem achar o seu alimento estão eles sozinhos, visto que o olhar e depois o olfato o abandonaram desde muito. Primeiro, à medida que minha boca se ia aproximando das faces que os meus olhares lhe haviam proposto que beijasse, estes, deslocando-se, divisaram umas faces novas; o pescoço, visto de mais perto e como que com uma lente, mostrou nas saliências da sua pele uma robustez que modificou o caráter do rosto.

As últimas aplicações da fotografia — que deitam aos pés de uma catedral todas as casas que tantas vezes nos pareceram de perto quase tão altas como as torres, que fazem sucessivamente manobrar como um regimento, por filas, em ordem dispersa, em massas cerradas, os mesmos monumentos, que aproximam estreitamente as duas colunas da Piazzetta ainda há pouco tão distantes, que afastam a vizinha Salute e que, num fundo pálido e degradado, fazem caber um horizonte imenso debaixo do arco de uma ponte, no quadrado de uma janela, entre as folhas de uma árvore situada no primeiro plano e de tom mais vigoroso, que dão sucessivamente como moldura de uma mesma igreja as arcadas de todas as outras —, não vejo senão isto que possa, tanto como o beijo, fazer surgir do que julgávamos uma coisa de aspecto definido, as cem outras coisas que ela igualmente é, visto que cada uma está em relação com uma perspectiva não menos legítima. Em suma, do mesmo modo que em Balbec, Albertine muitas vezes me parecera diferente, agora, como se ao acelerar prodigiosamente a rapidez das mudanças de perspectiva e das mudanças de coloração que nos oferece uma pessoa em nossos diversos encontros com ela, eu quisesse fazê-las caber todas em alguns segundos para recriar experimentalmente o fenômeno que diversifica a individualidade de um ser e tirar umas das outras, como de um estojo, todas as possibilidades que ele encerra, naquele curto trajeto de meus lábios para a sua face foram dez Albertines que eu vi; como aquela única moça era uma deusa de várias cabeças, a que eu tinha visto por último, quando tentava aproximar-me dela, cedia lugar a outra mais. Pelo menos, aquela cabeça, enquanto não a havia tocado, eu a estava vendo, e um leve perfume vinha dela a mim. Mas, ai! — pois, para o beijo, tão mal colocados estão as nossas narinas e os nossos olhos como malfeitos os lábios —, eis que de súbito os meus olhos cessaram de ver, e o meu nariz, por sua vez, esmagando-se, não sentiu mais nenhum odor, e, sem conhecer mais, por isso, o gosto do rosa desejado, eu soube, por esses detestáveis sinais, que estava enfim beijando as faces de Albertine.

Seria porque representávamos (figurada pela revolução de um sólido) a cena inversa da de Balbec, porque estava eu deitado e ela erguida, capaz de esquivar um ataque brutal e dirigir o gozo à sua vontade, que ela me deixou tomar com tanta facilidade agora o que antes havia recusado com um ar tão severo? (Sem dúvida, a expressão voluptuosa que tomava hoje o seu rosto à aproximação de meus lábios não diferia daquele ar de outrora senão por um infinitesimal desvio de linhas, mas nas quais pode caber toda a distância que há no gesto de um homem que acaba com um ferido e de um que o socorre, entre um retrato sublime e um horrendo.) Sem saber se devia fazer as honras e mostrar-me grato por sua mudança de atitude a algum benfeitor involuntário que trabalhara por mim naqueles últimos meses em Paris ou Balbec, pensei que a maneira como estávamos colocados fosse a principal causa de tal mudança. Outra no entanto foi a que me forneceu Albertine, exatamente esta: "Ah! É que naquele momento, em Balbec, eu não conhecia você, e podia pensar que tinha más intenções". Esta razão deixou-me perplexo. Albertine ma deu sem dúvida sinceramente. Tal é a dificuldade que tem uma mulher em reconhecer nos movimentos de seus membros, nas sensações experimentadas por seu corpo, durante uma reunião íntima com um camarada, a falta desconhecida em que receava que um estranho premeditasse fazê-la cair.

Em todo caso, quaisquer que fossem as modificações sobrevindas desde algum tempo em sua vida e que talvez explicassem como havia facilmente concedido, a meu desejo momentâneo e puramente físico, o que havia recusado com horror em Balbec a meu amor, outra muito mais surpreendente efetuou-se em Albertine naquela mesma tarde, logo que suas carícias me trouxeram a satisfação que ela bem deve ter notado e que eu temia viesse a causar-lhe o pequeno movimento de repulsa e pudor ofendido que Gilberte tivera no momento semelhante, atrás do bosque de loureiros, nos Campos Elísios.

Foi exatamente o contrário. Já no momento em que a havia deitado em meu leito e tinha começado a acariciá-la, Albertine tomara um ar que eu não lhe conhecia, de boa vontade dócil, de simplicidade quase pueril. Apagando nela todas as preocupações, todas as pretensões habituais, o momento que precede o prazer, semelhante nisso ao que se segue à morte, devolvera a seus traços rejuvenescidos como que a inocência dos primeiros anos. E, sem dúvida, todo ser cujo talento é subitamente posto em jogo torna-se modesto, aplicado e encantador; sobretudo se com esse talento sabe proporcionar-nos um grande prazer, ele próprio é feliz com isso, e timbra em no-lo dar completamente. Mas naquela nova expressão da face de Albertine havia mais que desinteresse e consciência, generosidades profissionais, uma espécie de devotamento convencional e súbito; e era mais além da sua própria infância, era à juventude da sua raça que ela havia regressado. Bem diferente de mim, que não desejara mais do que um apaziguamento físico, afinal obtido, Albertine parecia achar que teria havido certa grosseria da sua parte em crer que esse prazer material não fosse acompanhado de um sentimento moral e pusesse fim a alguma coisa. Ela, tão apressada momentos antes, agora, sem dúvida porque julgava que os beijos implicam amor e que o amor está acima de qualquer outro dever, dizia, quando eu lhe lembrava o seu jantar:

— Não quer dizer nada, sempre há tempo.

Parecia constrangida em erguer-se imediatamente depois do que acabava de fazer, constrangida pelas conveniências, como Françoise, sem sede alguma, quando havia julgado que devia aceitar com uma satisfação decente o copo de vinho que Jupien lhe oferecia, não se atreveria a ir embora imediatamente depois de haver bebido o último gole, ainda que a chamasse qualquer dever imperioso. Albertine — e esta era talvez, com outra que mais tarde se verá, uma das razões que, sem que eu o soubesse, me haviam feito desejá-la — era uma das encarnações da pequena campônia francesa cujo modelo está, em pedra, em Saint-André--des-Champs. De Françoise, que no entanto devia tornar-se em breve sua inimiga mortal, reconheci nela a cortesia para com o hóspede e o estranho, a decência, o respeito do leito.

Françoise, que, desde a morte de minha tia, julgava que só podia falar em tom compungido, teria achado chocante, nos meses que precederam ao casamento da filha, que esta, quando passeava com o noivo, não andasse de braço dado com ele. Albertine, imobilizada junto a mim, dizia-me:

— Tens uns cabelos bonitos, uns lindos olhos, és um encanto.

Como, ao observar-lhe que já era tarde, eu acrescentasse: "Não me acredita?", respondeu-me, o que talvez fosse verdade, mas apenas desde dois minutos, e por algumas horas:

— Sempre acredito em você.

Falou-me de mim, de minha família, de meu ambiente social. Disse-me: "Oh!, eu sei que seus pais se dão com gente muito distinta. Você é amigo de Robert Forestier e de Suzanne Delage". No primeiro instante, esses nomes não me significaram absolutamente nada. Mas lembrei-me de súbito que havia efetivamente brincado nos Campos Elísios com Robert Forestier, a quem nunca mais tornara a ver. Quanto a Suzanne Delage, era sobrinha-neta da sra. Blandais, e uma vez eu deveria ter ido a uma lição de dança em casa de seus pais, onde também tomaria parte numa comédia de salão. Mas o receio de começar a rir e de verter sangue pelo nariz impediu-me de ir, de modo que nunca mais tornei a vê-la. Quando muito julgara ter compreendido outrora que a governanta de pluma dos Swann estivera em casa de seus pais, mas talvez não passasse de uma irmã dela ou amiga sua. Garanti a Albertine que Robert Forestier e Suzanne Delage ocupavam pouco lugar em minha vida. "É possível, mas suas mães se dão; isso permite situá-lo devidamente. Seguidamente passo por Suzanne Delage na avenida de Messina, ela é muito chique." Nossas mães só se conheciam na imaginação da sra. Bontemps que, sabedora de que eu brincara outrora com Robert Forestier, a quem, parece, recitava versos, concluíra daí que estávamos unidos por relações de família. Pelo que me disseram, nunca deixava passar o nome de mamãe sem que dissesse: "Ah!, sim, é o círculo dos Delage, dos Forestier etc.", dando assim a meus pais uma nota que não mereciam.

Aliás, as noções sociais de Albertine eram de uma tolice extrema. Julgava os Simonnet com dois *n* não só inferiores aos Simonet com um único *n*, mas também a todas as outras pessoas possíveis.

Basta que alguém tenha o mesmo nome que nós, sem pertencer à nossa família, para que seja um grande motivo de desprezá-lo. Por certo que há exceções. Pode acontecer que dois Simonnet (apresentados um ao outro numa dessas reuniões em que a gente experimenta a necessidade de falar sobre qualquer coisa e em que, por outro lado, se está cheio de disposições otimistas, por exemplo, no cortejo de um enterro que se dirige ao cemitério), vendo que usam nome igual, procurem com recíproca benevolência, e sem resultado, ver se acaso têm algum laço de parentesco. Mas isso não passa de uma exceção. Muitos homens há que são pouco dignos, mas nós os ignoramos ou não nos preocupamos com isso. Se, porém, a homonímia faz com que nos entreguem cartas destinadas a eles, ou vice-versa, começamos por uma desconfiança, muita vez justificada, quanto ao que eles valem. Tememos confusões, prevenimo-las com uma careta de nojo se nos falam neles. Ao ler no jornal o nosso nome usado por eles, parece-nos tratar-se de uma usurpação. Os pecados dos outros membros do corpo social nos são indiferentes; imputamo-los mais pesadamente aos nossos homônimos. Tanto mais forte é o nosso ódio aos outros Simonnet, visto não ser individual e transmitir-se hereditariamente. Ao cabo de duas gerações, recorda-se apenas a careta insultuosa que os avós faziam a propósito dos outros Simonnet; ignora-se a causa; não se ficaria espantado ao saber que a coisa começou por um assassinato. Até o dia frequente em que, entre uma Simonnet e um Simonnet que não são absolutamente aparentados, a coisa termina por um casamento.

Albertine não me falou apenas de Robert Forestier e Suzanne Delage, mas, espontaneamente, por um dever de confidência que a aproximação dos corpos cria, no princípio pelo menos, antes que tenha engendrado uma duplicidade especial e o segredo para com o mesmo ente, sobre a sua família e um tio de Andrée, uma história de que se recusara a dizer-me uma única palavra em Balbec, mas achava que não mais devia ter segredos comigo. Agora, ainda que a sua melhor amiga lhe tivesse contado alguma coisa contra mim, ela se julgaria no dever de comunicar-me. Insisti que regressasse para casa: ela acabou partindo, mas tão confusa, por mim, com a minha grosseria, que quase ria para desculpar-me, como uma dama a cuja casa vamos de paletó, que nos aceita assim, mas sem que isso lhe seja indiferente.

— Está rindo? — disse-lhe eu.

— Rindo não, eu lhe estou sorrindo — respondeu-me ela carinhosamente. — Quando é que o vejo novamente? — acrescentou, como se não admitisse que o que acabávamos de fazer, já que é de ordinário o seu coroamento, não fosse pelo menos o prelúdio de uma grande amizade, de uma amizade preexistente, que devíamos descobrir, confessar, e que só ela podia explicar aquilo a que nos entregáramos.

— Já que me autoriza a isso, quando puder mandarei chamá-la.

Não me atrevi a dizer-lhe que queria subordinar tudo à possibilidade de ver a sra. de Stermaria.

— Ai!, será de improviso, nunca posso saber previamente — disse-lhe eu. — Seria possível chamá-la à noite, quando estiver livre?

— Em breve será muito possível, pois terei entrada independente da de minha tia. Mas atualmente é impraticável. Em todo caso, virei a todo o transe amanhã ou depois de amanhã à tarde. Você só me receberá se puder.

Ao chegar à porta, espantada de que eu não a tivesse precedido, ofereceu-me a face, achando que não havia necessidade alguma de um grosseiro desejo físico para que agora nos beijássemos. Como as curtas relações que tivéramos momentos antes eram dessas a que conduzem às vezes uma intimidade absoluta e uma escolha de coração, Albertine achara que devia improvisar e acrescentar momentaneamente aos beijos que trocáramos em meu leito o sentimento do qual esses beijos seriam o signo para um cavalheiro e a sua dama, tais como os poderia conceber um jogral gótico.

Depois que me deixou a jovem picarda que o imaginista de Saint-André-des-Champs poderia ter esculpido em seu pórtico, Françoise me trouxe uma carta que me encheu de júbilo, pois era da sra. de Stermaria, que aceitava o meu convite para jantar. Da sra. de Stermaria, quer dizer, para mim, mais que da sra. de

Stermaria real, daquela em que eu havia pensado todo o dia, antes da chegada de Albertine. E esse o terrível engano do amor, que começa por fazer-nos brincar, não com uma mulher do mundo exterior, mas com uma boneca do interior de nosso cérebro, a única aliás que temos sempre à nossa disposição, a única que possuiremos e que a arbitrariedade da lembrança, quase tão absoluta como a da imaginação, pode fazer tão diferente da mulher real como da Balbec real fora para mim a Balbec sonhada; criação fictícia a que, pouco a pouco, para sofrimento nosso, forçaremos a mulher real a assemelhar-se.

Albertine me retardara tanto que cheguei à casa da sra. de Villeparisis logo depois de haver terminado a comédia; e, pouco desejoso de ir contra a onda de convidados que se escoava, a comentar a grande novidade, a separação que diziam já realizada entre o duque e a duquesa de Guermantes, eu, esperando o momento em que pudesse saudar a dona da casa, sentei-me numa poltrona vazia do segundo salão, quando do primeiro, onde sem dúvida estivera sentada na primeira fila, vi sair, majestosa, ampla e alta, com um longo vestido de cetim amarelo a que estavam aplicadas em relevo enormes papoulas negras, a duquesa. Sua vista não me causou mais embaraço algum. Certo dia, impondo-me as mãos na fronte (como era seu costume quando tinha medo de penalizar-me) e dizendo-me: "Não continues com as tuas saídas para encontrar a senhora de Guermantes, és a comédia da casa. Aliás, vê como a tua avó está doente; tens na verdade coisas muito mais sérias a fazer do que te postares no caminho de uma mulher que zomba de ti", de um só golpe, como o hipnotizador que nos faz voltar do longínquo país onde imaginávamos estar e que nos abre os olhos, ou como o médico que, chamando-nos ao sentimento do dever e da realidade, nos cura de um mal imaginário em que nos comprazíamos, minha mãe me despertara de um sonho demasiado longo. O dia que se seguira tinha sido consagrado a um último adeus àquele mal a que renunciava; eu tinha cantado durante horas inteiras, a chorar, o *Adeus* de Schubert:

... Adieu, des voix étranges
T'appellent loin de moi, céleste soeur dez Anges.[194]

E depois se acabara. Tinha cessado minhas saídas matinais e com tanta facilidade que tirei então o prognóstico, que mais tarde se verá que é falso, de que me habituaria facilmente, no decurso de minha vida, a deixar de ver uma mulher. E quando Françoise em seguida me contou que Jupien, querendo aumentar o estabelecimento, procurava uma loja no bairro, desejoso de encontrar--lhe uma (encantado também, ao flanar pela rua que já de meu leito ouvia gritar luminosamente como uma praia, de ver, sob a cortina de ferro erguida das leiterias, as leiterinhas de mangas brancas), eu tinha podido recomeçar aquelas saídas. Muito livremente, de resto, pois tinha conciência de não mais fazê-las com o fim de ver a sra. de Guermantes; tal qual uma mulher que toma precauções infinitas enquanto tem um amante e que, desde o dia em que rompeu com ele, deixa as suas cartas ao acaso, com o risco de revelar ao marido o segredo de uma falta de que deixou de assustar-se ao mesmo tempo que de cometê-la. O que me causava pena era ver como quase todas as casas eram habitadas por gente infeliz. Aqui, uma mulher chorava incessantemente porque o marido a enganava. Ali, era o inverso. Mais além, uma mãe trabalhadora, espancada por um filho bêbado, tratava de ocultar seu sofrimento aos olhos dos vizinhos. Toda uma metade da humanidade chorava. E, quando a conheci, vi que ela era tão exasperante que me perguntei se não era o marido ou a mulher adúlteros que tinham razão, os quais o eram somente porque lhes fora recusada a felicidade legítima, e mostravam-se amáveis e leais para com qualquer que não fosse a sua mulher ou o seu marido. Em breve não tinha já nem o objetivo de ser útil a Jupien para continuar as minhas peregrinações matinais. Pois soube-se que o marce-

---

194 "Adeus, vozes estranhas/ te chamam para longe de mim, celeste irmã dos Anjos." Trecho de uma canção durante muito tempo atribuída a Schubert, mas que, na verdade, foi composta por August Heinrich von Weyrauch. (N. E.)

neiro de nosso pátio, cujas oficinas só eram separadas da loja de Jupien por uma divisão muito delgada, ia ser despedido pelo gerente porque dava marteladas muito ruidosas. Jupien não podia esperar coisa melhor, as oficinas tinham um porão onde colocar os trabalhos de madeira e que comunicava com as nossas adegas. Jupien ali guardaria o seu carvão, mandaria derrubar a parede e teria uma única e vasta loja. Em todo caso, Jupien, achando muito elevado o aluguel, deixava que viessem visitar o local, para que o duque, desenganado de achar locatário, se resignasse a fazer-lhe um abatimento, e aí Françoise, depois de notar que mesmo após as horas de visita o porteiro deixava entreaberta a porta da loja a alugar, logo farejou uma armadilha do porteiro para atrair a noiva do mordomo dos Guermantes (ali achariam estes um retiro de amor) e em seguida surpreendê-los.

Como quer que fosse, embora não tendo mais que procurar loja para Jupien, continuei a sair antes do almoço. Muitas vezes, durante essas saídas, encontrava o sr. de Norpois. Acontecia que este, enquanto falava com algum colega seu, lançava sobre mim uns olhares que, depois de me haverem inteiramente examinado, se desviavam para o interlocutor sem haver-me sorrido nem saudado mais do que se absolutamente não me conhecesse. Pois, entre esses importantes diplomatas, olhar de certa maneira não tem por fim fazer saber que nos viram, mas que não nos viram e que têm de falar com o seu colega de algum assunto sério. Menos discreta comigo mostrava-se uma mulher alta com quem frequentemente me encontrava perto de casa. Pois, embora não a conhecesse, voltava-se para mim, esperava-me — inutilmente — diante das vitrinas das lojas, sorria-me como se fosse beijar-me, fazia o gesto de entregar-se. Reassumia um ar glacial para comigo quando encontrava alguma pessoa sua conhecida. Desde muito que naqueles passeios matinais, conforme o que tinha a fazer, fosse para comprar o mais insignificante jornal, eu escolhia o caminho mais direto, sem lamentar se estava fora do habitual percurso dos passeios da duquesa e, caso estivesse no seu trajeto, sem escrúpulos e sem dissimulação, porque já não me parecia o caminho proibido onde arrancava a uma ingrata o favor de vê-la contra a sua vontade.

Até então, os esforços do mundo inteiro coligados para me aproximarem dela teriam todos expirado ante a má sorte que lança um amor infeliz. Fadas mais poderosas do que os homens decretaram que, em tais casos, nada poderá servir até o dia em que tenhamos dito sinceramente em nosso coração as palavras: "Deixei de amar". Ficara ressentido com Saint-Loup por não me haver levado à casa de sua tia. Mas, tanto como qualquer pessoa, ele era incapaz de quebrar um encantamento. Enquanto amava a sra. de Guermantes, as mostras de gentileza que recebia de outrem, os cumprimentos, faziam-me sofrer, não só porque não provinham dela como também porque não chegavam ao seu conhecimento. Mas ainda que viesse a sabê-los, de nada serviriam. Até nos pormenores de uma afeição, uma ausência, a recusa de um jantar, um rigor involuntário, inconsciente, servem mais que todos os cosméticos e os trajes mais belos. Haveria *parvenus* se se ensinasse nesse sentido a arte de *parvenir.*

No momento em que a sra. de Guermantes, cheio o pensamento da lembrança dos amigos que eu não conhecia e que ia talvez encontrar dali a pouco em outra reunião atravessava o salão onde me achava sentado, eis que me avistou na minha *bergère*, como um verdadeiro indiferente que só procurava mostrar-se amável, quando tanto e tão inutilmente havia tentado, enquanto amava, assumir um ar de indiferença: ela obliquou, veio a mim, e, reencontrando o sorriso daquela tarde da Ópera Cômica e ao qual já não apagava o penoso sentimento de ser amada por alguém a quem não amava:

— Não, não se incomode; permite que me sente um instante a seu lado? — disse ela, recolhendo graciosamente a sua saia imensa que, a não ser assim, teria ocupado toda a *bergère*.

Mais alta do que eu, e aumentada, ainda, por todo o volume do seu vestido, era eu quase roçado pelo seu admirável braço nu, em torno do qual uma penugem imperceptível e inumerável fazia fumar perpetuamente como que um vapor dourado, e pelas franjas loiras de seus cabelos que me enviavam o seu aroma. Como não dispunha quase de lugar, não podia voltar-se com facilidade para mim, e, obrigada a olhar mais para a frente do que para o meu lado, tomava uma expressão sonhadora e doce, como num retrato.

— Tem notícias de Robert? — perguntou-me.

A sra. de Villeparisis passou nesse momento.

— Bonita hora de chegar, cavalheiro, para o muito que o vemos...

E advertindo que eu falava com a sua sobrinha, supondo talvez que estávamos mais ligados do que ela sabia:

— Mas não quero perturbar a sua conversação com Oriane — acrescentou (pois os bons ofícios de alcoviteira fazem parte dos deveres de uma dona de casa). — Não quer vir jantar quarta-feira com ela?

Era o dia em que devia jantar com a sra. de Stermaria; desculpei-me.

— E no sábado?

Como minha mãe regressava sábado ou domingo, seria pouco delicado não ficar todas as noites para jantar com ela; de modo que me escusei de novo.

— Ah!, não é fácil contar com o senhor!

— Por que nunca vai visitar-me? — perguntou-me a sra. de Guermantes depois que a sra. de Villeparisis se afastou para felicitar os artistas e entregar à diva um buquê de rosas cujo único valor estava na mão que o oferecia, pois custara apenas vinte francos. (Era aliás o seu preço máximo quando só haviam cantado uma vez. As que prestavam seu concurso em todas as *matinées* e *soirées* recebiam rosas pintadas pela marquesa.)

— É aborrecido a gente não ver-se nunca senão em casa alheia. Já que não quer jantar comigo em casa da minha tia, por que não vem um dia destes jantar em minha casa?

Algumas pessoas que se haviam demorado o mais possível sob qualquer pretexto, mas que afinal se retiravam, ao ver a duquesa sentada, para falar com um jovem, num móvel tão estreito que não podiam estar nele mais de duas pessoas, pensaram que tinham sido mal informadas e que era a duquesa e não o duque quem pedia a separação, por minha causa. Depois apressaram-se em espalhar a notícia. Eu estava em melhores condições do que ninguém para conhecer a sua falsidade. Mas espantava-me que nesses períodos tão difíceis em que se efetua uma separação ainda não consumada a duquesa, em vez de isolar-se, convidasse justamente uma pessoa a quem conhecia tão pouco. Suspeitei que o duque fosse o único em não querer que me convidasse e que, agora que a deixava, ela não via mais obstáculos para rodear-se das pessoas que lhe agradavam.

Dois minutos antes, eu teria ficado estupefato se me dissessem que a sra. de Guermantes iria pedir-me que a visitasse, e, mais ainda, que fosse jantar com ela. Por mais que soubesse que o salão da sra. de Guermantes não podia apresentar as particularidades que eu extraíra desse nome, o fato de que me havia sido proibida a sua entrada, obrigando-me a dar-lhe o mesmo gênero de existência que aos salões de que lemos a descrição num romance ou cuja imagem vimos, num sonho, fazia, mesmo quando estava certo de que era igual a todos os outros, com que o imaginasse muito diferente; entre mim e ele havia a barreira onde acaba o real. Jantar em casa dos Guermantes era como empreender uma viagem por muito tempo desejada, fazer passar um desejo de minha cabeça pela frente de meus olhos e travar conhecimento com um sonho. Devia pelo menos acreditar que se tratasse de um desses jantares a que os donos da casa convidam alguém, dizendo-lhe: "Venha, não haverá *absolutamente* mais ninguém, a não sermos nós", fingindo atribuir ao pária o receio, que eles experimentam, de o ver mesclado aos outros amigos seus, e procurando até transformar num invejável privilégio, reservado unicamente aos íntimos, a quarentena do excluído, malgrado ser bravio e favorecido. Senti, pelo contrário, que a sra. de Guermantes desejava fazer-me saborear o que dispunha de mais agradável, quando me disse, pondo, por outro lado, ante meus olhos, como que a beleza violácea de uma chegada à casa da tia de Fabrice e o milagre de uma apresentação ao conde Mosca:[195]

— Não estaria livre na sexta-feira, para uma pequena reunião? Que bem ficaria! Irá a princesa de Parma, que é encantadora; antes de tudo, eu não o convidaria, se não fosse para encontrar pessoas agradáveis.

Desertada nos meios mundanos intermediários, que vivem entregues a um perpétuo movimento de ascensão, a família de-

---

195 Alusão a personagens do romance *A cartucha de Parma*, de Stendhal. (N. E.)

sempenha pelo contrário um importante papel nos meios imóveis como a pequeno-burguesia e como a aristocracia principesca, que não pode procurar elevar-se porque, acima dela, do seu ponto de vista especial, não existe nada. A amizade que me testemunhavam "a tia Villeparisis" e Robert tinham talvez feito de mim para a sra. de Guermantes e seus amigos, que viviam sempre confinados em si mesmos e num mesmo círculo, objeto de uma atenção curiosa que eu não suspeitava.

A duquesa tinha desses parentes um conhecimento familiar, cotidiano, vulgar, muito diferente do que imaginamos e em que, se nos achamos compreendidos, longe de que os nossos atos sejam expelidos como o grão de poeira do olho ou a gota d'água da traqueia, podem ficar gravados, ser comentados, referidos ainda anos depois de nós próprios os termos esquecido, no palácio onde ficamos assombrados de os encontrar como uma carta nossa numa preciosa coleção de autógrafos.

Uns elegantes que não sejam mais do que isso podem vedar o acesso à sua porta excessivamente invadida. Mas a dos Guermantes não o estava. Um estranho quase nunca tinha ocasião de passar por ela. Uma vez que lhe designassem algum, não pensava a duquesa em preocupar-se com o valor mundano que ele traria, pois era coisa que ela conferia e não podia receber. Não pensava senão nas suas qualidades reais. A sra. de Villeparisis e Saint-Loup lhe haviam dito que eu as possuía. E por certo não lhes teria dado crédito, se não tivesse notado que eles jamais conseguiam fazer-me vir quando o queriam e que eu, portanto, não dava importância à sociedade, o que parecia à duquesa sinal de que um estranho fazia parte das "pessoas agradáveis".

Era de ver, quando falava de mulheres que não lhe agradavam, como mudava logo de fisionomia se se nomeava a propósito de alguma, por exemplo, a sua cunhada. "Oh!, é encantadora", dizia com um ar de finura e de certeza. A única razão que dava era que essa dama se recusara a ser apresentada à marquesa de Chaussegros e à princesa de Silistria. Não acrescentava que essa dama se recusara a ser apresentada a ela, duquesa de Guermantes. Isso no entanto havia acontecido, e desde esse dia o espírito da duquesa vivia trabalhando em torno do que se poderia passar em casa daquela dama tão difícil de conhecer. Morria de desejos de ser recebida por ela. As pessoas mundanas estão de tal modo acostumadas a que as procurem que quem lhes foge parece-lhes uma fênix e domina-lhes por inteiro o pensamento.

O verdadeiro motivo de que me convidasse, acaso seria, no espírito da sra. de Guermantes (desde que não mais a amava), o fato de não procurar seus parentes, embora fosse por eles procurado? Não sei. Em todo caso, resolvendo-se a convidar-me, queria fazer-me as honras do que tinha de melhor em casa e afastar os amigos seus que pudessem impedir-me de voltar, aqueles a quem considerava fastidiosos. Não soubera eu a que atribuir a mudança de rumo da duquesa quando a vira desviar-se de seu curso estelar, sentar-se a meu lado e convidar-me para jantar, efeito de causas ignoradas por falta de um sentido especial que nos informe a esse respeito. Imaginamos que as pessoas a quem mal conhecemos — como era o meu caso em relação à duquesa — só pensam em nós nos raros momentos em que nos veem. Ora, esse esquecimento ideal em que julgamos estar é absolutamente arbitrário. De modo que, enquanto no silêncio da solidão, semelhante ao de uma bela noite, imaginamos as diferentes rainhas da sociedade seguindo seu curso pelo céu a uma distância infinita, não podemos defender-nos de um sobressalto de mal-estar ou de prazer se nos tomba lá do alto, como um aerólito que trouxesse gravado o nosso nome, o qual julgávamos desconhecido em Vênus ou Cassiopeia, um convite para jantar ou uma frase maldosa.

Quem sabe se às vezes quando, à maneira dos príncipes persas que, segundo o *Livro de Ester*, mandavam ler os registros onde estavam inscritos os nomes daqueles dentre os seus súditos que lhes haviam testemunhado zelo,[196] a sra. de Guermantes consultava a lista das pessoas bem-intencionadas, não dissera de mim com

---

196 Alusão a um episódio do *Livro de Ester* em que o rei persa, Assuero, ao ler o livro que resumia os principais fatos de seu reino, se dá conta de que Mardoqueu, primo de sua esposa, o salvara de um complô e mereceria assim ser agradecido. (N. E.)

os seus botões: "Eis aqui um que nós convidaremos para jantar". Mas outros pensamentos a tinham distraído:

De soins tumultueux un prince environné
Vers de nouveaux objets est sans cesse entraîné,[197]

até o momento em que me avistara, sozinho como Mardoqueu, à porta do palácio; e como a minha vista lhe havia refrescado a memória, quisera, tal qual Assuero, cumular-me de seus dons. Devo no entanto dizer que uma surpresa de gênero oposto devia seguir-se à que eu tivera no momento em que a sra. de Guermantes me havia convidado. Como me parecera mais modesto da minha parte, e mais grato, não dissimular essa primeira surpresa, e expressar, pelo contrário, com exagero, o que tinha de agradável, a sra. de Guermantes, que se dispunha a sair para uma última reunião, acabava de dizer-me, quase como uma justificativa, e por medo que eu não soubesse bem quem era ela, já que parecia tão espantado de receber um convite seu: "Bem sabe que eu sou tia de Robert de Saint-Loup, que o estima muito, e aliás já nos encontramos aqui". Respondendo que o sabia, acrescentei que também conhecia ao sr. de Charlus, o qual "tinha sido muito bondoso comigo em Balbec e em Paris". A sra. de Guermantes teve um ar de espanto, e seus olhares pareceram reportar-se, como para uma verificação, a uma página já antiga do livro interior. "Como! O senhor conhece Palamède?" Esse prenome assumia nos lábios da sra. de Guermantes uma grande doçura, pela involuntária singeleza com que se referia a um homem tão brilhante, mas que para ela não era mais do que o seu cunhado e o primo com quem se havia criado. E, na confusa tela cinzenta que era para mim a vida da duquesa de Guermantes, esse nome, Palamède, punha como que a claridade dos longos dias estivais em que brincara com ele, quando

197 "Por cuidados em tumulto um príncipe rodeado/ Para novos objetos é incessantemente impulsionado". Os versos citados foram extraídos da peça *Ester*, de Racine. Trata-se do remorso do rei Assuero de ter se desviado da obrigação de recompensar Mardoqueu. (N. E.)

menina, no jardim de Guermantes. Aliás, nessa parte desde muito transcorrida da sua existência, Oriane de Guermantes e seu primo Palamède tinham sido muito diferentes do que depois se haviam tornado, especialmente o sr. de Charlus, inteiramente entregue a gostos artísticos que de tal modo reprimira mais tarde que fiquei estupefato ao saber que o imenso leque de íris amarelos e negros naquele momento usado pela duquesa fora ele próprio quem o pintara. Poderia também mostrar-me uma sonatina que o barão tinha composto outrora para ela. Eu ignorava absolutamente que ele tivesse todos esses talentos de que jamais falava. Digamos de passagem que o barão de Charlus não gostava que na sua família o chamassem de Palamède. Quanto a Mémé, ainda se poderia compreender que não lhe agradasse. Essas estúpidas abreviaturas são um sinal da incompreensão que a aristocracia tem da sua própria poesia (o mesmo se dá aliás no judaísmo, pois um sobrinho de Lady Rufus Israel que se chamava Moïse, era correntemente chamado em sociedade "Momô"), ao mesmo tempo que da sua preocupação em não parecer que liga importância ao que é aristocrático. Ora, nesse ponto, o sr. de Charlus possuía mais imaginação poética e mais patente orgulho. Mas não era essa a razão que o levava a não apreciar Mémé, visto que se estendia igualmente ao belo prenome de Palamède. A verdade era que, julgando-se, sabendo-se, de uma família principesca, desejaria que seu irmão e sua cunhada dissessem dele: "Charlus", como a rainha Maria Amélia ou o duque de Orléans podiam dizer de seus filhos, netos, sobrinhos e irmãos: "Joinville, Nemours, Chartres, Paris".

— Que misterioso esse Mémé! — exclamou a duquesa. — Nós lhe falamos longamente do senhor e ele nos disse que estimaria muito conhecê-lo, exatamente como se nunca o tivesse visto. Confesse que ele é engraçado! E às vezes, o que não é muito gentil da minha parte dizer de um cunhado a quem adoro e de quem admiro o raro valor, meio louco.

Fiquei muito impressionado com essa palavra aplicada ao sr. de Charlus e pensei comigo que essa meia loucura talvez explicasse certas coisas, como, por exemplo, que parecesse tão encantado com o projeto de pedir a Bloch que espancasse a própria mãe. Considerei que não só pelas coisas que dizia, como também pela maneira como as dizia, o sr. de Charlus era como louco. Da primeira vez em que se ouve a um advogado ou a um ator, fica-se surpreendido com o seu tom, tão diferente da conversação. Mas, como se vê que todos acham isso muito natural, nada dizemos aos outros, nem a nós mesmos, e contentam-nos em apreciar o grau de talento. Quando muito, pensa-se de um ator do Théâtre-Français: por que, em vez de deixar cair o braço erguido, o faz descer em pequenas sacudidelas entremeadas de pausas, durante dez minutos, no mínimo?, ou de um Labori, que logo que abriu a boca, emitiu aqueles sons trágicos, inesperados, para dizer a coisa mais simples?[198] Mas, como todos admitem isso *a priori*, não ficamos chocados. Do mesmo modo, refletindo na coisa, via-se que o sr. de Charlus falava em si mesmo com ênfase, num tom que não era absolutamente o da linguagem ordinária. Parecia que se lhe deveria dizer a cada instante: "Mas por que grita tão alto? Por que se mostra tão insolente?". Apenas todos pareciam haver admitido tacitamente que era assim mesmo. E entrava-se na roda que o festejava enquanto ele estava perorando. Mas certamente um estranho, em certos momentos, julgaria ouvir um demente aos gritos.

— Mas tem certeza de que não está fazendo confusão, de que fala mesmo de meu cunhado Palamède? — acrescentou a duquesa com uma leve impertinência, que se lhe enxertava na singeleza.

Respondi-lhe que tinha absoluta certeza, e que sem dúvida alguma o sr. de Charlus tinha ouvido mal o meu nome.

— Bem, vou deixá-lo — disse-me como que pesarosa a sra. de Guermantes. — Tenho de ir um minuto à casa da princesa de Ligne. Não costuma ir lá? Não? Não gosta da vida social? Tem toda a razão, é aborrecidíssimo. Eu, se não fosse obrigada...! Mas é

---

198 Alusão a Fernand Labori (1860-1917), que depôs em processos célebres como o de Dreyfus, de Zola, de Picquart e mesmo de Lemoine, que vendera a ideia falsa da fabricação do diamante. Proust desenvolveria uma série de pastiches de escritores franceses justamente em torno deste último caso. (N. E.)

minha prima, não seria delicado. Sinto-o egoistamente, por mim, porque poderia conduzi-lo em meu carro, e mesmo levá-lo até sua casa. Então, despeço-me, e felicito-me por sexta-feira.

Que o sr. de Charlus se envergonhasse de mim diante do sr. de Argencourt, ainda passa. Mas que para a própria cunhada, que tinha tão alta ideia a seu respeito, negasse ele conhecer-me — coisa tão natural, visto que eu conhecia ao mesmo tempo a sua tia e o seu sobrinho — era o que eu não podia compreender.

Para terminar, direi que, de certo ponto de vista, havia na sra. de Guermantes uma verdadeira grandeza, que consistia em apagar por inteiro tudo o que outras só teriam esquecido incompletamente. Mesmo que nunca me houvesse encontrado a espiá-la, a acossá-la, a seguir-lhe a pista em seus passeios matinais, mesmo que nunca houvesse respondido à minha saudação cotidiana com uma impaciência irritada, mesmo que nunca houvesse mandado Saint-Loup passear quando rogara que me convidasse, não poderia ela ter comigo maneiras mais nobremente e mais naturalmente amáveis. Não só não se demorava em explicações retrospectivas, em meias palavras, em sorrisos ambíguos, em subentendidos, não só mostrava na sua afabilidade atual, sem retrocessos, sem reticências, algo de tão altivamente retilíneo como a sua majestosa estatura, mas as queixas que podia ter tido contra alguém no passado estavam tão inteiramente reduzidas a cinzas, e essas próprias cinzas eram lançadas tão longe da sua memória, ou pelo menos da sua maneira de ser, que ao ver seu rosto de cada vez em que tinha ela de tratar com a mais bela das simplificações o que em tantos outros seria pretexto a resquícios de frieza, a recriminações, parecia que assistíamos a uma espécie de purificação.

Mas se estava surpreso com a modificação que se operara nela a meu respeito, quanto mais não o estava por encontrar em mim muito maior mudança a respeito dela! Não tinha havido um instante em que eu não recuperava vida e alento se não procurasse, arquitetando sempre novos projetos, alguém que a fizesse receber-me, e, depois dessa primeira ventura, não buscasse ainda muitas outras para o meu coração cada vez mais exigente. Tinha sido a impossibilidade de encontrar o que quer que fosse nesse sentido que me fizera ir a Doncières, em visita a Robert de Saint-Loup. E, agora, era pelas consequências derivadas de uma carta dele que eu estava agitado, mas por causa da sra. de Stermaria, e não da sra. de Guermantes.

Acrescentemos, para terminar com essa recepção, que ali se passou um fato, desmentido alguns dias depois, que não deixou de espantar-me, fez-me interromper por algum tempo as relações com Bloch, e que constitui em si uma dessas curiosas contradições cuja explicação encontraremos em *Sodoma I*.[199] Bloch, em casa da sra. de Villeparisis, não cessou de louvar-me o ar de amabilidade do sr. de Charlus, o qual, quando o encontrava na rua, olhava-o nos olhos como se o conhecesse, como quem tinha vontade de conhecê-lo e sabia muito bem quem ele era. A princípio sorri, visto que Bloch se havia externado com tamanha violência em Balbec a propósito do mesmo sr. de Charlus. E pensei simplesmente que Bloch, tal qual seu pai no tocante a Bergotte, conhecia o barão "sem conhecê-lo". E o que tomava por um olhar amável era um olhar distraído. Mas afinal Bloch chegou a tantas precisões, e pareceu tão certo de que por duas ou três vezes o barão tinha querido abordá-lo, que, recordando-me de que falara de meu camarada ao barão, que, justamente ao voltar de uma visita à sra. de Villeparisis, fizera várias perguntas sobre ele, formei a suposição de que Bloch não mentia, que o sr. de Charlus viera a saber-lhe o nome e que ele era seu amigo etc. Assim, algum tempo depois, no teatro, pedi ao sr. de Charlus para lhe apresentar Bloch e, com a sua permissão, fui buscá-lo. Mas logo que o avistou, um espanto imediatamente reprimido desenhou-se no rosto do sr. de Charlus. Não só não estendeu a mão a Bloch, mas, de cada vez que este lhe dirigiu a palavra, respondeu-lhe com o ar mais insolente, numa voz irritada e ofensiva. De modo que Bloch, o qual, segundo dizia, não tivera do barão até então senão sorrisos, julgou que eu o tinha não recomendado, mas sim desservido durante a breve palestra na qual, conhecendo o gosto do sr. de Char-

199 A primeira parte de *Sodoma e Gomorra*, o próximo volume da obra de Proust, foi publicado originalmente junto com essa segunda parte de *O caminho de Guermantes*. (N. E.)

lus pelo protocolo, lhe falara de meu camarada antes de levá-lo à sua presença. Bloch deixou-nos, extenuado como quem quis montar um cavalo prestes, durante o tempo todo, a tomar o freio nos dentes ou nadar contra ondas que o repelem incessantemente sobre as pedras, e não voltou a falar-me durante seis meses.

Os dias que precederam à minha ceia com a sra. de Stermaria foram para mim não deliciosos, mas insuportáveis. É que, em geral, quanto mais curto é o tempo que nos separa do que temos em vista, mais longo nos parece, porque lhe aplicamos medidas mais breves, ou simplesmente porque pensamos em medi-lo. O papado, dizem, conta por séculos, e talvez nem sequer pense em contar, porque seu objetivo está no infinito. Eu, como o meu objetivo estivesse apenas a distância de três dias, contava por segundos, entregava-me a essas fantasias que são começos de carícias, carícias que nos enraivece não poder fazer com que as termine a própria mulher (precisamente essas carícias, com exclusão de quaisquer outras). E, em suma, se é verdade que, em geral, a dificuldade de alcançar o objeto de um desejo aumenta a este (a dificuldade, não a impossibilidade, pois esta suprime), contudo, para um desejo inteiramente físico, a certeza de que se realizará num momento próximo e determinado não é menos exaltante que a incerteza; quase tanto quanto a dúvida ansiosa, a ausência de dúvida torna intolerável a espera do prazer infalível, já que faz dessa espera uma realização inumerável e, graças à frequência das representações antecipadas, divide o tempo em cortes tão miúdos como o faria a angústia.

O que eu necessitava era possuir a sra. de Stermaria, porque, desde vários dias, com uma atividade incessante, meus desejos haviam preparado em minha imaginação esse prazer, e só esse; outro (o prazer com outra) não teria cabimento, já que o prazer não é mais do que a realização de uma apetência prévia e que não é sempre a mesma, que muda segundo as mil combinações da ilusão, os azares da memória, os estados d'alma, a ordem de disponibilidade dos desejos, dentre os quais os últimos atendidos descansam até que haja sido esquecida um tanto a decepção de seu cumprimento; eu não estaria em disposição, teria deixado assim a estrada real dos desejos gerais e tomado pelo atalho de um desejo particular; seria preciso, para desejar outro encontro, voltar de muito longe a fim de alcançar de novo a estrada real e seguir outro atalho. Possuir a sra. de Stermaria na ilha do Bois de Boulogne, onde a tinha convidado para cear, era o prazer que eu imaginava a cada minuto. Esse prazer naturalmente se destruiria se eu houvesse ceado na ilha sem a sra. de Stermaria; mas talvez diminuiria bastante se eu ceasse, embora com ela, noutro local. Por outro lado, as atitudes com que nos figuramos um prazer são prévias à mulher, ao gênero de mulheres que para ele convém. São essas atitudes que o governam, e por isso fazem que voltem, alternativamente, a nosso caprichoso pensamento, tal mulher, tal sítio, tal quarto que em outras semanas teríamos desdenhado. Filhas do costume, certas mulheres não vão bem sem o vasto leito no qual se encontra a paz a seu lado, e outras, para serem acariciadas com uma intenção mais secreta, requerem as folhas ao vento, as águas noturnas, são leves e fugidias como umas e outras.

Claro que já muito antes de receber a carta de Saint-Loup, e quando ainda não se tratava da sra. de Stermaria, a ilha do Bois de Boulogne me aparecera como feita adrede para o prazer, pois me ocorrera ter ido ali saborear a tristeza de não ter nenhum prazer a que dar abrigo naqueles lugares. Pelas margens do lago que conduzem à ilha e ao longo das quais, nas últimas semanas de estio, vão passear as parisienses que ainda não foram veranear, é por onde, sem saber em que lugar encontrá-la, nem sequer se já terá deixado Paris, vagamos com a esperança de ver passar a moça de quem nos enamoramos durante o último baile do ano e que não poderemos encontrar em nenhuma outra reunião antes da primavera seguinte. Sentindo-se em vésperas, ou talvez no dia seguinte da partida do ente querido, a gente segue, à borda da água trêmula, essas belas avenidas em que já uma primeira folha vermelha floresce como uma última rosa, escruta o horizonte em que, graças a um artifício inverso ao desses panoramas sob cuja cúpula as figuras de cera do primeiro plano comunicam à tela pintada do fundo a ilusória aparência da profundidade e do volume, nossos olhos, ao passar sem transição do parque cultivado para as alturas naturais de Meudon e do monte Valérien, não sabem onde colocar uma fronteira e põem a verdadeira campina na obra de jardinagem, cujo encanto artificial projetam muito além dela, da mesma forma que esses pássaros raros criados em liberdade num jardim botânico e que, cada dia, segundo o capricho de seus passeios alados, vão pousar nos bosques limítrofes uma nota exótica. Entre a última festa do verão e o exílio do inverno, percorremos ansiosamente esse reino romanesco dos encontros incertos e das melancolias amorosas, e não mais nos surpreenderia que estivesse situado fora do universo geográfico, do que se em Versalhes, no alto do terraço, observatório em torno do qual as nuvens se acumulam contra o céu azul em estilo de Van der Meulen, depois de haver-nos elevado assim fora da natureza, soubéssemos que ali onde esta recomeça, ao fim do grande canal, as aldeias que não podemos distinguir, no horizonte ofuscante como o mar, se chamam Fleurus ou Nimègue.[200]

E passado o último carro, quando sentimos com dor que ela não mais virá, vamos jantar na ilha; por cima dos álamos trêmulos, que recordam sem-fim os mistérios do entardecer mais do que respondem a eles, uma nuvem rósea põe uma última cor de vida no céu asserenado. Algumas gotas de chuva caem sem ruído na água, antiga, mas na sua divina infância, que continua sendo da cor do tempo e que esquece a todo instante as imagens das nuvens e das flores. E depois que os gerânios, intensificando a iluminação de suas cores, lutaram inutilmente contra o crepúsculo ensombrecido, uma bruma vem envolver a ilha que adormece, passeamos pela úmida escuridão, pela margem da água onde, quando muito, a passagem silenciosa de um cisne nos pasma como num leito noturno os olhos abertos um instante e o sorriso de uma criança que não supúnhamos desperta. Então quiséramos tanto mais ter conosco uma amada quanto mais sós nos sentimos e mais longe nos podemos crer.

---

200 Van der Meulen (1632-1690) é o pintor que acompanhou o rei Luís XIV em suas campanhas militares e acabou especializando-se em cenas de história militar. A cidade de Nimègue, nos Países Baixos, foi tomada em 1672. A batalha de Fleurus, na Bélgica, aconteceu em 1690. (N. E.)

Mas nesta ilha, onde até no verão havia frequentemente névoa, quanto mais feliz não seria eu trazendo a sra. de Stermaria, agora que os dias maus, que o fim do outono haviam chegado! Se o tempo que fazia desde domingo não houvesse, por si só, tornado cinzentos e marítimos os países em que minha imaginação vivia — como em outras estações os tornava embalsamados, luminosos, italianos —, a esperança de possuir dali a uns dias a sra. de Stermaria teria bastado para fazer com que se erguesse vinte vezes por hora uma tela de bruma em minha imaginação monotonamente nostálgica. De qualquer maneira, a névoa que desde a véspera se havia levantado na própria Paris não só me fazia pensar sem tréguas na terra natal da jovem que eu acabava de convidar, mas também, como era provável que, muito mais densa ainda que na cidade, haveria de invadir ao entardecer o Bois de Boulogne, sobretudo à margem do lago, pensava eu que converteria um pouco para mim a ilha dos Cisnes na ilha da Bretanha, cuja atmosfera marítima e brumosa havia envolvido sempre a meus olhos, como uma veste, a pálida silhueta da sra. de Stermaria. Decerto, quando se é jovem, na idade que eu tinha por ocasião de meus passeios para os lados de Méséglise, o nosso desejo, a nossa crença conferem ao vestido de uma mulher uma particularidade individual, uma irredutível essência. Persegue a gente a realidade. Mas, à força de deixá-la escapar, acaba por observar que através de todas essas vãs tentativas em que encontramos o nada, subsiste algo sólido, e é o que se buscava. Começa a gente a saber aquilo a que ama; trata de consegui-lo, ainda que seja à custa de um artifício. Então, na falta da crença desaparecida, o traje significa o suprimento dessa crença com uma ilusão voluntária. De sobra sabia eu que não ia encontrar a meia hora de casa a Bretanha. Mas, ao passear enlaçado com a sra. de Stermaria pelas trevas da ilha, à margem das águas, faria como outros que, já que não podem entrar num convento, pelo menos, antes de possuir uma mulher, a vestem de freira.

Podia também esperar que ouviria na companhia da jovem algum rumor de vagas, pois na véspera da ceia se desencadeou uma tormenta. Começava a barbear-me para ir à ilha recomendar que me guardassem o reservado (embora naquela época do ano estivesse vazia a ilha e o restaurante deserto) e encomendar o menu para o dia seguinte, quando Françoise me anunciou Albertine. Fi--la entrar no mesmo instante, indiferente a que me visse enfeiado por uma barba grande a mesma mulher para quem, em Balbec, eu nunca me achava bastante em linha, e que me havia custado então tanta agitação e trabalho como agora a sra. de Stermaria. Queria que esta recebesse a melhor impressão possível do serão do dia seguinte. Assim, pedi a Albertine que me acompanhasse imediatamente à ilha para ajudar-me a compor o menu. Aquela a quem se dá tudo é substituída tão depressa por outra que se fica pasmado de dar o que se tem de novo, a cada hora, sem esperança de futuro. Ante minha proposta, o rosto sorridente e róseo de Albertine, sob um gorrinho liso que descia muito baixo, até os olhos, pareceu hesitar. Devia ter outros planos; de qualquer modo, ela mos sacrificou facilmente, com grande satisfação minha, pois dava muita importância a ter a meu lado uma jovem que conhecia os trabalhos de dona de casa e que saberia arranjar a ceia muito melhor que eu.

É verdade que Albertine havia representado coisa muito diferente para mim em Balbec. Mas a nossa intimidade (ainda quando então não a julguemos suficientemente estreita) com uma mulher de quem estamos enamorados, cria entre nós e ela, apesar das insuficiências, elos sociais que sobrevivem ao nosso amor e inclusive à recordação dele. Então, no que já não é para nós mais que um meio e um caminho para as outras, ficamos tão surpreendidos e divertidos ao inteirar-nos por nossa memória do que seu nome significou de original para o outro ser que fomos outrora, como se, depois de ter indicado a um cocheiro o "Boulevard des Capucines" ou a "Rue du Bac", pensando unicamente na pessoa a quem vamos visitar ali, nos déssemos conta de que esses nomes foram em outro tempo o das monjas capuchinhas cujo convento se encontrava nesse lugar, e o da barca que cruzava o Sena.

Verdade é que meus desejos de Balbec haviam tão bem amadurecido o corpo de Albertine, haviam nele acumulado sabores tão frescos e tão doces que, durante nossa caminhada pelo bosque, enquanto o vento, como um jardineiro cuidadoso, sacudia as árvores, despencava os frutos, varria as folhas mortas, dizia eu comigo que, se houvesse algum risco de que Saint-Loup se tivesse enganado ou de que eu tivesse entendido mal a sua carta, e de que minha ceia com a sra. de Stermaria não me conduzisse a nada, teria marcado encontro para aquela mesma noite, muito tarde, com Albertine, a fim de esquecer durante uma hora puramente voluptuosa, tendo em meus braços o corpo em que a minha curiosidade havia calculado e sopesado todos os encantos em que agora superabundava, as emoções e talvez as tristezas daquele começo de amor pela sra. de Stermaria. Realmente, se eu pudesse supor que a sra. de Stermaria não havia de conceder-me nenhum favor na primeira noite, acharia muito falaz o momento que havia de passar com ela. De sobra sabia eu por experiência como as duas etapas, que se sucedem em nós, nesses princípios de amor por uma mulher a quem desejamos sem conhecer, amando nela, antes que ela própria — quase desconhecida ainda — a vida particular em que se banha, como essas duas etapas se refletem estranhamente na ordem dos fatos; isto é, não já em nós mesmos, mas em nossos encontros com ela. Hesitamos, sem nunca ter falado com ela, tentados pela poesia que para nós representa. Será ela ou será outra? E eis que os sonhos se plasmam em torno dela e não compõem mais senão uma única coisa com ela. O primeiro encontro, que se seguirá em breve, deveria refletir esse amor nascente. Nada disso. Como se fosse necessário que a vida material tivesse também a sua primeira etapa, amando-a já, nós lhe falamos da maneira mais insignificante. "Pedi-lhe que viesse cear nesta ilha porque pensei que lhe agradaria o cenário. Quanto ao mais, não tenho nada de especial a lhe dizer. Mas receio que esteja muito úmido aqui e que apanhe um resfriado." "Não, não." "Está dizendo isso por amabilidade. Permito-lhe que lute mais um quarto de hora contra o frio, para não importuná-la, mas dentro de quinze minutos a levarei daqui à força. Não quero fazê-la apanhar um resfriado." E, sem nada haver dito, a levamos dali, sem recordar nada dela; quando muito, certa maneira de olhar, mas só pensando em tornar a vê-la.

Pois bem, na segunda vez, sem tornar a encontrar nem ao menos o olhar, recordação única, mas só pensando, apesar disso, em tornar a vê-la — a primeira etapa ficou atrás. Nada ocorreu no intervalo. Em vez de falar nas comodidades do restaurante, dizemos, sem que isso estranhe à nova pessoa, a qual achamos feia, mas a quem desejaríamos que falassem de nós a todos os instantes da sua vida: "Muito teremos que fazer para vencer os obstáculos acumulados entre nossos corações. Acha que o conseguiremos? Imagina que poderemos vencer a nossos inimigos e esperar um futuro venturoso?". Mas essas conversações, a princípio insignificantes, e que em seguida fazem alusão ao amor, não chegaríamos a travá-las nós dois: eu podia dar inteiro crédito à carta de Saint-Loup. A sra. de Stermaria se entregaria logo na primeira noite; assim não teria eu de marcar encontro com Albertine, como último caso, para o fim da noite. Era inútil; Robert não exagerava nunca, e sua carta estava tão clara!...

Albertine me falava pouco por ver que eu estava preocupado. Demos alguns passos a pé, sob a gruta verdoenga, quase submarina, de um espesso arvoredo sobre cuja cúpula ouvíamos bater o vento e salpicar a chuva. Eu esmagava contra a terra folhas mortas que se enterravam no chão como conchas e empurrava com a bengala castanhas picantes como ouriços.

Nos ramos, as últimas folhas convulsas só seguiam o vento na longitude do seu pedúnculo, mas às vezes, ao romper-se este, caíam por terra e alcançavam o vento correndo. Eu pensava com alegria quanto mais remota ainda estaria amanhã a ilha se continuasse aquele tempo e de qualquer modo inteiramente deserta. Subimos de novo ao carro e, como a borrasca havia amainado, Albertine me pediu que seguíssemos até Saint-Cloud. Da mesma forma que as folhas secas embaixo, as nuvens, em cima, acompanhavam o vento. E migratórios crepúsculos, cuja superposição rósea, azul e verde deixavam ver como que uma seção cônica praticada no céu, estavam já preparados com destino a outros climas mais amenos. Para ver mais de perto uma deusa de mármore que se erguia em seu soco e completamente sozinha num grande bosque que parecia a ela consagrado, o enchia do terror mitológico, meio animal, meio sagrado, de seus ímpetos furiosos, Albertine subiu sobre um barranco, enquanto eu esperava no caminho. Até ela, vista assim de baixo, não mais gorda e roliça como aquele dia em minha cama, onde os grãos da pele em seu pescoço apareciam sob a lente de meus olhos aproximados, mas cinzelada e fina, parecia uma estatueta sobre a qual os minutos felizes de Balbec haviam passado a sua pátina. Quando me encontrei sozinho em casa, lembrando--me que tinha ido fazer uma excursão vesperal com Albertine, que cearia depois de amanhã em casa da sra. de Guermantes e de que tinha de responder a uma carta de Gilberte, três mulheres a quem havia querido, considerei que a nossa vida social está cheia, como o estúdio de um artista, de esboços abandonados em que por um momento julgáramos poder plasmar a nossa necessidade de um grande amor, mas não pensei que às vezes, se o esboço não é muito antigo, pode acontecer que o retomemos e façamos dele uma obra muito diferente, e talvez até mais importante do que aquela que havíamos projetado a princípio.

No dia seguinte fez tempo frio e bom: sentia-se o inverno (e, de fato, a estação estava tão avançada que era um milagre encontrar no bosque já depredado alguns domos de ouro verde). Ao despertar vi, como pela janela do quartel de Doncières, a bruma fosca, compacta e branca que pendia alegremente ao sol, consistente e branca como açúcar coado. Depois o sol se ocultou, e a névoa se espessou ainda mais. Anoiteceu muito rápido, e eu fui fazer a *toilette*, pois era ainda muito cedo para sair; resolvi mandar um carro à sra. de Stermaria. Não me atrevi a embarcar para não obrigá-la a fazer o trajeto comigo, mas entreguei ao cocheiro um bilhete para ela, em que lhe perguntava se me permitia que fosse recolhê-la. Enquanto esperava, deitei-me, fechei os olhos e logo tornei a abri-los. Acima das cortinas, não havia mais que uma estreita faixa de luz, que ia escurecendo. Reconhecia eu aquela hora inútil, vestíbulo profundo do prazer, cujo vazio sombrio e delicioso aprendera a conhecer em Balbec quando, sozinho, em meu quarto como agora, enquanto todos os outros estavam jantando, via morrer o dia acima das cortinas, sabendo que pouco depois, após uma noite tão curta como as noites polares, ia ressuscitar mais brilhante na fulguração de Rivebelle. Saltei da cama, pus a gravata preta, passei a escova pelos cabelos, últimos gestos de uma tardia ordenação de coisas, executados em Balbec, pensando, não em mim, mas nas mulheres que veria em Rivebelle, enquanto lhes sorria de antemão no espelho oblíquo do meu quarto, gestos esses que por isso haviam ficado como signos precursores de uma diversão mesclada de luzes e música. Como signos mágicos eles a evocavam, mais ainda, realizavam-na; graças a eles, tinha uma noção tão certa da sua verdade, uma fruição tão acabada de seu feitiço embriagador e frívolo, como as que tinha em Combray no mês de julho, quando ouvia as marteladas do encaixotador e, no frescor de meu quarto escuro, gozava do calor e do sol.

Assim, já não era bem a sra. de Stermaria quem eu desejaria ver. Obrigado agora a passar com ela a noite, preferiria, como esta era para mim a última noite antes da volta de meus pais, ficar livre e tratar de ver de novo mulheres de Rivebelle. Tornei a lavar pela última vez as mãos e, no passeio que o prazer me fazia dar pelo apartamento inteiro, enxuguei as mãos na sala de jantar às escuras. Pareceu-me que esta se achava aberta para a antecâmara iluminada; mas, o que havia tomado pela fenda iluminada da porta, que, pelo contrário, estava fechada, não era mais que o reflexo branco da minha toalha num espelho pousado ao longo da parede, à espera de que o colocassem no seu lugar por ocasião da volta de mamãe. Tornei a pensar em todas as miragens que havia assim descoberto em nossa casa e que não eram apenas ópticas, já que nos primeiros dias julgara que a vizinha tinha um cachorro, por causa do uivo prolongado, quase humano, que dera para emitir certo cano da cozinha de cada vez que abriam a torneira. E a porta que dava para o patamar só se fechava muito vagarosamente, com as correntes de ar da escada, executando os cortes de frases, voluptuosos e gemebundos que se superpõem ao Coro dos Peregrinos, no final da *ouverture* de *Tannhäuser.* Por outro lado, quando acabava de dependurar a minha toalha, tive ensejo de gozar de novo mais uma audição desse assombroso trecho sinfônico, porque, tendo ouvido tocar a campainha, corri a abrir a porta ao cocheiro que me trazia a resposta. Pensei que fosse: "A senhora está lá embaixo" ou "A senhora está à sua espera". Mas ele tinha uma carta na mão. Hesitei um instante em tomar conhecimento do que a sra. de Stermaria havia escrito, o que, enquanto ela empunhava a pena, poderia ter sido outra coisa, mas que agora, destacado dela, era um destino que prosseguia sozinho o seu caminho e que ela não mais poderia mudar no mínimo que fosse. Pedi ao cocheiro que descesse e esperasse um instante, embora ele resmungasse contra o nevoeiro. Logo que ele saiu, abri o envelope. No cartão: "Viscondessa Alix de Stermaria". Minha convidada havia escrito: "Sinto-me desolada, um contratempo me impede de ir jantar esta noite com o senhor na ilha do Bois. Esperava esse encontro com tanta alegria. Escrever-lhe-ei mais longamente de Stermaria. Meus sentimentos. Saudações". Fiquei imóvel, aturdido com o choque que recebera. A meus pés estavam caídos o cartão e o envelope, como a bucha de uma arma de fogo depois de dado o tiro. Recolhi-os, analisei a frase. Diz que não pode cear comigo na ilha do Bois. Daí se pode deduzir que poderia cear comigo noutra parte. Não cometerei a indiscrição de ir buscá-la, mas, em todo caso, a coisa poderia interpretar-se desta maneira.

E essa ilha, como desde quatro dias meu pensamento ali se achava previamente instalado com a sra. de Stermaria, não conseguia eu fazê-lo sair de lá. Meu desejo retomava involuntariamente a direção que vinha seguindo desde tantas horas e, apesar daquele recado, demasiado recente para que pudesse prevalecer contra ele, ainda me induzia instintivamente a sair, da mesma forma que um aluno reprovado nos exames desejaria responder a mais uma pergunta. Acabei resolvendo ir dizer a Françoise que descesse para pagar o cocheiro. Atravessei o corredor sem encontrá-la e passei para a sala de jantar; meus passos deixaram de ressoar no soalho como até então haviam feito e ensurdeceram num silêncio que, antes mesmo que eu lhe conhecesse a causa, me deu uma sensação de abafamento e de clausura. Eram os tapetes que haviam começado a pregar para a chegada de meus pais, esses tapetes que tão belos são nas manhãs felizes, quando em meio da sua desordem nos espera o sol como um amigo que veio para levar-nos a comer no campo, e pousa neles um olhar da floresta, mas que agora, pelo contrário, eram o primeiro arranjo da prisão hibernal, de onde eu, obrigado como ia estar a viver, a fazer as minhas refeições em família, já não poderia sair livremente.

— Cuidado para não cair, que ainda não estão pregados — gritou-me Françoise. — Devia ter acendido a luz. Já estamos em fins de *septembro*: acabou-se o bom tempo.

Em breve, o inverno; no canto da janela, como num vidro de Gallé, uma teia de neve endurecida; e, mesmo nos Campos Elísios, em vez das raparigas que a gente espera, apenas os pardais solitários.

O que tornava ainda maior o meu desespero por não encontrar-me com a sra. de Stermaria era que a sua resposta me dava a supor que, enquanto eu, hora por hora, desde o domingo, não vivia senão para aquela ceia, ela indubitavelmente não havia pensado uma única vez em semelhante coisa. Mais tarde vim a saber de um absurdo casamento de amor que fez com um jovem com quem já devia encontrar-se naquele momento, e que sem dúvida a fizera esquecer-se de meu convite. Porque, se se houvesse lembrado disso, não teria esperado o carro (que eu aliás não deveria enviar-lhe, conforme o combinado) para avisar-me de que não estava livre. Meus sonhos de uma virgem feudal numa ilha brumosa tinham aberto caminho a um amor ainda inexistente. Agora a minha decepção, a minha cólera, o meu desesperado desejo de recuperar a que acabava de negar-se-me podiam, fazendo entrar em cena a minha sensibilidade, fixar o amor possível que até aqui só me havia oferecido a minha imaginação.

Quantas não haverá em nossa recordação, quantas não haverá ainda mais em nosso esquecimento, dessas faces de moças e de mulheres, todas diferentes, e às quais só acrescentamos encanto e um furioso desejo de revê-las porque se haviam furtado no último momento! Quanto à sra. de Stermaria, era muito mais ainda, e agora, para amá-la, me bastava revê-la a fim de se renovarem essas impressões tão vivas, mas demasiado breves e que a memória, sem isso, não teria a força de conservar durante a ausência. As circunstâncias decidiram que fosse de outra maneira: não tornei a vê-la. Não foi ela a quem amei, mais poderia ter sido. E uma das coisas que me tornaram mais cruel o grande amor que eu em breve ia ter foi, ao lembrar aquela noite, dizer comigo que, se circunstâncias muito simples se houvessem modificado, poderia esse amor dirigir-se a outrem, à sra. de Stermaria; aplicado àquela que mo inspirou tão pouco tempo depois, não era portanto — como eu teria tanta vontade, tanta necessidade de crer — absolutamente necessário e predestinado.

Françoise me deixara sozinho na sala de jantar dizendo-me que eu fazia mal em ficar ali antes que acendessem a lareira. Ia preparar o jantar, pois ainda antes da chegada de meus pais, e desde aquela noite, começava a minha reclusão. Reparei num enorme rolo de tapetes encostado ao aparador e, ali ocultando a cabeça, engolindo a sua poeira e as minhas lágrimas, semelhante aos judeus que nos dias de luto cobriam a cabeça de cinzas, pus-me a soluçar. Tiritava, não só porque a peça estava fria, mas também por uma notável queda térmica (contra cujo perigo e, cumpre dizê-lo, contra cujo leve deleite não se intenta reagir) causada por certas lágrimas que choram nossos olhos, gota a gota, como uma chuva fina, penetrante, glacial, que parece nunca mais terminar. De repente ouvi uma voz:

— Pode-se entrar? Françoise me disse que devias estar aqui. Vinha ver se não querias jantar comigo nalguma parte, se é que isto não te faz mal, pois está um nevoeiro de cortar a faca.

Era, chegado pela manhã, quando eu o julgava ainda em Marrocos ou no mar, Robert de Saint-Loup.

Já disse (e justamente fora, em Balbec, Robert de Saint-Loup quem, malgrado seu, me havia ajudado a adquirir consciência disso) o que penso da amizade, a saber: que é tão pouca coisa que me custa compreender que homens de algum gênio, como por exemplo um Nietzsche, tenham tido a ingenuidade de atribuir-lhe certo valor intelectual e, por conseguinte, esquivar-se a amizades a que não estivesse unida a estima intelectual. Sim, sempre foi para mim um espanto ver que um homem que extremava a sinceridade consigo mesmo até o ponto de afastar-se, por escrúpulo de consciência, da música de Wagner, tenha imaginado que a verdade possa realizar-se nesse modo de expressão confuso e inadequado por natureza que são em geral os atos, e em particular as amizades, e que possa haver uma significação no fato de deixar o trabalho para ir ver a um amigo e chorar com ele ao saber da falsa notícia do incêndio do Louvre.[201] Em Balbec, eu acabara achando o prazer de brincar com moças menos funesto à vida espiritual, à qual pelo menos se conserva estranho, do que a amizade, cujo esforço inteiro consiste em fazer-nos sacrificar a única parte real *e* incomunicável (a não ser por meio da arte) de nós mesmos, a um eu superficial que não acha, como o outro, alegria em si mesmo, mas sente um confuso enternecimento de sentir-se sustentado por estacas exteriores, hospedado numa individualidade estranha, em que, feliz com a proteção que lhe proporcionam, irradia seu bem-estar em aprovação e se extasia com qualidades que chamaria defeitos e trataria de corrigir em si mesmo. Quanto ao mais, os que desprezam a amizade podem, sem ilusões e não sem remorsos, ser os melhores amigos do mundo, da mesma sorte que um artista que traz em si uma obra-prima e sabe que seu dever seria viver para trabalhar, apesar disso, para não parecer egoísta ou não correr o risco de sê-lo, dá a sua vida por uma causa inútil, e tanto mais afoitamente a dá quanto as razões por que preferia não dá-la eram razões desinteressadas. Mas, quaisquer que fossem as minhas opiniões sobre a amizade, ainda só no tocante ao prazer que me proporcionava, de qualidade tão medíocre que se parecia a algo de intermediário entre o cansaço e o fastio, não há beberagem tão funesta que não possa a determinadas horas ser deliciosa e reconfortante, trazendo-nos o impulso que nos era necessário, o calor que não podemos encontrar em nós mesmos.

---

201 Alusão ao livro *O caso Wagner*, em que Nietzsche toma distância da obra de Wagner, criticando-a pelo "pangermanismo" e a grandiloquência de fundo vazio. A notícia do falso incêncio no museu do Louvre se difundiu no dia 23 de maio de 1871; Nietzsche relata em carta seu desespero, que o leva a procurar o amigo Jacob Burckhardt; os amigos então se dão as mãos e choram conjuntamente a suposta perda. (N. E.)

Muito longe estava eu por certo de querer pedir a Saint-Loup, como havia uma hora o desejava, que me levasse a ver as mulheres de Rivebelle; o rastro que deixara em mim o caso da sra. de Stermaria não queria ser apagado tão depressa; mas no momento em que já não sentia em meu coração nenhum motivo de felicidade, a entrada de Saint-Loup foi como uma dádiva de alegria, de bondade, de vida, que estavam fora de mim, naturalmente, mas que se me ofereciam, que não podiam mais que ser minhas. Nem ele próprio compreendeu meu brado de agradecimento e minhas lágrimas de ternura. Que coisa haverá mais paradoxalmente afetuosa, por outro lado, que um desses amigos — diplomata, aviador, explorador ou militar — como Saint-Loup, e que, como voltem na manhã seguinte, para o campo e dali para Deus sabe onde, parece que engendram para si mesmos, na tarde que nos consagram, uma impressão que a gente se espanta de que possa, de tão rara e breve como é, ser-lhes tão doce, e, já que tanto lhes agrada, de não vê-los prolongá-la mais ou renová-la mais amiúde! Um passeio conosco, coisa tão natural, depara a esses viajantes o mesmo prazer estranho e delicioso que nossos bulevares a um asiático. Saímos juntos para ir cear e, enquanto descia a escada, me lembrei de Doncières, onde todas as noites ia buscar Robert no restaurante, e dos pequenos refeitórios esquecidos. Lembrei-me de um, que não estava no hotel em que jantava Saint-Loup, mas em outro muito mais modesto, entre hospedaria e casa de pensão, e em que serviam a proprietária e uma de suas criadas. A neve me havia detido ali. Por outro lado Robert não ia jantar naquela noite no hotel, e eu não quisera ir mais além. Levaram-me os pratos em cima, a uma saleta toda revestida de madeira. A lâmpada se apagou durante a refeição; a criada me acendeu duas velas. Eu, fingindo não enxergar muito bem ao estender-lhe o meu prato, enquanto ela servia umas batatas, peguei seu antebraço desnudo, como para guiá-la. Ao ver que não o retirava, acariciei-a; depois, sem pronunciar palavra, atrai-a de todo para mim, apaguei as velas, e então lhe disse que me manuseasse se queria ganhar algum dinheiro. Durante os dias que se seguiram, o gozo físico me pareceu que exigia, para ser saboreado, não só aquela mulher, mas também a saleta de madeira, tão isolada. Fui, contudo, até o lugar onde ceavam Robert e seus amigos, aonde voltei todas as noites, por costume, por amizade, até a minha partida de Doncières. E, no entanto, nem mesmo naquele hotel onde se hospedava Saint-Loup com seus amigos pensava eu desde muito tempo. Mal nos aproveitamos de nossa vida, deixamos inacabadas nos poentes de verão, ou nas prematuras noites de inverno, as horas em que no entanto nos parecera estar encerrado um pouco de paz ou de prazer. Mas essas horas não estão perdidas absolutamente. Quando cantam por sua vez novos momentos de prazer que passariam do mesmo modo, tão frágeis e lineares, elas vêm trazer-lhes o embasamento, a consistência de uma rica orquestração. Estendem-se até uma dessas felicidades típicas, que só se encontram de longe em longe, mas que continuam existindo; no exemplo presente, era o abandono de tudo o mais para cear num lugar confortável que, mercê das recordações, encerra num cenário natural promessas de viagem, com um amigo que vai agitar a nossa vida dormente com toda a sua energia e todo o seu afeto, comunicar-nos um comovido prazer, muito diferente daquele que conseguiríamos dever a nosso próprio esforço ou a distrações mundanas; vamos ser só dele, fazer-lhe juramentos de amizade que, nascendo entre os limites dessa hora, permanecendo encerrados nela, talvez não sejam cumpridos no dia seguinte, mas que eu podia fazer sem escrúpulos a Saint-Loup, já que este, com uma coragem em que entrava muito de sabedoria e o pressentimento de que não se pode aprofundar a amizade, na manhã seguinte teria partido de novo.

Se ao descer a escada revivia eu as noites de Doncières, quando chegamos bruscamente à rua, a escuridão quase completa em que a névoa parecia haver apagado os lampiões, que, muito débeis, só se distinguiam de muito perto, devolveu-me a não sei que chegada, à noite, em Combray, quando a cidade não estava ainda alumiada senão de trecho em trecho, e a gente andava tenteando numa escuridão úmida, morna e sagrada de presépio, estrelada aqui e ali por uma luzinha que não brilhava mais que um círio. Entre esse ano, aliás incerto, de Combray, e os crepúsculos de Rivebelle, que momentos antes tinha tornado a ver por cima das cortinas — que diferenças! Sentia eu ao percebê-las um entusiasmo que poderia ser fecundo se estivesse sozinho, e teria evitado o rodeio de muitos anos inúteis por que ainda havia de passar antes que se declarasse a vocação invisível de que esta obra é a história. Se tal houvesse ocorrido naquela noite, o carro em que íamos mereceria ficar muito mais memorável para mim do que o do dr. Percepied, em cuja boleia havia eu composto a breve descrição — justamente encontrada há pouco, modificada e inutilmente remetida para o *Fígaro* — dos sinos de Martinville. Será porque não revivemos nossos anos em sua sucessão contínua, dia por dia, mas na recordação fixada no frescor ou na insolação de uma noite ou de uma manhã, recebendo a sombra de algum lugar isolado, cercado, imóvel, parado e perdido, longe de tudo o mais, e que assim, ao se suprimirem as mudanças graduadas, não só no exterior, mas também em nossos sonhos e em nosso caráter em evolução, mudanças que nos conduziram insensivelmente pela vida, de um tempo a um outro muito diferente, se revivemos uma recordação colhida de um ano diverso, encontramos entre eles, graças a lacunas, a imensos muros de olvido, algo assim como o abismo de uma diferença de altura, como a incompatibilidade de duas qualidades incomparáveis de atmosfera respirada e de colorações ambientes? Mas, entre as recordações que insensivelmente acabava de ter, sucessivamente, de Doncières, de Combray e de Rivebelle, sentia eu naquele momento muito mais que uma distância no tempo: a distância que havia entre universos diferentes em que a matéria não fosse a mesma. Se quisesse imitar numa obra aquela em que se me apresentavam cinzeladas as minhas mais insignificantes recordações de Rivebelle, teria de veiar de rosa, tornar de repente translúcida, refrescante e sonora a substância até então análoga ao barro obscuro e tosco de Combray. Mas Robert, que acabara de fazer suas recomendações ao cocheiro, veio sentar-se ao meu lado no carro. As ideias que me haviam surgido desvaneceram-se. São deusas que às vezes se dignam tornar-se visíveis a um mortal solitário, na volta de um caminho, até mesmo em seu quarto enquanto ele dorme e elas de pé, no vão da porta, lhe trazem a sua anunciação.

Mas, logo que há duas pessoas juntas, desaparecem; os homens em sociedade não as distinguem nunca. E vi-me lançado à amizade. Robert, ao chegar, me advertira de que havia muita neve; mas esta, enquanto conversávamos, não havia cessado de tornar-se mais densa. Já não era mais a ligeira bruma que eu desejara ver alçar-se da ilha e envolver-nos a mim e à sra. de Stermaria. A dois passos os lampiões se apagavam e então vinha a noite, tão profunda como em meio dos campos ou numa floresta, ou melhor, nalguma suave ilha da Bretanha a que eu quisera ir; senti-me perdido como na costa de um mar setentrional onde a gente se expõe vinte vezes à morte antes de chegar ao albergue solitário; deixando de ser uma miragem que buscamos, a neve se convertia num desses perigos contra os quais se luta, de modo que tivemos, para encontrar nosso caminho e chegar a porto seguro, a inquietação e por fim o júbilo que dá a segurança — tão insensível para quem não está ameaçado de perdê-la — ao viajante perplexo e extraviado. Só uma coisa esteve a ponto de comprometer o meu contentamento durante a nossa aventurosa corrida, devido ao irritado espanto em que me precipitou por um momento. "Sabes?", disse-me Saint-Loup, "contei a Bloch que não o estimavas tanto assim, que achavas nele certas vulgaridades. Bem vês, eu sou assim: agradam-me as situações claras", concluiu com uma expressão satisfeita e num tom que não admitia réplica. Eu estava estupefato. Não só tinha a mais absoluta confiança em Saint--Loup, na lealdade da sua amizade, e ele a havia traído com o que dissera a Bloch, como também me parecia que deviam impedi-lo de semelhante coisa tanto os seus defeitos como as suas qualidades, aquela extraordinária dose de educação adquirida que podia levar a cortesia até certa falta de franqueza. Seu ar triunfante seria acaso o que adotamos para dissimular certo embaraço ao confessar alguma coisa que sabemos que não devíamos ter feito? Traduziria uma inconsciência? Uma estupidez que erigia em virtude um defeito que eu não lhe conhecia? Um passageiro acesso de mau humor contra mim que o levava a abandonar-me? Ou um passageiro acesso de mau humor contra Bloch, a quem tinha querido dizer algo desagradável, embora comprometendo-me? Por outro lado, seu rosto estava estigmatizado, enquanto me dizia aquelas palavras vulgares por uma horrível sinuosidade que não lhe vi mais que uma ou duas vezes na vida, e que, seguindo primeiro aproximadamente o centro do rosto, uma vez que havia chegado aos lábios, torcia-os, dava-lhes uma horrorosa expressão de baixeza, quase de bestialidade, puramente passageira e sem dúvida ancestral. Devia haver nesses momentos, que indubitavelmente não se repetiam mais que uma vez a cada três anos, um eclipse parcial do seu próprio eu, porque passava através dele a personalidade de um antepassado que nesse eu se refletia. Tanto o aspecto de satisfação de Robert, como as suas palavras: "Agradam-me as situações claras", se prestavam à mesma dúvida e poderiam merecer o mesmo reproche. Queria eu dizer-lhe que, se agradam a alguém as situações claras, deve ter esses acessos de franqueza nas coisas que lhe dizem respeito e não fazer gala de uma virtude demasiado fácil à custa dos outros. Mas o carro já se havia detido defronte ao restaurante, cuja vasta fachada envidraçada e fulgurante era a única coisa que conseguia varar a escuridão. A própria névoa, graças às confortáveis iluminações do interior, parecia já, da calçada, indicar a entrada com o júbilo desses criados que refletem o estado de espírito do amo: irisava-se dos matizes mais delicados e indicava a entrada como a coluna de fogo que guiou os hebreus.[202] Havia, por outro lado, muitos destes entre a freguesia. Pois era a esse restaurante que Bloch e seus amigos tinham vindo por muito tempo, ébrios de um jejum tão esfaimante como o jejum ritual (que pelo menos só se celebra uma vez por ano), o jejum de café e de curiosidade política. Como toda excitação mental comunica um valor predominante, uma qualidade superior, aos hábitos que se lhe relacionam, não há gosto um pouco vivo que não reúna em torno de si uma sociedade a que unifica e em que a consideração dos outros membros é a que cada um principalmente procura na vida. Aqui, embora seja num vilarejo do interior, encontrareis apaixonados da música; o melhor de seu tempo, o mais luzido do seu dinheiro vão parar nas audições de música de câmara, nas reuniões em

202 Êxodo XIII, 21. (N. E.)

que se fala de música, no café onde se encontram entre amadores e onde se acotovelam com os músicos da orquestra. Outros, entusiastas da aviação, se empenham para ser bem recebidos do velho garçom do bar envidraçado do alto do aeródromo; ao abrigo do vento, como na jaula de vidro de um farol, poderão seguir, em companhia de um aviador que não está voando naquele momento, as evoluções de um piloto executando *loopings*, enquanto outro, invisível um minuto antes, acaba de aterrissar bruscamente, de abater-se com o formidável estrondo de asas do pássaro Roque.[203] O reduzido grupo que se reunia para perpetuar e aprofundar as emoções fugitivas do processo Zola, dava também grande importância àquele café.[204] Mas era malvisto pelos jovens aristocratas que formavam a outra parte da freguesia e haviam adotado uma segunda sala do café, apenas separada da outra por um leve parapeito adornado de vegetação. Consideravam Dreyfus e seus partidários traidores, muito embora vinte e cinco anos mais tarde, como as ideias tinham tido tempo de sedimentar-se e o dreyfusismo, de adquirir certa elegância na história, os filhos, bolchevizantes e valsistas, desses mesmos jovens aristocratas, haviam declarado aos "intelectuais" que os interrogavam que, sem dúvida alguma, se tivessem vivido naquele tempo, teriam estado do lado de Dreyfus, sem saber ao certo muito mais do que tinha sido o *affaire* do que a condessa Edmond de Pourtalès ou a marquesa de Galliffet, outras luminárias já extintas no dia em que eles haviam nascido.[205] Pois naquela noite de nevoeiro

203 Pássaro presente nas *Mil e uma noites* que vive em uma ilha distante, alimenta-se de carne humana e seria capaz de erguer um elefante. (N. E.)

204 O processo Zola, mais de uma vez mencionado no presente volume, acontecera entre os dias 7 e 23 de fevereiro de 1898. O escritor foi julgado por difamação por causa de seu artigo intitulado "J'accuse", publicado no dia 13 de janeiro daquele ano no jornal *L'Aurore*. Nesse artigo, ele pedia a revisão do processo que condenara Dreyfus e falava da corrupção e do antissemitismo do Exército francês. (N. E.)

205 A condessa de Pourtalès, dama de honra da imperatriz Eugênia, já foi mencionada anteriormente como proprietária da casa em que o general Borondino vinha jantar. Em artigo de juventude, Proust descrevera um dos vestidos da condessa. Anos mais tarde, ele destacaria o caráter quase indescritível da elegância do mundo da marquesa de Galliffet e da princesa de Sagan, antigas belezas do tempo do Império. (N. E.)

os nobres do café, que mais tarde seriam pais desses jovens intelectuais, retrospectivamente dreyfusistas, ainda eram solteiros. É verdade que as famílias de todos eles pensavam num casamento rico; mas isso era coisa que nenhum ainda havia realizado. Virtual ainda, esse casamento rico desejado por vários ao mesmo tempo (havia, realmente, vários "bons partidos" à vista, mas, enfim, o número dos dotes era muito menor que o dos aspirantes) se limitava a provocar certa rivalidade entre aqueles jovens.

Por má sorte minha, como Saint-Loup houvesse parado alguns minutos para recomendar ao cocheiro que viesse buscar-nos depois da ceia, tive de entrar sozinho. Pois bem, para começar, uma vez metido na porta giratória, a que não estava acostumado, julguei que não conseguiria sair dela. (Digamos de passagem, para os que gostem de um vocabulário mais preciso, que essa "porta tambor", apesar das suas aparências pacíficas, chama-se "porta revólver", do inglês *revolving door.*) Naquela noite, o dono do café, que não se atrevia a molhar-se, se saísse fora, nem a abandonar seus fregueses, permanecia contudo junto à entrada para ter o gosto de ouvir as joviais queixas dos que chegavam, iluminados por uma satisfação de gente a quem havia custado chegar e passado pelo medo de perder-se. Mas a risonha cordialidade da sua recepção desvaneceu-se ante o espetáculo de um desconhecido que não sabia desvencilhar-se dos batentes de vidro. Essa flagrante demonstração de ignorância fê-lo franzir as sobrancelhas como um examinador que não tem vontade de pronunciar o *dignus est intrare.*[206] Para cúmulo da desgraça, fui sentar-me na sala reservada à aristocracia, de onde o dono do estabelecimento veio tirar-me rudemente, indicando-me, com uma grosseria à qual se acomodaram imediatamente todos os garçons, um lugar na outra sala. O lugar não me agradou, tanto mais que o divã em que se encontrava situado estava já cheio de gente e, além disso, ficava à minha frente a porta reservada aos judeus, que, não

---

206 "Digno de entrar": fórmula de latim "macarrônico" encontrada no *Doente imaginário*, de Molière, quando a personagem Argan recebe seu diploma de médico: "Bene, bene, bene, bene respondere/Dignus, dignus est intrare/In nostro docto corpore". (N. E.)

sendo giratória, ao abrir-se e fechar-se a cada instante, me enviava um frio terrível. Mas o patrão negou-se a dar-me outro, dizendo: "Não, cavalheiro, não posso incomodar todo mundo por causa do senhor". De resto, logo se esqueceu do comensal tardio e rebelde que eu era, cativado como estava pela entrada de cada recém-chegado, que, antes de pedir seu *bock*, sua asa de frango frio ou seu *grog* (a hora do jantar há muito que já havia passado), devia, como nas antigas novelas, pagar sua quota referindo a sua aventura, no momento em que entrava naquele asilo de calor e segurança em que o contraste com aquilo de que havia a gente escapado fazia reinar a jovialidade e a camaradagem que se divertem ante o fogo de um bivaque.

Um contava que seu carro, julgando haver chegado à ponte da Concórdia, por três vezes dera volta aos Inválidos; outros que o seu, quando intentava baixar pela avenida dos Campos Elísios, se havia metido num maciço do *Rond-Point*, de onde levara três quartos de hora para sair. Depois vinham as lamentações por conta da neve, do frio, do silêncio de morte das ruas, lamentações ditas e ouvidas com a expressão excepcionalmente risonha, explicável pela benigna atmosfera da sala em que, a não ser no meu lugar, fazia calor, pela viva luz que obrigava a piscar os olhos, já habituados a não ver, e pelo rumor das conversações, que devolvia aos ouvidos ensurdecidos a sua atividade.

Os que chegavam tinham trabalho em guardar silêncio. A singularidade das peripécias, que julgavam única, lhes queimava a língua e procuravam com os olhos alguém com quem entabular conversação. Até o patrão perdia o senso das distâncias: "O príncipe de Foix se perdeu três vezes ao vir da Porta de São Martinho", não receou dizer, rindo, sem deixar de assinalar, como se fizesse uma apresentação, o célebre aristocrata a um advogado judeu que, em qualquer outro dia, estaria separado daquele por uma barreira muito mais difícil de transpor do que o tabique adornado de folhagens. "Três vezes, vejam só!", disse o advogado, levando a mão ao chapéu. O príncipe não se agradou da frase de aproximação. Fazia parte de um grupo aristocrático para o qual o exercício da impertinência, inclusive com respeito à nobreza quando esta não era de primeira categoria, parecia ser a preocupação única. Não responder a uma saudação; e, se o cavalheiro cortês reincidia, dar um risinho sardônico ou lançar a cabeça para trás com ar furioso; fingir não conhecer um homem idoso que lhes teria prestado serviço; reservar os apertos de mão e as saudações aos duques e aos amigos bastante íntimos dos duques que estes lhes apresentavam, tal era a atitude daqueles jovens e, em particular, do príncipe de Foix. Tal atitude era favorecida pela desordem da primeira mocidade (em que, mesmo na burguesia, parecemos ingratos se nos mostramos grosseiros, porque, tendo esquecido durante meses de escrever a um benfeitor que acaba de perder a esposa, depois deixamos de cumprimentá-lo, para simplificar), mas era principalmente inspirada por um superagudo esnobismo de casta. É verdade que, como certas doenças nervosas cujas manifestações se atenuam na idade madura, esse esnobismo devia geralmente deixar de traduzir-se de maneira tão hostil entre aqueles que tinham sido uns jovens tão insuportáveis. Uma vez passada a juventude, é raro que fiquemos confinados na insolência. A gente julgava que só ela existia, e eis que de repente descobre, por mais príncipe que se seja, que há também a música, a literatura, até mesmo a deputação. A ordem dos valores humanos é assim modificada, e entramos em conversação com pessoas que antes fulminávamos com o olhar. Felizes aqueles que tiveram a paciência de esperar e cujo caráter é assaz bem formado — se assim se pode dizer — para que tenham gosto em receber, pela volta dos quarenta, as boas graças e o acolhimento que lhes haviam secamente recusado aos vinte anos.

A propósito do príncipe de Foix convém dizer, já que se apresenta a ocasião, que pertencia a um bando de doze a quinze rapazes e a um grupo mais restrito de quatro. O bando de doze a quinze tinha a característica, à qual o príncipe escapava, creio eu, de que esses jovens apresentavam cada um deles um duplo aspecto. Crivados de dívidas, pareciam uns quaisquer aos seus fornecedores, apesar de todo o prazer que tinham estes em dizer: "Senhor conde, senhor marquês, senhor duque...". Esperavam sair de apuros por meio do famoso casamento rico, chamado ainda "saco de ouro", e, como os grandes dotes que cobiçavam não iam além de quatro ou cinco, vários assestavam surdamente as suas baterias sobre a mesma noiva. E tão bem guardado era o segredo que, quando um deles, chegando ao café, dizia: "Meus velhos, eu sou muito amigo de vocês para não deixar de anunciar-lhes o meu noivado com a senhorita d'Ambresac", várias exclamações explodiam, pois muitos deles, julgando-se já garantidos com a mesma senhorita, e não tendo o necessário sangue-frio para abafar no primeiro momento o brado da sua ira e da sua estupefação: "Então agrada-te casar, Bibi?", não podia deixar de exclamar o príncipe do Châtellerault, que deixava cair o garfo, no seu espanto e desespero, pois julgava que o mesmo noivado da srta. d'Ambresac ia em breve ser tornado público, mas com ele, Châtellerault. "Então te diverte casar?", não podia deixar de perguntar segunda vez a Bibi, o qual, mais bem preparado, pois tivera o tempo necessário de escolher sua atitude desde que "era quase oficial", respondia sorrindo: "Estou satisfeito, não por me casar, coisa de que não tinha vontade alguma, mas por me casar com Daisy d'Ambresac, que acho deliciosa". Durante o tempo que durara essa resposta, o sr. de Châtellerault já se havia refeito, mas pensava que era preciso o mais depressa possível dar meia-volta em direção à srta. de Canourque ou de miss Foster, os grandes partidos número dois e número três, pedir paciência aos credores que esperavam o casamento Ambresac e enfim, explicar às pessoas a quem também dissera que a srta. d'Ambresac era encantadora, que esse casamento era bom para Bibi, mas que ele teria de romper com toda a sua família se a desposasse. Afirmara que a sra. de Soléon chegara até a dizer que não os receberia.

Mas se, para os fornecedores, donos de restaurantes etc., pareciam eles gente de somenos, em compensação, como seres duplos que eram, desde o momento em que se encontravam no alto mundo já não eram julgados em vista do descalabro da sua fortuna e dos lamentáveis ofícios a que se entregavam para repará-la. Tornavam a ser o senhor príncipe, o senhor duque, e só eram aferidos por seus brasões. Um duque quase multimilionário e que parecia reunir tudo em si ficava aquém deles porque, como chefes de linhagem, haviam sido antigamente príncipes soberanos de um minúsculo país onde tinham o direito de cunhar moeda etc. Frequentemente, naquele café, um baixava os olhos quando outro entrava, para não forçar o que chegava a cumprimentá-lo. É que, na sua imaginosa perseguição da riqueza, havia convidado um banqueiro para jantar. Cada vez que um homem do alto mundo se coloca em tais condições em relação a um banqueiro, este o faz perder cem mil francos, o que não impede que o homem tente recomeçar com outro. Sempre se continua acendendo velas aos santos e consultando os médicos.

Mas o príncipe de Foix, rico ele próprio, não só pertencia ao elegante bando dos quinze, mas também a um grupo mais restrito e inseparável, de quatro, de que fazia parte Saint-Loup. Nunca se convidava a um deles sem os outros: chamavam-nos os quatro gigolôs; sempre eram vistos juntos nos passeios, nos castelos, onde lhes davam quartos com comunicação entre si, de modo que — tanto mais que todos eles eram bastante belos — corriam rumores a respeito da sua intimidade. Tive ocasião de desmenti-los da maneira mais formal no concernente a Saint-Loup.[207] Mas o curioso é que, se mais tarde se soube que esses rumores eram verdadeiros em referência aos quatro, cada um deles, em compensação, o tinha completamente ignorado quanto aos três outros. E, contudo, bem havia tratado cada um deles de informar-se acerca dos demais, ou fosse para saciar um desejo, ou antes um rancor, estorvar um casamento ou levar vantagem sobre o amigo desmascarado. Um quinto amigo (pois nos grupos de quatro sempre há mais de quatro) se havia reunido aos quatro platônicos, e ainda o era mais que todos os outros. Mas os escrúpulos religiosos o contiveram até muito depois que o grupo dos quatro se houvesse desfeito e, já casado, pai de família, implorando em Lourdes que o próximo filho fosse menino ou menina, lançava-se, nos intervalos, sobre os militares.

---

207 Só muito mais tarde, no início do último volume da obra, é que esse desmentido será radicalmente revisto. (N. E.)

Apesar do modo de ser do príncipe, o fato de que a frase dita na sua presença não fora diretamente dirigida a ele, fez com que a sua cólera fosse menos forte do que teria sido a não ser assim. De resto, tinha aquela noite algo de excepcional. Afinal de contas, o advogado não tinha mais probabilidades de entrar em relações com o príncipe de Foix do que o cocheiro que havia conduzido esse nobre senhor. Assim, julgou este que podia responder de modo altaneiro, e como à parte àquele interlocutor que, graças ao nevoeiro, era como um companheiro de viagem com que nos tornamos a encontrar numa praia situada nos confins do mundo, açoitada pelos ventos ou perdida entre as névoas. "Perder o caminho não é nada; o diabo é não encontrá-lo." A justeza desse pensamento impressionou o patrão, porque já o ouvira várias vezes naquela noite.

Com efeito, tinha ele o costume de comparar sempre o que ouvia ou lia com um determinado texto já conhecido, e a sua admiração despertava quando não descobria diferenças. Esse estado de espírito não é de desdenhar, pois que, aplicado às conversações políticas, às leituras dos jornais, forma a opinião pública e torna assim possíveis os maiores acontecimentos. Muitos donos de cafés alemães, que só admiravam seu freguês ou seu jornal, quando diziam que a França, a Inglaterra ou a Rússia "procuravam" a Alemanha, tornaram possível, por ocasião de Agadir, uma guerra que, de resto, não rebentou.[208] Os historiadores, se não fizeram mal em desistir de explicar os atos dos povos pela vontade dos reis, devem substituir esta pela psicologia de indivíduo medíocre.

Em política, o dono do café a que eu acabava de chegar não aplicava desde muito a sua mentalidade de professor de declamação senão a certo número de trechos referentes à questão Dreyfus. Se não encontrava as expressões conhecidas nas frases de um freguês,

---

208 Alusão ao conflito latente entre a França e a Alemanha no que diz respeito à presença francesa cada vez mais intensa em território marroquino. Tal presença levou o governo alemão a enviar um navio de guerra ao porto de Agadir, em 1911. Na sequência, a França cederia uma porção do Congo aos alemães e seria autorizada a estender sua autoridade sobre o Marrocos. (N. E.)

declarava o artigo insuportável ou que o freguês não era franco. O príncipe de Foix o encantou, pelo contrário, a ponto de que mal deu a seu interlocutor tempo de terminar a frase. "Bem dito, príncipe, bem dito!" (O que queria dizer, afinal de contas, recitado impecavelmente.) "Isso mesmo, isso mesmo!", exclamou, expandindo-se, como se diz nas *Mil e uma noites*, "até os limites da satisfação".[209] Mas o príncipe já havia desaparecido na sala pequena. Depois, como a vida continua mesmo após os acontecimentos mais singulares, os que saíam do mar da névoa pediam uns a sua bebida, outros, o seu jantar; e, entre estes, alguns rapazes do Jockey que, devido ao caráter anormal do dia, não hesitaram em instalar-se em duas mesas da sala grande, vindo a ficar muito perto de mim. Assim o cataclismo estabelecera, mesmo da sala pequena para a grande, entre toda aquela gente estimulada pelo conforto do restaurante, após seu longo errar pelo oceano de bruma, uma familiaridade de que só eu estava excluído e que devia assemelhar-se à que reinava na arca de Noé. Nisto, vi o dono do café multiplicar-se em curvaturas, os *maîtres d'hôtel* acorrerem todos, coisa que atraiu os olhares de todos os fregueses. "Depressa, chamem Cipriano! Uma mesa para o senhor marquês de Saint-Loup!", exclamava o patrão, para quem Robert não era apenas um grão-senhor que gozava de verdadeiro prestígio, inclusive para o príncipe de Foix, mas um freguês que levava uma vida de dissipação e que gastava a rodo no restaurante. Os fregueses da sala grande olhavam com curiosidade; os da pequena chamavam, cada qual mais, por seu amigo, que estava acabando de limpar os sapatos. Mas, no momento em que ia entrar na sala pequena, avistou-me na grande. "Meu Deus, que fazes aí, e com a porta aberta em frente?", gritou, não sem lançar um olhar furioso ao patrão, que correu a fechar a porta, desculpando-se com os garçons: "Sempre lhes recomendo que a mantenham fechada".

Eu me vira obrigado a afastar minha mesa e outras que se achavam diante de mim para ir ao encontro de Robert. "Por que te levantaste? Achas melhor jantar aí do que na sala pequena? Mas,

---

209 Expressão muito usada por Mardrus, tradutor francês das *Mil e uma noites*. (N. E.)

meu filho, vais ficar enregelado... O senhor vai fazer-me o favor de interditar essa porta", disse ele ao patrão. "Agora mesmo, senhor marquês. Os fregueses que chegarem a partir deste momento passarão pela sala pequena." E, para melhor demonstrar seu zelo, encarregou dessa operação o *maître d'hôtel* e vários garçons, enquanto bradava terríveis ameaças se não fosse realizada a contento. Dava-me excessivas demonstrações de respeito para que eu esquecesse que elas não haviam começado depois da minha vinda, mas somente depois da de Saint-Loup, e, para que eu no entanto não julgasse que eram devidas à amizade que me demonstrava o seu rico e aristocrático freguês, dirigia-me furtivamente pequenos sorrisos, em que parecia declarar-se uma simpatia toda pessoal.

Atrás de mim, as palavras de um freguês me fizeram voltar por um segundo a cabeça. Eu ouvira, em vez das palavras: "Asa de frango, muito bem, um pouco de champanhe, mas não muito seco", estas: "Eu preferiria glicerina. Sim, quente, muito bem". Queria ver quem era o asceta que se infligia tal menu. Voltei vivamente a cabeça para Saint-Loup, para não ser reconhecido pelo estranho *gourmet*. Era simplesmente um médico meu conhecido, a quem um cliente, aproveitando-se do nevoeiro para encurralá-lo naquele café, fazia uma consulta. Os médicos, como os banqueiros, dizem "eu".

Entretanto eu olhava para Robert e pensava numa coisa. Havia naquele café, e conhecera eu na vida muitos estrangeiros, intelectuais, resignados ao riso que provocavam sua capa pretensiosa, suas gravatas à 1830,[210] e muito mais ainda seus movimentos desabridos, chegando até a provocar esse riso exatamente por mostrarem que não se importavam, e que eram gente de real valor intelectual e moral, de profunda sensibilidade. Desagradavam — os judeus principalmente, os judeus não assimilados, está visto; não era o caso dos outros — às pessoas que não podem suportar uma aparência estranha, estrambótica (como Bloch e Albertine). Geralmente se reconhecia logo que, se tinham em seu desfavor o cabelo demasiado longo, o nariz e os olhos muito grandes, gestos teatrais

---

210 Gravatas largas, que davam várias voltas em torno do pescoço. (N. E.)

e bruscos, era pueril julgá-los por isso, pois tinham muito talento e coração e, eram, nesse ponto, gente a quem se podia querer profundamente. No que se refere particularmente aos judeus, pouco havia cujos pais não tivessem uma generosidade de coração, uma largueza de espírito, uma sinceridade, ao lado das quais a mãe de Saint-Loup e o duque de Guermantes não fizessem um triste papel moral por sua secura, sua religiosidade superficial que só censurava os escândalos e sua apologia de um cristianismo que conduzia infalivelmente (pelas vias imprevistas da estima exclusiva da inteligência) a um colossal casamento de conveniência. Mas em Saint-Loup, afinal, de qualquer modo que os defeitos de seus pais se houvessem combinado em uma nova criação de qualidades, reinava a mais encantadora franqueza de espírito e de coração. E então, cumpre dizê-lo para a glória imortal da França, quando essas qualidades se encontram num francês puro, seja da aristocracia ou do povo, florescem — dizer que se expandem seria demasiado, já que persistem nelas a medida e a restrição — com uma graça que não nos oferece o estrangeiro, por mais estimável que seja. As qualidades intelectuais e morais, está visto que também os outros as possuem e, se é mister atravessar primeiramente o que desagrada, o que choca e o que faz sorrir, não são menos preciosas. Mas, em todo caso, é uma bela coisa, e talvez exclusivamente francesa, que o que é belo a juízo da equidade, o que vale segundo o espírito e o coração, seja primeiro encantador para os olhos, colorido com graça, cinzelado com justeza, realize também na sua matéria e na sua forma a perfeição interior. Fitava eu Saint-Loup e dizia comigo que é uma bela coisa que não haja defeito físico para servir de vestíbulo às graças interiores, e que as asas do nariz sejam delicadas e de um desenho perfeito como as das pequenas borboletas que pousam nas flores dos prados, em redor de Combray; e o que o verdadeiro *opus francigenum*,[211] cujo segredo não foi perdido desde o século XIII, e

---

211 O termo "arte francesa" ("*opus francigenum*") alude à polêmica entre franceses e alemães sobre a origem da arte dita gótica, que pesquisas do século XIX atribuirão à França. (N. E.)

que não pereceria com as nossas igrejas, não são tanto os anjos de pedra de Saint-André-des-Champs, como os pequenos franceses, nobres, burgueses ou campônios, de rosto esculpido com essa delicadeza e essa franqueza, que continuam tão tradicionais como no pórtico famoso, mas ainda criadoras.

Depois de ausentar-se um instante para velar pessoalmente pelo fechamento da porta e a encomenda do jantar (insistiu muito em que pedíssemos carne, sem dúvida porque as aves não estavam muito boas), o patrão voltou para dizer-nos que o senhor príncipe de Foix desejaria que o senhor marquês lhe permitisse vir jantar numa mesa perto da sua. "Mas estão todas tomadas", respondeu Robert, vendo as mesas que bloqueavam a minha. "Quanto a isso, não quer dizer nada. Se for do agrado do senhor marquês, não me custa pedir a essas pessoas que mudem de lugar. São coisas que se podem fazer para o senhor marquês!" "Mas tu é que deves decidir", disse-me Saint-Loup. "Foix é um bom rapaz, não sei se te aborrecerá. É menos tolo do que muitos." Respondi a Robert que certamente Foix me agradaria, mas que, como eu estava jantando com ele e sentia-me tão feliz com isso, me agradaria mais que ficássemos a sós. "Ah!, o senhor príncipe tem uma capa muito bonita", disse o patrão, enquanto deliberávamos. "Conheço-a", respondeu Saint-Loup. Eu queria contar a Robert que o sr. de Charlus dissimulara diante de sua cunhada que me conhecia e perguntar-lhe qual poderia ser o motivo de tal coisa; mas impediu-me a chegada do sr. de Foix. Tendo vindo para saber se a sua petição era acolhida, vimos que se havia detido a dois passos de nós. Robert nos apresentou, mas não ocultou a seu amigo que, como tinha de falar comigo, preferia que nos deixasse em paz. O príncipe afastou-se, acrescentando à saudação de adeus que me fez um sorriso que designava Saint-Loup e parecia desculpar-se, com a decisão deste, da brevidade de uma apresentação que ele desejaria mais longa. Mas nesse momento Robert, como que tomado de uma ideia súbita, afastou-se com seu camarada, depois de dizer-me: "Continua sentado e começa a jantar, que já volto", e desapareceu na sala pequena. Fiquei aborrecido de ouvir rapazes elegantes, que eu não conhecia, contarem as histórias mais ridículas e malévolas sobre o jovem grão-duque herdeiro de Luxemburgo (ex-conde de Nassau) que me conhecera em Balbec e me dera provas tão delicadas de simpatia durante a doença de minha avó. Pretendia um que ele dissera à duquesa de Guermantes: "Exijo que todos se levantem quando minha mulher passar", e que a duquesa respondera (o que seria não só destituído de espírito, mas de exatidão, pois a avó da jovem princesa fora sempre a mulher mais honesta do mundo): "Ah, é preciso levantar-se quando passa a tua mulher? Pois com a avó dela os homens se deitavam...". Depois contaram que, tendo ido visitar em Balbec naquele ano sua tia a princesa de Luxemburgo, e tendo parado no Grande Hotel, se queixara ao gerente (meu amigo) que não tivessem içado a flâmula de Luxemburgo no passeio. Ora, como essa flâmula era menos conhecida e menos usada que as bandeiras da Inglaterra ou da Itália, foram necessários vários dias para a conseguirem, com grande descontentamento do jovem grão-duque. Não acreditei numa só palavra dessa história, mas resolvi, logo que fosse a Balbec, interrogar o gerente do hotel, de modo a assegurar-me de que era uma pura invenção. Enquanto esperava Saint-Loup, pedi ao patrão do restaurante que me dessem pão. "Imediatamente, senhor barão." "Eu não sou barão", respondi-lhe. "Oh!, perdão, senhor conde!" Não tive tempo de fazer segundo protesto, após o qual eu teria na certa me tornado "senhor marquês"; tão depressa como anunciara, Saint-Loup reapareceu na entrada, trazendo no braço a grande capa de vicunha do príncipe, pelo que compreendi que ele lha pedira para abrigar-me. Fez-me sinal de longe para que não me movesse; avançou; teria sido preciso avançar mais a minha mesa ou que mudasse eu de lugar, para que ele pudesse sentar-se. Logo que entrou na sala grande, subiu rapidamente ao banco de veludo que perlongava a parede e onde, além de mim, só estavam sentados três ou quatro rapazes do Jockey, conhecidos seus, que não conseguiram lugar na sala pequena. Entre as mesas, a certa altura, estavam estendidos fios elétricos; sem embaraçar-se com eles, Saint-Loup saltou-os airosamente, como um cavalo de corrida salta um obstáculo; confuso de que ela se manifestasse unicamente por minha causa, e com o fim de evitar-me um movimento bastante simples, eu estava ao mesmo tempo maravilhado da segurança com que meu amigo executava aquele exercício acrobático; e não era eu o único; pois, embora sem dúvida o tivessem mediocremente apreciado se partisse de um freguês menos aristocrático e generoso, o patrão e os garços permaneciam fascinados, como conhecedores na pesagem; um garçom, como que paralisado, permanecia imóvel com uma bandeja que esperavam a nosso lado uns comensais; e, quando Saint-Loup, tendo de passar por trás de seus amigos, subiu ao rebordo do encosto, e avançou equilibrando-se, romperam aplausos discretos ao fundo da sala. Por fim, ao chegar onde eu estava, parou de súbito o seu impulso com a precisão de um chefe ante a tribuna de um soberano e, inclinando-se, estendeu-me, com um gesto de cortesia e de submissão, a capa de vicunha, que, em seguida, tendo-se sentado a meu lado, sem que eu tivesse de fazer um só movimento, arranjou, como um xale quente e leve, sobre as minhas espáduas.

— Escuta, agora que me lembro — disse-me Robert —, o tio Charlus tem alguma coisa para te dizer. Prometi-lhe que te mandaria à sua casa amanhã à noite.

— Justamente ia falar-te a seu respeito. Mas amanhã à noite janto em casa da tua tia Guermantes.

— Sim, amanhã há uma comilança daquelas em casa de Oriane. Não fui convidado. Mas meu tio Palamède queria que não fosses. Não podes dar uma desculpa? Em todo caso, vai depois falar com meu tio. Creio que ele faz questão de ver-te. Vejamos, bem podes ir lá pelas onze horas. Onze horas, não te esqueças, encarrego-me de preveni-lo. Ele é muito suscetível. Se não fores, nunca te perdoará. Em casa de Oriane acabam sempre cedo. Se te limitares a jantar, podes muito bem estar às onze em casa de meu tio. Aliás, eu preciso falar com Oriane, a respeito de meu posto em Marrocos, de onde desejaria transferência. Ela é muito atenciosa para essas coisas e consegue tudo com o general Saint-Joseph, de quem isso depende. Mas não lhe fales nisso. Eu disse duas palavras à princesa de Parma; a coisa marchará por si mesma. Ah!, Marrocos... muito interessante... Haveria muito que contar-te. Há homens muito finos lá. Sente-se a paridade da inteligência.

— Não achas que os alemães podem chegar até a guerra a propósito disso?

— Não, isso os aborrece, e no fundo é muito justo. Mas o imperador é pacífico. Sempre nos impingem que querem a guerra para forçar-nos a ceder. De acordo com Poker, o príncipe de Mônaco, agente de Guilherme II, vem dizer-nos confidencialmente que a Alemanha avança se nós não cedermos. Então cedemos. Mas se não cedêssemos, não haveria guerra de espécie alguma. Só tens a pensar que coisa cômica seria uma guerra hoje. Seria mais catastrófica que o *Dilúvio* e o *Götterdämmerung*.[212] Só que duraria menos.

Falou-me de amizade, de predileção, de nostalgia, embora, como todos os viajantes de seu gênero, fosse partir de novo na manhã seguinte, por alguns meses, que devia passar no campo e voltasse apenas por quarenta e oito horas a Paris, antes de ir para Marrocos (ou alhures); mas as palavras que ele assim lançou no calor de coração que eu tinha aquela noite acenderam neste um doce devaneio. Para ele, como para mim, foi aquela a noite da amizade. No entanto, a que eu sentia naqueles momentos (e, por causa disso, não sem algum remorso) não era absolutamente, como eu receava, a que ele gostaria de inspirar. Cheio ainda do prazer que tivera em vê-lo avançar em leve galope e alcançar graciosamente a meta, sentia eu que esse prazer provinha de que cada um dos movimentos desenvolvidos ao longo da parede tinha a sua significação, a sua causa, talvez na natureza individual de Saint-Loup, mas ainda mais naquela que por nascimento e educação havia ele herdado da sua raça.

---

212 O *Dilúvio* era uma peça de Camile Saint-Saëns, composta em 1875 e tocada pela primeira vez em 1876, no Châtelet. *Götterdämmerung*, em português *Crepúsculo dos deuses*, é título da ópera de Wagner. As previsões pretensamente abalizadas de Saint-Loup serão desacreditadas pela Primeira Guerra, que se estenderá por quatro longos anos. (N. E.)

Uma certeza de gosto na ordem, não do belo, mas das maneiras, e que em presença de uma circunstância nova fazia captar em seguida ao homem elegante — como a um artista a quem pedem que toque um trecho de música que não conhece — o sentimento, o movimento que a circunstância reclama, e adaptar a ela o mecanismo, a técnica que melhor lhe convém; permitia depois a esse gosto atuar sem a trava de nenhuma outra consideração, que a tantos jovens burgueses teria paralisado, tanto pelo temor de cair em ridículo aos olhos dos demais, faltando às conveniências, como de parecerem muito solícitos aos de seus amigos, e que em Robert era substituído por desdém, que por certo ele jamais experimentara em seu coração, mas que recebera por herança em seu corpo e que havia submetido as maneiras de seus antepassados a uma familiaridade que eles julgavam que não podia senão lisonjear e encantar àqueles a quem ela se dirigia; por último, uma nobre liberalidade que, como não levava em conta tantas vantagens materiais (os gastos que profusamente fazia naquele restaurante acabaram por fazer dele, ali como em outros locais, o freguês mais em moda e o maior favorito, situação que sublinhava a solicitude para com ele não só do pessoal de serviço como também da juventude mais brilhante), fazia-o pisoteá-las, como aqueles bancos de púrpura efetiva e simbolicamente espezinhados, semelhantes a um caminho suntuoso que só agradava a meu amigo na medida em que lhe permitia vir até a mim com mais graça e rapidez; tais eram as qualidades, todas essenciais à aristocracia, que por trás daquele corpo, não opaco e obscuro, como o teria sido o meu, mas significativo e límpido, transpareciam, como através de uma obra de arte, o poder industrioso, eficiente que a criou, e faziam com que os movimentos da rápida carreira que desenvolvera Robert ao longo da parede fossem inteligíveis e encantadores como os de cavaleiros esculpidos num friso. "Ah!", teria pensado Robert, "vale a pena que tenha passado a minha juventude a desprezar a linhagem, honrando unicamente a justiça e o talento, a escolher, fora dos amigos que me eram impostos, companheiros desajeitados e malvestidos quando possuíam eloquência, para que o único ser que apareça em mim, de que guardem uma preciosa lembrança, seja, não o que a minha vontade, esforçando-se e merecendo, modelou à minha semelhança, mas um ser que não é obra minha, que nem sequer sou eu, que eu sempre desprezei e procurei vencer; vale a pena que eu tenha amado o meu amigo predileto como o fiz, para que o maior prazer que ele encontre em mim seja o de descobrir algo de muito mais geral que eu próprio, um prazer que não é absolutamente, como ele diz e não pode sinceramente crê-lo, um prazer de amizade, mas um prazer intelectual e desinteressado, uma espécie de prazer de arte?". Eis o que eu temo hoje que Saint-Loup tenha algumas vezes pensado. Enganou--se, neste caso. Se ele não houvesse, como o fez, amado alguma coisa de mais elevado do que a elasticidade inata do seu corpo, se não estivesse desde tanto alheio ao orgulho nobiliárquico, haveria mais aplicação e pesadez na sua própria agilidade, uma vulgaridade pomposa nas suas maneiras. Como à sra. de Villeparisis fora preciso muito de seriedade para que ela desse, na sua conversação e nas suas Memórias, a impressão de frivolidade, impressão que é intelectual, assim, para que o corpo de Saint-Loup fosse habitado por tanta aristocracia, era mister que essa houvesse desertado do seu pensamento, erguido para mais altos objetivos, e, reabsorvida em seu corpo, se fixasse nele em linhas inconscientes e nobres. Por isso, a sua distinção de espírito não era divorciada de uma distinção física que, se faltasse a primeira, não seria completa. Um artista não tem necessidade de expressar diretamente seu pensamento em sua obra para que esta reflita a qualidade desse pensamento; também se pode dizer que o louvor mais alto de Deus está na negação do ateu, que acha a criação assaz perfeita para que possa prescindir de um criador. E bem sabia eu, igualmente, que não era apenas uma obra de arte que admirava naquele jovem cavaleiro que desenhava ao longo do muro a frisa da sua corrida; o jovem príncipe (descendente de Catarina de Foix, rainha de Navarra e neta de Carlos VII) que ele acabava de abandonar em meu proveito, a situação de nascimento e de fortuna que ele curvava diante de mim, os antepassados altivos e desenvoltos que sobreviviam na segurança e na agilidade, a cortesia com que vinha acomodar em torno de meu corpo friorento a capa de vicunha, não era tudo isso como amigos mais antigos do que eu na sua vida, pelos quais eu acreditaria que devêssemos estar sempre separados, e que ele, pelo contrário, me sacrificava por uma escolha que só se pode fazer nos cimos da inteligência, com essa liberdade soberana de que seus movimentos eram a imagem e na qual se realiza a perfeita amizade?

Do que a familiaridade de um Guermantes — em vez da distinção que tinha em Robert, porque neste o desdém hereditário não era senão a roupagem, convertida em graça inconsciente, de uma autêntica humildade moral — houvesse encoberto de vulgar altivez, pudera eu vê-lo, não no sr. de Charlus, em que alguns defeitos de caráter que até então não compreendia muito bem se haviam superposto aos hábitos aristocráticos, mas sim no duque de Guermantes. Ele também, no entanto, no conjunto vulgar que tanto desagradara a minha avó quando outrora o encontrara em casa da sra. de Villeparisis, oferecia partes de grandeza antiga e que me foram sensíveis quando fui jantar em sua casa no dia seguinte à noite que passei com Saint-Loup.

Não me haviam aparecido, nem nele nem na duquesa, quando primeiramente os vi em casa de sua tia, como tampouco havia visto no primeiro dia as diferenças que separavam a Berma das suas colegas, embora nesta as diferenças fossem infinitamente mais apreensíveis do que na gente do alto mundo, pois se vão tornando mais acentuadas à medida que os objetos são mais reais, mais concebíveis pela inteligência. Mas, enfim, por mais leves que sejam as nuanças sociais (e isto a ponto de que quando um pintor veraz como Sainte-Beuve quer assinalar sucessivamente as nuanças que houve entre os salões de madame Geoffrin, de madame Récamier e de madame de Boigne, todos eles se nos deparam tão semelhantes que a verdade que, sem o querer o autor, ressalta de seus estudos é a inanidade da vida de salão[213]), no entanto, pela mesma razão que com a Berma, quando os Guermantes se me tornaram indiferentes, e a pequenina gota de sua

213 Sainte-Beuve publicara textos de evocação desses salões nas suas *Causeries de Lundi* e nos *Nouveaux Lundis*. A sra. Geoffrin (1699-1777) tinha um salão situado na rua Saint-Honoré, que artistas, escritores e membros da aristocracia frequentavam. A sra. Récamier (1777-1849) era protetora de Chateaubriand, amiga de madame de Staël e de Benjamin Constant. A sra. de Boigne (1781-1866) é autora de textos de memórias que inspiraram muito Proust na criação da personagem da sra. de Villeparisis. (N. E.)

originalidade não mais foi evaporada pela minha imaginação, pude recolhê-la, por imponderável que fosse.

Como a duquesa não me havia falado de seu marido na reunião em casa de sua tia, perguntava eu comigo se, com os rumores de divórcio que corriam, o duque compareceria à ceia. Mas logo fiquei devidamente inteirado, pois entre os lacaios que se mantinham de pé na antessala, e que (pois que até então deviam considerar-me pouco mais ou menos como os filhos do ebanista, isto é, talvez com mais simpatia que o seu senhor, mas como incapaz de ser recebido em casa deste) deviam indagar a causa dessa revolução, vi passar o sr. de Guermantes, que vigiava a minha chegada para receber-me à entrada e tirar-me ele próprio o meu sobretudo.

— A senhora de Guermantes vai ficar contentíssima — disse-me ele num tom habilmente persuasivo. — Permita-me que o livre de seus pertences (achava ao mesmo tempo bonachão e cômico falar a linguagem do povo). Minha mulher temia um pouco uma defecção da sua parte, embora o senhor mesmo nos tivesse reservado o dia. Desde esta manhã dizíamos um ao outro: "Você vai ver que ele não vem". Devo dizer que a senhora de Guermantes estava mais certa do que eu. Não é muito fácil contar com o senhor e eu tinha certeza de que nos iria fazer alguma.

E o duque era tão mau marido, tão brutal até, diziam, que a gente lhe era grato, como se é grato pela doçura aos maus, por estas palavras "Senhora de Guermantes", com as quais parecia estender sobre a duquesa uma asa protetora, para que ela não formasse mais do que um com ele. Enquanto isso, agarrando-me familiarmente pela mão, dispôs-se a guiar-me e introduzir-me nos salões. Tal ou qual expressão corrente pouco clara pode agradar na boca de um camponês, quando denota a sobrevivência de uma tradição local, os traços de algum acontecimento histórico, talvez ignorados daquele que lhes faz alusão; da mesma maneira a polidez do sr. de Guermantes, e que ele ia testemunhar-me durante todo o serão, encantou-me como um resto de hábitos várias vezes seculares, de hábitos, em particular, do século XVII. As gentes dos tempos passados nos parecem infinitamente longe de nós. Não nos atrevemos a atribuir-lhes intenções profundas além do que expressam formalmente; ficamos espantados quando encontramos um sentimento semelhante ao que nós mesmos experimentamos em um herói de Homero, ou uma hábil manobra tática de Aníbal durante a batalha de Cannes, com a qual deixou o inimigo penetrar em seu flanco para envolvê-lo de surpresa; dir-se-ia que imaginamos esse poeta épico e esse general tão alheios a nós como um animal que vimos num jardim zoológico. O mesmo com certas personagens da corte de Luís XIV, quando encontramos demonstrações de cortesia em cartas por elas escritas a algum homem de condição inferior e que não lhes podem ser úteis em coisa alguma, deixam-nos surpresos, porque nos revelam de súbito nesses grandes senhores todo um mundo de crenças que eles jamais exprimem diretamente, mas que os governam, e em particular a crença de que é preciso fingir por polidez certos sentimentos e exercer com o maior escrúpulo certas funções de amabilidade.

Esse afastamento imaginário do passado é talvez uma das razões que permitam compreender como até grandes escritores tenham encontrado uma beleza genial em obras de medíocres mistificadores como Ossian.[214] Ficamos tão espantados que bardos remotos possam ter ideias modernas, que nos maravilhamos quando, no que supomos um velho canto gaélico, encontramos uma que acharíamos apenas engenhosa se a dissesse um contemporâneo. Um tradutor de talento não tem mais que acrescentar a um autor antigo, que ele restitui mais ou menos fielmente, alguns trechos que, assinados por um nome contemporâneo e publicados à parte, pareceriam apenas agradáveis: imediatamente empresta uma comovedora grandeza ao seu poeta, que desse modo dedilha o teclado de vários séculos. Esse tradutor só seria capaz de um livro medíocre, se esse livro houvesse sido publicado como original seu. Apresentado como tradução, parece a de uma obra-prima. O passado não só não é fugaz, como também é imóvel. Não só meses

---

214 James Macpherson (1736-1796) publicara, em 1760, poemas que atribuía a um poeta escocês do século III, Ossian. (N. E.)

após o início de uma guerra é que leis votadas sem pressa podem agir eficazmente sobre ela; não somente quinze anos após um crime que permaneceu obscuro é que um magistrado pode ainda encontrar elementos que sirvam para esclarecê-lo; após séculos e séculos, um sábio que estuda numa região remota a toponímia, os costumes dos habitantes, poderá colher ainda neles uma ou outra lenda muito anterior ao cristianismo, já incompreendida, talvez até esquecida nos tempos de Heródoto e que, na denominação dada a uma rocha, num rito religioso, permanece no meio do presente como uma emanação mais densa, imemorial e estável. Havia também uma emanação, muito menos antiga, da vida de corte, se não nas maneiras muitas vezes vulgares do sr. de Guermantes, pelo menos no espírito que as dirigia. Devia eu ainda saboreá-la, como um aroma antigo, quando a encontrei um pouco mais tarde no salão. Pois não fora até lá imediatamente.

Ao deixar o vestíbulo, havia dito ao sr. de Guermantes o grande desejo que tinha de ver os seus Elstir. "Estou às suas ordens. Com que então o senhor Elstir é seu amigo? Estou desolado por não o ter sabido antes, pois me dou um pouco com ele; é um homem amável, o que os nossos pais chamavam um bom homem; poderia pedir-lhe que tivesse a bondade de vir e convidá-lo para jantar. Certamente ficaria encantado de passar a noite em sua companhia." Muito pouco *ancien régime*, quando se esforçava assim por sê-lo, o duque tornava a sê-lo em seguida sem querer. Como me houvesse perguntado se desejava que me mostrasse seus quadros, conduziu-me, afastando-se graciosamente diante de cada porta, desculpando-se quando, para mostrar-me o caminho, se via obrigado a passar à minha frente, pequena cena que (desde o tempo em que Saint-Simon refere que um antepassado dos Guermantes lhe fez as honras de seu palácio com os mesmos escrúpulos no cumprimento dos deveres frívolos de fidalgo) devia, antes de chegar até nós, ter sido representada por muitos outros Guermantes, para muitos outros hóspedes. E como eu havia dito ao duque que gostaria de ficar a sós um momento diante dos quadros, retirou-se discretamente, deixando-me à vontade para ir encontrar-me com ele depois no salão.

Só que, quando me vi em face dos Elstir, esqueci completamente a hora da ceia; de novo, como em Balbec, tinha diante de mim os fragmentos desse mundo de cores desconhecidas que não era mais que a projeção, a maneira de ver peculiar a esse grande pintor e que as suas palavras absolutamente não traduziam. Os trechos de parede cobertos de pinturas suas, homogêneas todas entre si, eram como as imagens luminosas de uma lanterna mágica, a qual seria, no caso presente, a cabeça do artista, e cuja estranheza não se poderia suspeitar se apenas se conhecesse o homem, isto é, enquanto apenas se visse a lanterna cobrindo a lâmpada, antes que lhe houvessem colocado algum vidro de cor. Entre esses quadros, alguns dos que pareciam mais ridículos à gente mundana me interessavam mais que os outros pelo fato de recriarem essas ilusões ópticas que nos provam que não identificaríamos os objetos se não fizéssemos intervir o raciocínio. Quantas vezes, de carro, não descobrimos uma longa rua clara que começa a alguns metros de nós, quando não temos à nossa frente senão um trecho de muro violentamente iluminado que nos deu a miragem da profundidade? Não será portanto lógico, não por artifício de simbolismo, mas por um retorno sincero à própria raiz da impressão, representar uma coisa por essa outra que, no relâmpago de uma ilusão primeira, havíamos tomado por ela? As superfícies e os volumes são na realidade independentes dos nomes de objetos que a nossa memória nos impõe depois de os termos reconhecido. Elstir procurava extirpar o que ele sabia do que acabava de sentir; seu esforço consistira muita vez em dissolver esse conglomerado de raciocínios a que chamamos visão.

As pessoas que detestavam aqueles "horrores" estranhavam que Elstir admirasse Chardin, Perroneau, tantos pintores a quem eles, os mundanos, apreciavam.[215] Não viam que Elstir tornara a

215 A pintura de Chardin (1699-1779) aparece em vários momentos da obra de Proust como exemplo de um aprendizado da visão que passa a detectar beleza mesmo nas coisas mais simples e aparentemente insignificantes. Jean-Baptiste Perroneau (1715-1783), menos conhecido do que Chardin, era o pintor de retratos preferido da burguesia parisiense, retratos que primavam menos pela fidelidade ao modelo do que pelo sofisticado tratamento estético. (N. E.)

fazer por sua conta, diante do real (com o indício particular de seu gosto por certas pesquisas), o mesmo esforço de um Chardin ou um Perroneau e que, por conseguinte, quando deixava de trabalhar para si mesmo, admirava neles tentativas do mesmo gênero, espécies de fragmentos antecipados de obras suas. Mas os mundanos não acrescentavam pelo pensamento à obra de Elstir essa perspectiva do Tempo que lhes permitia apreciar, ou pelo menos contemplar sem inquietação a obra de Chardin. No entanto, os mais velhos podiam refletir que no curso de sua vida tinham visto, à medida que os anos os afastavam dela, que a distância intransponível que mediava entre o que eles julgavam uma obra-prima de Ingres e o que eles julgavam devesse permanecer um horror para todo o sempre (por exemplo, a *Olympia* de Manet) até que as duas telas tivessem um ar de gêmeas.[216] Mas não há lição que se aproveite, porque não sabemos descer até o geral e sempre imaginamos encontrar-nos em presença de uma experiência que não tem precedentes no passado.

Comoveu-me encontrar em dois quadros (mais realistas e de uma maneira anterior) o mesmo cavalheiro, uma vez de fraque, no seu salão, outra vez de casaca e cartola, numa festa popular à beira d'água, onde não tinha evidentemente o que fazer, e que demonstrava que para Elstir ele não era apenas um modelo habitual, mas um amigo, talvez um protetor, que ele gostava, como outrora Carpaccio com determinados senhores notáveis — e perfeitamente semelhantes — de Veneza, de fazer figurar em suas pinturas, do mesmo modo que Beethoven tinha prazer em inscrever no alto de uma obra preferida o nome dileto do arquiduque Rodolfo.[217] Aquela festa à beira-rio tinha qualquer coisa de encantador. O rio, os ves-

---

216 O quadro *Olympia*, pintado em 1863 por Manet, escandalizou os visitantes do Salão de Pintura de 1865 e despertou enorme controvérsia quando da proposta de vir a integrar o arquivo do Louvre, em 1890. Ele só seria enfim aceito no museu em 1907. (N. E.)

217 Carpaccio representou membros da família Loredan e da companhia Calza em quadros como *A lenda de Santa Úrsula* e *O milagre das relíquias da cruz*. Beethoven dedicou a Rodolfo, príncipe de Olmütz e filho de Leopoldo II, da Alemanha, o *Trio para piano, violino e violoncelo, op. 97*, os dois *Concertos para piano*, duas *Sonatas para piano*, e a *Missa Solemnis*. (N. E.)

tidos das mulheres, as velas dos barcos, os reflexos inumeráveis de uns e outras achavam-se em vizinhança naquele quadrado de pintura que Elstir havia recortado de uma tarde maravilhosa. O que encantava no vestido de uma mulher que deixara um momento de dançar por causa do calor e da sufocação era igualmente cambiante, e, da mesma maneira, no pano de uma vela parada, na água do pequeno porto, no pontão de madeira, nas folhagens e no céu. Da mesma forma, num dos quadros que eu tinha visto em Balbec, o hospital, tão belo sob o céu de lápis-lazúli como a própria catedral, parecia, mais atrevido que Elstir teórico, que Elstir homem de gosto e enamorado da Idade Média, clamar: "Não há gótico, não há obra-prima, o hospital sem estilo vale o glorioso portal". Da mesma forma eu ouvia: "A dama um tanto vulgar que um diletante em passeio evitaria olhar excluiria do quadro poético que a natureza compõe diante dele, essa mulher é bela também, seu vestido recebe a mesma luz que a vela do barco, e não há coisas mais ou menos preciosas, o vestido comum e a vela por si mesma linda são espelhos do mesmo reflexo; todo o valor está no olhar do pintor". Pois bem, este soubera imortalmente deter o movimento das horas naquele instante luminoso em que a dama sentira calor e deixara de dançar, em que a árvore estava cercada de um contorno de sombra, em que as velas pareciam deslizar sobre um verniz de ouro. Mas justamente porque o instante pesava sobre nós com tamanha força, aquela tela tão fixa dava a impressão mais fugitiva, sentia-se que a dama ia em breve voltar-se, os barcos, desaparecer, a sombra, mudar de lugar, a noite, descer, que o prazer acaba, que a vida passa e que os instantes, mostrados ao mesmo tempo por tantas luzes que se lhes avizinham, não tornamos a encontrá-los. Eu reconhecia ainda um aspecto, muito diverso, na verdade, do que é o instante, em algumas aquarelas de assuntos mitológicos, que datavam dos inícios de Elstir e de que também estava ornado aquele salão. Os mundanos "avançados" chegavam "até" esta maneira, mas não mais além. Não era por certo o que Elstir havia feito de melhor, mas já a sinceridade com que o assunto fora pensado lhe tirava a frieza. É assim que, por exemplo, as Musas eram representadas como o seriam criaturas pertencentes a uma espécie fóssil, mas que não seria raro, nos tempos mitológicos, ver passarem ao entardecer, de duas em duas ou de três em três, ao longo de algum caminho montanhoso. Algumas vezes um poeta, de uma raça que tivesse também uma individualidade particular para um zoologista (caracterizada por certa insexualidade), passeava com uma Musa, como, na natureza, criaturas de espécies diferentes, mas amigas, e que seguem em companhia. Numa dessas aquarelas via-se um poeta, esgotado por uma longa caminhada na montanha, que um Centauro, que ele encontrou, penalizado da sua fadiga, toma sobre o lombo e o transporta. Em mais de outra, a imensa paisagem (em que a cena mítica, os heróis fabulosos ocupam um lugar minúsculo e estão como que perdidos) é reproduzida, dos píncaros ao mar, com uma exatidão que indica, mais ainda que a hora, até o minuto que é, graças ao grau preciso do declínio do sol, à fidelidade fugitiva das sombras. Com isso dá o artista, instantanizando-o, uma espécie de realidade histórica vivida ao símbolo da fábula, o pinta e o relata no pretérito perfeito.

Enquanto olhava as pinturas de Elstir, os toques de campainha dos convidados que iam chegando tinham soado, ininterruptos, e me haviam suavemente embalado. Mas o silêncio que lhes sucedeu e que durava desde muito acabou — menos rapidamente, é verdade — por me despertar de minha cisma, como o silêncio que sucede à música de Lindor tira Bartolo do seu sono.[218] Tive medo de que me tivessem esquecido, que já estivessem à mesa, e dirigi-me rapidamente para o salão. À porta da sala dos Elstir, encontrei um criado que esperava, velho ou empoado, não sei, com o ar de um ministro espanhol, mas a testemunhar-me o mesmo respeito que teria deposto aos pés de um rei. Senti pelo seu olhar que ele ainda me esperaria uma hora, e pensei horrorizado no atraso que trouxera ao jantar, ainda mais quando havia prometido estar às onze horas na casa do sr. de Charlus.

218 Alusão à cena 5 do terceiro ato do *Barbeiro de Sevilha*, de Beaumarchais, em que o conde Almaviva, disfarçado de músico, apresenta-se como Lindor e dedica uma canção de amor a Rosine. Bartolo desperta ao final da canção. (N. E.)

O ministro espanhol (não sem que eu tornasse a encontrar, no caminho, o lacaio perseguido pelo porteiro e que, radiante de alegria quando lhe perguntei por sua noiva, me disse que precisamente amanhã lhes tocava sair, a ela e a ele, que podia passar todo o dia com ela, e frisou a bondade da senhora duquesa) me conduziu ao salão, onde eu temia encontrar de mau humor o sr. de Guermantes. Recebeu-me, pelo contrário, com uma alegria evidentemente fictícia, em parte ditada pela polidez, mas de resto sincera, inspirada pelo seu estômago, em que tamanho atraso havia despertado a fome, e pela consciência de uma impaciência igual em todos os seus convidados, que enchiam completamente o salão. Soube, com efeito, mais tarde, que me haviam esperado cerca de três quartos de hora. Pensou sem dúvida o duque de Guermantes que o fato de prolongar por dois minutos mais o suplício geral não o agravaria e que, como a polidez o havia levado a retardar tanto o momento de ir para a mesa, essa polidez seria mais completa se, não mandando servir imediatamente a ceia, conseguia convencer-me de que eu não estava atrasado e que não estavam esperando por mim. Assim, perguntou-me, como se tivéssemos uma hora à nossa frente até a refeição e ainda não houvessem chegado certos convidados, que achara eu dos Elstir. Mas, ao mesmo tempo, sem dar a perceber os puxões de seu estômago, para não perder um segundo mais, de acordo com a duquesa, procedia às apresentações. Só então me apercebi que acabava de efetuar-se em torno de mim (eu que até aquele dia — salvo o estágio no salão da sra. Swann — estava habituado em casa de minha mãe, em Combray e em Paris, às maneiras protetoras ou defensivas de burguesas emproadas que me tratavam como um menino) uma mudança de cenário comparável à que introduz de repente Parsifal no meio das mulheres-flores.[219] As que me rodeavam completamente decotadas (sua carne

219 Alusão à cena do segundo ato da ópera de Wagner, quando o mágico Klingsor, com apenas um gesto, destrói todo um castelo e o substitui por um jardim com meninas-flores maravilhosas, que devem tirar a pureza de Parsifal e atrasá-lo em sua caminhada de busca ao Santo Graal. (N. E.)

aparecia dos dois lados de um sinuoso ramo de mimosa ou sob as largas pétalas de uma rosa) não me saudaram senão deslizando para mim longos olhares cariciosos como se apenas a timidez as impedisse de beijar-me. Muitas não deixavam de ser por isso honestas do ponto de vista dos costumes; muitas, não todas, pois as mais virtuosas não tinham pelas que eram levianas a repulsa que teria experimentado minha mãe. Os caprichos da conduta, negados por algumas amigas santas, a despeito da evidência, pareciam, no mundo dos Guermantes, importar muito menos do que as relações que se haviam sabido conservar. Fingia-se ignorar que o corpo da dona de uma casa era manejado por quem quisesse, contanto que o "salão" permanecesse intato. Como o duque se incomodava muito pouco com seus convidados (com quem e de quem desde muito nada tinha a aprender), mas muito comigo, cujo gênero de superioridade, por ser-lhe desconhecido, lhe causava um pouco do mesmo gênero de respeito que aos grãos-senhores da corte de Luís XIV os ministros burgueses, considerava evidentemente que o fato de eu não conhecer seus convivas não tinha a mínima importância, se não para ele, ao menos para mim, e, enquanto eu me preocupava, por ele, da impressão que poderia causar-lhes, ele só se importava com a que eles me causariam.

Antes de tudo, aliás, produziu-se uma dupla pequena confusão. Com efeito, no mesmo momento em que eu havia entrado no salão, o sr. de Guermantes, sem sequer me dar tempo de ir saudar a duquesa, me levara, como para dar uma boa surpresa àquela pessoa, a quem parecia dizer: "Eis aqui o seu amigo, veja como o trago pelo cogote", a uma dama bastante baixa. Ora, muito antes que, empurrado pelo duque, eu tivesse chegado diante dela, a dama não cessara de dirigir-me, com seus grandes e doces olhos negros, os mil sorrisos de inteligência que dirigimos a um conhecido que talvez não nos reconheça. Como era justamente o meu caso, e não conseguia lembrar-me quem ela fosse, eu voltava a cabeça para outro lado, sem deixar de seguir adiante, de modo que não tivesse de responder até que a apresentação me tirasse do aperto. Durante todo esse tempo, a dama continuava mantendo em equilíbrio instável o sorriso destinado a mim. Parecia com pressa de desembaraçar-se dele e de que eu, por fim, dissesse: "Ah, minha senhora! Como mamãe vai ficar contente de nos termos encontrado!". Eu estava tão ansioso por saber seu nome como ela por ver que eu enfim a saudava com pleno conhecimento de causa, e que seu sorriso indefinidamente prolongado como um "sol" sustenido podia enfim cessar. Mas tão mal se houve o sr. de Guermantes, pelo menos a meu ver, que me pareceu que só me havia nomeado a mim e que eu continuava a ignorar quem era a pseudodesconhecida, a qual não teve a boa graça de dizer como se chamava, de tal modo as razões de nossa intimidade, obscuras para mim, lhe pareciam claras.

Com efeito, logo que me vi junto dela, não me estendeu a mão, mas tomou familiarmente a minha e falou-me no mesmo tom de que se eu estivesse tão a par como ela das boas recordações a que se reportava mentalmente. Disse-me o quanto Albert, que eu compreendi ser filho dela, ia sentir não ter podido comparecer. Procurei entre meus antigos camaradas qual deles se chamava Albert e só encontrei Bloch, mas não podia ser a sra. Bloch mãe que eu tinha diante de mim, pois esta morrera havia longos anos. Esforcei-me por adivinhar o passado comum a nós ambos a que ela se reportava em pensamento. Mas, através do azeviche translúcido das largas e suaves pupilas que só deixavam passar o sorriso, eu não percebia esse passado melhor do que se distingue uma paisagem situada atrás de uma vidraça preta, embora inflamada de sol. Perguntou-me se meu pai não se cansava muito, se eu não desejaria ir um dia ao teatro com Albert, se estava melhor, e como minhas respostas, titubeando nas trevas mentais em que me encontrava, não se tornaram distintas senão para dizer que não me achava bem naquela noite, ela própria avançou uma cadeira para mim, com mil atenções a que jamais me haviam habituado os outros amigos de meus pais. Afinal, a chave do enigma me foi dada pelo duque: "Ela o acha encantador", murmurou ao meu ouvido, o qual foi ferido por essas palavras como se não lhe fossem estranhas. Eram as que a sra. de Villeparisis nos tinha dito, a minha avó e a mim, quando travá-ramos conhecimento com a princesa de Luxemburgo. Então compreendi tudo: a dama presente nada tinha de comum com a sra. de Luxemburgo, mas, na linguagem do que ma servia, descobri a espécie da caça. Era uma Alteza. Não conhecia absolutamente a minha família, nem a mim mesmo, mas, oriunda da mais nobre raça, e possuidora da maior fortuna do mundo, pois, filha do príncipe de Parma, desposara um primo igualmente príncipe, desejava, na sua gratidão ao Criador, testemunhar ao próximo que não o desprezava, de mais pobre ou humilde extração que fosse. A falar verdade, os sorrisos me poderiam ter feito adivinhá-lo, eu já vira a princesa de Luxemburgo comprar pãezinhos de centeio na praia para dá-los a minha avó, como a uma corça do Jardim da Aclimação. Mas era apenas a segunda princesa de sangue real a quem me apresentavam, e era escusável da minha parte o não haver discernido os traços gerais da amabilidade dos grandes. De resto, não haviam eles próprios tomado o trabalho de advertir-me para que não contasse demasiado com essa amabilidade, já que a duquesa de Guermantes, que me fizera tantos adeusinhos com a mão na Ópera Cômica, parecia ter ficado furiosa porque eu a cumprimentasse na rua, como as pessoas que, tendo uma vez dado um luís a alguém, pensam que com este estão quites para sempre? Quanto ao sr. de Charlus, os seus altos e baixos eram ainda mais contrastantes. Enfim, conheci, como se verá, Altezas e Majestades de outra espécie, rainhas que representam de rainha e que falam não segundo os hábitos de suas congêneres, mas como as rainhas nas peças de Sardou.[220]

Se o sr. de Guermantes se apressara tanto em apresentar-me é porque o fato de que haja numa reunião alguém desconhecido a uma Alteza Real é intolerável e não pode prolongar-se um segundo. Idêntica pressa mostrara Saint-Loup em ser apresentado a minha avó. Aliás, por um resquício herdado da vida das cortes, que se chama polidez mundana e que não é superficial, mas em que, por uma conversação de fora para dentro, é a superfície que

---

220 Sardou era autor de peças cujas personagens (Cleópatra, Teodora, Fédora) falavam de maneira tão artificial que acabavam sendo parodiadas e zombadas nos salões do final do xix. (N. E.)

se torna essencial e profunda, o duque e a duquesa de Guermantes consideravam um dever mais essencial do que os, tantas vezes negligenciados no mínimo por um deles, da caridade, da castidade, da piedade e da justiça, essoutro, muito mais inflexível, de nunca falar à princesa de Parma senão na terceira pessoa.

Na falta de não ter ido nunca em minha vida a Parma (o que eu desejava desde umas remotas férias de Páscoa), conhecer a sua princesa, que eu sabia possuidora do mais belo palácio dessa cidade única onde tudo, aliás, devia ser homogêneo, isolada como estava do resto do mundo, entre os muros polidos, na atmosfera, abafada como uma tarde de verão sem ar sobre uma praça de cidadezinha italiana, do seu nome compacto e demasiado doce, isso deveria ter substituído de súbito o que eu procurava imaginar pelo que existia realmente em Parma, numa espécie de chegada fragmentária e imóvel; era, na álgebra da viagem à cidade de Giorgione,[221] como que uma primeira equação dessa incógnita. Mas se eu, desde muitos anos — como um perfumista a um bloco unido de matéria gordurosa —, fizera esse nome, princesa de Parma, absorver o perfume de milhares de violetas, em compensação, logo que vi a princesa, que até então estaria convencido de que era pelo menos a Sanseverina, iniciou-se nova operação que, a falar verdade, só terminou alguns meses mais tarde e que consistiu, com auxílio de novas malaxações químicas, em expulsar todo óleo essencial de violetas e todo perfume stendhaliano do nome da princesa e incorporar-lhe, em troca, a imagem de uma mulherzinha morena, ocupada em obras de caridade, de uma amabilidade de tal modo humilde que logo se compreendia em que altaneiro orgulho tinha origem. De resto, semelhante, salvo algumas diferenças, às outras grandes damas, ela era tão pouco stendhaliana, como por exemplo em Paris, no bairro da Europa, a rua de Parma, que se assemelha muito menos ao nome de Parma que todas as ruas circunvizinhas e faz menos pensar no convento dos cartuxos em que morre Fabrício do que na sala de espera da estação de Saint-Lazare.

---

221 A "cidade de Giorgione" é Veneza. (N. E.)

Sua amabilidade provinha de duas causas. Uma, geral, era a educação que recebera essa filha de soberanos. Sua mãe (não somente aparentada com todas as famílias reais da Europa, mas ainda, em contraste com a casa de Parma, mais rica do que qualquer princesa reinante) inculcara-lhe, desde a mais tenra idade, os preceitos orgulhosamente humildes de um esnobismo evangélico; e, agora, cada traço do rosto da filha, a curva de suas espáduas, o movimento de seus braços, pareciam repetir: "Lembra-te de que, se Deus te fez nascer sobre os degraus de um trono, não deves aproveitá-lo para desprezar aqueles a quem a Divina Providência quis, louvada seja!, que fosses superior pelo nascimento e pelas riquezas. Pelo contrário, sê boa para com os pequenos. Teus avós eram príncipes de Clèves e de Juliers desde 647; quis Deus, na sua bondade, que possuísses quase todas as ações do Canal de Suez e três vezes tantas de Royal Dutch quantas Edmond de Rothschild; tua filiação em linha direta está estabelecida pelos genealogistas desde o ano 63 da era cristã; tens como cunhadas duas imperatrizes. Assim, não pareça nunca, ao falares, que recordas tão grandes privilégios, não que sejam precários, pois nada se pode mudar à antiguidade da raça e sempre se terá necessidade de petróleo, mas é inútil alardear que nasceste melhor do que ninguém e que tuas inversões são de primeira ordem, pois todo o mundo o sabe. Sê caritativa para com os desgraçados. Concede a todos aqueles a quem a bondade celestial te fez a graça de colocar abaixo de ti o que lhes puderes dar sem que baixes da tua posição, isto é, auxílios em dinheiro, até mesmo cuidados de enfermeira, mas, está visto, nada de convites para as tuas recepções, o que não lhes faria nenhum bem, mas, diminuindo o teu prestígio, tiraria eficácia à tua ação beneficente".

Assim, mesmo nos momentos em que não podia fazer bem, a princesa procurava mostrar, ou antes, fazer crer, por todos os sinais exteriores da linguagem muda, que não se julgava superior às pessoas entre as quais se encontrava. Tinha com cada um essa encantadora polidez que têm com os inferiores as pessoas educadas, e, a todo momento, para mostrar-se útil, movia sua cadeira a fim de me deixar mais espaço, segurava minhas luvas, oferecia-

-me todos esses serviços, indignos das altivas burguesas, e que de bom grado prestam as soberanas, ou instintivamente, e por vinco profissional, os antigos criados.

Já, com efeito, o duque, que parecia ansioso por terminar as apresentações, me havia arrastado para uma outra das mulheres- -flores. Ao ouvir seu nome, eu lhe disse que já passara pelo castelo, não longe de Balbec. "Oh!, como eu teria prazer em lho mostrar", disse ela, quase em voz baixa como para se mostrar mais modesta, mas num tom sentido, cheio do pesar de se haver perdido o ensejo de um prazer todo especial, e acrescentou, com um olhar insinu- ante: "Espero que nem tudo esteja perdido. E devo dizer-lhe que o que mais lhe interessaria seria o castelo de minha tia Brancas; foi construído por Mansart; é a pérola da província".[222] Não somente ela teria satisfação em mostrar seu castelo, mas sua tia Brancas não se sentiria menos encantada de me fazer as honras do seu; pelo menos, com palavras que a nada comprometiam, foi o que me assegurou aquela dama, a qual pensava evidentemente que, sobretudo numa época em que a terra tende a passar para as mãos de financistas que não sabem viver, importa que os grandes man- tenham as altas tradições de hospitalidade senhorial. Era também porque procurava, como todas as pessoas de seu meio, dizer coisas que causassem o máximo de prazer ao interlocutor, dar-lhe a mais alta ideia de si mesmo, fazer-lhe crer que ele lisonjeava aqueles a quem escrevia, que honrava a seus anfitriões, que todos estavam ansiosos por conhecê-lo. Na verdade, o desejo de dar aos outros essa ideia agradável de si mesmos existe algumas vezes na pró- pria burguesia. Ali se encontra essa disposição benévola, a título de qualidade individual compensadora de um defeito, não entre os amigos mais certos, mas pelo menos entre as companheiras mais agradáveis. Floresce em todo caso isoladamente. Numa impor- tante parte da aristocracia, pelo contrário, esse traço de caráter deixou de ser individual; cultivado pela educação, mantido pela

222 Alude-se aqui ao arquiteto François Mansart (1598-1666), que desenhou o castelo de Balleroy, igualmente célebre por suas tapeçarias de Boucher. (N. E.)

ideia de uma grandeza própria que não tem receio de humilhar--se, que não conhece rival, sabe que, com a amenidade, pode fazer os outros felizes e se compraz em fazê-los. Isso se tornou o caráter genérico de uma classe. E, mesmo aqueles cujos defeitos pessoais muito contrários impedem de o trazer no coração, conservam-lhe o traço inconsciente nas palavras ou nos gestos.

— É uma excelente mulher — disse-me o sr. de Guermantes da princesa de Parma —, e que sabe ser "grande dama" como ninguém.

Enquanto eu era apresentado às mulheres, havia um cavalheiro que dava inúmeras mostras de agitação: era o conde Hannibal de Bréauté-Consalvi. Chegando tarde, não tivera tempo de informar--se dos convivas e, quando eu entrara no salão, vendo em mim um convidado que não fazia parte da sociedade da duquesa e devia portanto possuir títulos extraordinários para ali penetrar, instalou o monóculo sob a arcada dos supercílios, pensando que este o ajudaria muito a discernir que espécie de homem era eu. Sabia que a sra. de Guermantes tinha, apanágio precioso das mulheres verdadeiramente superiores, o que se chama um "salão", isto é, acrescentava às vezes às pessoas de seu círculo alguma notabilidade a quem a descoberta de um remédio ou a produção de uma obra-prima acabava de pôr em evidência. O Faubourg Saint-Germain permanecia ainda sob a impressão de ter sabido que a duquesa não receara convidar o sr. Detaille para a recepção oferecida ao rei e à rainha da Inglaterra.[223] As mulheres de espírito do Faubourg mal se consolavam de não terem sido convidadas, de tal modo haveriam de deliciar-se no convívio desse gênio estranho. A sra. de Courvoisier pretendia que lá estivera também o sr. Ribot, mas era invenção destinada a sugerir que Oriane procurava fazer nomear embaixador o seu marido.[224] Enfim, para cúmulo do escândalo, o sr. de Guermantes, com uma galanteria digna do marechal de Saxe, se

223 O "sr. Detaille" é Édouard Detaille (1848-1912), pintor e membro da Academia de Belas-Artes que se dedicava sobretudo a quadros de temas histórico-militares. (N. E.)
224 Alexandre Ribot (1842-1923), chefe do partido republicano liberal, foi ministro dos Assuntos Estrangeiros entre os anos de 1890 e 1893. (N. E.)

apresentara no Comédie Française e pedira a mademoiselle Reichenberg que fosse recitar versos diante do rei, o que se efetivara, constituindo um fato sem precedentes nos anais das recepções.[225] A lembrança de tantos imprevistos, que aliás aprovava plenamente, sendo ele próprio, do mesmo modo que a duquesa de Guermantes, não só um ornamento como uma consagração para um salão, o sr. de Bréauté, ao indagar consigo quem poderia eu ser, sentia um vastíssimo campo aberto às suas investigações. Por um instante lhe passou pelo espírito o nome do sr. Widor; mas achou que eu era muito jovem para ser organista e o sr. Widor, muito pouco notável para ser "recebido".[226] Pareceu-lhe mais verossímil ver simplesmente em mim o novo adido da legação da Suécia, de quem lhe haviam falado; e preparava-se para me pedir notícias do rei Oscar, por quem fora por várias vezes muito bem acolhido; mas quando o duque, para apresentar-me, disse o meu nome ao sr. de Bréauté, este, vendo que tal nome lhe era absolutamente desconhecido, não mais duvidou que eu, achando-me ali, devia ser alguma celebridade. Oriane decididamente não se enganava, e sabia a arte de atrair para o seu salão os homens em evidência, na proporção de um por cem, naturalmente, sem o que o teria depreciado. O sr. de Bréauté começou, pois, a lamber-se de gosto e a farejar com as gulosas narinas, devido ao apetite despertado não só pelo bom jantar que estava certo de fazer, mas pelo caráter da reunião que minha presença não podia deixar de tornar interessante, e que lhe forneceria um saboroso tema de conversação para o dia seguinte, durante o almoço do duque de Chartres. Ainda não tinha certeza bastante para saber se era eu o homem de cujo soro contra o câncer acabavam de fazer experiências ou o autor cujo próximo *lever de rideau* se achava em ensaios no Théâtre-Français; mas, grande intelectual, gran-

---

225 O sobrenome Reichenberg refere-se à atriz Suzanne (1853-1924), que, desde a sua estreia no teatro da Comédie Française, assumiu o papel da ingênua nas peças que encenou. (N. E.)

226 Charles Widor (1844-1937) era organista titular da igreja de Saint-Sulpice e professor do Conservatório de Paris. (N. E.)

de amador de "narrativas de viagens", não cessava de multiplicar diante de mim as reverências, os sinais de inteligência, os sorrisos filtrados pelo seu monóculo, ou na ideia falsa de que um homem de valor ainda mais o estimaria se ele conseguisse inculcar-lhe a ilusão de que para ele, conde de Bréauté-Consalvi, os privilégios do espírito não eram menos dignos de respeito que os da linhagem, ou simplesmente pela necessidade e dificuldade de expressar sua satisfação, na ignorância da língua que devia falar-me, como se se encontrasse, em suma, na presença de alguns dos "naturais" de uma terra estranha aonde teria abordado a sua jangada e com os quais, na esperança de proveito, enquanto observasse curiosamente os seus costumes e sem interromper as demonstrações de amizade, nem de soltar gritos como eles, trataria de trocar ovos de avestruz e especiarias por miçangas. Depois de corresponder o melhor possível ao seu contentamento, apertei a mão do duque de Châtellerault, que eu já tinha encontrado em casa da sra. de Villeparisis, da qual me dissera que era uma finória. Era extremamente Guermantes pelo loiro do cabelo, o curvo do perfil, os pontos em que a pele da face se altera, tudo quanto já se via nos retratos dessa família que nos deixaram os séculos XVI e XVII. Mas como eu já não amasse a duquesa, a sua encarnação em um jovem não tinha para mim o mínimo atrativo. Lia o gancho que formava o nariz do duque de Châtelleraut, como a assinatura de um pintor a quem tivesse longamente estudado, mas que absolutamente não me interessava mais. Depois cumprimentei também o príncipe de Foix e, para desgraça de minhas falanges, que ficaram doloridas, deixei-as meter-se no torno que era um aperto de mão à alemã, acompanhado de um sorriso irônico ou bonachão do príncipe de Faffenheim, o amigo do sr. de Norpois, e que, pela mania de apelidos própria àquele meio, chamavam tão universalmente de "príncipe Von" que ele próprio assinava "príncipe Von", ou, quando escrevia a íntimos, "Von". Ainda essa abreviatura se compreendia, a rigor, pelo comprimento do nome composto. Menos visíveis eram as razões pelas quais substituíam Élisabeth por Lili, ora por Bebeth, como num meio pululavam os Kikim. Explica-se que homens, aliás ociosos e frívolos, em geral tivessem adotado "Quiou" para não perder tempo dizendo Montesquiou. Mas compreende-se menos o que ganhavam ao chamar um de seus primos de "Dinand", em vez de Ferdinand. Não se creia, de resto, que os Guermantes, nessa questão de apelidos, recorressem invariavelmente à repetição de uma sílaba. Assim, duas irmãs, a condessa de Montpeyroux e a viscondessa de Vélude, ambas de enorme corpulência, nunca se ouviam chamar, sem absolutamente se incomodarem e sem que ninguém se lembrasse de rir, tão antigo era o hábito, senão de "Pequena" e "Pequetita". E a sra. de Guermantes, que adorava a sra. de Montpeyroux, se esta caísse gravemente enferma, teria perguntado com lágrimas nos olhos à sua irmã: "É verdade que a Pequena está muito mal?". A sra. de l'Eclin, que usava cabelos em bandós que lhe cobriam inteiramente as orelhas, nunca a chamavam senão de "ventre faminto",[227] às vezes se limitavam a acrescentar um a ao nome ou prenome do marido para designar a mulher. Como o homem mais avarento, mais sórdido, mais inumano do Faubourg se chamava Raphaël, a sua encantadora, a sua flor, saindo também do rochedo, assinava sempre Raphaëla; mas são simples amostras de regras inumeráveis, algumas das quais sempre poderemos explicar quando se apresente ocasião. Logo depois pedi ao duque que me apresentasse ao príncipe de Agrigent. "Mas como? Não conhece esse bom Gri-gri!?", exclamou o sr. de Guermantes; e disse meu nome ao sr. de Agrigent. O deste último, tantas vezes citado por Françoise, sempre me aparecera como um vidro transparente, sob o qual eu via, batidos à margem de um mar violeta pelos raios oblíquos de um sol de ouro, os cubos de ouro de uma cidade antiga de que eu não duvidava que o príncipe — de passagem em Paris por um breve milagre — fosse ele próprio, tão luminosamente siciliano e gloriosamente recoberto de pátina, o soberano efetivo. Ai de mim, o vulgar gafanhoto que me apresentaram e que piruetou para saudar-me com uma pesada desenvoltura que julgava elegante, era tão

---

227 Há no texto francês uma alusão ao provérbio "Ventre affamé n'a pas d'oreilles" ("Ventre faminto não tem orelhas"). (N. E.)

independente de seu nome como uma obra de arte que ele houvesse possuído, sem trazer consigo nenhum reflexo dela, sem jamais tê-la contemplado talvez. O príncipe de Agrigent era tão inteiramente desprovido do que quer que fosse de principesco, e que pudesse fazer pensar em Agrigent, que era de supor que o seu nome, inteiramente diverso dele, ligado por coisa alguma à sua pessoa, tivera o poder de atrair a si tudo quanto pudesse haver de vaga poesia naquele homem como em qualquer outro, e de encerrá-la, depois dessa operação, nas sílabas encantadas. Se se havia efetuado, a operação fora em todo caso benfeita, pois não restava um só átomo de encanto a retirar desse parente dos Guermantes. De modo que ele vinha a ser ao mesmo tempo o único homem do mundo que era príncipe de Agrigent e talvez o único homem do mundo que menos o fosse. Sentia-se, aliás, muito feliz de o ser, mas como um banqueiro é feliz por possuir numerosas ações de uma mina, e sem preocupar-se se essa mina responde ao lindo nome de mina Ivanhoe, e de mina Primerose, ou se denomina simplesmente a mina Premier. Mas enquanto terminavam as apresentações, tão longas de contar, mas que, iniciadas logo à minha entrada no salão, apenas haviam durado alguns instantes, e enquanto a sra. de Guermantes, num tom quase súplice, me dizia: "Estou certa de que Basin o fatiga, levando-o assim de uma para outra; queremos que conheça a nossos amigos, mas antes de tudo queremos que não se canse, para que venha visitar-nos seguidamente", o duque, com um gesto bastante esquerdo e timorato (o que desejaria ter feito há já uma hora, preenchida por mim na contemplação do Elstir), fez sinal para que servissem o jantar.

Cumpre acrescentar que faltava um dos convidados, o sr. de Grouchy, cuja mulher, nascida Guermantes, viera sozinha, devendo o marido chegar diretamente da caçada em que passara o dia inteiro. Esse sr. de Grouchy, descendente do Grouchy do Primeiro Império, e cuja ausência no início de Waterloo falsamente se diz ter sido a principal causa da derrota de Napoleão, pertencia a ótima família, insuficiente no entanto aos olhos de certos maníacos de nobreza. Assim, o príncipe de Guermantes, que muitos anos mais tarde devia ser menos difícil para consigo mesmo, costumava dizer a suas sobrinhas: "Como é sem sorte essa pobre senhora de Guermantes (a viscondessa de Guermantes, mãe da sra. de Grouchy) que nunca pôde casar as filhas!”. “Mas meu tio, a mais velha casou com o senhor de Grouchy.” “Eu não chamo a isso um marido! Enfim, dizem que o tio François pediu a mão da mais moça; assim não ficarão todas solteiras.”

Logo que foi dada a ordem de servir à mesa, num vasto estalido giratório, múltiplo e simultâneo, as portas da sala de refeições abriram-se de par em par; um mordomo que tinha o ar de um mestre de cerimônias inclinou-se ante a princesa de Parma e anunciou: “A senhora está servida”, num tom parecido ao que empregaria para dizer: “A senhora está morrendo”,[228] mas que não lançou nenhuma tristeza na reunião, pois foi com um ar alegre e como no verão, em Robinson, que os pares se dirigiram um atrás do outro para a sala de jantar, separando-se ao alcançar seus lugares, onde lacaios, às suas costas, lhes acercavam as cadeiras; em último lugar, a sra. de Guermantes avançou para mim, para que eu a conduzisse à mesa e sem que eu experimentasse nem sombra da timidez que seria de temer, pois, como caçadora a quem uma grande destreza muscular tornou a graça fácil, vendo sem dúvida que eu me colocara do lado errado, ela girou com tanta precisão em redor de mim que me vi com o seu braço enlaçado ao meu e enquadrado com a maior naturalidade num ritmo de movimentos precisos e nobres. Obedeci-lhes com tanto maior desenvoltura quanto os Guermantes não ligavam a isso mais importância que, à ciência, um verdadeiro sábio, em cuja casa ficamos menos intimidados que na de um ignorante; abriram-se outras portas, pelas quais entrou a sopa fumegante, como se a ceia se realizasse num teatro de *pupazzi*,[229] habilmente montado, e em que a tardia chegada do jovem convidado, a um sinal do amo, punha todas as engrenagens em movimento.

Tímido, e não majestosamente soberano, tinha sido esse sinal do duque, a quem respondera a movimentação daquela vasta, en-

---

228 Alusão a uma expressão presente na oração fúnebre composta por Bossuet em homenagem a Henriette d'Angletterre, duquesa de Orléans. (N. E.)

229 Palavra que significa “marionetes”, em italiano no original. (N. E.)

genhosa, obediente e faustosa relojoaria mecânica e humana. A indecisão do gesto não prejudicou para mim o efeito do espetáculo que lhe estava subordinado. Pois sentia que o que o tornara hesitante e embaraçado era o temor de deixar-me ver que só esperavam por mim para jantar e que me haviam esperado muito tempo, do mesmo modo que a sra. de Guermantes tinha medo de que me fatigassem depois de olhar tantos quadros e me impedissem de tomar fôlego, apresentando-me a jato contínuo. De sorte que era a falta de grandeza no gesto que revelava a grandeza verdadeira, esta indiferença do duque a seu próprio luxo e as suas atenções com um convidado insignificante em si mesmo, mas a quem ele queria honrar. Não quer dizer que o sr. de Guermantes não fosse, por certos aspectos, muito vulgar, e não tivesse até ridículos de homem demasiado rico, o orgulho de um adventício que ele não era.

Mas, tal como um funcionário ou um sacerdote veem o seu medíocre talento multiplicado ao infinito (como uma vaga por todo o mar que se comprime atrás dela) por essas forças a que se apoiam, a administração francesa e a Igreja católica, assim era o sr. de Guermantes impelido por essa outra força, a mais genuína polidez aristocrática. Essa polidez exclui muita gente. A sra. de Guermantes não teria recebido a sra. de Cambremer nem o sr. de Forcheville. Mas uma vez que alguém, como era o meu caso, parecia suscetível de ser agregado ao meio dos Guermantes, essa polidez revelava tesouros de simplicidade hospitaleira mais magníficos ainda, se possível, do que aqueles velhos salões, aqueles maravilhosos móveis que ali se conservavam.

Quando queria causar prazer a alguém, o sr. de Guermantes tinha assim, para fazer dele nesse dia a personagem principal, uma arte que sabia tirar partido das circunstâncias e do local. Por certo em Guermantes as suas "distinções" e as suas "graças" teriam tomado outra forma. Mandaria atrelar o carro, para levar-me a passear sozinho com ele antes do jantar. Tal como eram, a gente se sentia sensibilizado com as suas maneiras, como ficamos, ao ler memórias da época com as maneiras de Luís XIV, quando responde bondosamente, com um ar risonho e uma meia reverência, a algum solicitante. Todavia, convém compreender, em ambos os casos, que essa polidez não ia além do que a palavra significa.

Luís XIV (a quem no entanto os maníacos de nobreza de seu tempo censuram o pouco cuidado com a etiqueta, tanto assim, diz Saint-Simon, que foi um rei muito pequeno para o seu posto em comparação com Filipe de Valois, Carlos V etc.) manda redigir as instruções mais minuciosas para que os príncipes da Casa Real e os embaixadores saibam a que soberanos devem ceder passagem. Em certos casos, ante a impossibilidade de chegar a um acordo, prefere-se convir que o filho de Luís XIV, monsenhor, só receberá determinado soberano estrangeiro fora, ao ar livre, para que se não diga que, ao entrarem no castelo, um precedeu ao outro; e o eleitor palatino, quando recebe o duque de Chevreuse para jantar, finge, para não lhe ceder a mão, que está doente e janta com ele, mas deitado. Como o senhor duque evita as ocasiões de prestar os devidos serviços a monsieur, este, a conselho do rei seu irmão, que de resto muito o estima, arranja pretexto para que o primo suba a seus aposentos na hora em que ele se levanta da cama, e obriga-o a apresentar-lhe a camisa. Mas desde que se trate de um sentimento profundo, das coisas do coração, o dever, tão inflexível quando se trata de polidez, muda por completo. Algumas horas depois da morte desse irmão, uma das pessoas a quem mais amou, quando monsieur, segundo a expressão do duque de Monfort, está "ainda quente", Luís XIV canta trechos de óperas e espanta-se de que a duquesa de Borgonha, que tem dificuldade em dissimular a sua pena, esteja com um ar tão melancólico, e, querendo que a alegria recomece em seguida, para que os cortesãos se resolvam a dedicar-se novamente ao jogo, ordena ao duque de Borgonha, que inicie uma partida de brelão.[230] Ora, não só nos atos mundanos e concentrados, mas na linguagem mais involuntária, nas preocupações, no

---

230 Série de exemplos sobre a corte de Luís XIV extraídos da leitura das *Memórias* do duque de Saint-Simon. Em carta a amigos, Proust falava da descrição do chamado "espírito Guermantes" como um complemento às descrições feitas pelo duque. No último volume de *Em busca do tempo perdido*, o narrador chamará a atenção para a necessidade de se escreverem as "Memórias de Saint-Simon" de uma outra época. (N. E.)

emprego do tempo do sr. de Guermantes, via-se o mesmo contraste: os Guermantes não sentiam mais pesar que os outros mortais, pode-se até dizer que a sua verdadeira sensibilidade era menor; em compensação, via-se todos os dias os nomes deles nas notas sociais do *Gaulois*, devido ao prodigioso número de enterros em que julgariam culpável não se inscrever.[231] Como o viajante encontra, quase iguais, as casas cobertas de terra, os terraços que Xenofonte e são Paulo podiam ter conhecido,[232] assim, nas maneiras do sr. de Guermantes, homem comovente de amabilidade e revoltante de dureza, escravo das mais insignificantes obrigações e indiferente aos pactos mais sagrados, eu encontrava ainda intato, depois de transcorridos mais de dois séculos, esse desvio peculiar à vida da corte na época de Luís XIV, e que transporta os escrúpulos de consciência, do domínio dos afetos e da moralidade para as questões de pura forma.

A outra razão da amabilidade que me dispensou a princesa de Parma era mais particular. E que estava de antemão persuadida de que tudo quanto via em casa da duquesa de Guermantes, coisas e pessoas, era de qualidade superior a tudo que tinha ela em sua própria casa. Na de todas as outras pessoas, procedia, na verdade, como se assim fosse; diante do prato mais simples, das flores mais ordinárias, não se contentava em extasiar-se: pedia licença para logo no dia seguinte mandar buscar a receita ou examinar a espécie pelo seu cozinheiro ou jardineiro-chefe, personagens de pingues ordenados, com seu carro particular e sobretudo suas pretensões profissionais, e que se sentiam muito humilhados por terem de informar-se acerca de um prato desdenhado e tomar como modelo uma variedade de cravos que não era nem pela metade tão bela nem tão grande quanto às dimensões das flores, como as que eles tinham obtido desde muito em casa da própria princesa. Mas se, da parte desta, em casa de todos, esse espanto diante das mínimas coisas era fictício e destinado a mostrar que ela não tirava, da superioridade da sua condição e das

---

231 O *Gaulois* era jornal de direita fundado em 1867 e anexado ao *Figaro* em 1929. (N. E.)
232 No século I, são Paulo procurou seguir os mesmos caminhos que Xenofonte tinha tomado no Oriente Médio no século IV a.C. (N. E.)

suas riquezas, um orgulho proibido por seus antigos preceptores, dissimulado por sua mãe e insuportável a Deus, era em compensação com toda a sinceridade que olhava o salão da duquesa de Guermantes como um lugar privilegiado em que só podia marchar de surpresas a delícias. De um modo geral, aliás, mas que seria insuficiente para explicar esse estado de espírito, os Guermantes eram muito diferentes do resto da sociedade aristocrática; eram mais preciosos e mais raros. À primeira vista me haviam dado a impressão contrária; achara-os vulgares, iguais a todos os homens e a todas as mulheres, mas porque previamente vira neles, como em Balbec, em Florença, em Parma, uns nomes. Evidentemente, naquele salão, todas as mulheres que eu imaginara como estatuetas de Saxe, afinal de contas, mais se assemelhavam à grande maioria das mulheres. Mas da mesma forma que Balbec ou Florença, os Guermantes, depois de terem desencantado a imaginação, porque se assemelhavam mais a seus semelhantes que a seu nome, podiam em seguida, embora em grau menor, oferecer à inteligência certas particularidades que os distinguiam. Seu próprio físico, a cor de uma rosa especial que ia às vezes até o violeta, da sua carnação, certo loiro quase luminoso dos cabelos delicados, mesmo entre os homens, amontoados em tufos dourados e suaves, metade liquens parietários, metade pelo felino (fulgor luminoso a que correspondia certo brilho da inteligência, pois se se dizia a pele e o cabelo dos Guermantes, dizia-se também o espírito dos Guermantes, como o espírito de Mortemart — certa qualidade social mais fina desde antes de Luís XIV —, e tanto mais reconhecida por todos quanto eles próprios a promulgavam), tudo isso fazia com que, na própria matéria, por mais preciosa que fosse, da sociedade aristocrática onde aqui e ali os encontravam, os Guermantes permanecessem reconhecíveis, fáceis de discernir e de seguir, como os filetes que veiam com o seu ouro o jaspe e o ônix, ou antes, como a ágil ondulação dessa cabeleira de claridade cujas despenteadas crinas correm como raios flexíveis pelos flancos da ágata.

Os Guermantes — pelo menos os dignos do nome — não eram apenas de uma qualidade de carnação, de cabelos, de transparente olhar, bizarra, mas tinham uma postura, um modo de andar, de saudar, de olhar antes de apertar a mão, de apertar a mão, com que se mostravam tão diferentes em tudo isso de qualquer homem da sociedade, como este de um camponês de blusa. E apesar da sua amabilidade, dizia a gente consigo: não têm verdadeiramente direito, embora o dissimulem, quando nos veem andar, cumprimentar, sair, todas essas coisas que, cumpridas por eles, se tornavam tão gráceis como o voo da andorinha ou a inclinação da rosa, de pensar: eles são de uma outra raça que nós, e nós somos os príncipes da terra? Mais tarde compreendi que os Guermantes me julgavam, com efeito, de outra raça, mas que provocava a sua inveja, porque eu possuía méritos que ignorava e que eles professavam considerar os únicos importantes. Ainda mais tarde compreendi que essa profissão de fé só era sincera pela metade e que neles o desdém ou o espanto coexistiam com a admiração e a inveja. A flexibilidade física essencial aos Guermantes era dupla; graças a uma, sempre em ação, a todo instante, e se por exemplo um Guermantes macho ia saudar uma dama, obtinha uma silhueta de si mesmo, feita do equilíbrio instável de movimentos assimétricos e nervosamente compensados, uma perna arrastando um pouco, ou de propósito, ou porque, fraturada muitas vezes em caçadas, imprimia ao torso, para alcançar a outra perna, um desvio a que fazia contrapeso a ascensão de uma espádua, enquanto o monóculo se instalava no olho, erguendo uma sobrancelha no mesmo momento em que o topete do cabelo se abaixava para a saudação; a outra flexibilidade, como a forma da vaga, do vento ou do sulco que guarda para sempre a concha ou o barco, estilizara-se por assim dizer numa espécie de mobilidade fixada, encurvando o nariz agudo que, debaixo dos olhos à flor da cara, acima dos lábios muito delgados, de onde saía, nas mulheres, uma voz rouca, rememorava a origem fabulosa apontada no século XVI pela boa vontade de genealogistas parasitas e helenizantes, a uma raça antiga sem dúvida, mas não até o ponto que eles pretendiam quando lhe davam como origem a fecundação mitológica de uma ninfa por um divino pássaro.[233]

---

233 Alusão à sedução de Leda por Júpiter, que havia assumido a forma de um cisne. (N. E.)

Os Guermantes não eram menos especiais do ponto de vista intelectual que do ponto de vista físico. Salvo o príncipe Gilbert (marido, de ideias antiquadas, de "Marie Gilbert", e que fazia a esposa sentar à esquerda quando passeavam de carro, porque era de sangue menos bom, embora real, como o dele), mas constituía uma exceção e era, na sua ausência, alvo das zombarias da família e de anedotas sempre novas, os Guermantes, mesmo vivendo na pura nata da aristocracia, afetavam não fazer caso algum da nobreza. As teorias da duquesa de Guermantes que, a falar verdade, à força de ser Guermantes, se convertia em certa medida em alguma coisa de diferente e mais agradável, de tal modo colocavam a inteligência acima de tudo e eram tão socialistas em política que a gente perguntava consigo onde se esconderia, naquele palácio, o gênio encarregado de assegurar a manutenção da vida aristocrática e que, sempre invisível, mas evidentemente oculto ora na antessala, ora no salão, ora no gabinete de *toilette*, lembrava aos criados daquela mulher que não acreditava em títulos que a tratassem por "senhora duquesa", àquela pessoa que só amava a leitura e não tinha respeito humano, que fosse jantar em casa da cunhada às oito em ponto e que se decotasse para isso.

O mesmo gênio da família apresentava à sra. de Guermantes a situação das duquesas, pelo menos das primeiras entre elas e, como ela, multimilionárias, o sacrifício, a aborrecidos chás, jantares fora, reuniões, de horas em que ela poderia ler coisas interessantes, como fatalidades desagradáveis análogas à chuva, e que a sra. de Guermantes aceitava, exercendo sobre elas a sua verve crítica, mas sem ir até o ponto de procurar os motivos da sua aceitação. Esse curioso efeito do acaso, de que o mordomo da sra. de Guermantes sempre dissesse "senhora duquesa" àquela mulher que só acreditava na inteligência, não parecia entretanto chocá-la. Jamais pensara em pedir-lhe que lhe dissesse "senhora" simplesmente. Levando a boa vontade até seus extremos limites, poder-se-ia acreditar que, distraída, ela ouvisse apenas "senhora" e que o apêndice verbal que lhe era acrescentado passava despercebido. Só que, se se fazia de surda, ela não era muda. Ora, de cada vez que tinha um recado para dar ao marido, dizia ao mordomo: "Lembre ao senhor duque...".

O gênio da família tinha, aliás, outras ocupações; por exemplo, fazer falar de moral. Por certo havia Guermantes mais particularmente inteligentes, Guermantes mais particularmente morais, e não eram de ordinário os mesmos. Mas os primeiros — até um Guermantes que cometera falsificações e trapaceava no jogo e era o mais delicioso de todos, aberto a todas as ideias novas e justas — tratavam ainda melhor de moral que os segundos, e de modo idêntico ao da sra. de Villeparisis, nos momentos em que o gênio da família se exprimia pela boca da velha dama. Em circunstâncias iguais, via-se de súbito os Guermantes assumirem um tom quase tão antiquado, tão bonachão, e, devido ao maior encanto deles, mais comovente, como o da marquesa para dizer de uma criada: "Vê-se que tem bom fundo, não é uma rapariga vulgar; deve ser filha de gente direita; com certeza sempre se conservou no bom caminho". Em tais momentos, o gênio da família se convertia em entonação. Mas às vezes era também jeito, expressão fisionômica, a mesma na duquesa que em seu avô, o marechal, como que uma inapreensível convulsão (semelhante à da Serpente, gênio cartaginês da família Barca[234]) e que várias vezes me fizera bater o coração, em meus passeios matinais, quando, antes de haver reconhecido a sra. de Guermantes, eu me sentia olhado por ela do fundo de uma pequena leiteria. Esse gênio interviera numa circunstância que estava longe de ser indiferente, não só aos Guermantes, mas igualmente aos Courvoisier, parte adversa da família e, embora de sangue tão bom como os Guermantes, exatamente o oposto deles (era até por sua avó Courvoisier que os Guermantes explicavam o empenho do príncipe de Guermantes em sempre falar de nascimento e nobreza, como se fosse a única coisa que importasse). Os Courvoisier, não só não reservavam à inteligência o mesmo lugar que os Guermantes, mas não possuíam dela a mesma ideia. Para um Guermantes (por tolo que fosse), ser inteligente era ter a língua afiada, ser capaz

---

234 Alusão à explicação de Flaubert para o comportamento da personagem Salambô no livro homônimo: segundo ele, a personagem, antes de deixar sua casa, se enlaça ao gênio de sua família. (N. E.)

de dizer maldades, levantar a parada; era também saber discutir tanto sobre pintura como sobre música e arquitetura, falar inglês. Os Courvoisier faziam uma ideia menos favorável da inteligência e, por pouco que não se pertencesse ao seu mundo, ser inteligente não estava longe de significar: ter provavelmente assassinado pai e mãe. Para eles a inteligência era a espécie de gazua com a qual pessoas que a gente não conhecia nem da parte de Eva nem da parte de Adão forçavam as portas dos salões mais respeitados, e na casa dos Courvoisier sabia-se que sempre saía caro receber tal "gentinha". Às insignificantes asserções das pessoas inteligentes que não pertenciam à alta sociedade opunham os Courvoisier uma desconfiança sistemática. Tendo alguém dito uma vez: "Mas Swann é mais jovem que Palamède". "Pelo menos ele o diz, e, se o diz, esteja certo de que tem interesse nisso", respondera a sra. de Gallardon. Ainda mais, como se dissesse a propósito de duas estrangeiras muito elegantes a quem os Guermantes recebiam, que se fizera passar em primeiro lugar uma delas por ser a mais velha: "Mas é mesmo a mais velha?", perguntara a sra. de Gallardon, não, positivamente, como se essa classe de pessoas não tivesse idade, mas como se, verossimilmente destituídas de estado civil e religioso, de tradições certas, fossem mais ou menos jovens como as gatinhas de uma mesma ninhada, entre as quais só um veterinário poderia orientar-se a esse respeito. Os Courvoisier, num sentido, mantinham aliás melhor do que os Guermantes a integridade da nobreza, graças ao mesmo tempo à estreiteza de seu espírito e à maldade de seu coração. Da mesma forma que os Guermantes (para quem, abaixo das famílias reais e de algumas outras como os Ligne, os La Trémoïlle etc., tudo o mais se confundia num vago rebotalho), eram insolentes com pessoas de raça antiga que habitavam em derredor de Guermantes, precisamente porque não prestavam atenção a esses méritos de segunda ordem de que se ocupavam enormemente os Courvoisier, pouco lhes importava a falta desses méritos. Certas mulheres que não tinham posição muito elevada na sua província, mas, brilhantemente casadas, ricas, bonitas, estimadas pelas duquesas, eram para Paris, onde se está pouco a par de "pai e mãe", um excelente e elegante artigo de importação. Podia acontecer, embora raramente, que tais mulheres fossem introduzidas pela princesa de Parma ou, em virtude de seu próprio encanto, recebidas em casa de certas Guermantes. Mas a respeito deles nunca se desarmava a indignação dos Courvoisier. Encontrar, das cinco às seis, em casa da sua prima, umas pessoas com cujos pais os seus pais não gostavam de misturar-se no Perche, tornava-se para eles motivo de raiva crescente e tema de inesgotáveis declamações. Logo que a encantadora condessa P***, por exemplo, entrava no salão dos Guermantes, o rosto da sra. de Villebon tomava exatamente a expressão que assumiria se tivesse de recitar o verso:

Et s'il n'en reste qu'un, je serai celui-là,[235]

verso que lhe era aliás desconhecido. Essa Courvoisier tinha engolido quase todas as segundas um pastelzinho de creme, a alguns passos da condessa G***, mas sem resultado. E a sra. de Villebon confessava ocultamente que não podia conceber como a sua prima Guermantes recebia uma mulher que não pertencia sequer à segunda sociedade em Châteaudun. "Realmente, não adianta que minha prima seja tão difícil nas suas relações; isso já é fazer pouco da sociedade", concluía a sra. de Villebon, com outra expressão fisionômica, esta sorridente e faceta no desespero e à qual um jogo de adivinhas aplicaria antes outro verso, que a condessa muito menos conhecia, naturalmente:

Grâce aux Dieux, mon malheur passe mon espérance.[236]

Antecipemo-nos aos acontecimentos, dizendo que a "perseverança", rima de esperança no verso seguinte, da sra. de Villebon

---

235 "E se um só permanecer, este serei eu". Último verso do poema "Ultima verba", presente no volume *Les châtiments*, de Victor Hugo. (N. E.)
236 "Graças aos deuses, minha infelicidade passa minha esperança". Verso extraído do quinto ato, cena 5 da peça *Andromaque*, de Racine. (N. E.)

em *esnobizar* a sra. G*** não foi de todo inútil.[237] Aos olhos da sra. G***, isso dotou a sra. de Villebon de um prestígio tal, aliás imaginário, que quando a filha da sra. G***, que era a mais bonita e rica dos bailes da época, esteve para casar, viram-na com espanto recusar a todos os duques. E que sua mãe, lembrando-se das desfeitas hebdomadárias que sofrera na rua de Grenelle em recordação de Châteaudun, verdadeiramente não desejava senão um marido para a filha: um jovem da família Villebon.

O único ponto em que Guermantes e Courvoisier se encontravam era na arte, aliás infinitamente variada, de marcar as distâncias. As maneiras dos Guermantes não eram inteiramente uniformes em todos eles. Mas por exemplo, todos os Guermantes, daqueles que verdadeiramente o eram, quando vos apresentavam a eles, procediam a uma espécie de cerimônia, aproximadamente como se o fato de vos estenderem a mão fosse tão considerável como se se tratasse de vos sagrar cavaleiro. No momento em que um Guermantes, embora só tivesse vinte anos, mas já marchando nas pegadas dos mais velhos, ouvia o vosso nome pronunciado pelo apresentante, deixava cair sobre vós, como se não estivesse absolutamente resolvido a cumprimentar-vos, um olhar geralmente azul, sempre da frieza de uma lâmina, que parecia prestes a mergulhar nos mais profundos refolhos de vosso coração. Era de resto exatamente o que os Guermantes pensavam estar fazendo, pois todos se julgavam uns psicólogos de primeira ordem. Pensavam aumentar com esse exame a amabilidade da saudação que ia seguir-se e que só vos seria dada com pleno conhecimento de causa. Tudo isso se passava a uma distância que, pequena se se tratasse de um passe de armas, parecia enorme para um aperto de mão, e gelava tanto neste como no outro caso, de sorte que quando o Guermantes, depois de efetuar uma rápida incursão nos últimos esconderijos de vossa alma e de vossa honorabilidade, vos havia julgado digno de vos encontrardes desde então com ele, a sua mão, dirigida para a

---

237 O verso a que o narrador se refere é "Oui, je te loue, ô Ciel! de ta persévérance." ("Sim, te louvo, oh céu, por tua perseverança."). (N. E.)

vossa pessoa na extremidade de um abraço estendido em todo o seu comprimento, parecia apresentar-vos um florete para um combate singular, e essa mão estava afinal tão longe do Guermantes em tal momento que, quando ele então inclinava a cabeça, tornava-se difícil distinguir se era a vós mesmo ou à sua própria mão que ele estava cumprimentando. Como certos Guermantes não tinham o senso da medida, ou eram incapazes de não se repetir incessantemente, levavam a coisa ao exagero, recomeçando essa cerimônia de cada vez que vos encontravam. Visto que não mais precisavam proceder ao prévio inquérito psicológico para o qual o "gênio da família" lhes delegara poderes, de cujos resultados deviam estar lembrados, a insistência do olhar perfurador que antecedia o aperto de mão só podia explicar-se pelo automatismo que adquirira o seu olhar ou por algum dom de fascínio que eles julgavam possuir. Os Courvoisier, cujo físico era diferente, tinham em vão tentado assimilar essa saudação perquiridora e resignaram-se à rigidez altiva ou à negligência rápida. Em compensação, era dos Courvoisier que certas raríssimas Guermantes do sexo feminino pareciam ter tirado a saudação das damas. Com efeito, no momento em que vos apresentavam a uma dessas Guermantes, ela vos fazia uma grande saudação com que aproximava de vós, mais ou menos num ângulo de quarenta e cinco graus, a cabeça e o busto, ficando imóvel a parte inferior do corpo (muito alta até a cintura, que servia de eixo). Mas apenas havia assim projetado para vós a parte superior da sua pessoa, logo a lançava além da vertical, numa brusca retirada mais ou menos igual de comprimento. A subversão consecutiva neutralizava o que já vos parecera concedido, e o terreno que julgastes ganho nem sequer ficava adquirido, como em matéria de duelo, sendo guardadas as posições primitivas. Essa mesma anulação da amabilidade pela retomada das distâncias (que era de origem Courvoisier e destinada a mostrar que as antecipações feitas no primeiro movimento não eram mais que a finta de um instante) claramente se manifestava, tanto entre as Courvoisier como entre as Guermantes, nas cartas que se recebiam delas, pelo menos durante os primeiros tempos do seu trato. O corpo da carta poderia conter frases que não se escreveriam, parece, senão a um amigo, mas em vão pensaríeis em gabar-vos de ser o amigo da dama, pois a carta começava por "Senhor" e acabava por "Creia nos meus melhores sentimentos". Desde então, entre esse frio início e esse fim glacial que mudavam o sentido de tudo o mais, podiam suceder-se (se era uma resposta a uma carta de pêsames da vossa parte) as mais comoventes descrições do pesar que a Guermantes tivera com a perda da irmã, da intimidade que existia entre ambas, das belezas da região onde ela veraneava, dos consolos que encontrava nas graças de seus netinhos, mas isso tudo era nada mais que uma carta como as que se encontram nas coleções e cujo caráter íntimo não implicava no entanto mais intimidade entre vós e a epistológrafa do que se esta tivesse sido Plínio, o Jovem, ou a sra. de Simiane.[238]

É verdade que certas Guermantes vos escreviam logo da primeira vez "meu querido amigo", "meu amigo"; nem sempre eram as mais simples entre elas, mas antes as que, só vivendo entre reis, e sendo, por outro lado, "levianas", tiravam de seu orgulho a certeza de que tudo o que partisse delas causava prazer e, da sua corrupção, o hábito de não regatear nenhuma das satisfações que pudessem oferecer. De resto, como bastava que tivessem uma tataravó comum nos tempos de Luís XIII para que um jovem Guermantes dissesse, ao falar na marquesa de Guermantes, "a tia Adam", tão numerosos eram os Guermantes que mesmo para esses simples ritos, o cumprimento de apresentação, por exemplo, havia inúmeras variantes. Cada subgrupo um tanto refinado tinha a sua, que era transmitida de pais para filhos como uma receita de vulnerário ou um modo particular de preparar compotas. Foi assim que se viu o aperto de mão de Saint-Loup saltar, como que a contragosto, no instante em que ouvia o nome do apresentado, sem participação do olhar, sem acréscimo de palavras. Cada infeliz plebeu que, por algum motivo

---

238 Plínio, o Jovem (62-120), literato romano, amigo do imperador Trajano, que publicou suas cartas. As cartas da sra. de Simiane foram publicadas em 1773. Filha da sra. de Grignan, a marquesa de Simiane era neta da famosa escritora de cartas, madame de Sévigné, cujas frases engenhosas são tantas vezes citadas ao longo do livro de Proust. (N. E.)

especial, o que aliás raramente acontecia, era apresentado a alguém do subgrupo Saint-Loup, quebrava a cabeça, ante aquele mínimo tão brusco de saudação, que revestia voluntariamente as aparências da inconsciência, para saber o que o Guermantes ou a Guermantes poderia ter contra ele. E muito espantado ficava ao saber que esta ou aquele haviam julgado oportuno escrever especialmente ao apresentante para dizer o quanto lhe agradara o apresentado e que esperava tornar a vê-lo. Tão particularizados como o gesto mecânico de Saint-Loup eram os *entrechats* complicados e rápidos (tido como ridículos pelo sr. de Charlus) do marquês de Fierbois, os passos graves e medidos do príncipe de Guermantes. Mas é impossível descrever aqui a riqueza dessa coreografia dos Guermantes, devido à própria extensão do corpo de balé.

Tornando à antipatia que animava os Courvoisier contra a duquesa de Guermantes, poderiam os primeiros ter tido o consolo de lamentá-la enquanto solteira, pois era então pouco endinheirada. Infelizmente, uma como emanação fuliginosa e *sui generis* ocultava, furtava aos olhos, a riqueza dos Courvoisier que, por maior que fosse, permanecia obscura. Era em vão que uma Courvoisier muito rica desposava um considerável partido, acontecia sempre que o novel não tinha domicílio pessoal em Paris, onde "parava" em casa dos sogros, vivendo o resto do ano na província, em meio de uma sociedade sem mescla, mas sem brilho. Enquanto Saint--Loup, que já não tinha senão dívidas, deslumbrava Doncières com suas parelhas de cavalos, um Courvoisier muito rico nunca tomava senão o bonde na mesma cidade. Inversamente (e aliás muitos anos antes), a srta. de Guermantes (Oriane), que não tinha grande coisa, fazia mais falar de suas *toilettes* que todas as Courvoisier juntas, das suas. O próprio escândalo das suas expressões constituía uma espécie de reclame para o seu modo de vestir e de pentear-se. Atrevera-se a dizer ao grão-duque da Rússia: "E então, é verdade que quer mandar assassinar a Tolstoi?", isso num jantar para o qual não haviam convidado os Courvoisier, aliás pouco informados a respeito de Tolstoi. Não o estavam muito mais com referência aos autores gregos, a julgar pela duquesa viúva de Gallardon (sogra da princesa de Gallardon, então ainda solteira), que, como não se tivesse visto honrada em cinco anos com uma única visita de Oriane, respondeu a alguém que lhe perguntava o motivo de sua ausência: "Parece que ela recita Aristóteles (queria dizer Aristófanes) nas reuniões. Eu não tolero isso em minha casa!".

Bem se pode imaginar o quanto essa "saída" da srta. de Guermantes a propósito de Tolstoi, se indignava os Courvoisier, maravilhava os Guermantes, e, daí, tudo quanto lhes era próxima ou remotamente ligado. A condessa viúva de Argencourt, nascida Seineport, que recebia um pouco a todo mundo porque era literata, embora seu filho fosse um terrível esnobe, contava a frase diante de intelectuais, dizendo: "Oriane de Guermantes, que é fina como diamante, maliciosa como um macaco, com dotes para tudo, que faz aquarelas dignas de um grande pintor e versos como poucos grandes poetas fazem, e, como família, bem sabem que é tudo quanto há de mais elevado, pois a avó era a senhora de Montpensier, e ela é a décima oitava Oriane de Guermantes, sem uma aliança desigual, é o sangue mais puro, mais velho da França". Assim, os falsos homens de letras, esses semi-intelectuais que a sra. de Argencourt recebia, imaginando Oriane de Guermantes, a quem jamais teriam ocasião de conhecer pessoalmente, como alguma coisa de mais maravilhoso e extraordinário do que a princesa Badroul Boudour,[239] não só se sentiam prontos a morrer por ela, ao saber que uma pessoa tão nobre glorificava acima de tudo a Tolstói, mas sentiam também que no seu espírito recobrava nova força o seu próprio amor a Tolstói e o seu desejo de resistência ao czarismo. Podiam essas ideias liberais ter-se anemiado em seu espírito, podiam eles ter duvidado do seu prestígio, não mais se atrevendo a confessá-las, quando de súbito da própria srta. de Guermantes, isto é, de uma jovem tão indiscutivelmente preciosa e autorizada, que usava os cabelos corridos (o que jamais uma Courvoisier consentiria em fazer), lhes vinha um auxílio como aquele. Certo número de realidades boas ou más ganham muito assim com a adesão de pessoas que têm autoridade sobre nós.

239 Personagem das *Mil e uma noites*, por quem Aladim se apaixona. (N. E.)

Por exemplo, entre os Courvoisier, os ritos da amabilidade na rua se compunham de certa saudação, muito feia e pouco·amável em si mesma, mas que se sabia era a maneira distinta de cumprimentar, de forma que toda gente, afastando de si o sorriso, a boa acolhida, esforçava-se por imitar aquela fria ginástica. Mas as Guermantes em geral, e particularmente Oriane, embora conhecendo tais ritos melhor do que ninguém, não hesitavam, ao avistar-nos de um carro, em enviar-nos um gentil aceno com a mão, e, num salão, deixando as Courvoisier com as suas saudações emprestadas e rígidas, esboçavam encantadoras reverências, estendiam-nos a mão como a um camarada, de modo que de súbito, graças aos Guermantes, entrava na substância da distinção, até aí um tanto seca, tudo aquilo que naturalmente nos agradaria e que nos esforçáramos por abolir, a boa acolhida, a expansão de uma amabilidade verdadeira, a espontaneidade. Do mesmo modo, mas por uma reabilitação pouco justificada neste caso, é que as pessoas que mais arraigado têm o gosto instintivo da música medíocre e das melodias, por triviais que sejam, que têm algo de acariciante e fácil, chegam, graças à cultura sinfônica, a mortificar em si mesmas esse gosto. Mas uma vez que chegaram a esse ponto, quando, maravilhadas com razão com o deslumbrante colorido orquestral de Richard Strauss, veem esse músico acolher com uma indulgência digna de Auber os motivos mais vulgares, o que essas pessoas amam acha de súbito em tão alta autoridade uma justificação que as embevece, e encantam-se sem escrúpulos e com uma dupla gratidão, ouvindo *Salomé* com o que lhes era proibido amar nos *Diamantes da coroa*.[240]

Autêntica ou não, a apóstrofe da srta. de Guermantes ao grão--duque, espalhada de casa em casa, era uma ocasião para contar com que extraordinária elegância Oriane se apresentara naquele jantar. Mas se o luxo (o que precisamente o tornava inacessível aos Courvoisier) não nasce da riqueza, mas da prodigalidade, ainda a segunda dura mais tempo se é enfim sustentada pela primeira, a qual lhe per-

---

240 Aproximação entre motivos da ópera *Salomé* (1905), de Richard Strauss e *Os diamantes da coroa* (1841), ópera-cômica de Auber. (N. E.)

mite então ostentar todas as suas galas. Ora, em vista dos princípios estadeados abertamente não só por Oriane, mas também pela sra. de Villeparisis, isto é, que a nobreza não conta, que é ridículo preocupar--se com a posição, que a fortuna não traz felicidade, que só têm importância a inteligência, o coração e o talento, os Courvoisier podiam esperar que, em virtude dessa educação que recebera da marquesa Oriane, desposaria alguém que não pertencesse à alta sociedade, um artista, um ex-condenado, um vagabundo, um livre-pensador, e que ela entraria definitivamente na categoria dos que os Courvoisier chamavam "os descarrilados". Tanto mais podiam esperá-lo considerando que a sra. de Villeparisis, que naquele momento atravessava uma crise difícil do ponto de vista social (nenhuma das raras pessoas brilhantes que encontrei na sua casa ainda havia voltado a ela), fazia alarde de um profundo horror à sociedade que a mantinha afastada. Mesmo quando falava em seu sobrinho, o príncipe de Guermantes, que a frequentava, não eram poucas as zombarias que fazia à sua custa, porque ele era um enfatuado com a sua nobreza. Mas no preciso instante em que se cogitara de encontrar um marido para Oriane, não eram mais os príncipes sustentados pela tia e a sobrinha que haviam dirigido o assunto; fora o misterioso "gênio da família". Tão infalivelmente como se a sra. de Villeparisis e Oriane nunca tivessem falado senão de títulos de renda e genealogias, em vez de méritos literários e qualidades de coração, e como se a marquesa estivesse por alguns dias — como estaria mais tarde — morta e sepultada na igreja de Combray, onde cada membro da família não era mais que um Guermantes, com uma privação de individualidade e nomes de batismo, de que dava testemunho, sobre os grandes cortinados negros, o simples G de púrpura encimado pela coroa ducal, fora sobre o homem mais rico e de mais alto nascimento, sobre o maior partido do Faubourg Saint-Germain, sobre o filho mais velho do duque de Guermantes, o príncipe de Laumes, que o gênio da família fizera recair a escolha da intelectual, da irreverente, da evangélica sra. de Villeparisis. E durante duas horas, no dia do casamento, a sra. de Villeparisis teve em casa todas as nobres pessoas de quem zombava, de quem zombou até com os poucos burgueses íntimos que havia convidado e com quem o príncipe de Laumes deixou cartões antes de "cortar as amarras" logo no ano seguinte. Para levar ao cúmulo o desespero dos Courvoisier, as máximas que fazem da inteligência e do talento as únicas superioridades sociais começaram a ser recitadas em casa da princesa de Laumes logo depois do casamento. E a esse respeito, diga-se de passagem, o ponto de vista que defendia Saint--Loup quando vivia com Rachel, frequentava os amigos de Rachel e desejaria desposar Rachel, comportava — por mais horror que inspirasse à família — menos mentira que o das senhoritas de Guermantes em geral, quando colocavam acima de tudo a inteligência, quase não admitindo que se pusesse em discussão a igualdade dos homens, ao passo que tudo isso levava afinal de contas ao mesmo resultado de que se professassem as máximas opostas, isto é, casar com um duque riquíssimo. Saint-Loup, pelo contrário, agia conforme as suas teorias, o que fazia dizerem que estava em mau caminho. Não há dúvida de que, do ponto de vista moral, Rachel era efetivamente pouco satisfatória. Mas não se pode assegurar que, no caso de haver outra pessoa que não valesse mais, mas que fosse duquesa ou possuísse muitos milhões, a sra. de Marsantes se mostrasse desfavorável ao casamento.

Ora, para voltar à sra. de Laumes (pouco depois duquesa de Guermantes por morte do sogro), foi um acréscimo de pena infligido aos Courvoisier, que as teorias da jovem princesa, permanecendo assim na sua linguagem, não tivessem dirigido em nada a sua conduta, pois, destarte essa filosofia (se assim se pode dizer), absolutamente não prejudicou a elegância aristocrática do salão Guermantes. Sem dúvida, todas as pessoas a quem a sra. de Guermantes não recebia imaginavam que era porque não fossem bastante inteligentes, e certa americana rica, que jamais possuíra outro livro a não ser um pequeno exemplar antigo, e jamais aberto, das poesias de Parny,[241] colocado, por ser "da época", num móvel do seu gabinete, mostrava que caso fazia das qualidades do espírito, pelos olhares devoradores que fixava na duquesa de Guermantes quando esta entrava na Ópera. Por certo também

241 Parny (1753-1814) celebrava a graça feminina e o isolamento do indivíduo. Sua poesia pré-romântica anuncia Lamartine. (N. E.)

era sincera a sra. de Guermantes quando escolhia uma pessoa por causa da sua inteligência. Quando dizia, de uma mulher, que parecia "encantadora", ou, de um homem, que era o que havia de mais inteligente, não supunha ter outras razões para consentir em recebê-los a não ser o dito encanto ou inteligência, pois o gênio dos Guermantes não intervinha nesse último minuto; mais profundo, situado na obscura entrada da região onde os Guermantes julgavam, esse gênio vigilante impedia que os Guermantes achassem inteligente o homem ou encantadora a mulher se não tinham eles valor mundano, atual ou futuro. O homem era declarado sábio, mas como um dicionário, ou então vulgar, com um espírito de caixeiro-viajante; a mulher bonita era de um gênero terrível, ou falava demasiado. Quanto às pessoas que não tinham posição, que horror!, eram uns esnobes.

O sr. de Bréauté, cujo castelo era vizinho de Guermantes, só frequentava Altezas. Mas zombava delas, e o seu sonho era viver nos museus. De sorte que a sra. de Guermantes ficava indignada quando chamavam o sr. de Bréauté de esnobe. "Esnobe, Babal!, mas você está louco, meu pobre amigo, é exatamente o contrário, ele detesta as pessoas brilhantes, não há jeito de apresentá-lo a alguém. Nem mesmo em minha casa! Se o convido com algum conhecido novo, vem resmungando." Não quer dizer que, mesmo na prática, não fizessem os Guermantes muito mais caso da inteligência que os Courvoisier. De um modo positivo, essa diferença entre os Guermantes e os Courvoisier já dera belíssimos frutos. Assim, a duquesa de Guermantes, aliás envolta num mistério ante o qual sonhavam de longe tantos poetas, oferecera essa festa de que já falamos, na qual o rei da Inglaterra se sentira melhor do que em nenhuma outra parte, pois ela tivera a ideia, que jamais ocorreria ao espírito dos Courvoisier, e a ousadia, que arrefeceria o ânimo de todos eles, de convidar, além das personalidades que citamos, o compositor Gaston Lemaire e o dramaturgo Grandmougin.[242] Mas era principalmente do ponto de vista negativo

242 Gaston Lemaire (1854-1928) era sobretudo compositor de pequenas operetas, como *Os maridos de Juanita* ou *O sonho de Manette*. Charles Grandmougin (1850-1930), poeta patriótico e autor dramático, desfrutava de sólida reputação nos salões parisienses. (N. E.)

que a intelectualidade se fazia sentir. Se o coeficiente necessário de inteligência e de encanto ia diminuindo à medida que se elevava a posição da pessoa que desejava ser convidada à casa da duquesa de Guermantes, até aproximar-se de zero quando se tratava das principais cabeças coroadas, em compensação, quanto mais se descia abaixo desse nível régio, mais se elevava o coeficiente. Por exemplo, nos salões da princesa de Parma havia uma quantidade de pessoas que Sua Alteza recebia, porque as conhecera quando criança, ou porque eram aparentadas com certa duquesa, ou afetas à pessoa de determinado soberano, por mais feias, aborrecidas ou tolas que fossem aliás essas pessoas; ora, para os Courvoisier, o motivo "estimado pela princesa de Parma", "irmã por parte da mãe da duquesa de Arpajon", "passa todos os anos três meses com a rainha de Espanha",[243] bastaria para fazê-los convidar tais pessoas, mas a sra. de Guermantes, que vinha desde dez anos recebendo polidamente a sua saudação em casa da princesa de Parma, jamais as deixara atravessar o seu umbral, por achar que, no tocante aos salões, o mesmo se dá no sentido social do termo como no sentido material, onde bastam uns móveis que a gente não acha bonitos, mas deixa para encher espaço e denotar riqueza, para tomá-lo horrível. Tal salão assemelha-se a uma obra em que o autor não sabe abster-se das frases que demonstram erudição, brilhantismo, facilidade. Como um livro, como uma casa, a qualidade de um salão, pensava com razão a sra. de Guermantes, tem como pedra angular o sacrifício.

Muitas das amigas da princesa de Parma, com as quais a duquesa se limitava, desde vários anos, à mesma saudação correta ou à troca de cartões, sem jamais convidá-las a ir às suas festas, queixavam-se discretamente à princesa, que, nos dias em que o sr. de Guermantes ia visitá-la a sós, lhe dizia uma palavra a respeito. Mas o esperto senhor, mau marido para a duquesa no que

---

243 A rainha da Espanha era Marie-Cristine de Habsbourg Lorraine (1858-1929). Com a morte do marido, o rei Alfonso XII em 1885, ela assume a regência do país até 1902. Como de hábito, a personagem histórica vem se misturar às personagens fictícios no livro de Proust. (N. E.)

tangia às amantes, mas comparsa a toda prova no tocante ao bom funcionamento do seu salão (e do espírito de Oriane, que era o seu principal atrativo), respondia: "Mas será que minha mulher a conhece? Ah!, então devia tê-la convidado, com efeito. Mas eu vou dizer a verdade a Vossa Alteza: Oriane, no fundo, não gosta da conversação das mulheres. Ela vive cercada de uma corte de espíritos superiores; eu não sou seu marido, eu não passo de seu primeiro ajudante de câmara. Salvo um reduzido número, que essas, sim, são muito espirituosas, as mulheres a aborrecem. Vejamos, Vossa Alteza, que tem tanta finura, não será capaz de dizer-me que a marquesa de Souvré possui espírito. Sim, compreendo, a princesa a recebe por bondade. E depois, conhece-a. Diz que Oriane a viu, é possível, mas muito pouco, asseguro-lhe. E depois, vou confessar à princesa, vai nisso um pouco de culpa minha. Minha mulher anda muito cansada, e gosta tanto de ser amável que, se eu a deixasse à vontade, seria um nunca acabar de visitas. Ainda ontem à noite, ela estava com febre, e tinha medo de melindrar a duquesa de Bourbon se não fosse à sua casa. Eu tive de mostrar os dentes e proibi que atrelassem. Sabe a princesa? Eu até tenho vontade de nem dizer a Oriane que Vossa Alteza me falou na senhora de Souvré. Oriane estima tanto a Vossa Alteza que irá em seguida convidar a senhora de Souvré, será uma visita a mais, e nos forçará a travar relações com a irmã, cujo marido conheço muito bem. Creio que não vou dizer nada a Oriane, se a princesa me autoriza a isso. Nós assim lhe evitaremos muita fadiga e agitação. E garanto-lhe que isso não privará de nada a senhora de Souvré. Ela vai a toda parte, nos lugares mais brilhantes. Nós, nós até nem damos recepções; uns jantarezinhos de nada, onde a senhora de Souvré se aborreceria até a morte." A princesa de Parma, ingenuamente persuadida de que o duque de Guermantes não transmitiria o seu pedido à duquesa, e desolada de não ter podido obter o convite que desejava a sra. de Souvré, tanto mais lisonjeada ficava de ser uma das *habituées* de um salão tão pouco acessível. Por certo que essa satisfação não era isenta de aborrecimentos. Assim, cada vez que a princesa de Parma convidava a sra.

de Guermantes, tinha de dar tratos ao espírito para não receber ninguém que pudesse desagradar a duquesa e impedi-la de voltar.

Nos dias habituais (após o jantar, em que sempre tinha desde cedo alguns convivas, pois conservara os hábitos antigos), o salão da princesa de Parma estava aberto para os frequentadores e, de um modo geral, para toda a alta aristocracia francesa e estrangeira.[244] A recepção consistia em que, ao sair da sala de jantar, a princesa sentava num canapé, ante uma grande mesa redonda, conversava com duas das mulheres mais importantes que haviam jantado, ou então passava os olhos por um magazine, jogava cartas (ou fingia jogar, conforme um hábito de corte alemão), ou fazendo uma paciência, ou tomando como parceiro legítimo ou suposto alguma personagem importante. Pelas nove horas, a porta do grande salão não parava mais de abrir-se de par em par, de fechar-se, de abrir-se de novo, para dar passagem aos visitantes que haviam jantado a toda a pressa (ou, se jantavam fora de casa, escamoteavam o café, dizendo que já iam voltar, e contando com efeito "entrar por uma porta e sair pela outra" para atender ao horário da princesa. Esta, no entanto, atenta ao seu jogo ou à conversação, fingia não ver as recém-chegadas e, só no momento em que estavam a dois passos é que se erguia graciosamente, sorrindo com bondade para as mulheres. Elas no entanto faziam ante a Alteza de pé uma reverência que ia até a genuflexão, de modo a colocar os lábios à altura da bela mão que pendia muito abaixo e beijá-la. Mas nesse momento, a princesa, exatamente como se surpreendesse de cada vez com um protocolo que aliás conhecia muito bem, erguia a genuflexa como que à força com graça e suavidade sem igual e beijava-a nas duas faces. Graça e doçura que tinham como condição, dir-se-á, a humildade com que a recém-chegada dobrava o joelho. Sem dúvida, e parece que numa sociedade igualitária a polidez desapareceria, não pela falta de educação, como se crê, mas porque desapareceria nuns a deferência

---

244 A descrição do salão da princesa de Parma retoma muitos traços da descrição que Proust realizou do salão da princesa Mathilde no jornal *Le Figaro*, em 1903. (N. E.)

devida ao prestígio, que deve ser imaginário para ser eficaz, pois a amabilidade prodigaliza-se e refina-se quando sentimos que tem para quem a recebe um preço infinito, o qual, num mundo fundado sobre a igualdade, baixaria subitamente a zero, como tudo o que tinha apenas valor fiduciário. Mas não é certo esse desaparecimento da polidez numa sociedade nova, e somos algumas vezes muito propensos a acreditar que as condições atuais de um estado de coisas sejam as únicas possíveis. Excelentes espíritos acreditaram que uma República não poderia ter democracias e alianças e que a classe rural não suportaria a separação da Igreja e do Estado.[245] Afinal de contas, a polidez numa sociedade não igualitária não seria milagre maior que o sucesso das estradas de ferro e a utilização militar do aeroplano. Depois, mesmo que a polidez desaparecesse, nada prova que fosse isso uma desgraça. Enfim, uma sociedade não seria secretamente hierarquizada à medida que se fosse tornando cada vez mais democrática? É bem possível. O poder político dos papas cresceu muito depois que eles não têm mais Estado nem Exército; as catedrais exerciam prestígio muito menor num devoto do século XVIII que num ateu do século XX e, se a princesa de Parma fosse soberana de um Estado, sem dúvida eu teria tanto desejo de falar a seu respeito como a respeito de um presidente da República, isto é, não falaria nada.

Uma vez erguida a impetrante e beijada pela princesa, tornava esta a sentar-se e recomeçava o seu jogo de paciência, não sem ter, se a recém-chegada era de importância, conversado um momento com ela, fazendo-a sentar numa poltrona.

Quando o salão se tornava muito cheio, a dama de honor encarregada do serviço de ordem fazia espaço, conduzindo os *habitués* a um imenso *hall* para o qual abria o salão e que estava cheio de retratos, de curiosidades relativas à casa de Bourbon. Os convidados habituais da princesa desempenhavam então gostosamente o papel de cicerones e diziam coisas interessantes, que os jovens

---

245 Alusão provável à teoria desenvolvida por um dos escritores preferidos do jovem Proust, Anatole France, no décimo capítulo de seu *Mannequin d'osier* (1897). (N. E.)

não tinham paciência de escutar, mais atentos em olhar para as Altezas vivas (e, se possível, fazer-se apresentar a elas pela dama e as senhoritas de honor) do que em examinar as relíquias das soberanas mortas. Demasiado ocupados com as pessoas a quem poderiam conhecer e com os convites que acaso pescassem, não sabiam absolutamente nada, nem sequer ao cabo de anos e anos, do que havia naquele precioso museu dos arquivos da Monarquia e só se recordavam confusamente que eram decorados com cactos e palmeiras gigantes que faziam assemelhar-se aquele centro de elegância ao Palmário do Jardim da Aclimação.

Está visto que a duquesa de Guermantes, por mortificação, ia às vezes fazer nessas noites uma visita de digestão à princesa, que a retinha todo o tempo a seu lado, enquanto gracejava com o duque. Mas quando a duquesa vinha jantar, a princesa evitava receber seus *habitués* e fechava a porta ao levantar-se da mesa, de medo que visitantes muito pouco escolhidos desagradassem à exigente duquesa. Nessas noites, se fiéis não prevenidos se apresentavam à porta de Sua Alteza, o porteiro respondia: "Sua Alteza Real não recebe esta noite", e eles voltavam. De antemão, aliás, sabiam muitos amigos da princesa que nesse dia não seriam convidados. Era uma série especial, uma série fechada para tantos que desejariam ser compreendidos nela. Os excluídos podiam, com quase certeza, assinalar pelo nome os eleitos, e diziam entre si, num tom despeitado: "Bem sabe você que Oriane de Guermantes não se move nunca sem levar consigo todo o seu estado-maior". Com a ajuda deste, a princesa de Parma tratava de cercar a duquesa como que de uma muralha protetora contra as pessoas que poderiam ter perto dela um êxito mais duvidoso. Mas a vários amigos prediletos da duquesa, a vários membros desse brilhante estado-maior, a princesa de Parma se sentia constrangida a prestar amabilidades, visto que era muito pouca a que tinham por ela. Sem dúvida, a princesa de Parma admitia perfeitamente que se pudesse achar maior satisfação no convívio da duquesa de Guermantes do que no seu. Bem se via obrigada a reconhecer que todos se apinhavam nos "dias" da duquesa e que ela própria encontrava ali amiúde três ou quatro

Altezas que se contentavam em deixar o cartão na sua casa. E de nada servia decorar as frases de Oriane, imitar seus vestidos, servir em seus chás as mesmas tortas de morangos; vezes havia em que ficava sozinha com uma dama de honor e um conselheiro de alguma legação estrangeira. Assim, quando (como se havia dado com Swann em outros tempos) havia alguém que nunca terminava o dia sem ter ido passar duas horas em casa da duquesa, e fazia uma visita uma vez a cada dois anos à princesa de Parma, esta não tinha vontade, nem mesmo para divertir a Oriane, de tomar a iniciativa com esse Swann qualquer de convidá-lo para o jantar. Em suma, convidar a duquesa era para a princesa de Parma um motivo de perplexidades, de tal modo era ela devorada pelo temor de que Oriane achasse tudo mal. Mas em compensação, e pelo mesmo motivo, quando ia jantar em casa da sra. de Guermantes, a princesa de Parma estava certa de antemão de que tudo estaria bem, delicioso; apenas tinha um receio a princesa: era de não saber compreender, reter, agradar, de não saber assimilar as ideias e as pessoas. A este título, a minha presença excitava a sua atenção e a sua cupidez como o teria feito uma nova maneira de decorar a mesa com guirlandas de frutos, incerta como estava se era uma ou outra, a decoração da mesa ou a minha presença, que era mais em particular um desses encantamentos, segredo do sucesso das recepções de Oriane, e, na dúvida, se decidia ter na sua próxima recepção tanto uma como outra. O que de resto plenamente justificava a curiosidade encantada que a princesa de Parma trazia às recepções da duquesa era o elemento perigoso, cômico e excitante em que se submergia com uma espécie de temor, de pasmo e de delícia (como na praia um desses "banhos de vagas" de que os guias para banhistas assinalam o perigo, muito simplesmente porque nenhum deles sabe nadar) de onde saía tonificada, feliz, rejuvenescida, e que chamavam o espírito dos Guermantes. O espírito dos Guermantes — entidade tão inexistente como a quadratura do círculo, segundo a duquesa, que se julgava a única Guermantes que o possuía — era uma reputação como as salsichas de Tours ou os biscoitos de Reims. Sem dúvida (como uma particularidade intelectual não emprega para propagar-se o mesmo modo que a cor dos cabelos ou da pele) certos íntimos da duquesa e que não eram do seu mesmo sangue possuíam contudo esse espírito, o qual, em compensação, não pudera invadir certos Guermantes, demasiado refratários a qualquer espécie de espírito. Os detentores, não aparentados com a duquesa, do espírito dos Guermantes, tinham geralmente como característica terem sido homens brilhantes, dotados para uma carreira a que, fossem as artes, a diplomacia, a eloquência parlamentar ou as armas, haviam preferido a vida de salão. Talvez essa preferência pudesse ser explicada por certa falta de originalidade, ou de iniciativa, ou de decisão, ou de saúde, ou de sorte, ou pelo esnobismo.

Para alguns deles (cumpre aliás reconhecer que esta era a exceção), se o salão de Guermantes fora a pedra de tropeço da sua carreira, era contra a sua vontade. Assim, um médico, um pintor e um diplomata de grande futuro não haviam conseguido vencer na sua carreira, para a qual no entanto eram mais brilhantemente dotados do que muitos outros, porque sua intimidade na casa dos Guermantes fazia com que os dois primeiros passassem por mundanos, e o terceiro por um reacionário, o que impediria aos três serem reconhecidos por seus pares. A antiga toga e o capelo vermelho de que ainda se vestem e cobrem os colégios eleitorais das faculdades não é, ou pelo menos não era, não ainda há muito tempo, senão a sobrevivência puramente exterior de um passado de ideias estreitas, de um sectarismo fechado. Sob o capelo de borla de ouro, como os sumos sacerdotes sob o barrete cônico dos judeus, os "professores" estavam ainda, como nos anos que precederam a questão Dreyfus, encerrados em ideias rigorosamente farisaicas. Du Boulbon era no fundo um artista, mas estava salvo porque não gostava da sociedade. Cottard frequentava os Verdurin, mas a sra. Verdurin era uma cliente; depois, estava ele protegido pela sua vulgaridade; enfim, na sua casa só recebia a Faculdade, em ágapes sobre os quais flutuava um odor de ácido fênico. Mas nos corpos fortemente constituídos, nos quais o rigor dos preconceitos não é mais que o resgate da mais bela integridade, das ideias morais mais elevadas, que fraquejam em meios mais tolerantes, mais livres e em breve dissolutos, um professor, na sua toga de cetim escarlate forrada de arminho, como a de um doge (isto é, um duque) de Veneza encerrado no palácio ducal, era tão virtuoso, tão ligado a nobres princípios, mas também tão impiedoso para com todo elemento estranho, como esse outro duque, excelente mas terrível, que era o sr. de Saint-Simon. O estranho era o médico mundano, com outras maneiras, outras relações. Para fazer bem as coisas, o infeliz de que aqui falamos, para não ser acusado por seus colegas de que o desdenhava (que ideias do mundano!) se lhes ocultava a duquesa de Guermantes, esperava desarmá-los dando jantares mistos em que o elemento médico era afogado no elemento mundano. Não sabia que assinava assim a sua perdição, ou, antes, vinha a sabê-lo quando o conselho dos dez[246] (mais elevado em número) tinha de prover uma cátedra e era sempre o nome de um médico mais normal, ainda que mais medíocre, que saía da urna fatal, e o veto reboava na antiga Faculdade, tão solene, tão terrível, tão ridículo como o "juro" com que morreu Molière.[247] Assim ainda quanto ao pintor rotulado para sempre de mundano, quando mundanos que faziam arte tinham conseguido rotular-se de artistas; assim também quanto ao diplomata com muitas ligações reacionárias.

Mas esse caso era o mais raro. O tipo dos homens distintos que formavam o fundo do salão Guermantes era o de pessoas que haviam renunciado voluntariamente (ou pelo menos assim o julgavam) ao resto, a tudo quanto era incompatível com o espírito dos Guermantes, à polidez dos Guermantes, com esse encanto indefinível, odioso a todo "corpo", por menos "centralizado" que fosse.

E os que sabiam que outrora um desses *habitués* do salão da duquesa obtivera a medalha de ouro do Salon, que outro, secretário da Ordem dos Advogados, estreara brilhantemente na Câmara, que um terceiro servira habilmente a França como encarregado de

246 Aproximação irônica do conselho que decretará a predição do médico mundano com o "conselho dos dez", conselho secreto da cidade de Veneza. (N. E.)

247 Alusão à fala da peça *O doente imaginário*, durante a qual faleceu o autor da peça, Molière. (N. E.)

Negócios, poderiam considerar fracassados os que não tinham feito mais nada há vinte anos. Mas esses "bem informados" eram pouco numerosos, e os próprios interessados seriam os últimos a lembrá--lo, pois consideravam sem nenhum valor esses antigos títulos, em virtude, precisamente, do espírito dos Guermantes: pois não fazia este taxar de múmia ou de caixeiro-viajante a ministros eminentes, um deles um tanto solene, o outro amante de trocadilhos, a que os jornais entoavam louvores, mas a cujo lado a sra. de Guermantes bocejava e dava sinais de impaciência quando a imprudência de uma dona de casa lhe havia dado um ou outro por vizinho? Visto que um estadista de primeira ordem não era uma recomendação para a duquesa, aqueles amigos seus que haviam pedido demissão da "carreira" ou do Exército, que não tinham voltado a apresentar--se no Parlamento, ao ir todos os dias almoçar e conversar com a sua grande amiga, ao encontrar-se com ela em casa das Altezas, a quem, de resto, tinham em pouca estima — isso diziam eles pelo menos —, julgavam que tinham escolhido para si a melhor parte, se bem que seu aspecto melancólico, embora em meio da animação, contradissesse um tanto o fundamento que poderia ter tal juízo.

Cumpre reconhecer ainda que, na delicadeza da vida social, na finura da conversação no círculo dos Guermantes, havia, por tênue que fosse, algo de real. Nenhum título oficial valia naquele meio o encanto de certos preferidos da sra. de Guermantes, a que os mais poderosos ministros não tinham conseguido atrair para a sua casa. Se naquele salão haviam ficado enterradas para sempre tantas ambições intelectuais, e tantos nobres esforços, das suas cinzas, pelo menos, havia nascido a mais rara floração de mundanismo. Por certo homens de espírito, como Swann, por exemplo, se julgavam superiores a homens de valor, a quem desdenhavam; mas é que a duquesa de Guermantes colocava acima de tudo, não a inteligência, mas essa forma superior, mais refinada, da inteligência elevada a uma variedade verbal de talento — o espírito. E noutros tempos, em casa dos Verdurin, quando Swann julgava Brichot e Elstir, um como um pedante, o outro como um rústico, apesar de todo o saber de um e de todo o gênio do outro, era a infiltração do espírito dos Guermantes que assim o fazia classificá-los. Jamais ousaria ele apresentar qualquer um dos dois à duquesa, sabendo de antemão com que ar ela acolheria as tiradas de Brichot, as piadas de Elstir, já que o espírito dos Guermantes enquadrava as frases prolongadas e presunçosas do gênero sério ou do gênero humorístico na mais intolerável imbecilidade.

Quanto aos Guermantes segundo a carne, segundo o sangue, se o espírito dos Guermantes não se havia apossado deles tão por completo — como acontece, por exemplo, nos cenáculos literários, em que todo mundo tem a mesma maneira de pronunciar, de enunciar, e, por conseguinte, de pensar — não é evidentemente porque a originalidade seja mais vigorosa nos círculos mundanos e anteponha neles obstáculos à imitação. Mas a imitação tem como condições não só a ausência de uma originalidade irredutível, mas também uma relativa finura de ouvido que permita discernir primeiro o que se imita em seguida. Ora, havia Guermantes a quem esse senso musical faltava quase tão inteiramente como aos Courvoisier.

Tomando como exemplo o exercício que se chama, em outra acepção da palavra imitação, "fazer imitações" (o que se chamava, entre os Guermantes, "caricaturar"), de nada servia que a sra. de Guermantes as fizesse maravilhosamente; os Courvoisier eram tão incapazes de dar-se conta disso como se, em vez de homens e mulheres, fossem um bando de coelhos, pois nunca haviam sabido observar o defeito ou o acento que a duquesa tratava de arremedar. Quando imitava o duque de Limoges, os Courvoisier protestavam: "Oh, não, ele não fala assim, ainda ontem jantei com ele em casa de Bebeth, ele me falou toda a noite, e não falava assim", ao passo que os Guermantes um pouco cultivados exclamavam: "Meu Deus, como Oriane é *drolática*! O mais forte é que enquanto ela imita, fica parecida com ele! Parece que estou a ouvi-lo. Oriane, mais um pouco de Limoges". Pois bem, esses Guermantes, ainda sem chegar aos que eram francamente notáveis, que, quando a duquesa imitava o duque de Limoges, diziam com admiração: "Ah, pode-se dizer que você o *tem*" ou que "a senhora o *tem*", por mais que carecessem de espírito, segundo a sra. de Guermantes (no que esta estava com a razão), à força de ouvir e de contar as frases da duquesa, tinham chegado a imitar mais ou menos a sua maneira de expressar-se, de julgar, o que Swann teria chamado, como o duque, a sua maneira de "redigir", até apresentar na sua conversação alguma coisa que para os Courvoisier parecia espantosamente similar ao espírito de Oriane, e que era tratado por eles de espírito dos Guermantes. Como esses Guermantes eram para ela não só parentes mas admiradores, Oriane (que mantinha rigorosamente à parte o resto da família e vingava-se agora com os seus desdéns das maldades que esta lhe fizera quando ela era solteira) ia visitá-los às vezes, e geralmente em companhia do duque, quando saía com ele. Essas visitas eram um acontecimento. A princesa d'Épinay, que recebia no seu espaçoso salão do rés do chão, palpitava-lhe o coração um pouco mais depressa, quando distinguia, como os primeiros fulgores de um inofensivo incêndio ou os "reconhecimentos" de uma invasão inesperada, atravessando lentamente o pátio, a duquesa toucada de um chapéu arrebatador e inclinando uma sombrinha de que chovia uma fragrância estival. "Olha, Oriane", dizia ela como um "alerta" que procurasse advertir prudentemente as suas visitantes, e para que tivessem tempo de sair em ordem e evacuar os salões sem pânico. Metade das pessoas presentes não se atrevia a ficar, erguia-se. "Não, não. Mas por quê? Sentem-se. Encantada em tê-los comigo mais um pouco", dizia a princesa com um ar desprendido e desembaraçado (para se fazer de grande dama), mas com uma voz fingida. "Quem sabe se não precisam falar-se?" "Bem, se está com pressa... Irei visitá-la", respondia a dona de casa àquelas que ela não se incomodava de ver partir. O duque e a duquesa saudavam polidamente a pessoas que viam ali desde anos sem conhecê-los mais por isso e que apenas os cumprimentavam, por discrição. Mal haviam partido, o duque pedia amavelmente informações sobre eles, para parecer que se interessava pela qualidade intrínseca das pessoas que ele não recebia por maldade do destino ou por causa do estado nervoso de Oriane. "Quem é aquela senhora baixa, de chapéu cor-de-rosa?" "Mas meu primo, você a viu muitas vezes, é a viscondessa de Tours, *née* Lamarzelle." "Mas sabe que é bonita? Parece inteligente; se não tivesse um pequeno defeito no lábio superior, seria simplesmente encantadora. Se há um visconde de Tours, ele não deve aborrecer-se. Oriane, sabes em quem me fazem pensar as sobrancelhas dela e a implantação de seus cabelos? Na tua prima Hedwige de Ligne." A duquesa de Guermantes, que se enfadava desde que falavam da beleza de outra mulher que não ela, deixava cair a conversação. Não havia contado com o gosto que tinha seu marido por fazer ver que estava perfeitamente a par das pessoas a quem não recebia, com o que julgava mostrar-se mais sério que sua mulher. "Mas", dizia ele de súbito com força, "você pronunciou o nome de Lamarzelle. Lembro-me de um discurso notável, quando estava na Câmara..." "Era o tio da senhora que você acaba de ver." "Ah, que talento!",[248] dizia o duque à viscondessa de Egremont, que a sra. de Guermantes não podia suportar, mas que, como não saía da casa da princesa d'Épinay, onde se rebaixava voluntariamente ao papel de aia (disposta, em compensação, a bater na sua quando chegasse em casa), ficava confusa, desamparada, mas ficava, quando ali se achava o par ducal, tirava os abrigos, procurava fazer-se útil, oferecia-se por discrição para passar para a peça vizinha: "Não prepare chá para nós, conversemos tranquilamente, somos gente simples, terra-a-terra. Aliás", acrescentava ele voltando-se para a sra. d'Épinay, deixando a Egremont enrubescida, humilde, ambiciosa e solícita, "não podemos dar-lhe mais que um quarto de hora". Esse quarto de hora era ocupado exclusivamente pelas frases que a duquesa fizera durante a semana e que ela em pessoa não teria citado, mas que o duque muito habilmente, parecendo censurá-la a propósito dos acidentes que as haviam provocado, a levava involuntariamente a repetir.

A princesa d'Épinay, que estimava sua prima e sabia que tinha esta um fraco pelos cumprimentos, extasiava-se com o seu chapéu, a sua sombrinha, o seu espírito. "Fale-lhe de sua *toilette* o quanto quiser", dizia o duque no tom casmurro que havia adotado e que

---

248 Alusão a Gustave de Lamarzelle (1852-1929), deputado católico que esteve na Câmara entre os anos de 1883 e 1893 e tornou-se senador em 1894. (N. E.)

temperava com um malicioso sorriso para que não levassem a sério o seu descontentamento, "mas, por amor de Deus, não do seu espírito. Eu passaria muito bem sem uma mulher tão inteligente. Com certeza faz você alusão ao mau trocadilho que ela fez sobre o meu irmão Palamède", acrescentava, sabendo muito bem que a princesa e o resto da família ainda ignoravam esse trocadilho, e encantado de fazer valer sua mulher. "Antes de tudo, acho indigno de uma pessoa que disse algumas vezes, reconheço-o, coisas bastante bonitas, fazer maus trocadilhos, mas principalmente sobre meu irmão, que é muito suscetível, e se isso deve ter como resultado fazer-me ficar de mal com ele, veja se vale a pena!" "Mas nós não sabemos! Um trocadilho de Oriane? Deve ser delicioso. Oh!, diga-o." "Não, não", repetia o duque, enfadado, embora mais sorridente, "estou contentíssimo que vocês não o tenham sabido. Na verdade, estimo muito a meu irmão". "Escute, Basin", dizia a duquesa, a quem chegara o momento de dar a réplica ao marido, "não sei por que diz você que isso pode incomodar Palamàde, bem sabe que não é assim. Ele é bastante inteligente para que possa melindrar-se com esse gracejo estúpido que nada tem de ofensivo. Você vai fazer acreditarem que eu disse alguma maldade; o que fiz foi responder uma coisa que nada tem de engraçado, mas você é que lhe dá importância com a sua indignação". "Vocês nos intrigam terrivelmente. De que se trata?" "Oh! Evidentemente de nada grave!", exclamava o sr. de Guermantes. "Talvez tenham ouvido dizer que meu irmão queria dar Brézé, o castelo de sua mulher, à sua irmã Marsantes." "Sim, mas nos disseram que ela não o queria, que não gostava da região onde ele está, que o clima não lhe convinha." "Pois bem, justamente alguém dizia isso à minha mulher e que, se meu irmão dava esse castelo à nossa irmã, não era para lhe dar prazer, mas para arreliá-la. É que ele é tão trocista,[249] o Charlus, dizia essa pessoa. Ora, sabem que Brézé é régio, pode

---

249 No texto original há a palavra *taquin*, parônimo de Tarquin, Tarquínio em português; o trocadilho é possível somente em francês, graças à semelhança das duas palavras. (N. E.)

valer vários milhões, é uma antiga terra do rei, há lá uma das mais belas florestas da França.[250] Há muita gente que gostaria que lhe fizessem troças desse gênero. De modo que, ouvindo essa palavra aplicada a Charlus, porque ele dava tão lindo castelo, Oriane não pôde deixar de exclamar, involuntariamente, devo confessar, ela não lhe pôs maldade alguma, pois veio rápido como o raio: 'Então é *Taquínio*, o Soberbo!'. Você compreende", acrescentava, retomando o tom casmurro e não sem ter lançado um olhar circular para julgar do espírito de sua mulher, pois era bastante cético a respeito dos conhecimentos da sra. d'Épinay sobre história antiga, "é por causa de Tarquínio, o Soberbo, rei de Roma; é estúpido, é um mau trocadilho, indigno de Oriane. E depois, eu, que sou mais circunspecto que minha mulher, se tenho menos espírito, penso nas consequências; se por infelicidade repetem isso a meu irmão, será uma história terrível! Tanto mais", acrescentou, "que justamente Palamède é muito arrogante, altivo e melindroso, muito inclinado aos mexericos, mesmo fora da questão do castelo, cumpre reconhecer que o nome lhe assenta muito bem. O que salva as frases de madame é que, mesmo quando ela quer rebaixar-se a vulgares trocadilhos, continua aguda apesar de tudo e pinta muito bem as pessoas".

Assim, graças uma vez a *"Taquin, le Superbe"*, outra vez a outro dito, essas visitas do duque e da duquesa à sua família renovavam a provisão de relatos; e a sensação que tinham causado durava muito tempo após a partida da mulher de espírito e de seu empresário. Regalavam-se primeiro com os privilegiados que haviam assistido à festa (as pessoas que tinham ficado) com as frases que Oriane havia dito. "Não conhecia aquela de Tarquínio, o Soberbo?", perguntava a princesa d'Épinay. "Sim", respondia enrubescendo a marquesa de Baveno, "a princesa de Sarsina-La Rochefoucault me havia falado nisso, não propriamente nos mesmos termos. Mas deve ter sido muito mais interessante ouvi-lo contar assim diante de minha prima", acrescentava, como se quisesse dizer ouvi-lo contar acompanhado pelo autor. "Falávamos da última frase de Oriane, que

---

250 O castelo de Brézé foi construído no século XVI nas imediações de Saumur. (N. E.)

há pouco ainda estava aqui", diziam a uma visitante, que ia ficar desolada por não ter chegado uma hora mais cedo. "Como, Oriane estava aqui?" "Sim; se você tivesse chegado um pouco mais cedo...", dizia a princesa d'Épinay, sem censura, mas dando a compreender os efeitos da negligência. A culpa era dela, se não assistira à criação do mundo, ou à última representação de madame Carvalho.[251] "Que dizem da última frase de Oriane? Confesso que aprecio muito aquela história do Tarquínio." E a frase ainda era comida fria, ao almoço, no dia seguinte, entre íntimos a quem convidavam para isso, e repassava por diversos molhos durante a semana. E a princesa, fazendo naquela semana a sua visita anual à princesa de Parma, aproveitava para perguntar a Sua Alteza se ela conhecia a frase, e lha contava. "Ah! *Taquin, le Superbe*", dizia a princesa de Parma, com os olhos esbugalhados por uma admiração *a priori*, mas que implorava um suplemento explicativo ao qual não se furtava a princesa d'Épinay. "Confesso que '*Taquin, le Superbe*' me agrada infinitamente como redação", concluía a princesa. Na verdade, a palavra "redação" não convinha absolutamente a esse trocadilho, mas a princesa d'Épinay, que tinha a pretensão de haver assimilado o espírito dos Guermantes, tomara a Oriane as expressões "redigido, redação", e as empregava sem muito discernimento. Ora, a princesa de Parma, que não gostava muito da sra. d'Épinay, a quem achava feia, sabia avarenta e supunha maldosa, à fé dos Courvoisier, reconheceu essa palavra "redação", que ouvira a sra. de Guermantes pronunciar e que ela não saberia aplicar por conta própria. Teve a impressão de que era com efeito a redação que constituía o encanto de "*Taquin, le Superbe*", e sem esquecer de todo a sua antipatia pela dama feia e avarenta, não pôde defender-se de tal sentimento de admiração por uma mulher que possuía a esse ponto o espírito dos Guermantes que desejou convidar a princesa d'Épinay para a Ópera. Só a reteve o pensamento de que conviria talvez consultar primeiro a sra. de Guermantes. Quanto à sra. d'Épinay, que, bem

---

251 A cantora Marie-Caroline Miolan-Carvalho (1827-1895) atuou de 1850 a 1885 no teatro da Opéra-Comique, encenando várias óperas de Gounod. (N. E.)

diferente dos Courvoisier, fazia mil festas a Oriane e a estimava, mas que era ciumenta das suas relações e se picava com os gracejos que a duquesa lhe fazia diante de todos sobre a sua avareza, contou, ao chegar em casa, como a princesa de Parma tivera dificuldade em compreender o trocadilho e como era preciso que Oriane fosse esnobe para ter na sua intimidade uma pata daquelas. "Eu jamais poderia frequentar a princesa de Parma, se quisesse", disse ela aos amigos que tinha ao jantar, "porque o senhor d'Épinay jamais o teria permitido por causa da sua imoralidade", aludindo a certos excessos puramente imaginários da princesa. "Mas, mesmo que eu tivesse um marido menos severo, confesso que não poderia. Não sei como Oriane faz para visitá-la constantemente. Eu lá vou uma vez por ano, e tenho muito trabalho para chegar ao fim da visita." Quanto aos Courvoisier que se encontravam em casa de Victurnienne por ocasião da visita da sra. de Guermantes, a chegada da duquesa os punha geralmente em fuga por causa da exasperação que lhes causavam os "salamaleques exagerados" que faziam a Oriane. Um só ficou no dia de *"Taquin, le Superbe"*. Não compreendeu o gracejo completamente, mas, em todo caso, pela metade, pois era instruído. E os Courvoisier saíram a repetir que Oriane havia chamado o tio Palamède de "Tarquínio, o Soberbo", o que, segundo eles, o pintava muito bem. "Mas por que fazer tantas histórias com Oriane?", acrescentavam. "Não fariam mais por uma rainha. Em suma, quem é Oriane? Não digo que os Guermantes não sejam de velha cepa, mas os Courvoisier não lhes cedem em nada, nem como ilustração, nem como antiguidade, nem como alianças. Não se deve esquecer que, no campo do Drap d'Or, o rei da Inglaterra perguntava a Francisco i qual era o mais nobre dos senhores ali presentes: 'Sire', respondeu o rei da França, 'é Courvoisier'." Aliás, ainda que todos os Courvoisier tivessem ficado, as frases de Oriane os deixariam tanto mais insensíveis quanto os incidentes que as suscitavam seriam por eles considerados de um ponto de vista inteiramente diverso. Se, por exemplo, acontecia faltarem cadeiras numa recepção que dava uma Courvoisier, ou se se enganava de nome ao falar a uma visitante a quem não havia reconhecido, ou se um de seus criados lhe dirigia uma frase ridícula, a Courvoisier, aborrecida ao extremo, vermelha, fremindo de agitação, deplorava tal contratempo. E quando tinha um visitante e Oriane devia chegar, dizia num tom ansioso e imperiosamente interrogativo: "Conhece-a?", temendo, se o visitante não a conhecia, que a sua presença causasse má impressão a Oriane. Mas a sra. de Guermantes, pelo contrário, tirava de tais incidentes um pretexto para narrativas que faziam os Guermantes rirem até as lágrimas, de sorte que a gente era obrigado a invejá-la por lhe haverem faltado cadeiras, por ter cometido ou deixado que o criado cometesse uma gafe, de ter tido à mesa alguém que ninguém conhecia, como a gente é obrigado a felicitar-se de que grandes escritores tenham sido isolados pelos homens e traídos pelas mulheres quando as suas humilhações e sofrimentos foram, se não o aguilhão do seu gênio, pelo menos a matéria de suas obras.

Tampouco eram os Courvoisier capazes de elevar-se até o espírito de inovação que a duquesa de Guermantes introduzia na vida mundana e que, ao adaptá-la conforme um seguro instinto às necessidades do momento, fazia dela uma coisa artística ali onde a aplicação puramente razoável de umas regras rígidas daria tão maus resultados, como quem, querendo triunfar no amor ou na política, reproduzisse ao pé da letra em sua própria vida as proezas de Bussy d'Amboise.[252] Se os Courvoisier davam um jantar de família, ou em honra de um príncipe, a presença entre os convidados de um homem de talento, de um amigo de seus filhos, lhes parecia uma anomalia do pior efeito. Uma Courvoisier cujo pai fora ministro do imperador, e que tinha de dar uma *matinée* em honra da princesa Mathilde, deduziu por espírito de geometria que só poderia convidar a bonapartistas. Mas o caso é que não conhecia

---

252 Bussy d'Amboise (1549-1579), governador de Anjou, tinha reputação de grande aventureiro no campo amoroso. Ele seria assassinado pelo conde de Montsoreau, perto de Saumur, por ter seduzido sua esposa. Alexandre Dumas se inspirou de sua vida para escrever o romance *La dame de Montsoreau* (1846), que o jovem Proust lia admirado em 1896. (N. E.)

quase nenhum. Todas as mulheres elegantes que figuravam entre as suas amizades, todos os homens agradáveis foram implacavelmente proscritos, já que, por serem legitimistas por suas opiniões ou relações, poderiam, segundo a lógica dos Courvoisier, desagradar a Sua Alteza Imperial. Esta, que recebia em casa a fina flor do Faubourg Saint-Germain, ficou bastante espantada quando encontrou em casa da sra. de Courvoisier apenas uma papa-jantares famosa, viúva de um antigo prefeito do Império, a viúva do diretor dos Correios, e algumas pessoas conhecidas por sua fidelidade a Napoleão, por sua estupidez e pelo aborrecimento que causavam. Nem por isso deixou a princesa Mathilde de derramar o generoso e suave óleo de sua graça soberana sobre aqueles calamitosos monstrengos que a duquesa, essa, bem se absteve de convidar e que foram substituídos, sem raciocínios *a priori* sobre o bonapartismo, pela mais bela guirlanda de todas as belezas, de todos os valores, de todas as celebridades que uma espécie de faro, de tato e de habilidade lhe fazia sentir que seriam agradáveis à sobrinha do imperador, ainda mesmo que pertencessem à própria família do rei. Nem sequer faltou o duque de Aumale, e, quando a princesa, ao retirar-se, ergueu a sra. de Guermantes, que queria fazer-lhe a reverência e beijar-lhe a mão, e a beijou em ambas as faces, pôde assegurar de todo o coração à duquesa que jamais havia passado um dia melhor nem assistido a melhor festa. A princesa de Parma era Courvoisier pela incapacidade de inovação em matéria social; mas, diversamente dos Courvoisier, a surpresa que continuamente lhe causava a duquesa de Guermantes não engendrava, como neles, antipatia, mas puro encantamento. Este espanto se tornava ainda maior pela cultura infinitamente atrasada da princesa. A própria sra. de Guermantes estava muito menos avançada a esse respeito do que supunha. Mas bastava que o estivesse mais do que a sra. de Parma para deixar estupefata a esta. E, da mesma forma que cada geração de críticos se limita a dizer o contrário das verdades admitidas por seus predecessores, bastava a duquesa dizer que Flaubert, inimigo dos burgueses, era antes de tudo um burguês, ou que havia muito de música italiana em Wagner, para proporcionar à princesa, sempre à custa de um novo esgotamento, como a uma pessoa que nada em meio da tempestade, horizontes que lhe pareciam insólitos e que permaneciam confusos para ela. Estupefação, aliás, ante os paradoxos proferidos não só a propósito de obras de arte, mas também de pessoas conhecidas suas e dos atos mundanos. Indubitavelmente, a incapacidade em que se achava a sra. de Parma de separar o autêntico espírito dos Guermantes das formas rudimentarmente aprendidas desse espírito (o que a fazia acreditar no alto valor de certos e sobretudo de certas Guermantes e a deixava desconcertada quando a duquesa lhe dizia, sorrindo, que não passavam de uns patetas) era uma das causas do assombro que sentia sempre a princesa ao ouvir a sra. de Guermantes julgar as pessoas. Mas havia uma outra e que, eu que conhecia naquela época mais livros do que pessoas e melhor a literatura que o mundo, me expliquei pensando que a duquesa, vivendo dessa vida mundana, cuja ociosidade e esterilidade estão para uma vida social verdadeira como, em arte, a crítica está para a criação, estendia às pessoas que a rodeavam a instabilidade de pontos de vista, a sede malsã do raciocinador que, para refrigerar seu espírito excessivamente seco, vai procurar não importa que paradoxo ainda um pouco fresco e não se constrangerá de sustentar a opinião desalterante de que a *Ifigênia* mais bela é a de Piccini e não a de Gluck e, se vier ao caso, que a verdadeira *Fedra* é a de Pradon.[253]

Quando uma mulher instruída, inteligente, graciosa, havia casado com algum tímido joão-ninguém e a quem se via raras vezes ou nunca se via, a sra. de Guermantes inventava um belo dia uma volúpia espiritual, não só descrevendo a mulher como "descobrindo" o marido. Quanto ao casal Cambremer, por exemplo, a duquesa,

---

253 Alusão a obras de mesmo título criadas justamente para concorrer uma com a outra. Em 1779, Gluck apresenta pela primeira vez sua peça *Ifigênia*; dois anos depois, o compositor italiano Niccolo Piccinni vem com a sua versão. A versão de Gluck obteve grande sucesso, a de Piccinni foi um fracasso. Racine apresentou sua *Fedra* no dia 1o de janeiro de 1677; apenas dois dias depois, Nicolas Pradon contra-ataca com a sua versão da peça. Embora tenha abalado inicialmente o sucesso da peça de Racine, a de Pradon obteve um sucesso de curta duração. (N. E.)

se tivesse vivido naquele meio, decretaria que a sra. de Cambremer era estúpida e, em compensação, que a pessoa interessante, mal conhecida, deliciosa, relegada ao silêncio por uma mulher tagarela, que valia mil vezes mais do que ela, era o marquês, e sentiria, ao declarar tal coisa, a mesma espécie de refrigerante alívio que o crítico que, depois de sessenta anos que se vem admirando *Hernani*, confessa preferir a esta obra o *Leão amoroso*.[254] Devido à mesma necessidade doentia de novidades arbitrárias, se, desde a sua mocidade era lamentada uma mulher modelar, uma verdadeira santa, por se haver casado com um pulha, um belo dia a sra. de Guermantes afirmava que o tal pulha era um homem leviano, mas de excelente coração, que a implacável dureza de sua mulher havia arrastado a verdadeiras inconsequências. Sabia eu que não só entre as obras, na longa série dos séculos, mas também no seio de uma mesma obra, se diverte a crítica a mergulhar de novo na sombra o que era radiante há demasiado tempo, e em fazer sair da sombra o que parecia condenado à obscuridade definitiva. Não só vira Bellini, Winterhalter,[255] um ebanista da Restauração virem ocupar o lugar de gênios de quem se dizia que já estavam fatigados, simplesmente porque os ociosos intelectuais se haviam fatigado deles, como estão sempre fatigados e são sempre mutáveis os neurastênicos: também vira preferir em Sainte-Beuve sucessivamente o crítico e o poeta, e Musset renegado quanto aos seus versos, salvo em pequenas peças muito insignificantes. Sem dúvida erram certos ensaístas em colocar acima das cenas mais famosas do *Cid* ou do *Polyeucte* certa tirada do *Mentiroso* que dá, como um mapa antigo, informes sobre

---

254 Novo exemplo de disputa artístico-literária: dado o sucesso de sua peça *Lucrécia*, em 1843, e o grande fracasso da peça *Burgravos*, de Victor Hugo, François Ponsard tornou-se o representante da reação contra o romantismo e contra a voga da obra de Hugo. O sucesso de seu *Leão amoroso*, em 1866, parecia confirmar sua posição de destaque. (N. E.)

255 Gentile Bellini (1429-1507), pintor de um retrato de Mohammed II a quem o narrador compara a personagem Bloch no primeiro volume da obra. Franz Xavier Winterhalter (1805-1873), pintor alemão, retratista preferido da aristocracia parisiense durante o Segundo Império. (N. E.)

a Paris da época, mas sua predileção, justificada, se não por um motivo de beleza, ao menos por um interesse documentário, é ainda demasiado racional para a crítica delirante. Ela dá todo Molière por um verso do *Estouvado* e, mesmo achando o *Tristão* de Wagner aborrecido, salvará uma "bela nota de trompa", no momento em que passa o cortejo dos caçadores.[256] Essa depravação me auxiliou a compreender aquela de que dava mostra a sra. de Guermantes quando decidia que um homem do seu meio, reconhecido por um belo coração, mas tolo, era um monstro de egoísmo, mais esperto do que se supunha; que outro, conhecido por sua generosidade, podia simbolizar a avareza; que uma boa mãe não se preocupava com os seus filhos e que uma mulher que julgavam viciosa tinha os mais belos sentimentos. Como que estragadas pela nulidade da vida mundana, a inteligência e a sensibilidade da sra. de Guermantes eram muito instáveis para que a repulsa não se sucedesse nela com

---

256 Sequência sobre crítica estética que reaparece em outros momentos do livro, dos ensaios de Proust e de sua correspondência. De Sainte-Beuve, ele afirma mais de uma vez a superioridade de sua obra em verso, chegando mesmo a levar adiante um projeto de crítica radical das inúmeras debilidades de sua obra em prosa, projeto que seria publicado sob o título *Contre Sainte-Beuve*. Entre outros pontos, Proust avaliará os textos como os de um crítico literário que não soube compreender a especificidade artística de Flaubert, Baudelaire, Vigny e Stendhal. Quanto a Alfred de Musset, também ele destaca a superioridade artística de seus textos em verso sobre sua obra em prosa. Já no que diz respeito a Corneille, o narrador critica a predileção por uma obra como o *Mentiroso* simplesmente pelos detalhes históricos sobre a antiga Paris que ela contém — Proust nomeará esse comportamento de "idolatria da vida" e, em vários momentos do livro, veremos personagens emitirem tal julgamento, como, mais adiante, o sr. de Guermantes externando sua admiração por certos romances de Balzac, por eles serem uma cópia muito fiel de comportamentos e fatos bem conhecidos pelo duque no seu dia a dia. Em seguida, o narrador menciona a concentração injustificada em pequeninos detalhes, como a predileção por um único verso de Molière ou pela cena do som da trompa em uma peça de Wagner. Esse trecho de *Tristão e Isolda* mencionado é uma cena do segundo ato em que se ouve ao longe uma trompa, sinal de que a personagem Marke decidiu sair à caça durante a noite — a predileção injustificada por um detalhe será encontrada, por exemplo, nas preferências estéticas de uma personagem como Bergotte, que admira um simples mas tremendamente evocativo erguer de braço da atriz Berma, ou em Bloch, quando diz preferir entre todos os versos de Racine o seguinte: "Filha de Minos e de Pasifaé". (N. E.)

bastante rapidez ao entusiasmo (o que não a impedia de sentir-se de novo atraída para o gênero de espírito que sucessivamente procurara e desprezara) e, para que o encanto que achava num homem de coração não sofresse mudança, se a frequentava muito, buscava demasiadamente em si mesma direções que era incapaz de dar-lhe, com uma irritação que julgava produzida por seu admirador e que não era senão pela impotência em que se encontra a gente de encontrar prazer quando se contenta em buscá-lo. As variações de julgamento da duquesa não perdoavam a ninguém, exceto a seu marido. Só ele não a havia querido nunca; a duquesa sempre sentira nele um caráter de ferro, indiferente aos seus caprichos, desdenhoso da sua beleza, violento, com uma dessas vontades que não vergam nunca e sob cuja lei, unicamente, sabem achar tranquilidade os nervosos. Por outro lado, o sr. de Guermantes, que perseguia um único tipo de beleza feminina, mas procurando-o em amantes seguidamente renovadas, não tinha, uma vez que as deixava, e para zombar delas, senão uma companheira duradoura, idêntica, que seguidamente o irritava com a sua tagarelice, mas de quem sabia que todo mundo a tinha pela mais bela, pela mais virtuosa, mais inteligente, mais instruída da aristocracia, por uma mulher que ele, o sr. de Guermantes, tinha muita sorte em haver encontrado, que acobertava todas as suas desordens, recebia como ninguém, e mantinha o salão deles no lugar de primeiro salão do Faubourg Saint-Germain. Essa opinião dos outros, ele próprio a compartilhava; muita vez de mau humor contra a sua mulher, sentia-se orgulhoso dela. Se, tão avarento como faustoso, lhe recusava o mínimo dinheiro para caridades, para os criados, fazia questão que ela tivesse as mais magníficas *toilettes* e as mais belas parelhas de carruagem. Cada vez que a sra. de Guermantes acabava de inventar, a propósito dos méritos e defeitos, bruscamente invertidos por ela, de algum de seus amigos, um novo e delicioso paradoxo, ardia ele por ensaiá-lo diante de pessoas capazes de apreciá-lo, por fazer saborear sua originalidade psicológica e brilhar sua malevolência lapidar. Evidentemente, essas opiniões novas não continham, de ordinário, mais verdade que as antigas, e frequentemente menos; mas justamente o que tinham de arbitrário inesperado lhes conferia algo de intelectual e os tornava tão emocionantes de comunicar. Só que o paciente em que acabava de exercer-se a psicologia da duquesa era geralmente um íntimo, de quem aqueles a quem ela desejava transmitir a sua descoberta ignoravam completamente que não estivesse no auge do favor; também a reputação que tinha a sra. de Guermantes de incomparável amiga, sentimental, doce e devotada, tornava difícil começar o ataque; podia quando muito intervir em seguida, como que constrangida e forçada, dando a réplica para apaziguar, para contradizer em aparência, para apoiar de fato um comparsa que resolvera provocá-la; era justamente o papel em que brilhava o sr. de Guermantes.

Quanto aos atos mundanos, era outro prazer mais, arbitrariamente teatral, o que experimentava a sra. de Guermantes ao emitir sobre eles aqueles juízos imprevistos que fustigavam com surpresas incessantes e deliciosas a princesa de Parma. Mas esse prazer da duquesa, foi menos com auxílio da crítica literária do que segundo a vida política e a crônica parlamentar, que tentei compreender em que poderia consistir. Os editos sucessivos e contraditórios com os quais a sra. de Guermantes subvertia incessantemente a ordem dos valores entre as pessoas do seu meio não bastavam para distraí-la, e procurava também, na maneira como dirigia sua conduta social, como dava conta das suas mínimas decisões mundanas, experimentar essas emoções artificiais, obedecer a esses deveres fictícios que estimulam a sensibilidade das assembleias e se impõem ao espírito dos políticos. É sabido que quando um ministro explica à Câmara que houve por bem seguir certa linha de conduta que parece com efeito muito simples ao homem de senso comum que na manhã seguinte lê em seu jornal a resenha da sessão, esse leitor de senso comum se sente no entanto subitamente impressionado e começa a duvidar se teve razão em aprovar o ministro ao ver que o discurso deste foi escutado no meio de viva agitação e pontuado de expressões tais como "É gravíssimo", pronunciadas por um deputado cujo nome e título são tão longos e seguidos de movimentos tão acentuados que, em toda a interrupção, as palavras "É gravíssimo" ocupam menos lugar que um hemistíquio num alexandrino. Outrora, por exemplo, quando o sr. de Guermantes, príncipe des Laumes, tinha assento na Câmara, lia-se às vezes nos jornais de Paris, embora fosse principalmente destinado à circunscrição de Méséglise, e a fim de mostrar a seus eleitores que não tinham dado seu voto a um mandatário inativo ou mudo: "Sr. de Guermantes-Bouillon, príncipe des Laumes: 'Isto é grave!'. Muito bem!, ao centro e nalguns bancos da direita, vivas exclamações na extrema esquerda".

O leitor de senso comum conserva ainda um vislumbre de fidelidade ao sábio ministro, mas seu coração é sacudido por novas palpitações com as primeiras palavras do novel orador que responde ao ministro: "O espanto, o estupor, não é dizer demais (viva sensação na parte direita do hemiciclo), que me causaram as palavras daquele que é ainda, suponho eu, membro do Governo (tempestade de aplausos)... Alguns deputados se dirigem pressurosos para o banco dos ministros; o sr. subsecretário dos Correios e Telégrafos faz do seu lugar um sinal afirmativo". Essa "tempestade de aplausos" arrasta as últimas resistências do leitor de senso comum, ele acha insultante para a Câmara, monstruoso, um modo de proceder que em si mesmo é insignificante; quando muito, algum fato normal, por exemplo, querer que os ricos paguem mais que os pobres, esclarecer uma iniquidade, preferir a paz à guerra; ele o achará escandaloso, vendo nisso uma ofensa a certos princípios em que efetivamente não havia pensado, que não estão inscritos no coração do homem, mas que comovem fortemente por causa das aclamações que desencadeiam e das compactas maiorias que reúnem.

Cumpre aliás reconhecer que essa sutileza dos homens políticos, que me serviu para explicar o meio Guermantes e mais tarde outros meios, não é mais que a perversão de certa finura de interpretação muita vez designada por "ler nas entrelinhas". Se nas assembleias há absurdeza por perversão dessa finura, há estupidez por falta dessa finura, no público, que toma tudo ao pé da letra, que não suspeita uma demissão quando um alto dignitário é dispensado de suas funções "a pedido" e que diz consigo: "Não o destituíram, pois foi ele mesmo quem o pediu"; não suspeita uma derrota quando, por um movimento estratégico, os russos recuam diante dos japoneses para posições mais fortes e de antemão preparadas, uma recusa quando, tendo uma província solicitado independência ao imperador da Alemanha, este lhe concede autonomia religiosa. É possível, aliás, que quando se abrem as sessões da Câmara, os próprios deputados sejam semelhantes a esse homem de senso comum que lerá a sua resenha. Ao saber que uns operários em greve enviaram seus delegados a um ministro, talvez se perguntem ingenuamente: "Bem, que se terão dito? É de esperar que tudo se tenha arranjado", no momento em que o ministro sobe à tribuna em meio a profundo silêncio que já excita um desejo de emoções artificiais. As primeiras palavras do ministro: "Não tenho necessidade de dizer à Câmara que possuo um sentimento muito elevado dos deveres do governo para não receber essa delegação, de que a autoridade de meu cargo não tinha que tomar conhecimento", são um golpe de teatro, porque era a única hipótese que o senso comum dos deputados não fizera. Mas justamente por ser um golpe de teatro, é acolhido com tais aplausos que somente depois de alguns minutos se pode ouvir o ministro, o ministro que receberá, ao voltar ao seu banco, as felicitações de seus colegas. Há tão grande emoção como no dia em que ele não se lembrou de convidar para uma solenidade oficial o presidente do Conselho Municipal, que lhe fazia oposição, e declaram que, em ambas as circunstâncias, agiu como verdadeiro homem de Estado.

O sr. de Guermantes, nessa época da sua vida, havia feito parte seguidamente, com grande escândalo dos Courvoisier, dos colegas que iam felicitar o ministro. Mais tarde ouvi contar que, inclusive num momento em que desempenhou papel de bastante importância na Câmara, e em que se pensava nele para uma pasta ou uma embaixada, era, quando um amigo ia pedir-lhe um favor, infinitamente mais simples, fazia politicamente muito menos de grande personagem política do que qualquer outro que não fosse o duque de Guermantes. Pois se dizia que a nobreza pouco valia, que considerava os colegas seus iguais, não pensava numa só palavra disso. Procurava, fingia estimar, mas desprezava as posições políticas, e, como continuava sendo para si mesmo o sr. de Guermantes, elas não lhe punham em torno esse emplastramento de grandes empregos que torna a outros inabordáveis. E assim, o seu orgulho protegia não somente as suas maneiras de uma familiaridade alardeada, como também o que nele pudesse haver de singeleza autêntica.

Voltando a essas emoções artificiais e emocionantes como a dos políticos, a sra. de Guermantes não menos desconcertava os Guermantes, os Courvoisier, todo o Faubourg e, mais que ninguém, a princesa de Parma, com decretos imprevistos sob os quais se sentiam princípios que tanto mais impressionavam quanto menos preparado se estava. Se o novo ministro da Grécia dava um baile a fantasia, cada qual escolhia a sua e perguntavam qual seria a da duquesa. Pensava uma que ela iria como duquesa de Borgonha, outra dava como provável o disfarce de princesa de Dujabar,[257] uma terceira, de Psiquê. Enfim, tendo uma Courvoisier perguntado: "De que te fantasiarás, Oriane?", provocava a única resposta em que não teriam pensado: "De nada", e que dava bastante trabalho às línguas, como denunciadora da opinião de Oriane sobre a verdadeira posição mundana do novo ministro da Grécia e sobre a atitude que se devia manter a seu respeito, isto é, a opinião que se deveria ter previsto, a saber: que uma duquesa "não tinha de" ir ao baile de máscaras desse novo ministro. "Não vejo que haja necessidade de ir à casa do ministro da Grécia, que eu não conheço, eu não sou grega, por que haveria de ir, nada tenho a fazer lá", dizia a duquesa. "Mas todo mundo vai, parece que vai ser um encanto", exclamava a sra. de Gallardon. "Mas também é um encanto ficar em casa, junto à lareira", replicava a sra. de Guermantes. Os Courvoisier não saíam de seu assombro, mas os Guermantes, sem imitar, aprovavam: "Naturalmente, nem todo mundo está em situação, como Oriane, de romper com todos os usos. Mas, por um lado, não se pode dizer que lhe falte razão ao fazer ver que exageramos pondo-nos de gatinhas diante desses estrangeiros que nem sempre se sabe de onde vêm". Naturalmente,

---

257 A princesa de Dujabar é heroína das *Mil e uma noites*. (N. E.)

sabendo os comentários que não deixariam de provocar uma ou outra atitude, a sra. de Guermantes achava tanto prazer em entrar numa festa em que não se atreviam a contar com ela, como em ficar em casa ou ir ao teatro com seu marido na noite de uma festa "a que ia todo mundo", ou então, quando pensavam que eclipsaria os mais belos diamantes com um diadema histórico, entrar sem uma única joia e com outro vestido que não aquele que infundadamente julgavam de rigor. Embora fosse antidreyfusista (sem deixar de acreditar na inocência de Dreyfus, do mesmo modo que passava a vida em sociedade, apesar de não crer senão nas ideias), provocara enorme sensação numa recepção da princesa de Ligne: primeiro, ficando sentada quando todas as senhoras se haviam levantado ao entrar o general Mercier, e depois levantando-se e chamando ostensivamente seus criados quando um orador nacionalista começara uma conferência, mostrando assim que não lhe parecia que as reuniões mundanas fossem apropriadas para falar de política;[258] todas as cabeças se haviam voltado para ela num concerto da Sexta-Feira Santa em que, embora voltairiana, não ficara, porque achara indecente que pusessem em cena o Cristo. Sabe-se o que é, mesmo para as maiores mundanas, a época do ano em que começam as festas: a ponto de que a marquesa de Amoncourt, a qual, por necessidade de falar, mania psicológica, e também ausência de sensibilidade, acabava muita vez dizendo tolices, respondera a alguém que lhe viera dar os pêsames pela morte de seu pai, o sr. de Montmorency: "Talvez o mais triste de tudo é acontecer uma desgraça dessas no momento em que se tem no espelho uma centena de convites". Pois bem, nessa época do ano, quando convidavam a duquesa de Guermantes, apressurando-se no receio de que já estivesse comprometida, ela declinava dos con-

---

258 O general Mercier, ministro da Guerra entre os anos de 1893 e 1895, foi quem levou Dreyfus a depor diante do Conselho de Guerra, em 1894. Apesar de ser contra Dreyfus, a sra. de Guermantes se mostra sempre tão independente que não se sente obrigada a obedecer às regras de conduta em circunstâncias em que uma única postura pareceria apropriada. (N. E.)

vites pela única razão que jamais teria ocorrido a um mundano: ia partir num cruzeiro para visitar os fiordes da Noruega, que lhe interessavam. Os mundanos ficaram estupefatos e, sem procurar imitar a duquesa, sentiram no entanto, com a sua ação, a espécie de alívio que se tem em Kant quando, após a mais rigorosa demonstração do determinismo, descobre-se que acima do mundo da necessidade existe o da liberdade. Toda invenção de que jamais se cogitou excita o espírito, mesmo das pessoas que não saibam aproveitá-la. A da navegação a vapor era coisa de somenos comparada com o uso dela na época sedentária da *season*. A ideia de que se podia voluntariamente renunciar a cem jantares ou almoços, ao duplo de chás, ao triplo de recepções, às mais brilhantes segundas da Ópera e terças do Français, para ir visitar os fiordes da Noruega, não pareceu aos Courvoisier mais explicável que as *Vinte mil léguas submarinas*, mas lhes comunicou a mesma sensação de independência e de encanto.[259] Assim, não havia dia em que não se ouvisse dizer, não só "Conhece a última frase de Oriane?", mas também: "Sabe a última de Oriane?". E, a respeito da "última de Oriane", como da "última frase de Oriane", repetiam: "É bem de Oriane", "É puro Oriane". A "última de Oriane" era, por exemplo, que, tendo de responder em nome de uma sociedade patriótica ao cardeal X, bispo de Mâcon (que habitualmente o sr. de Guermantes, quando a ele se referia, chamava de "sr. de Mascon", porque achava isso "velha França"), como cada qual procurava imaginar como seria a carta e achava logo as primeiras palavras: "Eminência" ou "Monsenhor", mas ficava embaraçado com o resto, a carta de Oriane, para espanto de todos, principiava por "Senhor cardeal", devido a um antigo uso acadêmico, ou por "Meu primo", tendo sido esse termo usado entre os príncipes da Igreja, os Guermantes e os soberanos que pediam a Deus tivesse a uns e outros "na sua santa e digna guarda". Para que se falasse na "última de Oriane", bastava que num espetáculo a que comparecia "tout Paris" e em

---

259 *Vinte mil léguas submarinas* (1870) é o romance de Júlio Verne em que o herói, o capitão Nemo, renuncia ao mundo e prefere viver só, a bordo do seu submarino. (N. E.)

que representavam uma bela peça, quando procuravam a sra. de Guermantes no camarote da princesa de Parma, da princesa de Guermantes, de tantas outras que a haviam convidado, fossem encontrá-la sozinha, de preto, numa poltrona a que chegara para assistir ao levantar do pano. "Ouve-se melhor, tratando-se de uma peça que valha a pena", explicava, com escândalo dos Courvoisier e maravilhamento dos Guermantes e da princesa de Parma, que descobriam inopinadamente que o "gênero" de ouvir o início de uma peça era mais novo, denotava mais originalidade e inteligência, o que não era de espantar da parte de Oriane, do que chegar para o último ato, após um banquete e uma aparição num sarau. Tais eram os diferentes gêneros de espanto para os quais a princesa de Parma sabia que devia estar preparada quando faziam uma consulta literária ou mundana à sra. de Guermantes, e que faziam com que, naqueles jantares da duquesa, não se aventurasse Sua Alteza ao mínimo assunto a não ser com a prudência inquieta e arrebatada da banhista que emerge entre duas ondas.

Entre os elementos que, ausentes dos dois ou três salões mais ou menos equivalentes que estavam à frente do Faubourg Saint-Germain, diferenciavam destes o salão da duquesa de Guermantes, como Leibnitz admite que cada mônada, ao refletir todo o universo, lhe acrescenta algo de particular, um dos menos simpáticos era habitualmente fornecido por uma ou duas belíssimas mulheres, que não tinham outro título para ali estar a não ser a sua beleza, o uso que dela fizera o sr. de Guermantes, e cuja presença logo revelava, como em outros salões certos quadros imprevistos, que neste o marido era um ardente apreciador das graças femininas. Todas elas se pareciam um pouco, pois ao duque agradavam as mulheres altas, ao mesmo tempo majestosas e desenvoltas, de um gênero intermediário entre a Vênus de Milo e a Vitória de Samotrácia: muita vez loiras, raramente morenas, algumas vezes ruivas, como a mais recente, que estava naquele jantar, essa viscondessa de Arpajon a quem tanto havia amado que a forçou por muito tempo a enviar-lhe até dez telegramas por dia (o que irritava um pouco a duquesa) correspondia-se com ela por meio de pombos-correios quando estava em Guermantes, e sem a qual, enfim, por tanto tempo fora tão incapaz de viver que, durante um inverno que tivera de passar em Parma, voltava todas as semanas a Paris, fazendo dois dias de viagem para vê-la.

De ordinário, essas belas figurantes tinham sido suas amantes, mas não o eram mais (era o caso da sra. de Arpajon) ou estavam a ponto de deixar de sê-lo. Contudo, talvez o prestígio que sobre elas exercia a duquesa, e a esperança de serem recebidas em seu salão, embora também pertencessem a círculos muito aristocráticos mas de segunda ordem, as tivesse decidido, mais que a beleza e a generosidade do duque, a ceder aos desejos deste. A duquesa, aliás, não teria oposto a que elas entrassem em sua casa uma resistência absoluta; sabia que em mais de uma havia encontrado uma aliada graças à qual conseguira mil coisas de que tinha desejos e que o sr. de Guermantes negava implacavelmente à sua mulher enquanto não estava enamorado de outra. Assim, o que explicava que não fossem recebidas pela duquesa senão quando a sua ligação já estava muito avançada provinha antes de que o duque, cada vez que embarcava num grande amor, julgava que se tratava de um simples capricho, em troca do qual considerava demasiado um convite para o salão de sua esposa. Mas dava-se o caso de que o oferecesse por muito menos, por um primeiro beijo, porque surgiam resistências com que não havia contado, ou, pelo contrário, porque não tinha havido resistência. Em amor, a gratidão, o desejo de proporcionar um prazer fazem muitas vezes com que demos mais do que a esperança e o interesse haviam prometido. Mas então a realização desse oferecimento era entravada por outras circunstâncias. Antes de tudo, todas as mulheres que haviam correspondido ao amor do sr. de Guermantes, e também, às vezes, quando ainda não haviam cedido, tinham sido sucessivamente sequestradas por ele. Não lhes permitia que vissem ninguém, passava junto delas quase todas as suas horas, ocupava-se da educação de seus filhos, aos quais, a julgar mais tarde por escandalosas parecenças, lhe acontecia dar um irmão ou uma irmã. Depois se, no início da ligação, a apresentação à sra. de Guermantes, em que de modo algum havia pensado o duque, desempenhara um papel no espírito da amante, a própria ligação transformara os pontos de vista dessa mulher; o duque já não era unicamente para ela o marido da mulher mais elegante de Paris, mas um homem a quem a sua nova amante queria, um homem que frequentemente lhe havia proporcionado os recursos e o gosto de mais luxo e que invertera a ordem anterior de importância das questões de esnobismo e das questões de interesse; enfim, por vezes, um ciúme de todos os gêneros contra a sra. de Guermantes animava as amantes do duque. Mas esse caso era o mais raro: aliás, quando enfim chegava o dia da apresentação (num momento em que, de ordinário, ela era já bastante indiferente ao duque, cujos atos, como os de todo mundo, eram muita vez regidos pelos atos anteriores, cujo móvel primeiro não mais existia) sucedia seguidamente que fora a duquesa quem havia procurado receber a amante, em quem esperava, tanta necessidade tinha de encontrar, contra seu terrível esposo, uma preciosa aliada. Não era que, salvo em raros momentos, em casa, quando a duquesa falava muito e ele deixava escapar palavras, e sobretudo silêncios fulminantes, o sr. de Guermantes faltasse para com a sua mulher ao que se chama "as formalidades". Os que não os conheciam podiam enganar-se. Algumas vezes, no outono, entre as corridas de Deauville, as águas e a partida para Guermantes e as caçadas, nas poucas semanas que se passam em Paris, como a duquesa gostava de café-concerto, lá ia o duque com ela passar a noite. O público logo notava, num desses pequenos camarotes descobertos em que só cabem dois, aquele hércules de *smoking* (pois na França se dá a qualquer coisa mais ou menos britânica o nome que ela não tem na Inglaterra[260]), de monóculo, tendo na mão, gorda mas bela, em cujo anular brilhava uma safira, um grande charuto de que tirava de vez em quando uma baforada, com os olhares habitualmente voltados para o palco, mas atenuando-os, quando os deixava tombar sobre a plateia, onde aliás não conhecia absolutamente nin-

---

260 O narrador alude à confusão que se faz ao chamar o que na Inglaterra é um "dinner jacket" de "smoking jacket", que não passa de um casaco interno. (N. E.)

guém, com um ar de brandura, de reserva, de polidez, de consideração. Quando um *couplet* lhe parecia divertido e não muito indecente, o duque se voltava sorrindo para a mulher, partilhando com ela, num gesto de inteligência e bondade, a inocente alegria que lhe proporcionava a nova canção, e os espectadores podiam acreditar que não havia melhor marido do que ele, nem pessoa mais invejável do que a duquesa — aquela mulher fora da qual estavam para o duque todos os interesses da vida, aquela mulher que ele não amava, aquela mulher a que nunca havia cessado de enganar —; quando a duquesa se sentia fatigada, viam eles o sr. de Guermantes erguer-se, colocar-lhe com as suas próprias mãos a capa, arranjando seus colares para que não se enganchassem no forro, e abrir-lhe caminho até a saída, com cuidados solícitos e respeitosos que ela recebia com a frieza da mundana que não vê naquilo mais que simples *savoir-vivre*, e às vezes até com a amargura irônica da esposa desabusada que não tem mais nenhuma ilusão a perder. Mas, apesar dessas exterioridades, que era outra parte dessa polidez que fez passar as obrigações das profundezas para a superfície, em certa época já antiga, mas que dura ainda para os seus sobreviventes, a vida da duquesa era difícil. O sr. de Guermantes só tornava a ser generoso, humano, graças a uma nova amante, que tomava, como o mais das vezes aconteceria, o partido da duquesa; esta via tornarem-se de novo possíveis, para ela, generosidades com os inferiores, caridades para os pobres, e até para si mesma, mais tarde, um novo e magnífico automóvel. Mas da irritação que habitualmente logo vinha à sra. de Guermantes para com as pessoas que lhe eram muito submissas, não se excetuavam as amantes do duque. Em breve a duquesa se desgostava delas. Pois bem, naquele momento, as relações do duque com a sra. de Arpajon chegavam ao fim. Outra amante apontava.

É certo que o amor que tivera sucessivamente o sr. de Guermantes por todas elas começava um dia a fazer-se sentir de novo: primeiro esse amor, ao morrer, legava-as, como belos mármores — mármores belos para o duque, convertido assim parcialmente em artista, porque as tinha amado e era sensível agora a linhas que não apreciaria se não fosse o amor — que justapunham, no salão da duquesa, suas formas por muito tempo inimigas, devoradas pelos ciúmes e as querelas e afinal reconciliadas na paz da amizade; além disso, essa mesma amizade era um efeito do amor, que fizera com que o duque notasse, naquelas que eram suas amantes, virtudes que existem em todos os seres humanos, mas que só são perceptíveis para a volúpia; se bem que a ex-amante transformada em "ótima camarada" que faria qualquer coisa pela gente seja um clichê, como o médico ou o pai que não são um médico ou um pai, mas um amigo. Mas, durante um primeiro período, a mulher que o sr. de Guermantes começava a abandonar queixava-se, fazia cenas, mostrava-se exigente, parecia indiscreta, embaraçosa. O duque começava a tomar-lhe aversão. Então a duquesa tinha ensejo de salientar-lhe os defeitos verdadeiros ou supostos de uma pessoa que o irritava. Tida como bondosa, a sra. de Guermantes recebia as telefonadas, as confidências, as lágrimas da abandonada, e não se queixava. Ria disso com seu marido, e depois com alguns íntimos. E supondo, com essa piedade que mostrava pela infeliz, ter o direito de zombar dela, qualquer coisa que esta dissesse, contando que pudesse entrar no quadro ridículo que o duque e a duquesa lhe haviam recentemente fabricado, a sra. de Guermantes não se constrangia em trocar com o marido irônicos olhares de inteligência.

Entretanto, ao sentar-se à mesa, a princesa de Parma lembrou-se que desejava convidar para a Ópera a sra. de Heudicourt e, querendo saber se isso não seria desagradável à sra. de Guermantes, procurou sondá-la. Nesse momento entrou o sr. de Grouchy, cujo trem, por causa de um descarrilamento, tivera uma parada de uma hora. Escusou-se como pôde. Sua mulher, se fosse uma Courvoisier, teria morrido de vergonha. Mas a sra. de Grouchy não era, embalde, Guermantes. Como seu marido se queixasse do atraso:

— Vejo — disse ela — que, mesmo nas pequenas coisas, chegar atrasado é uma tradição na sua família.

— Sente-se, Grouchy, *e* não faça caso — disse o duque.

— Embora marchando com o meu tempo, sou forçada a reconhecer que a batalha de Waterloo teve algo de bom, pois permitiu a restauração dos Bourbon, e ainda melhor, de um modo que os tornou impopulares. Mas parece que o senhor é um verdadeiro Nemrod![261]

— Com efeito, consegui algumas belas peças. Vou permitir-me enviar amanhã à duquesa uma dúzia de faisões.

Uma ideia pareceu passar pelos olhos da sra. de Guermantes. Insistiu em que o sr. de Grouchy não se desse o trabalho de enviar os faisões. E fazendo sinal ao lacaio noivo, com quem eu conversara ao sair da sala dos Elstir:

— Poullein — disse ela —, você irá buscar os faisões do senhor conde e os trará em seguida, pois há de permitir-me, não é, Grouchy?, que faça algumas gentilezas... Basin e eu não vamos comer doze faisões.

— Mas depois de amanhã haverá tempo — disse o sr. de Grouchy.

— Não, prefiro amanhã — insistiu a duquesa.

Poullein se tornara lívido; seu encontro com a noiva havia fracassado. Isso bastava para a distração da duquesa, que fazia questão de que tudo conservasse um ar humano.

— Sei que é o seu dia de folga — disse ela a Poullein —, mas é só trocar com Georges, que sairá amanhã e ficará depois de amanhã.

Mas, no dia seguinte, a noiva de Poullein não estaria livre. Tanto lhe fazia sair como não. Logo que Poullein deixou a peça, todos cumprimentaram a duquesa pela sua bondade com a criadagem.

— Mas eu sou com eles apenas como queria que fossem comigo.

— Justamente! Eles podem dizer que têm um bom lugar na sua casa.

— Não tanto assim. Mas creio que me estimam. Esse é um pouco irritante porque anda enamorado; acha que deve tomar uns ares melancólicos.

---

261 O duque alude à lenda que atribuía a derrota de Napoleão em Waterloo à ausência do ancestral do sr. Gouchy no início da batalha. Na bíblia, Nemrod é símbolo do caçador incansável. (N. E.)

Nesse momento Poullein voltou.

— Com efeito — disse o sr. de Grouchy —, ele não parece risonho. Com eles, é preciso ser bom, mas não demais.

— Reconheço que não sou terrível; durante todo o seu dia, não terá mais que ir buscar os faisões, ficar aqui sem fazer nada e comer a sua parte.

— Muitos desejariam estar no seu lugar — disse o sr. de Grouchy —, pois a inveja é cega.

— Oriane — disse a princesa de Parma —, recebi no outro dia a visita de sua prima Heudicourt; evidentemente é uma mulher de inteligênica superior; é uma Guermantes, e isso é dizer tudo; mas dizem que é maldizente.

O duque lançou à mulher um longo olhar de voluntário espanto. A sra. de Guermantes pôs-se a rir. A princesa acabou por percebê-lo.

— Mas... será que você... não é da minha opinião? — perguntou ela, inquieta.

— Mas Vossa Alteza ainda é muito boa em fazer caso das caras de Basin. Vamos, Basin, não pareça que está insinuando coisas ruins a respeito de nossos parentes.

— Ele a acha muito ruim? — perguntou vivamente a princesa.

— Oh!, absolutamente — replicou a duquesa. — Não sei quem disse a Vossa Alteza que ela era má-língua. É, pelo contrário, uma excelente criatura, que jamais disse mal de ninguém, nem fez mal a ninguém.

— Ah! — disse a princesa de Parma, aliviada. — Nem eu tampouco havia notado coisa alguma. Mas como sei que é muitas vezes difícil não ter um pouco de malícia quando se tem muito espírito...

— Ah!, quanto a isso, ela tem menos ainda...

— Menos ainda? — perguntou a princesa, estupefata.

— Ora, vamos, Oriane — interrompeu o duque em tom queixoso e lançando à direita e à esquerda olhares divertidos —, você compreende que a princesa lhe está dizendo que ela é uma mulher superior.

— E ela não é?

— É pelo menos superiormente gorda.

— Não lhe dê ouvidos, Alteza, ele não está sendo sincero. Ela é estúpida como *un oie* [262] — disse com voz forte e rouca a sra. de Guermantes, que, muito mais "velha França" ainda que o duque quando não tratava disso, procurava muitas vezes sê-lo, mas de maneira oposta ao gênero "punho de rendas" e deliquescente de seu marido e na realidade muito mais fina, por uma espécie de pronúncia quase campesina, que tinha um áspero e delicioso sabor da terra —, mas é a melhor mulher do mundo. E depois, nem mesmo sei, se, num grau assim, poderá chamar-se a isso de estupidez. Não creio ter conhecido nunca uma criatura semelhante; é caso para um médico, tem qualquer coisa de patológico, é uma espécie de "inocente", de cretina, de "retardada", como nos melodramas, ou como na *Arlesiana*. [263] "Sempre que ela está aqui, pergunto-me se não chegará o momento em que a sua inteligência vai despertar, o que dá sempre um pouco de medo." A princesa maravilhava-se dessas expressões, embora ficasse estupefata com o veredicto. "Ela citou-me, como a senhora d'Épinay, a sua frase sobre '*Taquínio, o Soberbo*'. É deliciosa", respondeu-lhe.

O sr. de Guermantes explicou-me a frase. Tinha vontade de dizer-lhe que seu irmão, que pretendia não conhecer-me, esperava-me naquela mesma noite às onze horas. Mas não tinha perguntado a Robert se podia falar nesse encontro e, como o fato de que o sr. de Charlus quase mo houvesse fixado estava em contradição com o que ele dissera à duquesa, julguei mais delicado calar-me: "'*Taquínio, o Soberbo*' não está mau" disse o sr. de Guermantes", "mas a senhora de Heudicourt provavelmente não lhe contou uma frase muito mais bonita que Oriane lhe disse no outro dia, em resposta a um convite para almoçar".

— Oh! Não! Diga-a!

— Ora, cale-se, Basin; antes de tudo, essa frase é estúpida e vai fazer com que a princesa me julgue ainda mais abaixo que

---

262 Literalmente, "um ganso"; em português se diria "uma burra"; *un oie* só se diz no campo; na língua comum usa-se o feminino, *une oie*. (N. E.)

263 Drama de Alphonlse Daudet, extraído de um dos contos de seu livro *Lettres de mon moulin*, musicado por Bizet em 1872. (N. E.)

minha prima. E depois, não sei por que digo minha prima. É prima de Basin. Em todo caso, é um pouco parenta minha.

— Oh! — exclamou a princesa de Parma, ao pensamento de que pudesse achar estúpida a sra. de Guermantes, e protestando alarmadamente que nada podia fazer com que a duquesa decaísse do lugar que ocupava na sua admiração.

— E depois, já lhe retiramos as qualidades de espírito; como essa frase tende a denegar-lhe alguns dotes de coração, parece-me inoportuna.

— Denegar! Inoportuno! Como ela se expressa bem! — disse o duque, com fingida ironia e para fazer admirarem a duquesa.

— Que é isso, Basin? Não zombe de sua mulher.

— Cumpre dizer a Vossa Alteza Real — tornou o duque — que a prima de Oriane é superior, gorda, boa, tudo o que quiser, mas não é precisamente, como direi?... pródiga.

— Sim, eu sei, ela é muito sovina — interrompeu a princesa.

— Eu não me permitiria a expressão, mas Vossa Alteza encontrou o termo exato. Isso se traduz no seu trem de casa e particularmente na cozinha, que é ótima, mas medida.

— O que até tem dado lugar a cenas bastante cômicas — interrompeu o sr. de Bréauté. — Assim, meu caro Basin, fui passar em Heudicourt um dia em que Oriane e você eram esperados. Tinham feito suntuosos preparativos, quando à tarde um lacaio trouxe um despacho dizendo que não compareceriam.

— Isso não me espanta! — disse a duquesa, que não só era difícil de apanhar, como também gostava que o soubessem.

— Sua prima lê o telegrama, desola-se, e logo em seguida, sem perder o aprumo, e dizendo consigo que era desnecessário fazer gastos inúteis com um senhor sem importância como eu, chama o lacaio: "Diga ao cozinheiro que recolha o frango", grita-lhe ela. E de noite ouvi-a perguntar ao mordomo: "E o resto do assado de ontem? Não vai servi-lo?".

— De resto, cumpre reconhecer que o passadio ali é perfeito — disse o duque, que julgava mostrar-se *ancien régime*, empregando essa expressão. — Não conheço casa onde se coma melhor.

— E menos — interrompeu a duquesa.

— É muito sadio, e o que basta para o que se chama um vulgar plebeu como eu — retrucou o duque. — A gente fica com fome.

— Ah!, como regime, é evidentemente mais higiênico que faustoso. Aliás, não é tão bom assim, — acrescentou a sra. de Guermantes, a qual não gostava muito que conferissem o título de a melhor mesa de Paris a outra que não a sua. — Com a minha prima, dá-se o mesmo caso desses autores constipados que botam de quinze em quinze anos uma peça em um ato ou um soneto. É o que chamam pequenas obras-primas, uns nadas que são umas joias, numa palavra, a coisa a que mais tenho horror. A cozinha de Zénaïde não é má, mas haviam de achá-la mais regular se fosse menos parcimoniosa. Há coisas que o seu cozinheiro faz bem, e outras em que fracassa. Já jantei ali, como em toda parte, pessimamente; apenas me fizeram menos mal do que em outros lugares, porque o estômago é no fundo mais sensível à quantidade do que à qualidade.

— Enfim, para concluir — disse o duque —, Zénaïde insistia em que Oriane fosse jantar, e como minha mulher não gosta muito de sair de casa, resistia, procurando averiguar se, sob o pretexto de refeição íntima, não iriam metê-la deslealmente num grande ágape e procurava em vão saber que convidados haveria à mesa. "Vem, vem", insistia Zénaïde, louvando as boas coisas que haveria ao almoço. "Comerás um purê de castanhas, não te digo senão isso, e haverá sete pequenas *chouchées à la reine*." "Sete!", exclamou Oriane. "Então seremos no mínimo oito!"

Ao cabo de alguns instantes, tendo enfim compreendido, a princesa soltou seu riso, como um rolar de trovoada:

— Ah!, seremos portanto oito, é adorável! Como está bem redigido! — disse ela, encontrando, num supremo esforço, a expressão de que se servira a sra. d'Épinay e que dessa vez se aplicava melhor.

— Oriane, muito bonito o que diz a princesa; diz ela que está bem redigido.

— Mas você não me está dizendo nada de novo, eu sei que a princesa é muito espirituosa — respondeu a sra. de Guermantes, que apreciava facilmente uma frase quando ao mesmo tempo a pronunciava uma Alteza e encarecia o seu próprio espírito. — Sinto-me muito orgulhosa de que Sua Alteza aprecie as minhas modestas redações. Aliás, não me lembro de haver dito isso e, se o disse, foi para lisonjear minha prima, pois, se tinha sete bocados, as bocas, se assim ouso exprimir-me, teriam ultrapassado uma dúzia.

Durante esse tempo, a condessa de Arpagon, que me dissera, antes da ceia, que sua tia ficaria muito feliz de mostrar-me seu castelo na Normandia, dizia-me, por cima da cabeça do príncipe de Agrigent, que onde gostaria principalmente de receber-me era na Côte d'Or, porque aí, em Pont-le-Duc, estava em casa.

— Os arquivos do castelo o interessariam. Há correspondências extremamente curiosas entre as pessoas mais marcantes dos séculos XVII, XVIII e XIX. Passo aí horas maravilhosas, vivo no passado, asseverou a condessa que o senhor de Guermantes me advertira ser extremamente forte em literatura.

— Ela possuía todos os manuscritos do senhor de Bornier[264] — tornou, ainda a respeito da sra. de Heudicourt, a princesa, que procurava fazer valer as razões que tinha para se dar com ela.

— Ela deve ter sonhado, creio que nem sequer o conhecia.

— O mais interessante de tudo é que essas correspondências são de pessoas de diversos países — continuou a condessa de Arpajon que, aparentada a diversas casas ducais, e até soberanas da Europa, sentia-se feliz em lembrá-lo.

— Mas sim, Oriane — disse o sr. de Guermantes, não sem intenção —, você deve estar lembrada daquele jantar em que tinha o senhor de Bornier como vizinho!

— Mas Basin — interrompeu a duquesa —, se quer dizer-me que eu conheci o senhor de Bornier, naturalmente, ele até veio visitar-me várias vezes, mas nunca pude resolver-me a convidá-lo, pois de cada vez que viesse eu seria obrigada a desinfetar a casa com formol. Quanto a esse jantar, até me lembro muito bem, não foi

---

264 Henri, visconde de Bornier (1825-1901), é autor da peça *A filha de Rolando*, drama histórico que levou as personagens da *Canção de Rolando* ao palco do Theâtre-Français em 1875. (N. E.)

absolutamente em casa de Zénaïde, que nunca viu Bornier em toda a sua vida e que deve julgar, se lhe falam na *Filha de Rolando*, que se trata de uma princesa Bonaparte que diziam noiva do filho do rei da Grécia;[265] não, era na embaixada da Áustria. O encantador Hoyos[266] julgara proporcionar-me um prazer, postando, numa cadeira ao lado da minha, esse pestilento acadêmico. Julguei que tinha como vizinho um esquadrão de gendarmes. Fui obrigada a tapar o nariz como podia durante todo o jantar, e só ousei respirar na hora do *gruyère*!

O sr. de Guermantes, que atingira o seu objetivo secreto, examinou a furto no rosto dos convivas a impressão causada pela frase da duquesa.

— Vejo, de resto, um encanto particular nas correspondências — continuou, apesar da interposição do rosto do príncipe de Agrigent, a senhora forte em literatura, que possuía tão curiosas cartas em seu castelo. — O senhor já observou que frequentemente as cartas de um escritor são superiores ao resto de sua obra?[267] Como se chama mesmo o autor que escreveu *Salambô?*

Gostaria de não responder para não prolongar este colóquio, mas senti que desobrigaria o príncipe de Agrigent, o qual queria aparentar saber muito bem de quem era *Salambô* e de deixar-me por pura polidez o prazer de dizê-lo, mas que se encontrava num embaraço cruel.

— Flaubert — acabei por dizer, mas o sinal de assentimento que fez a cabeça do príncipe abafou o som de minha resposta, de sorte que minha interlocutora não soube exatamente se eu dissera Paul Bert ou Flaubert, nomes que não lhe deram uma inteira satisfação.

— Em todo caso — continuou —, como sua correspondência é curiosa e superior a seus livros! Ela o explicara, de resto, pois vê-se

---

265 Alusão a Maria Bonaparte, filha do príncipe Rolando Bonaparte, casou-se com Georges da Grécia, filho do rei grego Georges i, em 1907. (N. E.)

266 O conde Hoyos-Sprinzenstrein foi embaixador da Áustria em Paris entre os anos de 1883 e 1894. (N. E.)

267 Proust abominava tal opinião e cita justamente o mesmo exemplo em seu ensaio sobre o "estilo Flaubert": ali, e em vários trechos de seu projeto *Contre Sainte-Beuve*, ele tenta demonstrar o contrário, ou seja, que os homens Flaubert, Baudelaire ou Balzac estão muito aquém do que conseguiram realizar enquanto escritores. (N. E.)

por tudo o que se diz da dificuldade que tem em fazer um livro, que não era um verdadeiro escritor, um homem dotado.

— Já que fala em correspondência, acho admirável a de Gambetta — disse a duquesa de Guermantes, para mostrar que não receava interessar-se por um proletário e um radical.[268] O sr. de Bréauté compreendeu todo o espírito dessa audácia, e olhou em torno com um olhar ao mesmo tempo "tocado" e enternecido, depois do que enxugou o monóculo.

— Meu Deus, era terrivelmente cacete a *Filha de Rolando* — disse o sr. de Guermantes, com a satisfação que lhe dava o sentimento da sua superioridade ante uma obra que tanto o aborrecera, talvez também pelo *suave mari magno*[269] que experimentamos no meio de um bom jantar, à lembrança de tão terríveis serões. — Mas havia alguns belos versos, um sentimento patriótico.

Insinuei que não tinha a mínima admiração pelo sr. de Bornier. "Ah! tem alguma coisa a censurar-lhe?", perguntou-me curiosamente o duque, o qual sempre julgava, quando lhe diziam mal de um homem, que devia provir de algum ressentimento pessoal, e, quando bem de uma mulher, que era o princípio de algum amorico. "Vejo que tem algo contra ele. Que foi que ele lhe fez? Conte-nos isso. Sim, deve haver algum cadáver entre os senhores, já que o denigre. A *Filha de Rolando* é bastante longo, na verdade, mas tem um sentimento muito penetrante."

— Penetrante é muito justo para um autor tão odorífero — interrompeu ironicamente a sra. de Guermantes. — Se esse pobre pequeno já o encontrou alguma vez, é muito compreensível que esteja com ele até pelo nariz.

— Devo confessar a Vossa Alteza — continuou o duque, dirigindo-se à princesa de Parma — que, *Filha de Rolando* à parte,

---

268 Léon Gambetta (1838-1882), advogado e político que lutava contra o partido conservador. (N. E.)

269 "*Suave, mari magno turbantibus aequora ventis,/ e terra magnum alterius spectare laborem*" ("É doce, quando o vasto mar é levantado pelos ventos,/ assistir da margem à grande labuta do outro") são versos extraídos da obra *De natura rerum*, de Lucrécio. (N. E.)

em literatura, e mesmo em música, sou terrivelmente antiquado, e não há rouxinol, por mais velho, que não me agrade. Talvez não me acredite, mas à noite, quando minha mulher se senta ao piano, acontece-me pedir-lhe alguma velha coisa de Auber, Boieldieu, mesmo de Beethoven![270] Disso é que eu gosto. Quanto a Wagner, em compensação, faz-me dormir imediatamente.

— Não tem razão — disse a sra. de Guermantes —, embora com insuportáveis prolixidades, Wagner possuía gênio. *Lohengrin* é uma obra-prima. Mesmo em *Tristão* há aqui e ali alguma página curiosa. E o "Coro das fiandeiras" do *Navio fantasma* é uma pura maravilha.[271]

— Não é, Babal — disse o sr. de Guermantes, dirigindo-se ao sr. de Bréauté —, nós preferimos *"Les rendez-vous de noble compagnie se donnent tous en ce charmant séjour"*.[272] É delicioso. E *Fra Diavolo*, e *A flauta mágica*, e *O chalé*, e *As bodas de Fígaro*, e *Os diamantes da coroa*, eis o que é música![273] Em literatura, é a mesma coisa. Assim, adoro Balzac, *O baile de Sceaux, Os moicanos de Paris*.[274]

— Ah!, meu caro, se você embarca em Balzac, não terminará tão cedo; olhe, guarde isso para um dia em que Mémé estiver presente. Este é melhor ainda, sabe-o de cor.

Irritado com a interrupção da mulher, o duque manteve-a alguns momentos sob o fogo de um silêncio ameaçador. E seus olhos

---

270 François-Adrien Boieldieu (1775-1834), compositor francês que viveu durante muito tempo na Rússia, era autor, entre outros, de *A dama branca* e do *Califa de Bagdá*. (N. E.)

271 Alusão ao início do segundo ato. (N. E.)

272 "Os encontros marcados de nobre companhia dão-se todos neste encantador lugar". Início do dueto cantado no primeiro ato de *Pré-aux-Clercs*, ópera-cômica de Hérold, encenada em 1832. (N. E.)

273 O duque mistura obras-primas de Mozart com óperas-cômicas que estiveram na moda na Paris do século XIX, como *Fra Diavolo* e *Os diamantes da coroa* (1830), de Auber, e *O chalé* (1834), de Adolphe Adam. (N. E.)

274 *O baile de Sceaux* é uma novela de Balzac. *Os moicanos de Paris* era romance de grande sucesso de Alexandre Dumas pai. A preferência do sr. de Guermantes por Balzac já aparecia nos textos de Proust anteriores a seu romance. Ali, ela é sinal de gosto artístico duvidoso e, o mais importante, do tipo de admiração que Balzac desperta em seus leitores: algo que escapa ao domínio da literatura e é uma espécie de "idolatria da vida". (N. E.)

de caçador pareciam duas pistolas carregadas. Enquanto isso, a sra. de Arpajon havia trocado com a princesa de Parma, sobre a poesia trágica e a poesia em geral, frases que não me chegaram distintamente aos ouvidos, quando ouvi esta, pronunciada pela sra. de Arpajon: "Oh!, tudo o que Vossa Alteza quiser, concedo-lhe que ele nos faz ver feio o mundo porque não sabe distinguir entre o feio e o belo, ou, antes, porque a sua insuportável vaidade lhe faz acreditar que tudo quanto diz é belo. Reconheço com Vossa Alteza que na poesia em questão há coisas ridículas, ininteligíveis, faltas de gosto, que é difícil de compreender, que dá, para ler, tanto trabalho como se fosse escrito em russo ou em chinês, pois evidentemente é tudo, exceto francês, mas depois que a gente se deu a esse trabalho, como fica recompensada, há tanta imaginação!". Desse pequeno discurso, eu não ouvira o princípio. Acabei compreendendo não só que o poeta incapaz de distinguir o belo do feio era Victor Hugo, mas também que a poesia que dava tanto trabalho para compreender como o russo ou o chinês era *"Lorsque l'enfant paraît, le cercle de famille applaudit à grands cris"*, obra da primeira época do poeta e que talvez esteja ainda mais perto de madame Deshoulières do que do Victor Hugo da *Legenda dos séculos*.[275] Longe de achar ridícula a sra. de Arpajon, eu a vi (a primeira daquela mesa — tão real, tão como qualquer outra, a que me sentara com tamanha decepção), vi-a pelos olhos do espírito, sob aquela touca de rendas, de onde se escapam os bucles redondos de longos caracóis, que usaram a sra. de Rémusat, a sra. de Broglie, a sra. de Sainte-Au-

---

275 "Quando a criança aparece, o círculo familiar aplaude com estrépito". Versos extraídos do poema de número XIX da coletânea intitulada *Folhas de outono*. Victor Hugo tinha apenas 28 anos na época e ainda estava distante do tom épico-visionário que predomina na *Legenda dos séculos*. A sra. Deshoulières (1638-1694) é autora do livro *Poesias*, publicado em 1688. Ela articulou a cabala que arruinou a peça *Fedra*, de Racine. (N. E.)

276 A condessa de Rémusat (1780-1821), dama de honra da imperatriz Josefina, escreveu dois romances e um *Ensaio sobre a educação das mulheres*. Suas *Memórias* foram publicadas em 1879 e suas cartas, em 1881. Já mencionada anteriormente pela sra. de Villeparisis, a sra. de Broglie (1797-1838) era filha de madame de Staël e autora de livros religiosos. A condessa de Sainte-Aulaire manteve um salão célebre durante a Restauração. Assim como as outras duas, grande escritora de cartas, ela publicou suas *Lembranças* em 1875. (N. E.)

laire,[276] todas essas mulheres tão distintas que nas suas cartas citam com tanto saber e oportunidade Sófocles, Schiller e a *Imitação*,[277] mas a quem as primeiras poesias dos românticos causavam esse horror e esse cansaço inseparáveis, para minha avó, dos últimos versos de Stéphane Mallarmé. "A sra. de Arpajon gosta muito de poesia", disse à sra. de Guermantes a princesa de Parma, impressionada com o tom ardente com que fora pronunciado o discurso.

— Não, não entende absolutamente nada de poesia — respondeu em voz baixa a sra. de Guermantes, aproveitando-se de estar a sra. de Arpajon, em resposta a uma objeção do general de Beautreillis, muito preocupada com as suas próprias palavras para ouvir as que ela estava segredando. — Vai-se tornando literária desde que a abandonaram. Direi a Vossa Alteza que sou eu quem carrego o peso de tudo isso, pois é junto a mim que ela vem gemer de cada vez em que Basin não foi visitá-la, isto é, quase todos os dias. Em todo caso, não é culpa minha se ela o aborrece e eu não posso obrigá-lo a ir vê-la, embora preferisse que ele lhe fosse um pouco mais fiel, porque eu a veria um pouco menos. Mas ela o enfada, coisa que nada tem de extraordinário. Não é má pessoa, mas é aborrecida a um ponto que Vossa Alteza não pode imaginar. Dá-me todos os dias tais dores de cabeça que sou obrigada a tomar de cada vez uma dose de Piramidon. E tudo isso porque aprouve a Bacin enganar-me durante um ano com ela. E ter ainda por cima um lacaio apaixonado por uma mulherzinha à toa e que se apoquenta se não peço a essa criatura que deixe por um instante a sua rendosa calçada para vir tomar chá comigo! Oh!, como a vida é maçante... — concluiu languidamente a duquesa. A sra. de Arpajon enfadava principalmente o sr. de Guermantes, porque ele se tornara desde pouco amante de uma outra, que era, como vim a saber, a marquesa de Surgis-le-Duc.

Justamente o lacaio privado de seu dia de folga estava a servir a mesa. E pensei que, triste ainda, o fazia com grande perturbação, pois notei que, ao passar os pratos ao sr. de Châtellerault, desempenhava tão desastradamente a sua tarefa que sucedeu o cotovelo do conde

---

277 Trata-se do livro *Imitação de Cristo*. (N. E.)

topar várias vezes com o cotovelo do criado. O jovem duque absolutamente não se incomodou com o enrubescido lacaio e, pelo contrário, o fitou, a rir, com os seus olhos azul-claros. Esse bom humor me pareceu uma prova de bondade da parte do conviva. Mas a insistência de seu riso fez-me acreditar que, conhecedor da decepção do criado, talvez experimentasse uma perversa alegria. "Mas minha cara, bem sabe que não está fazendo uma descoberta ao falar-nos em Victor Hugo", continuou a duquesa, dirigindo-se dessa vez à sra. de Arpajon, a quem acabava de ver voltar-se com um ar inquieto. "Não espere lançar esse estreante. Todo mundo sabe que ele tem talento. O que é detestável é o Victor Hugo do fim, a *Legenda dos séculos*, não sei mais os títulos. Mas as *Folhas de outono*, os *Cantos do crepúsculo*, são muitas vezes de um poeta, de um verdadeiro poeta. Mesmo nas *Contemplações*", continuou a duquesa, a quem os seus interlocutores não se atreveram a interromper, e não sem motivo, "ainda há coisas bonitas. Mas confesso que prefiro não aventurar-me além do *Crepúsculo*! E depois, nas belas poesias de Victor Hugo, que as há, encontra-se muita vez uma ideia, até mesmo uma ideia profunda". E com um sentimento justo, fazendo brotar o triste pensamento com todas as forças da sua entonação, colocando-o além de sua voz, e fixando diante de si um olhar pensativo e encantador, a duquesa disse lentamente: "Vejam:

> *La douleur est un fruit, Dieu ne le fait pas croître*
> *Sur la branche tout faible encor pour le porter*,[278]

ou ainda:

> *Les morts durent bien peu,*
> *Hélas, dans le cercueil ils tombent en poussière*
> *Moins vite qu'en nos coeurs!* ".[279]

---

278 "A dor é um fruto, Deus não a faz crescer no galho ainda frágil para sustentá-la". Últimos versos do poema "A infância", presente nas *Contemplações*, de Victor Hugo. (N. E.)
279 "Os mortos duram bem pouco, eles se desfazem em pó dentro dos caixões menos rápido do que em nossos corações". Versos do poema "A um viajante", da coletânea *Folhas de outono*, também de Victor Hugo. (N. E.)

E enquanto um sorriso desencantado franzia numa graciosa sinusiosidade a sua boca dolorosa, a duquesa fixou na sra. de Arpajon o olhar cismarento de seus olhos claros e encantadores. Eu começava a conhecê-los, bem como à sua voz, tão pesadamente arrastada, tão pesadamente saborosa. Naqueles olhos e nessa voz eu reencontrava muito da natureza de Combray. Por certo, na afetação com que essa voz fazia aparecer por momentos uma rudeza de gleba, muitas coisas havia: a origem inteiramente provinciana de um ramo da família de Guermantes, que ficara por mais tempo localizado, e mais atrevido, mais selvagem, mais provocante; e, depois, o hábito de pessoas verdadeiramente distintas e de pessoas de espírito, cientes de que a distinção não consiste em falar com a extremidade dos lábios, e também de nobres que confraternizavam de melhor vontade com seus campônios do que com burgueses; particularidades estas que a situação de rainha da sra. de Guermantes lhe permitiria exibir mais facilmente, lançar de velas despregadas. Parece que essa mesma voz existia em irmãs da duquesa, por ela detestadas e que, menos inteligentes e casadas quase burguesmente, se é que nos podemos servir desse advérbio quando se trata de enlaces com nobres obscuros, aferrados na sua província ou em Paris, num Faubourg Saint-Germain sem brilho, possuíam também essa voz, mas tinham-na refreado, corrigido, suavizado o quanto podiam, da mesma forma que é muito raro que algum de nós tenha a coragem da própria originalidade e não se aplique em assemelhar-se aos modelos mais louvados. Mas Oriane era de tal modo mais inteligente, mais rica e, sobretudo, mais em moda que as suas irmãs, tivera, como princesa des Laumes, tamanha influência junto ao príncipe de Gales que havia compreendido que essa voz discordante era um encanto e dela fizera, na ordem mundana, com a audácia da originalidade e do sucesso, o que na ordem teatral uma Réjane, uma Jeanne Granier (sem comparação naturalmente entre o valor e o talento dessas duas artistas) fizeram da sua: alguma coisa de admirável e de distintivo que talvez algumas irmãs da Réjane e da Granier, que ninguém jamais conheceu, tentaram mascarar como um defeito.[280]

A tantas razões para desenvolver sua originalidade local, os escritores prediletos da sra. de Guermantes — Mérimée, Meilhac e Halévy[281] — tinham vindo acrescentar, com o respeito à naturalidade, um desejo de prosaísmo pelo qual ela alcançava a poesia e um espírito puramente de sociedade que ressuscitava paisagens ante mim. Aliás, a duquesa, acrescentando a essas influências uma preocupação artística, era muito capaz de ter escolhido para a maioria das palavras a pronúncia que lhe parecia mais Ilha de França, mais da Champagne, visto que, se não inteiramente na medida da sua cunhada Marsantes, ela quase que só usava o puro vocabulatório de que se poderia ter servido um velho autor francês. E quando se estava cansado da heteróclita e variegada linguagem moderna, era, sabendo embora que ela expressava muito menos coisas, um grande repouso escutar a conversação da sra. de Guermantes — quase o mesmo, se se estava a sós com ela e ela ainda restringia e clarificava a sua corrente, que o repouso que se experimentava ao ouvir uma antiga canção. E então, olhando e escutando a sra. de Guermantes, eu via, aprisionado na perpétua e tranquila tarde de seus olhos, um céu de Ilha de França ou de Champagne estender-se, azulíneo, oblíquo, com o mesmo ângulo de inclinação que tinha em Saint-Loup.

Assim, como essas diversas formações, a sra. de Guermantes expressava ao mesmo tempo a mais antiga França aristocrática, e depois, muito mais tarde, a maneira como a duquesa de Broglie poderia ter apreciado e censurado Victor Hugo sob a

---

280 A atriz Réjane é um dos modelos da personagem Berma. Proust, que a admirava enormemente, pôde ter contato pessoal com essa atriz por ter alugado um apartamento dela, em 1919. Ali, ele pede ao filho dela uma foto que a mostrasse ainda jovem e na ativa. Jeanne Granier (1852-1939) foi inicialmente cantora de ópera e depois atriz de comédias. (N. E.)

281 Prosper Mérimée (1803-1870), escritor francês, autor dos célebres romances *Colomba* e *Carmen*. Henri Meilhac (1831-1897) e Ludovic Halévy (1834-1908), autores que colaboraram na composição de numerosas operetas e comédias. (N. E.)

Monarquia de Julho e, finalmente, um vivo gosto da literatura oriunda de Mérimée e de Meilhac. A primeira dessas formações me agradava mais que a segunda, me ajudava em maior medida a reparar a decepção da viagem e da chegada a esse Faubourg Saint-Germain, tão diferente do que eu imaginara; mas preferia ainda a segunda à terceira. Ora, ao passo que a sra. de Guermantes era Guermantes quase sem querer, o seu pailleronismo, a sua predileção por Dumas filho, eram refletidos e intencionais.[282] Como esse gosto fosse inteiramente contrário ao meu, ela fornecia, ao meu espírito, literatura quando me falava do Faubourg Saint-Germain, e nunca me parecia tão estupidamente Faubourg Saint-Germain como quando me falava de literatura.

Emocionada com os últimos versos, a sra. de Arpajon exclamou:

— *Ces reliques du coeur ont aussi leur poussière!* [283] Senhor, terá de escrever-me isto em meu leque — disse ela ao sr. de Guermantes.

— Pobre mulher, dá-me pena! — disse a princesa de Parma à sra. de Guermantes.

— Não se enterneça Vossa Alteza, ela só tem o que merece.

— Mas... perdoe que diga isso à senhora... no entanto ela o ama de verdade!

— Absolutamente!, ela é incapaz disso; julga que o ama como acredita neste momento que cita Victor Hugo, porque diz um verso de Musset. Olhe — acrescentou a duquesa num tom melancólico —, ninguém ficaria mais comovida do que eu se se tratasse de um sentimento verdadeiro. Mas vou dar-lhe um exemplo. Ontem ela fez uma cena terrível com Basin; Vossa Alteza julga talvez que era porque ele ama a outras, porque não mais a ama;

---

282 O substantivo "pailleronismo" é formado a partir do nome de Édouard Pailleron (1834-1899), autor de comédias como *O mundo em que nos entediamos* e membro da Academia Francesa. (N. E.)

283 "Essas relíquias do coração também têm seu pó!". Verso do poema "A noite de outubro", de Alfred Musset. (N. E.)

qual nada, era porque ele não quer apresentar seus filhos no Jockey! Acha Vossa Alteza que isto seja de uma enamorada? Não, e digo-lhe mais ainda — acrescentou a duquesa com precisão —, é uma pessoa de rara insensibilidade.

No entanto, fora com o olhar brilhante de satisfação que o sr. de Guermantes ouvira a mulher falar em Victor Hugo "à queima-roupa" e citar-lhe aqueles poucos versos. Ainda que seguidamente a duquesa o irritasse, em momentos como aquele sentia-se orgulhoso dela. "Oriane é verdadeiramente extraordinária. Pode falar de tudo, já leu tudo. Ela não podia adivinhar que a conversa iria recair esta noite em Victor Hugo. Em qualquer assunto em que a abordem, está sempre pronta, pode enfrentar os mais sábios. Esse jovem deve estar subjugado."

— Mudemos de conversação — acrescentou a sra. de Guermantes —, porque ela é muito suscetível. O senhor deve achar-me muito fora de moda — continuou, dirigindo-se a mim —; sei que hoje é considerado uma fraqueza amar as ideias em poesia, a poesia em que haja um pensamento.

— Está fora de moda? — disse a princesa, com o leve sobressalto que lhe causava essa notícia que não esperava, embora soubesse que a conversação da sra. de Guermantes lhe reservava sempre aqueles choques sucessivos e deliciosos, aquele espanto sufocante, aquela sadia fadiga, após os quais ela pensava instintivamente na necessidade de tomar um pedilúvio e de caminhar depressa para "provocar a reação".

— Quanto a mim, não, Oriane — disse a sra. de Brissac —, não quero mal a Victor Hugo por ter ideias, muito pelo contrário, mas por ir procurá-las no que é monstruoso. No fundo foi ele quem nos habituou ao feio em literatura. Já há muita fealdade na vida. Por que ao menos não esquecê-la enquanto estamos lendo? Um espetáculo penoso de que nos desviaríamos na vida, eis o que atrai Victor Hugo.

— Mas afinal Victor Hugo não é tão realista como Zola? — indagou a princesa de Parma. O nome de Zola não fez mover-se um músculo na face do senhor de Beautreillis. O antidreyfusismo do general era demasiado profundo para que ele procurasse expressá-lo. E o seu benévolo silêncio quando abordavam tais assuntos impressionava os profanos pela mesma espécie de delicadeza que demonstram um padre que evita falar-nos em nossos deveres religiosos, um financista que não se empenha em recomendar-nos os negócios que dirige, um hércules que se mostra afável e não nos dá socos.

— Sei que o senhor é parente do almirante Jurien de la Gravière[284] — disse-me com um ar entendido a sra. de Varambon, a dama de honor da princesa de Parma, mulher excelente mas limitada, conseguida outrora para a princesa de Parma pela mãe do duque. Até então não me havia dirigido a palavra e nunca depois pude, apesar das admoestações da princesa de Parma e de meus próprios protestos, tirar-lhe do espírito a ideia de que nada tinha a ver com o almirante acadêmico, o qual me era totalmente desconhecido. A teimosia da dama de honor da princesa de Parma em ver em mim um sobrinho do almirante Jurien de la Gravière tinha em si qualquer coisa de vulgarmente ridículo. Mas o engano que ela cometia não era senão o tipo excessivo e ressequido de tantos enganos mais leves, mais sutis, involuntários ou intencionais, que acompanham o nosso nome na "ficha" que a sociedade estabelece relativamente a nós. Lembra-me que, tendo um amigo dos Guermantes manifestado vivamente o seu desejo de conhecer-me, deu-me como razão que eu conhecia muito bem a sua prima, sra. de Chaussegros, "ela é encantadora e estima-o bastante". Obedeci ao escrúpulo, inteiramente vão, de insistir no fato de que havia engano. "Então é a sua irmã que o senhor conhece, dá no mesmo. Ela o encontrou na Escócia." Eu nunca havia estado na Escócia e dei-me ao trabalho inútil de o declarar, por honestidade, ao meu interlocutor. Fora a própria sra. de Chaussegros quem afirmara conhecer-me, e acreditava-o sem dúvida de boa-fé, em consequência de uma primeira confusão, pois nunca deixou de estender-me a mão quando se encontrava comigo. E como em suma o meio que

---

284 Jean-Edmond Jurien de la Gravière (1812-1892), almirante francês, autor de obras sobre a história da Marinha. Ele ingressou na Academia Francesa em 1888. (N. E.)

eu frequentava era exatamente o da sra. de Chaussegros, minha humildade não tinha razão de ser. Que eu fosse íntimo dos Chaussegros era, literalmente, um erro, mas, do ponto de vista social, um equivalente da minha situação, se se pode falar em situação tratando-se de um homem tão jovem como eu era. O amigo dos Guermantes, ainda que só dissesse coisas falsas a meu respeito, não me rebaixou nem me enalteceu (do ponto de vista mundano) na ideia que continuou a formar de mim. E, afinal de contas, para aqueles que não estão representando uma comédia, o tédio de viver sempre na mesma personagem é dissipado por um instante, como se a gente subisse ao palco quando outra pessoa forma de nós uma ideia falsa, julgando que temos relações com uma dama a quem não conhecemos, e somos apontados como a tendo conhecido no curso de uma encantadora viagem que jamais fizemos. Erros multiplicadores e amáveis quando não têm a inflexível rigidez do que cometia, e continuou a cometer durante toda a vida, apesar das minhas negativas, a imbecil dama de honor da sra. de Parma, firmada para sempre na crença de que eu era parente do aborrecido almirante Jurien de la Gravière. "Ela não é muito forte", disse-me o duque, "e depois ela não precisa de muitas libações; creio-a ligeiramente sob a influência de Baco." Na verdade, a sra. de Varambon só bebera água, mas o duque gostava de aplicar as suas locuções favoritas. "Mas Zola não é um realista, senhora!, é um poeta!", disse a sra. de Guermantes, inspirando-se em estudos críticos que lera naqueles últimos anos e adaptando-os ao seu gênio pessoal. Agradavelmente sacudida até então, no decorrer do banho de espírito, um banho agitado para si, que ela tomava naquela noite e julgava lhe deveria ser particularmente saudável, deixando-se levar pelos paradoxos que jorravam um após outro, ante este, mais enorme que os outros, a princesa de Parma saltou, por medo de ser derrubada. E foi com a voz entrecortada, como se perdesse a respiração, que ela exclamou:

— Zola, um poeta!

— Sim — respondeu a rir a duquesa, encantada com aquele efeito de sufocação.

— Note Vossa Alteza como ele engrandece tudo o que toca. Vai dizer-me que ele apenas toca justamente no que... dá sorte! Mas faz disso alguma coisa de imenso; ele possui o monturo épico! É o Homero da sentina! Não tem suficientes maiúsculas para escrever a palavra de Cambronne.[285]

Apesar da extrema fadiga que começava a experimentar, a princesa achava-se encantada, jamais se sentira tão bem. Não teria trocado por uma estada em Schoenbrunn, a única coisa no entanto que a lisonjeava, aqueles divinos jantares da sra. de Guermantes, tonificantes à custa de tanto sal.

— Ele o escreve com um grande C — exclamou a sra. de Arpajon.

— Antes com um grande M, penso eu, minha pequena — respondeu a sra. de Guermantes, não sem haver trocado com o esposo um olhar divertido que queria dizer: "Como é idiota!".

— Olhe, justamente — disse-me a sra. de Guermantes, pousando em mim um olhar sorridente e suave e porque, como perfeita dona de casa, queria, sobre o artista que particularmente me interessava, deixar transparecer os seus conhecimentos e dar-me, se necessário, ocasião de mostrar os meus —, olhe — disse-me ela, agitando de leve o seu leque de plumas, tamanha consciência tinha naquele instante de estar exercendo plenamente os deveres da hospitalidade e, para não faltar a nenhum, fazendo sinal também para que me servissem de novo aspargos com molho *mousseline* —, olhe, eu creio justamente que Zola escreveu um estudo sobre Elstir, esse pintor de quem o senhor foi olhar alguns quadros ainda há pouco, os únicos aliás que eu aprecio dele — acrescentou.[286] Na verdade, ela detestava a pintura de Elstir, mas

---

285 As opiniões ousadíssimas da sra. de Guermantes retomam quase literalmente trechos de um artigo de Barbey d'Aurevilly, crítico de prestígio da época, que comparava Zola à figura de Hércules e a Michelangelo. Cf. *Le roman contemporain*, Lemerre, 1902. Elas retomam também as opiniões de Léon Blum sobre Zola em suas *Nouvelles conversations de Goethe avec Eckermann* (1897-1900). (N. E.)

286 Cruzamento tipicamente proustiano entre referências ficcionais e fatos reais: em 1867, Zola publicou um artigo sobre o pintor impressionista Édouard Manet. (N. E.)

achava de qualidade única tudo quanto estivesse em sua casa. Perguntei ao sr. de Guermantes se ele sabia o nome do senhor que figurava de cartola no quadro popular, e em que eu reconhecera o mesmo de quem os Guermantes possuíam ao lado o retrato de aparato, que datava mais ou menos daquele mesmo período em que a personalidade de Elstir ainda não estava completamente desembaraçada e se inspirava um pouco em Manet.

— Meu Deus — responde-me ele —, sei que é um homem que não é um desconhecido nem um imbecil na sua especialidade, mas confundo os nomes. Tenho-o na ponta da língua, senhor... senhor... enfim, pouco importa, não sei mais. Swann lhe diria isso, foi ele quem fez com que a senhora de Guermantes comprasse essas coisas, ela que é sempre muito amável e tem muito medo de contrariar se recusa o que quer que seja; entre nós, creio que ele nos impingiu umas porcarias. O que posso dizer é que esse cavalheiro é para o senhor Elstir uma espécie de Mecenas que o lançou, e muitas vezes o tirou de dificuldades, encomendando-lhe quadros. Por gratidão, se chama a isso gratidão, depende dos gostos, ele o pintou naquele lugar onde, com o seu olhar endomingado, ele causa um efeito bastante cômico. Pode ser um medalhão muito importante, mas ignora evidentemente em que condições se usa uma cartola. Com a sua, no meio de todas aquelas raparigas de cabelos soltos, tem o aspecto de um notário de província em farra. Mas parece que o senhor gosta muito desses quadros. Se eu soubesse disso, ter-me-ia informado para lhe responder. Aliás, não tem cabimento quebrar a cabeça para analisar a pintura do senhor Elstir, como se se tratasse da *Fonte* de Ingres ou dos *Filhos de Édouard* de Paul Delaroche.[287] O que se pode apreciar naquilo é que é finamente observado, parisiense, divertido, e depois passa-se adiante. Não há necessidade de ser um erudito para olhar aquelas pinturas. Bem sei que são simples esboços, mas não acho que esteja bem trabalhado. Swann tinha o

---

287 Ingres pintou *A fonte* em 1856. Paul Delaroche (1797-1856), pintor acadêmico, especialista de temas históricos, expôs seu quadro *Os filhos de Édouard*, no salão de pintura de 1831. (N. E.)

topete de querer que comprássemos um *Molho de aspargos.*[288] Até ficaram aqui por alguns dias. Só havia aquilo no quadro, um molho de aspargos exatamente idênticos aos que o senhor está comendo. Mas eu recusei-me a tragar os aspargos do senhor Elstir. Ele pedia trezentos francos. Trezentos francos por um molho de aspargos! Um luís, é que isso vale, mesmo quando novos! Achei forte. Quando a essas coisas ele acrescenta personagens, fica tudo com um ar canalha, pessimista, que me desagrada. Espanta-me ver um espírito fino, uma inteligência rara como a sua, gostar dessas coisas.

— Mas não sei por que você diz isso — observou a duquesa, que não gostava depreciassem o que continham os seus salões. — Estou longe de tudo aceitar, sem distinção, nos quadros de Elstir. Há o que tomar e o que deixar. Mas quase nunca deixa de ter talento. E deve-se confessar que os que eu comprei são de rara beleza.

— Oriane, nesse gênero, prefiro mil vezes o pequeno estudo do senhor Vibert que vimos na exposição de aquarelistas. Não é nada, se quiser, caberia na palma da mão, mas ali há espírito até a ponta dos dedos: aquele missionário descarnado, sujo, diante daquele prelado gorducho que faz saltar o seu cãozinho, é tudo um pequeno poema de finura e até de profundeza.[289]

— Creio que o senhor conhece pessoalmente Elstir — disse-me a duquesa —, o homem é agradável.

— E inteligente — disse o duque —, fica-se espantado, ao conversar com ele, de que a sua pintura seja tão vulgar.

— É mais do que inteligente, é até bastante espirituoso — disse a duquesa, com o ar entendido e degustativo de uma pessoa que conhece o assunto.

---

288 Nova aproximação entre a personagem Elstir e o pintor Manet, que pintou efetivamente um quadro com aspargos em 1880. (N. E.)

289 Jehan Vibert (1840-1902) foi dos fundadores da chamada Sociedade dos Aquarelistas Franceses. O sr. de Guermantes parece aludir à série de quadros representando padres e monges, muito admirada na época, especificamente o quadro de 1883 intitulado *Le récit du missionnaire*. Assim como em sua admiração pela obra de Balzac, o duque aprecia aí o detalhe realista, o reconhecimento de traços que ele próprio já havia antes presenciado em algum lugar. (N. E.)

— Ele não tinha começado um retrato seu, Oriane? — perguntou a princesa de Parma.

— Sim, em vermelho-lagosta — respondeu a sra. de Guermantes —, mas não é aquilo que há de fazer passar o seu nome à posteridade. É um horror. Basin queria destruí-la. — Essa frase, a sra. de Guermantes seguidamente a dizia. Mas doutras vezes, a sua apreciação era outra: — Não gosto da sua pintura, mas ele já fez um belo retrato meu. — Um desses juízos dirigia-se habitualmente às pessoas que falavam à duquesa em seu retrato, o outro àqueles que não lhe falavam nesse retrato e a quem ela desejava comunicar a existência dele. O primeiro lhe era inspirado pela faceirice, o segundo, pela vaidade.

— Fazer um horror com um retrato seu! Mas então não é um retrato, é uma mentira: eu, que mal sei segurar um pincel, parece-me que, se a pintasse, apenas representando o que vejo, faria uma obra-prima — disse singelamente a princesa de Parma.

— Ele provavelmente me vê como eu me vejo a mim, isto é, desprovida de encanto — disse a sra. de Guermantes com o olhar ao mesmo tempo melancólico, modesto e acariciador que lhe pareceu mais apropriado para mostrá-la muito diferente de como a apresentara Elstir.

— Esse retrato não deve desagradar à senhora de Gallardon — disse o duque.

— Por ela não entender nada de pintura? — perguntou a princesa de Parma, que sabia que a sra. de Guermantes desprezava infinitamente a sua prima. — Mas é uma excelente mulher, não? — O duque assumiu um ar de profundo espanto.

— Ora, Basin, não vê que a princesa está zombando de você? (A princesa nem pensava nisso.) Ela sabe tão bem quanto você que Gallardonnette é um velho *veneno* — retrucou a sra. de Guermantes, cujo vocabulário, habitualmente limitado a todas aquelas velhas expressões, era saboroso como esses pratos que se podem encontrar nos deliciosos livros de Pampille, mas que na verdade se tornaram tão raros, em que as gelatinas, a manteiga, os sucos, os bolinhos de carne são autênticos, e onde até se manda buscar o sal nos pântanos salinos da Bretanha:[290] pelo acento, pela escolha das palavras, sentia-se que o fundo de conversação da duquesa provinha diretamente de Guermantes.

Nesse ponto, a duquesa diferia profundamente de seu sobrinho Saint-Loup, invadido por tantas ideias e expressões novas; é difícil, quando se está perturbado pelas ideias de Kant e a nostalgia de Baudelaire, escrever o delicioso francês de Henrique IV, de modo que a própria pureza de linguagem da duquesa era sinal de limitação e de que sua inteligência e sensibilidade tinham permanecido fechadas a todas as coisas novas. Ainda nesse ponto o espírito da sra. de Guermantes me agradava justamente pelo que excluía (o que precisamente constituía a matéria de meu próprio pensamento) e por tudo o que, devido a isso mesmo, pudera ele conservar, com esse atraente vigor dos corpos flexíveis que nenhuma reflexão exaustiva, nenhum cuidado moral ou perturbação nervosa alteraram. Seu espírito, de formação tão anterior ao meu, era para mim o equivalente do que me oferecera o desfile do pequeno bando de raparigas à beira-mar. Oferecia-me a sra. de Guermantes, domesticados e submetidos pela amabilidade, pelo respeito aos valores espirituais, a energia e o encanto de uma cruel menina da aristocracia dos arredores de Combray que, desde a infância, montava a cavalo, descadeirava os gatos, arrancava o olho aos coelhos e que, da mesma forma que permanecera uma flor de virtude, poderia ter sido, visto possuir as mesmas elegâncias não muitos anos passados, a mais encantadora amante do príncipe de Sagan. Apenas era incapaz de compreender o que eu tinha procurado nela — o encanto do nome Guermantes — e o pouco que encontrara, um resto provinciano de Guermantes. Seriam as nossas relações fundadas num mal-entendido que sempre se haveria de manifestar quando as minhas aten-

---

290 "Pampille" era o pseudônimo de Marthe Allard, prima e futura esposa do amigo de Proust, Léon Daudet. Ela publicava artigos sobre gastronomia e moda no jornal do marido, *L'Action Française* e, em 1920, publicaria um guia gastronômico intitulado *Les bons plats de France: cuisine régionale*. É numa passagem desse guia que ela efetivamente indica o sal bretão. (N. E.)

ções, em vez de dirigir-se à mulher relativamente superior que ela se julgava, se encaminhassem a outra mulher igualmente medíocre e que possuísse o mesmo encanto involuntário? Mal-entendido muito natural, e que existirá sempre entre um jovem sonhador e uma mulher mundana, mas que o perturba profundamente enquanto não reconhecer a natureza de suas faculdades imaginativas e as inevitáveis decepções que deverá experimentar com as criaturas, tal como no teatro, em viagem, ou mesmo em amor. Tendo o sr. de Guermantes declarado (em continuação aos aspargos de Elstir e aos que acabavam de ser servidos após o *poulet financière*) que os aspargos verdes crescidos ao ar livre e que, como tão engenhosamente diz o refinado autor que assina E. de Clermont-Tonnerre, "não têm a rigidez impressionante dos seus irmãos", deviam ser comidos com ovos,[291] respondeu o sr. de Bréauté: "O que agrada a uns desagrada a outros, e vice-versa. Na província de Cantão, na China, a coisa mais fina que nos podem oferecer são ovos de hortulana completamente podres". O sr. de Bréauté, autor de um estudo sobre os mórmons aparecido na *Revue des Deux Mondes*, não só frequentava os meios mais aristocráticos como, entre estes, apenas os que tivessem certa reputação de inteligência. De maneira que pela sua presença pelo menos assídua, em casa de uma mulher, reconhecia a gente se esta possuía um salão. Presumia detestar a sociedade e assegurava separadamente a cada duquesa que era por causa de seu espírito e de sua beleza que ele a procurava. Disso, todas estavam persuadidas. Sempre que, com a morte n'alma, se resignava a ir a um sarau de gala nos salões da princesa de Parma, convocava-as todas para lhe darem coragem e só aparecia assim no meio de um círculo íntimo. Para que sua fama de intelectual sobrevivesse a seu mundanismo, o sr. de Bréauté, aplicando certas máximas do espírito dos Guermantes, partia com damas elegantes em longas excursões científi-

---

291 Alusão a uma passagem do *Almanach des bonnes choses de France*, livro de Élisabeth de Gramont, duquesa de Clermont-Tonnerre. Já mencionada no início do livro, ela era amiga pessoal de Proust e, após sua morte, publicaria um livro de memórias sobre ele e Montesquiou, dos modelos da personagem proustiana, o barão de Charlus. (N. E.)

cas durante a época dos bailes, e, quando uma pessoa esnobe, e por conseguinte ainda sem situação, começava a aparecer por toda parte, empregava ele uma obstinação feroz em não querer conhecê-la, em não deixar-se apresentar. Seu ódio aos esnobes decorria do seu esnobismo, mas fazia acreditar aos ingênuos, isto é, a todo mundo, que ele estava isento de tal pecha.

— Babal sabe sempre tudo! — exclamou a duquesa de Guermantes. — Acho um verdadeiro encanto uma terra em que a gente quer estar certa de que o fornecedor nos venda ovos bem podres, ovos do ano do cometa. Imagino-me a mergulhar neles o meu pãozinho com manteiga. Devo dizer que isso acontece em casa da tua tia Madeleine (sra. de Villeparisis), onde servem coisas em putrefação, até ovos. (E, como a sra. de Arpajon protestasse:) Ora, Philli, você o sabe tão bem quanto eu. O pinto já está no ovo. Nem sei como eles têm juízo para conservar-se ali quietinhos. Não é uma fritada, é um galinheiro, mas pelo menos não vem indicado no cardápio. Você fez bem em não ir lá anteontem. Havia um rodovalho em ácido fênico! Não parecia um serviço de mesa, mas um serviço de contagiosos. Decididamente, Norpois leva a fidelidade até o heroísmo: pediu peixe duas vezes!

— Penso tê-lo visto em casa dela no dia em que ela fez aquela réplica ao tal senhor Bloch (o sr. de Guermantes, talvez para dar a um nome israelita aspecto mais estrangeiro, não pronunciou o *ch* de Bloch como um *k*, mas como em *hoch*, em alemão), que tinha dito de já não sei qual poeta que era sublime. Por mais que Châtellerault arrebentasse as canelas do senhor Bloch, este não compreendia e julgava os movimentos de meu sobrinho destinados a uma jovem que estava a seu lado. (Aqui o sr. de Guermantes enrubesceu levemente.) Não se dava conta de que irritava a minha tia com os seus "sublimes" lançados a torto e a direito. Em suma, tua tia Madeleine, que não tem papas na língua, retrucou-lhe: "Ora, cavalheiro, que guardará então para o senhor de Bossuet?". (O sr. de Guermantes julgava que, antes de um nome célebre, "senhor" e uma partícula eram essencialmente *ancien régime*.) Era da gente pagar para ver.

— E que respondeu esse senhor Bloch? — perguntou distraidamente a sra. de Guermantes que, em crise de originalidade naquele momento, julgou deveria copiar a pronúncia germânica do marido.

— Ah!, garanto-lhe que Bloch não pediu troco, e ainda está correndo.

— Mas sim, lembro-me muito bem de o ter visto naquele dia — disse-me, frisando as palavras, a sra. de Guermantes, como se tal lembrança da sua parte tivesse algo que muito me deveria lisonjear. — É sempre muito interessante em casa de minha tia. Na última noite em que justamente o encontrei, queria perguntar-lhe se aquele velho senhor que passou por nós não era François Coppée. O senhor deve conhecer todos os nomes — disse-me ela, com uma sincera inveja das minhas relações poéticas e também por amabilidade para comigo, a fim de melhor ostentar ante seus convidados um jovem tão versado em literatura.[292]

Assegurei à duquesa que não vira nenhum vulto célebre no sarau da sra. de Villeparisis.

— Como! — disse-me estouvadamente a duquesa, confessando assim que o seu respeito aos homens de letras e o seu desprezo à sociedade eram mais superficiais do que dizia e talvez mais do que supunha. — Como! Não havia grandes escritores?! O senhor espanta-me, no entanto, havia lá uns tipos impossíveis!

Lembrava-me muito bem daquela noite, devido a um incidente absolutamente sem importância. A sra. de Villeparisis apresentara Bloch à sra. Alphonse de Rothschild, mas meu camarada não ouvira o nome e, julgando haver-se com uma velha inglesa meio maluca, só respondera com monossílabos às prolixas palavras da antiga beldade, quando a sra. de Villeparisis, apresentando-a a qualquer outro, pronunciou muito distintamente, dessa vez, baronesa Alphonse de Rothschild. Tinham entrado então subitamente

---

292 No que concerne ao autor do livro, a duquesa parece ter errado de endereço: em 1905, em seu artigo sobre Baudelaire, Proust escreveria que um único poema das *Flores do mal* valeria por toda a extensa obra do poeta François Coppée. (N. E.)

nas artérias de Bloch, e de uma só vez, tantas ideias de milhões e de prestígio, as quais deveriam ter sido prudentemente subdivididas, que ele tivera como que um choque no coração, um arrebatamento no cérebro e exclamara em presença da amável velha dama: "Se eu soubesse!", exclamação cuja estupidez o impedira de dormir durante uma semana. Pouco interesse tinha essa frase de Bloch, mas eu a recordava como prova de que às vezes, na vida, ante o choque de uma emoção excepcional, nós dizemos o que pensamos.

— Creio que a senhora de Villeparisis não é absolutamente... moral — disse a princesa de Parma, sabedora de que não frequentava a tia da duquesa e agora, pelo que esta acabava de dizer, via que se poderia falar livremente a seu respeito. Mas como a sra. de Guermantes não parecesse aprovar, acrescentou:

— Mas, num grau como aquele, a inteligência faz perdoar tudo.

— Mas vejo que Vossa Alteza tem de minha tia a ideia que geralmente fazem e que, afinal de contas, é bastante falsa. É justamente o que ainda ontem me dizia Mémé.

Enrubesceu; uma lembrança a mim desconhecida enevoou-lhe os olhos. Supus que o sr. de Charlus lhe havia pedido que suspendesse o meu convite, como já mandara Robert pedir-me que não fosse à casa dela. Tive a impressão de que o rubor — aliás incompreensível para mim — que tivera o duque ao falar, em dado momento, no seu irmão, não podia ser atribuído à mesma causa: "Pobre tia... Vai ficar com a reputação de uma pessoa do Antigo Regime, de espírito fulgurante e desenfreada libertinagem. Não há inteligência mais burguesa, mais séria, mais comum; passará por uma protetora das artes, o que quer dizer que foi amante de um grande pintor, mas ele jamais pôde fazer-lhe compreender o que fosse um quadro; e, quanto à sua vida, longe de ser uma criatura depravada, ela era de tal modo feita para o casamento, nascera de tal modo conjugal que, não tendo podido conservar um esposo, que era aliás um canalha, nunca teve uma ligação que não houvesse tomado tão a sério como se fosse uma união legítima, com as mesmas suscetibilidades, as mesmas cóleras, a mesma fidelidade. Note que são às vezes as mais sinceras, há em suma mais amantes do que maridos inconsoláveis".

— No entanto, Oriane, veja justamente o seu cunhado Palamède, de quem estava falando; não há amante que possa sonhar ser chorada como o foi a pobre senhora de Charlus.

— Ah!, permita-me Vossa Alteza não compartilhar inteiramente da sua opinião. Nem todos gostam de ser chorados do mesmo modo, cada qual tem as suas preferências.

— Enfim, ele votou-lhe um verdadeiro culto após a sua morte. É verdade que se fazem às vezes para os mortos coisas que não se fariam para os vivos.

— Antes de tudo — respondeu a sra. de Guermantes num tom pensativo que contrastava com a sua intenção zombeteira —, a gente vai ao seu enterro, coisa que nunca faz com os vivos! — O sr. de Guermantes olhou com um ar malicioso para o sr. de Bréauté, como para provocá-lo a rir do espírito da duquesa. — Mas, enfim, confesso francamente — tornou a sra. de Guermantes — que a maneira como eu desejaria ser chorada por um homem a quem amasse não é a de meu cunhado. — A fisionomia do duque anuviou-se. Não gostava que a mulher emitisse julgamentos a torto e a direito, principalmente sobre o sr. de Charlus. — Você é difícil de contentar. O sentimento dele edificou a todos — acrescentou num tom arrogante. Mas a duquesa tinha para com o marido essa espécie de ousadia dos domadores ou dos que convivem com um louco e não temem irritá-lo: — Que quer? Não digo que não seja edificante! Ele vai todos os dias ao cemitério contar-lhe quantas pessoas teve ao almoço, lamenta-a enormemente, mas como a uma prima, a uma avó, a uma irmã. Não é um luto de marido. É verdade que eram dois santos, o que torna o luto um tanto especial. — O sr. de Guermantes, irritado com a parolagem da mulher, fixava nela, com terrível imobilidade, as pupilas carregadas. — Não é para falar mal do pobre Mémé que, entre parênteses, não estava livre esta noite — continuou a duquesa —, reconheço que ele é bom como ninguém, é encantador, tem uma delicadeza, um coração como geralmente os homens não possuem. É um coração de mulher, esse Mémé!

— O que você diz é um absurdo — interrompeu vivamente o sr. de Guermantes —; Mémé nada tem de efeminado, ninguém é mais viril do que ele.

— Mas não quero absolutamente dizer que ele seja efeminado. Compreenda ao menos o que estou dizendo — retrucou a duquesa. — Ah!, esse, logo que a gente pretende tocar-lhe no irmão... — acrescentou, voltando-se para a princesa de Parma.

— É encantador, é delicioso de ouvir. Não há nada tão bonito como dois irmãos que se estimam — disse a princesa de Parma, como o teria feito muita gente do povo, pois pode-se pertencer a uma família principesca e a uma família muito popular pelo sangue e pelo espírito.

— Já que falávamos de sua família, Oriane — disse a princesa —, vi ontem o seu sobrinho Saint-Loup; creio que ele desejava pedir-lhe um favor. — O duque de Guermantes franziu o sobrecenho jupiteriano. Quando não lhe agradava fazer algum favor, não queria que a mulher se encarregasse disso, pois sabia que viria a dar no mesmo e que as pessoas a quem a duquesa se visse obrigada a pedi-lo o inscreveriam ao débito comum do casal, tal como se fosse solicitado apenas pelo esposo.

— Por que não me pediu ele mesmo? — disse a duquesa. — Ficou ontem duas horas aqui, e Deus sabe como esteve aborrecido. Não seria mais estúpido do que qualquer outro se tivesse, como tanta gente da sociedade, a inteligência de continuar tolo. O terrível é aquele verniz de sapiência... Ele quer ter uma inteligência aberta... aberta a todas as coisas que não compreende. Vem-nos falar de Marrocos..., simplesmente horrível!

— Ele não quer voltar lá por causa de Rachel — disse o príncipe de Foix.

— Mas já que eles brigaram... — interrompeu o sr. de Bréauté.

— Tanto brigaram que a encontrei há dois dias na *garçonnière* de Robert, e garanto-lhes que não tinha o aspecto de gente que está de mal — retrucou o príncipe de Foix, sempre pronto a espalhar todos os rumores que pudessem fazer gorar um casamento a Robert, e que aliás podia ter sido enganado pelas retomadas intermitentes de uma ligação efetivamente terminada.

— Essa Rachel me falou no senhor; vejo-a de vez em quando pela manhã nos Campos Elísios; é uma espécie de *evaporée*, como dizem os senhores, o que os senhores chamam uma *dégrafée*, uma espécie de "Dama das Camélias", no sentido figurado, está visto.

— Tais coisas me eram ditas pelo príncipe Von, que fazia questão de mostrar-se a par da literatura francesa e das finuras parisienses.[293] — É justamente a propósito de Marrocos!... — exclamou a princesa, apanhando precipitadamente a deixa.

— Que pode ele querer para Marrocos? — perguntou severamente o sr. de Guermantes. — Oriane não pode fazer absolutamente coisa alguma nesse sentido, e ele bem o sabe.

— Julga que inventou a estratégia — prosseguiu a sra. de Guermantes — e, depois, emprega palavras impossíveis para as menores coisas, o que não o impede de fazer borrões nas suas cartas. No outro dia disse que comera umas batatas *sublimes* e que alugara um camarote *sublime*.

— Ele fala latim — acentuou o duque.

— Como, latim? — perguntou a princesa.

— Palavra de honra! Pergunte Vossa Alteza a Oriane se eu estou exagerando.

— Como não, Alteza? Ainda no outro dia ele disse numa única frase, de um só fôlego: "Não conheço um exemplo de *sic transit gloria mundi* mais tocante do que esse";[294] digo a frase a Vossa Alteza porque, depois de vinte perguntas e apelando para *linguistas*, conseguimos reconstituí-la, mas Robert lançou isso sem tomar respiração, mal se podia distinguir se havia latim ali; ele parecia uma personagem do *Doente imaginário*! E tudo por causa da morte da imperatriz da Áustria![295]

---

293 Assim como o herói, o príncipe Von parece estar bem a par da condição da namorada de Saint-Loup: a alusão à peça de Dumas filho associa Rachel a uma prostituta. (N. E.)

294 As palavras *"sic transit gloria mundi"* ("assim passa a glória do mundo") são uma conclusão moral extraída do livro *Imitação de Cristo*. Frase utilizada quando da entronização de um novo papa. (N. E.)

295 Élisabeth de Wittelsbach foi assassinada em Genebra, no dia 10 de setembro de 1898, por um anarquista italiano. (N. E.)

— Pobre mulher! — exclamou a princesa. — Que deliciosa criatura era ela.

— Sim — respondeu a duquesa —, meio louca, um pouco insensata, mas era uma boa mulher, uma louca muito amável; só não compreendi jamais por que nunca havia ela comprado uma dentadura que se mantivesse firme, a sua se desprendia sempre antes do fim das frases e ela era obrigada a interrompê-la para não a engolir.

— Essa Rachel me falou no senhor, contou-me que o pequeno Saint-Loup o adorava, e até o preferia a ela — disse-me o príncipe Von, enquanto comia como um ogre, o rosto vermelho, e cujo perpétuo riso lhe punha à mostra todos os dentes.

— Mas então ela deve ter ciúme de mim e detestar-me — respondi.

— Absolutamente, falou-me muito bem no senhor. A amante do príncipe de Foix é que talvez ficasse com ciúme se ele preferisse o senhor a ela. Não compreende? Volte comigo, que eu lhe explicarei tudo isso.

— Não posso, vou às onze horas à casa do senhor de Charlus.

— Veja só, ontem ele me convidou para jantar esta noite, mas que não comparecesse depois das onze menos um quarto. Se faz questão de ir à casa dele, acompanhe-me ao menos até o Théâtre-Français; ficará assim na periferia — disse o príncipe, que julgava sem dúvida que isso significava "nas proximidades", ou talvez "no centro".

Mas seus olhos, esgazeados em seu redondo e formoso rosto vermelho, me causaram medo e eu recusei, dizendo que um amigo deveria vir buscar-me. Essa resposta não me parecia ofensiva. O príncipe teve decerto uma impressão diferente, pois nunca mais me dirigiu a palavra.

— Tenho justamente de ir visitar a rainha de Nápoles; que pesar não deve ela sentir![296] — disse, ou pelo menos me pareceu ter dito, a princesa de Parma. Pois suas palavras só me haviam chegado indistintas, através das outras mais próximas, que me di-

---

296 A rainha de Nápoles era Marie de Wittelsbach (1841-1925), irmã da imperatriz da Áustria mencionada pela duquesa. (N. E.)

rigira no entanto muito baixo o príncipe Von, receoso por certo de ser ouvido pelo sr. de Foix, se falasse mais alto.

— Oh!, não — respondeu a duquesa —, creio que ela não sente nenhum pesar por isso.

— Nenhum! Você está sempre nos extremos — disse o sr. de Guermantes, reassumindo o seu papel de rochedo que, opondo-se à vaga, a obriga a lançar mais alto o seu penacho de espuma.

— Basin sabe ainda melhor do que eu que estou falando a verdade — respondeu a duquesa —, mas julga-se obrigado a assumir atitudes severas por causa da presença de Vossa Alteza e receia que eu a escandalize.

— Oh!, não, por favor! — exclamou a princesa de Parma, temendo que por sua causa se alterasse o que quer que fosse naquelas deliciosas quarta-feiras da duquesa de Guermantes, esse fruto proibido que a própria rainha da Suécia ainda não tinha o direito de provar.

— Pois foi justamente a Basin que ela respondeu, quando ele lhe dizia num tom banalmente triste: "Mas a rainha está de luto! Por quem? É um sentimento que toca de perto a Vossa Majestade?". "Não, não é um nenhum luto de importância; trata-se de um luto leve, muito leve; é por minha irmã." A verdade é que ela está encantada, seja como for, Basin o sabe perfeitamente, ela nos convidou para uma festa no mesmo dia e deu-me duas pérolas. Eu desejaria que ela perdesse uma irmã todos os dias! Ela não chora a morte da irmã, ela a ri às gargalhadas. Provavelmente diz consigo como Robert que *sic transit* não sei mais o quê... — acrescentou por modéstia, embora o soubesse muito bem.

Aliás, a duquesa de Guermantes estava apenas fazendo espírito, e do mais falso, pois a rainha de Nápoles, como a duquesa de Alençon, também tragicamente morta, tinha um grande coração e chorou sinceramente os seus. A duquesa de Guermantes conhecia muito bem as nobres irmãs bávaras, suas primas, para que pudesse ignorá-lo.[297]

---

297 A duquesa de Alençon era Sophie de Wittelsbach, morta no dia 4 de maio de 1897 em um incêndio do Bazar da Caridade, em Paris. (N. E.)

— Ele desejaria não voltar para Marrocos — disse a princesa de Parma, colhendo de novo esse nome de Robert que lhe estendia muito involuntariamente, como uma vara, a sra. de Guermantes. — Creio que conhece o general de Monserfeuil.

— Muito pouco — respondeu a duquesa, que no entanto se dava intimamente com esse oficial. A princesa explicou o que Saint-Loup desejava.

— Meu Deus, se eu acaso encontrá-lo, isso sempre pode acontecer — respondeu, para não parecer que recusava, a duquesa, cujas relações com o general de Monserfeuil pareciam ter-se subitamente espaçado desde que se tratava de lhe pedir alguma coisa. Essa incerteza no entanto não bastou ao duque, que assim interrompeu a mulher:

— Bem sabe que não o verá; e depois, você já lhe pediu duas coisas a que ele não atendeu. Minha mulher tem a mania de ser amável — continuou ele, cada vez mais furioso, para forçar a princesa a retirar o seu pedido sem que isso pudesse fazer duvidar da amabilidade da duquesa e para que a duquesa atribuísse a coisa ao próprio caráter dele, essencialmente instável. — Robert poderia conseguir o que quisesse com Monserfeuil. Apenas, como não sabe o que quer, o manda pedir por intermédio nosso, pois sabe que não há melhor maneira de fazer fracassar a coisa. Oriane já pediu muitas coisas a Monserfeuil. Um pedido dela, agora, é uma razão para que ele recuse.

— Ah!, nessas condições, é melhor que a duquesa não faça nada — disse a sra. de Parma.

— Naturalmente — respondeu o duque.

— Esse pobre general... foi mais uma vez derrotado nas eleições — disse a princesa de Parma, para mudar de conversação.

— Oh!, não é nada grave, é apenas a sétima vez — observou o duque que, tendo sido ele próprio obrigado a renunciar à política, apreciava muito os insucessos eleitorais dos outros.

— Ele consolou-se, fazendo um novo filho na mulher.

— Como! Essa pobre senhora de Monserfeuil está novamente grávida? — exclamou a princesa.

— Perfeitamente — respondeu a duquesa. — É o único *arrondissement* [298] em que o pobre general nunca fracassou.

Eu jamais deveria deixar dali por diante de ser continuamente convidado, embora apenas com algumas pessoas, para aquelas refeições cujos convivas eu outrora imaginara como os apóstolos da Santa Capela. Ali se reuniam, com efeito, como os primeiros cristãos, não para compartilhar tão só de um alimento material aliás delicioso, mas de uma espécie de ceia social; de modo que, em poucos jantares, assimilei o conhecimento de todos os amigos de meus anfitriões, amigos aos quais me apresentavam com uma nuança tão acentuada de benevolência (como alguém a quem sempre teriam paternalmente preferido) que não houve um dentre eles que não julgasse incorrer em falta para com o duque ou a duquesa se dessem um baile sem incluir-me na lista dos convidados, e, ao mesmo tempo, enquanto bebia um dos Yquems que as adegas dos Guermantes ocultavam, saboreava hortulanas preparadas conforme as diferentes receitas que o duque elaborava e prudentemente modificava. No entanto, para quem já se assentara mais de uma vez à mesa mística, não era indispensável a manducação desses últimos. Velhos amigos do sr. e da sra. de Guermantes vinham visitá-los após o jantar, "como palitos", diria a sra. Swann, sem ser convidados, e tomavam no inverno uma taça de tília, às luzes do grande salão, e no verão um copo de laranjada, na penumbra do canto de jardim retangular. Dos Guermantes, naquelas noites de após-jantar, no jardim, nunca se havia conhecido senão a laranjada. Tinha ela qualquer coisa de ritual. Acrescentar-lhe outros refrescos se afiguraria a todos como desnaturar a tradição, da mesma forma que um grande *raout* no Faubourg Saint-Germain já deixa de ser um *raout*, se há uma comédia ou música. É preciso convir que se veio simplesmente — ainda que houvesse quinhentas pessoas — fazer uma visita à princesa de Guermantes, por exemplo. Admiraram a minha influência porque eu pude fazer com que

---

298 Há em francês um trocadilho baseado nos dois sentidos da palavra *arrondissement:* "arredondamento" e "distrito, bairro". (N. E.)

acrescentassem à laranjada uma garrafa com suco de cereja cozida, ou de pera cozida. Por causa disso, tomei inimizade ao príncipe de Agrigent que, como todas as pessoas desprovidas de imaginação, mas não de avareza, se maravilham do que a gente bebe e pedem licença para tomar um pouco. Assim, de cada vez, o sr. de Agrigent, diminuindo a minha ração, estragava o meu prazer. Pois esse suco de fruta nunca é em quantidade bastante grande para desalterar. Nada cansa menos do que essa transposição em sabor, da cor de um fruto, o qual, cozido, parece retrogradar para a estação das flores. Empurpurado como um vergel na primavera, ou então incolor e fresco como o zéfiro sob as árvores frutíferas, o suco se deixa respirar e olhar gota a gota, e o sr. Agrigent me impedia, regularmente, de me fartar dele. Apesar dessas compotas, a laranjada tradicional subsistiu, como a tília. Sob essas modestas espécies, nem por isso deixava de efetuar-se a comunhão social. E nisso, sem dúvida, os amigos do sr. e da sra. de Guermantes tinham ainda assim permanecido, como eu o imaginara a princípio, mais diferentes do que me poderia levar a crer o seu decepcionante aspecto. Muitos velhos vinham receber em casa da duquesa, junto com a invariável bebida, uma acolhida que muita vez era bem pouco amável. Ora, por esnobismo não podia ser, visto pertencerem eles próprios a uma condição a que nenhuma outra era superior; nem por amor ao luxo; talvez tivessem apego a este, mas em meios sociais inferiores poderiam conhecer um luxo esplêndido, pois naquelas mesmas noites a encantadora esposa de um financista riquíssimo tudo teria envidado para tê-los em deslumbrantes caçadas que daria durante dois dias em honra do rei de Espanha.[299] No entanto, haviam recusado e tinham vindo todos a todo o transe a ver se a sra. de Guermantes estava em casa. Nem sequer tinham certeza de encontrar ali opiniões absolutamente conformes às suas, ou sentimentos especialmente calorosos; a sra. de Guermantes lançava às vezes, sobre o Caso Dreyfus, sobre a República, sobre as leis antirreligiosas, ou mesmo

---

299 Afonso XIII (1886-1941), rei da Espanha entre os anos de 1886 e 1931. Sua primeira visita a Paris, em 1905, foi marcada por um atentado a bomba. (N. E.)

à meia-voz sobre eles próprios, sobre os seus achaques, sobre o caráter fastidioso da sua conversação, reflexões que eles deviam fingir não estar ouvindo. Se ali conservavam os seus hábitos, era sem dúvida por educação requintada do *gourmet* mundano, por claro conhecimento da perfeita e primeira qualidade da iguaria social, de gosto familiar, tranquilizador e sápido, sem mistura, não adulterado, cuja origem e história conheciam tão bem como aquela que a servia, e permanecendo nisso mais "nobres" do que eles próprios o imaginavam. Ora, entre esses visitantes a quem fui apresentado após o jantar, fez o acaso que estivesse o general de Monserfeuil de quem falara a princesa de Parma e que a sra. de Guermantes, de cujos salões era um dos frequentadores, ignorava que devesse vir naquela noite. Inclinou-se ante mim, ao ouvir meu nome, como se eu fosse o presidente do Conselho Superior de Guerra. Julgara eu que tinha sido simplesmente por alguma incapacidade orgânica de ser prestativa, e em que o duque era, senão como no amor; mas, como no espírito, cúmplice da sua mulher, que a duquesa quase recusara recomendar seu sobrinho ao sr. de Monserfeuil. E via nisso uma indiferença tanto mais culposa porque julgara compreender, por algumas palavras escapadas à princesa de Parma, que o posto de Robert era perigoso e seria prudente transferi-lo. Mas foi pela verdadeira maldade da sra. de Guermantes que me senti revoltado, quando, ao propor-lhe timidamente a princesa falar ela própria e por sua conta ao general, a duquesa fez todo o possível para dissuadir Sua Alteza.

— Mas senhora — exclamou —, Monserfeuil não tem nenhuma espécie de crédito nem poder junto ao novo governo. Seria uma estocada na água.

— Acho que ele poderia nos ouvir — murmurou a princesa, convidando a duquesa a falar mais baixo.

— Nada tema Vossa Alteza, ele é surdo como uma porta — disse, sem baixar a voz a duquesa, a quem o general ouviu perfeitamente.

— É que julgo que o senhor de Saint-Loup não está num lugar muito seguro — disse a princesa.

— Que quer? — respondeu a duquesa — Ele está no mesmo caso de todos os outros, com a diferença de que foi ele próprio quem pediu para ser transferido para Marrocos. E depois, não é perigoso mesmo; se assim fosse, pode crer que eu me ocuparia do caso. Teria falado a Saint-Joseph durante o jantar. Ele é muito mais influente, e de uma tenacidade! Olhe, já partiu. De resto, seria menos delicado com este, que tem justamente três de seus filhos em Marrocos e não quis pedir sua transferência; ele poderia objetá-lo. Já que Vossa Alteza faz questão, falarei disso com Saint-Joseph... se o encontrar, ou com Beautreillis. Mas se eu não os encontrar, não lamento muito a Robert. Explicaram-nos o outro dia onde era. Creio que em nenhuma parte pode estar melhor do que lá.

— Que linda flor, nunca vi outra igual, não há ninguém como você, Oriane, para ter dessas maravilhas! — disse a princesa de Parma que, receosa de que o general ouvisse a duquesa, procurava mudar de conversação. Reconheci uma planta da espécie das que Elstir havia pintado diante de mim.

— Encantada de que lhe agrade; são encantadoras, repare na sua golinha de veludo malva; apenas, como pode acontecer a pessoas muito bonitas e muito bem-vestidas, têm um nome horrível e cheiram mal. Apesar disso, gosto muito delas. Mas o que não deixa de ser triste é que vão morrer.

— Mas estão num pote, não são flores cortadas — objetou a princesa.

— Não — respondeu a duquesa a rir —, mas vem a dar no mesmo, pois trata-se de damas. É uma espécie de plantas em que as damas e os cavalheiros não se encontram no mesmo pé. Sou como as pessoas que possuem uma cachorra. Teria de procurar marido para as minhas flores. Sem isto não conseguiria crias!

— Como é curioso! Quer dizer que então na natureza...

— Sim! Há certos insetos que se encarregam de efetuar o casamento, como no caso dos soberanos, sem que o noivo e a noiva jamais se tenham visto. Assim, juro-lhe que recomendo ao meu criado que ponha a minha planta à janela o mais possível, ora do lado do pátio, ora do lado do jardim, na esperança de que venha o inseto indispensável. Mas isso exigiria justamente uma pessoa da mesma espécie de outro sexo e que lhe ocorra a ideia de vir deixar cartões em casa. Não veio até agora, creio que a minha planta é hoje digna de um prêmio de virtude; confesso que um pouco de libertinagem me agradaria mais. Olhe, é como aquela bela árvore que está no pátio; morrerá sem filhos porque é de uma espécie muito rara em nossa região. Com essa, é o vento o encarregado de operar a união, mas o muro é um pouco alto.

— Com efeito — disse o sr. de Bréauté —, deveria mandar baixá-lo alguns centímetros apenas; seria o suficiente. São operações que é preciso saber praticar. O perfume de baunilha que havia no excelente gelado que nos serviu há pouco, duquesa, provém de uma planta do mesmo nome. Essa, na verdade, produz ao mesmo tempo flores masculinas e femininas, mas uma espécie de parede dura, colocada entre umas e outras, impede qualquer comunicação. De modo que nunca se podia obter frutos, até o dia em que um jovem negro nativo da Reunião, chamado Albins, o que entre parênteses é bastante cômico para um negro, pois isso significa branco, teve a ideia de pôr em contato os órgãos separados, com o auxílio de um estilete.

— Babal, vocé é divino, você sabe tudo! — exclamou a duquesa.

— Mas você mesma, Oriane, me ensinou coisas que eu nem imaginava — disse a princesa.

— Direi a Vossa Alteza que foi Swann quem sempre falou muito em botânica. Algumas vezes, quando nos enfarava ir a um chá ou uma *matinée*, partíamos para as montanhas e ele me mostrava extraordinários casamentos de flores, o que é muito mais divertido que casamento de gente, sem lanche nem sacristia. Nunca se tinha tempo de ir muito longe. Agora que existe o automóvel, seria um encanto. Infelizmente, no intervalo, ele próprio fez um casamento muito mais espantoso e que complica tudo. Ah!, senhora, a vida é uma coisa horrível, passa-se o tempo a fazer coisas que nos aborrecem, e quando, por acaso, se conhece alguém com quem se poderia ir ver coisas interessantes, vai ele e faz o casamento de Swann.

Colocada entre a renúncia aos passeios botânicos e a obrigação de frequentar uma pessoa desonrosa, escolhi a primeira dessas duas calamidades. Aliás, no fundo, não haveria necessidade de ir tão longe. Parece que só no meu pedacinho de jardim se passam, em pleno dia, mais coisas escandalosas do que à noite... no Bois de Boulogne! Somente que não se nota, porque entre flores isso é feito muito simplesmente, vê-se apenas uma chuvinha alaranjada, ou então uma mosca muito poeirenta que vem espanar as patas ou tomar uma ducha antes de entrar numa flor. E tudo está consumado!

— A cômoda em que está colocada a planta é igualmente esplêndida; Império, creio eu — disse a princesa que, não estando familiarizada com os trabalhos de Darwin e seus sucessores, não compreendia bem a significação dos gracejos da duquesa.

— Linda mesmo, não? Estou encantada de que lhe agrade — respondeu a duquesa. — É uma peça magnífica. Pois lhe digo que sempre adorei o estilo Império, mesmo no tempo em que não estava em moda. Lembra-me que em Guermantes me fizera excomungar por minha sogra porque mandara baixar do sótão todos os esplêndidos móveis Império que Basin havia herdado dos Montesquiou e mobiliara com eles a ala em que morava.[300] — O sr. de Guermantes sorriu. Devia no entanto lembrar-se que as coisas se haviam passado de modo muito diferente. Mas como os gracejos da princesa des Laumes sobre o mau gosto de sua sogra eram de tradição durante o pouco tempo em que o príncipe estivera enamorado de sua mulher, ao seu amor pela segunda sobrevivera certo desdém pela inferioridade de espírito da primeira, desdém que aliás se unia a muita afeição e respeito. — Os Iéna têm a mesma poltrona com incrustações de Wedgwood,[301] é bonita, mas prefiro a minha — disse a duquesa com o mesmo ar de imparcialidade de como se não possuísse nenhum dos dois móveis. — Reconheço, no entanto, que

300 Contrariamente ao que afirma a duquesa, no primeiro volume da obra lemos que, de repulsa pelo "horrível estilo" dos móveis Império, ela os deixa guardados no sótão. (N. E.)

301 Josiah Wedgwood (1730-1795), ceramista inglês que inventou a cerâmica de cor creme e descobriu o segredo da pintura fosca sobre porcelana. (N. E.)

eles têm coisas maravilhosas que não tenho. — A princesa de Parma conservou-se em silêncio. — Mas é verdade, Vossa Alteza não conhece a coleção deles. Oh!, devia forçosamente ir visitá-la uma vez comigo. É das coisas mais esplêndidas de Paris, um museu que fosse vivo. — E como essa proposta era uma das audácias mais Guermantes da duquesa, pois os Iéna eram para a princesa de Parma simples usurpadores, cujo filho usava, como o dela, o título de duque de Guastalha,[302] a sra. de Guermantes, ao lançá-la assim, não se absteve (a tal ponto o amor que tinha à sua própria originalidade sobrepujava a sua deferência para com a princesa de Parma) de lançar sobre os outros convivas olhares divertidos e risonhos. Estes também se esforçavam por sorrir, ao mesmo tempo assustados, e sobretudo encantados de pensar que eram testemunhas da "última" de Oriane e poderiam contá-la "ainda quentinha". Só estavam meio estupefatos, pois sabiam que a duquesa tinha a arte de fazer tábula rasa de todos os preconceitos Courvoisier em prol de uma vida mais picante e agradável. Não tinha ela, no decurso daqueles últimos anos, aproximado da princesa Mathilde o duque de Aumale, que escreva ao próprio irmão da princesa a famosa carta: "Na minha família todos os homens são bravos e todas as mulheres são castas". Ora, como os príncipes permanecem príncipes mesmo nos momentos em que parecem querer esquecer o que são, o duque de Aumale e a princesa Mathilde tanto se haviam comprazido em casa da sra. de Guermantes que depois tinham ido um à casa do outro, com essa faculdade de esquecer o passado que testemunhou Luís XVIII quando tomou por ministro a Fouché, que votara a morte de seu irmão. A sra. de Guermantes alimentava o mesmo projeto de aproximação entre a princesa Murat e a rainha de Nápoles.[303] Enquanto isso, a princesa de Parma parecia tão embaraçada como

302 Em 1806, após a anexação do ducado de Parma, Napoleão presenteou sua irmã Pauline com o título de duquesa de Guastalha. Em 1814, os títulos de Parma e Guastalha seriam oferecidos à ex-imperatriz francesa, Marie-Louise, e só depois de sua morte voltariam a pertencer aos Bourbon-Parma. (N. E.)

303 A princesa Murat reivindicava o título de rainha de Nápoles, uma vez que, em 1808, Napoleão havia com efeito entregado o reino de Nápoles a Joaquim Murat. (N. E.)

poderiam ter ficado os herdeiros da coroa dos Países Baixos e da Bélgica, respectivamente príncipe de Orange e duque de Brabante, se tivessem querido apresentar-lhe o sr. de Mailly Nesle, príncipe de Orange, e o senhor de Charlus, duque de Brabante. Mas antes a duquesa, a quem Swann e o sr. de Charlus (embora este último estivesse resolvido a ignorar os Iéna) tinham acabado com grande trabalho por fazer estimar o estilo Império, exclamou:

— Senhora, sinceramente, não posso dizer-lhe até que ponto lhe parecerá lindo aquilo! Confesso que o estilo Império sempre me impressionou. Mas, nos Iéna, é verdadeiramente uma alucinação. Essa espécie, como lhe direi?, de... refluxo da Expedição do Egito, e depois, também, o remontar até nós da Antiguidade, as esfinges que vêm colocar-se aos pés das poltronas, as serpentes que se enroscam nos candelabros, uma enorme Musa que nos estende um pequeno facho para jogar cartas ou que está tranquilamente acomodada em nossa lareira ou se debruça em nossa pêndula, e depois todas as lâmpadas pompeanas; e depois todos os leitos em forma de barco que parecem ter sido encontrados no Nilo e de onde se espera ver sair Moisés, essas quadrigas antigas que galopam ao longo das mesinhas de noite.

— A gente não pode sentar muito bem nos móveis Império — arriscou a princesa.

— Não — respondeu a duquesa —, mas a mim — acrescentou a sra. de Guermantes, insistindo com um sorriso — agrada-me estar mal sentada nessas cadeiras de acaju forradas de veludo grená ou de seda verde. Gosto desse desconforto de guerreiros que só compreendem a cadeira curul e que no meio do grande salão cruzavam os feixes e amontoavam os loureiros. Asseguro-lhe que em casa dos Iéna a gente não pensa um só instante na maneira como está sentada, quando se tem diante de si uma grande mulheraça de Vitória pintada a fresco na parede. Meu esposo vai achar-me muito má realista, mas sou muito mal pensante, bem sabe, e garanto-lhe que na casa daquela gente chega-se a amar todos aqueles N, todas aquelas abelhas. Meu Deus!, como com os reis, desde muito, não estamos por assim dizer muito estragados no tocante à glória, aqueles guerreiros que traziam tantas coroas que colocavam até sobre os braços das poltronas, acho que isso tem certo *chic*! Devia Vossa Alteza...

— Meu Deus! Acha? — disse a princesa — Mas parece-me que não será fácil.

— Mas Vossa Alteza verá que tudo há de arranjar-se muito bem. São excelentes pessoas, nada tolas. Levamos lá a senhora de Chevreuse — acrescentou a duquesa, que conhecia o poder do exemplo —, e ela ficou encantada... O filho é até muito agradável. O que vou dizer não é muito conveniente — acrescentou ela —, mas ele tem um quarto, e principalmente um leito, onde se desejaria dormir; sem ele! O que é ainda menos conveniente é que fui visitá-lo uma vez em que ele estava enfermo e deitado. Ao seu lado, à borda do leito, estava esculpida uma longa sereia reclinada, deliciosa, com uma cauda de nácar e uma espécie de lótus na mão. Asseguro-lhe — acrescentou a sra. de Guermantes, demorando a fala para melhor salientar as palavras que ela parecia modelar com o trejeito de seus belos lábios, a fuselagem de suas longas mãos expressivas, enquanto cravava na princesa um olhar suave, fixo e profundo — que, com as palmas e a coroa de ouro que tinha ao lado, era comovente; era tal qual o arranjo de *O jovem e a morte* de Gustave Moreau; Vossa Alteza certamente conhece essa obra-prima. — A princesa de Parma, que ignorava até o nome do pintor, fez violentos gestos de cabeça e sorriu com ardor, a fim de manifestar a sua admiração por esse quadro. Mas a intensidade de sua mímica não conseguiu substituir essa luz que permanece ausente de nossos olhos enquanto não sabemos de que nos querem falar.

— É um bonito, rapaz, não? — indagou ela.

— Não, parece um tapir. Os olhos são um pouco como os de uma rainha Hortênsia para abajur. Mas provavelmente pensou que seria um tanto ridículo para um homem desenvolver essa semelhança, e isso se perde em faces encausticadas que lhe dão um ar bastante mameluco. Sente-se que o esfregador deve passar todas as manhãs. Swann — acrescentou, voltando ao leito do jovem duque, — ficou impressionado com a semelhança daquela sereia com a *Morte* de Gustave Moreau. Em todo caso — acrescentou, num tom mais rápido e no entanto sério, para produzir maior hilaridade —, não há do que nos assustarmos, pois era um resfriado, e o jovem vai bem que é um encanto.

— Não dizem que ele é esnobe? — perguntou o sr. de Bréauté, com um ar maligno, alerta, e esperando na resposta a mesma precisão de como se tivesse dito "Disseram-me que ele tinha apenas quatro dedos na mão direita, é verdade?".

— M... eu Deus, n... ão — respondeu a duquesa, com um sorriso de suave indulgência. — Talvez um poucochinho esnobe de aparência, porque é extremamente jovem, mas me espantaria que o fosse em realidade, porque é inteligente — acrescentou, como sempre se, a seu ver, houvesse incompatibilidade absoluta entre o esnobismo e a inteligência. — Ele é fino, eu o vi engraçado — disse ainda, a rir com um ar *gourmet* e entendido, como se lançar sobre alguém o julgamento de graça exigisse certa expressão de hilaridade, ou como se lhe viessem à mente naquele instante as saídas do duque de Guastalha. — De resto, como ele não é recebido, esse esnobismo não poderia exercer-se — tornou ela sem pensar que assim não entusiasmava muito a princesa de Parma.

— Pergunto-me o que dirá o príncipe de Guermantes, que a chama de senhora Iéna, se souber que eu fui à casa dela.

— Mas como — exclamou com extraordinária vivacidade a duquesa — sabe que fomos nós que cedemos a Gilbert (ela hoje arrependia-se disso amargamente!) toda uma sala de jogo Império que nos provinha de Quiou-Quiou e que é um esplendor![304] Não tínhamos lugar aqui em casa, onde no entanto acho que ficaria melhor do que lá. É uma coisa belíssima, metade etrusca, metade egípcia.

— Egípcia? — perguntou a princesa, para quem etrusca pouco significava.

---

304 "Quiou-Quiou" é a abreviatura do nome Montesquiou, que a duquesa já mencionou anteriormente ao tratar dos móveis no estilo Império que ela e o marido herdaram. Tal família estivera efetivamente ligada à história do Império napoleônico. (N. E.)

— Meu Deus, um pouco das duas, era Swann que dizia isso, ela me explicou, mas eu, como sabe, sou uma pobre ignorante. E depois, no fundo, senhora, o que se tem a considerar é que o Egito do estilo Império não tem nenhuma relação com o verdadeiro Egito, nem seus romanos com os romanos, nem sua Etrúria...

— Deveras? — disse a princesa.

— Sim, é como o que se chamava um costume Luís XV no Segundo Império, ao tempo da mocidade de Anna de Mouchy ou da mãe do caro Brigode.[305] Ainda há pouco Basin lhe falava de Beethoven. Tocavam-nos o outro dia uma coisa dele, muito bonita aliás, um pouco fria, onde há um tema russo. É comovente pensar que ele supunha aquilo russo.[306] E da mesma forma os pintores chineses julgaram copiar Bellini.[307] De resto, ainda no mesmo país, de cada vez que alguém olha as coisas de maneira nova, quatro quartos das pessoas não enxergam nada do que ele lhes está mostrando. São precisos pelo menos quarenta anos para que cheguem a distinguir.

— Quarenta anos! — exclamou a princesa, alarmada.

— Sim — continuou a duquesa, acrescentando cada vez mais às palavras (que eram quase palavras minhas, pois eu justamente externara diante dela uma ideia análoga), graças à sua pronúncia, o equivalente do que, nos caracteres impressos, se denomina grifo —, é como uma espécie de primeiro indivíduo isolado de uma espécie que ainda não existe e que há de popular, um indivíduo dotado de uma espécie de *sentido* que a espécie humana em sua época não possui. Quase não posso citar-me, porque, pelo contrário, sempre apreciei desde o princípio todas as manifestações interessantes, por mais novas que fossem. Mas, enfim, estive no outro dia com a grã-duquesa no Louvre e passamos pela *Olympia* de Manet. Agora ninguém mais se espanta com aquilo. Parece uma coisa de

305 Anna Murat (1841-1924), neta de Joaquim Murat, tornou-se Anna de Mouchy ao se casar com Antoine de Noailles. O "caro Brigode" era Gaston de Brigode. (N. E.)

306 Trata-se dos três quartetos de cordas da peça "opus 59", dedicados por Beethoven ao conde de Razoumovski, embaixador russo em Viena. (N. E.)

307 Alusão provável às tentativas frustradas de assimilação da arte europeia à pintura chinesa realizada, por volta de 1830, no ateliê de um certo Lan-koua. (N. E.)

Ingres! E no entanto, só Deus sabe como tive de quebrar lanças por esse quadro que não me agrada de todo, mas que certamente é de alguém. Seu lugar talvez não seja propriamente o Louvre.

— E vai bem a grã-duquesa? — perguntou a princesa de Parma, a quem a tia do czar era infinitamente mais familiar que o modelo de Manet.[308]

— Sim, falamos de Vossa Alteza. No fundo — prosseguiu a duquesa, aferrada à sua ideia —, a verdade é que, como diz o meu cunhado Palamède, existe entre cada um de nós e qualquer outra pessoa o muro de uma língua estranha. De resto, reconheço que com ninguém mais isso é tão exato como com Gilbert. Se lhe é divertido ir à casa dos Iéna, tem Vossa Alteza demasiado espírito para que possa fazer seus atos dependerem do que possa pensar aquele pobre homem, uma boa e inocente criatura, mas que afinal tem ideias do outro mundo. Eu me sinto mais próxima, mais consanguínea, de meus cocheiros, de meus cavalos, que desse homem que se reporta todo o tempo ao que teriam pensado na época de Filipe, o Ousado, ou de Luís, o Gordo. Imagine que, quando passeia pelo campo, ele, com um ar bonachão, afasta os campônios com o seu bastão, dizendo-lhes: "Vamos, labregos!". Sinto-me intimamente tão espantada quando ele me fala como se ouvisse me dirigirem a palavra os "jacentes" dos antigos túmulos góticos. Por mais que seja meu primo, essa lápide viva me dá medo e eu só tenho um pensamento: deixá-la na sua Idade Média. Afora disso, reconheço que ele nunca assassinou ninguém.

— Acabo justamente de jantar com ele em casa da senhora de Villeparisis — disse o general, mas sem sorrir nem aderir aos gracejos da duquesa.

— E não estava lá o senhor de Norpois? — indagou o príncipe Von, sempre a pensar na Academia de Ciências Morais.

— Sim — disse o general —, até falou em seu imperador.

— Parece que o imperador Guillaume é muito inteligente, mas não gosta da pintura de Elstir. Aliás, não digo isso contra ele

---

308 A "tia do czar" era Marie Pavlovna de Mecklembourg, esposa do grão-duque Wladimir Alexandrovitch, tio do czar Nicolau II. (N. E.)

— respondeu a duquesa —, pois compartilho do seu modo de ver. Embora Elstir tenha feito um belo retrato meu. Ah!, não o conhecem? Não está parecido, mas é curioso. Ele é interessante durante as poses. Fez-me como uma espécie de velhinha. O quadro imita as *Regentes do hospital*, de Hals. Penso que o senhor conhece aquelas sublimidades, para usar uma expressão cara a meu sobrinho — disse, voltando-se para mim, a duquesa, que agitava levemente o seu leque de plumas negras. Mais do que certa na sua cadeira, lançava nobremente a cabeça para trás, porque, embora sendo sempre grande dama, ela representava um pouquinho de grande dama.

— Eu disse que tinha ido outrora a Amsterdã e a Haia, mas que, como dispunha de pouco tempo, e para não misturar tudo, deixara Haarlem de lado.

"Oh!, Haia... que museu!", exclamou o sr. de Guermantes. Disse-lhe que ele havia decerto admirado ali o *Panorama de Delft*, de Vermeer. Mas o duque era menos instruído que orgulhoso. De modo que contentou em responder-me com um ar de suficiência, como de cada vez em que lhe falavam numa obra de um museu ou de Salão e que ele não recordava: "Se é coisa de se ver, eu vi!".

— Como! Esteve na Holanda e não foi a Haarlem? — exclamou a duquesa. — Mas, ainda que apenas dispusesse de um quarto de hora, é uma coisa extraordinária ter visto os Hals. Diria que alguém que só pudesse vê-los do alto do segundo andar de um bonde sem parar, se estivessem expostos fora, deveria abrir bem os olhos.

Esta frase me chocou pelo desconhecimento que revelava da maneira como se formam em nós as impressões artísticas, e também porque parecia implicar que a nossa vista é, neste caso, um simples aparelho registrador que apanha instantâneos.

O sr. de Guermantes, contente de que ela me falasse com tal competência dos assuntos que me interessavam, olhava o célebre à vontade da esposa, escutava o que ela dizia de Frantz Hals e pensava: "Ela sabe de tudo. Meu jovem convidado pode dizer consigo que tem à sua frente uma grande dama de outrora na mais ampla acepção da palavra e como hoje não existe igual". Assim os via eu a ambos, retirados desse nome Guermantes, no qual os imaginava outrora a levar uma vida inconcebível, semelhantes agora aos outros homens e às outras mulheres, apenas um tanto retardados em relação aos contemporâneos, mas de modo desigual, como tantos casais do Faubourg Saint-Germain, em que a mulher teve a arte de parar na cidade de ouro e o homem, a má sorte de descer à idade ingrata do passado, permanecendo ela ainda Luís XV quando o marido é pomposamente Luís Filipe. Que a sra. de Guermantes fosse igual às outras mulheres, e isso tenha sido uma decepção para mim no princípio, agora, por reação, e com o auxílio de vinhos tão bons, era quase um maravilhamento. Um Don Juan da Áustria, uma Isabelle de Este, situados para nós no mundo dos nomes, comunicam tão pouco com a grande história como o lado de Méséglise com o lado de Guermantes.[309] Isabelle de Este foi sem dúvida na realidade uma princesa assaz insignificante, como as que no tempo de Luís XVI não obtinham nenhuma posição especial na Corte. Mas, parecendo-nos de uma essência única e por conseguinte incomparável, não podemos concebê-la de menor grandeza, de maneira que uma ceia com Luís XIV nos pareceria unicamente oferecer algum interesse, ao passo que com Isabelle de Este nos sucederia estar vendo com os nossos próprios olhos uma sobrenatural heroína de romance. Ora, depois de haver verificado, ao estudar Isabelle de Este, transportando-a pacientemente daquele mundo feérico para o da história, que o seu pensamento nada continha dessa misteriosa estranheza que o seu nome nos sugerira, uma vez consumada a decepção, ficamos infinitamente gratos a essa princesa por ter tido da pintura de Mantegna conhecimentos quase iguais àqueles, até então desprezados por todos e colocados, como diria Françoise, mais abaixo que a terra, do sr. Lafenestre.[310] Depois de galgar as alturas inacessíveis

---

309 Don Juan da Áustria (1547-1578), filho natural de Carlos V, foi governador dos Países Baixos. Isabelle de Este (1471-1539) foi figura importante do Renascimento italiano, atuando como mecenas de poetas, filósofos e arquitetos. (N. E.)
310 Georges Lafenestre (1837-1919), poeta e crítico de arte da *Revue des Deux Mondes* e conservador das pinturas do Museu do Louvre. Entre seus estudos publicados consta um livro sobre pintura italiana. (N. E.)

do nome Guermantes, quando descia a vertente interna da vida da duquesa, ao encontrar ali os nomes, familiares em outras partes, de Victor Hugo, de Frantz Hals e até de Vibert,[311] eu experimentava o mesmo espanto que um viajante, depois de levar em conta, para estudar a singularidade dos costumes num vale da América Central ou do Norte da África, o afastamento geográfico e a estranheza das denominações da flora, experimenta ao descobrir, uma vez atravessada uma cortina de aloés gigantes ou de mancenilhas, habitantes que (às vezes até diante das ruínas de um teatro romano ou de uma coluna dedicada a Vênus) estão a ler *Mérope* ou *Alzire*. E tão longe, tão à parte, tão acima das burguesas instruídas que eu conhecera, a cultura similar com que a sra. de Guermantes se esforçara, sem interesse, sem motivos de ambição, por descer ao nível daquelas a quem jamais conhecia, tinha o caráter meritório, quase tocante à força de inutilizável, de uma erudição em matéria de antiguidades fenícias num homem político ou num médico. "Eu poderia mostrar-lhe um muito belo", disse-me amavelmente a sra. de Guermantes, falando-me de Hals, "o mais belo, segundo certas pessoas, e que eu herdei de um primo alemão. Infelizmente, acontece que está 'enfeudado' ao castelo. Não conhecia essa expressão? Nem eu tampouco", acrescentou, pelo gosto que tinha de fazer gracejos (com o que se julgava moderna) à custa dos costumes antigos, mas aos quais estava inconsciente e ferozmente ligada. "Alegro-me de que tenha visto os meus Elsir, mas confesso que ficaria mais satisfeita se lhe pudesse fazer as honras do meu Hals, desse quadro 'enfeudado'."

— Conheço-o — disse o príncipe Von —, é o do grão-duque de Hesse.

— Justamente, seu irmão tinha desposado minha irmã — disse o sr. de Guermantes —, e aliás a sua mãe era prima-irmã da mãe de Oriane.

---

311 Jehan G. Vibert (1848-1902), fundador da Sociedade dos Aquarelistas Franceses, pintor de cenas cômicas e das pinturas religiosas que decoram o Palácio da Justiça, em Paris. (N. E.)

— Mas, no tocante ao senhor Elstir — acrescentou o príncipe —, eu me permitirei observar que, sem opinião a respeito das suas obras, que eu não conheço, o ódio com que o persegue o imperador não me parece que deva ser debitado contra ele. O imperador é de uma inteligência maravilhosa.

— Sim, almocei duas vezes com ele, uma vez em casa de minha tia Sagan, outra em casa de minha tia Radziwill, e devo dizer que o achei curioso.[312] Não o achei simples. Mas ele tem qualquer coisa de divertido, de "obtido" — disse, destacando a expressão —, como um cravo verde, isto é, uma coisa que me espanta e não me agrada infinitamente, uma coisa que é espantoso se tenha podido fazer, mas que acho ficaria igualmente bem se não fosse feita. Espero que isso não o vá *chocar*.

— O imperador é de uma inteligência inaudita — tornou o príncipe —, ele ama apaixonadamente as artes; tem sobre as obras de arte um gosto de certo modo infalível, jamais se engana; se alguma coisa é bela, ele imediatamente o reconhece, e cria-lhe ódio. Se detesta alguma coisa, não há dúvida nenhuma: é que é excelente. (Todos sorriram.)

— O senhor me tranquiliza — disse a duquesa.

— De bom grado compraria o imperador — continuou o príncipe, que, não sabendo pronunciar a palavra *arqueólogo* com o som de *k*, nunca perdia vaza de servir-se dela —, a um velho arqueólogo (e o príncipe disse *arxeólogo*) que temos em Berlim. Diante dos antigos monumentos assírios, o velho *arxeólogo* chora. Mas se se trata de uma falsificação moderna, se não é verdadeiramente antigo, ele não chora. Então, quando se quer saber se uma peça *arxeológica* é verdadeiramente antiga, levam-na ao velho *arxeólogo*. Se ele chora, compra-se a peça para o museu. Se seus olhos permanecem secos, devolvem-na ao vendedor e processam-no por falsificação. Pois bem, cada vez que janto em Potsdam,

---

312 Filha de um barão do Segundo Império, a princesa de Sagan, já mencionada anteriormente, durante a visita ao salão da sra. de Villeparisis, era famosa pelas grandes festas que oferecia. A família Radziwill era de origem lituana. (N. E.)

todas as peças de que o imperador me diz: "Príncipe, deve ir ver aquilo, é cheio de genialidade", eu tomo nota para não aparecer por lá e, quando o ouço trovejar contra uma exposição, logo que me é possível corro a ela.

— Norpois não é por uma aproximação anglo-francesa? — indagou o sr. de Guermantes.

— De que lhes serviria isso? — perguntou com um ar ao mesmo tempo irritado e finório o príncipe Von, que não podia suportar os ingleses. — São tão idiotas. Bem sei que não é como militares que eles os ajudariam. Mas, em todo caso, podemos julgá-los pela estupidez de seus generais. Um de meus amigos conversou recentemente com Botha, o chefe bôer, como sabem. Este lhe dizia: "É de espantar um Exército como aquele. Aliás, não deixo de gostar dos ingleses, mas considere afinal que eu, que não passo de um campônio, os derrotei em todas as batalhas. E na última, quando sucumbia ante um número de inimigos vinte vezes superior, enquanto me rendia porque não havia mais remédio, ainda encontrei meios de fazer dois mil prisioneiros! E isso porque eu não passava de um chefe de camponeses, mas se algum dia esses imbecis tiveram de medir-se com um verdadeiro Exército europeu, é de tremer por eles só de pensar no que acontecerá! De resto, basta considerar que o rei deles, que os senhores conhecem tanto como eu, passa por um grande homem na Inglaterra".[313] Eu mal escutava essas histórias, do gênero das que o senhor de Norpois contava a meu pai; não me forneciam nenhum alimento aos sonhos que eu amava; e, aliás, ainda que possuíssem a substância de que eram desprovidas, seria preciso que fosse de uma qualidade assaz excitante para que a minha vida interior pudesse despertar durante aquelas horas mundanas em que eu habitava a minha epiderme, os meus cabelos bem penteados, o peitilho engomado de minha camisa, isto é, em que não podia experimentar nada do que era por mim o prazer na vida.

---

313 O general Botha (1862-1919) era o chefe das forças dos rebeldes sul-africanos contra a hegemonia inglesa. O imperador alemão Guilherme II inicialmente chegou a apoiá-los. (N. E.)

— Ah!, não sou de seu parecer — disse a sra. de Guermantes, que achava que o príncipe alemão carecia de tato —, acho o rei Edouard encantador, bastante simples, e muito mais fino do que julgam. E a rainha, ainda mesmo agora, é o que eu conheço de mais belo no mundo.

— Mas senhora duquesa — disse o príncipe, irritado, e sem se aperceber de que estava desagradando —, no entanto, se o príncipe de Gales fosse um simples particular, não haveria um círculo que não riscasse e ninguém consentiria em apertar-lhe a mão. A rainha é encantadora, extraordinariamente boa e limitada. Mas, enfim, há alguma coisa de chocante nesse régio par que é literalmente sustentado por seus súditos, que faz com que os grandes financistas judeus paguem todas as suas despesas e em troca os nomeia baronetes. É como o príncipe da Bulgária...[314]

— É nosso primo — disse a duquesa —, tem talento.

— Também é meu primo — disse o príncipe —, mas não vamos pensar por isso que seja uma excelente pessoa. Não, de nós é que os senhores deveriam aproximar-se; este é o maior desejo do imperador, mas ele quer que isso venha do coração: o que eu quero, diz ele, é um aperto de mão, e não um cumprimento de chapéu! Assim os senhores seriam invencíveis. Seria mais prático do que a aproximação anglo-francesa que prega o senhor de Norpois.

— Eu sei que o senhor o conhece — disse-me a duquesa de Guermantes para não me deixar fora da conversação.

Lembrando-me de que o sr. de Norpois dissera que eu parecia ter querido beijar-lhe a mão, achando que sem dúvida havia ele contado essa história à sra. de Guermantes e, em todo caso, só lhe podia ter falado malevolamente a meu respeito, pois, apesar de sua amizade com meu pai não hesitara em tornar-me tão ridículo, não disse o que teria feito um homem da sociedade. Teria ele dito que detestava o sr. de Norpois e lho dera a entender; assim faria para apresentar-se como causa voluntária das maledicências

---

314 Novas alusões a Fernando i, czar da Bulgária entre os anos de 1908 e 1918, serão feitas ao longo do livro, sobretudo no que diz respeito à sua homossexualidade. (N. E.)

do embaixador, as quais não passariam de represálias mentirosas e interesseiras. Disse, pelo contrário, que, com grande pesar meu, julgava que o sr. de Norpois não gostava de mim.

— Está muito enganado — respondeu-me a sra. de Guermantes —, ele o estima muito. Pode perguntar a Basin; se tenho fama de ser demasiado amável, com ele não se dá o mesmo. Basin lhe dirá que nunca o ouvimos referir-se tão amavelmente a alguém como ao senhor. E, ultimamente, quis fazer com que lhe dessem um posto magnífico no Ministério. Como soube que o senhor andava doente e não poderia aceitá-lo, teve a delicadeza de nem mesmo falar da sua boa intenção ao senhor seu pai, a quem ele aprecia infinitamente.

O sr. de Norpois era a última pessoa de quem eu teria esperado um serviço. A verdade é que, sendo zombeteiro e até malévolo, os que como eu se haviam deixado levar por suas aparências de são Luís a distribuir justiça debaixo de um carvalho, pelos tons de voz facilmente compassivos que saíam de sua boca um tanto harmoniosa demais, acreditavam numa verdadeira perfídia quando sabiam de alguma maledicência contra eles proveniente de um homem que parecia ter o coração na boca. Essas malecidências eram muito frequentes no sr. de Norpois. Mas isso não o impedia de ter as suas simpatias, de elogiar aqueles a quem estimava, e ter prazer em mostrar-se serviçal com eles.

— Aliás, não me espanta que ele o aprecie — disse-me a sra. de Guermantes —, ele é inteligente. E compreendo muito bem — acrescentou para os outros, fazendo alusão a um projeto de casamento que eu ignorava — que minha tia, que já não o diverte muito como velha amante, lhe pareça inútil como nova esposa. Tanto mais que julgo que, mesmo amante, já não é desde muito; ela agora está mais entregue à devoção. Booz-Norpois pode dizer, como nos versos de Victor Hugo: "Há muito tempo que aquela com quem dormi, ó Senhor, deixou meu leito pelo vosso!".[315] Na

315 Versos extraídos do poema "Booz adormecido", presente no volume *A lenda dos séculos*, de Victor Hugo. (N. E.)

verdade, minha pobre tia é como esses artistas da vanguarda que passaram a vida a atacar a Academia e na última hora fundam a sua academiazinha própria, ou então como os que deixaram a batina e refabricam para si uma religião pessoal. Mais valeria conservar o hábito, ou não coabitar. E quem sabe — acrescentou a duquesa com um ar pensativo — se não é em previsão da viuvez. Nada mais triste que os lutos que não se podem carregar.

— Ah!, se a senhora de Villeparisis se tornasse senhora de Norpois, creio que o nosso primo Gilbert ficaria doente — disse o general de Saint-Joseph.

— O príncipe de Guermantes é encantador, mas muito apegado efetivamente às questões de nascimento e etiqueta — disse a princesa de Parma. — Fui passar dois dias em casa dele no campo, numa ocasião em que infelizmente a princesa estava enferma. Vinha eu acompanhada de Pequena (era um apelido que davam à sra. de Hunolstein, por ser ela enorme). O príncipe veio esperar-me embaixo da escadaria, ofereceu-me o braço e fingiu não ver Pequena. Subimos ao primeiro andar, até a entrada dos salões, e então ali, afastando-se para me deixar passar, ele disse: "Ah! Bom-dia, senhora de Hunolstein", porque ele só a chama desse modo desde que ela se separou do marido, fingindo que só então via Pequena, a fim de mostrar que não tinha obrigação de ir recebê-la ao pé da escada.

— Isso absolutamente não me espanta. Não tenho necessidade de lhe afirmar — disse o duque, que se julgava extremamente moderno, mais desdenhoso que ninguém do sangue azul, e até republicano — que eu não tenho muitas ideias comuns com o meu primo. Pode Vossa Alteza calcular que nos entendemos mais ou menos sobre todas as questões como a noite com o dia. Mas devo dizer que se minha tia desposasse Norpois, pelo menos uma vez eu seria da opinião de Gilbert. Ser filha de Florimond de Guise e fazer tal casamento seria, como se diz, de fazer rir às galinhas, que quer que eu lhe diga? — Estas últimas palavras, que o duque geralmente pronunciava no meio de uma frase, eram ali perfeitamente inúteis. Mas tinha uma perpétua necessidade de dizê-las, que o obrigava a lançá-las para o fim de um período quando não tinham encontrado lugar alhures. Era para ele, entre outras coisas, como uma questão de métrica. — E note — acrescentou — que os Norpois são bravos gentis-homens de boa casa, de boa estirpe.

— Escuta, Basin, não vale a pena zombar de Gilbert para falar como ele — disse a sra. de Guermantes, para quem a "bondade" de um berço, não menos que a de um vinho, consista exatamente, como para o príncipe e o duque de Guermantes, na sua antiguidade. Mas, menos franca que o primo e mais fina que o marido, timbrava em não desmentir, na conversação, o espírito dos Guermantes, e desprezava a posição em suas palavras, sem prejuízo de honrá-las com seus atos.

— Mas os senhores não são até um pouco primos? — perguntou o general de Saint-Joseph. — Parece-me que Norpois tinha desposado uma La Rochefoucauld.

— Não dessa maneira, ela era do ramo dos duques de La Rochefoucauld, minha avó é dos duques de Doudeauvile. É a própria avó de Edouard Coco, o homem mais sensato da família — respondeu o duque, que tinha sobre a sensatez pontos de vista um tanto superficiais —, e os dois ramos não se reuniram desde Luís XIV, de modo que o parentesco seria um tanto afastado.

— Homem! É interessante, eu não o sabia — disse o general.

— Aliás — continuou o sr. de Guermantes —, a sua mãe era, creio eu, irmã do duque de Montmorency e tinha desposado primeiro um La Tour d'Auvergne. Mas como esses Montmorency mal são Montmorency, esses La Tour d'Auvergne não são La Tour d'Auvergne absolutamente, não sei como isso lhe possa dar grande posição. Diz ele, e isso seria o mais importante, que descende de Saintrailles, e como nós descendemos deste em linha reta...

Havia em Combray uma rua de Saintrailles em que eu nunca tinha voltado a pensar. Ia da rua da Bretonnerie à rua do Pássaro. E como Saintrailles, o companheiro de Joana d'Arc, ao desposar uma Guermantes tinha feito entrar nesta família o condado de Combray, suas armas partiam o brasão dos Guermantes ao pé de um vitral de Santo Hilário. Vi de novo uns degraus de grés escuro enquanto uma modulação transportava esse nome Guermantes ao tom esquecido em que eu o ouvia outrora, tão diferente daquele com que significava os amáveis donos de casa com quem eu jantava naquela noite. Se o nome da duquesa de Guermantes era para mim um nome coletivo, não era só na História, pela adição de todas as mulheres que o tinham usado, mas também ao longo de minha curta juventude que eu já vira se superporem, naquela única duquesa de Guermantes, tantas mulheres diferentes, desaparecendo cada uma quando a seguinte havia tomado maior consistência. As palavras não mudam tanto de significação durante séculos como para nós os nomes no espaço de alguns anos. Nossa memória e nosso coração não são bastante grandes para que possam ser fiéis. Não temos suficiente lugar, em nosso pensamento atual, para guardar os mortos ao lado dos vivos. Somos obrigados a construir sobre o que precedeu e que só tornamos a encontrar ao acaso de uma escavação, do gênero da que o nome Saintrailles acabava de praticar. Achei inútil explicar tudo isso, e mesmo um pouco antes havia implicitamente mentido ao deixar de responder quando o sr. de Guermantes me perguntara: "Não conhece a nossa aldeiazinha?". Talvez até soubesse que a conhecia, e, se não insistiu, foi por educação.

A sra. de Guermantes arrancou-me de minha cisma. "Quanto a mim, acho fastidioso tudo isso. Olhe, nem sempre é assim tão aborrecido em minha casa. Espero que volte depressa a jantar conosco, para uma compensação, sem genealogias desta vez", disse-me a meia-voz a duquesa, incapaz de compreender o gênero de encanto que eu podia encontrar em sua casa e de ter a humildade de me agradar tão somente como um herbário, cheio de plantas fora de moda.

O que a sra. de Guermantes julgava desenganar a minha expectativa era, pelo contrário, o que, no fim — pois o duque e o general não deixaram de falar em genealogia — salvava a minha noite de uma completa decepção. Como não a deveria ter sentido até então? Cada um dos convivas do jantar, enfarpelando-se do nome misterioso sob o qual somente eu o havia conhecido e sonhado a distância, com um corpo e uma inteligência iguais ou inferiores aos de todas as pessoas que eu conhecia, me dava a impressão de mera vulgaridade que a entrada no porto dinamarquês de Elsinor pode dar a todo leitor apaixonado de *Hamlet*. Sem dúvida, essas regiões geográficas e esse passado antigo, que punham fustes e campanários góticos em seu nome, lhes tinham em certa medida formado o rosto, o espírito e os preconceitos, mas aí só subsistiam como a causa no efeito, isto é, talvez discerníveis pela inteligência, mas nada sensíveis à imaginação.

E esses preconceitos de outrora restituíram de súbito aos amigos do sr. e da sra. de Guermantes a sua poesia perdida. Por certo, as noções possuídas pelos nobres e que os tornam os letrados, os etimologistas da língua, não das palavras, mas dos nomes (e ainda isso apenas em relação à média ignorante da burguesia, pois se, em grau equivalente de mediocridade, um devoto será mais capaz de responder-nos sobre liturgia que um livre-pensador, em compensação um arqueólogo anticlerical poderá muitas vezes dar lição ao seu cura até no concernente à igreja dele mesmo), essas noções, se queremos permanecer na verdade, isto é, no espírito, nem sequer tinham para aqueles grão-senhores o encanto que teriam para os burgueses. Sabiam talvez melhor do que eu que a duquesa de Guise era princesa de Clèves, de Orléans e de Porcien etc., mas haviam conhecido, antes mesmo de todos esses nomes, o rosto da duquesa de Guise que esse nome desde então lhes refletia. Eu tinha começado pela fada, embora em breve devesse ela perecer; eles, pela mulher.

Nas famílias burguesas vê-se às vezes brotarem ciúmes se a irmã mais moça casa antes da mais velha. Assim o mundo aristocrático, sobretudo o dos Curvoisier, mas também o dos Guermantes, reduzia sua grandeza nobiliária a simples superioridades domésticas, em virtude de uma infantilidade que eu tinha primeiramente conhecido (era para mim o seu único encanto) nos livros. Tallemant des Réaux não parece falar dos Guermantes, em vez de nos Rohan, quando conta com evidente satisfação que o sr. de Guéménée gritava a seu irmão: "Aqui podes entrar, não é o Louvre!", e dizia do cavaleiro de Rohan (porque este era filho natural do duque de Clermont): "Ele ao menos é príncipe?".[316] A única coisa que me penalizou naquela conversação foi ver que as absurdas histórias referentes

316 Anedotas extraídas do livro *Historiettes*, de Tallemant des Réaux. (N. E.)

ao encantador grão-duque herdeiro do Luxemburgo encontravam crédito naquele salão, tanto como junto aos camaradas de Saint-Loup. Decididamente, era uma epidemia que talvez não durasse dois anos, mas que se estendia a todos. Repetiram as mesmas falsas histórias, ou acrescentaram-lhes outras. Compreendi que a própria princesa de Luxemburgo, enquanto fazia como se defendesse o sobrinho, fornecia armas para atacá-lo. "Faz mal em defendê-lo", disse-me o sr. de Guermantes, como o fizera Saint-Loup. "Olhe, vamos deixar de lado a opinião de nossos parentes, que é unânime, fale dele a seus criados, que são no fundo a gente que nos conhece melhor. O senhor de Luxemburgo dera o seu negrinho ao sobrinho. O negro voltou chorando: 'Grã-duque bateu em mim, eu sem-vergonha não, grã-duque mau'. Estupendo! Eu posso falar dele com conhecimento de causa, é primo de Oriane." Ademais, não sei dizer quantas vezes ouvi naquela noite as palavras "primo" e "prima". De uma parte, o sr. de Guermantes, quase a cada nome que pronunciavam, exclamava: "Mas é primo de Oriane!", com a mesma alegria de um homem perdido numa floresta que lê, na ponta de duas frechas dispostas em sentido contrário, numa placa indicadora, e seguidas de um número muito pequeno de quilômetros: "Belvedere Casimir-Perier" e "Croix du Grand-Veneur", e graças a isso compreende que está no bom caminho.[317] Por outro lado, essas palavras "primo" e "prima" eram empregadas numa intenção completamente diversa (que aqui fazia exceção) pela embaixatriz da Turquia, a qual chegara após o jantar. Devorada de ambição mundana e dotada de real inteligência assimiladora, aprendia com a mesma facilidade a história da Retirada dos Dez Mil ou a perversão sexual entre os pássaros. Seria impossível apanhá-la em falta no tocante aos mais recentes trabalhos alemães, quer tratassem de economia política, das vesânias, das diversas formas do onanismo, ou da filosofia de Epicuro. Era, de resto, uma mulher perigosa de ouvir, pois, perpetuamente em equívoco, nos designava como mulheres ultralevianas a irrepreensíveis modelos de virtude, punha-

---

317 Alusão a placas indicando caminhos na floresta de Fontainebleau. (N. E.)

-nos em guarda contra um senhor animado das intenções mais puras, e contava dessas histórias que parecem sair de um livro, não por sua seriedade, mas por sua inverossimilhança.

Era pouco recebida naquela época. Frequentava durante algumas semanas mulheres de brilhante posição como a duquesa de Guermantes, mas em geral se via forçada a restringir-se, quanto às famílias muito nobres, a ramos obscuros que os Guermantes não mais frequentavam. Esperava parecer perfeitamente mundana ao citar os nomes mais importantes de pessoas raramente admitidas em sociedade e que eram amigos seus. E logo o sr. de Guermantes, julgando tratar-se de pessoas que jantavam seguidamente em sua casa, vibrava alegremente ao encontrar-se em terreno conhecido e lançava um brado de reunião: "Mas é um primo de Oriane! Conheço-o como a palma de minha mão. Mora na rua Vaneau. Sua mãe era a senhorita d'Uzès".

A embaixatriz via-se obrigada a confessar que seu exemplo era tirado de animais menores.[318] Tratava de relacionar seus amigos com os do sr. de Guermantes, apanhando-o de viés: "Sei muito bem quem quer dizer. Não, não são esses, são primos". Mas esta frase de refluxo, lançada pela pobre embaixatriz, muito em breve expirava. Pois o sr. de Guermantes, desapontado, dizia: "Ah!, então, não sei a quem se refere". A embaixatriz nada replicava, pois jamais conhecia senão os primos daqueles a quem deveria conhecer; muita vez acontecia que esses primos nem sequer eram parentes. Depois, da parte do sr. de Guermantes, era um novo fluxo de: "Mas é uma prima de Oriane!", palavras que pareciam ter para o sr. de Guermantes, em cada uma de suas frases, a mesma utilidade que certos epítetos cômodos para os poetas latinos, porque lhes forneciam um dátilo ou um espondeu para os seus hexâmetros. Pelo menos a explosão de "Mas é uma prima de Oriane" me pareceu muito natural quando aplicada à princesa de Guermantes, a qual, com efeito, era parenta muito próxima da duquesa. A embaixatriz não parecia gostar dessa princesa. Disse-me baixinho: "É uma reputação usurpada. Aliás", acrescentou, com um ar ao

---

318 O trecho "exemplo tirado de animais menores" é um verso que serve de transição entre a décima primeira e a décima segunda fábula do livro II das *Fábulas*, de La Fontaine. (N. E.)

mesmo tempo refletido, repulsivo e decidido, "ela me é fortemente antipática". Mas, amiúde, a consideração de primos se estendia muito mais longe, julgando-se a sra. de Guermantes na obrigação de tratar por "minha tia" a pessoas com quem não lhe encontrariam um antepassado comum sem remontar ao menos até Luís xv, da mesma forma que, de cada vez que as calamidades da época faziam com que uma multimilionária desposasse algum príncipe cujo trisavô desposara, como o da sra. de Guermantes, uma filha de Louvois, uma das alegrias da americana consistia em poder, logo na primeira visita ao palácio de Guermantes, onde era aliás mais ou menos mal recebida e mais ou menos bem esmiuçada, dizer "minha tia" à sra. de Guermantes, que a deixava fazer com um sorriso maternal. Mas pouco me importava o que era o "nascimento" para o sr. de Guermantes e o sr. de Beauserfeuil; nas conversações que tinham eles a esse respeito, eu só buscava um prazer poético. Sem que eles próprios o conhecessem, propinavam-me contudo esse prazer, como o teriam feito lavradores ou marinheiros, ao falar em culturas e marés, realidades muito pouco desligadas das suas pessoas para que pudessem apreciar nelas a beleza que eu me encarregava de extrair.

Às vezes, mais que uma raça, era um fato particular, uma data, que um nome evocava. Ao ouvir o sr. de Guermantes lembrar que a mãe do sr. de Bréauté era Choiseul e a sua avó Lucinge, julguei ver, sob a camisa vulgar de simples botões de pérola, sangrarem em dois globos de cristal estas augustas relíquias: o coração da sra. de Praslin e do duque de Berri; outras eram mais voluptuosas, os finos e longos cabelos da sra. Tallien ou da sra. de Sabran.[319]

---

319 Fanny Sebastiani (1807-1847) era esposa do duque de Praslin, que, no dia 18 de agosto de 1847, depois de assassinar a mulher, se suicidou. O episódio é narrado nas memórias da sra. de Boigne, um dos modelos da personagem da sra. de Villeparisis. Não por acaso, esta menciona esse drama no segundo volume do livro. No dia 13 de fevereiro de 1820, o duque de Berry foi apunhalado por um operário. Sua esposa ergueu um túmulo onde enterrou o coração do esposo. No período do Diretório, a sra. Tallien (1773-1835) ficou conhecida por sua espirituosidade. Após a Revolução, foi suposta inspiradora da noite do dia 9 do mês Thermidor e passou a ser apelidada "Nossa Senhora de Thermidor". Ela trouxe à moda roupas gregas. A sra. de Sabran (1693-1798) era amante do Regente. (N. E.)

Mais informado do que a esposa sobre o que haviam sido os seus antepassados, acontecia que o sr. de Guermantes possuía recordações que davam à sua conversa um belo aspecto de antiga mansão desprovida de verdadeiras obras-primas, mas cheia de quadros autênticos, medíocres e majestosos, cujo conjunto impressiona. Tendo o príncipe de Agrigent indagado por que o príncipe de X*** havia dito "meu tio" ao falar do duque de Aumale, o sr. de Guermantes respondeu: "Porque o irmão de sua mãe, o duque de Wurtemberg, desposou uma filha de Luís Filipe".[320] Então contemplei todo um relicário, semelhante aos que pintavam Carpaccio ou Memling,[321] desde o primeiro compartimento, em que a princesa, nas festas de núpcias de seu irmão, o duque de Orléans, aparecia com um simples vestido de jardim para testemunhar seu mau humor por ter visto rechaçados os embaixadores que tinham ido pedir para ela a mão do príncipe de Siracusa, até o último, onde acaba de dar à luz um menino, o duque de Wurtemberg (o próprio tio do príncipe com quem eu acabava de jantar), naquele castelo de Fantasia, um desses lugares tão aristocráticos como certas famílias. Como duram além de uma geração, estes veem ligar-se ao seu ambiente mais de uma personalidade histórica. Especialmente naquele vivem lado a lado as recordações da margravina de Bayreuth,[322] dessa outra princesa um pouco fantástica (a irmã do duque de Orléans), à qual se dizia que o nome do castelo de seu esposo agradava, do rei da Baviera,[323] e enfim do príncipe de X***, de quem era precisamente o endereço, para o qual acabava de pedir ao duque de Guermantes

---

320 Marie d'Orléans (1813-1839), segunda filha de Luís Filipe, que, em 1837, casou-se com o duque Alexandre de Wurtemberg (1804-1881). (N. E.)

321 Alusão à *Lenda de santa Úrsula*, série de nove telas pintadas por Carpaccio entre os anos de 1490 e 1496 (telas que, entretanto, não contêm cenas de caça), e à *Caça de santa Úrsula*, pintada por Memling em 1489. (N. E.)

322 Sophie-Wilhelmine (1709-1758), irmã de Frederico, o Grande, casou-se com o herdeiro do margravo de Bayreuth em 1731. "Margravo" é uma palavra que vem do alemão "Markgraf", ou seja, marquês. (N. E.)

323 Luís II de Baviera, que Proust já evocara em seu *Contre Sainte-Beuve* como um príncipe "fantasista", morto jovem. (N. E.)

que lhes escrevesse, pois o havia herdado e só o alugava, durante as representações de Wagner, ao príncipe de Polignac, outro "fantasista" delicioso.[324] Quando o sr. de Guermantes, para explicar o seu parentesco com a sra. de Arpajon, era obrigado, tão longe e tão simplesmente, a remontar, pela cadeia e as mãos unidas de três ou cinco avós, a Marie-Louise ou a Colbert, era ainda a mesma coisa em todos esses casos: um grande acontecimento histórico só aparecia, de passagem, disfarçado, desnaturado, restringido, no nome de uma propriedade, nos prenomes de uma mulher, assim escolhidos por ser ela neta de Luís Filipe e Maria-Amélia, considerados não mais rei e rainha da França, mas somente na medida em que, como avós, deixaram uma herança. (Vê-se, por outras razões, num dicionário da obra de Balzac em que as personagens mais ilustres apenas figuram segundo as suas relações com a *Comédia humana*, Napoleão ocupar um lugar muito menor que Rastignac, e ocupá-lo tão somente porque falou com as srtas. de Cinq-Cygne.[325]) Assim a aristocracia, na sua construção pesada, fendida de raras janelas, deixando entrar pouca luz, mostrando a mesma falta de arrojo, mas também a mesma força maciça e cega da arquitetura romana, encerra em si toda a História, cerca-a de muralhas, a torna austera.

Assim os espaços de minha memória pouco a pouco se cobriam de nomes que, ordenando-se, compondo-se em relação uns

---

324 O príncipe de Polignac (1834-1901), esse "fantasista delicioso", era amigo pessoal de Proust, de quem ele traçou o perfil em um texto de 1903, dois anos depois da morte prematura do príncipe. Ali ele destaca o talento musical do amigo, sua religiosidade, e faz uma alusão relativamente misteriosa aos hábitos do príncipe em suas horas de lazer. Alguns traços aí descritos serão retomados para a personagem Robert de Saint-Loup, jovem aristocrata cuja homossexualidade floresce à medida que avança a narrativa. (N. E.)

325 Essa observação sobre a presença de Napoleão na *Comédia humana* de Balzac parece recuperar um trecho de um artigo publicado em 1887 por Anatole France, escritor preferido do jovem Proust: "É assim que o homem que domina o século, Napoleão, aparece apenas seis vezes ao longo de toda a *Comédia humana*, e, de longe, em circunstâncias absolutamente acessórias" (jornal *Le Temps*, de 29 de maio de 1887). Proust levou adiante as implicações desse procedimento balzaquiano; páginas antes, ele nos adverte: "Os historiadores, se não fizeram mal em desistir de explicar os atos dos povos pela vontade dos reis, devem substituir esta pela psicologia de indivíduo medíocre". (N. E.)

aos outros, entrelaçando correspondências cada vez mais numerosas, imitavam essas acabadas obras de arte, onde não há nenhum toque que seja isolado, onde cada parte recebe sucessivamente das outras a sua razão de ser como lhes impõe a sua.

Tendo voltado à baila o nome do sr. de Luxemburgo, a embaixatriz da Turquia contou que o avô da esposa deste (o que fizera imensa fortuna com farinhas e massas) tinha convidado o sr. de Luxemburgo para jantar e que o mesmo recusara, mandando escrever no envelope "Senhor de..., moleiro", ao que o avô respondera: "Sinto muito que não possa vir, caro amigo, tanto mais que poderia desfrutar da sua intimidade, pois estávamos em intimidade, em pequena reunião, e só haveria à mesa o moleiro, o seu filho e o senhor". Essa história não era somente odiosa para mim, que sabia a impossibilidade moral de que o meu caro sr. de Nassau escrevesse ao avô de sua esposa (de quem, por outro lado, sabia que haveria de herdar), qualificando-o de moleiro, mas a estupidez da história ressaltava logo às primeiras palavras, visto que a apelação de moleiro estava muito evidentemente colocada para sugerir o título da fábula de La Fontaine.[326] Mas há no Faubourg Saint-Germain tamanha frioleira, quando a malevolência a agrava, que cada qual achou que era autêntico e que o avô, a quem todos em seguida confiantemente proclamaram um homem notável, tinha mostrado mais espírito que o esposo de sua neta. O duque de Châtellerault quis aproveitar essa história para contar a que eu ouvira no café: "Todos se deitavam", mas, logo às primeiras palavras, e quando disse a pretensão do sr. de Luxemburgo de que, diante de sua mulher, se pusesse de pé o sr. de Guermantes, a duquesa deteve-o e protestou: "Sim, ele é muito ridículo, mas não até esse ponto". Eu estava intimamente persuadido de que todas as histórias relativas ao sr. de Luxemburgo eram igualmente falsas e de que, cada vez que me achasse em

---

326 A fábula de que se trata é "O moleiro, seu filho e o burro". Tal frase foi pronunciada quando da visita à França do rei inglês, em 1907, por Camille Groult, colecionador de quadros cuja fortuna advinha justamente do comércio de "farinhas e massas", em cuja casa planejava-se receber o rei. (N. E.)

presença de um dos atores ou testemunhas, ouviria o mesmo desmentido. Indaguei comigo no entanto se o da sra. de Guermantes seria devido à preocupação da verdade ou ao amor próprio. Em todo caso, este último cedeu ante a malevolência, pois ela acrescentou a rir: "Aliás, eu também tive a minha pequena afronta, pois ele me convidou para o chá, desejando apresentar-me a grã-duquesa de Luxemburgo; é assim que ele tem o bom gosto de chamar a sua esposa, escrevendo para a sua própria tia. Apresentei-lhe minhas escusas e acrescentei: 'Quanto à grã-duquesa de Luxemburgo, entre aspas, diga-lhe que se ela quiser visitar-me, estou em casa depois das cinco horas, todas as quintas-feiras'. Tive outro caso também. Estando no Luxemburgo, telefonei-lhe que viesse falar-me ao aparelho. Sua Alteza ia almoçar, acabava de almoçar, duas horas se passaram sem resultado, e eu usei então um outro meio: 'Pode dizer ao conde de Nassau que venha falar-me?'. Ferido em carne viva, ele acorreu no mesmo instante". Todos riram da narrativa da duquesa e outras análogas, isto é, de mentiras, estou certo, pois jamais encontrei homem mais inteligente, melhor, mais fino, digamos logo, mais delicioso do que esse Luxemburgo-Nassau. Mais adiante se verá que era eu quem tinha razão. Devo reconhecer que, no meio de todas essas maledicências, a sra. de Guermantes teve no entanto uma frase amável. "Ele nem sempre foi assim", disse. "Antes de perder a razão, de ser, como nos livros, o homem que julgou ter virado rei, ele não era tolo", e, até nos primeiros tempos de noivado, referia-se a este de modo bastante simpático, como a uma ventura inesperada: "É um verdadeiro conto de fadas, terei de fazer a minha entrada no Luxemburgo num coche de *féerie*", dizia ele a seu tio de Ornessan, que lhe respondeu, pois, como sabem, não é nada grande o Luxemburgo: "Um coche de *féerie*? Temo que não possas entrar. Aconselho-te um carrinho puxado por cabras". Não só isso não incomodou Nassau, mas foi ele o primeiro a repetir-nos a frase e a rir da coisa. "Ornessan tem muito espírito, e a quem sair; sua mãe é uma Montieu. Anda muito mal o pobre Ornessan." Esse nome teve a virtude de interromper as insulsas maldades que se teriam desenrolado ao infinito. Com efeito, o sr. de Guermantes explicou que a bisavó do sr. de Ornessan era irmã de Marie de Castille Montieu, esposa de Timoléon de Lorraine, e por conseguinte tia de Oriane. De modo que a conversação voltou às genealogias, enquanto a imbecil embaixatriz da Turquia me segredava ao ouvido: "O senhor parece estar muito bem com o duque de Guermantes, tenha cuidado", e, como eu pedisse explicação: "Quero dizer, há de compreender-me com meia palavra, que é um homem a quem a gente poderia confiar sem perigo a própria filha, mas não o filho". Ora, pelo contrário, se jamais homem amou apaixonada e exclusivamente as mulheres, foi esse o duque de Guermantes. Mas o erro, a contraverdade ingenuamente acreditada eram para a embaixatriz como que um meio vital fora do qual ela não podia mover-se. "Seu irmão Memé, que me é de resto, por outros motivos (ele não a cumprimentava), fundamentalmente antipático, tem um verdadeiro pesar dos costumes do duque. Da mesma forma a sua tia Villeparisis. Ah!, eu a adoro. Eis uma santa mulher, o verdadeiro tipo das grandes damas de outrora. Não só é a própria virtude, mas a circunspecção em pessoa. Diz nada 'senhor' ao embaixador Norpois a quem vê todos os dias e que, entre parênteses, deixou uma excelente recordação na Turquia."

Nem sequer respondi à embaixatriz, a fim de ouvir as genealogias. Não eram todas importantes. Aconteceu até, no curso da conversação, que uma das alianças inesperadas, de que vim a saber pelo sr. de Guermantes, era uma aliança desigual, mas não sem encanto, pois, unindo sob a Monarquia de Julho o duque de Guermantes e o duque de Fezensac às duas encantadoras filhas de um ilustre navegador, dava assim às duas duquesas o picante imprevisto de uma graça exoticamente burguesa, luisfilipicamente indiana. Ou então, sob Luís XIV, um Norpois tinha desposado a filha do duque de Mortemart, cujo título ilustre destacava, no remoto daquela época, o nome que eu achava baço, e podia julgar recente de Norpois, e nele cinzelava profundamente a beleza de uma medalha. E nesses casos, aliás, não era somente o nome menos conhecido que aproveitava com a aproximação: o outro, tornado banal à força de esplendor, ainda mais me impressionava sob esse aspecto novo e mais obscuro, como, entre os retratos de um fulgurante colorista, o mais incisivo é às vezes um retrato todo em preto. A mobilidade nova de que me pareciam dotados todos esses nomes, ao virem colocar-se ao lado de outros de que os julgaria tão afastados, não provinha unicamente da minha ignorância; essas contradanças que faziam no meu espírito não as tinham eles efetuado menos facilmente naquelas épocas em que um título, estando sempre ligado a uma terra, o seguia de uma família para a outra, e tanto assim que, por exemplo, na bela construção feudal que é o título de duque de Nemours ou de duque de Chevreuse, eu podia descobrir sucessivamente alojados como na hospitaleira morada de um Bernardo, o Eremita, um Guise, um príncipe de Savoia, um Orléans, um Luynes. Às vezes, vários permaneciam em competição por uma mesma concha: para o principado de Orange, a família real dos Países Baixos e os senhores de Mailly-Nesle, para o ducado de Brabante, o barão de Charlus e a família real da Bélgica, e outros tantos para os títulos de príncipe de Nápoles, de duque de Parma, de duque de Reggio. Algumas vezes era o contrário: a concha estava desde tanto tempo desabitada pelos proprietários, há muito falecidos, que eu jamais havia considerado que certo nome de castelo pudesse ter sido, em época afinal muito pouco remota, um nome de família. Assim, quando o sr. de Guermantes respondia a uma pergunta do sr. de Monserfuil: "Não, minha prima era realista furiosa, era filha do marquês de Féterne, que desempenhou certo papel na guerra dos Chouans", ao ver esse nome Féterne, que, desde a minha estada de Balbec, era para mim um nome de castelo, tornar-se o que eu jamais sonhara que pudesse ser, um nome de família, tive o mesmo espanto que numa *féerie*, quando torreões e uma escadaria se animam e tornam-se pessoas. Nessa acepção, pode-se dizer que a História, ainda que simplesmente genealógica, dá vida às velhas pedras. Houve na sociedade parisiense homens que nela desempenharam papel igualmente considerável, que foram mais requestados por sua inteligência ou seu espírito, sendo também de berço ilustre, do que o duque de Guermantes ou o duque de La Trémoïlle. Estão hoje no olvido porque, não deixando descendentes, o seu nome, que não mais se ouve, soa como um nome desconhecido; quando muito um nome de coisa sob a qual não pensamos em descobrir um nome de homens, sobrevive nalgum castelo, nalguma aldeia remota. Em dia não muito distante, o viajante que, no fundo da Borgonha, parar na aldeola de Charlus para visitar a sua igreja, se não for bastante estudioso, ou achar-se muito apressado para examinar-lhe as lápides, ignorará que esse nome, Charlus, foi o de um homem que emparelhava com os maiores. Essa reflexão lembrou-me que era preciso partir e que, enquanto escutava o sr. de Guermantes falar de genealogias, aproximava-se a hora de meu encontro com o seu irmão. Quem sabe, continuava a pensar, se algum dia o próprio Guermantes não parecerá apenas um nome de lugar, salvo para os arqueólogos detidos por acaso em Combray e que, diante do vitral de Gilberto, o Mau, terão paciência de ouvir as falas do sucessor de Teodoro ou de ler a guia do cura. Mas um grande nome, enquanto não está extinto, conserva em plena luz os que o usaram; e, sem dúvida, por um lado, o interesse que me oferecia a ilustração dessas famílias era, se possível, partindo de hoje, segui-las, remontando degrau por degrau, até muito mais além do século XIV; encontrar memórias e epistolários de todos os ascendentes do sr. de Charlus, do príncipe de Agrigent, da princesa de Parma, num passado em que uma noite impenetrável cobriria as origens de uma família burguesa, e em que distinguimos, sob a projeção luminosa e retrospectiva de um nome, a origem e a persistência de certas características nervosas, de certos vícios, das desordens de tais ou quais Guermantes. Quase patologicamente iguais aos de hoje, excitam de século em século o interesse alarmado de seus correspondentes, sejam eles anteriores à princesa Palatine ou à sra. de Motteville, ou posteriores ao príncipe de Ligne.[327]

327 Charlotte-Élisabeth de Bavière (1621-1689), a princesa Palatine, era esposa de Filipe d'Orléans e autora de cartas sobre a corte do rei Luís XIV. A sra. de Motteville (1621-1689) era camareira da rainha Ana da Áustria. Suas memórias seriam publicadas em 1723. O príncipe de Ligne (1735-1814), diplomata e literato belga, viajou por toda a Europa e se ligou às principais personalidades de seu tempo, como Voltaire, Rousseau, Goethe, Catarina da Áustria e Frederico II da Prússia. Seus textos foram publicados com o título *Mélanges militaires, littéraires et sentimentaires*. (N. E.)

Aliás, minha curiosidade histórica era débil em comparação ao prazer estético. Os nomes citados tinham por efeito desencarnar os convidados da duquesa; não adiantava se chamassem o príncipe de Agrigent ou de Cystira, pois a sua máscara de carne e de ininteligência ou inteligência vulgares os havia transformado em uns homens quaisquer, tanto que eu, afinal de contas, fora dar na esteira do vestíbulo, não no umbral, como julgara, mas no fim do mundo encantado dos nomes. O próprio príncipe de Agrigent, logo que eu soube que sua mãe era Damas, neta do duque de Modène,[328] ficou liberto, como de um companheiro químico instável, do semblante e das palavras que impediam reconhecê-lo, e foi formar com Damas e com Modène, que não passavam de títulos, uma combinação infinitamente mais sedutora. Cada nome deslocado pela atração de outro, com o qual eu não lhe suspeitara a mínima afinidade, deixava o lugar imutável que ocupava em meu cérebro, onde o hábito o havia embaciado, e, indo unir-se aos Mortemart, aos Stuart ou aos Bourbon, desenhava com eles ramos do mais gracioso efeito e de um colorido cambiante. O próprio nome Guermantes recebia dos belos nomes extintos e com tanto maior ardor reacendidos, a que eu acabava de saber que se achava ligado, uma nova determinação, puramente poética. Quando muito, na extremidade de cada intumescência do tronco altivo, podia eu vê-la expandir-se nalguma figura de sábio rei ou de ilustre princesa, como o pai de Henrique IV ou a duquesa de Longueville.[329] Mas como essas faces, diferentes nisso das dos convivas, não estavam empastadas para mim de nenhum resíduo de experiência material e de mediocridade mundana, permaneciam, no seu belo desenho e seus mutáveis reflexos, homogêneas a esses nomes, que, a intervalos regulares, cada

---

328 A família Damas teve sua origem no século XI, na região da Borgonha. O ducado de Modène existia desde 1452 e foi extinto em 1859, com a anexação desse ducado à Itália. (N. E.)

329 O pai de Henrique IV era Antoine de Bourbon (1518-1562), duque de Vendôme, que se tornou rei de Navarra por seu casamento com Joana de Albret, em 1555. A duquesa de Longueville (1619-1679), irmã do grande Condé, era dona de um célebre salão literário e amante do autor das *Máximas*, La Rochefoucauld. (N. E.)

um de uma cor diferente, se destacavam da árvore genealógica de Guermantes, e não perturbavam com nenhuma matéria estranha e opaca os renovos translúcidos, alternos e multicores que, tal como nos antigos vitrais de Jessé, os antepassados de Jesus floresciam de um lado e outro da árvore de vidro.[330]

Várias vezes tinha eu querido retirar-me e, mais do que por qualquer outro motivo, pela insignificância que minha presença impunha àquela reunião, uma no entanto das que eu por muito tempo imaginara tão belas e que sem dúvida o seria se não tivesse uma testemunha importuna. Ao menos a minha partida ia permitir que os convidados, uma vez que o profano não mais ali estivesse, se constituíssem afinal em reunião secreta. Iam poder celebrar os mistérios para cuja celebração se haviam reunido, pois não era evidentemente para falar de Frantz Hals ou da avareza, e falarem à maneira de burguesia. Só diziam ninharias certamente porque eu ali me achava e eu tinha remorsos, ao ver todas aquelas belas mulheres separadas, de lhes impedir que vivessem, com a minha presença, no mais precioso dos seus salões, a vida misteriosa do Faubourg Saint-Germain. Mas o sr. e a sra. de Guermantes levavam o espírito de sacrifício a ponto de adiar, retendo-me, a partida que a cada instante eu queria efetuar. Coisa ainda mais curiosa: muitas das damas que tinham vindo solícitas, encantadas, engalanadas, consteladas de pedrarias, para só assistir, por minha culpa, a uma festa que já não se diferenciava essencialmente das que se realizam fora do Faubourg Saint-Germain, da mesma forma que em Balbec não nos sentimos numa cidade que se diferencie do que nossos olhos estão acostumados a ver, muitas daquelas damas se retiraram, não decepcionadas como deveriam estar, mas agradecendo efusivamente à sra. de Guermantes a deliciosa noite que haviam passado, como se nos outros dias, naqueles em que eu estava ausente, não acontecesse outra coisa.

Seria na verdade por causa de jantares como aquele que todas aquelas pessoas se preparavam e recusavam às burguesas a entra-

---

330 Referência à árvore genealógica de Cristo, que tem início no pai de David, Jessé. (N. E.)

da em seus salões tão fechados, para jantares como aquele?, iguais àquele, se eu estivesse ausente? Tive por um instante a suspeita disso, mas era demasiado absurda. O simples bom senso me permitia afastá-la. E depois, se eu a acolhesse, que restaria do nome Guermantes, já tão degradado desde Combray?

De resto, aquelas mulheres-flores eram, num grau estranho, fáceis de ser contentadas por outra pessoa, ou desejosas de contentá-la, pois mais de uma, com quem eu não trocara toda a noite mais de duas ou três frases, cuja estupidez me fizera corar, empenhou-se, antes de deixar o salão, em vir dizer-me, fixando em mim seus lindos olhos cariciosos, enquanto arranjava a grinalda de orquídeas que lhe contornava o peito, o intenso prazer que tivera em conhecer-me, e referir-se — alusão velada a um convite para jantar — ao seu desejo de "arranjar alguma coisa", depois que tivesse "escolhido dia" com a sra. de Guermantes. Nenhuma dessas damas-flores partiu antes da princesa de Parma. A presença desta — a gente não deve retirar-se antes de uma Alteza — era um dos dois motivos, não adivinhados por mim, por que a duquesa insistira tanto em que eu ficasse. Quando a princesa de Parma se pôs de pé, foi como uma liberação. Todas as damas, depois de uma genuflexão ante a princesa, que as fez erguer-se, receberam dela num beijo, e como uma bênção que houvessem pedido de joelhos, permissão para pedir sua capa e chamar seus criados. De modo que houve, ante a porta, como que uma recitação, braçada, dos grandes nomes da História da França. A princesa de Parma proibira à sra. de Guermantes que descesse a acompanhá-la até o vestíbulo, e o duque havia acrescentado: "Vamos, Oriane, já que Sua Alteza o permite, lembre-se do que lhe disse o médico".

"Creio que a princesa de Parma ficou contentíssima de jantar com o senhor." Eu conhecia a fórmula. O duque atravessara todo o salão para vir pronunciá-la diante de mim, com expressão obsequiosa e compenetrada, como se me entregasse um diploma ou me oferecesse bolinhos. E pelo prazer que parecia sentir naquele momento, e que emprestava uma expressão momentaneamente tão suave à sua fisionomia, vi que o gênero de cuidados que isso representava para ele era dos que comumpriria até o extremo final da vida, como essas funções honoríficas e cômodas que, mesmo senil, a gente ainda conserva.

No momento em que ia retirar-me, tornou a entrar no salão a dama de honor da princesa, que se esquecera de levar uns maravilhosos cravos, vindos de Guermantes, que a duquesa havia dado à princesa de Parma. A dama de honor estava bastante vermelha; via-se que fora repreendida, pois a princesa, tão boa para com todo mundo, não podia conter a impaciência diante da parvoice da sua dama de companhia. Assim, corria a toda a pressa, levando os cravos; mas, para conservar seu ar desenvolto e travesso: "A princesa acha que estou atrasada; queria que fôssemos embora e ter, entretanto, os cravos. Que diabo! Eu não sou um passarinho, não posso estar em vários lugares ao mesmo tempo".

Ai!, a razão de não poder a gente levantar-se antes de uma Alteza não era a única. Não pude partir imediatamente, pois havia uma outra: era que aquele famoso luxo, desconhecido aos Courvoisier, que os Guermantes, opulentos ou meio arruinados, primavam em fazer com que os seus amigos desfrutassem, não era apenas um luxo material, e como muitas vezes eu já o havia experimentado com Saint-Loup, mas também um luxo de palavras encantadoras, de atos gentis, toda uma elegância verbal, alimentada por uma verdadeira riqueza interior. Mas como esta fica sem emprego na ociosidade mundana, expandia-se às vezes, procurava derivativo numa espécie de efusão fugitiva, e tanto mais ansiosa, e que poderia fazer acreditar em afeição da parte da sra. de Guermantes. Essa afeição, ela aliás a experimentava no momento em que a deixava transbordar, pois encontrava então, na sociedade do amigo ou da amiga com quem se achava, uma espécie de embriaguez, nada sensual, análoga à que a música proporciona a certas pessoas; acontecia-lhe arrancar uma flor do peito, ou um medalhão, e dá-los a alguém com quem desejaria prolongar o convívio, sentindo embora com melancolia que tal prolongamento não poderia levar a nada mais que fúteis conversações em que nada teria ido além do prazer nervoso da emoção passageira, conversações semelhantes aos primeiros calores da primavera pela impressão que deixam de lassitude e de tristeza. Quanto ao amigo, não devia deixar enganar-se muito pelas promessas, das mais embriagadoras que já ouvira, proferidas por essas mulheres que, por sentirem com tamanha intensidade a doçura de um momento, fazem deste, com uma delicadeza, uma nobreza ignorada das criaturas normais, uma obra-prima comovente de graça e de bondade, e nada mais têm a dar de si mesmas quando chega outro momento. Sua afeição não sobrevive à exaltação que a dita; e a finura de espírito que as levara então a adivinhar todas as coisas que desejávamos ouvir e a no-las dizer, lhes permitirá, alguns dias mais tarde, apreender nossos ridículos e divertir-se à custa deles com outro de seus visitantes, com os quais estarão a gozar um desses "momentos musicais" que são tão breves.[331]

No vestíbulo, onde pedi a um lacaio os meus *show-boots*, que eu trouxera por causa da neve, de que haviam caído alguns flocos logo transformados em lama, não me dando conta de que era pouco elegante, senti, pelo sorriso desdenhoso de todos, uma vergonha que atingiu o mais alto grau quando vi que a princesa de Parma ainda não havia partido e me vi calçar as minhas galochas americanas. A princesa veio até mim.

— Oh!, que bela ideia! — exclamou. — Como é prático! Eis aí um homem inteligente. madame, temos de comprar isso — disse ela à sua dama de honor, enquanto a ironia dos criados se mudava em respeito e os convidados se apressuravam em torno de mim para informar-se onde havia eu encontrado aquelas maravilhas. — Com isso, nada terá a temer, mesmo que torne a nevar e o senhor tenha de ir longe; não há mais estações — me disse a princesa.

— Oh, neste ponto Vossa Alteza Real pode ficar tranquila — interrompeu a dama de honor com ar astuto —, não tornará a nevar.

— Que pode saber disso, madame? — interrompeu asperamente a excelente princesa de Parma, a que só conseguia irritar a tontice da sua dama de honor.

---

331 A expressão "momentos musicais" aparece entre aspas por ser uma alusão às seis peças para piano compostas por Schubert em 1828 que traziam justamente esse nome. (N. E.)

— Posso afirmar a Vossa Alteza Real que não tornará a nevar, é materialmente impossível.

— Mas por quê?

— Não pode mais nevar, fizeram o necessário para isso: lançaram sal!

A cândida senhora não notou a cólera da princesa nem o divertimento das demais pessoas, pois, em vez de calar-se, me disse com um sorriso ameno, sem levar em conta minhas denegações a respeito do almirante Jurien de Gravière: "Aliás, que importa? O cavalheiro deve ter pé de marinheiro. Bom sangue não nega".

E depois de acompanhar a princesa de Parma, o sr. de Guermantes me disse, tomando o meu sobretudo: "Vou ajudá-lo a meter-se na sua casca". Nem sequer sorria ao empregar essa expressão, pois as que são mais vulgares, por isso mesmo, graças à afetação de singeleza dos Guermantes, tinham acabado por tornar-se aristocráticas.

Uma exaltação, que só levava à melancolia, porque era artificial, foi também, embora de modo muito diverso do da sra. de Guermantes, o que senti logo que saí por fim de sua casa, no carro que ia conduzir-me à residência do sr. de Charlus. Podemos, por nosso arbítrio, entregar-nos a uma ou outra de duas forças: uma se eleva de nós mesmos, emana de nossas impressões profundas; a outra nos vem de fora. A primeira traz naturalmente consigo uma alegria, a que desprende a vida dos criadores. A outra corrente, a que tenta introduzir em nós o movimento com que se agitam pessoas exteriores, não é acompanhada de prazer; mas podemos acrescentar-lhe um, graças a um retrocesso, numa embriaguez tão fictícia que se muda rapidamente em tédio, em tristeza; daí, a expressão melancólica de tantos mundanos e, nestes, tantos estados nervosos, que podem levar até ao suicídio. Pois bem, no carro que me levava à casa do sr. de Charlus, sentia-me eu tomado dessa segunda espécie de exaltação, muito diversa da que nos é dada por uma impressão pessoal, como tivera em outros veículos, uma vez em Combray no carro do dr. Percepied, de onde vira se desenharem contra o crespúsculo os campanários de Martinville; um dia, em Balbec, na caleça da sra. de Villeparisis, procurando destrinçar a reminiscência que me oferecia uma alameda de árvores. Mas, naquele terceiro carro, o que eu tinha diante dos olhos do espírito eram aquelas conversações que se me haviam afigurado tão aborrecidas no jantar da sra. de Guermantes, por exemplo, as narrativas do príncipe Von sobre o imperador da Alemanha, sobre o general Botha e o Exército inglês. Acabava de fazê-los deslizar no estereoscópio interior, através do qual, logo que não somos mais nós mesmos, logo que, dotados de uma alma mundana, não queremos receber a nossa vida a não ser por intermédio dos outros, e só damos realce ao que disseram e ao que fizeram. Como o ébrio cheio de ternas disposições para com o garçom do café que o serviu, eu me maravilhava da minha felicidade, é verdade que não sentida por mim no próprio momento, de haver jantado com alguém que conhecia tão bem a Guilherme II e contara a seu respeito anedotas (palavra!) tão espirituosas. Ao lembrar-me, com o sotaque alemão do príncipe, da história do general Botha, eu ria alto, como se esse riso, semelhante a certos aplausos que aumentam a admiração interior, fosse necessário àquela narrativa para lhe corroborar a comicidade. Por trás das lentes de aumento, até mesmo as assertivas da sra. de Guermantes que me haviam parecido tolas (por exemplo, sobre Frantz Hals, que se deveria ver de um bonde) assumiam uma vida, uma profundeza extraordinárias. E devo dizer que essa exaltação, se tombou depressa, não era absolutamente insensata. Da mesma forma que podemos um dia sentir-nos felizes por conhecer a pessoa a quem mais desdenhávamos, por estar ela ligada a uma criatura a quem amamos, a quem nos pode apresentar, e nos oferece assim utilidade e prazer, coisas de que a julgaríamos para sempre desprovida, não há conversações, nem relações, de que não se possa estar certo de tirar um dia alguma coisa. O que me disse a sra. de Guermantes sobre os quadros que seria interessante ver, mesmo de um bonde, era falso, mas continha uma parte de verdade que me foi posteriormente preciosa.

Semelhantemente, os versos de Victor Hugo que ela me citara eram, cumpre confessá-lo, de uma época anterior àquela em que ele se tornou mais que um homem novo, em que fez surgir na evolução uma espécie literária ainda desconhecida, dotada de órgãos mais complexos. Nesses primeiros poemas Victor Hugo pensa ainda, em vez de contentar-se, como a natureza, em dar que pensar. "Pensamentos", ele os expressava então sob a forma mais direta, quase no mesmo sentido em que o duque tomava a palavra quando, achando antiquado e aborrecido que os convidados das suas festas em Guermantes fizessem seguir à sua assinatura no álbum do castelo uma reflexão filosófico-poética, advertia os recém-chegados num tom súplice: "O seu nome, meu caro, mas nada de pensamentos!". Ora, eram esses "pensamentos" de Victor Hugo (quase tão ausentes na *Legenda dos séculos* como as árias e as melodias na segunda maneira wagneriana) que a sra. de Guermantes estimava no primeiro Hugo. Mas não absolutamente sem razão. Eram impressionantes e, já em torno deles, sem que a forma tivesse ainda atingido a profundeza a que só devia chegar mais tarde, a torrente das palavras numerosas e das rimas ricamente articuladas os tornava inassimiláveis a esses versos que se podem descobrir num Corneille, por exemplo, e em que um romantismo intermitente, contido, e que por isso tanto mais nos comove, não penetrou contudo nas fontes físicas da vida, modificando o organismo inconsciente e generalizável em que se abriga a ideia. Assim, fizera eu mal em confinar-me até então nas últimas coletâneas de Hugo. Dentre as primeiras, é verdade que era apenas de uma parte íntima que se adornava a conversação da sra. de Guermantes. Mas, justamente, citando assim um verso isolado, multiplica-se o seu poder atrativo. Aqueles que tinham penetrado ou repenetrado na minha memória no decurso daquele jantar, imantavam por sua vez, chamavam a si com tamanha força as peças no meio das quais estavam de hábito engastados, que minhas mãos eletrizadas não puderam resistir mais de quarenta e oito horas à força que as conduzia para o volume em que estavam encadernados *As orientais* e os *Cantos do crepúsculo*. Amaldiçoei o lacaio de Françoise por ter feito presente à sua terra natal do meu exemplar de *Folhas de outono*, e mandei-o sem perda de tempo comprar um outro. Reli esses volumes de princípio a fim e só encontrei a paz quando percebi de súbito, esperando-me na luz em que ela os havia banhado, os versos que me citara a sra. de Guermantes. Por todas essas razões, as conversas com a duquesa se assemelhavam a esses conhecimentos que adquirimos na biblioteca de um castelo, antiquada, incompleta, incapaz de formar uma inteligência, desprovida de quase tudo o que estimamos, mas oferecendo-nos às vezes algum informe curioso, até mesmo a citação de uma bela página que não conhecíamos e que posteriormente nos sentimos gratos de dever a uma magnífica mansão senhorial. Então, por haver encontrado o prefácio de Balzac à *Cartuxa* ou cartas inéditas de Joubert, somos tentados a exagerar o valor da vida que lá passamos e cuja frivolidade estéril esquecemos por aquele ganho de uma noite.[332]

Deste ponto de vista, se o alto mundo não pudera responder no primeiro momento ao que esperava a minha imaginação, e devia por conseguinte chocar-me no princípio com o que tinha de comum com todos os mundos antes que pelo que tinha de diferente deles, pouco a pouco se me foi revelando no entanto como muito diverso. Os grão-senhores são quase as únicas pessoas de quem se pode aprender tanto como com os camponeses; a sua conversação se orna de tudo quanto concerne à terra, às casas tais como eram habitadas antigamente, aos antigos usos, tudo o que o mundo do dinheiro profundamente ignora. Suponho que o aristocrata mais moderado em suas aspirações tenha acabado por alcançar a época em que vive, a sua mãe, os seus tios, as suas tias-avós o põem em contato, quando ele recorda a sua infância, como o que podia ser uma vida quase desconhecida hoje em dia. Na câmara ardente de um morto de hoje a sra. de Guermantes não teria feito notar, mas teria imediatamente notado, todas as infrações feitas aos usos. Ficava chocada ao ver,

---

332 O prefácio de Balzac ao romance de Stendhal, *A Cartuxa de Parma*, coloca num mesmo plano de importância literatura e atividades secundárias, como o prazer de uma reunião mundana. Quanto à correspondência de Joubert, Proust retoma a crítica à opinião de que determinado autor é mais interessante em suas cartas do que em sua obra. As cartas de Joubert mostram, pelo contrário, a figura meio acanhada daquele que quer agradar a todos e foge à verdade. (N. E.)

num enterro, mulheres misturadas aos homens, quando há uma cerimônia particular que deve ser celebrada pelas mulheres. Quanto ao pano cujo uso sem dúvida Bloch julgaria reservado aos enterros, por causa dos cordões do pano de que se fala nas relações de pompas fúnebres, o sr. de Guermantes podia recordar-se dos tempos em que, ainda menino, tinha visto utilizá-lo no casamento do sr. de Mailly--Nesle. Ao passo que Saint-Loup havia vendido a sua preciosa "árvore genealógica", antigos retratos dos Bouillon, cartas de Luís XIII para comprar quadros de Carrière e móveis *modern style*,[333] o sr. e a sra. de Guermantes, movidos de um sentimento em que o ardente amor da arte desempenhava talvez um papel menor e fazia com que eles próprios fossem mais medíocres, haviam conservado os seus maravilhosos móveis de Boule, que ofereciam um conjunto diferentemente sedutor para um artista. Um literato ficaria, de qualquer modo, encantado com a sua conversação que seria, para ele — pois o faminto não tem necessidade de outro faminto — um dicionário vivo de todas essas expressões que cada dia se esquecem cada vez mais: *des cravates à la Saint Joseph* etc., *des enfants voués au bleu*[334] etc., que só se encontram entre os que se constituem em amáveis e benévolos conservadores do passado.

O prazer que sente entre eles, muito mais que entre outros escritores, um escritor, esse prazer não vai sem perigo, pois corre ele o risco de acreditar que as coisas do passado possuem um encanto por si mesmas e que deve transportá-las tais quais para a sua obra, que nesse caso nasce morta, exalando um aborrecimento de que o autor se consola dizendo: "É bonito porque é verdadeiro; é assim que se diz". Essas conversações aristocráticas tinham aliás, em casa da sra. de Guermantes, o encanto de serem sustentadas em excelente francês. Por causa disso legitimavam, da parte da duquesa, a sua hilaridade perante as palavras "vático", "cósmi-

---

333 No volume anterior, já víramos Saint-Loup pôr o pintor Eugène Carrière (1849--1906) no mesmo plano de Velázquez e de Whistler. (N. E.)

334 A expressão *"des enfants voués au bleu"* ("crianças votadas ao azul") alude às crianças consagradas à Virgem Maria, cuja cor simbólica é o azul. (N. E.)

co", "pítico", "supereminente", que Saint-Loup empregava, da mesma forma que diante dos seus móveis da Casa Bing.[335]

Em todo caso, muito diferentes disso do que eu pudera sentir ante uns espinheiros ou ao saborear uma madalena, as histórias que eu ouvira em casa da sra. de Guermantes me eram estranhas. Penetrando um instante em mim, que apenas era fisicamente possuído por elas, dir-se-ia que (de natureza social e não individual) estavam impacientes por sair... Eu me agitava no carro, como uma pitonisa. Esperava por um novo jantar em que pudesse tornar-me eu próprio uma espécie de príncipe X, de sra. de Guermantes, e contar essas mesmas histórias. Enquanto isso, elas faziam trepidar meus lábios que as balbuciavam e eu tentava em vão trazer de volta a mim o meu espírito vertiginosamente arrebatado por uma força centrífuga. Foi assim com uma febril impaciência de não carregar por mais tempo o seu peso sozinho num carro, onde aliás eu enganava a falta de conversação falando em voz alta, que bati à porta do sr. de Charlus, e foi em longos monólogos comigo mesmo, em que me repetia tudo o que ia contar-lhe e não mais pensava no que ele podia ter para me dizer, que passei todo o tempo num salão onde um lacaio me fez entrar e que, por outro lado, eu estava muito agitado para ver. Tal necessidade tinha eu de que o sr. de Charlus escutasse as narrativas que eu ardia por lhe fazer, que fiquei cruelmente decepcionado ao pensar que o dono da casa talvez estivesse dormindo e que eu teria de voltar para cozinhar em casa a minha bebedeira de palavras. Acabava com efeito de me aperceber que fazia vinte e cinco minutos que estava ali, que talvez me tivessem esquecido naquele salão, do qual, apesar daquela longa espera, eu poderia quando muito dizer que era imenso, verdoengo, com alguns retratos. A necessidade de falar impede não só de escutar mas

---

335 A palavra "vático" era empregada como derivada da palavra latina *vates*, significando, ao mesmo tempo, poeta ou profeta; já "pítico" vem da palavra "pitonisa", entidade da Grécia antiga que pronunciava oráculos. A Casa Bing (1838-1905) era loja de propriedade de um vendedor de objetos de arte e colecionador francês que privilegiava o gosto por objetos de origem japonesa ou chinesa. (N. E.)

também de ver, e nesse caso a ausência de qualquer descrição do meio exterior é já uma descrição de um estado interno. Eu ia sair do salão para ver se chamava aí alguém e, se não encontrasse pessoa alguma, encontrar caminho até as antecâmaras e fazer com que me abrissem a porta, quando, no momento exato em que acabava de levantar-me e dar alguns passos no chão de mosaico, entrou um lacaio com um ar preocupado:

— O barão teve visitas até agora — disse-me ele. — Ainda há várias pessoas à espera. Vou fazer o possível para que ele receba ao senhor, já telefonei duas vezes ao secretário.

— Não, não se incomode, eu tinha encontro marcado com o senhor barão, mas já é muito tarde e, como ele está ocupado esta noite, voltarei noutro dia.

— Oh!, não, não vá embora, senhor — exclamou o mordomo. — O senhor barão poderia ficar descontente. Vou tentar de novo. — Lembrei-me do que tinha ouvido contar dos criados do sr. de Charlus e do seu devotamento ao patrão. Dele não se podia dizer exatamente como do príncipe de Conti que procurava agradar tanto ao criado como ao ministro, mas de tal modo sabia fazer das mínimas coisas que pedia uma espécie de favor que de noite, reunidos os criados em seu redor a respeitosa distância, quando ele dizia, depois de os ter percorrido com o olhar: "Coignet, o castiçal!", ou "Ducret, a camisa!", era resmungando de inveja que os outros se retiravam, ciumentos daquele que acabava de ser distinguido pelo senhor.[336] Dois, até, que se execravam, tratavam cada um de arrebatar o favor ao outro, indo com o mais absurdo pretexto dizer qualquer coisa ao barão, se ele subira mais cedo, na esperança de ser investido naquela noite do cuidado do castiçal ou da camisa. Se dirigia a palavra a algum deles sobre qualquer coisa que não fosse do serviço, ou ainda mais, se pelo inverno, no jardim, sabendo um de seus cocheiros endefluxado, dizia-lhe

---

336 A alusão ao comportamento do príncipe de Conti foi extraída de um trecho das *Memórias* de Saint-Simon, em que este, além de mencionar o caráter sedutor do príncipe, que conseguia agradar e cativar muitas amantes e seus amigos homens, fala justamente da facilidade do príncipe em se relacionar tanto com o ministro como com o sapateiro. (N. E.)

ao cabo de dez minutos: "Cubra-se", os outros não lhe falavam durante quinze dias, de ciúme, por causa da graça que lhe fora concedida.

Esperei mais dez minutos e, depois de me pedirem que não me demorasse muito, porque o senhor barão, fatigado, tivera de despachar várias pessoas das mais importantes, que tinham entrevista marcada desde muitos dias, introduziram-me junto dele. Essa encenação em torno do sr. de Charlus me parecia de muito menos grandeza que a simplicidade de seu irmão Guermantes, mas já a porta se abrira e eu acabava de avistar o barão, de chambre chinês, o colo descoberto, reclinado num canapé. Impressionou-me no mesmo instante a vista de uma cartola sobre uma cadeira, com uma peliça, como se o barão acabasse de chegar. O mordomo retirou-se. Supunha eu que o sr. de Charlus viesse ao meu encontro. Sem fazer um único movimento, fixou em mim uns olhos implacáveis. Aproximei-me, cumprimentei-o, não me estendeu a mão, não me respondeu, não me mandou sentar. Passado um instante, perguntei-lhe, como se faria com um médico mal-educado, se era necessário que eu permanecesse de pé. Fi-lo sem má intenção, mas o ar de fria cólera que tinha o sr. de Charlus pareceu agravar-se ainda mais. Ignorava, de resto, que, em sua casa, no campo, no castelo de Charlus, costumava ele, após o jantar, de tal modo lhe aprazia fazer de rei, espichar-se em uma poltrona, no salão de fumar, deixando os convidados de pé, em torno de si. Pedia fogo a um, oferecia um charuto a outro, depois, ao fim de alguns instantes, dizia: "Mas Argencourt, sente-se, tome uma cadeira etc.", tendo-se empenhado em prolongar sua estação de pé cinicamente para lhes mostrar que dele é que lhes vinha a permissão de sentarem-se.

— Sente-se na poltrona Luís XIV — respondeu-me com ar imperioso, e mais para forçar-me a me afastar da sua pessoa do que para pedir que me sentasse. Tomei uma poltrona que não estava longe. — Ah!, eis o que o senhor chama uma poltrona Luís XIV! Estou vendo que é instruído — exclamou ele com irrisão.

Eu estava de tal modo estupefato que não me movi, nem para ir-me embora, como deveria ter feito, nem para mudar de cadeira, como ele queria.

— Senhor — disse-me ele, pesando todos os termos e precedendo os mais impertinentes de um duplo par de consoantes —, a entrevista que condescendi em conceder-lhe, a pedido de uma pessoa que deseja que não a nomeie, marcará o ponto final de nossas relações. Não lhe ocultarei que tinha esperado melhor; forçaria talvez um pouco o sentido das palavras, o que não se deve fazer, mesmo com quem lhes ignora o valor, e por simples respeito próprio, dizendo-lhe que concebera simpatia pelo senhor. Creio no entanto que "benevolência", no seu sentido mais eficientemente protetor, não excederia nem o que eu experimentava, nem o que propunha manifestar. Desde a minha volta a Paris, eu lhe fizera saber, ainda em Balbec, que podia contar comigo.

Eu, que me lembrava de que forma o sr. de Charlus se separara de mim em Balbec, esbocei um gesto de negação.

— Como! — exclamou encolerizado, e com efeito o seu rosto convulsionado e branco diferia tanto do seu rosto ordinário como o mar, quando numa manhã de tempestade percebemos, em vez da sorridente superfície habitual, mil serpentes de espuma e de baba. — Pretende o senhor que não recebeu a minha mensagem, quase uma declaração, para ter de lembrar-se de mim? Que havia como decoração em torno do livro que lhe mandei?

— Uns entrelaçamentos historiados muito bonitos — disse-lhe.

— Ah! — respondeu-me com um ar de desprezo —, os jovens franceses pouco conhecem as obras-primas de nosso país. Que diriam de um jovem berlinense que não conhecesse a *Valquíria*? É preciso mesmo que tenha olhos de não ver, pois essa obra-prima, disse-me o senhor que havia passado duas horas diante dela. Bem vejo que não é mais entendido em flores do que em estilos; não proteste quanto aos estilos — exclamou num tom de raiva superagudo —, o senhor nem sabe sobre o que está sentado. Oferece a seu traseiro uma cadeira baixa Diretório por um *bergère* Luís xiv. Qualquer dia destes tomará os joelhos da senhora de Villeparisis pelo lavabo, e quem sabe o que fará com eles. Da mesma forma, nem sequer reconheceu na encadernação do livro de Bergotte o lintel de miosótis da igreja de Balbec. Haveria maneira mais límpida de lhe dizer: "Não me esqueça!"?

Eu contemplava o sr. de Charlus. Por certo a sua cabeça magnífica, e que repelia, levava no entanto vantagem sobre a de todos os seus; dir-se-ia Apolo envelhecido; mas uma espuma olivácea, hepática, parecia prestes a escorrer de sua boca má; quanto à inteligência, não se podia negar que a sua, em largo ângulo de compasso, abrangia muitas coisas que permaneceriam para sempre desconhecidas ao duque de Guermantes. Mas por mais belas palavras com que colorisse todos os seus ódios, sentia-se que, mesmo quando houvesse nelas ora orgulho ofendido, ora amor enganado, ou um rancor, sadismo, uma impertinência, uma ideia fixa, aquele homem era capaz de assassinar e de provar à força da lógica e de belas palavras que tivera razão em fazê-lo e nem por isso era menos superior em cem côvados ao seu irmão, à sua cunhada etc. etc.

— Como nas *Lanças* de Velázquez, — continuou —, o vencedor se dirige para o mais humilde, como deve fazê-lo toda criatura nobre, visto que eu era tudo e o senhor nada, fui eu quem deu os primeiros passos na sua direção.[337] O senhor correspondeu tolamente ao que a mim não me competia denominar grandeza. Mas não me deixei desanimar. Nossa religião prega a paciência. A que tive com o senhor espero me será levada em conta, como também o não ter feito mais que sorrir do que poderia ser tachado de impertinência, se estivesse a seu alcance ser impertinente com quem o ultrapassa de tantos côvados; mas, enfim, senhor, não se trata mais de nada disso. Submeti-o à prova que o único homem eminente de nosso mundo chama com espírito a prova da demasiada amabilidade, e que declara de direito a mais terrível de todas, a única apta a separar o joio do trigo.[338] Eu lhe censuraria

337 O barão de Charlus menciona o quadro *As lanças*, ou *A rendição de Breda*, pintado por Velázquez em 1635. No quadro, o general espanhol Spinola recebe as chaves da cidade das mãos de Justino de Nassau. (N. E.)
338 "O único homem eminente de nosso mundo" e que propunha a chamada "prova da demasiada amabilidade" era justamente um dos modelos do barão de Charlus, Robert de Montesquiou, que se reconheceu na descrição do barão e exigiu explicações a Proust. (N. E.)

apenas o tê-la sofrido sem êxito, pois são muito raros os que saem triunfantes. Mas, pelo menos, e é a conclusão que pretendo tirar das últimas palavras que trocaremos na face da Terra, espero estar ao abrigo das suas invenções caluniosas.

Até então não tinha eu pensado que a cólera do sr. de Charlus pudesse ter por causa alguma frase desabonatória que lhe houvessem repetido; interroguei minha memória; não falara dele a quem quer que fosse. Algum malévolo tinha inventado tudo. Protestei ao sr. de Charlus que absolutamente não dissera nada dele.

— Não penso que possa tê-lo agastado ao dizer à senhora de Guermantes que tinha ligações com o senhor.

Ele sorriu com desdém, fez subir a voz até os mais extremos registros, e ali, atacando com doçura a nota mais aguda e mais insolente:

— Oh!, senhor — disse ele, voltando com extrema lentidão a uma entonação mais natural, e como que a encantar-se de passagem com as bizarrias dessa gama descendente —, penso que o senhor prejudica a si mesmo, acusando-se de haver dito que tínhamos *ligações*. Não espero grande exatidão verbal de alguém que tomaria facilmente um móvel de Chippendale por uma cadeira rococó, mas, enfim, eu não penso — acrescentou, com carícias vocais cada vez mais zombeteiras e que faziam flutuar em seus lábios até um encantador sorriso. — Eu não penso que o senhor tenha dito, nem acreditado, que tínhamos *ligações*! Quanto a haver-se gabado de me ter sido *apresentado*, de ter *conversado comigo*, de *conhecer-me* um pouco, de ter conseguida quase sem solicitação a possibilidade de ser um dia *protegido* meu, acho, pelo contrário, muito natural e inteligente que o tenha feito. A extrema diferença de idade que há entre nós permite-me reconhecer sem ridículo que essa *apresentação*, essas *conversas*, essa vaga amostra de *relações* eram para o senhor, não é a mim que compete dizer uma honra, mas, afinal, na parte mínima, uma vantagem, que foi uma tolice sua não o tê-la divulgado, mas não ter sabido conservá-la. Acrescentarei até — disse, passando de súbito e por um instante da cólera altaneira a uma brandura de tal modo impregnada de tristeza que eu supunha que ele ia pôr-se a chorar — que, quando o senhor deixou sem resposta a proposta que lhe fiz em Paris, isto se me afigurou tão inaudito da parte do senhor, que me havia parecido bem-educado e de uma boa família *burguesa* (apenas neste adjetivo a sua voz teve um pequeno silvo de impertinência) que tive a ingenuidade de acreditar em todas as histórias que não acontecem nunca, nas cartas extraviadas, nos enganos de endereço. Reconhecia que era grande ingenuidade da minha parte, mas são Boaventura preferia acreditar que um boi pudesse voar a que seu irmão mentisse.[339] Enfim, tudo isso está terminado, não lhe agradou, não se fala mais. Parece-me apenas que o senhor poderia (e havia na verdade lágrimas em sua voz), ao menos em consideração à minha idade, ter-mo escrito. Eu tinha imaginado para o senhor coisas infinitamente sedutoras, que me guardara de revelar-lhe. O senhor preferiu recusar sem saber, isso é lá com o senhor. Mas, como lhe disse, sempre se pode *escrever.* Eu, no seu lugar, e mesmo no meu, tê-lo-ia feito. Prefiro por causa disso o meu lugar ao seu, e digo por causa disso porque acredito que todos os lugares são iguais, e tenho mais simpatia por um inteligente operário do que por muitos duques. Mas posso dizer que prefiro o meu lugar porque isso que o senhor fez, em toda a minha vida que já se vai tornando bastante longa, eu tenho certeza de que jamais o fiz. (Sua cabeça estava voltada para a sombra e eu não podia ver se os seus olhos deixavam cair lágrimas como a sua voz dava a entender.) Dizia-lhe que dei cem passos na sua direção, o que teve por efeito fazê-lo dar duzentos para trás. Agora compete a mim afastar-me, e não mais nos conheceremos. Não conservarei seu nome, mas sim o seu caso, a fim de que nos dias em que fosse tentado a acreditar que os homens têm coração, polidez, ou simplesmente a inteligência de não deixar escapar uma oportunidade única, me lembre que seria situá-los demasiado alto. Não, que tenha dito que

---

339 A anedota atribuída por Charlus a são Boaventura aconteceu na verdade com santo Tomás de Aquino, que, quando um de seus companheiros disse ter visto um asno (e não um boi) passar voando, olhou imediatamente para cima e concluiu com a frase citada pelo barão. (N. E.)

me conhecia quando era verdade, pois agora vai deixar de sê-lo, eu só posso achar isso natural e o tenho por uma homenagem, isto é, por agradável. Infelizmente, noutro lugar e em outras circunstâncias, o senhor teve palavras muito diferentes.

— Senhor, juro-lhe que nada disse que pudesse ofendê-lo.

— E quem lhe disse que eu fiquei ofendido? — exclamou ele com furor, erguendo-se violentamente no canapé onde até então permanecera imóvel, enquanto, ao passo que se crispavam as lívidas serpentes escumosas de sua face, a sua voz se tornava alternadamente aguda e grave como uma tempestade ensurdecedora e desencadeada. (A força com que habitualmente falava e que fazia voltarem-se os desconhecidos na rua estava centuplicada, como um *forte* quando, em vez de ser executado ao piano, é executado pela orquestra e depois ainda se transforma em fortíssimo. O sr. de Charlus ululava.) — Pensa que está a seu alcance ofender-me? Não sabe então com quem está falando? Acredita que a envenenada saliva de quinhentos sujeitinhos como os seus amigos empilhados uns sobre os outros conseguiria babar ao menos os dedos dos meus augustos pés?

Desde um momento, ao desejo de persuadir o sr. de Charlus de que eu jamais dissera nem ouvira dizer mal dele, sucedera uma raiva louca, causada por aquelas palavras ditadas unicamente, a meu ver, por seu imenso orgulho. Talvez fossem mesmo efeito, ao menos em parte, desse orgulho. Quase todo o resto provinha de um sentimento que eu ainda ignorava e ao qual não tinha culpa, portanto, de atribuir o devido papel. Poderia ao menos, na falta do sentimento desconhecido, juntar ao orgulho, se me houvesse lembrado das palavras da sra. de Guermantes, um pouco de loucura. Mas naquele instante a ideia de loucura nem sequer me passou pela mente. Na minha opinião só havia nele orgulho, e em mim só havia furor. Este (no momento em que o sr. de Charlus, deixando de urrar para falar dos dedos de seus augustos pés, com uma majestade acompanhada de uma careta, uma expressão de vômito pelo nojo que lhe causavam os seus obscuros blasfemadores), esse furor não mais se conteve. Num movimento impulsivo, quis eu bater em qualquer coisa, e, como um resto de discernimento me fazia respeitar um homem de muito mais idade que eu, e também, devido à sua dignidade artística, as porcelanas alemãs colocadas em torno dele, precipitei-me para a cartola nova do barão, lancei-a por terra, pisoteei-a, encarnicei-me em estragá-la inteiramente, arranquei o forro, estraçalhei a aba, sem escutar as vociferações do sr. de Charlus que continuavam e, atravessando a peça para ir embora, abri a porta. A cada lado desta, com grande espanto meu, se achavam dois lacaios que se afastaram lentamente para parecer que se achavam ali apenas de passagem e a serviço. (Soube-lhes depois os nomes, um se chamava Burnier e o outro Charmel.) Não me deixei iludir um só instante com aquela explicação que o seu andar descuidado parecia apresentar-me. Era inverossímil; três outras mo pareceram menos; uma, que o barão às vezes recebia convidados contra os quais poderia ter necessidade de auxílio (mas por quê?) e julgava necessário dispor de um posto de socorro próximo. A outra, que, atraídos pela curiosidade, tinham-se eles posto à escuta, sem pensar que eu sairia tão depressa. A terceira, que, tendo sido preparada e representada toda a cena que me fizera o sr. de Charlus, ele próprio lhes pedira que escutassem, por amor do espetáculo, unido talvez a um *"nunc erudimini"* de que cada qual tiraria seu proveito.[340]

Se minha cólera não acalmara a do barão, minha saída do quarto pareceu causar-lhe viva dor; ele chamou-me, mandou-me chamar, e, afinal, esquecendo que um momento antes, referindo-se aos "dedos de seus augustos pés", acreditara fazer-me testemunha da sua própria deificação, saiu correndo, alcançou-me no vestíbulo e barrou-me a porta.

— Vamos — disse ele —, não se faça de criança, entre por um minuto; quem bem ama bem castiga, e se eu bem o castiguei é porque bem o amo.

---

340 *"Et nunc, reges, intelligite: erudimini, qui judicatis terram"*, citação da vulgata que significa "E agora, reis, compreendam; instruam-se, vocês que decidem o destino da terra", frase empregada para lembrar que devemos aprender com a experiência pela qual um outro passou. (N. E.)

Minha cólera passara, deixei passar a palavra "castigar" e acompanhei o barão que, chamando o lacaio, mandou, sem nenhum amor-próprio, carregar os frangalhos do chapéu destroçado, que substituíram por outro.

— Se quiser dizer-me, senhor — disse eu ao barão de Charlus —, quem me caluniou perfidamente, eu fico para sabê-lo e confundir o impostor.

— Quem? Não o sabe? Não guarda lembrança do que diz? Acredita que as pessoas que prestam o serviço de me avisar dessas coisas não começam por me pedir segredo? E acredita que eu vou faltar ao prometido?

— Senhor, é impossível dizer-me? — perguntei-lhe, procurando uma única vez em minha cabeça (onde não encontrava ninguém) a quem poderia ter falado do sr. de Charlus.

— Não ouviu que prometi segredo ao meu informante? — disse-me com voz ríspida. — Vejo que, ao gosto das conversas abjetas, junto ao senhor o das insistências vãs. Deveria ter ao menos a inteligência de aproveitar uma última entrevista e falar para dizer alguma coisa que não seja exatamente nada.

— Cavalheiro — respondi, afastando-me —, o senhor insulta-me, estou desarmado porque tem duas vezes a minha idade, a partida não é igual, e, por outro lado, não posso convencê-lo, já lhe jurei que não havia dito nada.

— Então eu estou mentindo! — exclamou num tom terrível e dando tamanho salto que ficou de pé, a dois passos de mim.

— É que o enganaram.

Então, com uma voz suave, afetuosa, melancólica, como nessas sinfonias que executam sem interrupção entre os diversos trechos, e em que um gracioso *scherzo* amável, idílico, sucede às trovoadas do primeiro trecho:

— É bem possível — disse-me ele. — Em princípio, uma frase repetida, raramente é verdadeira. A culpa é sua se, não tendo aproveitado as ocasiões de visitar-me que eu lhe havia oferecido, não pôde fornecer-me, com essas palavras francas e cotidianas que criam a confiança, o preservativo único e soberano contra uma palavra que o apresentava como um traidor. Em todo caso, verdade ou mentira, a frase fez seu trabalho. Não mais pude livrar-me da impressão que me causou. Nem mesmo posso dizer que quem bem ama, bem castiga, pois, se bem o castiguei, não mais o amo.

Enquanto me dizia essas palavras, forçara-me a sentar e tocara a campainha. Entrou novo lacaio.

— Traga de beber e mande preparar o cupê.

Eu disse que não tinha sede, que já era muito tarde e dispunha, aliás, de um carro.

— Provavelmente o pagaram e mandaram-no embora — disse ele. — Não se preocupe com isso. Mando atrelar para que o conduzam... Se receia que seja muito tarde... eu poderia ceder-lhe um quarto aqui. — Aleguei que minha mãe ficaria inquieta. — Ah!, sim, verdade ou mentira, a frase fez seu trabalho. Minha simpatia um pouco prematura tinha florido demasiado cedo; e, como aquelas macieiras de que o senhor falava poeticamente em Balbec, não pôde resistir à primeira geada.

Se a simpatia do sr. de Charlus não fora destruída, em todo caso ele não poderia agir de outro modo, pois que dizendo que estávamos de mal, fazia-me ficar, beber, convidava-me para dormir na sua casa e ia mandar-me conduzir à minha. Parecia até que temia o instante de me deixar e de se encontrar a sós, essa espécie de temor um pouco ansioso que a sua cunhada e prima Guermantes me parecera sentir, havia uma hora, quando procurara forçar-me a ficar ainda um pouco, com uma espécie da mesma passageira inclinação por mim, do mesmo esforço para prolongar um minuto.

— Infelizmente — tornou ele —, não tenho o dom de fazer reflorir o que uma vez foi destruído. Minha simpatia pelo senhor está bem morta. Nada a pode ressuscitar. Sempre me sinto um pouco como o Booz de Victor Hugo: "Estou viúvo, estou só, e tomba a noite sobre mim".[341]

Atravessei com ele o grande salão verdoengo. Disse-lhe, inteiramente ao acaso, o quanto achava bonita a referida peça.

---

341 Verso extraído de "Booz adormecido", presente na coletânea *A lenda dos séculos*. (N. E.)

— Pois não é mesmo? — respondeu ele. — Sempre é preciso amar alguma coisa. O forro de madeira é de Bagard. E o bonito mesmo, veja o senhor, é que foi feito para combinar com as cadeiras de Beauvais e os consolos.[342] Repare como repetem o mesmo tema decorativo do forro. Só havia dois lugares onde se dava o mesmo: o Louvre e a casa do senhor d'Hinnisdal.[343] Mas, naturalmente, logo que resolvi morar nesta rua, deparou-se um velho palácio Chimay que ninguém jamais vira, pois aqui estava unicamente para *mim*.[344] Em suma, está muito bem. Poderia talvez estar melhor, mas, enfim, não está mal. Há bonitas coisas, não? O retrato de meus tios, o rei da Polônia e o rei da Inglaterra, por Mignard. Mas que lhe estou dizendo? O senhor o sabe tão bem quanto eu, pois esteve esperando neste mesmo salão. Não? Ah! É que o puseram no salão azul — disse ele com um ar que podia ser de impertinência, por minha falta de curiosidade, ou de superioridade pessoal, e por não haver perguntado onde me tinham feito esperar. — Olhe, neste gabinete há todos os chapéus que usaram madame Élisabeth, a princesa de Lamballe e a rainha. Isso não lhe interessa, dir-se-ia que não está vendo. Talvez sofra de alguma afecção do nervo óptico. Se gosta mais deste gênero de beleza, eis aqui um arco-íris de Turner, que começa a brilhar entre estes dois Rembrandt, como signo da nossa reconciliação. Escute: Beethoven vem unir-se a ele.

E, com efeito, distinguiam-se os primeiros acordes da terceira parte da *Sinfonia Pastoral*, "a alegria após a tempestade", executados não longe de nós, no primeiro andar sem dúvida, por

---

342 Charlus combina os trabalhos do escultor César Bagard (1639-1709) com as famosas cadeiras da tapeçaria Beauvais, um dos tesouros também do salão da sra. de Villeparisis, tia do barão. No primeiro volume, em meio ao caos dos numerosos presentes recebidos pela sra. Verdurin de seus "fiéis", Swann, frequentador do "caminho de Guermantes", consegue detectar a presença solitária de uma poltrona Beauvais. (N. E.)

343 O Hotel Hinnisdal, situado no número 60 da rua de Varenne, em Paris, foi construído em 1728 por Charlotte de Bourgoin. (N. E.)

344 Construído em 1640 por Mansart e decorado por Le Brun e Le Nôtre, o Hotel Chimay encontra-se nos números 15 e 17 do cais Malaquais. (N. E.)

instrumentistas.[345] Perguntei ingenuamente por que acaso toca-vam aquilo e quem eram os músicos.

— Bem!, não se sabe. Nunca se sabe. São músicas invisíveis. Lin-do, não? — disse-me num tom levemente impertinente, e que no en-tanto lembrava um pouco a influência e o acento de Swann. — Mas o senhor se importa tanto com isso como um peixe com uma maçã. Quer voltar para casa, pronto para faltar com o respeito a Beethoven e a mim — acrescentou num tom afetuoso e triste, quando chegou o momento de retirar-me. — Há de desculpar-me de não acompanhá--lo, como o exigiriam as boas maneiras. Desejoso de não mais revê-lo, pouco me importa passar cinco minutos a mais com o senhor. Mas estou cansado e tenho muito que fazer. — No entanto, notando que o tempo estava bom: — Bem!, vou subir ao carro. Faz um luar soberbo, que irei contemplar no bosque, depois de o ter levado até em casa. Como? Não sabe barbear-se? Mesmo numa noite em que vai jantar fora conserva ainda alguns pelos? — disse-me ele, tomando-me o queixo entre dois dedos, por assim dizer magnetizados, que, depois de resistirem um instante, remontaram até minhas orelhas, como os dedos de um barbeiro. — Ah!, como seria agradável contemplar esse "luar azul" no bosque com alguém como o senhor[346] — disse-me, com uma doçura súbita e como que involuntária, e, depois, com um ar triste: — Pois é gentil, apesar de tudo. Poderia sê-lo mais do que ninguém — acrescentou, batendo-me paternalmente no ombro. — Outrora, devo dizer-lhe que o achava assaz insignificante.

Eu deveria pensar que ainda me achava assim. Era só lembrar a raiva com que me falara, apenas meia hora antes. Apesar disso, tinha a impressão de que ele era sincero naquele momento, que o seu bom coração triunfava do que eu supunha um estado quase delirante de suscetibilidade e orgulho. O carro estava diante de nós e ele ainda prolongava a conversação.

---

345 Na verdade, é o quinto e último movimento da *Sinfonia Pastoral nº 6 op. 68* de Beethoven que chega após os estrondos de um trovão da tempestade. (N. E.)

346 Esse "luar azul" entre aspas remete ao último verso do poema "A festa em casa de Teresa", presente no volume *As contemplações*, de Victor Hugo. (N. E.)

— Vamos — disse ele bruscamente —, suba; daqui a cinco minutos chegaremos à sua casa. E eu lhe darei um boa-noite que cortará cerce e para sempre as nossas relações. É melhor, já que devemos deixar-nos para sempre, que o façamos como em música, num acorde perfeito.

Apesar dessas solentes afirmativas de que nunca mais nos tornaríamos a ver, seria capaz de jurar que o sr. de Charlus, pesaroso por não ter sabido dominar-se ainda há pouco e receoso de me haver magoado, não se incomodaria em tornar a ver-me uma vez mais. Não me enganava, pois um instante depois:

— Ora veja! — disse ele —, pois não é que me ia esquecendo o principal? Em memória da senhora sua avó, tinha mandado encadernar para o senhor uma edição curiosa de madame de Sévigné. Eis o que vai impedir que esta entrevista seja a última. Convém consolar-se, relembrando que assuntos complicados raramente se liquidam num dia. Veja quanto tempo durou o Congresso de Viena.[347]

— Mas eu poderia mandar buscá-la sem o incomodar — disse-lhe atenciosamente.

— Queira calar-se, tolinho — retrucou encolerizado —, e não tenha o ar grotesco de considerar como coisa de somenos a honra de ser provavelmente, não digo certamente, pois será talvez um lacaio quem lhe entregará os volumes, recebido por mim. — Reconsiderou: — Não quero deixá-lo com estas palavras. Nada de dissonância, antes do silêncio eterno do acorde dominante. — Era por causa de seus próprios nervos que parecia temer seu regresso imediatamente depois de ásperas palavras de disputa. — Desejaria o senhor ir até o bosque — disse-me ele num tom não interrogativo, mas afirmativo, e, ao que me pareceu, não porque não quisesse convidar-me, mas porque temia que o seu amor-próprio sofresse uma recusa. — Pois bem — disse ele encompridando o assunto —, é o momento em que,

---

347 Congresso começado em setembro de 1814 e terminado em junho de 1815. (N. E.)

como diz Whistler, os burgueses se recolhem (talvez quisesse apanhar-me pelo amor-próprio) e em que convém que se comece a olhar.[348] Mas o senhor nem sabe quem é Whistler.

Mudei de assunto e perguntei-lhe se a princesa de Iéna era uma pessoa inteligente. O sr. de Charlus interrompeu-me e, tomando o tom mais desdenhoso que eu conhecia:

— Ah!, alude aí o senhor a uma nomenclatura com que nada tenho a ver. Há talvez uma aristocracia entre os taitianos, mas confesso que não a conheço. Mas é estranho, o nome que acaba de pronunciar ainda há poucos dias soou aos meus ouvidos. Perguntavam-me se eu condescenderia em que me fosse apresentado o jovem duque de Guastalla. A pergunta espantou-me, pois o duque de Guastalla não tem necessidade alguma de fazer-se apresentar a mim, pela simples razão de que é meu primo e me conhece desde sempre; é filho da princesa de Parma e, como jovem parente bem-educado, nunca deixa de vir cumprimentar-me pelo Ano-Novo. Mas, tomadas as informações, viu-se que não se tratava de meu parente, e sim de um filho da pessoa que lhe interessa. Como não existe princesa desse nome, supus que se tratasse de alguma mendiga que dormia debaixo da ponte de Iéna e que adquirira pitorescamente o título de princesa de Iéna, como se diz a Pantera de Batignolles ou o Rei do Aço.[349] Mas não, tratava-se de uma pessoa rica de quem eu admirara numa exposição uns móveis muito belos e que têm sobre o nome do proprietário a superioridade de não serem falsos. Quanto ao pretenso duque de Guastalla, devia ser o corretor meu secretário, o dinheiro consegue tanta coisa... Mas não; foi o imperador, parece, que se divertiu em conceder a essa gente um título precisamente indisponível. Foi talvez uma prova de poder, ou de ignorância, ou de malícia, mas acho sobretudo que foi uma partida que ele pregou dessa forma a esses usurpadores

---

348 Alusão ao texto *Le 'ten o'clock' de M. Whistler*, traduzido do inglês por Stéphane Mallarmé. O original não traz, entretanto, o tom agressivo impresso pelo barão. (N. E.)
349 Pantera de Batignolles era o nome de um clube anarquista que, por volta de 1880, se reunia na rua de Lévis, no bairro dos Batignolles. (N. E.)

sem querer. Mas, enfim, não posso dar-lhe esclarecimento sobre tudo isso, minha competência para no Faubourg Saint-Germain, onde, entre todos os Couvoisier e Gallardon, o senhor achará, se consegue descobrir um introdutor, velhas megeras tiradas expressamente de Balzac e que o divertirão. Naturalmente isso nada tem a ver com o prestígio da princesa de Guermantes, mas, sem mim e o meu sésamo, a casa dela é inacessível.

— É na verdade muito belo, senhor, o palácio da princesa de Guermantes.

— Oh!, não é muito belo. É o que há de mais belo; depois da princesa, está visto.

— A princesa de Guermantes é superior à duquesa de Guermantes?

— Oh!, não tem comparação. — É de notar como as pessoas do alto mundo, desde que tenham alguma imaginação, coroam ou destronam, ao sabor de suas simpatias ou de suas querelas, aqueles cuja situação parecia mais sólida e mais assente. — A duquesa de Guermantes (não a chamando de Oriane, talvez quisesse ele colocar maior distância entre ela e mim) é deliciosa, muito superior ao que possa imaginar. Mas, enfim, é imensurável com a sua prima. Esta é exatamente o que as pessoas do mercado podem imaginar que fosse a princesa de Metternich, mas a Metternich julgava ter lançado Wagner, porque conhecia Victor Maurel. A princesa de Guermantes, ou antes, a sua mãe, conheceu o verdadeiro.[350] O que é um prestígio, sem falar na incrível beleza dessa mulher. E só os jardins de Ester![351]

---

350 Charlus refere-se ao ilustre barítono francês Victor Maurel (1848-1923). A pretensão da sra. Metternich vem também da gafe de associar o lançamento da voga da obra de Wagner a Maurel, pois o cantor jamais cantara Wagner em Paris. De qualquer modo, Pauline de Metternich (1836-1921), esposa do embaixador austríaco em Paris, foi das mais calorosas defensoras do compositor alemão quando de sua passagem pela capital francesa, entre os anos de 1860 e 1861. (N. E.)

351 Associação entre os suntuosos jardins da casa da princesa de Guermantes, que o herói conhecerá no próximo volume, e um verso da peça *Ester*, de Racine: "É aqui de Ester o soberbo jardim" (ato III, cena 1). (N. E.)

— E não se pode visitá-los?

— Oh!, não, é preciso ser convidado, mas nunca convidam *ninguém*, a não ser que eu intervenha. — Mas, retirando em seguida, depois de a ter lançado, a isca desse oferecimento, estendeu-me a mão, pois tínhamos chegado à minha casa. — Meu papel está terminado, senhor, acrescento-lhe apenas estas poucas palavras. Algum outro talvez lhe venha a oferecer a sua simpatia, como eu o fiz. Que o exemplo atual lhe sirva de ensinamento. Não o negligencie. Uma simpatia é sempre preciosa. O que não se pode fazer sozinho na vida, pois há coisas que não se pode pedir, nem fazer, nem querer, nem aprender por si mesmo, vários o podem, e sem a necessidade de serem treze, como no romance de Balzac, nem quatro, como n'*Os três mosqueteiros*. Adeus.[352]

Devia estar cansado e ter desistido da contemplação do luar, pois me pediu para dizer ao cocheiro que regressasse. Em seguida fez um brusco movimento, como se quisesse reconsiderar. Mas eu já transmitira a ordem e, para não me demorar mais, fui chamar à minha porta, sem mais pensar que tinha de fazer ao sr. de Charlus, a respeito do imperador da Alemanha e do general Botha, narrativas ainda há pouco tão obsedantes, mas que a sua inesperada e fulminante acolhida fizera voar para bem longe de mim.

Ao entrar, vi na minha escrivaninha uma carta que o jovem lacaio de Françoise escrevera a um de seus amigos e que ali havia esquecido. Desde que minha mãe se achava ausente, ele não recuava diante de nenhuma sem-cerimônia; mais culpado fui eu por ter lido a carta sem envelope, largamente aberta e que, era a minha única escusa, tinha o ar de oferecer-se a mim.

"Caro amigo e primo,

Espero que a saúde vá sempre bem e que o mesmo aconteça com a família miúda, especialmente o meu jovem afilhado Jo-

---

352 No romance *A duquesa de Langeais*, o narrador nos fala de um grupo de treze homens que decidem se isolar do mundo e se dedicar a uma "religião de prazer e de egoísmo". (N. E.)

seph, que não tenho o prazer de conhecer mas que prefiro a vocês todos como meu afilhado, relíquias d'alma têm seu pó também, afastemos as mãos desses sagrados restos.[353] Aliás, meu caro amigo e primo, quem te diz que amanhã tu e a tua querida mulher, a minha prima Marie, não sejam os dois precipitados até o fundo do mar, como o marinheiro no alto do grande mastro,[354] pois esta vida nada mais é que um vale obscuro.[355] Caro amigo, devo dizer-te que a minha principal ocupação, para teu espanto, tenho certeza, é agora a poesia que amo com delícia, pois é preciso passar o tempo. Assim, meu caro amigo, não fiques muito espantado se ainda não pude responder tua última carta; na falta do perdão, deixa que venha o olvido.[356] Como sabes, a mãe da senhora faleceu em meio de inenarráveis sofrimentos que a deixaram bastante fatigada, pois recebeu até três médicos. O dia do seu enterro foi um belo dia, pois todas as relações do senhor compareceram em multidão, assim como vários ministros. Levaram mais de duas horas para chegar ao cemitério, o que fará vocês todos arregalarem os olhos na nossa aldeia, pois decerto não farão outro tanto para a tia Michu. Assim, a minha vida não será mais que um longo soluço. Divirto-me à grande com a motocicleta que aprendi ultimamente. Que diriam, meus caros amigos, se eu chegasse assim, a todas, nas Écorces. Mas aqui não me calarei mais, pois sinto que a embriaguez da dor lhe arrebata a razão.[357] Frequento a duquesa de Guermantes, pessoas de que não ouviste nem os nomes em nossas terras ignorantes. Também é com prazer que te enviarei

---

353 Citação do poema "A noite de outubro", de Alfred de Musset. Parte da graça da citação vem do fato de que os mesmos versos foram citados por ninguém menos que a duquesa de Guermantes durante o jantar a que o herói esteve presente. (N. E.)

354 Citação do poema "Escrito em 1827", presente no livro *Canções de ruas e bosques*, de Victor Hugo. (N. E.)

355 O famoso "vale obscuro" era uma espécie de lugar comum da poesia romântica. O jovem lacaio de Françoise deve ter lido "O vale", de Lamartine. (N. E.)

356 Nova citação do poema "A noite de outubro", de Musset. (N. E.)

357 Outra menção de um poema de Musset, agora da "Carta a Lamartine". (N. E.)

os livros de Racine, de Victor Hugo, Páginas Escolhidas de Chê-nedollé,[358] de Alfred de Musset, pois desejaria curar a terra que me deu a luz[359] da ignorância que leva fatalmente até o crime. Não vejo mais nada para te dizer e te envio como o pelicano cansado de uma longa viagem[360] as minhas saudações, assim como à tua mulher, ao meu afilhado, à tua irmã Rose. Possa não se dizer dela: "E Rose, ela viveu o que vivem as rosas",[361] como o disse Victor Hugo, o soneto de Arvers,[362] Alfred de Musset, to-dos esses grandes gênios que fizeram por causa disso morrer nas chamas da fogueira como Joana d'Arc. Para breve a tua próxima missiva, recebe meus beijos como os de um irmão.

Périgot (Joseph)."

Sentimo-nos atraídos por toda vida que representa para nós algo de desconhecido, por uma última ilusão a destruir. Apesar disso, as misteriosas palavras com que o sr. de Charlus me in-duzira a imaginar a princesa de Guermantes como um ser ex-traordinário e diferente do que eu conhecia não bastam para explicar a estupefação em que fiquei, logo seguida do temor de ser vítima de alguma brincadeira maquinada por alguém que quisesse fazer-me escorraçar à porta de uma casa aonde eu fosse sem ser convidado, quando cerca de dois meses após o meu jan-tar em casa da duquesa, e enquanto esta se achava em Cannes, tendo aberto um envelope cuja aparência não me advertira de

---

358 Chênedollé (1769-1833), discípulo de Chateaubriand; sua poesia anunciava a poesia dos autores românticos franceses. (N. E.)

359 Refrão de uma canção do compositor Bérat, muito conhecida na época, intitulada "Ma Normandie". O jovem leitor, pleno de ardor criativo, não interrompe o verso e emenda com uma reflexão sobre a ignorância e o crime... (N. E.)

360 Fascinado por Musset, ele volta a citar um verso de um de seus poemas, "A noite de maio". (N. E.)

361 Salto dos autores românticos para um poeta do século XVII, Malherbe, que escreveu "Consolo ao sr. du Périer, nobre de Aix-en-Provence, pela morte de sua filha". (N. E.)

362 Félix Arvers realmente passou à posteridade como autor de um único soneto mel-ancólico, presente na coletânea *Minhas horas perdidas*, de 1833. (N. E.)

nada de extraordinário, li estas palavras impressas num cartão: "A princesa de Guermantes, *née* duquesa em Baviera, estará em casa no dia...". Sem dúvida, ser convidado para a casa da princesa de Guermantes não era, talvez, do ponto de vista mundano, algo mais difícil que jantar em casa da duquesa, e os meus fracos conhecimentos de heráldica me haviam ensinado que o título de príncipe não é superior ao de duque. Depois, dizia comigo que a inteligência de uma mulher da alta sociedade não pode ser de uma essência tão heterogênea à de suas congêneres como o pretendia o sr. de Charlus, e de uma essência tão heterogênea à de alguma outra mulher. Mas a minha imaginação, semelhante a Elstir quando reproduzia um efeito de perspectiva sem levar em conta noções de física, que, aliás, podia possuir, pintava-me não o que eu sabia, mas o que ela via, isto é, o que lhe mostrava o nome. Ora, mesmo quando eu não conhecia a duquesa, o nome Guermantes precedido do título de princesa, como uma nota ou uma cor ou uma quantidade, profundamente diferenciadas dos valores circunstantes pelo "signo" matemático ou estético que a afeta, sempre me evocara alguma coisa de completamente diverso. Com esse título deparamos principalmente nas memórias do tempo de Luís II e de Luís XIV, da corte da Inglaterra, da rainha da Escócia, da duquesa de Aumale; e imaginava o palácio da princesa de Guermantes como mais ou menos frequentado pela duquesa de Longueville e pelo grande Condé, cuja presença tornava bem pouco verossímil que eu lá jamais penetrasse.

Muitas das coisas que me dissera o sr. de Charlus tinham dado um vigoroso relhaço na minha imaginação e, fazendo-a esquecer quanto a realidade a decepcionara com a duquesa de Guermantes (com os nomes de pessoas dá-se o mesmo que com os nomes de terras), tinham-na esporeado rumo à prima de Oriane. De resto, o sr. de Charlus só me enganou algum tempo quanto ao valor e à vaidade imaginários da gente da alta sociedade, porque ele próprio se enganava. E isso talvez porque ele não fazia nada, não escrevia, não pintava, nem sequer lia nada de um modo sério e profundo. Mas, superior em vários graus aos aristocratas, se era deles e de seu espetáculo que tirava a matéria de sua conversação, nem por isso era por eles compreendido. Falando como artista, podia quando muito exalar o falacioso encanto do alto mundo. Mas exalar tão somente para os artistas, em relação aos quais poderia representar o papel da rena com os esquimós; esse precioso animal arranca para eles, de rochas desérticas, líquens e musgos que eles não saberiam nem descobrir nem utilizar, mas que, uma vez digeridos pela rena, se tornam para os habitantes do extremo Norte um alimento assimilável.

Ao que acrescentei que aqueles quadros que o sr. de Charlus traçava da sociedade eram animados de muita vida pela mescla de seus ódios ferozes e de suas devotas simpatias. Os ódios dirigidos sobretudo contra os jovens, a adoração excitada principalmente por certas mulheres. Se entre estas a princesa de Guermantes era colocada pelo sr. de Charlus no trono mais elevado, suas misteriosas palavras sobre "o inacessível palácio de Aladino" que a sua prima habitava não bastam para explicar a minha estupefação. Apesar do atinente aos diversos pontos de vista subjetivos de que falarei, nas amplificações artificiais, não é menos verdade que há alguma realidade objetiva em todas essas criaturas e, por conseguinte, diferença entre elas.

E, aliás, como poderia ser de outro modo? A humanidade que frequentamos, e que tão pouco se assemelha aos nossos sonhos, é, no entanto, a mesma que nas Memórias, nas Cartas de pessoas notáveis, vimos descrita e desejamos conhecer. O velho mais insignificante com quem jantamos é aquele que, num livro sobre a guerra de 1870, nos emocionou com a sua altiva carta ao príncipe Frédéric-Charles.[363] Aborrecemo-nos ao jantar, porque a imaginação se acha ausente, e divertimo-nos com um livro, porque ela aí nos faz companhia. Mas é das mesmas personagens que se trata. Gostaríamos de ter conhecido madame de Pompadour, que tão bem prote-

---

363 A "altiva carta" continha provavelmente alguma reprovação ao príncipe da Prússia pela brutalidade com que tratou os vencidos durante a guerra de 1870 contra a França. (N. E.)

geu as artes, e tanto nos aborreceríamos junto dela como junto das modernas Egérias, a cuja casa não nos podemos decidir a voltar, tão medíocres são elas. Nem por isso é menos certo que essas diferenças subsistem. As pessoas nunca são exatamente iguais umas às outras, sua maneira de comportar-se relativamente a nós, em igual pé de amizade, revela diferenças que, afinal de contas, oferecem uma compensação. Quando conheci a sra. de Montmorency, aprouve-lhe dizer-me coisas desagradáveis, mas, se eu tinha necessidade de algum favor, ela empregava, para consegui-lo eficazmente, tudo quanto possuía de crédito, sem nada poupar. Ao passo que outra, como a sra. de Guermantes, jamais desejaria desagradar-me, só dizia de mim o que pudesse causar-me prazer, cumulava-me todas as atenções que formavam o opulento trem de vida moral dos Guermantes, mas, se eu lhe pedisse um nada fora disso, não daria um passo para mo conseguir, como nesses castelos em que temos à nossa disposição um automóvel, um criado particular, mas em que é impossível obter um copo de sidra não previsto no arranjo das festas. Qual era para mim a verdadeira amiga: a sra. de Montmorency, tão contente de melindrar-me e sempre pronta a servir-me, ou a sra. de Guermantes, que sofria com o menor desgosto que me causavam e incapaz de mínimo esforço para me ser útil? Por outro lado, diziam que a duquesa de Guermantes falava unicamente de frivolidades e a sua prima, com o espírito mais medíocre, de coisas sempre interessantes. Tão variadas, tão opostas são as formas de espírito, não só na literatura como na sociedade, que não são apenas Baudelaire e Mérimée que têm o direito de desprazer-se reciprocamente. Essas particularidades formam, em todas as pessoas, um sistema de olhares, de frases, de atos, tão coerente, tão despótico, que, quando estamos na sua presença, nos parece superior a tudo o mais. Na sra. de Guermantes, suas palavras, deduzidas, como um teorema, do seu gênero de espírito, me pareciam as únicas que deveriam ser ditas. E eu era no íntimo da sua opinião quando ela me dizia que a sra. de Montmorency era estúpida e tinha o espírito aberto a todas as coisas que não compreendia, ou quando, ciente de uma maldade dela, a duquesa me dizia: "É o que o senhor chama uma boa mulher, e é o que eu chamo um monstro". Mas essa tirania da realidade que está diante de nós, essa evidência da luz da lâmpada que faz empalidecer a aurora já remota como uma simples recordação, desapareciam quando eu me achava longe da sra. de Guermantes e uma dama diferente me dizia, pondo-se no mesmo nível comigo e colocando a duquesa muito abaixo de nós dois: "No fundo, Oriane não se interessa por coisa alguma, nem por ninguém", e até (o que, na presença da sra. de Guermantes, pareceria impossível de acreditar, de tal modo ela apregoava o contrário): "Oriane é esnobe". Como nenhuma matemática nos permitia converter a sra. de Arpajon e a sra. de Montpensier em quantidades homogêneas, ser-me-ia impossível responder se me perguntassem qual delas me parecia superior à outra.

Ora, entre as características do salão da princesa de Guermantes, a mais ordinariamente citada era certo exclusivismo, em parte devido ao nascimento real da princesa, e principalmente o rigorismo quase fóssil dos preconceitos aristocráticos do príncipe, preconceitos que aliás o duque e a duquesa não tinham deixado de ridicularizar diante de mim, o que naturalmente devia fazer com que eu considerasse ainda mais inverossímil o haver-me convidado aquele homem para o qual só contavam as Altezas e os duques, e que em cada jantar fazia uma cena porque tivera na mesa o lugar a que teria direito no reinado de Luís XIV, lugar que, graças à sua extrema erudição em história e genealogia, era ele o único que sabia qual fosse. Por causa disso, muitas pessoas da sociedade resolviam em favor do duque e da duquesa as diferenças que os separavam de seus primos. "O duque e a duquesa são muito mais modernos, muito mais inteligentes, não se ocupam exclusivamente, como os outros, com o número de quartéis; seu salão está trezentos anos mais adiantado que o do seu primo" eram frases usuais que me faziam agora estremecer quando contemplava o cartão de convite, a que davam muito mais probabilidades de haver sido enviado por algum mistificador.

Se ao menos o duque e a duquesa de Guermantes não estivessem em Cannes, eu poderia tratar de saber por intermédio deles se o meu convite era autêntico. Essa dúvida em que me achava não se deve sequer, como por um instante me lisonjeara em acreditar, ao sentimento que um mundano não experimentaria, e que por conseguinte um escritor, embora pertencesse além disso à casta das pessoas da sociedade, deveria reproduzir, a fim de ser bem "objetivo" e pintar cada classe diferentemente. Com efeito, encontrei ultimamente num encantador volume de Memórias a anotação de incertezas análogas a essas por que me fazia passar o convite da princesa. "Georges e eu (ou Hély e eu, não tenho o livro à mão para verificar) tanto ardíamos por ser admitidos no salão da sra. Delessert que, tendo recebido dela um convite, julgamos prudente, cada um da sua parte, certificarmo-nos de que não éramos vítimas de alguma brincadeira." Ora, o narrador não é outro senão o conde de Haussonville (o que desposou a filha do duque de Broglie) e outro jovem que, "da sua parte", vai certificar-se se não é joguete, de alguma mistificação é, conforme se chame Georges ou Hély, um ou outro dos inseparáveis amigos do sr. de Haussonville, o sr. de Harcourt ou o príncipe de Chalais.[364]

No dia em que devia efetuar-se a recepção da princesa de Guermantes, soube que o duque e a duquesa tinham voltado a Paris na véspera. O baile da princesa não os teria feito voltar, mas um de seus primos estava passando muito mal e o duque, além disso, estava muito interessado num baile a fantasia que devia se realizar naquela mesma noite e no qual deveria ele aparecer de Luís XI e a sua esposa, de Isabel da Baviera. E resolvi ir visitá-la de manhã. Mas, tendo saído cedo, eles ainda não haviam voltado; espiei primeiro de uma salinha, que julgava um bom posto de vigia, a chegada do carro. Na verdade, havia escolhido muito mal o meu observatório, de onde mal distingui nosso pátio, mas avistei vários outros, o que, sem utilidade para mim, me divertiu um instante. Não é só em Veneza que se tem dessas perspectivas de várias casas ao mesmo tempo que tentaram os pintores, mas

---

364 Passagens extraídas das memórias do conde de Haussonville (1809-1884), intituladas *Minha juventude* (*1841-1830*). (N. E.)

em Paris também. Não digo Veneza ao acaso. É em seus bairros pobres que fazem pensar os bairros pobres de Paris, pela manhã, com as suas altas chaminés dilatadas, às quais dá o sol os rosas mais vivos, os rubros mais claros; é todo um jardim que floresce acima das casas e que floresce em matizes tão variados que se diria, plantado sobre a cidade, o jardim de um amador de tulipas de Delft ou de Haarlem. Por outro lado, a extrema proximidade das casas de janelas opostas que dão para um mesmo pátio faz ali, de cada quadrado de janela, a moldura em que uma cozinheira cisma, olhando para o chão, em que, mais além, uma rapariga se deixa pentear por uma velha, com cara — mal distinta na penumbra — de feiticeira; assim, cada pátio constitui para o vizinho da casa, suprimindo o ruído pelo seu intervalo, deixando ver os gestos silenciosos num retângulo colocado atrás de vidro pela divisão das janelas, uma exposição de cem quadros holandeses justapostos. Por certo, do palácio de Guermantes não se tinha o mesmo gênero de vistas, mas sim igualmente curiosas, principalmente do estranho ponto trigonométrico onde me colocara e onde o olhar não era detido por coisa alguma até as remotas alturas que formavam os terrenos relativamente vagos que precediam, por serem muito íngremes, o palácio da princesa da Silistrie e da marquesa de Plassac, nobilíssimas primas do sr. de Guermantes e a quem eu não conhecia. Até nesse palácio, que pertencia ao pai delas, o sr. de Bréquigny, não havia nada mais que corpos de edifícios pouco elevados, orientados das maneiras mais diversas e que, sem deter a vista, prolongavam a distância com seus planos oblíquos. O torreão de torres vermelhas da cocheira, onde o marquês guardava os seus carros, bem que terminava numa agulha mais alta, mas tão delgada que não ocultava coisa alguma, e fazia pensar nessas bonitas construções antigas da Suíça que irrompem, isoladas, ao pé de uma montanha. Todos esses pontos vagos e divergentes em que repousavam os olhos faziam parecer mais longe do que se estivesse afastado de nós por várias ruas ou inúmeros contrafortes o palácio da sra. de Plassac, na verdade bastante próximo mas quimericamente afastado como uma paisagem alpestre. Quando as suas largas janelas quadradas, ofuscadas de sol, eram abertas para a limpeza da casa, tinha-se em seguir, nos diferentes andares, os criados impossíveis de distinguir direito, mas que batiam tapetes, o mesmo prazer que em ver numa paisagem de Turner ou de Elstir um viajante de diligência, ou um guia, em diferentes graus de altura do São Gotardo.[365] Mas daquele "ponto de vista" em que me colocara, ter-me-ia arriscado a não ver entrar o sr. ou a sra. de Guermantes, de modo que à tarde, quando pude recomeçar a minha espreita, pus-me simplesmente na escada, de onde não me podia passar despercebido o abrir-se da porta da rua, e foi na escada que me postei, embora ali não aparecessem, tão deslumbrantes com os seus criados e entregues ao trabalho de limpeza, as belezas alpestres do palácio de Bréquigny e Tresmes. Pois bem, essa espera na escada devia ter para mim consequências tão consideráveis e revelar-me uma paisagem, não mais turneriana, mas moral, tão importante, que é preferível retardar-lhe por alguns instantes a narrativa, fazendo-a preceder primeiro pela da minha visita aos Guermantes, quando soube que haviam voltado. Foi só o duque quem me recebeu na sua biblioteca. No momento em que eu entrava, saía um homenzinho de cabelos brancos e aspecto pobre, com uma diminuta gravata negra das que usavam o notário de Combray e vários amigos de meu avô, mas de um respeito mais tímido e que, dirigindo-me rasgadas saudações, não quis descer antes que eu tivesse passado. O duque gritou-lhe da biblioteca alguma coisa que eu não compreendi e o outro respondeu-lhe com novas saudações dirigidas à parede, pois o duque não podia vê-lo, mas assim mesmo repetidas indefinidamente como esses inúteis sorrisos das pessoas que conversam ao telefone; tinha voz de falsete e tornou a cumprimentar-me com uma humildade de homem de negócios. E bem podia ser um homem de negócios de Combray, a tal ponto era do tipo provinciano, antiquado e aprazível das pessoas humildes dos velhos modestos daquelas terras.

365 Alusão a um desenho do caderno de esboços do pintor inglês Turner intitulado *São Gotardo e Mont Blanc.* (N. E.)

— Verá Oriane daqui a pouco — disse-me o duque quando entrei. — Como Swann deve trazer-me agora as provas de seu estudo sobre as moedas da Ordem de Malta, e, o que é pior, uma fotografia imensa de ambas as faces dessas moedas, Oriane preferiu vestir-se primeiramente para poder ficar com ele até a hora do jantar. Já estamos atulhados de coisas a ponto de não saber onde colocá-las e pergunto-me aonde iremos meter essa fotografia. Mas eu tenho uma mulher muito amável, que gosta muito de agradar. Julgou que era gentil pedir a Swann para olhar uns ao lado dos outros todos esses grandes senhores da Ordem, cujas medalhas ele encontrou em Rodes. Pois eu lhe dizia Malta é Rodes, mas é a mesma Ordem de São João de Jerusalém.[366] No fundo, ela só se interessa por isso porque Swann se dedica ao assunto. Nossa família está muito metida em toda essa história, e ainda hoje o meu irmão, que o senhor conhece, é um dos mais altos dignitários da Ordem de Malta.[367] Mas se eu tivesse falado de tudo isso a Oriane, ela nem ao menos me escutaria. Em compensação, bastou que as pesquisas de Swann sobre os Templários (pois é inaudita a fúria das pessoas de uma religião em estudar a dos outros) o tenham conduzido à história dos Cavaleiros de Rodes, herdeiros dos Templários, para que logo Oriane queira ver as cabeças desses cavaleiros.[368] Eram muito insignificantes em comparação com os Lusignan, reis de Chipre, de quem descendemos em linha reta.[369] Mas como até agora Swann não se ocupou com eles, também Oriane nada quer saber a respeito dos Lusignan.

---

366 A Ordem dos Hospitaleiros de São João de Jerusalém foi fundada em 1113 para tentar defender o reino latino de Jerusalém, após a primeira das cruzadas e para acolher os peregrinos na Terra Santa. Expulsos da Palestina em 1291, os Hospitaleiros se refugiaram inicialmente em Chipre, depois em Rodes, onde mudaram o nome para "Cavaleiros de Rodes" (1309) e, por fim, em Malta, onde se tornaram "Cavaleiros de Malta" (1530). (N. E.)

367 Após a tomada de Malta por Napoleão, em 1798, e a conquista da ilha pelos ingleses em 1800, os Cavaleiros de Malta instalaram-se em Roma. (N. E.)

368 A Ordem dos Cavaleiros da Milícia do Templo foi fundada em 1119. Suprimida em 1311, os Hospitaleiros entraram em posse de seus bens. (N. E.)

369 A família Lusignan reinou em Chipre entre os anos de 1192 e 1489. (N. E.)

Não pude em seguida dizer ao duque o motivo de minha visita. Com efeito, algumas parentas ou amigas, como a sra. de Silistrie ou a duquesa de Montrose, vieram fazer uma visita à duquesa, que frequentemente recebia antes do jantar, e, não a encontrando, ficaram um momento com o duque. A primeira dessas damas (a princesa de Silistrie), vestida com simplicidade, seca, mas de ar amável, trazia na mão uma bengala. Receei a princípio que ela estivesse ferida ou fosse inválida. Era, pelo contrário, bastante ágil. Falou com tristeza ao duque de um primo-irmão deste — não do lado Guermantes, mas ainda mais brilhante, se possível —, cujo estado de saúde, bastante abalado desde algum tempo, se agravara subitamente. Mas era visível que o duque, embora lamentando a sorte do primo, e sem deixar de repetir: "Pobre Mamá!, tão bom rapaz...", formava um diagnóstico favorável. Com efeito, o jantar a que devia assistir o duque divertia-o, a recepção da princesa de Guermantes não o aborrecia, mas principalmente devia ir à uma da madrugada, com a esposa, a um *grand souper* e baile a fantasia, em vista do qual se achavam já prontos um traje de Luís XI para ele e de Isabel da Baviera para a duquesa. E o duque não pretendia ser perturbado nessas diversões múltiplas pela doença do bom Amanien de Osmond. Duas outras damas portadoras de bengala, a sra. de Plassac e a sra. de Tresmes, ambas filhas do conde de Bréquigny, vieram em seguida visitar Basin e declararam que o estado do primo Mamá já não dava lugar a esperanças. Depois de erguer os ombros, e para mudar de conversa, perguntou-lhes o duque se elas não iam naquela noite à casa de Marie-Gilbert. Responderam que não, devido ao estado de Amanien, que se achava nas últimas, e até haviam desistido do jantar a que ia o duque e cujos convivas elas lhe enumeraram: o irmão do rei Tedósio, a infanta Maria Conceição etc. Como o marquês de Osmond era seu parente em grau menos chegado que de Basin, a "defecção" das duas pareceu ao duque uma espécie de censura indireta ao seu procedimento. Assim, embora tivessem descido das alturas do palácio de Bréquigny para visitar a duquesa (ou, antes, para anunciar-lhe o caráter alarmente da doença do primo e incompatível, para os parentes, com as reuniões mundanas), não se demoraram muito e, munidas de seu bastão de alpinista, Walpurgue e Dorothée (tais eram os prenomes das duas irmãs) retomaram o caminho escarpado de seu cume. Jamais pensei em perguntar aos Guermantes o que significavam aquelas bengalas, tão comuns em certo setor do Faubourg Saint-Germain. Talvez, considerando toda a paróquia como domínio seu, e não gostando de tomar fiacre, dessem elas longas caminhadas, para as quais lhes impunha a bengala alguma antiga fratura devido ao abuso das caçadas e das quedas de cavalo que muitas vezes comportam, ou simplesmente o reumatismo proveniente da umidade da margem esquerda e dos velhos castelos. Talvez não tivessem partido em expedição tão longínqua pelo bairro. E apenas tendo descido ao pomar (pouco afastado do da duquesa) para apanhar frutas destinadas às compotas, viessem, antes de entrar, dar boa-tarde à sra. de Guermantes, a cuja casa não chegavam todavia ao ponto de trazer uma podadeira ou um regador. O duque pareceu bem impressionado por eu ter ido à sua casa no mesmo dia de meu regresso. Mas seu rosto ensombrou-se quando lhe disse que vinha pedir à duquesa que se informasse se a sua prima me havia realmente convidado. Acabava eu de tocar numa dessas espécies de serviços que o sr. e a sra. de Guermantes não gostavam de prestar aos outros. Disse-me o duque que era muito tarde para isso, que se a princesa não me remetera convite, parecia que ele estava a pedir-lhe um, que já seus primos lhe haviam recusado um, uma vez, e que ele não mais queria nem remotamente parecer que se metia nas suas listas, que se estava "imiscuindo", enfim, que nem sequer sabia se ele e a mulher, que jantavam fora, voltariam logo para casa, que neste caso a sua melhor desculpa de não terem ido à recepção da princesa seria ocultar-lhe o seu regresso a Paris, que, se não fora isso, se apressariam pelo contrário em comunicá-lo, mandando-lhe um recado ou telefonando-lhe a meu respeito, e certamente demasiado tarde, pois em qualquer hipótese as listas da princesa já estavam certamente encerradas.

— O senhor não está de mal com ela... — disse-me ele com um ar suspeitoso, pois os Guermantes sempre receavam não estar a par dos últimos rompimentos e que procurassem reconciliar-

-se às suas costas. Enfim, como o duque costumava tomar a si todas as decisões que podiam parecer pouco amáveis: — Olhe, meu menino — disse ele, como se a ideia lhe houvesse ocorrido subitamente —, tenho até vontade de não dizer a Oriane que me falou nesse assunto. Sabe como ela é amável, e depois o estima enormemente, desejaria mandar um recado à sua prima, apesar de tudo quanto eu lhe pudesse dizer, e, se estiver cansada depois do jantar, não haverá mais desculpa, será obrigada a ir à recepção. Não, decididamente, não lhe direi coisa alguma. De resto, vai vê--la daqui a pouco. Nenhuma palavra a respeito disso, peço-lhe. Se o senhor se resolver a ir à recepção, é escusado dizer-lhe o prazer que teremos em passar a noite na sua companhia.

Muito sagrados são os motivos de humanidade para que aquele diante de quem os invocam não se incline perante eles, julgue-os sinceros ou não; eu não quis parecer que punha um só instante em balança o meu convite e o possível cansaço da sra. de Guermantes, e prometi não lhe falar do objetivo de minha visita, tal qual se me tivesse deixado levar pela pequena comédia que o sr. de Guermantes me representara. Perguntei ao duque se achava que eu tinha probabilidade de ver a sra. de Stermaria na recepção da princesa.

— Não — disse-me ele, com um ar de conhecedor —, conheço o nome a que se refere, pelos anuários dos clubes, não é a espécie de gente que frequenta a Gilbert. Lá só verá pessoas excessivamente corretas e muito enfadonhas, duquesas com títulos que se julgavam extintos e que saíram à luz para as circunstâncias, todos os embaixadores, muitos Coburgos, Altezas estrangeiras, mas não espere a sombra de Stermaria. Gilbert ficaria doente com a sua simples hipótese. Ah!, o senhor que gosta de pintura, tenho de mostrar-lhe um soberbo quadro que comprei a meu primo, parte em troca dos Elstir, que decididamente não nos agradavam. Venderam-mo por um Philippe de Champagne, mas eu creio que é ainda maior. Sabe a minha opinião? Creio que é um Velázquez, e do mais belo período — disse-me o duque, olhando-me nos olhos, ou para saber a minha impressão, ou para aumentá-la.

Entrou um criado: "A senhora duquesa manda perguntar ao senhor duque se o senhor duque pode receber o senhor Swann, porque a senhora duquesa ainda não está pronta".

— Mande entrar o senhor Swann — disse o duque depois de olhar o relógio e ver que ainda lhe sobravam alguns minutos antes de ir preparar-se. — Naturalmente, minha mulher, que lhe mandou dizer que viesse, não está pronta. Inútil falar diante de Swann na recepção de Marie-Gilbert — disse-me o duque. — Não sei se foi convidado. Gilbert o estima muito, porque o julga neto natural do duque de Berri, é toda uma história. Senão, imagine, o meu primo que tem um ataque cada vez que vê um judeu a cem metros! Mas, enfim, agora isto se agrava com o Caso Dreyfus, Swann devia compreender mais do que ninguém que devia cortar todas as amarras com essa gente, quando, pelo contrário, anda a dizer coisas desagradáveis.

O duque chamou o criado para saber se já estava de volta o que fora mandado à casa do primo Osmond. Com efeito, o plano do duque era o seguinte: como com toda a razão julgava moribundo o primo, fazia questão de mandar pedir notícias antes da morte, isto é, antes do luto forçado. Uma vez a coberto pela certeza oficial de que Amanien estava ainda vivo, partiria para o seu jantar, para a recepção do príncipe, para o baile em que estaria fantasiado de Luís XI e no qual tinha o mais excitante encontro com uma nova amante, e só mandaria pedir notícias na manhã seguinte, quando estivessem findos os prazeres. Então poriam luto, se ele houvesse morrido durante a noite. "Não, senhor duque, ele ainda não voltou." "Maldição! Tudo se faz aqui só na última hora!", disse o duque, ante a ideia de que Amanien pudera ter tido tempo de "rebentar" antes da saída dos vespertinos e fazer gorar o seu baile a fantasia. Mandou buscar o *Le Temps*, que não trazia nada. Eu não via Swann desde muito e indaguei um instante comigo se ele outrora não raspava o bigode ou não usava cabelo à escovinha, pois lhe achava alguma coisa de mudado; era unicamente que estava, com efeito, muito "mudado", porque se achava muito doente, e a doença produz na face modificações tão profundas como deixar crescer a barba ou variar a repartição do cabelo. (A doença de Swann era a mesma que lhe arrebatara a mãe e que a acometera justamente na idade que ele tinha. Na verdade, as nossas existências são, por hereditariedade, tão cheias de cifras cabalísticas, de malefícios, como se verdadeiramente houvesse feiticeiras. E como há certa duração da vida para a humanidade em geral, também há uma para as famílias em particular, isto é, para os membros que se assemelham, numa família.) Swann estava vestido com uma elegância que, como a de sua mulher, associava o que ele tinha sido ao que ele era. Ajustado num redingote gris-pérola, que realçava a sua elevada estatura, esbelto, de luvas brancas raiadas de preto, trazia uma cartola da cor cinza, cuja copa se ia afinando para o alto, e que Delion só fabricava agora para ele, para o príncipe de Sagan, para o sr. de Charlus, para o marquês de Modène, para o sr. Charles Haas e para o conde Louis de Turenne.[370] Fiquei surpreso com o encantador sorriso e o afetuoso aperto de mão com que respondeu ao meu cumprimento, pois julgava que, depois de tanto tempo, não me teria reconhecido imediatamente; disse-lhe o meu espanto; ele o acolheu com risos, um pouco de indignação e uma nova pressão da mão, como se supor que não me reconhecia fosse o mesmo que duvidar da integridade do seu cérebro ou da sinceridade da sua afeição. E, no entanto, era o que se dava; só me identificou, soube-o muito tempo depois, alguns minutos mais tarde, ao ouvir dizerem meu nome. Mas nenhuma mudança na sua fisionomia, nas suas palavras, nas coisas que me disse, traíram a descoberta a que lhe deu ensejo uma frase do sr. de Guermantes, tal a maestria e segurança que tinha no jogo da vida mundana. Nele punha, de resto, aquela espontaneidade de maneiras e aquela iniciativa pessoal, mesmo em matéria de indumentária, que caracterizavam o gênero dos Guermantes. Foi assim que a saudação que o velho *clubman* me fizera sem reconhecer-me não era a saudação fria e empertigada do mundano puramente for-

---

370 Delion era uma chapelaria com ateliê na passagem Jouffroy e uma loja situada no número 24 do Boulevard des Capucines. O marquês de Modène e Charles Haas (para muitos, modelo para a personagem Swann) tomavam parte na sociedade elegante parisiense, cujo modelo mais acabado era o príncipe de Galles. (N. E.)

malista, mas uma saudação plena de real amabilidade, de graça verdadeira, como por exemplo a duquesa de Guermantes (que chegava até a sorrir-nos primeiro, antes que a tivéssemos saudado, quando a encontrávamos) em oposição às saudações mais mecânicas, habituais às damas do Faubourg Saint-Germain. Era assim ainda que o seu chapéu que, conforme um hábito que tendia a desaparecer, colocara no chão a seu lado, era forrado de couro verde, coisa que de ordinário não se fazia, mas isso porque (dizia ele) sujava muito menos, quando na realidade é porque era muito elegante.

— Escute, Charles, você que é um grande conhecedor, venha ver uma coisa; depois, meus filhos, vou pedir-lhes licença para deixá-los sozinhos um instante enquanto vou pôr uma casaca; aliás, penso que Oriane não tarda. — E mostrou o seu "Velázquez" a Swann.

— Mas me parece que já conheço isso — disse Swann com a careta dos doentes para quem falar já é uma fadiga.

— Sim — disse o duque, carrancudo com a demora do conhecedor em expressar a sua admiração —, você provavelmente o viu em casa de Gilbert.

— Ah!, com efeito, agora me lembro.

— Que é que você pensa que seja?

— Bem, se estava com Gilbert, é provavelmente um dos seus *ancestrais* — disse Swann com uma mescla de ironia e de deferência para com uma grandeza que julgaria impolido e ridículo desconhecer, mas de que não queria, por bom gosto, senão falar "brincando".

— Mas claro — disse rudemente o duque. — É Boson, não sei mais que número, de Guermantes. Mas isso pouco se me dá. Você bem sabe que eu não sou tão feudal como o meu primo. Ouvi falar no nome de Rigaud, de Mignard, até mesmo de Velázquez! — disse o duque, fixando em Swann um olhar de inquisidor e de verdugo, para tratar ao mesmo tempo de ler no seu pensamento e influir na sua resposta. — Enfim — concluiu ele, pois quando era levado a provocar artificialmente uma opinião que desejava, tinha a faculdade, ao cabo de alguns instantes, de acreditar que fora espontaneamente emitida —, vamos, nada de lisonjas. Acredita que seja um dos grandes pontífices que acabo de nomear?

— Nnnnnão — disse Swann.

— Bem, afinal eu não entendo nada disso, não é a mim que compete decidir de quem seja esse borrão, mas você, um diletante, um mestre no assunto, a quem o atribui? Você é bastante conhecedor para ter uma ideia. A quem o atribui? — Swann hesitou um instante diante daquela tela que visivelmente achava horrível.

— À malevolência! — respondeu ao duque, o qual não pôde evitar um gesto de cólera.[371] Depois que se acalmou:

— Vocês são muito amáveis; esperem Oriane um instante; vou vestir o meu rabo de bacalhau e já volto. Vou mandar dizer à patroa que vocês dois estão à sua espera.

Conversei um instante com Swann sobre o Caso Dreyfus e perguntei-lhe como podia ser que todos os Guermantes fossem antidreyfusistas.

— Primeiro porque no fundo toda essa gente é antissemita — respondeu Swann, que no entanto bem sabia por experiência que alguns deles não o eram, mas que, como todos aqueles que têm uma opinião ardente, preferia, para explicar que certas pessoas não a compartilhassem, atribuir-lhes uma razão preconcebida, um preconceito contra o qual nada havia que fazer, a reconhecer-lhes razões que pudessem ser discutidas. Aliás, chegado ao termo prematuro da sua existência, como um animal exausto e acuado, execrava aquelas perseguições e regressava ao aprisco religioso de seus pais.

— Quanto ao príncipe de Guermantes — disse eu —, é verdade; já me haviam dito que ele era antissemita.

— Oh!, esse, nem se fala! A tal ponto que, quando oficial, estando com uma terrível dor de dentes, preferiu continuar sofrendo a consultar o único dentista da região, que era judeu. E mais tarde deixou incendiar uma ala de seu castelo, que havia pegado fogo, porque seria preciso mandar pedir bombas emprestadas ao castelo vizinho, que pertence aos Rothschild.

---

371 A resposta de Swann parece ter sido extraída da peça *O Passado* (*Le Passé*), comédia de Georges de Porto-Riche, que Proust considerava "talvez a mais bela peça de teatro francês depois de *Andromaque*". (N. E.)

— Por acaso irá o senhor esta noite à casa dele?

— Sim — respondeu-me —, embora me ache muito cansado. Mas ele me mandou um telegrama para me prevenir que tinha algo a dizer-me. Sinto que não estarei muito bem nestes dias para ir lá ou para recebê-lo, o que me agitará. Prefiro desembaraçar-me disso imediatamente.

— Mas o duque de Guermantes não é antissemita.

— Bem vê que sim, pois é antidreyfusista — respondeu-me Swann, sem se aperceber que com isso fazia uma petição de princípio. — Isso não impede que eu sinta muito haver decepcionado esse homem, que digo!, esse duque, não admirando o seu pretenso Mignard; ou o que quer que seja.

— Mas, enfim — continuei, voltando ao Caso Dreyfus —, a duquesa, essa, é inteligente.

— Sim, é encantadora. A meu ver, aliás, ela o era ainda mais quando ainda se chamava princesa des Laumes. Seu espírito adquiriu algo de mais anguloso, tudo era mais suave na grande dama juvenil; mas, enfim, mais ou menos jovens, homens ou mulheres, que quer o senhor?, toda essa gente pertence a uma outra raça, não se tem impunemente mil anos de feudalismo no sangue. Naturalmente, julgam que isso não entra em nada na sua opinião.

— Mas Robert de Saint-Loup é dreyfusista.

— Ah!, tanto melhor... tanto mais que, como o senhor sabe, a mãe dele é muito contra. Tinham-me dito que ele era, mas eu não tinha certeza. Isso me dá muito prazer. Não me espanta, ele é muito inteligente. É uma grande coisa isso!

O dreyfusismo tornara Swann de uma candura extraordinária e dera à sua maneira de ver uma impulsão e um desvio mais notáveis ainda do que outrora o seu casamento com Odette; essa nova desclassificação melhor se chamaria reclassificação e só podia ser honrosa para ele, pois o fazia voltar à via pela qual tinham vindo os seus e de onde o haviam desviado as suas relações aristocráticas. Mas Swann, justamente no momento em que, tão lúcido, lhe era dado, graças às heranças de sua ascendência, ver uma verdade ainda oculta aos mundanos, mostrava-se no entanto de uma cegueira cômica. Submetia todas as suas admirações e todos os seus desdéns à prova de um critério novo, o dreyfusismo. Que o antidreyfusismo da sra. Bontemps o fizesse achá-la tola não era mais de espantar do que, quando casou, a tivesse achado inteligente. Não era tampouco muito mais grave que a nova onda atingisse nele os julgamentos políticos, e lhe fizesse perder a lembrança de haver tratado de argentário, de espião da Inglaterra (era um absurdo do círculo Guermantes) a Clemenceau, que declarava agora ter sempre considerado uma consciência, um homem de ferro, como Cornély.[372] "Não, eu nunca lhe disse outra coisa. O senhor está fazendo confusão." Mas, ultrapassando os juízos políticos, a onda derrubava em Swann os juízos literários e até a maneira de expressá-los. Barrès perdera todo o talento, e até as suas obras de juventude eram fraquinhas, mal se podiam reler. "Tente, se puder, chegar até o fim. Que diferença de Clemenceau! Pessoalmente, não sou anticlerical, mas como, ao lado dele, se nota que Barrès não tem ossos![373] Grande sujeito o velho Clemenceau. Como ele sabe a sua língua!" Aliás, os antidreyfusistas não teriam o direito de criticar essas loucuras. Explicavam que se fosse dreyfusista porque se era de origem hebraica. Se um católico praticante como Saniette era também pela revisão, isso era porque o dominava a sra. Verdurin, que agia como radical feroz. Ela era antes de tudo contra as "batinas". Saniette era mais tolo que mau e não sabia o mal que lhe fazia a Patroa. Se objetavam que Brichot era também amigo da sra. Verdurin e membro da "Pátria Francesa", é que ele era mais inteligente.[374]

---

372 Antes de tomar parte ativa a favor da revisão do processo Dreyfus e ganhar a simpatia de Swann, Clemenceau havia sido acusado de ter recebido dinheiro de um dos financiadores do canal do Panamá para lançar uma campanha favorável à venda de ações do projeto. Na época, ele foi tratado de agente a serviço da Inglaterra. Jules Cornély (1845-1907) era fundador de um jornal monarquista, *Le Clairon*, que acabou se juntando ao *Le Gaulois*. Foi nesse jornal que ele iniciou campanha a favor de Dreyfus. Obrigado a se demitir, prosseguiu bravamente sua carreira no *Figaro*. (N. E.)
373 Proust, que admirava a obra ficcional de Barrès, o criticava por sua falta de sentimentos e por ter deixado de lado a literatura a favor da atuação política. (N. E.)
374 Brichot tomava, então, parte na "Liga da Pátria Francesa", grupo nacionalista de extrema direita, radicalmente avesso a Dreyfus. (N. E.)

— O senhor o vê algumas vezes? — perguntei a Swann, falando de Saint-Loup.

— Não, nunca. Ele me escreveu no outro dia para que eu pedisse ao duque de Mouchy e a alguns outros para votar em seu favor no Jockey, onde aliás passou sem dificuldade alguma.

— Apesar do *Affaire*!

— Não se cogitou da coisa. Aliás, eu lhe direi que, depois de tudo isso, não ponho mais os pés naquele lugar.

O sr. de Guermantes entrou, e logo depois apareceu sua mulher, já preparada, alta e soberba, num vestido de cetim vermelho cuja saia era bordada de lantejoulas. Tinha nos cabelos uma grande pluma de avestruz tinta de púrpura e nas espáduas uma echarpe de tule da mesma cor.

— Como fica bem forrar o chapéu de verde! — disse a duquesa, a quem nada escapava. — Aliás, em você, Charles, tudo é bonito, tanto o que você usa como o que você diz, o que você lê e o que você faz.

Swann, no entanto, sem parecer ouvi-la, considerava a duquesa como o faria com uma tela de mestre, e procurou em seguida o seu olhar, fazendo com a boca o momo que quer dizer: "Puxa!". A sra. de Guermantes soltou uma gargalhada.

— A minha *toilette* agrada-lhe, estou encantada. Mas devo dizer que não me agrada muito — continuou, com ar enfadado. — Meu Deus, como é aborrecido vestir-se e sair quando se gostaria tanto de ficar em casa!

— Que magníficos rubis!

— Ah!, pequeno Charles, pelo menos se vê que você é conhecedor; não é como aquele bruto do Beauserfeuil, que me perguntava se eram verdadeiros. Devo dizer que nunca vi outros mais belos. É um presente da grã-duquesa. Para o meu gosto são um pouco grandes, um pouco cálice de bordeaux cheio até a borda, mas eu os pus porque veremos esta noite a grã-duquesa em casa de Marie-Gilbert — acrescentou a duquesa, sem suspeitar de que essa afirmação anulava as do duque.

— Que há em casa da princesa? — perguntou Swann.

— Quase nada — apressou-se a responder o duque, a quem a pergunta de Swann fizera crer que este não tinha sido convidado.

— Mas como, Basin? Se foi convocada toda a nobreza e seus seguidores. Vai ser um massacre daqueles! Bonitos — acrescentou ela, olhando para Swann com ar delicado — vão ser aqueles maravilhosos jardins, se a tempestade que está armada não desabar. Você os conhece. Estive lá há um mês, no momento em que os lilases floresciam; não se pode fazer ideia de como era bonito. E depois o repuxo... enfim, é verdadeiramente Versalhes em Paris.

— Que gênero de mulher é a princesa? — perguntei.

— Mas o senhor já sabe, pois a viu aqui, que ela é bela como o sol, que é também um pouco idiota, muito gentil, apesar de toda a sua altivez germânica, cheia de coração e de *galles*.

Swann era muito fino para não notar que naquele momento a sra. de Guermantes procurava "fazer espírito Guermantes", e sem grande trabalho, pois não fazia mais do que resservir, sob uma forma menos perfeita, antigas frases suas. Contudo, para provar à duquesa que compreendia a sua intenção de ser engraçada, e como se ela realmente o tivesse sido, sorriu com um ar um pouco forçado, causando-me, com esse gênero particular de insinceridade, o mesmo constrangimento que eu sentira outrora ao ouvir meus pais falarem com o sr. Vinteuil da corrupção de certos meios (quando muito bem sabiam que era maior a que reinava em Montjouvain) e Legrandin matizar sua conversação para uns tolos, escolher epítetos delicados que sabia muito bem que não podiam ser compreendidos por um público rico ou elegante, mas iletrado.

— Que é que você está dizendo, Oriane? Marie, tola? — disse o sr. de Guermantes. — Ela leu tudo, ela sabe música como ninguém.

— Mas meu pobre Basin, você é que nem uma criança recém--nascida. Como se a gente não pudesse ser tudo e um pouco idiota! Idiota é, aliás, exagerado; não, ela é nebulosa, ela é Hesse-Darmstadt, Santo Império e mole demais. Só a sua pronúncia já me enerva. Mas reconheço, de resto, que é uma maluca encantadora. Primeiro que tudo, só essa ideia de descer do seu trono alemão para vir casar muito burguesmente com um simples particular! É verdade que ela o escolheu. Ah!, mas é verdade — disse ela, voltando-se para mim —, o senhor não conhece Gilbert! Vou dar-lhe uma ideia: há tempos ele foi para a cama porque eu deixara o meu cartão para a senhora Carnot...[375] Mas, meu pequeno Charles — disse a duquesa, mudando de conversa, ao ver que a história do seu cartão para a sra. Carnot parecia irritar o sr. de Guermantes —, você sabe que não mandou a fotografia de nossos cavaleiros de Rodes, que eu estimo por sua causa, e que tinha tanta vontade de conhecer?

O duque, no entanto, não deixara de olhar fixamente para a mulher:

— Oriane, seria preciso pelo menos contar a verdade e não engolir metade dela. Cumpre dizer — retificou ele, dirigindo-se a Swann — que a embaixatriz da Inglaterra naquela época, excelente mulher, mas que vivia um pouco no mundo da lua e era useira e vezeira nesse gênero de ratas, tivera a ideia estapafúrdia de convidar-nos juntamente com o presidente e sua esposa. Ficamos, até Oriane, bastante surpresos, tanto mais que a embaixatriz conhecia bastante as mesmas pessoas que nós para não nos convidar para uma reunião tão estranha. Havia lá um ministro que tinha roubado, mas, enfim, passo uma esponja sobre isso, não tínhamos sido prevenidos, caímos na armadilha, e de resto cumpre reconhecer que toda aquela gente se mostrou muito polida. Só que aquilo já bastava. A senhora de Guermantes, que muitas vezes não me dá a honra de consultar-me, achou que devia deixar o seu cartão naquela mesma semana nos Elísios. Gilbert foi talvez um pouco longe ao considerar isso como uma espécie de mácula em nosso nome. Mas cumpre não esquecer que, política à parte, o senhor Carnot, que aliás ocupava muito convenientemente o seu lugar, era neto de um membro do tribunal revolucionário que mandou matar num dia onze dos nossos.[376]

---

375 Alusão a Marie Dupont-White (1843-1898), filha de um célebre economista que se casaria com Sadi Carnot, futuro presidente da República Francesa. Ela inaugurou as recepções mundanas no palácio dos Campos Elísios, onde justamente a duquesa esteve apresentando seu cartão de visitas. (N. E.)

376 Esse "membro do tribunal revolucionário" era Lazare Carnot (1753-1823), apelidado na época de "Carnotão" ("Grand Carnot"). (N. E.)

— Então, Basin, por que ia você jantar todas as semanas em Chantilly? O duque de Aumale não deixava também de ser neto de um membro do tribunal revolucionário, com a diferença de que Carnot era um homem às direitas e Philippe-Égalité um tremendo canalha.

— Peço desculpas por interromper para dizer-lhe que mandei a fotografia — disse Swann. — Não compreendo como não lhe foi entregue.

— Isso não me espanta muito — disse a duquesa. — Meus criados só me dizem o que julgam necessário. Provavelmente não gostam da Ordem de São João.

E tocou a campainha.

— Você bem sabe, Oriane, que, quando eu ia jantar em Chantilly, era sem entusiasmo.

— Sem entusiasmo, mas com camisa de dormir, se o príncipe lhe pedisse para passar a noite, o que, aliás, fazia raramente, como perfeito bruto que era, como todos os Orléans. Sabe com quem jantaremos em casa da senhora de Saint-Euverte? — perguntou a sra. de Guermantes a seu marido.

— Além dos convivas que você sabe, haverá, convidado à última hora, o irmão do rei Théodose.

A essa nova, os traços da duquesa respiraram contentamento e suas palavras, tédio:

— Ah, meu Deus... mais príncipes!

— Mas este é gentil e inteligente — disse Swann.

— Mas, em todo caso, não completamente — respondeu a duquesa, com o ar de que estava procurando as palavras para dar maior novidade ao seu pensamento. — Não notou, entre os príncipes, que os mais gentis não o são de todo? Sim, é mesmo! Sempre é preciso que tenham uma opinião sobre tudo. Então, como não têm nenhuma, passam a primeira parte da vida a perguntar as nossas, e a segunda, a no-las resservir. É preciso absolutamente que digam que isto foi bem representado, que aquilo foi menos bem representado. Veja só, esse Théodose caçula (já não me lembro o seu nome) me perguntou como é que se chamava um motivo de orquestra. Eu lhe respondi — disse a duquesa com os olhos brilhantes e rebentando numa risada com os seus belos lábios vermelhos: — "Chama-se um motivo de orquestra". Pois bem, no fundo ele não ficou satisfeito. Ah!, pequeno Charles — prosseguiu a sra. de Guermantes —, como pode ser aborrecido jantar fora! Há noites em que a gente preferiria morrer! É verdade que morrer talvez seja igualmente aborrecido, pois não se sabe o que é. — Um lacaio apareceu. Era o jovem noivo que tivera diferenças com o porteiro, até que a duquesa, na sua bondade, estabeleceu entre os dois uma paz aparente.

— Devo ir pedir notícias do senhor marquês de Osmond hoje à noite? — perguntou ele.

— Não, nada disso antes de amanhã de manhã! Nem mesmo quero que você fique aqui esta noite. O criado do marquês, que conhece você, só tem de vir trazer-lhe notícias e dizer-lhe que venha procurar-nos. Saia, vá aonde quiser, divirta-se, durma fora, mas não quero você aqui antes de amanhã de manhã.

Uma alegria imensa transbordou da face do lacaio. Ia enfim poder passar longas horas com a sua noiva, a quem já quase não podia ver, desde que, em consequência de uma nova cena com o porteiro, a duquesa gentilmente lhe explicara que seria melhor não sair para evitar novos conflitos. Ao pensamento de ter enfim a sua noite livre, nadava ele numa felicidade que a duquesa notou e compreendeu. Sentiu um aperto no coração e um prurido em todos os seus membros à vista daquela felicidade que alguém se permitia sem seu consentimento, escondendo-se dela, o que a irritava e enciumava.

— Não, Basin; que ele fique aqui, que não se mova da casa, pelo contrário.

— Mas Oriane, é absurdo; todo o seu pessoal está aqui; e você terá mais, à meia-noite, a camareira e o vestuarista para o baile à fantasia. Ele não pode servir para nada, e como só ele é amigo do lacaio de Mamã, prefiro mil vezes mandá-lo para longe daqui.

— Escute, Basin, deixe-me; terei justamente de mandar dizer algo a ele à noite, não sei ao certo a que horas. Não saia daqui um só minuto — disse ela ao lacaio desesperado.

Se sempre estava havendo questões e se os empregados ficavam pouco em casa da duquesa, a pessoa a quem se devia atribuir essa guerra constante era, naturalmente, inamovível, mas não era o porteiro; claro que para os trabalhos mais rudes, para os martírios mais fatigantes a infligir, para as brigas que terminavam com bordoada, a duquesa lhe confiava os pesados instrumentos da luta; aliás, desempenhava ele o seu papel sem suspeitar que lho haviam confiado. Como os criados, admirava a bondade da duquesa; e os lacaios pouco clarividentes vinham, depois de despedidos, visitar frequentemente Françoise, dizendo que a casa do duque seria a melhor de Paris se não fosse a portaria. A duquesa manobrava com a portaria como se manobrou por muito tempo com o clericalismo, a maçonaria, o perigo judeu etc.

Entrou um lacaio.

— Por que não fizeram subir o pacote que o senhor Swann mandou? Mas, a propósito, você sabe que Mamá está passando muito mal, Charles?

— Jules, que tinha ido saber notícias do senhor marquês de Osmond, já voltou?

— Acaba de chegar, senhor duque. Esperam de um momento para outro a morte do senhor marquês.

— Ah!, está vivo — exclamou o duque com um suspiro de alívio. — Esperam! Esperam! Belo agoureiro é você! Enquanto há vida, há esperança — nos disse o duque em tom radiante. — Já mo pintavam morto e enterrado. Daqui a uma semana estará mais disposto do que eu.

— Foram os médicos que disseram que ele não passava desta noite. Um deles queria voltar. O chefe disse que era inútil. O senhor marquês já devia estar morto; só sobreviveu com lavagens de óleo canforado.

— Cale-se, pedaço de idiota — gritou o duque no auge da cólera. — Quem é que lhe está perguntando tudo isso? Você nada compreendeu do que lhe disseram.

— Não foi a mim que disseram; foi ao Jules.

— Você se cala ou não se cala? — bradou o duque.

E, voltando-se para Swann:

— Que sorte que ele esteja vivo! Vai recobrar as forças pouco a pouco. Está vivo depois de uma crise daquelas. É já uma excelente coisa. Não se pode exigir tudo ao mesmo tempo. Não deve ser desagradável uma pequena lavagem de óleo canforado. — E, esfregando as mãos: — Está vivo, que querem mais? Depois de ter passado pelo que passou, já é uma grande coisa. É até de invejar uma constituição assim. Ah!, os doentes! Tomam com eles cuidados que não têm por nós. Esta manhã a peste do cozinheiro me fez um gigô com molho bearnês que saiu às maravilhas, reconheço-o, mas, justamente por causa disso, comi tanto que o tenho ainda no estômago. Isso não impede que ninguém venha pedir notícias minhas, como as vão pedir do meu bom Amanien. Pedem até demais. Isso o fatiga. É preciso deixá-lo respirar. Matam esse homem, indo saber a toda hora notícias suas.

— E então? — disse a duquesa ao lacaio que se retirava. — Eu tinha pedido que subissem a fotografia embrulhada que me mandou o senhor Swann.

— Senhora duquesa, é tão grande que eu não sabia se poderia passar na porta. Nós a deixamos no vestíbulo. A senhora duquesa quer que a suba?

— Bem, neste caso não, mas deviam ter-me dito. Se é tão grande, eu a verei daqui a pouco quando descer.

— Esqueci-me também de dizer à senhora duquesa que esta manhã a senhora condessa de Molé deixou um cartão para a senhora duquesa.

— Como, esta manhã? — disse a duquesa com ar descontente e achando que uma mulher tão jovem não podia permitir-se deixar cartões pela manhã.

— Pelas dez horas, senhora duquesa.

— Mostre-me esse cartão.

— Em todo caso, Oriane, quando você diz que Marie teve uma esquisita ideia em casar-se com Gilbert — prosseguiu o duque, voltando ao primeiro assunto —, é você quem tem uma singular maneira de escrever a história. Se houve algum tolo nesse casamento foi Gilbert, por haver justamente desposado uma parenta tão próxima do rei dos belgas, que usurpou o nome Brabante, que é nosso. Numa palavra, somos do mesmo sangue que os Hesse, e do ramo principal. É sempre estúpido falar de si mesmo — disse, dirigindo-se a mim —, mas, enfim, quando estivemos, não só em Darmstadt, mas também em Cassel e em todo o Hesse eleitoral, todos os landgraves sempre nos fizeram ver amavelmente que nos cediam o passo e o primeiro lugar, como ramo mais antigo que éramos.

— Ora, Basin, não venha você contar-me que aquela pessoa que era major de todos os regimentos do seu país era comprometida com o rei da Suécia.

— Oh!, Oriane, essa é muito forte... Dir-se-ia que você não sabe que o avô do rei da Suécia cultivava a terra em Pau quando já fazia novecentos anos que nós pertencíamos à mais alta estirpe da Europa.[377]

— O que não impede que, se disserem na rua: "Olhem o rei da Suécia!", todo mundo corra para vê-lo, até na praça da Concórdia, e, se disserem: "Olhem o senhor de Guermantes!", ninguém saiba quem é.

— Boa razão!

— De resto, não posso compreender como, uma vez que o título de duque de Brabante passou para a família real da Bélgica, você possa pretender a ele.

O lacaio voltou com o cartão da condessa de Molé, ou, antes, com o que ela deixara como cartão. Alegando que não tinha nenhum consigo, tirara do bolso uma carta que havia recebido e, guardando o conteúdo, dobrara o canto do envelope que trazia o nome: condessa de Molé. Como o envelope era muito grande, segundo o formato de papel de cartas em moda naquele ano, aquele cartão, escrito à mão, tinha quase duas vezes o tamanho de um cartão de visitas comum.

— É o que chamam a simplicidade da senhora de Molé — disse a duquesa com ironia. — Quer fazer-nos acreditar que não tinha cartões e mostrar a sua originalidade. Mas nós já conhecemos tudo

---

377 O avô de Oscar II era de origem simples: chamava-se Bernadotte (1763-1844) e, de simples soldado, ele se destacou de tal modo nas guerras da Revolução Francesa e do Império napoleônico que tornou-se marechal. Adotado pelo rei da Suécia, ele o sucederia no trono desse país. (N. E.)

isso, não é, pequeno Charles? Somos nós próprios bastante velhos e originais para aprender essas coisas de uma damazinha que estreou há quatro anos. É encantadora, mas, em todo caso, não me parece que tenha lastro suficiente para imaginar que possa espantar o mundo com tão pouca coisa como deixar um envelope como cartão, e deixá-lo às dez horas da manhã. A rata velha da sua mãe lhe mostrará que sabe tanto quanto ela nesse capítulo.

Swann não pôde deixar de rir ao pensar que a duquesa, que de resto estava um pouco ciumenta do sucesso da sra. de Molé, haveria de achar no "espírito dos Guermantes" qualquer resposta impertinente para a visitante.

— Quanto ao título de duque de Brabante, eu já lhe disse mil vezes, Oriane... — continuou o duque, a quem a duquesa cortou a palavra, sem escutar.

— Mas meu pequeno Charles, estou ansiosa pela sua fotografia...

— Ah!, *extinctor draconis labrator Anubis* — disse Swann.[378]

— Sim, é tão bonito o que você me disse sobre isso em comparação do São Jorge de Veneza... Mas não compreendo por que Anubis.

— Como é aquele que é antepassado de Babal? — perguntou o sr. de Guermantes.

— Você queria ver a sua *baballe* — disse a sra. de Guermantes com um ar seco, para mostrar que ela própria desprezava esse trocadilho. — Pois eu queria vê-los todos — acrescentou.

— Escute, Charles, vamos descer para esperar o carro — disse o duque. — Você nos fará a sua visita no vestíbulo, pois minha mu-

---

378 A medalha que aparece na foto imensa trazida por Swann parece representar Deodato de Gozon, grande Mestre da Ordem entre os anos de 1346 e 1353, provavelmente o primeiro que forjou uma moeda de ouro com o seu rosto. Sua lenda estava associada ao combate com um monstro, um dragão, trazido da África. Sobre seu túmulo figura justamente a expressão citada por Swann "*extintor draconis*" ("matador de dragão"). Já a expressão "*labrator Anubis*" ("Anubis latidor") é utilizada por Virgílio, nos versos 698-700 da *Eneida*, para descrever cenas gravadas por Vulcano sobre o escudo de Eneida: "As divindades monstruosas do Nilo e o latidor Anubis combatem contra Netuno, Vênus e Minerva". John Ruskin, crítico de arte inglês traduzido por Proust, associava a imagem de Anubis às origens do mito do dragão (cf. capítulo II de *Repouso de São Marcos*). Não é à toa que a associação escapava à sra. de Guermantes. (N. E.)

lher não nos deixará em paz enquanto não tiver visto a sua fotografia. A falar a verdade, estou menos impaciente — acrescentou com ar satisfeito. — Sou um homem tranquilo, mas, quanto a ela, preferiria fazer-nos morrer.

— Estou de pleno acordo com você, Basin — disse a duquesa. — Vamos para o vestíbulo, pois ao menos saberemos por que é que viemos do seu gabinete, ao passo que jamais saberemos por que viemos dos condes de Brabante.

— Já lhe repeti mil vezes como foi que o título entrou para a casa de Hesse — disse o duque, enquanto íamos ver a fotografia e eu pensava nas que Swann me levava em Combray. — Pelo casamento de um Brabante, em 1241, com a filha do último landgrave de Turíngia e de Hesse, de sorte que foi antes o título de Hesse que entrou para a casa de Brabante, do que o de duque de Brabante para a casa de Hesse. Você se recorda, aliás, que o nosso brado de guerra era o dos duques de Brabante: "Limburgo a quem o conquistou", até que trocamos as armas dos Brabante pelas dos Guermantes, no que acho que fizemos mal, e o exemplo dos Gramont não concorre para me fazer mudar de opinião.

— Mas — respondeu a sra. de Guermantes —, como foi o rei dos belgas que o conquistou... Aliás, o herdeiro da Bélgica se denomina duque de Brabante.

— Mas, minha filha, o que você diz não tem pés nem cabeça e peca pela base. Você sabe tão bem quanto eu que há títulos de pretensão que subsistem perfeitamente se o território é ocupado por um usurpador. Por exemplo, o rei de Espanha se qualifica justamente de duque de Brabante, invocando assim uma possessão menos antiga que a nossa, mas mais antiga que a do rei dos belgas. Ele também se diz duque de Borgonha, rei das Índias Ocidentais e Orientais, duque de Milão. Ora, ele não possui mais a Borgonha, as Índias ou o Brabante do que eu próprio possuo este último, como tampouco o possui o príncipe de Hesse. Nem por isso o rei de Espanha deixa de proclamar-se rei de Jerusalém, o imperador da Áustria igualmente, e nem um nem outro possuem Jerusalém.

Parou um instante, pensando que "Jerusalém" talvez pudesse embaraçar a Swann, devido aos "casos em foco", mas continuou tanto mais depressa:

— O que você está dizendo, pode dizê-lo a respeito de tudo. Fomos duques de Aumale, ducado que passou tão regularmente para a Casa de França como Joinville e Chevreuse para a Casa de Albert. Não levantamos mais reivindicações a esses títulos do que ao de marquês de Noirmoutiers, que foi nosso e que se tornou muito regularmente apanágio da casa de La Trémoïlle, mas, pelo fato de que certas cessões sejam válidas, não se conclui que todas o sejam. Por exemplo — disse ele, voltando-se para mim —, o filho de minha cunhada usa o título de príncipe de Agrigeno, que nos vem de Joana, a Louca, como aos La Trémoïlle o de príncipe de Tarento. Ora, Napoleão deu esse título a um soldado,[379] que aliás podia ser um excelente veterano, mas nisso o imperador dispôs ainda menos do que lhe pertencia que Napoleão III ao fazer um duque de Montmorency, pois Périgord tinha ao menos por mãe uma Montmorency,[380] ao passo que o Tarento de Napoleão I apenas tinha de Tarento a vontade de Napoleão de que ele o fosse. Isso não impediu que Chaix d'Est-Ange, fazendo alusão ao nosso tio Condé, perguntasse ao procurador imperial se ele fora apanhar o título de duque de Montmorency nos fossos de Vincennes.[381]

---

379 De origem escocesa, Macdonald (1765-1840) destacou-se na batalha de Wagram e foi nomeado marechal pelo imperador. Em 1810, de retorno a Paris, Napoleão lhe daria o título de duque de Tarento. (N. E.)

380 Adalbert de Talleyrand-Périgord era o segundo filho de Alix de Montmorency-Fosseux, irmã de Raoul, último duque de Montmorency. O título de duque foi confirmado por decreto imperial no dia 14 de maio de 1864. (N. E.)

381 O advogado Louis Adolphe Chaix d'Est-Ange (1800-1876) depôs nos processos mais marcantes de seu tempo. Foi seu filho quem tentou defender Baudelaire quando da condenação das *Flores do mal*. Suspeito de ter armado complô contra Napoleão Bonaparte, o duque d'Enghien, filho único do "último dos Condé", família de poder e influência durante o Antigo Regime, o duque foi fuzilado no dia 21 de março de 1804 nos fossos do castelo de Vincennes. Quando da morte de Henri II, quarto duque de Montmorency, e o casamento do chefe do título da "casa de Condé", Henri II de Bourbon com Charlotte de Montmorency, um Condé saía dos "fossos de Vincennes" e associava-se ao título de Montmorency. (N. E.)

— Escute, Basin, não peço coisa melhor que segui-lo aos fossos de Vincennes e até mesmo a Tarento. E, a propósito disso, meu Charles, era justamente o que eu queria dizer-lhe enquanto você me falava no seu São Jorge de Veneza. É que Basin e eu tencionamos passar a próxima primavera na Itália e na Sicília. Se você fosse conosco, imagine só como seria diferente! Não falo apenas no prazer da sua companhia, mas imagine com tudo o que você tantas vezes me contou dos vestígios da conquista normanda e dos vestígios da Antiguidade, imagine o que se tornaria uma viagem como essa, feita com você! Quer dizer que até Basin, que digo!, até Gilbert tiraria proveito disso, pois sinto que até mesmo as pretensões à coroa de Nápoles e todas essas tramoias me interessariam se fossem explicadas por você em antigas igrejas romanas ou em pequenas aldeias encarapitadas como nos quadros dos primitivos. Mas vamos ver a sua fotografia. Retire o envelope — disse a duquesa a um lacaio.

— Mas, Oriane, não esta noite! Você verá isso amanhã — implorou o duque, que já me havia dirigido olhares de pânico ao ver a imensidade da fotografia.

— Mas diverte-me ver isso com Charles — disse a duquesa com um sorriso ao mesmo tempo falsamente cúpido e finamente psicológico, pois, no seu desejo de ser amável com Swann, falava no prazer que teria em olhar aquela fotografia como do prazer que um enfermo sente que teria em comer uma laranja, ou como se ao mesmo tempo combinasse uma escapada com amigos e informasse a um biógrafo acerca de gostos lisonjeiros para ela.

— Pois bem, ele virá visitá-la especialmente para isso — declarou o duque, a quem a sua mulher teve de ceder. — Vocês passarão três horas diante dela, se isso os diverte — disse ele ironicamente. — Mas aonde vão meter uma teteia desse tamanho?

— No meu quarto; quero tê-la diante de meus olhos.

— Ah!, como queira; se fica no seu quarto, tenho chance de não vê-la nunca — disse o duque, sem pensar na revelação que tão estouvadamente fazia sobre o caráter negativo de suas relações conjugais.

— Bem, você desembrulhará isso muito cuidadosamente — disse a sra. de Guermantes ao criado (ela multiplicava as recomendações por amabilidade para com Swann). Não estrague também o envelope.

— Temos de respeitar até o envelope! — disse-me o duque ao ouvido, erguendo os braços. — Mas Swann — acrescentou, — eu que não passo de um pobre marido bastante prosaico, o que me admira nisso tudo é onde você pôde encontrar um envelope dessas dimensões. Onde desencavou isso?

— É a casa de fotogravuras, que faz seguidamente esse gênero de expedições. Mas o sujeito é um rústico, pois vejo que escreveu "Duquesa de Guermantes", sem o "senhora".

— Eu lhe perdoo — disse distraidamente a duquesa, que, parecendo que tivera de súbito uma ideia que a divertia, reprimiu um leve sorriso; mas, voltando logo a Swann:

— E então, não diz se vai à Itália conosco?

— Senhora, creio que não será possível.

— Então a senhora de Montmorency tem mais sorte. Você esteve com ela em Veneza e em Vicenza. Ela me disse que, com você, a gente via coisas que jamais veria sozinha, de que ninguém nunca falou, que você lhe mostrou coisas inauditas, e que, até mesmo nas coisas conhecidas, pôde compreender detalhes diante dos quais, se não fosse você, ela teria passado vinte vezes sem jamais notá-los. Decididamente, ela foi mais favorecida do que nós... Você aí — disse ela ao criado —, pegue o imenso envelope das fotografias do senhor Swann, dobre-o num canto, e vá deixá-lo esta noite, às dez e meia, da minha parte, em casa da senhora condessa de Molé.

Swann soltou uma gargalhada.

— Mas como é que você pode saber — perguntou-lhe a duquesa —, com dez meses de antecedência, que não poderá ir à Itália?

— Minha cara duquesa, eu lhe direi, se faz questão; mas, antes de tudo, bem vê como estou doente.

— Sim, meu pequeno Charles, acho que você não está com boa cara, não estou satisfeita com a sua cor, mas não lhe peço isso para daqui a uma semana, e sim para daqui a dez meses. Em dez meses a gente tem tempo de tratar-se, bem sabe você.

Nesse momento veio um lacaio anunciar que o carro estava pronto.

— Vamos, Oriane, a cavalo! — disse o duque, que já há um momento se agitava de impaciência, como se ele próprio fosse um dos cavalos que estavam esperando.

— Diga então numa palavra o que é que o impede de ir à Itália — disse a duquesa, erguendo-se para se despedir de nós.

— Mas minha querida amiga, é que então estarei morto há vários meses. Segundo os médicos que consultei, no fim do ano o mal que tenho, e que pode aliás levar-me em seguida, não me deixará em todo caso mais de três ou quatro meses de vida, e ainda é um grande *maximum* — respondeu Swann sorrindo, enquanto o criado abria a porta envidraçada do vestíbulo para deixar passar a duquesa.

— Que é que me está dizendo?! — exclamou a duquesa, parando um segundo na sua marcha para o carro e erguendo seus belos olhos azuis e melancólicos, mas cheios de incerteza. Colocada pela primeira vez na vida entre dois deveres tão diferentes como subir ao carro para ir jantar fora e testemunhar piedade a um homem que vai morrer, não encontrava nada no código das conveniências que lhe indicasse a jurisprudência a seguir e, não sabendo a qual dar preferência, julgou que devia fingir que não acreditava na segunda alternativa, obedecendo assim à primeira, que demandava naquele momento menos esforço, e pensou que a melhor maneira de resolver o conflito seria negá-lo. — Está gracejando? — perguntou ela.

— Se fosse um gracejo, seria de um delicioso bom gosto — respondeu ironicamente Swann. — Não sei por que lhe digo isso. Até agora, nunca lhe havia falado na minha doença. Mas como me perguntou e agora posso morrer de um dia para outro... Mas, antes de tudo, não quero que se atrase, vai jantar fora — acrescentou ele, que bem sabia que, para os outros, as suas próprias obrigações mundanas têm primazia sobre a morte de um amigo, e que se punha no caso deles, graças à sua polidez. Mas a da duquesa lhe permitia também aperceber-se confusamente de que o jantar aonde ia devia contar menos para Swann do que a sua própria morte. Assim, enquanto continuava o caminho para o carro, deu de ombros dizendo: "Não se preocupe com esse jantar. Não tem a mínima importância!".

Mas essas palavras puseram de mau humor o duque, que exclamou:

— Vamos, Oriane, não fique a tagarelar assim e a trocar as suas jeremiadas com Swann, você bem sabe que a senhora de Saint-Euverte faz questão que a gente esteja na mesa às oito em ponto. É preciso saber o que é que você quer, já faz cinco minutos que os seus cavalos estão esperando. Peço-lhe desculpas, Charles — disse ele, voltando-se para Swann. — Mas são oito menos dez. Oriane está sempre atrasada, e precisamos de mais de cinco minutos para chegar na velha Saint-Euverte.

A sra. de Guermantes avançou resolutamente para o carro e deu um último adeus a Swann:

— Bem, falaremos nisso; não creio numa palavra do que você diz, mas temos de conversar a esse respeito. Com certeza andaram a assustá-lo; venha almoçar, quando quiser (para a sra. de Guermantes tudo se resolvia sempre em almoços), você marcará o dia e a hora. — E, erguendo a saia vermelha, pousou o pé no estribo. Ia entrar no carro quando, ao ver aquele pé, o duque exclamou com voz terrível:

— Oriane, o que é que você vai fazer, infeliz?! Você ainda está de sapatos pretos! Com um vestido vermelho! Suba depressa para pôr os seus sapatos vermelhos, ou melhor — disse ele ao lacaio —, vá depressa dizer à camareira da senhora duquesa que traga uns sapatos vermelhos.

— Mas meu amigo — respondeu brandamente a duquesa, constrangida ao ver que Swann, que saía comigo, mas quisera deixar passar o carro à nossa frente, tinha ouvido tudo —, já que estamos atrasados...

— Não; temos tempo. São apenas oito menos dez, não levaremos dez minutos para ir até o parque Monceau. Afinal, que quer? Ainda que fossem oito e meia, eles esperariam, mas o que você não pode é ir com um vestido vermelho e sapatos pretos. Aliás, não seremos os últimos... Há os Sassenage... Você bem sabe que eles nunca chegam antes das vinte para as nove...

A duquesa voltou ao seu quarto.

— É — nos disse o sr. de Guermantes —, coitados dos maridos... Zombam deles, mas ainda assim têm alguma coisa de bom... Se não fosse por mim, Oriane ia jantar de sapatos pretos.

— Não fica feio — disse Swann —, e eu já notara os sapatos pretos, que absolutamente não me haviam chocado.

— Não digo que não — respondeu o duque —, mas é mais elegante que sejam da mesma cor do vestido. E depois, não se alarme, logo ao chegar ela o teria notado e eu é que me veria obrigado a vir buscar os sapatos. E teria de jantar às nove horas. Adeus, meus filhos — disse ele, afastando-nos brandamente —, tratem de ir antes que Oriane desça. Não é que ela não goste de ver vocês dois. Pelo contrário, é que gosta demais. Se ela os encontra ainda aqui, vai recomeçar com a tagarelice, já está muito cansada e chegará morta ao jantar. E depois, confesso-lhes francamente que estou morrendo de fome. Almocei muito mal esta manhã ao desembarcar do trem. É verdade que havia um tal de molho bearnês, mas, apesar disso, não me incomodaria em sentar-me de novo à mesa. Cinco para as oito! Ah!, as mulheres! Ela vai estragar o estômago de nós dois. Ela é muito menos forte do que julgam.

O duque não se constrangia em falar nos incômodos da sua mulher e dos seus a um moribundo, pois os primeiros, como lhe interessavam mais, lhe pareciam mais importantes. Assim, foi apenas por boa educação e galhardia que, depois de nos haver gentilmente despachado, gritou com voz estentórea, da porta, para Swann, que já se achava no pátio:

— E depois, não se deixe impressionar com essas tolices dos médicos, que diabo! São umas toupeiras. Você está firme como a Ponte Nova. Ainda nos enterrará a todos!

resumo

(os números entre parênteses indicam as páginas)

primeira parte

Tristeza de Françoise com nossa nova moradia; seu pequeno lacaio está contente com a mudança (14); Françoise endurece diante de minha tristeza e, dois dias depois, já critica os defeitos de nossa antiga residência; nossa nova casa é um apartamento pertencente ao palácio dos Guermantes (15); o nome "Guermantes" (15-20); ao fundo do pátio residem o duque e a duquesa de Guermantes, constante preocupação desde a manhã tanto para mim quanto para Françoise (21-22); o ritual de Françoise e dos criados após o almoço (22-23); a conversa deles é interrompida pelos chamados do coleteiro do pátio, Jupien; fora dele que Françoise recebera a atenção lisonjeira necessária à sua adaptação à nova casa (23-26); Françoise e os criados continuam a conversa interrompida por Jupien (26); mamãe os chama timidamente três ou quatro vezes (30-33); Françoise colhe informações sobre os Guermantes (34); preciso buscar no salão da sra. de Guermantes, nos seus amigos, o mistério de seu nome (34-35); os hábitos matinais do duque (38-39); ele se aproxima de meu pai e passa a lhe pedir favores de vizinho (39); ouço nomear alguns dos salões que a duquesa frequenta e obtenho detalhes de sua vida mundana (40); o culto da nobreza, mesclado e acomodado a certo espírito de revolta na mente de Françoise (41).

Um amigo de meu pai no Ministério consegue para mim uma poltrona para um sarau de gala na Ópera; não ligo mais importância alguma a essa oportunidade de ouvir a atriz Berma (43); no momento em que subo a escadaria da Ópera, avisto um homem que tomo a princípio pelo sr. de Charlus, depois pelo príncipe de Saxe; de qualquer modo, um convidado íntimo do camarote da princesa de Guermantes (43-44); alcanço meu lugar, enquanto procuro repetir um verso de *Fedra* (45); as pessoas sentadas nas poltronas vizinhas (45); os camarotes e suas "divindades" (46-47); meus olhares são desviados do camarote da princesa de Guermantes por uma mulherzinha malvestida que teria me incomodado outrora, quando temia que algo impedisse o espetáculo de produzir-se no seu máximo de intensidade (51); a peça começa e não tenho nenhuma indulgência para com os atores que precedem Berma em cena (52); Berma entra em cena e a mulherzinha a meu lado zomba dela (54); e seu talento, que me havia escapado quando eu procurava tão avidamente apreender-lhe a essência, se impõe com a força da evidência à minha admiração (54-59); no momento em que começa a segunda peça, chega ao camarote da princesa de Guermantes sua prima, a duquesa — diferença no modo de se vestir das duas (60-62); a sra. de Cambremer-Legrandin não tira os olhos da duquesa e da princesa de Guermantes (63-64); contemplo a apoteose momentânea do camarote da princesa; a duquesa ergue para mim a mão enluvada e a agita em sinal de amizade (65-66).

A partir de então, todas as manhãs, vou postar-me na esquina da rua que a duquesa de Guermantes desce habitualmente (66); minhas ideias de amor se voltam constantemente às imagens da sra. de Guermantes na Ópera (68); ela responde à saudação que lhe dirijo cotidianamente com ar de surpresa e, por fim, com certo descontentamento (69); Françoise desaprova minhas saídas matinais; nossa criada e sua capacidade de saber imediatamente tudo o que nos pode acontecer de desagradável (71-72); a psicologia dos criados (72-75); amo verdadeiramente a sra. de Guermantes e continuo a ir a seu encontro cada manhã (76); gostaria que Saint-Loup revelasse à sua tia a amizade que me dedica (78); decido partir para Doncières, cidade em que ele cumpre o serviço militar, para pedir que intervenha a meu favor (78).

Passo a primeira noite em seu quarto (79-88); mas logo no segundo dia tenho de ir dormir no hotel em que, contra a minha expectativa, me sinto, desde o primeiro instante, acolhido (90-98); certos dias sinto-me agitado e Saint-Loup vem ao hotel em meu socorro (98-99); mais tarde, quando passo a interessar-me pelas teorias militares, vou frequentemente assistir aos exercícios do regimento (99-103); com o sol se pondo, dou uma volta ao sair do quartel (104); às sete horas, visto-me e, já de noite, saio para ir ter com Saint-Loup no hotel em que ele toma pensão (104-108); logo no primeiro desses jantares, peço-lhe a foto de sua tia, a sra. de Guermantes (112-113); Robert sente prazer em me ver falar diante de seus companheiros (113-115); Saint-Loup é fervoroso dreyfusista (118); Robert explica-me detalhes de estratégia militar (120-126); tardes há em que, atravessando a cidade para ir ao restaurante, sinto tamanha falta da sra. de Guermantes que tenho dificuldade em respirar (132); Robert briga sério com a amante; seu sofrimento com uma possível ruptura (133-136); a pretexto de rever os quadros de Elstir da coleção da duquesa, tento fazer com que ele consiga convencer sua tia a me receber (138-139); o capitão de Borodino acaba de conceder ao suboficial Saint-Loup uma longa licença para Bruges, de modo que Robert poderá rever a amante (140); gentileza dos amigos de Robert comigo (142); o príncipe de Borodino, descendente da nobreza Império (142-146); a admirável magia de um telefonema me põe em contato com minha avó (147-152); tendo decidido deixar Doncières, encontro Robert, que parece não me ver (152-153).

De volta a Paris, deparo-me com a evidência da debilidade física de minha avó (154-156); a sra. de Guermantes não me convida para ver sua coleção de quadros de Elstir; frieza repentina de Jupien comigo (156); entrementes, o inverno vai chegando ao fim e a primavera desperta em mim uma nova melodia (157); com o tempo mais brando, retomo minhas saídas matinais e os encontros pretensamente casuais com a sra. de Guermantes (158-159); como saio pela manhã depois de ter ficado desperto a noite inteira, passo as tardes na cama — cenas de sonhos (159-160); Saint-Loup, de passagem por Paris, revela-me, sem o querer, que sua tia se recusara a me receber (161); Françoise sai em visita a seus familiares (162); o tempo esfria de novo; continuo, porém, a sonhar com a paisagem primaveril da Itália (163).

Meu pai descobre aonde vai o sr. de Norpois quando o encontra perto de nossa casa: visitar a sra. de Villeparisis; o embaixador lhe dá detalhes inusitados do prestígio e distinção do sr. de Guermantes; além disso, ele me recomenda o salão da sra. de Villeparisis, sobretudo por causa de meus projetos de tornar-me escritor (163); infelizmente, meus esforços acabam sempre na página em branco (164); advertido pelo embaixador, meu pai passa a prestar mais atenção ao sr. de Guermantes; este também elogia o salão da tia, a sra. de Villeparisis (164-165); minha ida a esse salão está iminente: meu pai deseja saber se o embaixador o apoia a entrar no Instituto (165-166); papai se encontra com uma de nossas vizinhas em Combray, a sra. de Sazerat; dreyfusista, ela acolhe com frieza o cumprimento de papai, antidreyfusista convicto (166-167).

Combino com Saint-Loup de almoçar com ele e a amante para depois irmos, os dois, ao salão da sra. de Villeparisis (167-168); antes de chegar à casa de Saint-Loup, encontro Legrandin, que ironiza minhas ambições mundanas (168-169); contemplo o encanto dos jardinzinhos do povoado próximo à casa da amante de Robert (170-171); durante esse trajeto, Robert fala-me carinhosamente de sua amiga (171-172); quando ele aparece de volta com ela, reconheço "Rachel quando do Senhor", jovem que avistara anos antes em um bordel parisiense (173-176); na estação, antes de tomar o trem de volta a Paris, encontramos duas amigas de Rachel e, por um instante, Robert consegue perceber uma outra Rachel (177-178); ela é uma "literária", moça lida, amante que se preocupa muito com a saúde de meu amigo (179); quando falo de Dreyfus, lágrimas sobem aos olhos da jovem (180).

Na verdade, aqueles almoços "tão gentis" dos dois decorrem sempre muito mal por causa do ciúmes de Robert, que nesse dia é despertado pela presença de Aimé, mordomo que conhecera no hotel de Balbec (180-182); ela parece não mais prestar atenção ao garçom e entabula uma conversação literária (182); deixo de tomar parte na conversação quando se fala de teatro, pois nesse ponto Rachel é demasiado malévola (183-184); talvez para fazer Robert sair, talvez a fim de se encontrar a sós com Aimé, Rachel começa a lançar olhares a um bolsista; nesse momento, vêm dizer a Aimé que um senhor lhe manda pedir que venha falar à portinhola de seu carro; trata-se do sr. de Charlus, tio de Robert; meu amigo sente-se perseguido pela família (184-185); os amantes voltam a discutir, Robert se retira e sua namorada comenta comigo a beleza de Aimé (186); alguém vem dizer que Robert manda chamar a amante em um gabinete reservado, depois manda me chamar; encontro-os reconciliados, bebendo champanhe; à força de beber com eles, começo a experimentar um pouco da embriaguez que sentia em Rivebelle (186-187); partimos para o teatro com Rachel (187).

Um número do programa com uma jovem detestada por Rachel e suas amigas me é extremamente penoso (189-190); quando Rachel sobe ao palco, passo a compreender o fascínio que desperta em Saint-Loup (190-191); descido o pano, passamos para o cenário; fico intimidado de passear pelo palco e procuro conversar com Saint-Loup; falo do dia de minha partida de Doncières em que ele não me cumprimentara (192-193); aproximando-me de Rachel, distingo pequenos defeitos em seu rosto que a distância apagara (193-194); Robert fica enciumado por causa dos olhares da amante para um dançarino (194); três jornalistas, vendo o ar furioso de Saint-Loup, aproximam-se e é sobre um deles que recai a fúria de Robert (194-197); saímos os dois do teatro e andamos um pouco; de repente, vejo Saint-Loup espancando um senhor malvestido que, segundo ele, tentara lhe fazer propostas amorosas (199-200); pede-me que nos separemos e que eu vá à casa da sra. de Villeparisis (200).

História pregressa da sra. de Villeparisis: apesar de nascida Guermantes, não possui o mesmo prestígio de sua sobrinha, a duquesa (200-206); pessoas presentes em seu salão quando dessa minha primeira visita (206-207); o "Caso Dreyfus" está prestes a precipitar os judeus no último degrau da escala social (207-208); quando chego, a sra. de Villeparisis está narrando histórias de sua infância (209); Bloch aproveita essa ocasião para informar-se sobre as particularidades da vida aristocrática de então (210); ninguém presta atenção ao que diz um tímido historiador da Fronda (210-211); a sra. de Villeparisis conta-nos uma brincadeira de seu sobrinho, o duque de Guermantes, que se fizera passar pela rainha da Suécia (211); nesse momento a sra. de Villeparisis ensaia sem querer o mecanismo e o sortilégio de suas "Memórias" sobre um público mediano (212-213); ao cabo de um instante, entra uma velha dama com um monumental toucado branco à Maria Antonieta; assim como a sra. de Villeparisis, ela tivera alto nascimento, mas ambas não recebem mais que gente de quem ninguém quer saber alhures; por isso se tornaram rivais na busca de convidados para seus respectivos salões (214-216); a sra. de Villeparisis se ergue e convida o historiador da Fronda para ver o "retrato original" da duquesa de Montmorency (217); Alix, a dama penteada à Maria Antonieta, contesta a autenticidade do quadro, a sra. de Villeparisis responde à altura (218).

A porta se abre e entra a duquesa de Guermantes (218); um jovem criado traz um cartão de um senhor que insiste em ver a marquesa; o visitante importuno é Legrandin (219); converso com Bloch, que afirma levar "com efeito uma vida deliciosa" (220); enquanto isso, Legrandin bajula a marquesa (220-221); Alix revela à sra. de Villeparisis um evento de seu salão do qual fez questão de excluir a rival (221); a marquesa devolve o golpe e comenta com a sobrinha o parentesco de Legrandin com a sra. de Cambremer, que a duquesa despreza profundamente (221-222); a sra. de Villeparisis volta a sentar-se e começa a pintar; vou ter com Legrandin, que me recebe com voz raivosa e vulgar (223-224); contemplo a duquesa, espantado de que a semelhança não seja mais legível entre seu nome e seu rosto (224-225); entra o excelente escritor G., *habitué* do salão da duquesa, que vem justamente sentar-se junto dela (226); tenho dificuldades de localizar o encanto e inteligência particulares à duquesa; penso que quando ela falar sua conversa terá uma estranheza de tapeçaria medieval (226-230); ela caçoa da corpulência da rainha da Suécia (230); e fala de alguém muito espirituoso, "o sr. Bergotte"; arrependo-me de não ter me aproximado dela na companhia do escritor (231-232); o conde de Argencourt entra claudicando, seguido pouco depois pelos jovens barão de Guermantes e S. A. o duque de Châtellerault; o historiador da Fronda, desconhecendo os hábitos desses dois, adverte-os para que não coloquem o chapéu no chão (232-233); o sr. de Argencourt elogia a inteligência da sra. de Guermantes que conversa com o escritor G. (233).

Todos se aproximam da sra. de Villeparisis para vê-la pintar; Legrandin tece elogios às cores utilizadas pela marquesa (234-

235); discutem-se as flores presentes no quadro; "são macieiras do Sul", afirma a marquesa (235); regressando à sua cadeira, o historiador elogia o talento artístico e a competência linguística da marquesa (236); Bloch esbarra em um vaso e toda a água entorna no tapete (236); a sra. de Villeparisis, muito gentil com seus convidados, não o distrata e ainda o retém quando ele se prepara para partir (236-237); ela confidencia-me ao ouvido que o caso de Robert com a amante "está nas últimas" (238); Bloch aproveita para falar de Robert, contando anedotas e fazendo comentários que constrangem a todos (239); Bloch mostra-se encantado com a ideia de conhecer o sr. de Norpois (239); meu amigo pede, alto, a permissão para abrir as janelas; a marquesa não o autoriza por estar resfriada (240-241); a sra. de Villeparisis teme que, vendo o modo de agir de Bloch, o arquivista venha novamente assinalar a necessidade de afastar os judeus de seu salão (241); a marquesa pede que chamem o sr. de Norpois para que este venha conversar com Bloch sobre a questão Dreyfus (241-242).

O embaixador encena o teatro de que acaba de chegar à casa da amante e, apressado, adentra o salão segurando meu chapéu (242); sem perguntar sobre a disponibilidade do amante, a marquesa o coloca para conversar com Bloch em um canto do salão (242-243); antes disso, ele vem ter comigo e volta a criticar o pequeno texto que lhe mostrara, também a obra de Bergotte e a pintura de Elstir (243-244); a duquesa critica Rachel, amante de Robert (244); o sr. de Guermantes adentra o salão (244); antes que o sr. de Norpois se afaste com Bloch, falo-lhe das pretensões de meu pai junto à Academia; o embaixador dá mostras de profunda contrariedade com relação a essa candidatura (246-248); reconheço na face do historiador da Fronda o mesmo olhar de um médico brasileiro (248); a duquesa continua ridicularizando Rachel e suas pretensões a atriz; ela não compreende a atração de Robert por pessoa tão desprezível (249-250); Bloch se põe a dizer tão mal de Saint-Loup que todo mundo se revolta (250); o sr. de Argencourt retoma o raciocínio da duquesa e cita o exemplo do casamento de Swann com Odette (250-251); a duquesa critica a peça encenada em sua casa por Rachel,

As sete princesas, de Maeterlinck (251-252); irrito-me ao comprovar sua completa incompreensão desse autor (252); o sr. de Guermantes desculpa-se junto à tia por ter se passado pela rainha da Suécia (253); a sra. de Villeparisis pede ao arquivista que nos sirva doces (253); a sra. de Guermantes pergunta à tia sobre o "senhor tão simpático", Legrandin, com quem se encontrara na porta de entrada (254); a duquesa volta a ridicularizar a jovem sra. de Cambremer, irmã de Legrandin (254-255).

Bloch e o sr. de Norpois aproximam-se de nós (254-255); o embaixador elogia o esforço estudioso de Bloch (256); este não consegue destrinçar a opinião do sr. de Norpois sobre a culpabilidade de Dreyfus (256); informado sobre o assunto debatido por Bloch e o embaixador, o sr. de Guermantes expressa sua indignação diante da posição tomada no "Caso Dreyfus" por Robert de Saint-Loup, seu sobrinho (258); comenta-se a inovação vocabular trazida pelo caso, como o emprego do termo "mentalidade" (260-261); a duquesa de Guermantes se revolta com a prevalência do "assunto Dreyfus" e as mudanças no convívio mundano após o início do caso (261-262); o duque destaca seu lado "liberal", diferente do príncipe de Guermantes, seu primo; ele volta, entretanto, a se indignar com a opção do sobrinho a favor de Dreyfus (262); Bloch procura fazer com que o sr. de Norpois fale sobre o coronel Picquart, sem conseguir captar com certeza a posição do embaixador (263-264); a duquesa zomba das cartas "idiotas, enfáticas" que Dreyfus envia da ilha do Diabo (264); Bloch se engana quando julga que o sr. de Norpois possa dizer a verdade sobre o papel dos envolvidos no processo Dreyfus (265-268).

O embaixador pergunta sobre o baile da princesa de Sagan para cortar a conversa com Bloch (268-269); para desespero do interlocutor, Bloch continua a fazer-lhe inúmeras perguntas sobre oficiais do Exército (270-271); Bloch pergunta ao sr. de Argencourt se este, enquanto estrangeiro, é dreyfusista; o sr. de Argencourt responde de maneira insolente (272-273); para se desforrar, Bloch dirige-se ao duque de Châtellerault, e este responde com espírito mordaz, ressaltando indiretamente a origem judaica de meu amigo (273); Bloch tenta conversar com o arquivista, que, alarmado, vai advertir a marquesa sobre o perigo de ter um convidado judeu em seu salão (274); a marquesa, então, finge estar dormindo no momento em que Bloch vem se despedir dela (275).

O sr. de Argencourt retoma a conversa sobre a peça *As sete princesas*, de autoria de um de seus compatriotas (275); a viscondessa de Marsantes, mãe de Robert, adentra o salão; ela é considerada um ser superior no Faubourg Saint-Germain (276-278); a sra. de Villeparisis adverte a viscondessa de Marsantes, quanto à chegada iminente da esposa de Swann (278); mudanças no comportamento de Odette por causa da questão Dreyfus — apesar das origens do marido, professa antidreyfusismo e nacionalismo ferrenho (279); instada pela duquesa de Guermantes, a sra. de Marsantes assume conhecer a judia lady Israel, mas se compromete a romper relações com ela (279-280); para surpresa de sua mãe, Robert adentra o salão; ele vai até sua tia, a duquesa, e parece falar-lhe sobre mim; ela me saúda (280-281); a mãe de Robert desmarca seu compromisso daquela noite com a sra. de Saint-Ferréol para poder ficar com o filho (281); Robert pergunta com ironia quem vem a ser a sra. de Saint-Ferréol (282).

O príncipe Faffenheim-Munsterburg-Weinigen manda dizer ao sr. de Norpois que acaba de chegar (282); imagens que o nome do príncipe alemão despertam em mim (283-284); seus hábitos e ambição mundana não combinam com a poesia de seu nome (284); dentre suas ambições está a de entrar para a Academia de Ciências Morais; esforços reiterados do príncipe para conseguir o apoio do sr. de Norpois, até que se dá conta da necessidade de bajular a amante do embaixador, a sra. de Villeparisis (285-289); na tentativa de ser amável comigo, a sra. de Guermantes oferece-me um pouco de torta (290); em seguida, ergue-se, sem dizer-me adeus — é que acaba de avistar a sra. Swann (291).

Por causa do nacionalismo antissemita de Odette, Saint-Loup também se recusa de ser apresentado a ela (291); sua presença tem, entretanto, para mim, o interesse de esclarecer um episódio que se passara dias antes com Charles Morel, filho desconhecido do antigo lacaio de meu tio-avô e primeiro prêmio do Conservatório — a "dama de rosa" (291-294); o sr. de Charlus chega ao salão e vem sentar-se junto a Odette (294); as rusgas de Charlus com sua tia, a sra. de Villeparisis (294-296); Saint-Loup acredita que o barão de Charlus tem algo com Odette (296-297); contemplando o barão, percebo um triângulo convulsivo e surpreendente, formado por seu monóculo, o topete e a botoeira (297); não sabendo de minha situação no salão da marquesa, a sra. Swann mostra-se bastante fria comigo (297); o barão estende-me apenas um dedo (297); a ternura da sra. de Marsantes parece irritar o filho (298); Odette faz-me sinal para me aproximar e relata conversa em que o sr. de Norpois falara mal de mim (298-300); a sra. de Marsantes e, em seguida, o sr. de Norpois apresentam-me o príncipe Von (301-302); tendo recebido elogio a suas mãos e a seu talento como pintora de flores, a sra. de Villeparisis dirige-se ao príncipe e atribui sua perspicácia à convivência, em criança, com Schlegel (302-303); procuro uma maneira de agradecer Robert por sua intervenção junto à sua tia (303-304); de repente, o rosto dele parece estar novamente tomado por cólera; ele me arrasta para o pequeno salão; o sr. de Charlus, julgando que estou de partida, vem ter comigo e me convida para uma visita em sua casa (305); Robert agora sente-se culpado pela briga com a amante e está decidido a reconciliar-se com ela, dando-lhe o colar que lhe prometera (306-307); despede-se, então, bruscamente de sua mãe (308-310); Robert corre até a amante e lhe dá a esplêndida joia, que ela, entretanto, não aceita (310); ele ignora quase todas as infidelidades da amante e a verdadeira vida de Rachel (310-311); ao mencionar que devo me encontrar mais tarde com o sr. de Charlus, sua tia parece contrariada e diz-me preocupada que eu não o espere (311-312).

O barão alcança-me já na escadaria; caminhamos lado a lado e, entre injúrias e elogios, parece querer me fazer uma proposta misteriosa (313); ele está interessado em obter informações sobre Bloch e externa seu desejo de ver meu amigo chicotear o próprio pai (316-319); ele volta às suas propostas enigmáticas (319-320); ao cruzarmos com o sr. de Argencourt, o barão parece empenhado em se mostrar a meu lado (321); elogio a perspicácia da sra. de Guermantes diante de uma possível guerra, o que o barão contraria secamente (322); pergunto-lhe o que é a família Villeparisis; o barão responde com sarcasmo, associando esse nome a nada (322-324); ele desaconselha-me com veemência a frequência a esses salões (324); em seguida, detém um fiacre e se senta junto com o cocheiro dentro do carro, com a capota fechada; antes de partir, pede que reflita em sua proposta misteriosa (325).

Mal entro em casa, ali encontro a réplica da conversação de Bloch e o sr. de Norpois sobre a culpabilidade de Dreyfus, agora empreendida pelo nosso mordomo e o mordomo dos Guermantes (326-327); ao subir, encontro vovó em pior estado de saúde (327-329); decidimo-nos, enfim, a chamar o dr. Du Boulbon, anteriormente indicado por Bergotte; ele atribui todo o estado de vovó a uma crise nervosa e lhe receita o ar livre (330-336); parto com vovó para os Campos Elísios, onde devo encontrar alguns amigos (338); ali, ela se afasta de mim e adentra o banheiro público da "marquesa" (339); vovó tem um ataque no banheiro (342).

segunda parte

I

Na volta para casa, decido consultar o dr. E. (344-345); Legrandin nos saúda; vovó já não vê a mínima importância em saudá-lo de volta (346-347); após consulta semeada de citações literárias, o dr. E. me confidencia que vovó está perdida (347-348).

Chegando em casa, prefiro subir antes de vovó para prevenir mamãe (349-350); Françoise fixa em vovó um olhar de mau agouro (350); ela, entretanto, nunca reclama das noites em claro junto da enferma (350-352); o dr. Cottard passa a dirigir o tratamento (353); os traços do rosto de vovó se enrijecem (354-355); não mais sabendo a que santo apegar-nos, convidamos o especialista X., que nos deixa a todos doentes do nariz (355); mesmo com a gravidade da saúde de vovó, suas irmãs não deixam Combray, dedicando-se ao recolhimento da música de câmara (356); em compensação, Bergotte vem todos os dias passar várias horas comigo (356-359); a sra. Cottard vem nos visitar (360); recebo a atenção comovente do grão-duque herdeiro de Luxemburgo (360-361); Françoise abandona vovó para ir ter com um operário eletricista (361-362); ela está desapontada de ver que dão poucos remédios à minha avó (362); durante alguns dias, vovó perde de todo a visão; depois, a vista volta completamente e o mal nômade passa para os ouvidos (363-364); um dia, encontro-a tentando abrir a janela (364); seu olhar é o olhar descontente de uma velha que tresvaria (364); Françoise insiste em penteá-la e, inocentemente feroz, aproxima dela um espelho (365); um instante depois, vovó não me reconhece (365); Cottard indica a aplicação de sanguessugas (365-366); alguns dias mais tarde, estando eu a dormir, minha mãe vem chamar-me no meio da noite — são os últimos momentos de vovó (366-367); o duque de Guermantes vem nos visitar e nos indica com veemência o dr. Dieulafoy (368); o duque fica desapontado pela recepção fria de mamãe, que o impede de dar vazão a todas as reverências (369-370); um cunhado de minha avó, que é religioso, observa minha dor por entre os dedos das mãos (371); um médico indica balões de oxigênio que acabam por alterar os sons da respiração de vovó (371); Françoise sente necessidade de expressar em voz alta seu pesar e aguarda ansiosa as roupas do enterro (372); meu pai, meu avô, e um de nossos primos vigiam e não saem mais de casa (373); chega, enfim, o dr. Dieulafoy, verdadeiro grão-duque junto a um leito de morte (374); o ruído do oxigênio se cala, o médico afasta-se do leito. Minha avó está morta (376-377).

II

Um nevoeiro evocando as manhãs de Doncières recria o mundo para mim (378-379); em casa está apenas Françoise, que atira a meus pés o jornal *Figaro*; um artigo que enviara a esse jornal ainda não foi publicado (379-380); Saint-Loup, no Marrocos após rompimento com a amante, aconselha-me por carta a agendar um encontro com a sra. de Stermaria (380); de súbito, Françoise vem abrir a porta, introduzindo Albertine (383-390); ela aceita deitar-se a meu lado; a porta se abre e entra Françoise, trazendo uma lâmpada (390-392); contrariamente ao que ocorrera em Balbec, Albertine mostra-se receptiva à minha proposta de beijo (394-399); antes de levantar-se, fala-me de mim, de minha família e de nosso ambiente social (401-403); depois que me deixa Albertine, Françoise traz uma carta em que a sra. de Stermaria aceita meu convite para jantar (403).

Chego à casa da sra. de Villeparisis depois de haver terminado a comédia; sento-me numa poltrona vazia do segundo salão (404-405); cessara minhas saídas matinais para ver a sra. de Guermantes (405-406); eis que ela vem até mim, senta-se a meu lado e me convida para jantar em sua casa (408-411); ela se surpreende quando lhe revelo conhecer seu cunhado, o sr. de Charlus (412); ao final da recepção, Bloch vem louvar-me a amabilidade do sr. de Charlus (416); algum tempo depois, peço ao sr. de Charlus para lhe apresentar Bloch e o barão nem sequer lhe estende a mão (416).

Os dias, as horas, os minutos que precedem a minha ceia com a sra. de Stermaria são para mim não deliciosos, mas insuportáveis: preciso possuí-la (417-420); ao me preparar para ir ao restaurante da ilha do Bois de Boulogne encomendar o menu do dia seguinte, Françoise me anuncia Albertine; convido-a para ir comigo até lá (421-423); no dia seguinte, faz tempo frio e bom, anoitece muito rápido; resolvo mandar um carro à sra. de Stermaria e aguardo o momento do jantar (424-425); o cocheiro traz uma carta dela, cancelando o encontro (426); sozinho na sala, vou chorar, ocultando minha cabeça atrás de um enorme rolo de tapetes; de repente, ouço uma voz — é Robert de Saint-Loup que me propõe sair para jantar (428); ao descer as escadas, revivo as noites de Doncières, recordações de Combray e de Rivebelle; não aprofundo, entretanto, tais lembranças, e parto com Robert para jantar (429-435).

Por má sorte minha, como Saint-Loup para alguns minutos para fazer recomendações ao cocheiro, tenho de entrar sozinho no café; o dono do local, não me conhecendo, recebe-me com frieza, retira-me rudemente da sala reservada à aristocracia e coloca-me em uma mesa perto da porta de entrada; recebo o vento frio e acompanho o comentário sobre as aventuras por que passaram os que tiveram de atravessar a névoa espessa que cobre Paris (436-437); o príncipe de Foix e o seleto bando de doze a quinze de que ele faz parte (437); o príncipe pertence também a um grupo mais restrito e inseparável, de quatro pessoas, de que faz parte Saint--Loup (440); a psicologia do indivíduo medíocre — o exemplo do dono do café (439-441); Robert, dos principais clientes, ordena que a porta diante de mim seja interditada (442-443); os frequentadores do café e a beleza física de Saint-Loup (443-444); o príncipe de Foix pede permissão para vir sentar-se conosco, Robert não assente e, tomado por ideia súbita, vai até o príncipe pegar sua capa emprestada para mim (445-446); Robert reitera o convite de seu tio, para que eu vá visitá-lo, mesmo depois do jantar em casa da duquesa de Guermantes (447); Robert está contando com a ajuda da princesa de Parma para trazê-lo de volta do Marrocos; ele não acredita na possibilidade de guerra com a Alemanha (447-448);

permaneço admirado pelos movimentos que Robert executara para poder chegar até mim com o casaco do príncipe de Foix — influência de sua origem e educação aristocráticas (448-450).

Posso contemplar o mesmo espírito ao chegar à casa dos Guermantes para o jantar; o duque me guia até a coleção de quadros de Elstir, encenando para mim o teatro da amabilidade cortês próprio ao século XVIII (452-455); quando me vejo em face dos Elstir, esqueço completamente a hora da ceia — as várias fases do pintor (455-458); apesar de meu atraso, o duque me recebe com alegria e me conduz diretamente à apresentação de seus convidados (459); ele apresenta-me a uma dama de quem recebo provas de profunda simpatia e até de certa comunhão de lembranças (460); trata-se de uma Alteza, a princesa de Parma (461-465); enquanto sou apresentado às mulheres, um cavalheiro dá inúmeras mostras de agitação: é o conde Hannibal de Bréauté-Consalvi, que não consegue adivinhar quem eu possa ser (466-469); falta um dos convidados, o sr. de Grouchy, descendente do Grouchy do Primeiro Império, que está caçando (470); um tímido sinal do duque para servir a mesa desencadeia um mecanismo semelhante a uma relojoaria humana (471-472); as maneiras do duque retomam maneiras da corte de Luís XIV (472-473); a princesa de Parma está persuadida de antemão de que tudo quanto vê em casa da duquesa de Guermantes é de qualidade superior ao que ela tem em sua própria casa (474).

De modo geral, os Guermantes são muito diferentes do resto da sociedade aristocrática, eles são mais preciosos e mais raros (475-478); uma parte adversa dessa família são os Courvoisier, que não possuem nem compreendem o chamado "espírito Guermantes" (478-492); o salão da princesa de Parma (492-496); certos íntimos da duquesa possuem também o "espírito Guermantes"; para alguns deles, o salão de Guermantes fora a pedra de tropeço da sua carreira (496-498); naquele salão, havia nascido a mais rara floração de mundanismo (498); falta aos Courvoisier o senso musical da imitação, em que Oriane é exímia (499); as visitas do duque e da duquesa a membros dos Courvoisier, como à princesa d'Épinay — o dito sobre *"Taquínio, o Soberbo"* (499-506); os Courvoisier não são capazes também de elevar-se até o espírito de inovação que a duquesa introduz na vida mundana — seus juízos imprevistos (506-519); o sr. de Guermantes é ardente admirador das graças femininas; suas ex-amantes frequentam o salão da duquesa, que as consola (519-522).

O jantar vai começar. A princesa de Parma quer sondar a duquesa sobre a sra. de Heudicourt, que ela deseja convidar para a Ópera (523); chega, então, o sr. de Grouchy, pedindo permissão para mandar para a duquesa alguns dos faisões que caçara (522-523); ela enviará Poullein, criado que estaria de folga no dia seguinte, para buscá-los: ele não poderá mais se encontrar com sua noiva; todos cumprimentam a duquesa pela sua bondade com a criadagem (523); foi a princesa de Parma quem citou para a princesa o dito sobre "*Taquínio*, o Soberbo" (525); o duque alude à avareza da sra. de Heudicourt (526); e cita mais um dos ditos espirituosos da esposa (527); a condessa de Arpagon diz-me que gostaria de receber-me para me mostrar "correspondências extremamente curiosas entre as pessoas mais marcantes dos séculos XVII, XVIII e XIX" (528); ela é de opinião que "frequentemente as cartas de um escritor são superiores ao resto de sua obra" (529); a duquesa de Guermantes admira a correspondência de Gambetta (530); insinuo que não tenho a mínima admiração pelo sr. de Bornier, autor da *Filha de Rolando*; o duque pergunta-me se é alguma rixa pessoal (530); em seguida, confessa que, em literatura, e mesmo em música, é terrivelmente antiquado (530-531); a sra. de Arpagon fala à princesa de sua admiração pela falta de gosto na obra de Victor Hugo (532); a duquesa revela que o gosto da sra. de Arpagon por literatura se acentua por ter sido abandonada recentemente pelo duque (533); o lacaio privado de seu dia de folga recebe esbarradelas do duque de Châtellerault (533-534); a duquesa retoma o tema de Victor Hugo; particularidade campesina de sua voz (534-535); a sra. de Arpagon se emociona com um verso de Musset; a duquesa ridiculariza a ex-amante do duque (537-538); a sra. de Varambon, dama de honra da princesa de Parma, atribui-me parentesco com o almirante Jurien de la Gravière (539); a sra. de Guermantes afirma que Zola é um poeta (540); ela me diz que Zola é autor de um estudo sobre a pintura de Elstir (541); pergunto ao sr. de Guermantes se ele sabe o nome do senhor que figura de cartola no quadro popular do pintor (542); o duque menciona o quadro com aspargos de Elstir, que, apesar da insistência de Swann, recusara-se a comprar (542); a duquesa elogia o homem Elstir: "ele é admirável" (543); o pintor realizara um retrato em "vermelho-lagosta" da duquesa (544); ela critica a sra. de Gallardon, antiga amante do duque (544); o resto provinciano da voz da duquesa (544-545); o culto sr. de Bréauté dá detalhes dos hábitos alimentares na província de Cantão, na China (546-547); segundo a duquesa, o hábito de comer ovos podres pode também ser observado em casa da sra. de Villeparisis (547); o sr. de Guermantes cita o episódio da despedida seca da sr. de Villeparisis ao "sr. Bloch" (548); a duquesa pergunta-me se avistara François Coppé quando de minha visita à sra. de Villeparisis (548); a princesa alude timidamente à imoralidade da sra. de Villeparisis e é contradita pela duquesa (549); a princesa menciona o caso do sr. de Charlus, viúvo inconsolável (550); ela externa o pedido de Robert para que sua tia, a duquesa, intervenha a seu favor e o traga de volta do Marrocos (551); o príncipe Von tenta falar-me de Rachel (551-552); a princesa menciona uma visita que tem de fazer à rainha de Nápoles (553); oportunidade para a duquesa dar nova vazão a seu "espírito" e satirizar essa Alteza (554); a princesa de Parma volta ao assunto do retorno de Robert do Marrocos por intervenção da duquesa junto ao general de Monserfeuil, que a duquesa afirma conhecer pouquíssimo (555); a princesa menciona pesarosa a derrota eleitoral do general; a duquesa associa essa derrota e a recente gravidez da esposa dele (555-556).

Nunca deixaria de ser convidado para as recepções dos Guermantes; dentre elas, as laranjadas nas tardes de verão (556-558); após o jantar, sou apresentado ao general de Monserfeuil; a duquesa de Guermantes faz todo o possível para tentar dissuadir a princesa de Parma a falar diretamente ao general sobre o caso de Robert, chegando mesmo a insultar o general em sua presença (558-559); para desviar o foco da conversa, a princesa elogia as flores, que a duquesa garante que vão morrer por falta de fecundação, tarefa que caberia a certos insetos realizar (559); o sr. de Bréauté opina sobre medidas para facilitar tal processo (560); Swann falara muito à duquesa sobre botânica antes de seu casamento (560); a princesa elogia a cômoda em que está colocada a planta; a duquesa, sabendo das intrigas que separam a princesa de Parma da família dos Iéna, a convida mesmo assim para visitá-los e contemplar outros móveis do mesmo estilo (561-562); a duquesa repete como sendo dela a minha ideia sobre a natureza de uma obra original (562-565); e destaca as diferenças entre ela e seu primo, o príncipe de Guermantes (565); ela elogia a inteligência do imperador alemão, Guilherme II, que, entretanto, não compreende a pintura de Elstir (567); ao ouvir o nome da cidade de Haia, o duque de Guermantes externa em voz alta sua admiração pelo museu daquela cidade; pergunto se pudera admirar ali um quadro de Vermeer (568); ele se orgulha da competência da esposa em tomar parte em todos os assuntos (568-569); o príncipe Von ressalta que, apesar das restrições a Elstir, o imperador "é de uma inteligência maravilhosa" (571); o príncipe demonstra aversão a uma possível aproximação anglo-francesa (572); a sra. de Guermantes discorda, por achar o rei inglês "encantador" (573); é que o príncipe alemão é favorável a uma aproximação entre a França e seu país (573); contrariando minha expectativa, a sra. de Guermantes me diz que o sr. de Norpois me estima muito (574); ela comenta maldosamente a relação do embaixador com a sra. de Villeparisis e o duque reprova a possibilidade de um casamento entre eles (575); a princesa de Parma conta um episódio que confirma o apego do príncipe de Guermantes às questões de nascimento e etiqueta (575); o duque volta a insistir no absurdo do casamento da sra. de Villeparisis, "filha de Florimond de Guise", com o sr. de Norpois (575); o general de Saint--Joseph pergunta sobre um possível parentesco entre o duque e o embaixador (575-576); a menção do nome "Saintrailles" evoca para mim uma rua de Combray (576); a sra. de Guermantes pronuncia-se avessa à conversa sobre genealogia e se desculpa junto a mim pelo jantar fastidioso (577); mas é justamente a aparição daqueles nomes que salva o jantar e restitui de súbito aos amigos do sr. e da sra. de Guermantes sua poesia perdida (577-578); a embaixatriz da Turquia cita alguns nomes e logo o sr. de Guermantes lança um brado: "Mas é um primo de Oriane!" (578-579); ela narra histórias caluniosas sobre o sr. de Luxemburgo, amigo de quem eu recebera cartas afetuosas no período em que minha avó estivera muito doente (579-585); a fim de ouvir as genealogias, não respondo à embaixatriz (586-590); ao final, pergunto-me se é por tais jantares que tantos e tantos excluídos anseiam (590).

No momento em que vou retirar-me, torna a entrar no salão a dama de honra da princesa de Parma (592); no vestíbulo, todos vêm admirar minhas galochas de neve (593); sou tomado de exaltação repentina pelos Guermantes a caminho da residência do sr. de Charlus (594-600).

Um mordomo do barão deixa-me esperando mais de vinte e cinco minutos no vestíbulo (599); depois de mais dez minutos o barão enfim me recebe, sem nem mesmo me cumprimentar (601); começa, então, uma sequência de frases insolentes e acusações falsas (602-607), que culminam comigo estraçalhando uma cartola nova do barão (607); depois de me chamar de volta, ele sai correndo para conseguir me alcançar no vestíbulo (607-608); sua voz se torna suave, afetuosa, melancólica (608); elogio ao acaso o grande salão verdoengo, o que desencadeia a noção de grandeza do barão e a intromissão em sua fala de novos insultos (609-610); ele acaba subindo no carro que deve me levar de volta para casa e me sugere uma ida conjunta até o bosque (611-612); quando menciono a princesa de Iéna, sua voz assume tom desdenhoso (612-613); no tocante ao palácio da princesa de Guermantes, não lhe faltam elogios (614-615); ele me garante que só conseguiria visitar o renomado jardim da princesa caso ele interviesse a meu favor (615).

Ao entrar, vejo na minha escrivaninha uma carta que é do jovem lacaio de Françoise (615-616); cerca de dois meses depois do meu jantar em casa da duquesa de Guermantes, recebo um cartão convidando-me para uma grande recepção na casa da princesa de Guermantes (617-618); as palavras elogiosas do sr. de Charlus levam-me a desejar ainda mais conhecer os encantos da princesa e de seu salão (618-620); o certo exclusivismo desse salão faz com que tome por inverossímil o convite que recebera (621); aguardo o retorno do duque e da duquesa de Guermantes de Cannes para poder confirmar com eles se havia sido efetivamente convidado (621-622); na vasta perspectiva do pátio de nosso prédio, acompanho o movimento de fecundação das flores por insetos (622-623).

O duque me recebe na sua biblioteca; apesar da doença terminal de um de seus primos, ele e a esposa devem ir a um jantar, à recepção da princesa de Guermantes e, por fim, a um baile a fantasia; antes disso, Swann deve trazer uma fotografia de uma moeda da Ordem de Malta (624-626); seu rosto se assombra quando lhe digo que venho pedir à duquesa que se informe se sua prima me havia realmente convidado (627-628); Swann traz no rosto modificações profundas trazidas pela doença (629-630); o duque insiste em mostrar a Swann um quadro que afirma ser de Velázquez (631); converso um instante com Swann sobre o "Caso Dreyfus" (632-634); a sra. de Guermantes aparece num vestido de cetim vermelho (635); eles conversam sobre a reunião na casa da princesa (635-637); para evitar receber más notícias da saúde do primo, o sr. de Guermantes dá folga ao lacaio (639); o duque fala de genealogia para justificar o brilho do casamento do príncipe e da princesa de Guermantes (639-643); a duquesa desce ao vestíbulo para contemplar a enorme fotografia trazida por Swann (643-644); Swann lhe revela que tem pouquíssimo tempo de vida (648); a sra. de Guermantes avança resolutamente para o carro e dá um último adeus a Swann; mas o duque percebe, de repente, que os sapatos da esposa não são da mesma cor do vestido e a faz voltar para trocá-los (649).

posfácio

Será que ainda podemos pensar sem um romance como a *Recherche* e fora da psicanálise?*

---

* "Pouvons-nous encore penser sans *La Recherche* et hors de la psychanalyse?" (tradução de Guilherme Ignácio da Silva).

O título que surge ao final do percurso vem concluir a reflexão que vamos ler. A resposta demonstrará a impossibilidade da pergunta do título. Destacando algumas semelhanças e algumas diferenças entre Freud e Proust, o texto sublinha que, apesar da diferença de vocação, o pensador e o escritor partilhavam as mesmas interrogações e que não podemos renunciar facilmente a seu legado.

Em *O tempo redescoberto*, Proust resume as posições de ambos:

> Só a impressão, por mofina que lhe pareça a matéria e inverossímeis as pegadas, é um critério de verdade e como tal deve ser exclusivamente apreendida pelo espírito, sendo, se ele lhe souber extrair a verdade, a única apta a conduzi-lo à perfeição, a enchê-lo de perfeita alegria. A impressão é para o escritor o mesmo que a experimentação para o sábio, com a diferença de ser neste anterior e naquele posterior o trabalho da inteligência. O que não precisamos decifrar, deslindar à nossa custa; o que já antes de nós era claro, não nos pertence. Só vem de nós o que tiramos da obscuridade reinante em nosso íntimo, o que os outros não conhecem.[1]

O narrador proustiano, ao qual se identifica fortemente o próprio escritor Marcel Proust nessa citação, não escrevia com base em empréstimos, nem em raciocínios, nem em experiências renovadas, mas sim partindo de impressões que ele se esforçava para aprofundar como a que experimenta ao morder a *madeleine*, analisada no posfácio de Jeanne-Marie Gagnebin ao primeiro volume da presente coleção. Ele se distancia desse modo do método do pesquisador tradicional que trabalha a partir de experimentos repetidos e diversificados.

EM QUE MEDIDA O NARRADOR PROUSTIANO SE APROXIMA DA PSICANÁLISE?

Desde Freud, a prática psicanalítica insiste na importância da escuta da fala do analisando que se define não como um conjunto de respostas do psicanalista, mas como um deixar falar regido por

---

1 Proust. *O tempo redescoberto* (tradução de Lúcia Miguel Pereira). São Paulo: Globo, s. d., p. 159.

associações. Pouco racional, bifurcando-se conforme as palavras ou lembranças evocadas, o discurso do analisando, muito próximo aqui do discurso corrente que fala de tudo e de nada, distingue-se desse, entretanto, na medida em que recai sempre sobre o que lhe está mais próximo em um quadro determinado. Isso não é puro acaso, já que os pais estão frequentemente no centro do conflito que provocou a entrada na psicanálise. Cabe ao psicanalista ir pontuando o discurso e forçar assim o analisando "a decifrar, a tornar claro por [seu] esforço pessoal [...] e a retirar da escuridão [...] aquilo que os outros não conhecem", como sublinha o narrador proustiano.

O leitor percebe imediatamente a semelhança entre a escrita proustiana e o discurso do analisando. Este não é composto de conceitos psicanalíticos, mas de palavras do cotidiano, das mesmas palavras que Freud escolheu para elaborar seus conceitos. A palavra "isso", por exemplo, "Es" em alemão, que acabou se tornando a terceira tópica do inconsciente freudiano, na verdade faz parte das expressões mais comuns da língua alemã. O que significa assinalar a distância entre os conceitos difíceis de Lacan e os do início da psicanálise. O que também significa que não podemos confundir a teoria e a prática dessas duas abordagens. A escrita, embora mais difícil do que a enunciação sobre o divã, como testemunham os numerosos cadernos de esboços utilizados por Proust, se deixa ler muito mais facilmente do que a teorização dessa mesma escrita ou do mesmo discurso pelos especialistas em teoria literária ou os teóricos psicanalistas.

Ambos, escritor e analista, partem da sensação ou da impressão desencadeadas no espírito por elementos exteriores a ele.

O primeiro escreve sobre as "impressões como as que me provocara a vista dos campanários de Martinville, quer de reminiscências como a da desigualdade de dois passos ou o gosto da *madeleine*",[2] o segundo exige do analisando um discurso fundado na memória em que afloram as lembranças involuntárias.

2 Proust. *O tempo redescoberto*, op. cit., p. 158.

Nesse sentido, ambos se ligam a filósofos sensualistas como Locke e Condillac, que, no século XVIII, sustentavam que as ideias e o pensamento nascem da sensação.

Uma terceira razão está ligada à necessidade de haver interpretação: "Era mister tentar interpretar as sensações como signos de outras tantas leis e ideias, procurando pensar, isto é, fazer sair da penumbra o que sentira, convertê-lo em seu equivalente espiritual. Ora, esse meio que se me afigurava o único, que era senão a feitura de uma obra de arte?".[3]

Nesse ponto, tanto Freud como o narrador proustiano estão de acordo sobre a necessidade de se interpretar, divergindo apenas quanto aos meios para fazê-lo, mas voltando a se encontrar na conclusão. A análise precisa do outro para pontuar e reorientar o discurso, enquanto o artista luta com e contra seu meio técnico que exerce pressão, meio que não se deve de forma alguma negligenciar: pressão da escrita, da técnica musical, da pedra ou da cor. Mas o analisando, assim como o narrador proustiano, têm de pensar e "fazer sair da penumbra o que sentiram, têm de convertê-lo em um equivalente espiritual". Eles têm de se esquecer de seu gozo para poder pensar, levando em conta assim o aforisma de Descartes lido por Lacan: "Penso: logo existo". Dois sujeitos subentendidos se situam em lugares distintos: existo onde não penso e penso onde não existo.

A separação entre gozo e pensamento sublinhada por Lacan é incontestável para o narrador proustiano:

Mas, principalmente se nosso amor não se deu apenas a uma Gilberte (o que nos faz sofrer tanto), percebemos que não foi por se ter dado também a uma Albertine, que nos fez padecer tanto, e sim por ser uma porção de nossa alma, mais durável do que os diversos "eus" que morrem sucessivamente em nós e por egoísmo o quereriam reter, porção de nossa alma que deve, ao preço embora de um sofrimento, aliás útil,

---

3 Proust. *O tempo redescoberto*, op. cit.

desprender-se dos seres, a fim de lhe alcançarmos e restituirmos a generalidade, e darmos esse amor, a compreensão desse amor, a todos, ao espírito universal, e não a esta e depois àquela, nas quais se desejariam fundir este e depois aquele dos nossos "eus".[4]

Será que podemos associar o fim do tratamento psicanalítico a uma obra de arte? Não ousaria defendê-lo, mas diria, em vez disso, que o final do tratamento pode ser um trampolim para uma obra, não mais do que isso. Uma coisa é percorrer a língua aproximando-a continuamente de sua história pessoal sob a escuta do analista, outra é mergulhar na escrita até acabar se tornando instrumento dela e erguer uma obra de arte ouvindo toda uma tradição literária e o mundo que nos cerca para criar uma "espécie de língua estrangeira":[5]

Só pela arte podemos sair de nós mesmos, saber o que vê outrem de seu universo que não é o nosso, cujas paisagens nos seriam tão estranhas como as porventura existentes na Lua. Graças à arte, em vez de contemplar um só mundo, o nosso, vemo-lo multiplicar-se, e dispomos de tantos mundos quantos artistas originais existem, mais diversos entre si do que os que rolam no infinito, e que, muitos séculos após a extinção do núcleo de onde emanam, chame-se este Rembrandt ou Vermeer, ainda nos enviam seus raios.[6]

A pouca liberdade ou as coerções que circundam o narrador e o analisando se assemelham:

E já as consequências me enchiam a mente; pois reminiscências como o ruído da colher e o sabor da *madeleine*, ou verdades escritas por figuras cujo sentido eu buscava em minha cabeça, onde campanários, plantas sem nome, compunham um alfarrábio complicado e florido, todas, logo de início, privavam-me da liberdade de escolher entre elas, obrigavam-me a aceitá-las tais como me vinham.[7]

---

4 Proust. *O tempo redescoberto*, op. cit., p. 173.
5 Idem. *Contre Sainte-Beuve:* Paris, Gallimard, 1971, p. 305.
6 Idem, p. 172.
7 Idem, p. 173.

O analisando também não fica associando livremente, mas seguindo seu inconsciente (*Dasein*), que o conduz sem que ele se dê conta disso. Dito de outro modo, ele se move no interior de estruturas preestabelecidas, a língua que emprega, seu meio de origem, a época em que vive, seu passado pessoal, estruturas das quais ele dificilmente se vê livre e que, semelhantes a um rabisco, obrigam-no a tentar desvendar um sentido aí presente.

Os meios utilizados por um e outro se assemelham em parte: em *O tempo redescoberto*, o narrador diz explicitamente: "O sonho incluía-se entre os fatos de minha vida que mais me haviam impressionado, que me deveriam ter convencido do caráter puramente mental da realidade, de cujo auxílio eu não desdenharia na composição de minha obra".[8] Enquanto Freud considerava o sonho a via principal para conhecer o inconsciente, o narrador proustiano vê nele o signo da construção mental da realidade como se esta fosse construída por nosso espírito. Relendo o sonho de Swann,[9] poderíamos crer com efeito que Proust já tinha lido *A interpretação dos sonhos* de Freud, o que parece inverossímil, uma vez que ele não lia alemão e que essa obra inaugural, publicada em 1900, só foi traduzida para o francês no ano de 1926, ou seja, quatro anos depois de sua morte.

Freud e Proust partilham as mesmas preocupações quanto à descrição do ser humano. Se a preocupação clínica está evidente na obra de Freud, ela não deixa de estar também presente na obra de Proust, como mostra este trecho significativo: "Porque, como já demonstrei, não seriam meus leitores, mas leitores de si mesmos, não passando de uma espécie de vidro de aumento, como os que ofere-

8 Idem. *Le temps retrouvé*, p. 493. Ver o artigo de Daniela de Agostini, "L'Ecriture du rêve dans *A la recherche du temps perdu*". *Cahier Marcel Proust*. Paris: Gallimard, 1984, n. 12, p. 188.
9 Idem. *No caminho de Swann* (tradução de Mario Quintana). São Paulo: Globo, s. d., p. 362.

cia a um freguês o dono da loja de instrumentos ópticos em Combray, o livro graças ao qual eu lhes forneceria meios de se lerem".[10]

EM QUE MEDIDA FREUD E O NARRADOR PROUSTIANO SE DIFERENCIAM?

Destaco apenas quatro diferenças, mas há muitas outras.

O narrador proustiano se distancia nitidamente de Freud no que tange à concepção do eu: "Um livro é produto de um outro eu que manifestamos em nossos hábitos, na sociedade, em nossos vícios. Esse eu, se quisermos tentar compreendê-lo, é no fundo de nós mesmos, tentando recriá-lo em nós, que podemos chegar até ele".[11] Quando o narrador de *O tempo redescoberto* encontra na biblioteca do príncipe de Guermantes um livro lido há muitos anos em Combray, *François le Champi*, de George Sand, ele pensa que, caso ele fosse bibliófilo, colecionaria os romances lidos outrora porque sua encadernação restituiria "o amor então sentido, a beleza sobre a qual se haviam superposto tantas imagens, cada vez menos amadas, permitindo-me assim rever a inicial, a mim que já não sou quem a viu e devo ceder o lugar ao eu de então, a fim de que ele chame o que conheceu e meu eu atual já não conhece".[12]

Esse eu de outrora não está ligado a qualquer lembrança, fequentemente imaginária para a maior parte de nós. Ele está ligado a objetos que provocam a rememoração, objetos que podem ser a encadernação de um livro, o vestido de uma mulher etc.

O fundador da psicanálise, por sua vez, imagina o eu como sendo constituído de várias camadas como uma cebola, cada camada aí significando uma relação mais ou menos consciente com seres amados e/ou odiados durante a nossa história.

---

10 Proust. *O tempo redescoberto*, p. 280.

11 Idem. *Contre Sainte-Beuve*. Paris: Gallimard, 1971 (Pléiade), p. 220-1. Tal oposição é retomada em vários de seus cadernos: "Os livros são obras da solidão e filhos do silêncio" (Caderno 29); "Os livros são filhos do silêncio e não devem ter nada em comum com os filhos da conversação" (Caderno 57); "Os filhos da mentira e da fala não devem ter nada em comum com os belos livros que são filhos da solidão e do silêncio" (idem). Bernard Brun, "Le destin des notes de lecture et de critique dans *Le temps retrouvé*". *Bulletin d'Informations Proustiennes*. Paris: Presses de l'Ecole Normale Supérieure, 1982, n. 13.

12 Idem. *O tempo redescoberto*, p. 165.

Proust vê o eu de hoje como algo que está emaranhado com o eu de outrora, como se não houvesse nem unidade nem coerência entre eles. A lógica não é de superposição ou linear, mas de justaposição não linear. O eu de hoje depende de uma relação com os objetos de hoje sem haver necessariamente relações com os eus de outrora refletidos nos objetos do passado.

Enquanto o analisando tenta reconstituir uma história lógica de seu passado a partir do eu imaginário de hoje, Proust vê um eu fragmentado como um mosaico, constituído não apenas de restos de pessoas amadas ou odiadas, mas de objetos que recebem o amor ou o desejo desses eus do passado.

Se nossos dois autores insistem na duplicidade do sujeito, eles não concordam nem sobre o eu social, nem sobre o eu imaginário, nem sobre o outro sujeito, o do inconsciente ou o do verdadeiro eu. Na segunda tópica freudiana, o eu, o supereu e o isso estão profundamente imbricados, enquanto, na obra de Proust, os dois eus não possuem nada em comum além do corpo que lhes serve de terreno de disputa ou de harmonia. O inconsciente freudiano intervém a todo instante enquanto o eu verdadeiro de Proust só é acessível pela arte.

O sujeito dividido é universal para os dois autores mas, em um, ele surge no discurso, nos sonhos e nos lapsos, enquanto no outro o verdadeiro eu só se revela a uma parte privilegiada dos homens, aos artistas e escritores, através de seus manuscritos, esboços, croquis ou disquetes.

A psicologia no espaço inventada pelo narrador proustiano[13] oferece uma outra visão do ser humano. Como uma estrela ou um planeta, o homem fica circulando em um tempo galáctico, criando relações complexas com aqueles em torno dos quais ele faz suas "revoluções". O espaço de relações assim criado será determinante para os indivíduos que tomam parte nele. Quanto mais as trocas forem numerosas, mais complexas serão os laços

13 Proust. *O tempo redescoberto*, p. 278.

passionais entre os integrantes do circuito. Concentrando o interesse não mais nos indivíduos, mas nas paixões, a identificação se desloca das personagens para as sensações, para as paixões e os sentimentos vividos e, em consequência disso, acaba oferecendo um espelho mais amplo ao indivíduo. As revoluções sucessivas não têm como objetivo apenas o reconhecimento de um pelo outro, mas também, e paradoxalmente, seu distanciamento. A paixão, muito próxima da devoração, é substituída por uma nova cartografia em que cada qual determina ou é determinado por um espaço preciso, não invadido pelo outro.[14]

Nos exemplos que seguem, voltamos a trechos de *O caminho de Guermantes* que o leitor provavelmente acaba de ler:

A vida nos revelara complacentemente todo o romance daquela moça, emprestara-nos para vê-la um instrumento óptico, depois um outro, e acrescentara ao desejo carnal um acompanhamento que o centuplica e diferencia desses desejos mais espirituais e menos saciáveis que não saem de seu torpor e o deixam ir sozinho quando aquele não pretende mais do que apanhar um bocado de carne, mas que, pela posse de toda uma região de recordações de que se sentiam nostalgicamente exilados, se erguem procelosos a seu lado, aumentam-no, sem poder segui-lo até a consumação, até a assimilação, impossível sob a forma de realidade imaterial com que é desejada, mas esperam esse desejo no meio do caminho e, no momento da lembrança, do retorno, fazem-lhe nova escolta [...].[15]

O narrador distingue dois tipos de desejo: os desejos espirituais e o desejo carnal, distinção que sugere toda uma cartografia do desejo na *Recherche*, diferente do desejo freudiano, que está baseado na noção de falta, sem distinção de sua qualidade. Os dois tipos de desejo não agem paralelamente. Os primeiros centuplicam o desejo carnal,

---

14 Willemart. *Educação sentimental em Proust*. São Paulo: Ateliê Editorial, 2002, p. 50.
15 Proust. *O caminho de Guermantes* (tradução de Mario Quintana). São Paulo: Globo, s. d., p. 395.

o escoltam uma parte do caminho, deixam-no partir e aguardam seu retorno, mas lutam "pela posse de toda uma região de lembranças". Dessa maneira, os desejos espirituais precisam do desejo carnal que agiria como uma espécie de gatilho. Por outro lado, eles o prolongam, o aumentam, e poderiam até mergulhá-lo em sua massa caso esse desejo não fosse seu próprio fio condutor ou suporte necessário. A espiritualidade não exige, entretanto, a consumação do desejo carnal, mas, em compensação, quer recuperar uma região de lembranças.

Jamais vemos os entes queridos a não ser no sistema animado, no movimento perpétuo de nossa incessante ternura, a qual, antes de deixar que cheguem até nós as imagens que nos apresentam sua face, arrebata-as no seu vórtice, lança-as sobre a ideia que fazemos deles desde sempre, fá-las aderir a ela, coincidir com ela.[16]

Sem o saber, o narrador retoma nessa passagem o conceito de fantasma, que ele consegue, entretanto, descrever melhor do que a própria teoria psicanalítica. Ele distingue três elementos: a ternura, as imagens e as ideias. O primeiro supõe uma espécie de mar que envolve os seres que se amam e que circula entre eles formando um sistema; o segundo, uma multidão de imagens que vão se acumulando e chegam a nossos olhos seguindo não um critério de verdade, mas de ternura. O terceiro, enfim, "a ideia que fazemos deles desde sempre", este "desde sempre" devendo ser entendido "desde a infância", supomos, mundo que tem essa conotação de eternidade e, para a maioria, a de Paraíso perdido. Esses três elementos profundamente imbricados formam um sistema e explicitam um pouco mais a ideia de psicologia no espaço. O fato de fazer revoluções em torno da pessoa amada não torna necessariamente a relação mais real ou mais verdadeira, uma vez justamente que o passado e a ternura que enquadram o presente minimizam a percepção desse último. A verdade se opõe à ternura assim como o presente se opõe ao passado.

16 Proust. *O caminho de Guermantes*, op. cit., p.154-5.

Freud e Proust se distanciam consideravelmente um do outro no que tange ao início do processo. O analisando emprega normalmente o pronome "eu" contrariamente à literatura que, se acreditarmos em Deleuze, "só começa quando nasce em nós uma terceira pessoa que nos retira o poder de dizer Eu (o chamado "neutro" de Blanchot)".[17] A observação de Deleuze poderia fazer com que o leitor hesitasse em sua noção de literatura, uma vez que o próprio Proust emprega continuamente o pronome "eu". Seria, entretanto, necessário nos lembrarmos da carta enviada por ele à sra. Scheikévitch no ano de 1915, em que escreve: "Nesse livro *Swann*, eu, Marcel Proust, conto (ficcionalmente) como encontro uma certa Albertine, como fico gostando dela, como a sequestro etc. É a mim que empresto tais aventuras, que na verdade nunca aconteceram, pelo menos desse jeito. Dizendo de outro modo, invento para mim uma vida e uma personalidade que não são exatamente (não são sempre) as minhas".

Os nomes citados tinham por efeito desencarnar os convidados da duquesa, que não adiantava se chamassem o príncipe de Agrigento ou de Cystira, pois a sua máscara de carne e de ininteligência ou inteligência vulgares os havia transformado em uns homens quaisquer, tanto que eu, afinal de contas, fora dar na esteira (capacho) do vestíbulo, não no umbral, como julgara, mas no fim do mundo encantado dos nomes.[18]

Não é sempre que a sublimação se dá da forma como quer a psicanálise. O capacho do vestíbulo da mansão dos Guermantes não é o limiar, mas o ponto terminal do mundo encantado dos nomes. *O caminho de Guermantes* traça um percurso extremamente longo, que apenas acentua a crença inicial do herói no nome Guermantes, que enfeixaria o passado dos ancestrais da duquesa. Como as provas

---

17 Gilles Deleuze. *Critique et clinique.* Paris, Minuit, 1993, p. 13.
18 Proust. *O caminho de Guermantes*, p. 589.

do cavaleiro cortês na conquista de sua dama, as inúmeras provas por que passa o nome Guermantes servem apenas para testar a "fé" do herói. Por mais que ele tenha repetido seu discurso, a sublimação não acontece, no sentido de que o significante "Guermantes" acaba mantendo toda a sua magia e não se esvazia para entrar na língua de todo mundo. Assim como a boneca interior[19] ou a silhueta incrustada no olho do barão de Charlus,[20] o nome permanece intato. Mas, diferentemente dos dois outros mecanismos, ele não encontra um equivalente no mundo exterior, apesar de toda a esperança posta na entrada do herói nos salões.

Para terminar, diria que Freud e Proust se beneficiaram dos mesmos estratos de saber que cada qual soube romper à sua maneira. Freud se desvinculou da psiquiatria e da neurologia para poder criar o campo da psicanálise. Proust se desvinculou das categorias literárias de seu tempo para poder inovar com um gênero de escrita original, que se torna uma referência insubstituível na literatura do século XX. Dito de outro modo, e segundo a terminologia de Roland Barthes, ambos são fundadores de línguas, de uma "língua estrangeira" que faz deles gigantes de nossa cultura e irmãos, apesar de desconhecidos um do outro. Sua contribuição

---

19 "É esse o terrível engano do amor, que começa por fazer-nos brincar, não com uma mulher do mundo exterior, mas com uma boneca do interior de nosso cérebro, a única aliás que temos sempre à nossa disposição, a única que possuiremos e que a arbitrariedade da lembrança, quase tão absoluta como a da imaginação, pode fazer tão diferente da mulher real como da Balbec real fora para mim a Balbec sonhada; criação fictícia a que, pouco a pouco, para sofrimento nosso, forçaremos a mulher real a assemelhar-se". Proust. *O caminho de Guermantes*, p. 404, e Willemart. *Educação sentimental em Proust*. São Paulo: Ateliê Editorial, 2002.

20 "De resto, compreendia eu agora por que, um momento antes, [...] me pareceu que o sr. de Charlus tinha o aspecto de uma mulher: era-o! Pertencia à raça destes seres menos contraditórios do que parecem, cujo ideal é viril justamente porque seu temperamento é feminino e que são, na vida, semelhantes em aparência apenas, aos demais homens; ali onde cada qual traz consigo, nesses olhos pelos quais vê todas as coisas do universo, uma silhueta gravada na pupila, não é para eles a de uma ninfa, mas a de um efebo". Proust. *Sodoma e Gomorra*, p. 31.

apenas confirma que nosso pensamento não pode se esquecer deles ou recalcá-los. O verdadeiro gozo que advém da leitura ou da escuta da obra de Proust leva o analisando a escutar seu próprio discurso. Contrariamente a vários preconceitos repetidos pelas ideologias, somos seres de gozo, revelação de nossos dois autores que é impossível ignorar e que assinala a importância deles.

Philippe Willemart
Laboratório do Manuscrito Literário
Universidade de São Paulo

Janeiro de 2005

Este livro, composto na
fonte Walbaum e paginado
por warrakloureiro, foi impresso
em Ivore Slim 65g na
gráfica Coan, Tubarão,
Brasil, maio de 2024.